بسم اللہ الرحمٰن الرحیم

TITLE : Sā'in̲ Bagū Shāh :nāvil /
AUTHOR STAT : Abdāl Belā.
IMPRINT : Lāhaur : Sang-i Mīl Pablīkeshanz, 2011
NATURE SCOPE : Novel.
LANGUAGE : In Urdu.
OCoLC#761384005
D.K Agencies (P) Ltd. DKPURD-5765
www.dkagencies.com

# سائیں بگو شاہ

ناول

## ابدال بیلا

سنگِ میل پبلی کیشنز، لاہور

| | |
|---|---|
| 891.4393 | Abdaal Bela |
| | Sain bagu Shah/ Abdaal Bela.- |
| | Lahore : Sang-e-Meel Publications, |
| | 2011. |
| | 416pp. |
| | 1. Urdu Literature - Novel. |
| | I. Title. |

**2011**

نیاز احمد نے
سنگ میل پبلی کیشنز لاہور
سے شائع کی۔

*ISBN-10: 969-35-2438-1*
*ISBN-13: 978-969-35-2438-3*

## Sang-e-Meel Publications

25 Shahrah-e-Pakistan (Lower Mall), Lahore-54000 PAKISTAN
Phones: 92-423-722-0100 / 92-423-722-8143 Fax: 92-423-724-5101
http://www.sang-e-meel.com e-mail: smp@sang-e-meel.com

حاجی حنیف اینڈ سنز پرنٹرز، لاہور

# انتساب

دو بڑے کہانی کار

## بلبیر سنگھ مومی (کینیڈا)

اور

## جمیل احمد عدیل (بورے والا)

کے نام

جنہیں محبتیں کرنا اور لکھنا آتا ہے

# سائیں بگوشاہ

## ناول

## ابدال بیلا

# ترتیب

# پیش لفظ

ہم جتنے مرضی جدید ہو جائیں، ہمارے اندر ہمارے اجداد کی آنکھیں نہیں مرتیں۔ اُن کے دیکھے منظر ہماری آنکھیں ڈھونڈتی ہیں۔ اُن کی سنی سماعتوں کو ہمارے کان ترستے ہیں۔ یہی دنیا بھر کے فوک کلچر کی کشش کا بھید ہے۔ پرانے لوگ بھی عجیب لوگ تھے۔ جس کسی کام کو کرنے کا تہیہ کرتے، اپنی چادر میں گرہ ڈال لیتے۔ جب کام ہو جاتا تو گرہ کھول دیتے۔ انہی لوگوں کے پلو میں اُن کے بچپن کی سنی ہوئی "چکی کی آواز" بھی بندھی ہوتی تھی۔ یہ گرہ اُن سے نہ کھلتی۔ نہ وہ یہ گرہ کھولنے کی سعی کرتے۔ بیل بن کے زندگی کا تیل بننے کے لیے آنکھیں بند کیے وقت دائرے میں گھومتے گھومتے اپنا اپنا چکر پورا کر جاتے۔ پُن ہو جاتے۔ مگر کبھی کبھار انہونی ہو جاتی۔ کسی کم نصیب کے پلو کی یہ گرہ کھل جاتی۔ بچپن کی سنی معصوم "چکی کی آواز" اس کے پلو سے کھسک جاتی۔ وہ بھول جاتا، وہ کس لیے اِدھر آیا تھا۔ کرنا کیا تھا۔ کیسے کرنا تھا۔ وہ بھٹک جاتا۔

ہر بھٹکے انسان کی چادر کی کوئی نہ کوئی گرہ کھل گئی ہوتی ہے۔ اسے یاد نہیں رہتا اسے کیا لینا ہے، کیسے لینا ہے۔ اسی اندر کے اندھیرے میں اسے صرف رائج الوقت سکوں کی چکا چوند چوکنا کرتی ہے۔ آنکھیں مر جاتی ہیں۔ صرف سونگھنے کی حِس زندہ رہتی ہے۔ پھر وہ چوہا بنا دنیا بھر کے بلوں میں گھسا زر، زمین اور زن کو ڈھونڈتا پھرتا

ہے۔اسی زرہ بکتر گاڑی پہ چڑھا فتوحات کرتا جاتا ہے۔

اوپر بیٹھا کہانی کار مسلسل لکھتا رہتا ہے۔

کہاں کس کہانی میں کون سا موڑ دینا ہے، وہ جانتا ہے۔اس کی لکھی کہانیوں کو پھر سے لکھنے کی آرزو کبھی کبھار اسی کے عطا کیے قلم کے من میں جاگتی ہے۔

ایسا ہو جائے تو بڑا افساد ہوتا ہے۔

گزری جگہیں پھر سامنے آ کھڑی ہوتی ہیں۔

مرا وقت پھر سے زندہ ہو جاتا ہے۔

خیر اور شر کو پہچاننے کی ہماری کسوٹی ہاتھ باندھ لیتی ہے۔

صرف ایک بڑی سی حیرت جنم لیتی ہے۔باقی ہر شے فنا ہو جاتی ہے۔

کہنے کو یہ پرانی کہانی ہے۔برٹش انڈیا کا زمانہ ہے۔علاقہ ہے مشرقی پنجاب کا۔ یہیں ''مائی سیراں'' کا گزر ہوا، جس کی کہانی عجیب ہے۔ہیر، سوہنی، سسی اور لیلیٰ کی کہانیاں مائی سیراں جیسی نہ ہو سکیں، ایسی ہوتیں تو ان کے ناموں کے ساتھ بھی احترام سے ''مائی'' لکھا جاتا، جیسے منوں احترام پا کے بگوشاہ، سائیں بگوشاہ ہو گیا۔

شاید تمھیں سمجھ آ جائے۔

تم جو ''چشم دید'' ہو۔

میری آنکھ ہو۔

ساتھ جڑی بیٹھی ہو۔

شاید تم نہ مانو مگر سچ یہی ہے کہ ''تم'' ہر خیر اور شر کی ماں ہو۔

خیر تم میں ''تم'' سے ہے۔شر کی وجہ ہمیشہ ''میں'' ہوئی۔

تم کہو گی، تم میں ''میں'' کیسے؟

کیا واقعی یہی تمھارا سوال ہے؟

**ابدال بیلا**

# مائی سیراں

بعض لوگوں کی کہانی مرنے کے بعد زندہ ہوتی ہے۔

ابوالفضل کو لحد میں اتار دینے سے بھی اس کی کہانی ختم نہیں ہوئی۔ مٹی کی کہانی تو مٹی میں مل کر شروع ہوتی ہے۔ شروع ہوگئی کہانی۔ تمہیں میں شروع سے یہ کہانی سناتا آرہا ہوں۔ حیرت ہے تمہیں اب بھی یہ پتہ نہیں چلا کہ یہ کہانی شروع کب ہوئی۔ کہتے ہیں، کہانی میں زور اس وقت آیا، جب ابوالفضل کی کشتی ڈوب گئی تھی اور ستلج کے دونوں کنارے سیلاب سے دور ہو گئے تھے۔ دوری ہوگئی تھی۔ دوری سے بڑا دریا کوئی نہیں۔ جسے کوئی پکا گھڑا پار نہیں کرتا۔ صرف کچے گھڑے پہ بیٹھ کے یہ سفر طے ہوتا ہے۔ کچے گھڑے اور دریا دونوں کی مٹی ایک ہو جاتی ہے۔ ایک رہتی ہے، رہنے کو اس کے چاہے الگ الگ نام ہوں، جیسے ان کے تھے۔ ابوالفضل اور سیراں۔

جیسے ہماری دریا کہانی کے ہم دو کنارے ہیں۔

ہم دونوں کے بیچ بھی ایک دریا ہے، لیکن تم عجیب کنارہ ہو، کہ کنارے پہ نہیں ہو۔ عین دریا بیچ رہتی ہو اور میری طرف بند باندھ رکھا ہے چونکہ ابھی ہم دونوں مٹی سے اوپر ہیں اس لیے ہماری کہانی کی سرگوشیاں ابھی مٹی میں دبی نہیں۔ دل میں دبانے سے بات تھوڑی دبتی ہے۔ دل میں مٹی جیسا حوصلہ اور ظرف نہیں ہے۔ دل کا تو

کام ہی شور مچانا ہے۔ دھڑ دھڑ دھڑ کتا ہے۔ اب دھڑ کن سے بھلا کوئی بات چھپتی ہے۔ سیراں کی آنکھ سے اس کا محبوب چھپا تو اس نے ساری دنیا کو اپنی آنکھوں سے چھپا لیا۔ اندھی ہو گئی۔ اس کی آنکھیں بڑھاپے میں نابینا ضرور ہو گئی تھیں۔ مگر بے نور نہیں تھیں۔ نور ان میں ٹھہرا ہوا تھا۔ وہ ہاتھوں سے ٹٹول کے، نتھنوں سے سونگھ کے کلائی میں بہتے خون کی رفتار کا سرا پکڑ لیتی تھی۔ تم خواہ مخواہ بہتے خون میں گرہ ڈال کے بیٹھی ہو۔

اب جو ہے، سو ہے۔

آج کل، نائٹ ویژن ڈیوائس لگا کے لوگ گھپ اندھیرے میں فٹ بال کھیلتے ہیں جیسے ان کے لیے دن چڑھا ہو۔ تم یہاں پہاڑ پہ بیٹھی سات سمندر پار اپنے پیاروں سے انٹرنیٹ پہ باتیں نہیں کرتی؟ دونوں طرف کیمرے لگا کے بیٹھے لوگ صرف باتیں تھوڑی کرتے ہیں۔ ایک دوسرے کو دیکھ بھی تو لیتے ہیں۔ ڈرو نہیں، مجھے انٹرنیٹ پہ کیمرہ لگا کے تمہیں نہیں دیکھنا۔

مجھے تم ویسے ہی نظر آتی ہو۔

اور جھوٹ نہ بولو۔

تمہاری نگہ ابھی اتنی کمزور نہیں ہوئی کہ تجھے میں نہ دکھوں۔

اچھا گھبراؤ نہیں، میں تمہاری بات ابھی نہیں کہتا۔ اس دور کی کہانی سنا رہا ہوں، جب ریڈیو کی آواز بھی کہیں کہیں تھی۔ جو سن لیتا وہ ڈر جاتا کہ اس نے شیطان کو سن لیا ہے۔ سُن میں انہی دنوں کی کہانی سنا رہا ہوں۔ ابوالفضل مر گیا، بیوی بیوہ ہو گئی۔ بڑے بیٹے ملازمتوں پہ چلے گئے۔ گاؤں میں اس کی بیوہ، دو چھوٹے بیٹے اور ایک بیٹی رہ گئی۔ سب سے چھوٹا صدر دین تو ابوالفضل کی موت پہ اتنا چھوٹا تھا کہ اسے باپ کے جانے کا پتہ بعد میں چلا۔ فوری طور پہ تو اسے احساس ہوا کہ ایک بوڑھا جو کبھی کبھار اسے گلی محلے میں مٹی گارے میں بھاگتے دوڑتے دیکھ کے بلاتا تھا اور پڑوسیوں کے بچوں سے لڑنے سے منع کرتا تھا وہ اب نہیں رہا۔ اس کی روک ٹوک ختم ہو گئی۔ مغرب

کی اذان سن کے اسے جو گھر آنا پڑتا تھا، وہ اس پابندی سے آزاد ہو گیا۔ اس لیے وہ گاؤں بھر میں نت نئے دوست بنانے میں مصروف ہو گیا۔ اس سے بڑے سراج دین کی مصیبت اور تھی۔ باپ نے اسے یار بنایا ہوا تھا۔ جدھر باپ جاتا اسے ساتھ انگلی لگا کے لے جاتا۔ سکول باپ چھوڑ کے آتا، چھٹی کے وقت پھر باپ مسکراتا سامنے کھڑا ہوتا۔ شام کو یہ باپ کے سنگ لنگر ڈوری ہر جگہ بندھا ساتھ ساتھ رہتا۔ مغرب کی نماز سے پہلے باپ کا حقہ تازہ کر کے لاتا۔ رات کی نماز کے بعد باپ کے پاؤں دباتا۔ انگلیوں کے پٹاخے نکالتا۔ لتاڑا کرتا۔ سونے سے پہلے باپ کی بغل میں یوں چپک کے لیٹ جاتا جیسے بوڑھے باپ کی چھڑی ہو۔ جب تک باپ سے ایک آدھ کہانی نہ سن لیتا اسے نیند نہ آتی۔ اس کے لیے تو باپ اس کی زندگی کی سب سے بڑی حقیقت تھا۔ باپ چلا گیا تو اس کی نیند چلی گئی۔ بھوک اڑ گئی۔ چہرہ لٹک گیا۔ آنکھوں کے نیچے حلقے پڑ گئے۔ جسم تیلے کی طرح سوکھ گیا۔ چہرے پہ ہر وقت اس کے ہوائیاں اڑی رہتیں۔ ہر چیز کو یہ ایسے دیکھتا جیسے دکھائی نہ دے رہا ہو، کچھ بھی نہ دیکھ رہا ہو، نہ سن رہا ہو۔ بس جیسے گم ہوا بچہ ہوتا ہے۔ وہ اپنے گھر میں گم ہو گیا تھا۔

ابوالفضل کے چلے جانے کے بعد سراج سے بھی کہیں زیادہ، اکیلی رہ جانے والی ایک ہستی اور بھی تھی۔ جس نے ابوالفضل کو اپنی آنکھوں کا درجہ دے رکھا تھا۔ ابوالفضل مر گیا تو اس نے اپنی آنکھیں پھوڑ لیں۔ اندھی ہو گئی۔ اسے چونکہ پہلے ہی ابوالفضل سے دور ہوتے ہوئے اسے دیکھ لینے کی عادت ہو گئی تھی۔ اس لیے گمان ہے، اسے اپنے اندھے پن سے زیادہ تکلیف نہیں ہوئی۔ مگر سراج کو اس کے بارے میں کچھ بھی پتہ نہیں تھا۔ باپ کے مرنے کا وہ بظاہر اکیلا غم منا رہا تھا، حواس اس کے عجیب طرح سے بگڑ گئے تھے۔ اندر ہی اندر اس کے کچھ ایسی الٹی گراری چلی تھی کہ خوشی اور رنج اس کے لیے بے معنی جذبے بن گئے تھے۔ نہ اسے کسی بات سے دکھ ہوتا نہ کوئی شے دنیا کی اسے خوشی دیتی۔ وہ سر سے پاؤں تک سن سا ہو گیا تھا۔ سناٹا اس کی روح پہ

چھا گیا۔ وہ تو سائیں بگو شاہ اسی گاؤں میں موجود تھا۔ وہ لمسے پکڑ کے اپنے ڈیرے پر لے آیا۔ سارا دن وہ اب سائیں کے ڈیرے پہ رہنے لگا۔ سائیں کے ڈیرے سے اسے اپنے باپ کی خوشبو آتی تھی۔ وہاں اسے اپنے باپ کی کہی باتیں سننے کو ملتیں۔ پھر باپ جیسا پیار بھی اسے سائیں کرتا۔ یہ سائیں بگو شاہ کو تایا جی کہتا تھا۔ تایا جی نے اسے اپنا چیلا بنا لیا۔ ان کے ڈیرے پہ تو صبح سے شام تک لوگوں کا آنا جانا لگا رہتا تھا۔ کوئی دم کرانے آ گیا، کوئی بیمار اٹھا کے لے آیا۔ کوئی کسی کی دشمنی سے کانپتا چلا آیا، کوئی کسی کی محبت میں کپکپاتا آ گیا۔ وہاں آنے والا ہر کوئی دکھی ہوتا تھا۔ ہر آنے والے میں کوئی نہ کوئی تریڑ ہوتی۔ کہیں نہ کہیں سے ہر کوئی ٹوٹا ہوا ہوتا۔

بندہ بھی تو چینی اور کانچ کے برتنوں جیسا ہی ہے۔

ایسے برتنوں کے ڈھیر میں پڑے برتنوں کو اوپری اوپری دیکھ کے پتہ تھوڑی چلتا ہے، کس کے پیندے میں بال جیسی باریک تریڑ آئی ہے۔ کس کا کونا اوپر سے بھرا ہوا ہے۔ ایک نظر دیکھ کے اس طرح کی باریکی تھوڑی دکھائی دیتی ہے۔ پھر ہر کوئی اتنا ماہر تو نہیں ہوتا کہ پیالی کو اٹھا کے ٹھولا مار کے، بجا کے سنے۔ اور تڑکے ہوئے برتن کی بگڑی ہوئی اندر کی راگنی کی اُدھڑی ہوئی، الجھی سُر کا سِرا ڈھونڈ لے۔ کہتے ہیں برتن برتن سے ٹکرا کے جب بجتے ہیں تو اپنے اپنے اندر کے بھید کھول دیتے ہیں۔ تو سیراں سے ملے بغیر اس کے بارے میں کیا رائے بنا سکتی ہے؟

بول؟

ابوالفضل کی بیوی بھاگو نے بھی سیراں اور ابوالفضل کے لڑکپن کے قصے سنے تو بہت سیخ پا ہوئی۔ لوگوں نے اسے بہت بھڑکایا۔ سوہنی مہیوال کی ساری کہانی اس طرح سنائی جیسے اس میں سیراں ہی سوہنی ہو۔ کچے گھڑے پہ دریا پار وہ جس سے ملنے جاتی تھی وہی اس کا ابوالفضل ہو۔ بھاگو، سب سن کے بڑا روئی۔ اندر ہی اندر اپنے وجود میں اس نے سسکیوں اور چیخوں کی پوری چھت ڈال لی۔ مگر ابوالفضل پہ بھید نہیں کھلنے دیا۔

یہ دنیا ساری اور ہے کیا۔ بھید پالنے اور بھید نہ کھولنے کی جستجو۔ ادھر بندے سے بندہ ٹکراتا ہے تو بندے سے اس کا بھید سرکنے لگتا ہے۔ یہ ہمارا لوگوں کا ہجوم بھی برتنوں کا ڈھیر ہے۔ مٹی کے بنے پیالے پیالیوں، کنالیوں، گڑویوں، گھڑوں، مرتبانوں سے لدی ہوئی بھٹی۔ چاک پہ چڑھا کے چکنی مٹی کے برتن اسی نے خود بنائے ہیں اور کچے برتنوں کی پختگی کے لیے تنور میں آگ بڑھکا کے اسی نے رکھی ہے۔ کس برتن کو کتنا سیک دینا ہے۔ کتنی دیر تنور میں رکھنا ہے۔ یہ صرف وہ جانتا ہے۔ جس برتن کے نصیب میں زیادہ ٹھوکریں لکھی ہوں، جیسے بار بار اٹھوا کے گرانا ہو، اسے وہ زیادہ دیر تک تنور میں رکھتا ہے۔ پوری طرح پکا کرتا ہے۔ یہ اب اس کے راز ہیں۔ یہ جاننا تمہارا میرا کام نہیں ہے۔ جس کا کام ہے وہی کرتا ہے۔ اسے ہی کرنے دو۔ اس کے چاک سے اتر کے بھی ہم اس کے ہاتھ میں رہتے ہیں۔ وہی ہمیں رکھتا ہے جہاں ہمیں رکھے جانا ہوتا ہے۔ کس برتن میں اس نے کیا ڈالنا ہے، کیا رکھنا ہے، آسائش کے لیے بنایا گیا ہے وہ یا آرائش کے لیے۔ پیندا کس کا کھلا رکھنا ہے۔ حلق کس کا بڑا رکھنا ہے۔ کس کے پیٹ سے مٹی کھرچنی ہے، کس کے ماتھے پہ پھول پتیاں بنانی ہیں۔ یہ سارے اس کے کام ہیں۔ یہ تمہیں کیسے گنواؤں۔ ہاں ہم برتنوں کی اپنی باہمی بولیاں بھی ہیں۔ تم جسے سوشیالوجی کہتی ہو ہیومن انٹر ایکشن کہتی ہو اس میں یہی تو ہے سب۔ برتنوں سے برتنوں کا میل جول، کھڑ کا دڑ کا۔ پرانے وقتوں کی قصباتی گلیوں میں، سر پہ پنّار کھ کے، سیٹھوں کی بنی ٹوکری میں رنگ برنگے برتن رکھ کے کبھی تیز کبھی آہستہ قدم لیتی، اونچے نیچے کچے پکے راستوں پہ چلتی عورت کے چلنے کی آواز یاد ہے؟

آواز اس کے پیروں سے نہیں ہوتی تھی۔ پیر تو اس کے ننگے ہوتے تھے۔ آواز اس کی ٹوکری میں پڑے ننگے برتنوں کے اک دوسرے سے چھونے، ٹکرانے، مسکرانے، رونے اور سوچنے سے ہوتی تھی۔

تم کہوگی، برتن بھی سوچتے ہیں؟

یہی تو سوچتے ہیں۔ تم پھر کتابیں کھول لو۔

لڑو۔

بڑے بڑے مشکل نام لو۔ مجھے اپنی یونیورسٹی کے تھیسس کھول کھول کے دکھاؤ۔ مگر جن دنوں کی کہانی سنا رہا ہوں، ان دنوں یہ مضامین برٹش انڈیا کے ضلع جلندھر کے اس دریا کنارے کے گاؤں تک نہیں پہنچے تھے۔ بس ہر گاؤں میں کوئی ایک ایسا ماہر کمہار بیٹھا ہوتا تھا جو سامنے آئے ہوئے برتن ٹھوک بجا کے پرکھ لیتا تھا، جان لیتا تھا کہ تریڑ ہے کدھر۔

کہنے کو پتہ برتن کو بھی چل جاتا ہے کہ وہ ٹپکتا ہے۔

مگر تریڑ کہیں بھی ہو بوند بوند ٹپکتا پانی تو پیندے سے ہی گرتا ہے نا۔

سائیں کا کام یہ تھا کہ پہلے کہتا۔

بھئی ہلکے ہو جاؤ۔

آسانیوں کی طلب ہے تو آسان راستے اپناؤ۔ پیر راہ میں اٹھا کے چلنا ہے تو پیروں گھٹنوں کے اوپر بنے پیٹ کی بوری ہلکی کرلو۔ اتنا اٹھا کے چلو، جس سے چلا جاتا ہے۔ فالتو سامان اتار کے رکھ دو۔ جتنا شربت، پانی، لسی، دودھ اپنے اندر بھرا ہے اس سے ابھرو۔ سارا فخر، افتخار، اکڑ شان، شوکت نکال کے آؤ۔ خالی عجز کا کھو کھلا ؤ، اگر اندر کی چھپی ٹوٹ پھوٹ کا علاج چاہیے۔ اب علاج کے لیے چونکہ یہی صورت تھی تو لوگ وہی کرتے تھے، اب بھی یہی صورت ہے کوئی برتن ہو ٹوٹا ہوا، یا تڑکی ہوئی کوئی چیز۔ اسے جڑوانا ہو، ٹانکا لگوانا ہو، ویلڈ کروانا ہو تو پہلا کام یہی کیا جاتا ہے کہ اسے خالی کرایا جاتا ہے۔ مرمت کروانے والے وہی کرتے ہیں جو مستری کہے۔ سائیں ٹوٹے دلوں کا مستری تھا اس کے پاس آنے والے وہی کرتے جو سائیں کہتا۔

ایک دن ایک عجیب بات ہوگئی۔

وہ جو ابوالفضل کی کہانی اس کے مرنے کے بعد شروع ہونا تھی، وہ ہونی ہوگئی۔

کہانی کا ایک کردار تو ابوالفضل تھا، وہ مر گیا۔ دوسرا کردار ایک عورت تھی۔ وہ آ گئی۔ سائیں کے ڈیرے پہ۔ نام تھا اس کا سیراں۔ ستر سال کے لگ بھگ کی عمر ہوگی اس کی اس وقت۔ قد لمبا مگر دھان پان، ہڈیوں پہ خالی کھال۔ گوشت اندر سے گھل گیا تھا۔ چہرے پہ جھریوں کا جھرمٹ بھی کچھ ایسے بنا ہوا تھا کہ ایک نظر دیکھ کے لگتا تھا، جیسے دعائیں سالہا سال اسکے چہرے پہ رُکی رُکی کھد گئی ہوں۔ قبول نہ ہوئی ہوں۔ اور اسے اب اپنی دعاؤں کی نا قبولیت پہ پیار آ گیا ہو۔ قرار آ گیا ہو۔ تسلیم و رضا کی روشنی کا اک ہیولا سا اسکے ساتھ ساتھ چلتا تھا۔ کہنے کو روشنی سے اسے کوئی سروکار نہ تھا۔ جیسے اسے روشنی سے دیکھنے کی عادت زیادہ عرصہ نہیں رہی۔ نظر آتا تھا کہ اس نے پہاڑ جیسی زندگی اندھے اندھیرے کی کھونٹی سے بندھے گزاری ہے۔ وہ آنکھوں سے اندھی تھی اسے نظر نہیں آتا تھا۔ لاٹھی لے کر کبڑی کبڑی چلتی ٹک ٹک کرتی، ایک ہاتھ ہوا میں آگے پھیلا کے قدم گھسیڑ کے چلتی تھی۔ ایک بیمار سے خارش زدہ بھدے کمزور کالے کتے کے گلے میں پڑی ہوئی مونجھ کی پرانی رسی کا اک سرا پکڑے پکڑے سائیں کے ڈیرے پہ آ گئی۔

سائیں نے اٹھ کے اسے سلام کیا۔

جیسے کوئی بہت محترم ہستی آ گئی ہو۔

بیٹھنے کو چارپائی آگے کی۔ پکڑ کے کندھوں سے چارپائی پہ بٹھایا۔ اور پھر ابوالفضل کے منجھلے بیٹے، اپنے منشی کو آواز دی، بیٹا چاٹی سے لسی لاؤ۔ وہ لسی کا پیالہ لے کر آ گیا۔ دیکھا چارپائی پہ ایک بوڑھی، اندھی عورت بیٹھی ہے۔ قد کاٹھ کی اونچی۔ پتلی سوکھی ہوئی۔ چہرے پہ جھریاں ہی جھریاں۔ اور آنکھیں دونوں بے نور۔ سراج نے لسی کا پیالہ دونوں ہاتھوں سے پکڑ کے آگے کیا۔ بوڑھی اندھی عورت نے ہاتھ ڈگمگاتے ہوئے اٹھائے۔ اس کے ہاتھوں میں رعشہ تھا۔ لسی کا پیالہ پکڑتے پکڑتے اس کے ہاتھوں کا رعشہ بڑھ گیا۔ وہ ایسے کانپنے لگے جیسے ان کی کھلی پھیلی ہتھیلیوں سے

مانگی ہوئی کوئی پرانی دعا اچانک سامنے آ کھڑی ہوئی ہو۔

کمزور گانٹھوں بھری انگلیاں کھل بند ہونے لگیں۔

چربی کی ایک بوند بنا بنی پچکی پیلی کٹی پھٹی لکیروں بھری ہتھیلیوں پہ تریلیاں آ گئیں۔ اس کے چہرے کی جھریاں ایک دم سے ریل کی پٹریوں کی طرح ایک دوسرے پہ چڑھنے لگیں۔ اس کی بے نور آنکھوں میں جیسے نور کی کلیاں پھوٹیں۔ اس نے پیالہ پکڑ تے پکڑ تے سراج کی بانہہ پکڑ لی۔ بانہہ پکڑ تے پکڑ تے مائی سیراں کے ہاتھ اتنے کپکپائے کہ سراج کے ہاتھوں سے لسی کا پیالہ گر گیا۔

کھڑاک سے لسی کا پیالہ زمین پہ گرا۔

لسی اچھل کے دور تک پھیل گئی۔

مائی سیراں نے سراج کی بانہہ پکڑ کے اپنے دونوں ہاتھوں کی پوروں سے ٹٹولنی شروع کر دی۔ وہ اس طرح اس کی بانہہ ٹٹول ٹٹول کے چھو رہی تھی جیسے اس پہ لکھی کوئی عبارت پڑھ رہی ہو۔ پھر ایکا ایکی میں اس نے اس کا بازو کھینچ کے اپنے قریب کیا اور اسے اپنے چہرے کے برابر لا کر زور زور سے سونگھنے لگی۔ دو بار اس نے زور زور سے اندر سانس کھینچی اور پھر اپنی کپکپاتی بانہوں میں سراج کو لپیٹ لیا۔ عجیب والہانہ وارفتگی کا نور اس کے وجود میں چمکارے مارنے لگا۔ اور وہ چیخ کے بولی،

یہ۔ یہ تو میرے صاحب کا بیٹا ہے!

تو ابوالفضل کا پتر ہے؟

مائی سراج کے سر، ماتھے، چہرے اور گردن پہ اپنے کپکپاتے ہاتھ پھیرے جا رہی تھی۔ اسے کھینچ کھینچ کے چومے جا رہی تھی۔ کبھی ماتھے پہ چومتی۔ کبھی اس کے کندھوں پہ پیار کرتی۔ سراج ہکا بکا بیٹھا اس کی سوکھی کپکپاتی کمزور بانہوں میں جھول رہا تھا۔

پتر تو نے مجھے بتایا نہیں تو کتنی دیر سے ادھر بیٹھا تھا؟

سائیں، کدھر ہے سائیں تو؟

میں بیٹھا ہوں سیراں ۔ تیرے سامنے بیٹھا ہوں ۔

تو نے بھی نہیں بتایا مجھے ۔ بڑا کھچرا ہے تو ۔

تو کئی سال بعد ادھر آئی ہے ڈیرے پہ، کب بتاتا تجھے ۔

تیری زینب مرگئی ۔ تو نے اس کی خبر بھی نہیں دی ۔

لے اب تو نے دریا پار جو ڈیرہ لگایا ہوا ہے کون ادھر جا کے تجھے خبر کرتا ۔ اب کونسا مہینوال ہے جو میرا سندیسہ تجھے دے دیتا ۔ جو دریا سے لڑتا، سنسار مارتا تجھے بھاگا ملنے جاتا تھا ۔

اس کے جانے کی خبر بھی شاہ جی تم نے نہیں دی ۔ یہ کام بھی انہیں خود کرنا پڑا ۔ پر اپنی زینب کے چلے جانے کا کہنے تو آ جاتے ۔ سیراں نے گلہ کیا ۔

زینب کا نام سن کے سائیں بگو شاہ کی آنکھوں میں ستارے جاگے اور وہ حقے کا لمبا کش لے کے بولا ۔ لے تو کونسی بے خبری ہے ۔ جو تجھے بتانے جاتا ۔ تجھ سے تو میں اپنے یار کا حال پوچھنے جاتا تھا ۔

تجھے کچھ کہا تھا تمہارے یار نے جاتے جاتے ۔ شاہ جی

تمہیں پتہ ہی ہے سیراں ساری باتیں ۔ جو اس نے کہنی تھیں ۔

پھر بھی کوئی نئی بات ۔

نئی تو نہیں ہے ۔ پر پتہ نہیں تجھے بتایا ہے کہ نہیں، جاتے ہوئے کہہ گئے تھے، سیراں کو کہنا اس کے حصے کی زندگی اب شروع ہونی ہے ۔ جینی ہے ۔

میں نے تو یہ جیون بھی انہیں جیا ہے، شاہ جی ۔ پتہ نہیں یہ زندگی اتنی لمبی کیوں ہو گئی ہے، ان کے مرنے کے بعد ۔ کتنے سال ہو گئے انہیں گئے ہوئے؟

ہاں، کئی سال ہو گئے ہیں، ابوالفضل کو گئے ہوئے ۔

تیری تو ملاقات ہوتی ہو گی شاہ جی!

ہاں ہوتی ہے ۔

یہی خوشبو ہے نا تیرے یار کی؟

تجھ سے زیادہ تو نہیں میں جانتا۔

لے، میں نے تو اسے دور رہ کے جانا ہے، تو اس کے قریب کا بھیدی ہے۔ تو بول۔

سیراں بھید کھلتے ہی دوری سے ہیں۔ مجھ سے چالاکی نہ کر۔

پھر اسے دوری کیوں کہتے ہو شاہ جی، دوری نہ کہو، حضوری کہو۔ تو نے اس کی یاری میں عمر گزاری میں نے حضوری میں۔ دونوں اسی کی خوشبو میں جئے ہیں۔

بڑی دیر وہ سراج کو اپنے بازوؤں میں لیے بیٹھی سونگھتی رہی۔ سر پہ ہاتھ پھیرتی رہی۔ ٹپ ٹپ اس کی بے نور اندھی آنکھیں رونے لگیں۔ اجلی آنکھوں سے اندھیرا کھسکنے لگا۔ آنسو نکل نکل کے اس کے میلے، جھریوں بھرے نحیف بوڑھے چہرے پہ عجیب بے بسی سے پھسلتے رہے۔ کئی بار اس نے آنسو بہاتے بہاتے کچھ کہنے کو ہونٹ ہلائے مگر بولی نہیں۔ اس کے ہونٹ بار بار کچھ کہنے کو کسمساتے، کوئی بات ان میں سرسراتی، مگر ابھر نہ پاتی۔ اس کے ہونٹ بھی رو رہے تھے۔ دیر تک سائیں کے ڈیرے پہ خاموشی شاں شاں کرتی رہی۔ سائیں کی آنکھوں میں مائی سیراں کی سب ان کہیاں چمک رہی تھیں۔ مگر وہ بھی چپ تھا۔

سراج کی سمجھ میں کچھ نہ آ رہا تھا۔

مائی سیراں نے سراج کے سر کو اپنے سینے سے چپکایا ہوا تھا۔ دیر تک وہ خاموش بیٹھی، روتی رہی۔ پھر سراج کے ماتھے کو چوما اور اٹھ کے جاتے جاتے بولی،

شاہ جی، اپنے بلاوے پہ مجھے بھی بلا لینا۔

ابوالفضل کے بڑے بیٹے کو سندیسہ بھیجتے ہوئے مجھے بھی خبر کر کے جانا۔

مجھے تو ابوالفضل نے دفنانا تھا۔

اسے جلدی تھی۔

چلا گیا۔

اب دعا کرو میں یونہی چلتی پھرتی مٹی ہو جاؤں۔

قبر کا بچھونا کیا کرنا، اکیلے۔

اچھا شاہ جی، رب راکھا۔

پتر سراج،

اپنی ماں کو میرا سلام کہنا۔ اس کا مجھ پہ احسان ہے۔

یہ کہہ کے وہ چلنے لگی۔ ڈیرے کے کونے پہ بیٹھے اپنے کتے کی رسی پکڑی، دوسرے ہاتھ میں پکڑی سوٹی زمین پہ دبائی اور سنبھل کے کبڑی ہوئی اٹھ گئی۔ کچھ کہے بغیر کچھ لمحے اپنی اندھی گیلی آنکھیں بغیر جھپکے سراج کی طرف کیے کھڑی رہی۔ پھر مڑی اور لاٹھی ٹیکتی ہوئی ہولے ہولے قدم گھسیٹ گھسیٹ کے رکھتی اپنے کتے کی رسی پکڑے پکڑے ڈیرے سے دور چلی گئی۔

شام گہری ہو گئی۔

وہ ڈیرے سے دور، گاؤں سے باہر تھوہر اور سرکنڈوں کی جھاڑیوں میں غائب ہو گئی۔ تو سراج نے پلٹ کے سائیں بگو شاہ کو دیکھا۔ اور بولا تایا جی،

تایا جی، یہ کون تھیں؟

سائیں بگو شاہ نے سراج کو کھینچ کے اپنے قریب کیا۔ اس کے سر پہ ہاتھ پھیرا اور اسے اپنے پاس بٹھا کے کچھ دیر چپ چاپ بیٹھا سوچتا رہا کہ کیا کہے۔ پھر سراج کا ماتھا چوما اور بولا۔

بیٹا یہ تیرے باپ کی خوش نصیبی تھی۔

میں نے پہلے کبھی انہیں نہیں دیکھا، یہ ہیں کون؟

بیٹا تو یہ اپنی ماں سے پوچھنا۔

سراج کی تو مت ماری گئی۔ شام کو گھر قدم رکھتے ہی وہ اپنی ماں کے پاس جا

مائی سیراں ——— 23

بیٹھا۔ ماں چولہے کے آگے بیٹھی آٹا گوندھ رہی تھی۔ ابھی ماں نے آدھی کہانی ہی سنی تھی کہ ایک دم سے بول پڑی، سیراں آئی تھی؟

ہیں؟

آٹے والے دونوں ہاتھوں سے ماں نے سراج کی بانہہ پکڑ لی۔

سیراں سے مل کر آیا ہے تو؟

ہاں ماں، یہی نام لیا تھا تایا جی نے۔ تو جانتی ہے اسے؟

ہاں پتر، جانتی ہوں، دکھ یہ ہے کہ بہت دیر سے جانا۔

ماں پھر آٹے میں مکیاں مارنے لگی۔

وہ کون ہے؟

ماں کچھ دیر خاموشی سے آٹا کنالی میں گوندھتی رہی۔ آٹے میں مکیاں مارتی رہی، آٹا اٹھا اٹھا کے گیلے ہاتھوں سے اسے رکھتی رہی۔ پھر آٹا پھیلا کے پانی میں ہاتھ بھگو کے اسے تھپتھپایا اور کنالی ایک طرف کھسکا کے بولی۔ بیٹا۔ وہ تیرے باپ کی عاشق ہے۔

آپ کو پتہ تھا؟

ہاں مجھے پتہ تھا، مگر یہ نہیں پتہ تھا کہ عشق ہوتا کیا ہے۔ یہ میں نے سیراں سے سیکھا ہے۔ کہانیوں میں سنا تھا۔ دیکھا نہیں تھا۔ ہم لوگ تو عشق محبت کی باتیں کرتے ہیں۔ سنتے ہیں۔ مگر یہ کوئی نہیں جانتا کہ عشق ہے کیا چیز۔ بیٹا یہ بڑی وکھری چیز ہوتی ہے۔ میں تمہیں سمجھا نہیں سکتی۔ میری تو اپنی عقل کام نہیں کرتی تھی۔ ابھی تک مجھے سمجھ نہیں آئی ان باتوں کی، جو میں دیکھتی آئی ہوں۔

کیا؟

کیا دیکھتی آئیں ہیں آپ۔ ماں؟

بیٹا، مجھے نہیں پتہ تھا عشق اتنی طاقت والی چیز ہوتی ہے۔

تو یہ

میں نے اس کی طاقت دیکھی ہے۔

یہ تو کچھ بھی نہیں جو تو دیکھ کے آیا ہے۔ ماں چولہے میں لکڑیاں گھسیڑ کے پھونکنی اٹھا کے انگاروں پہ پھونک مارنے لگی۔

آپ کو کب پتہ چلا تھا۔ پہلے پہل؟

لے اب، دن تاریخ یاد تھوڑی ہے۔ کوئی پچیس تیس سال پرانی بات ہوگی۔ تو ابھی پیدا بھی نہیں ہوا تھا۔ نذر، اتنا سا تھا، دو گٹھ جتنا۔ ابھی اُس نے چلنا شروع نہیں کیا تھا، اس ویڑے میں سارا دن رینگتا پھرتا تھا۔ تیرے باپ نے مجھے، ادھر گاؤں بھیجا ہوا تھا۔ ہر سال ہی گرمیوں میں مہینہ دو مہینہ کے لیے میں ادھر آ جاتی تھی۔ جب بڑے بچوں کو سکول کی چھٹیاں ہوتیں۔ پہلے تو کافی کافی عرصہ میں ادھر رہی۔ مگر تب اللہ جانتا ہے مجھے کچھ خبر نہیں تھی۔ کسی نے کوئی بات ہی نہیں کی ایسی ویسی۔ لگائی بجھائی والیاں تھیں۔ اشاروں کناؤں سے دریا پار کے قصے کہتی تھیں۔ تیرے ابا کے۔ مگر میں یقین ہی نہیں کرتی تھی۔ پھر تیرا باپ تو نیک روح تھا۔ اس پہ ایسا کبھی گمان ہی نہ ہوا۔

پھر؟

پھر کیا۔

اللہ جانے پہلی بار کس نے اس کی بات کی تھی؟ تھی وہ بھی کوئی پڑوسن ہماری۔ میں تو اس سے لڑ پڑی۔ بڑی سنائیں میں نے اسے۔ میں سمجھی یہ ہم میاں بیوی کی ناچاقی کرانا چاہتی ہے۔ لڑانا چاہتی ہے۔ لڑنے کو میں تیار ہوگئی تھی تیرے باپ سے، کہ آئے اس بار گاؤں، گھر میں۔ پوچھوں گی ضرور۔

پھر پوچھا؟

پوچھنا کیا تھا، ماں چولہے کی لکڑیاں درست کرتی کچھ سوچتی رہی، اوپر پڑی دال کی ہانڈی کا ڈھکن اٹھا کے ایک جلتی ہوئی لکڑی چولہے سے نکال کے اس کی روشنی میں ہانڈی کے اندر جھانک کے بھانپ کے مرغولے میں چھپی ابلتی دال پہ نگاہ کی۔ پھر بولی

بس جب تک تیرا باپ نہیں آیا اسی طرح اندر ہی اندر کھولتی رہی، ابلتی رہی۔ چولہے پہ پڑی رہی۔ اڑوسنیں پڑوسنیں بھی لگائی بجھائی کرتی رہیں۔ چولہے میں لکڑیاں ڈالتی رہیں۔ کوئی کہتی بڑی پرانی دوستی ہے ان دونوں کی۔ بچپن سے جانتے ہیں ایک دوجے کو۔ کوئی کہتی، دریا پہ بیڑی میں بیٹھ بیٹھ ان کا عشق پلا ہے۔ مجھے پتہ تھا، تیرا ابا ستلج دریا تیر کے پار کر لیتا تھا۔ بیڑی بھی ادھر ہی چلاتا تھا نوعمری میں۔ مگر یہ تھوڑی پتہ تھا، کہ دریا پار اس کا یارانہ ہے۔ وہ تو کہتیں، سیراں گھڑے پہ بیٹھ کے بھی ملنے آتی تھی۔ لو سیراں نہ ہوئی سوہنی ہوگئی۔ چناب کی کہانی ستلج نے بھی جی لی ہے۔ کوئی کہنے لگی، ستلج دریا کی دونوں مچھلیاں ہیں۔ کوئی بات بڑھا کے کہتی، سالوں تیرے خاوند کی کنڈی سے لگی رہی مگر جال میں کسی اور کے آ گئی۔ تیرا گھر بسنا تھا ورنہ تو کدھر ہوتی اس گھر میں۔ پھر کوئی بول پڑتی نہ رہنے دے ماسی وہ کوئی بھاگو جیسی گاؤ شالا پھیکی تھوڑی ہے۔ تیکھی زنانی ہے۔ مکھن میں تلی ہوئی بیسن لگی ہری مرچ ہے۔ ابھی بھی سوچ، سوچ اس کا ابوالفضل سوں سوں کرتا ہوگا۔ پوچھ کے دیکھ لے اپنے میاں سے۔ دیکھے کیسی مرچیں لگتی ہیں اسے۔

بات شروع ہو جاتی تو ختم ہونے کو نہ آتی۔

پھر کوئی سیانی مجھے مشورہ دیتی، تو ایک بار دیکھ تو لے۔ تجھ سے ڈیڑھ گٹھ اونچی ہے۔ رنگ کھجور میں پکی کھیر جیسا ہے۔ گوری چٹی ہے۔

بس جتنے منہ ہوتے اتنی باتیں۔

اتنا پتہ چل گیا کہ وہ دریا پار کی تھی۔ کم عمری میں گھڑے پہ بیٹھ کے دریا پار کر لیتی تھی۔ اور دریا کے اس کنارے تیرے ابا کا ٹھکانا تھا۔ وہ تو خدا نے کرم کیا۔ اس کی شادی کسی دور کے گاؤں میں ہوگئی۔ ہمارے گاؤں میں اس کی ایک خالہ تھی۔ کبھی کبھار وہ ملنے ادھر آ جاتی۔ ان دنوں وہ ہمارے گاؤں میں آئی ہوئی تھی۔

آپ گئیں اسے دیکھنے؟

لے میں کدھر گھر سے باہر نکلتی تھی۔ پڑوسنیں ہی آ کر بول جاتیں۔ یہ درجن درجن کانچ کی چوڑیاں پہن کے چھن چھن کرتی پھرتی ہے وہ، آج اُدھر فلاں کی ہٹی سے زردے کا رنگ لینے آئی تھی۔ ساتھ دمڑی کا سک بھی لیا ہے۔ کوئی آ کے بتا جاتی اس نے اپنی چنی پہ ڈور لپیٹ کے تین رنگ چڑھا لیے ہیں۔ کاسنی، نیلا اور لال۔ تین رنگ کا ڈوپٹہ رنگا ہے۔ اور سوکھنے کے لیے اپنی خالہ کے صحن میں شہتوت کی چھاؤں میں پھیلایا ہوا ہے۔

جتنے منہ اتنی باتیں۔

دیکھ کتنی سیانی ہے وہ سیراں، سک مَل کے نکلتی ہے گھر سے چھن چھن چوڑیاں چھنکاتی ہوئی۔ تین رنگ کے رنگیلے ڈوپٹے پہنتی ہے، خود رنگتی ہے۔ اس کا رنگا رنگ نہیں اترتا۔ چھاؤں میں سکھاتی ہے وہ۔ تو تو کملی ہے۔ سودائین جھلی، بے رنگ۔ تیرا میاں تو اس کے ڈوپٹے سے بندھا ہوا ہے۔ رنگ کی پُڑی کی طرح۔

تجھے خبر ہی نہیں ہے۔

بے وقوف

میں ان کی باتیں سن سن کے اندر ہی اندر ابلتی رہتی۔

یہ دیکھ، کیا ہو گیا۔

دال ابل گئی۔

دیکھ تیری باتوں نے دال گرا دی۔ ماں ایک دم سے چولہے پہ رکھی ہانڈی کا چھنّا ہاتھ سے ایک طرف کھینچ کے بولی۔ تھوڑی سی دال ابل کے چولہے میں بھی گر گئی۔ ٹھس ٹھس چولہے کی جلتی لکڑیاں بجھنے لگیں۔

دیکھ سیراں کی طرح رو رہی ہیں یہ لکڑیاں بھی،

دھواں چھوڑ چھوڑ کے

ماں نے ایک دم سے ایک دو لکڑیاں باہر کھینچ لیں۔ اور اپنے ڈوپٹے سے ہانڈی

کا ڈھکن اٹھا کے نیچے رکھ دیا۔ اور بائیں ہاتھ میں ایک جلتی ہوئی لکڑی اٹھا کے ہانڈی کے اندر دیکھ کے دائیں ہاتھ سے ڈوئی گھمانے لگی۔

پک گئی ہانڈی۔

توا ادھر کر۔

روٹی پکا دوں۔

سراج نے دیوار کے ساتھ کھڑے توے کو اٹھا کے ماں کی طرف کیا۔ اور ماں کو دونوں ہاتھوں سے ہانڈی ڈوپٹے سے پکڑے دیکھ کے ہانڈی رکھنے کی جگہ بنانے کے لیے ایک قدم پیچھے ہٹ گیا۔ اور بولا، ماں پھر میاں جی آئے تو پوچھا؟

ماں نے توا چولہے پہ رکھ کے پھر لکڑیاں چولہے میں سنجانی شروع کر دیں۔ انگاروں کو چمٹے سے پکڑ پکڑ کے اوپر نیچے کیا۔ اور پھونکنی اٹھا کے دو چار پھونکیں ماریں۔ دھواں پھیل کے ماں کی آنکھوں میں آ گیا۔ ماں نے آنکھوں کا پانی ڈوپٹے سے پونچھا اور لکڑیوں کو دوبارہ انگاروں پہ چولہے میں درست کیا تو خود بخود سے شعلہ اٹھ آیا۔ اور ماں بولی،

مجھے کیا پتہ تھا کب تیرے باپ نے آنا ہے۔

نہ مجھے دن تاریخ کا علم ہوتا تھا۔

نہ یہ خبر ہوتی تھی کب تیرے باپ کو چھٹی ملے گی۔

کب آئے گا وہ۔

چٹھی بھی وہ کبھی نہیں لکھتا تھا۔ لکھتا کس لیے میں کونسا پڑھنا جانتی تھی۔

پھر؟

پھر کیا، ایک دن کیا ہوا، یہ باہر والا دروازہ کھلا، پہلے ایک پٹ کھلا، اندر کوئی نہ آیا۔ پھر آہستہ سے کسی نے دوسرا پٹ بھی کھولا، میں سامنے اس کیکر کے نیچے چارپائی بچھا کے بیٹھی دال مونگ کی بڑیاں بنا رہی تھی۔ پہلا پٹ کھلنے کی تو مجھے خبر نہ ہوئی۔ بس

دروازہ کھلتا نظر آیا۔ پھر چھن چھن چوڑیوں کی آواز آئی۔ پتہ نہیں آواز پہلے آئی تھی کہ چوڑیوں والا ہاتھ، ہاتھ دوسرے پٹ کو کھولتا نظر آ گیا۔ دونوں پٹ کھلے تو دھم سے وہ سامنے آ گئی۔

کون؟

سیراں اور کون؟

آپ نے پہچان لیا؟

پہچانتی کیسے نا۔ اس کا حلیہ، جسم، قدبت پڑوسنوں نے بتا بتا کے مجھے رٹا دیا تھا۔ دروازے جتنی اونچی تھی۔ گورا رنگ اوپر سے دھوپ چہرے پہ پڑی ایسے لگے، جیسے چہرے سے نکل رہی ہو۔ میں تو اسے دیکھ کے کوئلہ ہو گئی۔

ذرا ادھر کر چمٹا، میں کوئلے توڑ دوں،

اندر تک سیک نہ پہنچے تو کوئلہ کچا رہتا ہے۔

دھواں دیتا ہے

دور ہو جا، تیری آنکھوں میں دھواں پڑے گا۔

لو، جل گئی آگ تیزی سے۔

ایسی ہی دھوپ تھی پیلی پیلی۔ بال اس کے دھوپ میں بھورے بھورے لگ رہے تھے۔ اوپر تین رنگ کا لاٹیں مارتا ہوا ڈوپٹہ تھا، کاسنی، نیلا اور لال۔ دو قدم دروازے سے اندر آ کے اس نے چوڑیوں بھرا ہاتھ اوپر ماتھے پہ رکھ آنکھوں کے سامنے کر کے دھوپ روکی۔ سائے میں بھی اس کی آنکھیں ایسے چمک رہی تھیں جیسے دھوپ پڑے جا رہی ہو۔ ایک دو لمحے وہ دروازے پہ سہمی ہرنی کی طرح کھڑی رہی جیسے جنگل سے پہلی بار آبادی میں آئی ہو۔ پھر بولی۔

سلام علیکم۔

آپ نے جواب دیا؟

توبہ کر،

میرے تو سانس اوپر کے اوپر رہ گئے۔ نبض بند ہوگئی۔ بڑیوں والا تھال میرے ہاتھ سے کھسک گیا۔ وہ تو کپڑا چارپائی پہ بچھایا ہوا تھا، بڑیاں بچ گئیں۔

بولی، میں اندر آ جاؤں؟

آپ نے کیا کہا؟

مجھ سے کب بولا جاتا تھا۔ منہ خشک ہوگیا، زبان تالو سے لگ گئی۔ اندر میرے آگ لگ گئی۔ تنور جل گیا۔

پھر؟

پھر کیا وہ اندر آ گئی۔

گھر کے اندر؟

ہاں، ادھر صحن میں آ کے تریک کی چھاؤں میں کھڑی ہوگئی۔

آپ نے بولا، بیٹھنے کو۔

توبہ کرو،

میری تو آنکھوں میں انگارے بھرے تھے۔ چنگاریاں مجھے خود چبھ رہی تھیں اپنی۔

پھر؟

وہ قدم قدم چلتی آئی۔ آ کر میرے پاس چارپائی پہ پڑی دری ہٹا کے پراندی بیٹھ گئی۔ اور تھال سے گری کپڑے پہ پڑیں، بڑیاں اٹھا اٹھا کے تھال میں رکھنے لگی۔ چار پانچ بڑیاں رکھ کے میری طرف نگاہ اٹھائی اور بولی میں سیراں ہوں۔

مجھے تو تھال سے سیک آنے لگا۔ دماغ میرا دھوئیں سے بھر گیا۔ لے، تو نے باتوں میں لگا کے توا جلا دیا۔ ہٹ پرے ادھر کر کنالی۔ روٹیاں پکا دوں۔ ماں نے پھر چولہے سے دو لکڑیاں کھسکا کے باہر کی طرف کنارے پہ کیں۔ اور کنالی اپنے پیروں میں رکھ کے آٹے کے پیڑے بنانے لگی۔ وہ اِدھر کر خشکے کی تھالی۔

کیا کہہ رہی تھی میں؟

اس نے کہا، میں سیراں ہوں، سراج بولا۔

ہاں، بولی میں سیراں ہوں۔ میں نے سر ہلا دیا، سر میں نے ایسے زہریلے انداز سے ہلایا کہ اسے سمجھ آ گئی ہوگی کہ میں کیا کہنا چاہتی ہوں۔ ساتھ منہ ہی منہ میں، میں بولی بھی تھی، پتہ ہے مجھے، میں نے ناک چڑھا کے کہا تھا۔ میرا خیال تھا، میرا حلیہ دیکھ کے وہ بھی منہ بنائے گی۔ الٹا وہ خوشی سے نہال ہوگئی۔ گملے میں لگے پھولوں کے خشک ہوئے پودے کو پانی دیں، تو جیسے ہری بھری آنکھیں کھول کے دیکھتا ہے، مسکراتا ہے، ایسے مسکرائی تھی وہ۔ بولی، آپ نے کیسے پہچانا۔

سارا پنڈ پہنچانتا ہے، گھر اجاڑنے والیوں کو۔ تمہیں کون نہ پہنچانے

میں نے پٹاخ پٹاخ کہا اور ہر بات پر ایسا گول گھما کے سر ہلایا میں نے کہ بین کے آگے پھنیئر سانپ بھی کیا پھن ہلاتا ہوگا۔ ایک بار تو اس کے ہاتھ سے بھی تھال کھسک گیا۔ دو چار منٹ تک اس نے تھال کو ہاتھ نہ لگایا۔ نیچے سر کیے بیٹھی کچھ سوچتی رہی۔ اپنی تین رنگ کی چنی کے کونے کو پکڑ کے انگلی پہ لپیٹتی رہی۔ ایک بل دیا، پھر دوسرا، پھر تیسرا۔ دے بار بار بل دیتی، بیٹھی رہی۔ پھر ایکا ایکی اس نے سارے بل کھول دیے اور چنّی کے کونے کو دانتوں میں دے کر دھیرے دھیرے کھنچتی ہوئی بولی۔

میں گھر اجاڑنے والی نہیں ہوں۔

تیری خیر خواہ ہوں۔

تو مجھے برا نہ سمجھ۔

نہیں، بہت اچھا سمجھتی ہوں،

میں زہر کا کٹورا زبان کے نیچے رکھ کے، تن کے بولی۔

تو سمجھتی نہیں مجھے، وہ آہستگی سے بولی، بہت آہستہ سے۔ جیسے اپنے آپ سے بول رہی ہو۔

آپ نے سن لیا؟

ہاں، میرے کان اس وقت اسکی نبض بھی سن رہے تھے۔ دھک دل اسکا اچھل رہا تھا، ڈوپٹے کے اندر سے ہلتا نظر آتا تھا۔

آپ سے ڈر گئی ہوں گی وہ؟

اللہ جانے، میری تو اپنی زمین پیروں تلے نکلی ہوئی تھی۔ تھی بھی اس وقت میں گھر میں اکیلی۔ نذر برآمدے میں سلایا ہوا تھا۔ سمجھ میں نہ آئے کیا بولوں، کیا کہوں۔ تھوڑی دیر تک وہ چپ بیٹھی رہی۔ میں نے بھی بات نہ کی۔ پھر وہ اسی طرح آہستہ سے ڈرتے ڈرتے انداز میں بولی۔

میں تیری لگتی تو کچھ نہیں، لیکن،

لیکن کہہ کے پھر وہ چپ ہوگئی۔

مجھے غصہ آ گیا۔

لیکن کیا؟ میں زور سے بولی۔

اتنا زور سے بولی کہ وہ چارپائی کی نکر پہ بیٹھی بیٹھی سہم کے لرز گئی۔ دونوں ہاتھوں میں اس نے چارپائی کی رسیاں پکڑ لیں پراندی کی۔ پھر رسیوں میں ہاتھ الجھاتی نکالتی ایک دم سے لجا کے بولی،

تو مجھے اپنی بہن سمجھ لو۔

ماں نے تھپ تھپ ہاتھوں پہ روٹی پھیلا کے چٹاخ سے توے پہ ماری۔ اور بولی میرا دماغ ہل گیا۔

چیخ کے بولی۔ کیوں سمجھ لوں تجھے بہن،

ہیں بول۔

تیری طرح پتن پہ معاشقہ نہیں لڑایا۔ کچے گھڑے پہ تیر کے پکے یارانے نہیں لگائے۔ بیٹری میں جڑ جڑ کے جھوٹے نہیں لیے۔ جھوٹے مرنے جینے کے وعدے نہیں

کیے۔ شادی کرا کے اس گھر میں بسی ہوں۔ اب تو آ کے اجاڑ دے۔ بن جا ڈائن۔ ڈبو دے میری بیڑی بھی۔ اپنے یار کی بیڑی تو ڈبوا کے دم لیا تھا۔ تیرے ہی کچھ لکتوں نے اس میں سوراخ کیا ہوگا۔ اب آ گئی ہے۔ میرے پاس بے شرم بن کے۔ اوپر سے کہتی ہے میں تمہیں بہن سمجھ لوں۔ واہ بھئی، واہ۔ ایک چوری دوسرا سینہ زوری۔

وہ پھر سر جھکا کے بیٹھ گئی، رسیوں سے اپنے ہاتھ نکال لیے، گیلی مرغی کی طرح دبک کے بیٹھ گئی۔ پھر اپنے داہنے ہاتھ کی انگلیوں سے بائیں کلائی کی چوڑیوں کو ایک ایک کر کے آگے پیچھے ناخنوں سے ہلانے لگی۔ دو تین منٹ اسی طرح بیٹھی رہی۔

ماں نے توے پہ پڑی روٹی کو چمٹے سے پکڑ کے الٹا۔

دو تین منٹ تک اس نے آنکھ اٹھا کے میری طرف نہیں دیکھا۔ اللہ جانے بیٹھی کیا سوچتی رہی۔ بس اپنا بائیاں بازو اپنے سامنے کتاب کی طرح پھیلا کے اس کی کاسنی، نیلی نیلی چوڑیاں داہنے ہاتھ کے ناخنوں سے آگے پیچھے کرتی رہی، کبھی کبھی کسی چوڑی کے نیلے نیلے دانوں پہ لگے سنہری چمکے کو ناخن سے کھرچنے لگتی۔ کبھی چوڑیوں کو ایک طرف کرتی، کبھی ایک دم سے دوسری طرف دھکیل دیتی۔ پھر اس نے نگاہ اوپر کی۔ میری طرف دیکھا، آنکھوں میں موٹے موٹے آنسو تھے اسکے۔ پتہ نہیں کیسے روک کے بیٹھی تھی آنسو، سر اوپر اٹھایا تو دھڑ دھڑ آنسو اسکے گالوں پہ بہنے لگے۔ میں نے اتنی خاموشی سے کسی کے آنسو بہتے نہیں دیکھے۔ وہ تو اس طرح بہہ رہے تھے جیسے بھیگی ہوئی مٹھی بھر روئی کو کسی نے پکڑ کے نچوڑ دیا ہو۔ کئی آنسو تو اس کے ہونٹوں سے سرک سرک کے نیچے گر رہے تھے۔ اسی کسی لمحے اس کے ہونٹ کانپے، ہونٹوں پہ پڑے آنسو تھر تھراتے ادھر ادھر گرے اور وہ بولی،

میں تمہیں اپنی بہن سے بھی زیادہ پیاری سمجھتی ہوں۔

تمھاری خیر مانگتی ہوں۔

ہمیشہ۔

کیوں،

کیوں مانگتی ہو خیر میری،

کیا لگتی ہوں میں تیری۔

لے میں تو اس سے لڑنے بیٹھ گئی۔ اندر سے میرا دل بھی ہل گیا تھا اس کے آنسو دیکھ کے۔ پر میں جھوٹ کیوں بولوں، میں نے تو لڑائی والے طریقے سے ہی اس سے بات کی تھی۔ لے ہٹ چنگیر آگے کر، روٹی رکھنی ہے۔ ماں نے توے سے روٹی اٹھا کے چھابے میں رکھی اور دوسری روٹی ہاتھوں پہ پھیلانے لگی۔ روٹی توے پہ ڈال کے اس نے چولہے کی لکڑیاں درست کیں۔ اور بولی۔ وہ بیچاری چارپائی کی پرانندی بیٹھی بیٹھی روتی رہی۔ پھر بولی، میں بہت سالوں بعد اس گاؤں میں آئی ہوں۔ میں تو تیرے اس گھر میں آنے سے بہت پہلے اس علاقے سے چلی گئی تھی۔

میں کبھی تیری راہ میں نہیں آئی۔

نہ آؤں گی۔ یہ تیرا گھر ہے۔

اللہ تجھے سلامت رکھے۔

کل صبح میں چلی جاؤں گی۔

بہت دور جانا ہے مجھے۔ کئی ہزار میل دور۔

میرا میاں نوکری کرتا ہے فوج میں، بنگال میں تبدیلی ہوگئی ہے اس کی۔

ماں نے توے کی روٹی پلٹی اور ہنس کے بولی، پتر سچی بات ہے، اس کی اس بات سے مجھے اندر ہی اندر تسلی ہوئی۔ کہ چلو جان چھوٹی، پھر تیرا باپ کونسا ادھر تھا۔ میں نے سوچا اب جب وہ ہی ادھر نہیں ہے تو لڑائی کیسی۔ میں نے پہلی بار ذرا بھلے مانس کی طرح اس سے بات کی، پوچھا ادھر کیوں آئی ہو؟

بولی وہ، وہ چل پڑے ہیں نہر بنگلے سے ادھر آرہے ہیں گاؤں۔

کیوں تجھے تار آئی ہے؟ میں پھر ناک چڑھا کے بولی۔

وہ ہنس پڑی، مجھے اب تک یاد ہے اس کے آنسو ایک دم سے اس کے صاف شفاف سے چہرے سے اِدھر اُدھر اڑے۔ اور پھر دو موٹے موٹے آنسو اسکی آنکھوں سے نیچے گرے۔ وہ بولی تار تو اسے آتی ہے جس کی تاریں نہ جڑی ہوں۔

میں تو ہڑ بڑا کے بیٹھ گئی۔

وہ اسی طرح سر جھکائے ہوئے بیٹھی رہی۔ بیٹھی اپنے دوپٹے کو بائیں ہاتھ کی شہادت کی انگلی پہ لپیٹنے لگی۔ بولی، اس وقت وہ ریل کے ڈبے میں کھڑکی کے ساتھ والی سیٹ پہ بیٹھے ہیں اور سر پہ لال کنی والا آسمانی رومال لپیٹے گود میں پنسورہ رکھے سورۃ رحمان کی گیارھویں آیت پڑھ رہے ہیں۔ آہستہ آواز میں پڑھ رہے ہیں۔ ساتھ سر آگے پیچھے ہلائے جا رہے ہیں۔ لو انہوں نے انگلی زبان سے لگا کے صفحہ پلٹا ہے۔ وہ تیرے لیے ایک پوٹلی میں باندھ کے کپڑے بھی لے کر آ رہے ہیں۔ اسی تھیلی میں نیچے انہوں نے پانچ سیر آم رکھے ہوئے ہیں۔ پیچھے سٹیشن سے لیے تھے انہوں نے یہ۔

وہ عجیب و غریب باتیں کر رہی تھی۔

میں دل میں ہنسی، لو اس کا دماغ چل گیا ہے۔

عجیب طرح کی اس کی صورت تھی اس وقت۔ جیسے وہ وہاں ہو ہی نا، کہیں اور ہو۔ میں نے ایسی صورت کہیں اور نہیں دیکھی، تمہیں کیا مثال دوں۔ لگتا تھا جیسے اس کے اندر کوئی آسیب ہو، وہ بول رہا ہو۔ سچی بات ہے، اسے دیکھ کے خوف بھی آتا تھا اس وقت۔ وہ سر جھکائے ڈوپٹے کو بل دیے جا رہی تھی۔ اور بول ایسے رہی تھی جیسے بائیسکوپ سے تصویریں دیکھ دیکھ بتا رہی ہو۔ پتہ نہیں کیوں، مجھے اس پہ ترس بھی آیا۔ لے تیرے باپ نے کونسا اس کے کہنے پہ آ جانا تھا۔ مجھے پتہ تھا۔ ان کے آنے کی کوئی ٹک ہی نہیں تھی۔ ابھی چار پانچ دن پہلے انہوں نے اپنے بنگلے نہر کا ایک بیلدار ادھر بھیجا تھا۔ ایک گھی کا ڈبہ دے کر۔ وہ دو گاؤں چھوڑ کے ادھر کا ہی رہنے والا تھا۔ اسی کے ہاتھ سندیس بھی بھجوایا تھا کوئی بیس پچیس دنوں بعد چھٹی ملے گی۔

میں نے اس کی طرف دھیان دینا چھوڑ دیا۔

اپنی بڑیاں بناتی رہی۔ وہ خواہ مخواہ میرے قریب سرک کے میرا ہاتھ بٹانے لگ گئی۔ میں نے بھی کچھ نہ کہا۔ بڑیاں بنا کے میں اندر سے تھالی میں ماش کی دال ڈال کے لے آئی اور اسے صاف کرنے لگی۔ وہ اٹھ کے میرے پاس آ کے کھڑی ہوگئی، بولی:

اگر بہن تو اجازت دے تو میں ساگ چولہے پہ چڑھا دوں۔

وہ مجھے یہ کہہ کے عجیب بے بسی سے سہمی آنکھوں سے دیکھنے لگی، کہ کہیں میں منع نہ کر دوں۔ میں کیا کہتی، گھر میں ساگ کدھر تھا؟ نہ ساگ کا کوئی موسم تھا۔ میں کچھ نہ بولی، یقین پکا ہو گیا کہ یہ عورت پاگل ہو چکی ہے۔ چلو جان چھوٹی۔ میں چپ ہوئی تو وہ سمجھی میں نے ہاں کہہ دیا ہے۔ ہنستی ہوئی اُٹھی، اُٹھ کے دروازے کے پاس گئی۔ اور باہر دروازے کی دہلیز کے پاس اپنے ایک دوپٹے میں بندھی ہوئی صاف ستھری دھلی ہوئی ساگ کی گٹھڑی اٹھا کے اندر لے آئی۔ اور جوتے اتار کے باورچی خانے والے تھڑے پہ چڑھ گئی۔ پھر اس نے میری طرف نہیں دیکھا۔ خود ہی برتن اٹھائے، کسی میں رکھ کے ساگ کاٹا، پھر ہانڈی اٹھا کے نلکے پہ دھونے چلی گئی۔ لا کے ہانڈی چولہے پہ چڑھا دی۔ آگ بھی بڑی سوہنی اس نے جلائی۔ مجال ہے جو دھواں نکلا ہو۔ اللہ جانے کیسے پھولوں کی طرح ایک ایک کر کے اس نے لکڑیاں ایک دوسرے پہ چنیں۔ مٹی کا تیل بھی نہیں ڈالا، بس یونہی تھوڑا سا گھاس پھوس اٹھا کے لکڑیوں کے اندر کہیں رکھا اور ماچس لگا کے جلا دیا۔ سچ پوچھو تو اس طرح چولہا جلاتے میں نے کسی کو نہیں دیکھا۔ میں نے سوچا، چلو مفت میں کام کر رہی ہے کرنے دو۔ بے موسما ساگ لا کے پکانے بیٹھی ہے۔ پکانے دو۔ مجھے تو ساگ کی خوشبو نے خوش کر دیا۔ اور تو اور مجھ سے اس نے کسی نمک مرچ مصالحے تک کا نہیں پوچھا۔ ہر چیز خود ہی اٹھائی۔ جیسے وہ اس کا اپنا باورچی خانہ ہو۔ کونسی چیز کہاں پڑی ہے، سب جانتی ہو۔ ایک دوبار تو میں

اس سے پوچھنے بھی لگی تھی۔ مگر اسے دیکھتی تو ترس آتا۔ وہ ایسے انہماک سے اپنے کام میں جتی تھی۔ جیسے عبادت کر رہی ہو۔ پوجا پاٹ میں لگی ہو۔ ساگ پکاتے پکاتے ایک بار اس نے مجھ سے کونڈی کا سوٹا مانگا۔ میں نے اشارہ کر دیا جدھر پڑا تھا بر آمدے میں۔ سوٹے کے ساتھ پیڑی پر تیرا بھائی نذر سو رہا تھا۔ ایک لمحے کے لیے میرے دل میں عجیب طرح کا خوف آیا اور لپک کے اُٹھی۔ اتنی دیر میں وہ سوٹا اُٹھا کے نذر پہ جھکی اسے بھی چوم رہی تھی۔ میں شرمندہ سی ہو کے اُس کے پاس کھڑی ہوگئی۔ اور پوچھنے لگی۔ اس کے میاں جی بھی تمھیں ایسے ہی چاہتے تھے، جیسے تم ان پہ مرے جا رہی ہو۔

پھر، وہ کیا بولی۔

بولی کچھ نہیں، رونے لگ گئی۔ روتے روتے آ کر ساگ میں مٹھی آٹے کی ڈال کے اسے گھوٹنے لگی۔ اسے گھوٹتے دیکھ کے مجھ سے نہ رہا گیا کہہ بیٹھی،

ہانڈی کا پیندا نہ نکال دینا، اپنا زور دکھاتے دکھاتے

وہ روتے روتے ہنس پڑی۔ ہنس کے بولی، زور تو دریا میں تھا، آیا۔ سمندر جتنا چوڑا ہو گیا تھا۔ سیلاب کے بعد۔ اس خوف سے اُدھر کشتی نہ جاتی تھی۔ ادھر سے میرا گھڑا نہ مجھے لا سکتا تھا۔ اتنا زور دکھایا تھا دریا نے۔ لیکن روک تھوڑی سکا۔

کیوں،

مجھے اس کی کہانی اچھی لگی۔ پوچھنے لگی تم لوگوں نے کیا کیا؟

وہ اس کنارے بیٹھے رہتے۔ میں اُس کنارے۔ دونوں باتیں کرتے رہتے۔ سارا سارا دن۔

آواز پہنچتی تھی؟

اتنی دور آواز سے تھوڑی باتیں کرتے تھے۔ وہ ہنستے ہنستے پھر رونے لگی۔ اسی دریا کے چوڑے پاٹ نے ہمیں ایسی جدائی دی کہ ہم ایک دوسرے کے لیے اپنے آپ سے ہی جدا ہو گئے۔ ان کا پتہ نہیں۔ میں تو کسی جوگی بھی نہیں رہی۔ تیرے میاں جی

میرے اندر ان دنوں سے ایسے رہ رہے ہیں جیسے کوئی نیک روح کسی گنہگار کے جسم میں رہتی ہے۔

اس کی یہ باتیں سن کے مجھے ٹوہ ہوئی، پوچھنے لگی۔

تیری ان سے شناسائی کب ہوئی؟

پتہ نہیں۔ ازل سے ہی شاید ہم اک دوسرے کو جانتے تھے۔ تمہارے میاں بچپن میں بیڑی دریا میں بہاتے تھے۔ میں دریا پار گاؤں کے ترخان کی بیٹی تھی۔ اس کنارے یہ میرے ابا کشتیوں کی مرمت کرتے تھے۔ کبھی کبھار یہ بھی اپنی کشتی کے کسی ٹوٹے پھٹے میں کیل لگوانے ہماری ہٹی پہ آ جاتے۔ میں ادھر ہی اپنے ابا سے جڑی کیلوں میخوں، ہتھوڑی، تیشے کے پاس بیٹھی ہوتی تھی۔ پتہ ہی نہیں چلا کب اپنی بیڑی میں کیلیں لگواتے لگواتے، انہوں نے میرے دل میں میخ ٹھونک دی۔

مجھے شوق ہوا آگے سنوں، پوچھ لیا، پھر

پھر کیا ہونا تھا۔ وہ بولنے کے لیے منہ کھول کے کچھ کہنے لگی پھر چپ ہوگئی۔

کیا کرتے رہے تم دونوں، اب تو بتا دو۔

بتاؤں تو وہ، جو کہا سنا ہو۔ ہم دونوں تو کچھ کہے سنے بغیر ہی اک دوسرے کو سنتے رہے۔ جیتے رہے۔ ان کا پتہ نہیں میں تو اب بھی پتن کنارے بیٹھی ان کی کشتی سارے جہاں میں تیرتی تکتی ہوں۔

ان کی کشتی میں کدھر کدھر گھومی ہو؟

پتہ نہیں، دریا کو سارا یاد ہوگا۔ وہ اٹھ اٹھ کے، کروٹیں بدل بدل کے ہمیں تکا کرتا تھا، شور مچاتا ہوا۔ ہم تو چپ چاپ بس دیکھتے رہتے تھے۔

کیوں منہ میں زبان نہیں تھی۔ میں نے پھر ٹیڑھا سوال پوچھ لیا۔

زبان سے دل کی بات ہوتی ہی نہیں۔

اب تو بڑی چلتی ہے تیری زبان، اس وقت کیسے چپ رہی، میں نے طعنہ دیا۔

پتہ نہیں۔ کچھ کہے بغیر ہی وہ سن لیتے تھے، پھر کہتی کیا۔

واہ، بڑا مان ہے، اپنے آپ پہ۔ میں تو جل کے کوئلہ ہو گئی۔ ہٹ ذرا کوئلے درست کرلوں چولہے میں، دھواں دینے لگے ہیں۔ ہٹ جا تو پیچھے ذرا۔

سراج ایک قدم پیچھے ہٹا اور بولا، وہ پھر کیا بولیں۔

بولنا کیا تھا، چولہے کے پاس بیٹھی روتی رہی۔ روتے روتے میری طرف سر اٹھا کے آنسو پونچھتے ہوئے بولی، دھویں سے آنسو آ گئے۔ دھواں کدھر تھا، اس کے جلائے چولہے میں۔

آپ کچھ نہ بولیں؟

میں نے کیا کہنا تھا۔ میرے اندر تو بھانبڑ جل رہے تھے۔ تنگ کے میں نے پوچھ لیا، چل تیرے منہ میں تو زبان نہیں تھی۔ وہ کیا کہتے تھے تجھے۔

اچھا، یہ پوچھا آپ نے؟

ہاں، سنا بھی اس نے۔ سن کے رونے لگی۔ روتے روتے بولی، کچھ کہا ہی نہیں۔ کہا ہوتا تو میں سنتی کیسے نا۔ بس ایک بات کہی تھی انہوں نے وہ بھی میں اب تک پوری نہ کرسکی۔

کیا؟

ایک بار، کشتی دریا بیچ کسی بھنور میں پھنس گئی۔ وہ گھبرا گئے۔ میں ہنسنے لگی۔ بولے، ہنس کیوں رہی ہو۔ میں نے کہا، چلو، ساتھ جینے پتہ نہیں دنیا دے نہ دے۔ ساتھ مرنے کا موقع آ گیا۔

پھر؟

انہوں نے کشتی بھنور سے نکال لی۔ وہ موقع بھی ضائع گیا۔ پرلے کنارے پہ مجھے اتار کے پلٹنے لگے تو کشتی روک کے کھڑے ہو گئے۔ اور مجھے دیکھ کے بولے، ''سیراں، تیرے ہاتھ کی پکی روٹی کھائے بغیر میں نے ادھر سے نہیں جانا۔''

میں سن کے نہال ہوگئی۔ پوچھنے لگی۔ میرے ہاتھ سے کیا پکا کھاؤ گے۔ پتہ ہے کیا بولے؟

کیا؟

کہنے لگے، سرسوں کا ساگ، ساتھ پودینے کی چٹنی۔

یہ کہہ کے بازوؤں میں سر دے کے وہ بہت روئی۔

میں سمجھ گئی، تیرے میاں جی کی اسی چٹوری کہی ایک بات سے یہ سالوں سے بندھی پاگل ہوگئی ہے۔ کرنے دو اسے تماشہ، جو پکار ہی ہے پکاتی پھرے۔ نکال لے اپنے دل کی بھڑاس۔ میری طرف سے جائے بھاڑ میں۔ میں نے اس سے باتیں کرنا چھوڑ دیں۔ کبھی کبھار کانی آنکھ سے اسے دیکھ لیتی اور دل ہی دل میں سوچتی کہ کہاں سے آ گئی مصیبت۔ کب ٹلے گی۔ پاگل عورت۔

ساگ پکنے لگا تو اپنی پوٹلی سے اس نے پودینے کی گٹی نکال لی۔ اور باورچی خانے کے ایک کونے سے سل بٹہ کھینچ کے تھڑے پہ آلتی پالتی مار کے بیٹھ گئی۔ چھوٹی چھوٹی پڑیوں میں وہ کئی چیزیں ساتھ لائی تھی۔ انار دانہ، املی اور پتہ نہیں کیا کیا چیزیں تھیں۔ میرے پاس ایسی ایک بھی چٹخارے والی چیز نہیں تھی۔ اپنے پاس تو سیدھا سیدھا نمک مرچ اور گھی ہوتا ہے۔ اس نے تو ہری مرچیں بھی نکال کے رگڑ لیں۔ کیا شاندار چٹنی بنادی۔ مجھے دور بیٹھی کو سِل سے چٹنی کی خوشبو میں ذائقہ آ رہا تھا۔ جب چٹنی سِل سے اتار کے کولی میں ڈالنے لگی تو میں سامنے جا کے کھڑی ہوگئی۔ اس وقت مجھ سے نظر ملتے ہی بولی،

آپا۔ لدھیانے سے آگے نکل آئی ہے گاڑی ان کی۔

بس پھلور پہنچنے والے ہیں۔

میں آٹا گوندھ دوں۔

اول تو میں نے اس وقت روٹی پکانی ہی نہیں تھی۔ شام کو پکانا تھی۔ اس وقت دن

کھڑا تھا۔ میں کیوں اسے آٹا گوندھنے دیتی۔ میں جب کچھ نہ بولی، تو وہ میرے پاس اٹھ کے آئی۔ بولی انہوں نے کھانا نہیں کھایا ہے۔ بس دو منٹ میں آٹا گوندھ لیتی ہوں۔

لے تُو روٹی کھا، ماں نے سراج کو پیالی میں دال ڈال کے روٹیوں کی چنگیر اس کے آگے کر دی۔ سراج روٹی کا نوالہ توڑ کے دال میں بھگوئے بغیر دانتوں میں دبا کے بیٹھ گیا، بولا، پھر؟

پھر کیا پتر، میں نے یہی خیال کیا کہ اس کا دماغ کھسک گیا ہے۔ بہکی بہکی باتیں کر رہی ہے۔ گوندھ لینے دو آٹا بھی۔ میرا کیا جاتا ہے۔ دو مٹھی آٹا ہی ہے نا۔ چڑیوں کو ڈال دوں گی۔ بس جی، اس نے گوندھ دیا آٹا بھی۔ میں کانی آنکھ سے دور بیٹھی اسے دیکھ رہی تھی۔ آٹا گوندھتے گوندھتے کئی بار اس کے آنسو بھی آٹے میں گرے۔ مگر اس کے چہرے پہ عجیب طرح کی شادابی تھی۔ اس کا چہرہ دمک رہا تھا۔ جیسے صبح کا سورج اس کی آنکھوں سے نکل رہا ہو۔ آٹا گوندھتے گوندھتے ایک بار اس نے آنسو پونچھ کے میری طرف دیکھا اور بولی، بہن اگر اجازت دو، تو ذرا چٹکی بھر نمک ڈال دوں آٹے میں، انہیں نمکین روٹی پسند ہے۔

مجھے پتہ تھا، تیرے ابا کو ذرا سے نمک ملے آٹے کی روٹی اچھی لگتی ہے، مگر مجھے غصہ آیا، کہ لو اب اپنے پاگل پن میں مجھے بھی پڑھا رہی ہے۔ اوپر سے آنسو گرائے جا رہی ہے، مجھ سے رہا نہ گیا۔ میں نے کہہ دیا، ابھی نمک کی کسر ہے باقی، اتنے آنسوؤں سے ابھی تیرا آٹا نمکین نہیں ہوا۔

میرا یہی کہنا تھا کہ، ٹپ ٹپ قطار بن کے اس کے آنسو ایک دم سے آٹے میں گر گئے۔ اور وہ دونوں بازو آٹے کی کنالی پہ پھیلا کے سسکیاں سی لینے لگی۔ میں پھر اٹھ کے اندر باہر کے کاموں میں لگ گئی۔ پھر کیا دیکھتی ہوں اس نے برتن دھو دھو کے سلیقے سے سجا دیے۔ ساگ کو خوب گھوٹ گھوٹ کے پکایا تھا۔ چٹنی تیار کر کے ایک پیالی میں ڈال کے رکھ دی۔ پھر میرے پاس آ کے بولی، بہن اگر برا نہ مانو تو ذرا سا پیاز کاٹ

کے لیموں نچوڑ کے رکھ دوں وہ پرتاب پورا ریلوے سٹیشن سے اتر کے ٹانگے والے سے ادھر آنے کا بھاؤ طے کر رہے ہیں۔ صبح سے انہوں نے روٹی نہیں کھائی ہوئی۔ ریل میں کھڑکی کے پاس بیٹھنے سے مٹی بھی بہت اڑ اڑ کے ان پہ پڑی ہے۔ پیلی بوسکی کی اپنی قمیض کا دامن جھاڑ کے تانگے کی سیٹ کو سر کے لال کناری والے آسمانی رومال سے پونچھ کے وہ بیٹھ گئے ہیں۔ پچھلی سیٹ پہ بیٹھے ہیں اکیلے ہی۔ پورا تانگہ سالم کرالیا ہے، تانگے والا سواریوں کے انتظار میں انہیں دیر کرا دیتا نا، اسی لیے۔ گٹھڑی دیکھ کے سنبھال کے انہوں نے اپنے برابر سیٹ کے اوپر رکھ لی ہے۔ نیچے گٹھڑی میں پڑے آموں میں سے کوئی ایک آم پچک گیا ہے۔ دیکھ کتنی جلدی سے انہوں نے گٹھڑی کھول کے تیرے لیے لائے ہوئے کپڑوں کی پوٹلی نکال کے دوسری طرف رکھ لی ہے۔ تو فکر نہ کر۔ تیرے کپڑوں پہ کوئی دھبّا نہیں لگا۔ نیلی دھاریوں والا پیلا کپڑا ہے تیری قمیض کا، اور شلوار پیلے رنگ کی ہے۔ ریشمی لگتے ہیں تیرے کپڑے۔ تو نے کہا تھا انہیں اس رنگ کے لیے؟

لے پتر،

پہلی بار میں اس کی بات سے چونکی۔ میرے کان کھڑے ہوئے، مجھے ذرا سا شک پڑا کہ کوئی سال پہلے تیرے باپ کو میں نے نیلی دھاری والی پیلی قمیض کا کہا تھا۔ پتہ نہیں اس نے غور سے سنا تھا بھی یا نہیں۔ اصل میں گاؤں میں خواجہ روشن ولی سرکار کے عرس کے موقع پہ شہر سے آئی ہوئی ایک عورت میں نے ایسی قمیض پہنے دیکھی تھی۔ مجھے وہ اچھی لگی پر مجھے پتہ تھا تیرا باپ اس طرح کے کپڑے پسند نہیں کرتا۔ پر وہ تو اوٹ پٹانگ بولے جا رہی تھی۔ پاگلوں کی طرح بھاگ بھاگ کے کام میں لگی تھی۔ اور تو اور جھاڑو اٹھا کے اس نے دروازے سے اندر تک سارا ویڑہ صاف کر دیا۔ صحن میں بالٹی بھر کے چھڑکاؤ کر دیا۔ کیکر کے نیچے دو چارپائیاں بچھا کے اندر سے ایک صندوق اٹھا کے اسے ان دونوں کے درمیان میں میز کی طرح سے رکھ دیا۔ اب میز تھوڑی

تھا ہمارے گھر۔ اوپر اپنی پوٹلی والی چٹی دوہری کر کے بچھا دی۔ پھر اس پہ لا لا کر برتن سجا دیے۔ ساگ پک گیا۔ وہ ڈونگے میں نکال کے لے آئی۔ پھر اپنی پوٹلی سے نکال کے رکھا ہوا مکھن کا ڈلہ ساتھ ایک پلیٹ میں رکھ دیا۔ پیاز کاٹ کے نمک چھڑک کے لیموں نچوڑ کے ایک پیالی بھر دی۔ پھر چولہے پہ توا رکھ کے بولی۔

بہن میں اب روٹی چڑھا دوں۔

وہ گاؤں کی نکڑ پہ ٹانگے سے اتر کے کھڑے جیب سے پیسے نکال کے دے رہے ہیں۔ اور ایک بچے کو بلا کے پوچھ رہے ہیں کہ سائیں بگو شاہ کدھر ہے، وہ اپنے ڈیرے پہ نہیں ہے نا۔ پتہ ہے انہیں سائیں کدھر گیا ہوا ہے۔ پوچھ اس لیے رہے ہیں کہ سائیں بھی سن لے کہ وہ آئے کھڑے ہیں۔ وہ عجیب عقیدت بھری سرشاری کی کیفیت میں آٹے کی کنالی میں پیڑے بنانے لگی۔ ابھی پہلی روٹی توے پہ اس نے نہیں ڈالی تھی کہ ایک دم اونچی آواز میں پکارنے کے انداز میں بولی،

''وہ تانگہ جا رہا ہے گٹھڑی تو اٹھائیے اپنی۔''

میں چونک کے اس کی طرف دیکھنے لگی کہ کسے کہہ رہی ہے۔

وہ مسکرا کے بولی۔ شکر ہے خیال آ گیا، اٹھا لی تیری گٹھڑی۔ اصل میں وہ صرف آم اٹھا کے اتر آئے تھے۔ تیرے کپڑوں والی چھوٹی پوٹلی ٹانگے کی سیٹ پہ ہی رہ گئی تھی۔ یہ کہہ کے اس نے توے پہ روٹی ڈال دی۔ میں پھر اسے دیکھ کے سوچنے لگی۔ اسکا دماغ تو اچھا خاصا ہلا ہوا ہے۔ لوگ بلاوجہ مجھے اس سے ڈراتے تھے۔ چلو، سائیں بگو شاہ سے اسے کوئی تعویذ لے دوں گی۔ شاید سنبھل جائے، نہ سنبھلے، جائے بھاڑ میں۔ کل تو اس نے چلے ہی جانا ہے۔ بنگال کونسا قریب ہے۔ یہ فاصلہ اس کے دریا جتنا تھوڑی ہے کہ دوسرے کنارے پہ بیٹھی میرے میاں سے باتیں کرتی رہے۔ آٹے کا ناس کر رہی ہے۔ مجھے کبھی غصہ آتا کبھی ترس۔ وہ روٹیاں پکائے جا رہی تھی۔ اور مسکرائے جا رہی تھی۔ ذرا ذرا سی دیر بعد وہ میری طرف گردن موڑتی اور کہتی لو،

اب وہ ادھر آ گئے ہیں۔

یہ پہلا موڑ مڑ گئے ہیں گلی کا۔

مسلمانوں کی کھوئی کے آگے کھڑے ہیں۔

دو تین بندوں سے ہاتھ ملایا ہے انہوں نے۔

یہ لو ہو گئی تیار روٹیاں۔

اس نے بھاگ کے روٹیاں پونے میں لپیٹ کے چنگیر میں ڈال کے کیکر کے نیچے چار پائیوں کے درمیان بچھے صندوق پہ پھیلائے اپنے دوپٹے کو پھاڑ کے بنائے دستر خواں پہ رکھ دیں۔ اور بھاگی ہوئی پھر سروئی میں گئی۔

میں ذرا لسی کا گلاس نکال دوں۔ وہ اپنی گلی میں آ گئے ہیں۔

لسی کا بھرا ہوا گلاس روٹیوں کی چنگیر کے پاس رکھا، اور دونوں ہاتھ منہ پہ رکھ کے سسکتی ہوئی مسکراہٹ سے کھلکھلا کے بولی،

آپا

لو تم اب دروازے کی طرف جاؤ۔ میں چلتی ہوں۔ اس کا یہ کہنا تھا کہ دروازے پہ دستک ہوئی۔ میرا دل ایک دم سے دھڑکا۔ میں دروازے کے قریب ہی کھڑی تھی، لپک کے دروازہ کھولا تو سامنے تیرا باپ کھڑا تھا۔ میرا دل اچھل کے میرے حلق میں آ گیا۔ بوسکی کا کرتا پہنے ہوئے۔ سر پہ لال کناری والا آسمانی رنگا رومال۔ اور دونوں ہاتھوں میں دو پوٹلیاں، ایک میں پانچ سیر آم، دوسرے میں میرے کپڑے۔ میں انہیں ایسے دیکھ رہی تھی جیسے میرے سامنے کوئی بھوت کھڑا ہو۔ سر سے پاؤں تک شاں شاں ہو رہا تھا۔ انہوں نے دونوں پوٹلیاں میرے ہاتھوں میں دے دیں۔ اور خود ہی دونوں پوٹلیوں کو ٹٹول کے ان میں جھانکتے ہوئے بولے۔ بچ گئے ہیں تیرے کپڑے، آم پچک گیا تھا۔ مگر اس پہ دھبّا نہیں آیا۔ تانگے میں رہ گئی تھی پوٹلی۔ سالا تانگے والا چل پڑا تھا، نگاہ پڑ گئی شکر خدا کا، دیکھ، وہ کپڑوں کی پوٹلی کھول کے مجھے دکھانے لگے،

اندر نیلی لکیروں والا پیلا ریشمی کپڑا تھا۔ میرے ہوش اڑے ہوئے تھے۔ دماغ سائیں سائیں کرر ہا تھا۔ تیرے ابا اندر آئے۔ صاف ستھرا چھڑکاؤ کیا ہوا صحن دیکھا، پھر کیکر کے نیچے بچھی چار پائیوں کے درمیان گرم پکا ہوا کھانا چنا دیکھا۔ بھاپ اُڑاتا ہوا ساگ اور خوشبو دیتی پودینے کی چٹنی۔ تو اس طرح دل جمعی سے مسکرائے۔ ساری عمر میں نے ان کے چہرے پہ ویسی مسکراہٹ نہیں دیکھی۔ نہ اس سے پہلے نہ اس کے بعد۔ بولے۔ سیراں کدھر ہے؟

میں نے ہڑ بڑا کے ادھر ادھر دیکھا، پچھلے غسل خانے کے ساتھ نلکے کے پاس چھوٹے دروازے سے مجھے اس کے تین رنگ کے ڈوپٹے کی کنی نظر آئی۔ میں بھاگ کے ادھر گئی۔ وہ چھوٹی گلی میں چلتی ہوئی تیزی سے موڑ مڑ گئی۔

تھوڑی دیر تک دونوں ماں بیٹا خاموش بیٹھے رہے۔ نوالہ ابھی تک سراج کے ہاتھ میں تھا۔ اس نے توڑا نوالہ واپس رکھ دیا۔

ماں بولی۔ پتر تو اس کو گھر لے آتا۔

آج پھر وہ موڑ مڑ گئی۔

□

# بھگت سنگھ

اکثر شیر کے مغالطے میں، شکاری لومڑیوں کو گھیر لیتے ہیں، پہلی بار یہ ہوا تھا کہ لومڑوں کو گھیرتے ہوئے شیر گھیرے میں آ گیا تھا۔ پولیس کو پتہ ہی نہیں تھا کہ بھگت سنگھ ان کے نرغے میں ہے۔ نہ ہی بھگت سنگھ کو خبر تھی کہ اسکے بچپن کا دوست فضل دین، پولیس کی وردی میں بندوق لیے اس کی طرف بڑھا آ رہا ہے۔ تین ضلعوں میں کھلبلی مچی تھی۔ کوئی پچاس دیہات میں سراسیمگی پھیلی ہوئی تھی۔ تڑ تڑ گولیاں چل رہی تھیں، اندھا دھند۔ ایک طرف ڈاکو تھے، دوسری طرف پولیس۔

مقابلہ ہو رہا تھا۔

کہتے ہیں مقابلہ برابر والوں میں ہوتا ہے، سچ کہتے ہیں۔ پولیس اور ڈاکوؤں میں اکثر دوڑ لگی رہتی تھی۔ کبھی کوئی آگے، کبھی کوئی پیچھے۔ کبھی کبھی تو دونوں ایک ہی طرف بھی دوڑ لگا لیتے تھے۔ اگر شکار سانجھا ہوتا اور راہ اندھیری۔ راہ میں اندھیرا ہو تو ہی راستہ روکا جا سکتا ہے نا۔

یہ راہ زمین پہ بچھا کوئی راستہ ہو، سڑک ہو، گلی ہو، کھیت ہو کھلیان ہو یا ذہن میں راستے کی پہچان کی کوئی بگڑی ہوئی کسوٹی ہو۔ ٹوٹا ہوا پیمانہ ہو، بدلہ ہوا معیار ہو یا کوئی بھٹکا ہوا نصب العین۔ بس کہیں بھی گڑ بڑ ہوئی ہو۔ برابری ہو یا صرف اس کا احساس

ہوتو دوڑ لگ جاتی ہے۔ اس لیے نہیں کہ برابری قائم رہے بلکہ اس لیے کہ برتری حاصل ہو۔ اوورٹیک کیا جائے، منوایا جائے۔

منوانے والا کبھی راہ نہیں دیتا، دوڑ لگاتا ہے۔

وہ دونوں منوانے والے تھے۔

دیکھو نا۔ دونوں طاقت ور، مسلح، بندوقوں سے لیس، زور والے۔ اتنے سارے عیب ہوں کسی ایک میں تو وہ اندھا تو ہو سکتا ہے نا۔ یہ بھی کہتے سنا ہے لوگوں کو، کہ طاقت تو ہوتی اندھی ہے۔ جدھر رخ موڑ دو، زور کا، ادھر ہی زور موڑ مڑ جاتا ہے۔ طاقت موٹر کے انجن کی طرح ہوتی ہے۔ جس پہ سٹیرنگ لگا ہوتا ہے۔ اس کی آنکھیں نہیں ہوتیں، صرف سٹیرنگ پہ رکھے ہوئے ہاتھوں کے ہاتھ پہ یہ یرغمال ہوتی ہے۔ آنکھیں ہوں بھی تو کیا۔ اکیلی آنکھوں سے تھوڑی دیکھا جاتا ہے۔ آنکھیں بنا روشنی کے تو اندھی ہی ہیں۔

روشنی ضروری ہے۔

اندر ہو یا یہ باہر،

اسی سے دیکھا جاتا ہے۔

اندر جگ مگ ہو تو اندر کے بھید کھل جاتے ہیں۔ باہر چانن ہو تو باہر کچھ نہیں چھپتا۔ ہر نظر آنے والی چیز نظر آ جاتی ہے۔ مگر طاقت کا عجیب حلیہ ہے۔ یہ صرف اندھیرے میں نظر آتی ہے۔ روشنی موجود ہو کہیں، اندر یا باہر تو طاقت ہوتے ہوئے بھی نہیں دکھتی۔ چھپی چھپی رہتی ہے، شرمندہ شرمندہ۔ شرمائی شرمائی، کہ کہیں کسی کو چبھ نہ جائے، کسی کو دکھی نہ کر دے۔ کوئی دوسرا پچھتانے نہ بیٹھ جائے، ہاتھ نہ ملنے لگے کہ ہائے میں کیوں پیچھے رہ گیا، اب کیا ہوگا میرا؟ کوئی اس طرح نہ پچھاڑا جائے کہ ساتھ دوڑ لگانے کے لیے لانگڑ کس لے۔ تیری ایسی تیسی، یہ نہ احساس ہو جائے دوسرے کو کہ وہ تو بے حیثیت ہے، بے معنی ہے۔

نہ۔

یہ خطرناک ہے۔

ہر سینے میں دل ہے، دل کے نیچے کلیجہ ہے۔ کلیجے کا کرنے والا کام تو کچھ اور ہے، مگر جب دل ٹوٹتا ہے تو لگتا ہے کلیجے پہ آری چل رہی ہے۔ اندر سارا لہولہان ہو جاتا ہے۔ خون سے بھر جاتا ہے۔ باہر سے بت سارا ٹھیک کھڑا ہوتا ہے۔ اندر کھلبلی مچی ہوتی ہے۔ دراڑیں پڑی ہوتی ہیں۔ عزت نفس کی ہر ذی روح نے اپنی توفیق، علم اور مجبوری کے مطابق اپنے اندر اک عمارت بنائی ہوتی ہے۔

یہ عمارت بھی عجیب ہوتی ہے۔

جتنا کسی کا اپنے بارے میں غلط اندازہ ہو، اتنی ہی یہ عمارت ٹیڑھی ہوتی ہے۔ غلط اندازوں سے تو اندر ہی اندر بہت سی تجاوزات کھڑی ہو جاتی ہیں۔

کھڑی ہوئی ہیں۔

دوسرے کی چبھنے والی طاقت، ایسی بستیوں میں بلڈوزر کا کام بھی کرتی ہے اور بارود کا بھی، کوئی اندر ہی اندر ٹوٹنے لگتا ہے، کوئی بلڈوزر کو گرانے کے لیے بارودی سرنگیں لگا کے بیٹھ جاتا ہے۔

سارے میچ، مقابلے، فساد برابری کی بگڑی ہوئی تصویروں سے بنتے ہیں۔ برتری حاصل کرنے کے لیے ننگی، چبھن سے بھری طاقت کے ردعمل میں۔ اسی طاقت کو چھپالو، چبھنے نہ دو، کاٹنے نہ دو، توڑنے نہ دو تو کہنے والے اسی کو حیا کہتے ہیں۔ وہ نہ بھی کہیں تو کیا ہے۔ جو ہے وہ ہے۔ یہ تو روشنی کی برکت ہے ساری۔

روشنی سے زیادہ کون طاقت ور ہے،

مگر یہ طاقت بنانے والی چیز ہے توڑنے والی نہیں۔

اور روشنی تو دیکھتی ہے، دکھاتی ہے، خود نہیں دکھتی۔

جب کسی کی طاقت دِکھنے لگے، نظر آنے لگے، چبھنے لگے دوسروں کو، تو سمجھ لو بتی

بند ہے۔ وہاں موم بتی نہیں ہے، موم بتی کی ہوس والا آئینہ دھرا ہے۔ خالی خولی ڈبہ ہے جو سمجھ رہا ہے میں بھرا ہوا ہوں۔ وہاں اندر کا دیا بجھ گیا ہے، یا باہر سے آتی روشنی نے منہ موڑ لیا ہے۔ اس روشنی کی باتیں کسی روشن لمحے میں کریں گے، میں تو اندھیرے کی بات کر رہا تھا، جس میں بارود اچھل رہا تھا، بندوقیں چل رہی تھیں۔ پولیس اور ڈاکوؤں میں مقابلہ ہو رہا تھا۔

بندوقیں دونوں کے پاس تھیں۔

بندوق کا تو کوئی مذہب نہیں ہوتا۔ نہ اس کا کوئی اپنا، نہ غیر۔ جس کا ہاتھ اس کی لبلبی پہ ہو اسی کے کندھے کو چوم کے یہ دوسرے پہ وار کر دیتی ہے۔ جو اس کے سامنے آ گیا، وہی اس کا دشمن ہے۔

تم اپنی آنکھوں کی پھرکی میں گولیاں نہ بھرو۔

یہ پہلے سے بھری بھرائی بندوق ہے۔ تمہیں تو یہ بھی پتہ نہیں ہے کہ اس دونالی کی لبلبی تیرے دونوں لال ہونٹوں کے درمیانی فاصلے میں دکمتے دانتوں کے اوپر کے گلابی مسوڑھوں کی ایک جھلک میں ہے۔

ذرا سا تم مسکرائی اور بارود کے فلیتے میں چنگاریاں ناچنے لگیں۔

نہ مارو،

تمہاری آنکھیں سمال آرمز کی گنتی میں نہیں آتیں، جو صرف سامنے کھڑے، نظر آنے والے شکار کو گراتی ہیں، یہ تو آرٹلری گنز ہیں۔ پہاڑ کے اوپر سے چکر کاٹ کے بھی ٹھیک نشانے پہ نشانہ لیتی ہیں۔

بس ذرا سوچ لو نہیں، یہ پہنچ جاتی ہیں اپنے گولہ بارود کے ساتھ۔ یہ تو پاسداری کی مورت ہیں۔ چڑھی کسی اور کے کندھوں پہ ہیں۔ اور مار میں کوئی اور ہے۔ لیکن جو کوئی بھی اس کی زد میں ہے۔ یہ ٹھیک اسی پہ گولے داغتی ہیں جس پہ گولے داغنے جا رہے ہیں۔ اسے بھی پتہ ہے، یہ خود بھی جانتی ہیں۔ یہ تو وفاداری ہے۔ میں بے وفا

بندوق کی بات کر رہا تھا۔ جو صرف اس پہ کودتی ہے جو سامنے ہو، جو بھی سامنے ہو۔ وہ مارا گیا۔ اس سے زیادہ بے وفا دیکھا ہے کوئی۔ جب تک گرفت میں ہے، یار ہے۔ دوسرے کے ہاتھ لگ گئی تو ذرا لحاظ نہیں کرے گی۔ ٹھاہ۔ جو زد میں آ گیا، گر گیا۔ گراتی جائے گی۔

بڑے گرے دونوں طرف سے۔

پولیس والے بھی، ڈاکو بھی۔

ڈاکوؤں کو یہ سہولت تھی کہ وہ ایک مورچہ کھود کے چھپے بیٹھے تھے۔ کماد کھڑا تھا۔ کھڑے کماد کے اندر انکی کُلّی تھی۔ کلیُّ کے نیچے مورچہ۔ کناروں پہ مٹی ریت سے بھری بوریاں۔ اللہ جانے کتنے تھے وہ۔ وہ تھوڑی کسی کو قریب آنے دیتے تھے کہ کوئی آ کے انہیں گنے۔

پولیس والے سارے عقل مند تو تھے نہیں کہ انہیں پتہ ہوتا کہ گنتی گنتے کیسے ہیں۔ کون کون گنتی میں ہوتا ہے۔ کون ہو کے بھی نہیں ہوتا۔ اور کبھی کبھی ایسا بھی ہوتا ہے کہ جو گنتی میں نہ آئیں، وہ بھی گنتی میں ہوتے ہیں۔ وہ تو چھپے بیٹھے تھے کہ انکی ڈیوٹی اس وقت دکھنا نہیں چھپنا تھی۔ انہیں اس وقت اپنا آپ نہیں دکھانا تھا، اپنی بندوقوں کا بارود دکھانا تھا۔ وہ بارود کے مزاج سے اتنا واقف نہیں تھے۔ نہ انہیں بندوق اور گولی کی نفسیات کا صحیح سے ادراک تھا۔ انہوں نے اب تک جب بھی گولی چلائی تھی، بھاگتے کو روکنے کے لیے چلائی تھی۔ رکے کو بھگانے والی فائرنگ کرنی انہیں نہیں آتی تھی، انہوں نے کونسی محاذ پہ مورچہ بند جنگیں لڑی تھیں۔ مورچہ بندی کا تجربہ تو ڈاکوؤں کو تھا، کہتے ہیں ڈاکوؤں میں ایک مفرور فوجی تھا۔ وہی اُن کا سردار تھا۔

نام تھا بھگت سنگھ۔

انگریز کی پہلی جنگ عظیم میں لام بندی ہوئی تو بھرتی ہو گیا تھا۔ وہاں کہیں موقع ملا، بندوق لے کے بھاگ آیا۔ آیا سروس پوری کر کے تھا۔ جنگ ختم ہونے پہ۔ آتے

ہوئے چرائی بندوق ساتھ لیتا آیا۔ ریاست پٹیالہ کے ایک گاؤں لنڈھے کا تھا۔ دو راہے سے سوا چار میل دور اور ہیڈ مان پور سے پونے میل کی مسافت پہ تھا وہ گاؤں۔ گاؤں کے ذیل دار کو اس کی بندوق کی خبر ہو گئی۔ پہلے تو اس نے اپنے طور پہ ڈرا دھمکا کے بندوق مانگی۔ بھگت سنگھ سات سمندر پار کی جنگیں بھگتا کے آیا تھا۔ وہ کدھر ذیل دار کو بندوق کی بھنک پڑنے دیتا۔

یہ اس زمانے کی بات ہے کہ جب پورے پورے گاؤں میں ایک بھی بندوق نہیں ہوا کرتی تھی۔ ذیل دار کی ذیل داری لاٹھی اور گھوڑی کے زور پہ چل رہی تھی۔ وہ اندر سے سہما ہوا تھا۔ پاور گیم تھی وہ بھی۔ وہ کیسے اپنے گاؤں میں اپنے سے زیادہ مضبوط آدمی برداشت کرتا۔

طاقت دلیل سے بات تھوڑی سنتی ہے۔

یہ تو خود سب سے بڑی دلیل ہوتی ہے۔

وہ سنا ہے نا تم نے، نپولین نے کیا کہا تھا توپ کے بارے میں۔ کہتا تھا سب سے بڑی دلیل توپ کے منہ سے نکلتی ہے۔ ذیل دار کے لیے اس کی ذیل داری توپ تھی۔ تھانے چوکی سے اس کا واسطہ تھا۔ پولیس کو مخبری کر دی۔ بھگت سنگھ کو پکڑوا دیا۔

بھگت سنگھ جرمنوں کی جیل دیکھ چکا تھا۔

ریاستی پولیس کا تھانہ بھی سہہ گیا۔ پولیس نے بہتیری اس کی پٹائی کی۔ چار پائی پہ باندھا، ڈنڈے مارے۔ رسی چھت سے باندھ کے الٹا لٹکائے رکھا۔ اس نے زبان نہ کھولی۔ سارے جتن کر کے دیکھ لیے، کاٹھ بھی مارا۔ کاٹھ ہوتی تھی ایک شہتیر جیسی لکڑی۔ اس میں پیروں سے اوپر ٹخنوں کے پاس ملزم کی دونوں ٹانگیں دبا کے پیچوں سے بند کر دیتے تھے، ٹانگیں کھول کے۔ ایک اور شہتیر میں کلائیاں جکڑ دیتے تھے۔ پھر اس جکڑے ہوئے انسان کو کسی اتری ہوئی جانور کی کھال کی طرح سوکھنے کے لیے دھوپ میں ڈال دیتے۔ نہ روٹی نہ پانی۔ نہ پاخانہ نہ پیشاب۔ کہتے ہیں بڑے بڑے

پہاڑ بھی کاٹھ پہ چڑھ کے ریزہ ریزہ ہو جاتے۔ٹوٹ جاتے۔ جو جرم نہ بھی کیا ہوتا وہ بھی مان لیتے۔مگر بھگت سنگھ کے اندر پہلے سے ہی کوئی ایسا دھماکہ ہوا ہوا تھا کہ کاٹھ بھی اسکے ذرہ ذرہ ہوئے شعور کے طوفان سے بدک گیا۔کوئی بھی اسکی زبان نہ کھلوا سکا۔

وہ پوچھتے بندوق کدھر ہے؟

وہ کہتا کونسی بندوق۔

آخر تھک گئی پولیس۔ چھوڑ دیا بھگت سنگھ۔اسی شام وہ ذیل دار کی حویلی میں گیا، بولا،اسی بندوق سے ماروں گا تمہیں۔سات دن کے اندر اندر۔

ذیل دار کے ہاتھوں کے طوطے اڑ گئے۔

میرا خیال ہے، بھگت سنگھ عقل مند تھا، اس نے سوچ سمجھ کے سات دن بولے تھے۔ایک دو دن تو مٹی میں دبی بندوق کو کہیں چھپ کے صاف کرنے میں گزرے ہوں گے۔پھر وہ خود لاپتہ ہو گیا۔ذیل دار کو بھگت سنگھ کی شکل گاؤں کی دیوار پہ ابھرنے والے ہر سائے میں دکھنے لگی۔ ہر جھاڑی کے پیچھے اسے بھگت سنگھ کا مغالطہ ہوتا۔رات کو وہ دس دس بار اٹھ کے اپنے گھر کے کنڈے تالے چیک کرتا۔باہر نکلنا اس نے کم کر دیا۔نکلتا تو ساتھ دائیں بائیں اپنے نوکر چاکر رکھتا۔

چار پانچ دن گزر گئے۔

ذیل دار نے سوچا، دو تین دن اور ہیں۔وہ بھی گزر جائیں گے۔کیا پتہ نہ ہی ہو بندوق بھگت سنگھ کے پاس۔چھٹے دن وہ کسی کام سے گاؤں سے شہر چلا گیا۔واپسی پہ دیر ہو گئی، نہر کی پٹڑی پہ وہ گھوڑی دوڑاتا آ رہا تھا۔راہ میں ہیڈ مان پور آ گیا۔ان دنوں ابوالفضل زندہ تھا، وہیں ہیڈ پہ نوکری کرتا تھا۔ذیل دار سے اس کی سلام دعا تھی۔یہ بھی ابوالفضل جانتا تھا کہ بھگت سنگھ نے دھمکی دی ہوئی ہے۔اور ہے خود وہ روپوش۔ ابوالفضل نے اسی وجہ سے ذیل دار سے کہا بھی، ذیل دارا، رات ادھر ہی بنگلہ نہر پہ رک جا۔اندھیرا ہو رہا ہے۔گاؤں پہنچتے پہنچتے رات پڑ جانی ہے۔راہ ساری ویران ہے۔

اونچے اونچے درخت کھڑے ہیں نہر کے کنارے۔ آلے دوالے جھاڑیاں ہیں۔ کیوں مصیبت مول لیتا ہے۔ صبح روشنی ہوتے ہی چلے جانا۔ اللہ جانے، ذیل دار کو اپنی سفید گھوڑی پہ بیٹھے بیٹھے یہ بات سن کے اپنی پگڑی کا شملہ نیچے ہوتا نظر آیا۔ یا واقعی اسے گھر میں کوئی کام تھا۔ بولا، میاں جی۔ خیر ہے۔ ساتھ بندہ ہے میرے۔ دن کھڑے کھڑے پہنچ جاؤں گا۔ ذیل دار بھی سکھ تھا۔ تھا بھی اچھا اچّا لمبا۔ درمیانی عمر کا تھا۔ کالی داڑھی میں سفید بال یوں کہیں کہیں گچھوں میں تھے، جیسے گندم پسوا کے چکی سے آیا ہو، کہیں کہیں آٹا چپک گیا ہو۔ کمر میں اس کے بھی تلوار بندھی ہوئی تھی۔ پانی پیا بنگلہ نہر سے اور گھوڑی کو ایڑ دے کر بھگاتا چلا گیا۔ ساتھ ساتھ ایک ٹٹو پہ اس کا نوکر تھا۔ کام تو نوکر اس کے گھر کے علاوہ اس کی زمینوں پر بھی کرتا تھا۔ مگر کہتے اسے چمار ہی تھے۔ ادھر وہ بنگلہ نہر سے نظروں سے اوجھل ہوا ادھر کہیں گھات میں بیٹھے بھگت سنگھ کی نگاہ میں آ گیا۔

بھگت سنگھ پرانا نشانے باز تھا۔ بندوق لے کر درخت پہ چڑھا چھپا بیٹھا تھا۔ جب ذیل دار اس کی بندوق کی زد میں آ گیا تو وہ درخت سے چھلانگ مار کے اتر آیا۔ اور بندوق سیدھی کر دی۔ ذیل دار کے ساتھ ساتھ اس کی گھوڑی کا بھی پیشاب نکل گیا۔

نہ مار۔

ذیل دار بدکی ہوئی گھوڑی سے سہم کے اتر آیا۔ رنگ پیلا ہو گیا۔ ٹانگیں کانپنے لگیں۔ منہ میں تھوک خشک ہو گیا۔ آواز حلق سے نہ نکلے اسکے۔ وہ بولنا چاہے تو چہرے کے پٹھے پھڑ پھڑائیں اور ہونٹوں کی کپکپاہٹ سے سسکیاں نکلیں۔

نہ ماریں، گھوڑی لے جا۔

یہ لے تلوار بھی رکھ لے۔ اس نے کمر سے بندھی تلوار کھول کے نیچے پھینک دی۔

ہوں، اب بلا اپنی پولیس کو۔

دکھا ذیل داری۔

تیری تو، بھگت سنگھ نے بندوق کا بٹ کھڑ کایا اور شست اس کے سر کی باندھ کے چار قدم پہ کھڑا ہو گیا۔ بندوق کی شست میں ذیل دار کے سر کی پگڑی کے نیچے اس کی سہمی ہوئی دھندلائی ہوئی آنکھوں کے درمیان کا ماتھا لیا اور بولا، پڑھ لے واہ گرو جی کا خالصہ، واہ گرو جی کے جے۔ ذیل دار نے کیا پڑھنا تھا۔ وہ تو گولی چلنے سے پہلے ہی زمین پہ گرنا شروع ہو گیا۔ ٹانگوں کا اس کا خون اوپر دل کی طرف چڑھنے سے رک گیا تھا۔ شاید خود ہی بھگت سنگھ نے دونوں کلمے پڑھے۔ آخری جے کی یے لمبی کر کے بولی، ساتھ ہی لبلبی دبا دی۔

ذیل دار پھٹی ہوئی بے سہارا کھڑی اناج کی بھری بوری کی طرح دھپ سے گر گیا۔ فائر کی آواز سے نہر کے دونوں کناروں پہ کھڑے درختوں پہ لمبی اڑانوں سے شام کو واپس آئے پرندے ہڑ بڑا کے ہلے اور پھڑ پھڑ کرتے ہوئے ٹہنیوں پتوں کو پر مارتے ہوئے یوں ایک ساتھ نکلے، جیسے ایکا ایکی میں ان سب کا نشانہ لیا گیا ہو۔ پہلے تو ہر پرندے نے خاموشی سے اپنی اپنی اڑان کی جست لگائی پھر ہر کوئی ذرا فاصلے پہ جا کر آسمان پہ اپنے اپنے درختوں سے دور، مگر اسی کے اوپر اوپر اپنی اپنی چونچ کھول کے چوں چوں کرنے لگا۔ شور مچ گیا۔ اسی شور میں ذیل دار کا نوکر کالو چمار جھاڑیوں کے پاس زمین پہ بیٹھ کے اونچی اونچی منتیں کرنے لگا۔ مجھے معاف کر دو۔ میں نوکر ہوں آپ کا نوکر۔ وہ ہاتھ جوڑ کے مٹی میں لوٹتا جائے۔

تو نے زبان کونسی بند رکھنی ہے۔

میری زبان کاٹ دیں۔ میں نے کچھ نہیں دیکھا۔

زبان تیری کیا کاٹنی ہے۔ بولتے رہنا جو بولنا ہے۔

میں نے تو مارا ہی اسے لوگوں کو بتانے کے لیے ہے۔

پر دو دن زبان نہ کھولیں۔

نہیں کھولوں گا۔

ورنہ دیکھ۔ بھگت سنگھ نے بندوق اس کی طرف سیدھی کی۔

میں کوڑھی ہو جاؤں، اگر زبان کھولوں۔

میری زبان کے ٹکڑے کر دینا اگر میں بولا۔

ٹکڑے تو ابھی تو کرے گا، ذیل دار کے۔

پکڑ اسی کی تلوار۔ اور کاٹ کاٹ کے اسے نہر میں ڈالتا جا۔

کالو چمار پتلا سوکھا منحنی سا بندہ تھا۔ غربت بھی بندے کی کیسی شکل بگاڑ دیتی ہے۔ ہڈیاں اس کی بھی انسان جیسی تھیں مگر ان پہ گوشت کی جگہ کالا موٹا سا بھینس کے کٹے کا چمڑا چڑھا ہوا تھا۔ خوف اور ڈر سے اس کا چمڑا چڑھے چڑھے اس کی ہڈیوں پہ لرز رہا تھا۔ کبھی سکڑتا کبھی پھیلتا۔ اسکے اندر کا خوف باہر کھڑا نظر آتا تھا۔

بیٹھ، جلدی کر، بھگت سنگھ نے بندوق ہلائی،

کالو چمار اپنی پھٹی ہوئی بنیان میں سوکھی باہیں یوں پھنسا کے بیٹھ گیا، جس طرح ٹوٹے پروں کی چڑیا ہو۔ ڈیڑھ گٹھ چوڑی اپنی دھوتی کو لنگوٹی کی طرح کھینچا اور زمین پہ گری پڑی ذیل دار کی تلوار کو پکڑ کے ذیل دار کی لاش کے پاس گدھ کی طرح بیٹھ گیا، اور قصائیوں کی طرح اسے کاٹ کاٹ کے نہر میں ڈالتا گیا۔ سارا جسم نہر برو ہو گیا تو بھگت سنگھ نے اسی سے وہ جگہ بھی دھلوائی۔ پھر اس کی کمر پہ بندوق کا بٹ مار کے بولا، جالے جا ذیل دار کی گھوڑی۔ اور اپنا ٹٹو۔ مگر دیکھ دو دن زبان بند رکھنا۔

دو دن تک کدھر کالو چمار سے چپ رہا گیا۔ اگلی صبح ہی جب پولیس نے کالو چمار کی پٹائی کی تو اس نے سارا قصہ سنا دیا۔ بھگت سنگھ تو پہلے سے لاپتہ تھا۔ بھاگ کے کسی بڑے جنگل میں ڈاکوؤں کے گروہ سے جا ملا اور ڈاکو بن گیا۔

ڈاکو اس زمانے میں پاور کی علامت تھے۔

طاقت تھی انکے پاس۔

وہ طاقت جو لوگ راجوں، مہاراجوں میں دیکھتے آئے تھے۔

راجے مہاراجے بہت تھے۔ ہندوستان میں انگریز کی سلطنت کے بیچوں بیچ پانچ سو پینسٹھ ریاستیں تھیں۔ جن کی انتظامی بھاگ دوڑ انگریز سرکار نے مقامی راجوں مہاراجوں کو سونپی ہوئی تھی۔ الگ الگ سب کی کہانیاں ہیں۔ کسی کو گن پوائنٹ پہ ڈھیر کیا ہوا تھا، کسی سے میز کرسی پہ بیٹھ کے معاہدہ کر رکھا تھا۔ کئی راجے مہاراجے انگریز کی ہیبت سے سہم کے دوستی کی ملمع کاری چہرے پہ سجا کے اپنی راجدھانیوں کے دروازے کھول کے کھڑے ہو گئے تھے۔ جو بھی کہیں ہوا۔ انگریز کی نظر میں اس کا اپنا مفاد تھا۔ صرف اندھا مفاد نہیں، اکنامیکل مفاد۔ بچت والا نفع۔ آم کے آم، گٹھلیوں کے دام۔ اسی کہاوت کے ساتھ ایک دوسری کہاوت ملا کے کہو تو بات سمجھ آئے گی۔ نون لگے نہ پھٹکری اور رنگ آئے چوکھا۔ انگریز نے اپنے مفاد میں معاہدے کیے تھے۔

معاہدہ ہمیشہ اپنے مفاد میں ہی کیا جاتا ہے۔

جب کہیں تم سنو، کہ کوئی معاہدہ ہوا ہے۔ دو فریقوں میں یا دو سے زیادہ میں، تو پہلا سوال یہ پوچھنا، کیا کس نے ہے۔ اس معاہدے کے لیے مجبور کس نے کیا۔ تمہیں معاہدہ پڑھے بغیر پتہ چل جائے گا کہ اس کی تعمیل میں فائدہ کس کا ہے۔

انگریز تگڑا تھا۔

اس کے سارے معاہدے اسی کے حق میں تھے۔

اس کی طاقت میں بڑھاوا تھے۔

قلم اور تلوار کو طاقت کے ترازو میں رکھ کے تولو تو قلم بھاری ہے۔

کاٹ کہیں زیادہ، کبھی کبھی تو اس کی کاٹ کئی کئی نسلوں تک چلتی ہے۔ صدیوں تک چلتی ہے۔ جنگ کے دوران تلوار چلتی ہے، دونوں طرف لہو گرتا ہے۔ دونوں طرف نقصان۔ یہاں تک ہی اگر بات ہو تو آج کی زبان میں اسے لوز لوز سٹراٹیجی

کہتے ہیں۔ ہار ہی ہار۔ بعد میں قلم آتا ہے۔ جب ایک طرف سے ہتھیار پھینکے اور دوسری طرف سے گنے اور اٹھائے جاتے ہیں۔ معاہدے لکھے جاتے ہیں۔ یہاں تک بات آ جائے تو اسے تم لوز وِن سٹراٹیجی کہہ لو۔ کچھ کھویا، کچھ پایا۔ لیکن اگر، لڑنا بھی ضروری ہو، اور نقصان بھی نہ اٹھانا ہو۔ تو گھوڑے پال کے، قلعے بنا کے، تلوار پہن کے طاقت دکھائی جاتی ہے۔ لہو گرائے بغیر دوسرے کو یہ یقین دلا دیا جاتا ہے کہ وہ لہولہان ہے۔ دشمن کو زندہ رہنے دیا جاتا ہے، مگر اس کا جینا اسکے مرنے سے بھی مہنگا کر دیا جاتا ہے۔ ایسا کرنے کے لیے تلوار نہیں چلاتے، قلم چلاتے ہیں۔ اگر ساری کی ساری جنگ یوں ہی قلم سے ہی لڑی جائے تو اسے امن کہتے ہیں۔

جیت اس میں لازمی ہوتی ہے۔

اور جنگ کا گمان تک نہیں ہوتا۔

بس معاہدے ہوتے ہیں۔

یہ وِن وِن سٹراٹیجی ہے۔

جیت ہی جیت۔

اسی طرح کے معاہدے انگریز نے کر لیے۔ فارن افیئرز، دفاع، ریلوے، نہریں، کرنسی اور سنٹرل گورنمنٹ کے جملہ مفادات، سب محفوظ۔ باقی ریاستوں کی رعایا اور اس کے راجے مہاراجے گئے بھاڑ میں۔ راجے مہاراجے خوش کہ ان کی رعایا انہیں کے رحم و کرم پہ ہے۔ ریاست میں انکی اپنی عمل داری ہے۔ داخلی اپنا قانون ہے۔ محلات ہیں۔ حرم ہیں۔ لونڈیاں ہیں۔ بیویاں ہیں، سینکڑوں کی تعداد میں۔ سینکڑوں ہی ہاتھی پالے ہوئے ہیں۔ گھوڑیاں، گاڑیاں، نوکر چاکر، دربار درباری سب موجود ہیں۔ ساتھ رعایا بھی ہے، ان سب کا خرچ چکانے کے لیے۔ تو مسئلہ کیا ہوتا؟ پرجا کی سال بھر کی روٹی ہانڈی اور کپڑے لتے برابر خرچے سے راجہ کے صرف ہاتھیوں کا ایک وقت کا ناشتہ ہوتا تھا۔ انکے اپنے شاہی دستر خوان کے خرچ کو پورا

کرنے کے لیے پھر وہی رعایا موجود تھی۔ وہ اپنے کھیتوں میں ہل جوتتی، بیج لگاتی، پانی دیتی، فصل پکتی تو کچھ لگان میں نکل جاتی، باقی رہی سہی آمدنی ریاست کے دوسرے محکموں کے توسط سے ہوتی ہوئی پھر راج محل تک پہنچ جاتی۔ راج تو راج محل میں ہی ہوتا ہے نا۔ اور محلات کا حسن ہے ہیرے، موتی، سونا، چاندی اور لونڈیاں۔ تمہیں ان کی کہانیاں سناؤں تو تم کہوگی، الف لیلہ کے قصے ہیں۔ یقین نہیں آئے گا ایسا سچ ہے۔

سچ ہر دور میں ہی ناقابل یقین رہا ہے۔

میں پچھلے دور کے ہی کچھ قصے کہانیاں سنا سکتا ہوں۔ پچھلا دور بیچارا چلا جو گیا۔ جو گیا وہ تھوڑی آتا ہے گریبان پکڑنے۔ اب تم یہ نہ کہہ دینا اس دور کی بات کرو۔ کیوں کروں مجھے ابھی اپنے گریبان کی ضرورت ہے۔ ہر لکھنے والے کو رہی ہے۔ تبھی سبھی کہانی کار، کہانیاں کہتے آئے ہیں۔ جانتی ہو نہ کہانی کی پہلی نشانی۔ تھا، تھی، تھے، کہانی کے ہر فقرے کے آخر میں آتا ہے۔ تبھی تاریخ کی بڑی بڑی کہانیوں میں فرعونوں کی داستانوں پہ ظلِ سبحانی کی ملمع کاری کی ہوئی ملتی ہے۔ وہ سب فرعون جن جن کے لیے موسیٰؑ پیدا ہوا، ان کی کہانی تمہیں صرف اس کی لکھی ملے گی، جس نے فرعون کے مدمقابل موسیٰؑ لا کے کھڑا کیا تھا۔ یا تو مجھے بھی کھڑا کروا دو۔

صرف وہی طاقت دے سکتا ہے قلم کو۔

دیکھو قلم کہانی کی بات سمجھو۔

صرف جسے بات سمجھانے پہ اختیار ہے۔

جب سے دنیا بنی ہے، قلم نے وہی کہانی لکھی ہے جو قلم کار سے لکھوائی گئی۔ قلم نے سچ صرف اس وقت لکھا ہے جب قلم اس سے مانگ کے لیا گیا، جس نے قلم کو لکھنا سکھایا ہے۔ کبھی کبھار سچ اس طرح بھی لکھا گیا ہے جب اسے کسی قلم کار کے قلم پہ پیار آ گیا اور اس نے اپنا ہاتھ اسکے ہاتھ پہ رکھ دیا۔ اسکے قلم کو اپنی آنکھ کی بصیرت دے دی۔

ورنہ سب کہانیوں کی طرح قلم کہانی بھی زور آور اور کمزور کے درمیان کی رسہ کشی کی تصویر کشی کرتی رہی۔

یہی اپنی کہانی ہے۔

تم تصدیق کرلو۔

تاریخ پڑھ لو۔

وقت نے قدم قدم چلنا سیکھا ہے۔

وقت قلم کو بیساکھی کی طرح پکڑ کے چلتا آیا ہے۔ کوئی دور دیکھ لو، کسی عہد کا قصہ سن لو، قدریں بدلتی آئی ہیں۔ مگر ہر دور میں سکہ طاقت کا چلا ہے۔ زور آور ہمیشہ کم زور پہ غالب رہا ہے۔ اور قلم نے ہمیشہ زور آور کی مدح لکھی ہے۔ تاریخ کی کتابیں بھی صرف زور آوروں کی نجی زندگی کی ڈائریاں ہیں۔ ان میں کم زوروں کا ذکر نہیں ہے۔ اس لیے کہ زور آوروں کا زور واضح کیا جائے۔ غالب اور مغلوب میں حدِ فاصل رہے۔ انگریز چونکہ غالب تھا۔ اس لیے اس سے پنجہ آزمائی بیکار تھی۔ ہاں اس کے کچھ مشغلوں کی نقل کرتے ہوئے اپنے عوام میں انگریز سے مماثلت کی کوئی شکل نکالی جا سکتی تھی۔ مقصد لوگوں کی مرعوب کرنا تھا۔ حیرت کی بات ہے نا۔ کہ ہمارے بڑے بوڑھے صدیوں سے رعب ڈالنے والوں سے ہی مرعوب ہوتے آئے ہیں۔ ہماری تاریخ پڑھ لو۔ ہمارا ہیرو وہی قرار دیا گیا ہے، جس نے ہمیں ٹھڈے مارے، طمانچے لگائے، ہمیں لڑوایا، مروایا، ہمیں لوٹا، کھسوٹا۔ ہماری لنگوٹی بھی اتار لی۔ ہمیں جانوروں کی طرح اپنے آگے دوڑایا۔ ہم دوڑے، ہمارے باپ دادا دوڑے۔ کبھی اس کا شکار پکڑنے کے لیے، کبھی اس کا شکار ہونے کے لیے۔ بس اس نے ایک احسان کیا۔ ہمیں زندہ رہنے دیا۔ ہم پہ حکومت کی۔ ہمیں سر جھکا کے، کمر دوہری کر کے آداب بجا لانے کی اجازت دی۔ ایڑھیاں جوڑ کے، پاؤں زمین پہ مار کے سلوٹ کرنے کی ہمیں لذّت دی۔ اسی لذّت سے ہم جلیبی کے شیرے کی طرح لتھڑے ابھی تک مزہ لے

رہے ہیں۔ جس کو اتنی توفیق مل گئی، وہ اسی سے سرخرو ہو گیا۔ اپنے سے چھوٹے اس نے ڈھونڈ لیے۔ انہیں اپنے سامنے قطار میں کھڑا کر لیا۔ آداب بجوائے، سلام کروائے۔ نذرانے لیے۔ منتیں کروائیں۔ اپنا دبدبہ قائم کر لیا، ایک طرف سے رعب کھایا دوسری طرف دکھلا دیا۔ اب رعب ڈالنے کے طریقے بھی سن لو۔

بارودا ریاست کا سنا ہے؟

وہاں کے مہاراجہ نے سونے کو بھگوان کا درجہ دیا ہوا تھا۔ اسے پوجتا تھا۔ یہ نہیں کہ سونے کے بت بنا لیے اور پوجنے لگا۔ نہ، یہ تو دیکھا دیکھی پرجا بھی کرتی تھی۔ وہ صرف سونا پہنتا تھا۔ اس کی سواری کے ہاتھی کا ہودا سونے کا تھا۔ شبرک خالص سونے کا۔ ایک ایک ہاتھی پہ دس دس سونے کی منوں بھاری زنجیریں لٹکتی تھیں۔

تم کہو گی۔ سونے کا کپڑا کیسے بن گیا؟

کھڈی پہ۔

پہلے سونے کی تاریں بنائی جاتی تھیں۔ دھاگا بنتا تھا۔ پھر ان سے کپڑا بُنا جاتا تھا۔ ریاست کے اندر ایک مخصوص گھرانہ تھا، جس کا کام صرف نقرئی پارچا جات بُننا تھا۔ گھرانے کے لوگوں نے اپنے ہاتھوں کی انگلیوں کے ناخن یوں بڑھائے ہوتے تھے، جیسے کنگی ہو ہر ہاتھ کے سرے پہ۔ ہاتھوں کی انہی کنگیوں سے سہلا سہلا کے وہ صندل، آبنوس اور ہاتھی دانت کی جڑاؤ کھڈیوں پہ مہاراجہ اور اس کے ہاتھی کے کپڑے بُنتے تھے۔ سونے کی کھدر نما پگڑی کے بیچ دنیا کا ساتواں بڑا ہیرا جڑا ہوتا تھا۔ سٹار آف ساؤتھ۔ وہ جو کہیں سے نپولین کی شہزادی یوجین سے ہوتا ہوتا ادھر پہنچ گیا تھا۔ سونے کے چمکتے کپڑے پہن کے مہاراجہ، سونے سے لدے ہاتھی پہ چڑھ کے آتا جاتا۔ یہ اس کی تفریح تھی۔ مگر اس نے رعایا کی تفریح کا بھی سوچا ہوا تھا۔ ہر سال وہ ایک میدان میں دو ہاتھیوں کو شراب پلوا کے غیظ وغضب میں لاتا، انہیں غصہ دلواتا، آپس میں لڑوا دیتا۔ میدان میں بھونچال آ جاتا۔ دو پہاڑ آپس میں ٹکراتے تو زمین

61 ——— بھگت سنگھ

ڈھل جاتی۔ لڑائی اس وقت تک جاری رہتی، جب تک ایک ہاتھی گر نہ جاتا۔

تم کہو گی۔ سبھی راجے مہاراجے ایسے تماشے دکھاتے تھے؟

نہ جی۔ بعضے اس سے بھی دقیق۔

ایک تھی ریاست ذرا مسکین سی، ہاتھی راجہ کے پاس زیادہ نہ تھے۔ مگر تھا وہ دوسرے راجوں سے زیادہ تیز۔ اس نے اس سے بڑے ہاتھی تماشے کا سالانہ بندوبست کرلیا۔ وہ کیا کرتا۔ دو ہاتھی لیتا۔ خوب پلے ہوئے۔ ایک نر ایک مادہ۔ دونوں کو بیچ پنڈال میں پر جا کے چھوڑ دیتا۔ ان کے جذبات برانگیختہ کراتا۔ اور پھر وہیں پنڈال میں سرِ عام ان کی مباشرت کراتا، پتہ نہیں کیسے اس نے ہاتھیوں کے جوڑے اس عیاشی پہ سدھائے ہوئے تھے۔ کہتے ہیں، اس میدان میں کہیں زیادہ بھونچال کے جھٹکے لگتے تھے۔

تم میری باتوں سے پریشان نہ ہو۔ یہ دیکھو کہ ہمارے حکمرانوں کی طاقت کا مرکز کیا تھا؟ ان کی خواہشیں۔ انکی ڈیزائرز۔ جتنی جس طالع آزما کی ڈیزائر بڑی ہوتی تھی، اتنا وہ بڑا راجکمار سمجھ لیا جاتا تھا۔ یہ لکھائیاں پڑھائیاں تو ہمیشہ سے ہم جیسے کمی کاروں کے کام رہے ہیں۔ قلم والوں کو جو حکم مل جاتا، وہ وہی لکھ دیتے۔ نہ لکھتے تو ان کے قلم کی نب کے ساتھ انہیں بھی توڑ دیا جاتا۔ یہ پھانسی کی سزا لکھتے ہوئے قلم کی نب توڑنے کا رواج یوں ہی اتفاقاً تو نہیں پڑا۔ پتہ نہیں تم نظر آنے والی باتوں کو سوچتی کیوں نہیں ہو؟ اوپر سے مجھے بھی روکتی رہتی ہو۔ ٹوکتی رہتی ہو۔ نہ سوچو۔ بھئی کیوں نہ سوچوں۔ تم نظر آتی ہو تو سوچی بھی جاتی ہو، اب چونکہ میں صرف ایک قلم کار ہوں، راجہ مہاراجہ نہیں ہوں۔ اس لیے تمہیں سوچنے کا تردد پالے بیٹھا ہوں۔ ورنہ میرے سوچنے سے پہلے تم میرے روبرو ہوتی۔ روبرو تو اب بھی ہو۔ یہ الگ بات ہے تمہیں اس کا شعور نہیں۔ شکر ہے نہیں ہے۔ ورنہ تم سے اس طرح باتیں تھوڑی ہونا تھیں۔ تو میں کہہ رہا تھا۔ راجوں مہاراجوں نے کونسا لکھائی پڑھائی کر کے حکومت چلانا ہوتی

تھی۔بس جو کہہ دیا وہ ہوگیا۔جو چاہا خرید لیا۔پیسے کم پڑے تو ٹیکس بڑھا دیا۔شوق کا کیا ہے جتنے مرضی پال لو۔خاص طور پہ جب یہ پتہ ہو بل اوروں کو چکانا ہے۔دو ہی تو بڑے شوق ہوتے تھے راجوں اور نوابوں کے۔ایک کھیل کود یعنی سپورٹس دوسرا سیکس۔

کھیل کود کے لیے ہاتھی ہوگئے،گھوڑے ہوگئے،گھوڑیاں ہوگئیں۔رتھ ہوگئے۔بگھیاں ہوگئیں۔پولو کے میدان، گاف گراؤنڈ،کرکٹ گراؤنڈ، ریس کورس بھی بعد میں آ گئے۔ابھی تو میدانوں کی کمی ہے،کرکٹ اور ریس کورس کے لیے ایک ہی میدان ہوتا ہے۔چونکہ گھوڑے بھی کم پڑ گئے ہیں اس لیے انکی ذمہ داریاں بھی کھلاڑیوں کو نبھانا پڑتی ہیں۔یہ تو ہے پہلا شوق بڑوں کا۔دوسرا ہوتا تھا سیکس۔اور سیکس کے لیے تین تین سو، چار چار سو عورتوں سے بھرے ہوئے حرم، محلات، حویلیاں۔یہاں بھی کچھ شوق رہ جاتا تو قرب وجوار میں کوٹھوں، چکلوں سے بھرے بازاروں سے تسکین ہو جاتی۔ویسے اس قسم کے بازاروں کی سرپرستی دوسری قسم کے طاقت ور لوگوں کے ہاتھ میں تھی۔جن کی کہانی سنا رہا ہوں۔میری مراد ڈاکوؤں سے ہے۔ورنہ یہ بازار بنے عام آدمی کی تفریح کے لیے تھے، تا کہ انہیں اپنے راجوں مہاراجوں کی پیروی میں چلنے کی کچھ تو سعادت حاصل ہو۔

نواب آف رام پور کے حرم میں اتنی عورتیں تھیں، جتنی تعداد میں اس نے عورتوں کے ننگے بدن سنگ مرمر سے ترشوا کے اپنے محل کی سیڑھیوں میں ستونوں کی جگہ رکھے ہوئے تھے۔بڑے بڑے راجے مہاراجے نواب کی سیڑھیاں چڑھنے آتے تھے۔ایک بار کیا ہوا بنارس کا راجہ آ گیا اس کے محل میں۔کہنے کو راجہ بنارس بڑا دھرم پال تھا۔جب تک صبح گاؤ ماتا کے درشن نہ کر لیتا۔لحاف سے منہ نہ نکالتا تھا۔رام پور کے محل میں آیا تو سیڑھیاں چڑھنے لگا۔سنگ مرمر کی گولائیوں پہ ہاتھ پھیرتا پھیرتا چڑھ گیا۔سنگ مرمر کی گولائیاں بھی سانس لیتی تھیں۔ساری رات راجے کو سانس چڑھا رہا۔صبح دیر تک آنکھ نہ کھلی۔ادھر میزبان یہ سمجھا کہ مہمان راجہ گاؤ ماتا کے درشن کیے بغیر بستر سے

نہیں اترے گا۔

اب کیا کیا جائے؟

مہمان راجہ تو اوپر کی منزل میں ہے۔

بھلا ہو انگریز کی عمل داری کا۔ علاقے میں کوئی کرین کام کر رہی تھی۔ درباری جا کے اسے کھینچ لائے۔ ایک گاؤ ماتا بھی پکڑ لی اور کرین میں باندھ کے راجے کے کمرے کے آگے، کھڑکی کے سامنے کر دی۔ پتہ نہیں، راجے کی آنکھ کھلی کہ نہیں، گائے کی چیخ وپکار سے سارا شہر اکٹھا ہو گیا تھا۔

چیخ پکار تو اپنے پٹیالے میں بھی بہت ہوتی تھی۔

راجہ چھ فٹ چار انچ اونچا تھا۔ تین سو پونڈ وزن تھا اس کا۔ پندرہ مرغوں کا ناشتہ کرتا تھا (مرغیاں ناشتے میں منع تھیں مرغیوں کا وہ ڈنر کرتا تھا۔) حرم میں اس کے تین سو پچاس عورتیں تھیں۔ پندرہ اور منگوالی ہوتیں تو سال کے دن پورے ہو جاتے۔

سردار بھوپندر سنگھ کی بات کر رہا ہوں۔

وہ سال میں ایک دن چیخ وپکار کا انتظام کرتا تھا۔ کرتا یہ تھا کہ اپنے پہاڑ جتنے جثّے پہ ایک عدد دس لاکھ ڈالر مالیت کے سچے موتیوں اور ہیروں سے جڑا ؤ ہار سینے پہ پٹی کی طرح پہن کے آ جاتا بغیر کسی اور کپڑے کے۔ اپنے محل کی بالکونی پہ آ کر کھڑا ہو جاتا پھر قدم قدم سیڑھی اترتا۔ نیچے بڑے ہال کمرے میں ریاست کے امراء افسران اور ان کی بیگمات ہوتیں۔ ریاست کے معزز شہریوں کو بھی بڑی تگ ودو کے بعد داخلے کا ٹکٹ مل جاتا۔ کھچا کھچ ہال مرد وزن سے بھرا ہوتا۔ ادھر مہاراجہ تنگم ننگا خراماں خراماں چلتا ہوا آ جاتا۔ چیخ وپکار اس کے ننگے پن سے نہیں ہوتی تھی۔ چیخیں تو اس کی ٹانگوں کے بیچ اونچی گھاس کے گچھے میں تنے کھڑے ہوئے بیس بال کے بلّے کو دیکھ دیکھ کے نکلتی تھیں۔ کیونکہ اس ساری تقریب میں مہاراجہ پہ صرف ایک شرط لازم تھی کہ کہیں بیس بال کا بلہ نیچے نہ گرے۔ پتہ نہیں کتنے حکیم۔ ڈاکٹر ان راجوں، مہاراجوں کے

لیے کشتے اور ادویات بنا بنا کے انہیں پلاتے کھلاتے رہتے۔ کہ ان کے حرم سجے رہیں۔ کئی راجوں نے تو ریاست کے سارے چڑے مار مار کے کھا لیے۔ ایک مہاراجا کو کسی چینی حکیم نے کہہ دیا، موتی ہیرے پیس کے کھاؤ۔ پھر دیکھو مزے۔ اس نے خزانوں کے منہ کھول کے کونڈیوں میں انڈیل دیے۔ یہ اسی مہاراجا کی کہانی ہے، جس نے اپنے سر کا تاج ایک ٹن خالص سونے کا بنوایا ہوا تھا۔

تم کہو گی۔ یہ کیا بات ہوئی۔

اتنا وزن پہن کے کون بیٹھ سکتا ہے!

ایک ٹن وزنی سونے کے تاج کے نیچے مہاراجہ پس کیوں نہ گیا۔

وہ عقل مند تھا۔ میری پیاری۔

اس نے تاج بنوا کے سنگل سے اوپر چھت پہ باندھا ہوا تھا، عین اپنے تخت کے اوپر، اپنی نشست کی مخصوص جگہ پہ۔ اور تاج کے نیچے اپنے سر کے سائز کا سوراخ کیا ہوا تھا۔

دربار لگانے کا وقت ہوتا، جب ہرکارے پکارتے

باادب ہوشیار۔

تو مہاراجا آ کے اپنے تاج کی موری میں سر دے کر تخت پہ براجمان ہو جاتا۔ کارروائی شروع ہو جاتی۔

کارروائی رکی ہے کبھی۔

جاری ہے۔

تخت بھی ہیں تاج بھی ہیں۔

بس اپنے اپنے سر کا سائز الگ ہوتا ہے۔

تم کہو گی، ڈاکوؤں کی بات کرتے کرتے میں یہ کیا سنانے بیٹھ گیا۔

تم کملی ہو۔ میں نے موضوع نہیں بدلا۔

یہ دونوں ایک جیسے بیوپاری ہیں۔
ایک بھاؤ طے کر کے لوٹتا ہے،
دوسرا اپنا بھاؤ کیے سودا لے جاتا ہے۔

جان و مال کا تصور تو دونوں طرف تمہارے میرے جیسوں سے ہے۔ بیوپاری کیسا ہی ہو۔کوئی بھی ہو، بل تو تمہی ہمی نے چکانا ہے۔

نہیں چکائے؟

نہیں چکاتے؟

اب بولو، بدلو بات۔

ڈر لگتا ہے نا۔

دونوں سے؟

دونوں سے یاد آیا، کہانی میں دوسرا کردار پولیس کا تھا۔ڈاکو اور پولیس دونوں ہی کی تو کہانی ہے یہ۔ کہتے ہیں، فرق اتنا ہے کہ ڈاکو صرف اپنے لیے جیتا ہے اور پولیس اپنے علاوہ اپنے مہاراجہ کے جینے کا بھی سامان کرتی ہے۔اب بول۔ کس سے زیادہ ڈر لگ رہا ہے۔

تم بھی عجیب ہو، کہانیوں سے ڈرتی ہو۔
کہانی تو بس اتنی تھی کہ ڈاکوؤں اور پولیس کا مقابلہ ہو گیا۔
گولیاں دونوں طرف سے چلنے لگیں۔
چلتی گئیں۔
نہ پولیس ہٹی نہ ڈاکو اپنی جگہ سے نکلے۔
شور مچ گیا۔
تین ضلعوں سے پولیس آ گئی۔
تینوں انگریزوں کے ضلعوں سے۔

ریاستی پولیس کی ڈاکوؤں سے مڈبھیڑ نہیں ہوا کرتی تھی۔

ریاستیں تو ڈاکوؤں کا میکہ تھیں۔

پنجاب میں دریا تو پانچ ہی تھے۔ مگر جنگل ان دنوں ہزار ہا تھے۔ انگریز کے پنجاب کے بیچوں بیچ سکھوں اور نوابوں کی کئی ریاستیں تھیں۔ ریاستوں کا حال تمہیں اسی لیے سنایا ہے۔ ان کی اپنی اپنی پولیس ہوتی تھی۔ راجہ پولیس والے کو بھرتی کر لیتا تھا، تنخواہ نہیں دیتا تھا۔ طے یہ ہوتا تھا کہ خود بھی جیو ریاست کو بھی جینے دو۔ ابھی تک دیکھ لو، دونوں جی رہے ہیں۔ ریاستی پولیس والوں کو وردی تک اپنی سرکار سے نہ ملتی تھی۔ انگریز کی پولیس میں باقاعدہ نظام تھا، تنخواہ تھی، وردی تھیں، مراعات تھیں، کوارٹر تھے، دفتر تھے۔ حوالاتیں تھیں، تھانے تھے۔ سب کچھ تھا۔

ریاستوں میں ادھر ادھر چھینا چھانی سے لی ہوئی حویلیوں میں پولیس والوں کا قبضہ ہوتا تھا، رنگ برنگی انکی وردیاں ہوتی تھیں۔ سپاہیوں اور قیدیوں کا کھانا تک اکٹھا پکتا تھا۔ اس میں یہ سہولت تھی کہ ہر قیدی کا راشن اس کے گھر سے آتا تھا۔ سپاہی قیدی سے منگوائے ہوئے راشن سکیل میں اپنے اور اپنے کنبے کے پیٹ کا سکیل بھی ڈال دیتے۔ پولیس کیا ہوتی تھی ریاستوں کی، موج میلا تھا۔ چھوٹے موٹے دکان داروں، ہاریوں اور مزدوروں پہ اُن کی پولیس دھاوے بولتی تھی۔ کبھی کبھار کوئی چھوٹا موٹا چور اچکا بھی پکڑ لیتی تھی۔

بڑے بڑے ڈاکوؤں سے ریاستی پولیس کا کوئی بیر نہیں تھا۔ کچھ سے تو یہاں تک سنا ہے کہ کئی ریاستی وردی والے دونوں طرف حاضری لگواتے تھے۔ اپنے تھانے میں بھی اور ڈاکوؤں کے جتھے میں بھی۔ دونوں طرف سے خراج لیتے تھے۔ جس طرح کا موقعہ ہوا اسی طرح کی شناخت بنا لی۔ شناختی کارڈ تھوڑی ہوتے تھے، ان دنوں۔ بس جو کسی نے چہرے پہ چہرہ بنا لیا، وہی اس کا شناخت کارڈ ہو گیا۔ اب کیا فرق پڑ گیا ہے؟ ریاستوں کے جنگل تو ڈاکوؤں کے ڈیرے تھے۔ چھاؤنیاں کہلاتی تھیں وہ۔ ابھی بھی

یہ نام بے معنی تھوڑی ہے۔ پتہ نہیں کون سیانا کہہ رہا تھا، کہ راجے مہاراجے تو شوق سے ڈاکو پالتے تھے۔ آخرانہیں کونڈیوں میں پیسنے کے لیے ہیرے موتی کون لا کے دیتا تھا۔ ان کی کونسی ملیں چلتی تھیں۔ کوئی کارخانے تھوڑی لگائے ہوئے تھے انہوں نے۔ شکر ہے کارخانے اب لگنے لگے ہیں۔ کم از کم کونڈیاں تو ویران نہیں ہوئیں۔

پھر طاقت کا مظہر بھی تو کچھ ہونا چاہیے تھا نا۔ مہاراجوں کے لیے کیا تھا؟ فوج تو انگریز کی تھی۔ راجوں، مہاراجوں کی توپیں تو یہی بھگت سنگھ کے ساتھی سنگی تھے۔

خیر جی۔

بھگت سنگھ بھی آ گیا قابو میں۔

چاروں طرف سے پولیس نے گھیرا ڈال لیا۔

تین طرف پولیس تھی۔ ایک طرف اونچا کماد تھا۔

پولیس کو خبر نہیں تھی کہ آج نرغے میں بھگت سنگھ ہے۔

بس اتنا پتہ تھا، ڈاکو ہیں۔ کوئی ایک گاؤں لوٹ کے نکلے تھے ڈاکو۔ کہ پولیس پیچھے لگ گئی۔ اللہ جانے کوئی مخبری ہوئی تھی۔ یا اندھے کے پیر نیچے بٹیرا آ گیا۔ پولیس نے فائر کھولا، تو ڈاکوؤں نے کماد کے کھیت میں پناہ لے لی۔ اندر کوئی پہلے سے بنی ہوئی جھگی تھی۔ جھگی والا بھاگ گیا۔ ڈاکو اس میں جم گئے۔ اندر بیٹھے بیٹھے انہوں نے جھگی میں پڑی کچھ اناج کی بھری بوریوں کو آگے رکھ لیا۔ پیچھے بیٹھ کے خالی بوریوں میں مٹی بھر بھر کے رکھتے گئے۔

تیسرا دن چڑھ آیا۔

ڈاکوؤں نے ہتھیار نہ ڈالے۔

پولیس کے کئی بندے مر گئے۔

ڈاکو کتنے مرے، کتنے زندہ ہیں، ہیں کون، کدھر کے ہیں؟

کوئی خبر نہیں۔

تین ضلعوں سے پولیس آ گئی۔

فیروز پور، لدھیانہ، جلندھر کی گارڈیں جمع ہو گئیں۔

ڈاکو پھر بھی قابو نہ آئے۔ فائر انکا کم ہو گیا، مگر ہوتا رہا۔ اب فائر میں کون آ گے جائے۔ پولیس ایک محفوظ فاصلے پہ بیٹھی، لیٹی گولیاں چلاتی جائے۔

لدھیانے کا پولیس مہتمم خود پہنچ گیا۔

حکم دیا، ضلع کی ساری ریزرو پولیس منگوالو۔

منگوالی۔

ڈاکو پھر بھی نہ نکلے۔

پھر حکم دیا، پولیس لائن میں جتنے ٹرینی سپاہی ہیں وہ بلالو، وہ جنہوں نے رائفل چلانے کا امتحان پاس کیا ہوا ہے۔ خالی ڈرل والے نہ بلانا۔

آ گئے ریکروٹ بھی۔

سب چھ سات مہینے کی سروس کے ریکروٹ تھے۔ دس مہینے کی ٹوٹل ریکروٹی ہوتی تھی، ان دنوں لدھیانے میں۔ رائفل ٹیسٹ سب نے پاس کیا ہوا تھا۔

ٹیسٹ میں پہلے نمبر پہ آنے والا بھی ساتھ تھا۔ وہ پتہ ہے کون تھا؟

فضل دین۔ ابوالفضل کا بڑا بیٹا۔

قد کاٹھ کا تو وہ اونچا لمبا تھا ہی، سات مہینوں کی سرکاری ڈرل سے اور چست ہو گیا تھا۔ شیر جیسا سینہ تھا۔ چیتے جیسی کمر تھی۔ باز کی طرح اس کی آنکھیں دیکھتی اور طوطے کی طرح سوچتی تھیں۔

چوتھا دن چڑھ گیا تھا۔

ریکروٹ سارے ادھر پھیلا دیے گئے۔ فضل دین کے حصے میں اونچے کماد کی طرف کا علاقہ آیا۔ وہ بیٹھا سوچنے لگ گیا۔ وقت بہت تھا۔ ادھر ادھر چل پھر کے وہ محفوظ فاصلے سے ڈاکوؤں کی جھگی کے جغرافیے کا مشاہدہ کرتا رہا۔ کدھر درز ہے، کدھر

دروازہ ہے، سورج کس طرف ہے۔ ابھی دھوپ کہاں ہے۔ دو گھنٹے بعد سورج کہاں جا کے چمکے گا۔ راہ کیسی ہے جھگی تک جانے کی۔ چار دنوں میں ڈاکوؤں نے کھایا پیا کیا ہوگا۔ ایمونیشن کیوں ابھی تک ان کا ختم نہیں ہوا۔

وہ چلا کیا رہے ہیں۔ بندوق، پستول رائفل یا آٹومیٹک مشین گن۔

کتنے لوگ ہو سکتے ہیں جھگی کے اندر؟

کس طرف گولی آتی ہے ان کی؟

نشانے میں ماری جاتی ہے یا ہوائی فائر ہوتا ہے۔ جھگی کے اندر سے۔

فضل دین کا دماغ ایک ریکروٹ کی طرح نہیں کسی سپہ سالار کی طرح سوچ رہا تھا۔ سوچتا رہا اکیلا۔ کسی سے کوئی مشورہ نہیں کیا۔ معلومات لیں، جس سے بھی کوئی بات پتہ چلی، وہ سن لی۔ غور کیا۔ فیصلے خود ہی خود کرتا کرتا، ایک فیصلے تک پہنچ گیا۔ اپنی کوئی جمع تفریق ذہن میں کی۔ دن ڈھلنے کا انتظار کیا۔ جب سورج غروب ہونے کے لیے کماد کے اونچے کھیت کے کھڑے گنوں کی جڑوں تک پہنچ گیا تو چپکے سے فضل دین لے کماد کے قریب سرسوں کے کھیت کے بیچوں بیچ ایک کھالی کے اندر جھگی کی طرف کرالنگ شروع کر دی، رائفل سینے کے نیچے بازوؤں کے درمیان رکھ کے۔ پندرہ بیس گز تو کسی نے ادھر دھیان ہی نہ دیا۔

اچانک کسی کی نظر پڑی۔

وہ۔ کون؟

وردی سے تو پتہ چل گیا، ہے کوئی پولیس والا ہی، مگر ہے کون؟

پولیس ایس پی کی نظر بھی ادھر گھوم گئی۔

اوھو، ھو، یہ کون ہے بے وقوف۔

روکو۔ اس طرف فائر روکو۔

اپنی پولیس کی گولی سے نہ مر جائے۔

ادھر چلو۔

دوسری طرف سے فائر کرو۔

تیز کر دو فائر۔

ڈاکوؤں کو اس بے وقوف کی طرف دھیان نہ دینے دینا۔ زمین سے ڈھائی فٹ اونچا فائر ہو سب کا۔ اس کے سامنے سے باقی نکل جاؤ، اس کی بائیں زد میں بھی کماد کی طرف کوئی نہ کھڑا ہو۔ یہ جھگی میں جا کے اس طرف فائر کر سکتا ہے۔ جب وہ جھگی میں پہنچے، تو فائر روک دینا۔ کرنا تو صرف ہوائی فائر کرنا۔

سمجھ گئے۔

ایس پی ادھر ادھر احکامات دیتا ہوا بھاگتا پھرنے لگا۔ فضل دین کرالنگ کرتا کرتا جھگی تک پہنچ گیا۔ جھگی کے جس طرف سے اس نے کپڑے کا پلو سرکا کے دیکھا، اس طرف کوئی ڈاکو نہیں بیٹھا تھا۔ اتنا اطمینان اسے پہلے ہو گیا تھا۔ پلو سرکا کے اندر نگاہ کی، تو دیکھا اندر تین لاشیں پڑی ہیں۔ اور دو ڈاکو اس کی طرف پشت کیے زمین پہ کہنیوں کے بل اوندھے لیٹے ہوئے سامنے متوجہ ہیں۔ ایک کا رخ دائیں طرف ہے دوسرے کا بائیں طرف دونوں تین اطراف کو گھیرے ہوئے ہیں۔ دائیں طرف والے کے ہاتھ میں بلٹ والی رائفل ہے وہ ایک فائر سامنے کرتا ہے۔ کہنیوں کے بل لیٹا لیٹا بلا سنڈ۔ پھر تھوڑے وقفے بعد دوسرا فائر دائیں طرف کر دیتا ہے۔

پھر کچھ دیر فائر نہیں ہوتا، اس دوران دونوں باری باری پیچھے دیکھتے ہیں جس درز میں سے فضل دین لیٹا دیکھ رہا تھا وہ اندر سے نظر نہیں آ سکتی تھی۔ ایک تو وہ چھوٹی تھی۔ دوسرا اس کے آگے ڈاکوؤں نے اناج کی ایک بوری رکھ کے مورچے کا کام لیا ہوا تھا۔ اس لیے بھی وہ اس طرف سے کچھ بے پروا تھے۔

بائیں طرف والا ڈاکو کافی وقفے بعد ہاتھ میں پکڑا ہوا پستول کھول کے اس کی غراری میں گن کے تین چار گولیاں بھرتا اور پھر پستول سامنے لہرا کے کچھ اس تیزی سے

چلاتا کہ سننے میں لگتا اندر آٹو میٹک رائفل چل رہی ہے۔ اسی پستول کے چلنے سے پولیس والوں پہ چار دن سے دہشت پڑی ہوئی تھی۔ کوئی ڈرتا آگے نہ جاتا تھا۔

فضل دین نے ڈاکوؤں کا شکار کرنے میں کوئی جلدی نہیں کی۔

اچھی طرح ادھر لیٹے لیٹے منصوبہ بندی کی۔

ڈاکوؤں اور اپنے درمیان پڑی ہوئی اناج کی بوری دیکھ کے اسے خود اپنی سیفٹی کا بھی احساس ہو گیا۔ لیٹے لیٹے اس نے اپنی بندوق بڑی آہستگی سے سرکا کے پہلے دائیں طرف لیٹے ہوئے رائفل سے فائر کرنے والے ڈاکو کا نشانہ لیا اور لبلبی دبا دی۔ ڈھائی گز کے فاصلے سے تھری ناٹ تھری کی گولی سینے میں کھا کے وہ ڈاکو ڈھائی فٹ اوپر اچھلا اور پھر پہلے سے پڑی ہوئی لاشوں کی طرح بے ترتیبی سے گرا اور تھوڑی دیر تڑپ کے ٹھنڈا ہو گیا۔

فضل دین کی رائفل بلٹ والی تھی۔ فائر کرتے ہی یہ بوری سے چھ انچ نیچے ہوا اور بلٹ مار کے دوسری گولی میگزین میں چڑھا دی۔ رائفل کی بیرل اس نے بوری کے اوپر ہی رکھی۔ پہلے سے سوچ لیا تھا کہ دوسرا فائر کس رخ میں کرنا ہے۔ فائر کرتے ہی اس نے رائفل کی شست دوسرے ڈاکو کی طرف موڑ دی اور پہلے فائر کے ڈھائی سیکنڈ بعد یہ دوسرے فائر کے لیے رائفل کے بٹ پہ اپنا گال رکھ چکا تھا۔ رائفل کی شست میں سے بیرل کے اوپر سے پستول والے ڈاکو کی طرف نگاہ کی تو وہ ایک ہاتھ میں پستول اور دوسرے میں پستول کی گولیاں پکڑے، دونوں ہاتھ تھوڑے اوپر کیے زمین میں منہ دیے لیٹا ہوا تھا۔ فضل دین نے پہلا فائر ہی اس وقت کیا تھا جب پستول والے نے پستول کے فائر کے بعد پستول کی غراری کھول کے اس میں پھونکیں مارنا شروع کی تھیں۔

ہلنا نہیں۔ فضل دین غرایا۔

پستول پھینک کے شکل دکھا اپنی۔ آیا بڑا بدمعاش بھگت سنگھ بننے۔

بھگت سنگھ کا ان دنوں بڑا چرچا تھا۔

ایرے غیرے ڈاکو بھگت سنگھ کے روپ میں ڈاکے ڈالتے تھے۔ فضل دین کو ان اوچھے چوراچکوں سے بڑی نفرت تھی جو بھگت سنگھ کا نام لیکر وارداتیں کرتے تھے۔ فضل دین کو ان سے ذاتی طور پر دکھ پہنچتا تھا۔ اس لیے کہ بھگت سنگھ فضل دین کے بچپن کا یار تھا۔ ساتھ پلا بڑھا تھا۔ برسوں بچپن میں ساتھ کھیلا تھا۔ ایک سکول میں دونوں پڑھتے رہے تھے۔ ایک ہی دونوں کی کلاس تھی۔ گھروں میں بھی انکا آنا جانا تھا۔ وہ تو قسمت کا کھیل تھا کہ ایک فلمی کہانی کی طرح بھگت سنگھ ڈاکو بن گیا۔ فضل دین پولیس میں بھرتی ہو گیا۔ تھے دونوں ایک جیسے جی دار، بہادر اور نڈر۔ بھگت سنگھ فضل دین کو سوچ کر خوش ہو لیتا کہ یار پولیس میں ہے۔ اور فضل دین بھگت سنگھ کا ذکر سن کر اندر سے پھول کے کپا ہو جاتا کہ یار کی دہشت چاروں طرف ہے۔

بھگت سنگھ اس علاقے کی دہشت تھا۔

پانچ ہزار نقد اس کا انعام تھا۔ زندہ یا مردہ پکڑنے کا۔

ہر تھانے، چوکی میں بھگت سنگھ کی تصویر لگی رہتی تھی۔

ڈاکو بننے کے بعد بھی کئی بار بھگت سنگھ چوری چوری ہیڈ مان پور آ کر فضل دین سے ملا کرتا تھا۔ ان دنوں فضل دین ابھی پولیس میں بھرتی نہیں ہوا تھا۔ سکول کی دسویں جماعت میں پڑھتا تھا۔ شہتیر کی طرح مضبوط اور کڑیوں کی طرح لوچ دار تھا۔ ہاکی ٹیم کا کپتان تھا۔ فل بیکی کرتا تھا۔ مخالف ٹیم گیند لے کر آتی تو اسے دیکھ کے گیند خود سے ان کی ہاکیوں سے بدک جاتا۔ یہ پلنٹی کارنر شاٹ مارتا تو گول میں کھڑے سارے مخالف، گول کیپر سمیت، آنکھیں بند کر کے دو قدم اوپر اچھل جاتے۔ اس کی ہر شارٹ پر گول ہوتا۔ پھٹہ کھڑک جاتا۔ بھگت سنگھ جب تک ڈاکو نہ بنا تھا تو سنٹر فارورڈ ہوتا تھا اس کی ٹیم کا۔ ڈاکو بن کے بھاگ گیا تو فضل دین کی ٹیم ادھوری رہ گئی۔ فضل دین اسے سمجھاتا رہتا۔ جان دے۔ چھوڑ دے ڈکیتی۔ چلا جا کہیں دوڑ جا۔ شکل بدل

لے۔کوئی شریف کام کر لے۔

نہیں یار،

اب کام بہت بگڑ گیا ہے۔اب شکل بدلنے سے اندر نہیں بدلنے والا۔

تو کوشش تو کر۔

کیسے کروں۔میرا جتّھہ ہے۔

تو چھوڑ۔جیسے چھپ کے میرے پاس آتا ہے۔ایسے ہی چپکے سے کہیں کھسک جا۔نئ زندگی شروع کر۔جا کے۔

تو کملا ہے۔

میں جتھے کا سردار ڈاکو ہوں۔

تیری طرف آتا ہوں تو کئ ڈاکو میرے،ادھر میری راہ کا پہرہ دیتے ہیں۔

میں نکال لوں گا تمہیں پہرے سے۔تو نکلنے والا بن۔

کیسے نکلوں،یہ زندگی بڑی عجیب ہے۔

جنگلی شیر چیتوں کی طرح رہتے ہیں ہم۔

سارے جنگل میں ہماری بادشاہی ہے۔

رات کو جاگ جاگ کے بلی کی طرح دیکھنے لگی ہیں میری آنکھیں۔باز کی طرح کی نظر ہوگئی ہے آپاں کی۔تو کہتا ہے،پھر سے بکری بن جاؤں۔گائے بن کے ان ذیل دار قسم کے لوگوں کے کھونٹے سے بندھ جاؤں۔

یار اسے تو،تو نے ناحق مارا۔پٹائی کر دیتا،جان سے کیوں مارا اسے۔

تو کہتا ہے یہ۔تو۔

دیکھ نا،اس نے شکایت کی تھی تمہاری۔جھوٹی یا سچی چلو مانتا ہوں،وہ چپ رہتا تو بچ جاتا۔

نہ۔میرے یار۔تو اصل بات نہیں جانتا۔

کونسی بات۔

یار میرے۔ اس نے بتانا ہی بتانا تھا۔ نہ بھی وہ بتاتا، چپ بھی رہتا تو میں نے اسے چھوڑنا نہیں تھا۔

کیوں؟ تیری اس سے کیا دشمنی تھی؟

تو پوچھتا ہے، دشمنی کیا تھی؟

بندوق کی اس نے مخبری کی تھی نا، اسی کا تجھے غصہ تھا!

تو عجیب بات کرتا ہے۔ تجھے بے بے میری نے کچھ نہیں بتایا۔

نہیں، کیا بتانا تھا۔ بندوق کی بات کرتا ہے تو؟

پھر بندوق، بندوق تو میں لایا ہی اسی کے لیے تھا۔

او جان دے۔ گپاں نہ مار۔ فوج میں گیا۔ محاذ سے کہیں ہاتھ لگ گئی لے آیا۔

ہاں لے آیا، مگر فوج میں کیوں گیا۔ پتہ ہے۔

بہتیرے گئے ہیں۔ انگریز تنخواہ دیتا ہے۔

نہ۔ میں کوئی گھر سے تنگ تھا۔ ذیل دار کے بعد سب سے زیادہ زمین میری ہے۔ گراں میں۔ ہے یا نہیں۔

ہے تو سہی، پر ویران پڑی ہے۔ ماں تیری گاؤں چھوڑ گئی ہے۔ گھر میں تیرے کتے پیشاب کرتے ہیں۔ سارا گھر تیرا اجڑ گیا ہے۔

بھگت سنگھ یہ سن کے دکھی ہو جاتا۔ اس کی آنکھوں میں آنسو تیرنے لگتے۔ پھر وہ فضل دین کے کندھے پکڑ کے کہتا۔

ذمہ دار کون ہے اس کا؟

چل جان دے۔ پتہ ہے۔ فضل دین کہتا۔

نہیں پتہ نا، میرے یار، سن۔ جد آپاں، آٹھویں کلاس میں پڑھتے تھے۔ پیل ہائی سکول میں داخلہ لیا تھا، دوہاں نے اکٹھے، یاد ہے،

یاد ہے یار۔

میرا ابا پو آیا، تھا، نا، تانگے پہ بیٹھ کے سکول اپنے، جدھر ہم نے چوبارہ لیا ہوا تھا، رہنے کو

آیا تھا۔

تجھے ملا تھا؟

نہیں۔ وہ شاید جلدی میں تھا چاچا۔ پریشان پریشان تھا، چوبارے کے نیچے کھڑے اس کی آواز میں نے سنی تھی۔ خورے بسنتی لال سے اس نے تیرا پوچھا تھا، تو بازار کی طرف گیا ہوا تھا، ادھر ہی وہ چلا گیا۔ تیز تیز چلتا ہوا۔ تجھے لینے آیا تھا۔

وہ؟

ہاں۔

تو بھی تو مجھے ملے بغیر ہی چلا گیا تھا اس کے ساتھ۔

ہاں، اب سن۔ میں نے پتھر رکھے ہوئے ہیں اس ہک میں۔ اتنے سال ہو گئے چپ ہوں، اصل بات نہیں بتائی کسی کو۔ تجھ سے گوڑا یار کون ہے میرا۔ بول ہے کوئی۔

چل تو گل کر۔

گل کیا گراں باپو نے بھی پوری بات مجھے اس وقت نہیں بتائی تھی۔ اتنا بول دیا اس نے کہ اپنا خیال رکھنا، بھگت سیاں، گراں میں دشمنی ہوگئی ہے۔

میں نے بہتیرا پوچھا کون ہے۔

باپو نے زبان نہیں کھولی۔

پھر۔

باپو مجھے لینے نہیں آیا تھا۔ یہ کہنے آیا تھا کہ جا شہر جا کے لدھیانہ شہر میں ماں کے جو کنگن سنار کے پاس پڑے ہیں پالش کے لیے، وہ لے آ۔ میں وہ لے کر اگلے دن گھر پہنچا۔ تو ایک رات پہلے باپو مر گیا۔

پتہ ہے۔ چاچے کی موت کا کسے دکھ نہیں۔
تجھے کچھ نہیں پتہ۔ وہ مرا نہیں تھا۔ مارا گیا تھا۔
وہ تو کنویں میں گر گیا تھا نا۔
گرایا تھا، اس منحوس ذیل دار نے۔
کیا کہہ رہا ہے تو، کئی گاؤں اکٹھے ہوئے تھے ادھر، کسی نے بات نہیں کی ایسی۔
کون کرتا؟ ماں میری کو تو غشیاں پڑ رہی تھیں۔ ڈیڑھ مہینے بعد میرے باپو کے اس کی دندل ٹوٹی تھی۔ پھر وہ بولی تھی۔
کیا؟
اسی نے تو بتایا تھا۔
بول بھی نا۔
ذیل دار نے باپو کو ڈبویا تھا کنویں میں۔
ماں نے دیکھا تھا تیری نے۔ ہاں، وہ کہتی ہے۔ جس وقت رسی کو پکڑ کے میرا باپو کنویں میں اترا تھا۔ کنویں سے ماں کی بلٹوئی نکالنے، ذیل دار اس وقت کنویں کی منڈیر پہ کھڑا چاقو سے مسواک چھیل رہا تھا۔
پھر؟
اسی چاقو سے اس نے ساتھ کھڑے درخت سے بندھی رسی کاٹ دی۔
رسی کاٹ دی؟
ہاں۔ کٹی رسی کے دونوں سرے ماں نے دیکھے تھے اپنی آنکھوں سے۔
لوگ تو کہتے تھے، کنویں میں چاچا گر گیا تھا، سر پہ زخم بھی تھا انکے۔
ہاں تھا زخم۔ اسی ماں کے یار ذیل دار نے اینٹ ماری تھی اوپر کھڑے کھڑے۔ ورنہ باپو میرا کنویں میں ڈوبنے والا تھوڑی تھا، وہ تو چلتی نہر کے آر پار ہو جاتا تھا تیر کے۔

پر ذیل دار نے ایسا کیا کیوں؟

ماں نے باپو کے مرنے کے تین مہینے بعد ساری کہانی مجھے سنادی تھی۔

کیا؟

ذیل دار اپنے بیٹے کے لیے میری بہن کا ساکھ مانگنے آیا تھا۔ اس کی بہن کا یار، بیٹا اس کا شہر میں دارو کا ٹھیکہ چلاتا تھا۔ پتہ ہے نا۔ پچھلے دنوں شہر میں جو شراب کی دکان لٹی تھی۔ اسی کی تھی۔ وہی مرا تھا خود بھی۔ سمجھ گئے نا کس نے کیا تھا اس کا شکار۔ یہ ماں کے یار تو اب میرے سامنے لگیاں کبوتر ہیں۔

جب چاہوں، گن گن کے اڑا دوں۔

تو رشتے کی بات کر رہا تھا۔

یار تو کیا بات کرتا ہے، میری بہن کے لیے وہ گیدڑ رہ گیا تھا۔

ہوا کیا پھر؟

ہونا کیا تھا۔ باپ کو سب پتہ تھا۔ ذیل دار کے بیٹے کے کرتوت۔ نہ کر دی۔

پھر؟

پھر کیا۔ ذیل دار نے رسی کاٹ کے باپ کو پاسے کر دیا۔

نہ اتنی سی بات سے اس نے قتل کر دیا؟

نہیں۔ بات تو بڑھ گئی تھی۔

کیسے؟

باپو نے اس کی بے عزتی بھی کی تھی۔ کرنی پڑی۔ دیکھو نا۔

بات شادی کی پکی ہوئے بغیر پنڈ میں لڈو بانٹنے لگا۔

ہمارے گھر ٹوکری بھر لڈو بھجوا دیے۔

میرا ابا پو طیش کھا گیا۔

ایک دن پہلے باپو نے منع کیا تھا۔

اگلے دن ذیل دار مبارکاں لیتا پھرے۔ رشتہ طے ہو گیا۔

کیوں، ایسا کیوں؟

بس اپنی ذیل داری کا اسے گھمنڈ تھا۔ اس نے سوچا، اوپرے دل سے نہ نہ کہتے ہیں۔ اندر سے راضی ہیں۔ میرا باپو، اسکے لڈو اٹھا کے اسکے دروازے پہ مار کے آیا تھا۔

جھگڑا بھی ہوا تھا؟

مارا ماری تو نہیں ہوئی، تو تو میں میں بڑی ہوئی۔

پھر؟

پھر کیا۔ ذیل دار نے ایک جھوٹے کیس میں باپ کو پھنسوا دیا۔

کیس کیا تھا؟

کیا ہونا تھا۔ باپو نے ایک چوہٹی خریدی تھی۔ منڈی سے، ذیل دار نے ایک چمار کو پیسے دے کر جھوٹی رسید بنوا کے تھانے بھجوا دیا۔ کہ بھینس ہماری ہے۔ چوری ہو گئی تھی، بھگت سنگھ کا باپو خرید لایا ہے۔ ایک بھینس گئی۔ اوپر سے عدالت کی تاریخیں شروع ہو گئیں۔

تو نے کبھی ذکر نہیں کیا اس کا۔

یار، کیا کرتا۔ اپنا کرتا اٹھا کے اپنا ہی ٹڈ ننگا ہونا ہے۔ یہ کوئی بات ہے بتانے والی۔ کہ چوری کے مقدمے میں باپو پھنس گیا ہے۔ اندر کی بات باپو نے کہی نہیں تھی۔ میں تو تیرے ساتھ سکول میں تھا۔ گراں سے باہر چوبارے میں تیرے ساتھ رہتا تھا۔ اس کہانی کا تو پتہ ہی باپو کے مرنے کے تین مہینے بعد چلا ہے۔

پھر؟

پھر کیا یار۔ اسی چکر میں باپو سکول آیا تھا، شہر سے کنگن ماں کے منگوانے، قرض چڑھ گیا تھا مقدمے کا۔

پر یار۔ ایک تو جھوٹ، دوسرا مقدمہ، اوپر سے اس نے قتل کر دیا؟

تو سن نا، اب آرام سے ساری کہانی۔ باپو بھی آخر میرا پیو تھا۔ وہ چمار باپو کے ہتھے چڑھ گیا تھا۔ باپو نے پکڑ کے اسے مربعے پسوؤں کے کمرے میں بند کر دیا۔ اوپر سے بے بے آ گئی کھیتوں میں دوڑتی ہوئی، بولی، بہن میری کی بانہہ ذیل دار کے پتر نے کھینچی ہے۔ اپنی بیٹھک کی طرف۔ بانہہ کی دو چوڑیاں ٹوٹ گئیں۔ بہن کا بازو لہولہان ہو گیا۔ بلٹوئی پیتل کی گلی میں گر گئی، پانی سے بھری بھرائی۔ دھپ دھپ پانی بہتا بہتا سارا اسکے کپڑوں پہ گر گیا۔ پیروں میں گارا ہو گیا، کپڑے گیلے ہو گئے۔ شلوار ٹانگوں سے چپک گئی۔ اوپر سے بازو سے نکلے خون کے چھینٹے چھینٹ کی عنابی پھول دار قمیض پہ پڑ گئے۔ سوچ نہ ذرا، اس حرامی کا کرتوت۔ میں نے تو اسے بڑے دنوں بعد مارا ہے۔ اسی وقت وہ مارنے کے لائق تھا۔ پر میں تھا نہیں ادھر۔ مجھے تو ماں نے بتایا ہی باپو کے مرنے کے بعد ہے۔

تیرے باپو کو پتہ چل گیا تھا!

ہاں پتہ چل گیا تھا اسے۔ باپو گیا تھا میرا کرپان نکال کے۔ پیچھے پیچھے بے بے بھاگتی گئی ننگے پیر۔

اس کھوہ کے پاس کھڑا تھا وہ خبیث ذیل دار، مسواک چھیلتا ہوا۔ باپو نے آؤ دیکھا نہ تاؤ۔ گھما کے کرپان ماری الٹی کر کے۔

پھر؟

لگی اس کے کندھوں پہ۔ سالے کے سیدھی مارنی چاہیے تھی۔

پھر؟

اوپر سے بے بے پہنچ گئی۔ بیچ بچاؤ کرانے۔ مر جانے دیتی اسی دن ذیل دار کو۔ باپو کو بے بے نے جپھا ڈال لیا۔ ذیل دار کھسک کے پرے ہٹ کے کھڑا ہو گیا۔ باپو نے کرپان گھمائی تو وہ ہاتھ سے چھوٹ گئی۔ ساتھ کنواں تھا۔ اس میں جا گری۔

بہن بھی میری ادھر آ گئی۔ بلٹوئی اٹھائے اٹھائے۔ باپو نے بلٹوئی اس کے ہاتھ سے لے کر ذیل دار کے سر پہ ماری۔ ذیل دار کنویں کے باہر گرا۔ بلٹوئی دھب سے کھوہ کے اندر جا گری۔

پھر؟

پھر کیا۔

لوگ آ گئے۔

بیچ بچاؤ کرا دیا۔

بے بے اور باپو گھر آ گئے۔

ساری رات باپو غصے سے مٹھیاں کھولتا بند کرتا رہا۔ دو منٹ نہیں سویا، باپو اس رات، بے بے کہتی ہے۔ بانگاں ویلے پیشاب کے لیے گھر سے نکلا بس۔ اماں کو اپنی بلٹوئی کی بھی فکر تھی، کوئی اور نہ نکال لے۔ باپو کی کرپان بھی گری پڑی تھی، کھوہ میں۔

ادھر پو پھٹی، اُدھر باپو کھوہ پہ پہنچ گیا۔

پتہ ہے نا، ادھر اوپر چرخی سے رسی بندھی ہوتی تھی، باپو نے سوچا چرخی کمزور ہے، خیر نال باپو ڈھائی من سے اوپر تھا۔ مرنے سے ڈیڑھ ہفتہ پہلے دورا ہے ٹال پر ہم دونوں نے وزن کیا تھا۔ مجھ سے پورا ایک من اوپر تھا۔ لے دیکھ، میں صرف ڈیڑھ من کا تھا، اس وقت۔ اب تول لے۔ لے جا کر پونے تین من کا ہوں۔

تو رہنے دے اپنی شیخیاں، باپو اپنے کا بول،

یار، کیوں ہر بار وہی بات پوچھتے ہو۔ زخم لگتا ہے، اندر دل میں۔

صبح صبح کا ویلا تھا۔ آگے پیچھے نہ کوئی بندہ نہ کوئی بندی۔ باپو نے کھوہ کی چرخی کھول کے درخت سے باندھ دی، اور دھوتی کا لانگر گس کے رسی پکڑی اور کھوہ میں اتر گیا۔ کئی بار پہلے اترا تھا۔ میں خود اتر جاتا تھا۔ وہ تو اسے کھوہ کے اندر سے کرپان ڈھونڈنے میں دیر ہوئی۔ میرا خیال ہے۔ بلٹوئی تو دو منٹ میں مل جاتی ہے۔ میں نے پتہ

نہیں کن کن کی بلٹویاں نکال نکال کے لوگوں کو دی تھیں۔ بس جی، باپو کھوہ میں کرپان ڈھونڈ تا رہا۔ اوپر لعنتی ذیل دار پہنچ گیا، چاقو سے رسی کاٹ دی۔ باپو نے اندر ہاتھ پیر مارے، شور مچایا۔ تو منڈیر کے پاس پڑی ایک پکی اینٹ اٹھا کے باپو کے سر پہ مار دی۔ باپو گر گیا۔ پھر نہیں اٹھا۔ لوگوں نے نکالا۔

ماں کے ہوش چلے گئے۔

میں شہر سے پہنچا، تو، ارتھی تیار تھی۔

لے گئے شمشان۔

جل گیا میرا باپو۔

زمین ہماری آدھی نکل گئی ہاتھ سے۔ باپو نے گروی رکھی تھی۔ کاغذ ذیل دار نے خرید لیے، عدالت سے۔ وہ بھی مار لی اس نے۔

ماں میری کو ہوش آیا تین مہینوں بعد۔

پوری طرح ہوش مند نہیں ہوئی پھر بھی وہ۔

میں نے تو قسم واہ گرو کی باپو کی موت کے بعد ماں کو اجڑی ہوئی ہی دیکھا ہے۔ مجال ہے جو چہرے پہ کبھی مسکراہٹ آئی ہو اس کے۔ ایک دن کہیں گاؤں میں ڈھول پہ کوئی اعلان ہو رہا تھا۔ ماں بولی، سن اسے۔

تین مہینے بعد ڈھول کی آواز آئی ہے کان میں۔

میں نے سنا، وہ کوئی میراثی تھا، یا کوئی سرکاری ہرکارا۔

اعلان یہ کر رہا تھا کہ فوجی بھرتی ہو رہی ہے۔

بارہ روپے تنخواہ ہوگی۔ وردی کھانا مفت۔ بعد میں پینشن ملے گی۔

ماں ایک دم سے اٹھ کھڑی ہوئی۔ بولی جا کے پوچھ اور کیا کیا ملتا ہے فوج میں؟

میں بڑا حیران ہوا،

بولا، بے بے واہ گرو کی خیر سے اپنے گھر دانے ہیں ابھی،

ہم نے کیا لینا فوج سے۔

پتر مجھے لینا ہے کچھ۔ وہ بولی۔

تو پینشن ملنے کی بات کرتی ہے۔ میں حیران ہوا۔

نہ پتر۔ فوج میں بندوق بھی ملتی ہوگئی؟

وہ تو ملتی ہے۔

جا پھر لے آ۔

وہ تو بے بے ادھر محاذ پہ لڑنے کے لیے ملتی ہے۔

نہ پتر، اپنا محاذ ادھر ہے۔

اپنی لڑائی ابھی ختم نہیں ہوئی۔

تیرے باپو کا قاتل چوڑا ہو کے گاؤں میں پھرتا ہے۔

کون ہے، مجھے سن کے ابال آ گیا۔

کھڑے کھڑے سانس چڑھ گیا۔ باپو کو مارا ہے کسی نے؟ میرے اندر تو ایک دم سے زلزلہ آ گیا۔ جسم کی بوٹی بوٹی ہو گئی۔ تین مہینوں سے تو میں یہی سمجھتا آیا تھا، باپو کھوہ میں ڈوب کے مر گیا۔

کوئی میرے باپو کا قاتل ہے، کون ہے؟

بول نا،

ابھی وقت نہیں آیا۔

تیرے باپو کی کرپان ابھی تک کھوہ سے نہیں نکلی۔ تو بندوق لے آ۔

جب بندوق تُو لے آیا تو، میں تجھے تیرے باپو کا قاتل بتا دوں گی۔

لو جی، یوں میں فوج میں گیا۔

فوج مجھے لیے پھرتی رہی اپنے محاذوں پہ۔ میں اپنے محاذ کے لیے ایک بندوق کی تاڑ میں رہا۔ بندوق پہلے مل جاتی تو بھگوڑا ابھی ہو جاتا۔ وہ تو میرے محاذ پہ پہنچنے

سے پہلے ہی گوروں کی جنگ ختم ہوگئی۔ ہمیں انہوں نے فارغ کردیا۔ جن دنوں کاغذی لکھائی پڑھائی ہورہی تھی۔ ایک مال خانے کا بندہ میرا جانو ہوگیا۔ اسے رب جانے کس واسطے پیسوں کی لوڑ تھی۔ بندوق تھی اس کے پاس۔ خورے اس کی اپنی تھی، یا چوری کی۔ میں تے سودا کرلیا۔

پیسے تھے میرے پاس۔

میں نے کونسا گھر خرچہ بھیجنا ہوتا تھا، ساری تنخواہیں میرے ٹرنک میں رکھی ہوئیں تھی۔ ٹرنکی ہاتھ میں پکڑ کے، بستر بند کندھے پہ رکھ کے میں گھر آ گیا۔

بستر بند میں ہی رائفل بندھی ہوئی تھی۔

گھر پہنچا تو ماں نے ٹرنکی کو ہاتھ نہیں لگایا، بولی بستر بند کھول۔

ادھر نہیں بے بے، اندر کمرے میں چل۔

لے آیا؟

ہاں۔

ماں نے پھر مجھے گلے لگایا۔ میرا ماتھا چوما۔

اور اونچی آواز میں دور کھڑے نوکر کو بلا کے بولی۔

جا، ذیل دار کو گھر سے باہر بلا کے بول، کہ بھگت سنگھ آ گیا ہے، ساتھ بندوق لے کر آیا ہے۔ اپنے باپو کے قاتل کو قتل کرنے کے لیے۔

جا۔ ابھی جا۔

یہ دوپہر کے وقت کی بات ہے۔

پتہ نہیں نوکر نے جا کر کسے یہ بات کہی۔

مجھے کچھ سمجھ نہ آئی۔

میں اتنے عرصے بعد چھٹی پہ آیا تھا۔ یار بیلیوں کو ملنے نکل گیا۔ شام کو گھر آیا تو دروازے پہ پولیس کھڑی تھی۔ ہتھ کڑی لیے۔ پولیس کے ساتھ جانے سے پہلے میں

نے ماں کو ایک طرف لے جا کے پوچھا۔

بے بے گھر کا خیال رکھنا، میرا اشارہ وہ سمجھ گئی۔

بولی سنبھالنے والی ہر چیز سنبھالوں گی، تو خود کو سنبھالے رکھنا۔

ماں فکر نہ کر۔

تیری بات میں نے پوری کر دی۔

تو نے راز نہیں کھولا۔

ماں نے حیران ہو کے میری طرف دیکھا، بولی، تو اتنا کملا ہے، ابھی تک نہیں سمجھا۔ عالمگیر جنگ لڑ کے سالم گھر آ گیا، اور اپنے اجڑے گھر کے اجاڑنے والے مردود کو نہیں پہچانا۔

نہیں ماں۔

یہ پولیس کس نے بھجوائی ہے پتہ ہے؟ بے بے بولی۔

نہیں ماں۔

پوچھ ان سے، یہ ذیل دار کی بوٹی روٹی پہ لگے ہوئے ہیں۔

اب بھی تجھے عقل نہیں آئی۔

آ گئی ماں۔

اس وقت میرے اندر کی پھرکی چلنے لگی۔ باپو کے مرنے سے پہلے، مقدمے کے دنوں میں، ذیل دار کا حلیہ، اس کا چلنا پھرنا، باپو کو ٹیڑھی آنکھ سے دیکھنا، سینہ ہلا کے بھویں اٹھا کے، ناک چوڑا کر کے بات کرنا۔ اور پھر باپو کے مرنے کے بعد عجیب منافقت سے مجھے تکنا۔ جیسے سوچ رہا ہو کہ میں کیا سوچ رہا ہوں اسے دیکھ کے۔ میں بات سمجھ گیا۔ کہانی کا مجھے پتہ نہیں تھا اس وقت تک پل کی پل میں میرا جسم مونج کی رسی کی طرح مچڑ کے تن گیا۔ کھڑے کھڑے مجھے سانس چڑھ گیا۔ میرے منہ سے بات نہ نکلے، بولنا چاہوں تو بلبلے نکلیں۔ بڑی مشکل سے میں ماں سے بولا،

پرتو پوری بات سنا۔
تو پکا ہو کے آجا، بات پوری سننے کے لیے۔ پھر سناؤں گی۔
لو جی۔ ڈیڑھ ہفتہ میں پولیس سے مار کھاتا رہا۔ پکے ہوئے تانبے کی طرح پنڈا تپ گیا۔ جوڑ جوڑ ہل گیا۔ میرا، تو میری جان چھوٹی۔ مار بھی پولیس کی میں اسی لیے سہہ گیا کہ میرا ذہن تو ماں کی ان کہی کہانی میں تھا۔ میرا تو ڈیڑھ ہفتہ ماں سے کہانی پوچھنے کی منتیں کرتا ہی گزرا۔
تھانے میں ہی ماں نے آ کے ساری کہانی مجھے سنا دی تھی۔
حوالات کی سلاخوں میں منہ دیکر، میرے کان میں ہولی ہولی آنکھوں سے رو رو کے۔ منہ سے وہ کم بولی تھی۔ آنکھیں اس کی کہنے والی ساری باتیں کہہ گئیں۔
تھانے سے جب میں آیا تو پھر تو جانتا ہے۔ میں اپنے گھر نہیں گیا۔
ذیل دار کے ڈیرے پہ گیا تھا۔
سات دن اسے میں نے سوچ سمجھ کے دیے تھے۔
کہ یہ بھاگ لے جتنا بھاگ سکتا ہے۔
بیٹھے ہوئے کتے کو مارنے کی بجائے بھاگتے سور کو مارنا اچھا لگتا ہے۔
اس لیے چھ دن بھگانے کے بعد میں نے اسے مارا تھا۔
بھگت سنگھ یوں کبھی کبھار اپنا دل کا غبار ہلکا کرنے کے لیے ہیڈ مان پور کے بنگلہ نہر میں رات کے وقت بھیس بدل کے آجایا کرتا تھا۔
کبھی کبھار آتا، کئی کئی دنوں کا جاگا ہوتا۔
اکثر فضل دین کے پاس آ کے سو جاتا۔
ڈیڑھ ڈیڑھ دن سویا رہتا۔
بنگلہ نہر میں اسے بے فکری تھی۔ سرکاری جگہ تھی۔
پولیس ڈرتی ادھر کا جلدی رخ نہ کرتی۔

جن دنوں فضل دین کے پولیس میں بھرتی ہونے کی ان کے گھر میں باتیں ہونے لگیں تو بھگت سنگھ بڑا ہنسا۔ بولا یار بچپن میں، تو میں جو کھیل کھیلتے رہے ہیں۔ وہ بڑے ہو کے بھی کھیلنا ہے۔

ایسی باتیں نہ کر۔ فضل دین اسے ڈانٹ دیتا۔

ایک دن بھگت سنگھ بولا، یار مجھ پر بڑا بھاری انعام ہے۔ تو جا، جا کے پولیس بلا لے۔ انعام گھر رکھ لینا۔ کوئی اچھا سا کاروبار کرنا۔

پکڑے ہم نے ایک نہ ایک دن جانا ہی ہے۔

زندہ یا مردہ۔

کسی اور کی بجائے یار کے ہاتھ کیوں نہ آؤں۔

تو بکواس بند کرے گا۔ یا کروں تیری طبیعت صاف۔

تو ہی تو اک میرا یار ہے پرانا۔

یاد ہے، وہ ہاکی کا میچ آٹھویں جماعت کا۔

جب وہ پرتاب پورہ والوں نے ہاکی پھنسا کے مجھے گرایا تھا اور میری بانہہ کی ہڈی تڑک گئی تھی۔ اور تو نے اسی میچ میں پتہ نہیں کیسے آف سائیڈ کر کے اسے ایسی ہاکی ماری تھی کہ گٹے کی ہڈی کے دو ٹکڑے کر دیے تھے۔ پانچ مہینے سالا بندھا پڑا رہا۔

پھر بھی وہ باز نہ آئے۔

ہاں، انہوں نے ایک بار تجھے نہر کی پٹری پہ پکڑ کے تیرے سر پہ ہاکی ماری تھی۔ کدھر ہے زخم تیرا، بھگت سنگھ فضل دین کے سر کے بال ہٹا کے زخم کا نشان چھو چھو کے دیکھا کرتا تھا۔

یار، وہ تین تھے۔

دو نے تمہیں چھاڑ الا اور تیسرے نے تجھ پہ وار کیا تھا۔

ہائے میں نہیں تھا ادھر، ہوتا تو ان کے ڈکرے کر دیتا۔

بھگت سنگھ بیٹھا بیٹھا ابلنے لگا۔

ویسے تیرے بھائی بدر دین کو مجھ سے پہلے خبر مل گئی تھی۔اسی نے ایک ٹانگ توڑی تھی ناڈانگ سے اس کی۔

باقی کی دو بانہیں میں نے توڑی تھیں یاد ہے نا۔

ماسٹر دیان چند نے بچالیا ان کو۔

ورنہ میں نے تو ان کی بانہیں کاٹ دینی تھیں۔

ملے کبھی پھر؟

نہیں یار۔

پتہ نہیں۔کدھر کدھر ہو گئے سارے۔

ایک فوج میں چلا گیا ان میں سے۔

دوسرا شاید ریلوے میں کلرک ہے۔

ادھر تو ایک ہی رہ گیا۔

اب تو بڑے پیار سے ملتا ہے۔وہ بھی۔

بس یار، وہ ان دنوں کی باتیں ہیں۔

کوئی ہماری ان کی جدی پشتی دشمنیاں تھوڑی تھیں۔

وہ بھی پلیئر تھے۔ہا کی کے۔

ہم بھی تھے۔

میچ ہوتے تھے۔

ہارتے جیتتے تھے۔

لڑنا بھی کھیل کا حصہ تھا۔

کھیل ختم،لڑائی ختم۔

تو بھی تو اپنا یہ کھیل ختم کر اب۔

تیری لڑائی بھی تو ذیل دار سے ختم ہو گئی ہے۔

ہاں یار۔

یہ اور طرح کا کھیل ہے۔

یہ لڑائی کے بعد ختم نہیں ہوتا، شروع ہوتا ہے۔

ایک بار فضل دین ریکروٹی کے دوران گھر گیا تو بھیس بدل کے بھگت سنگھ آ گیا۔

بولا، او، تو سچ مچ پلسیا ہو گیا ہے۔

آہو یار۔

یار۔ سن

اگر مجھے کسی پولیس والے کے ہاتھ سے مرنا ہے تو میری واہ گرو سے دعا ہے، تیرے ہاتھ سے مروں۔

دیکھ۔ میرے ہاتھ سے تو پہلے بھی کئی بار بچا ہے۔ ایسی بکواس نہ کر۔

اب نہیں بچنا چاہتا نا یار۔

بھگت سنگھ فضل دین کو جپھی ڈال کے رونے لگ گیا۔

کئی مہینے گزر گئے۔

فضل دین کی ریکروٹی کے سات مہینے ہو گئے۔ اس نے رائفل ٹیسٹ پاس کر لیا۔ اور اس دن ڈاکوؤں کے مقابلے میں آ پہنچا۔ اس کے وہم و گمان میں بھی نہ تھا۔ کہ جن ڈاکوؤں کو پکڑنے کے لیے یہ کرالنگ کرتا ہوا جا رہا ہے۔ ان کا سرغنہ اس کا یار، بھگت سنگھ ہے۔ فضل دین نے بھگت سنگھ کے ایک ہاتھ میں کھلا ہوا خالی پستول اور دوسرے میں مٹھی میں بند گولیاں دیکھ لیں۔ مگر بھگت سنگھ کو نہ پہچانا۔ وہ تو جب فضل دین نے للکارے مارے۔ تو بھگت سنگھ نے گردن موڑ دی۔

روشنی جھگی میں کم تھی۔

سورج غروب ہو چکا تھا۔

مگر دو پرانے یاروں کو پہچاننے میں ایک دوسرے کو کتنی دیر لگنی تھی۔

بھگت تو۔

ہاں فضل۔

تجھے کہا تھا نا، تیرے ہاتھ سے مرنا لکھا ہے۔ میرے نصیب میں۔

جلدی کر۔ میرے یار۔ کوئی اور آ کے نہ گولی مار دے۔

تو بکواس نہ کر۔ فضل دین غرایا۔

سن۔ فضل دین کا دماغ ایک دم سے روشنی کی رفتار سے چلنے لگا۔ ایک دم سے اسے یاد آیا۔ دو دن پہلے بھگت سنگھ کے گاؤں کا اک میراثی اسے پولیس لائن میں ملنے آیا تھا۔ سہما سہما۔ فضل دین کے قریب ہو کے بولا تھا، بھگت کی ماں کے سیوے پڑے ہیں۔ گاؤں والوں نے اسے جلانے کے لیے لکڑیاں اکٹھی کر لی ہیں۔ گھی کے ٹین بھی لا کے رکھ لیے ہیں۔ سات دنوں سے وہ عورت مری پڑی ہے، مگر اس نے آنکھیں بند نہیں کی ہیں۔ جسم مر گیا ہے، مگر آنکھوں میں جان ہے۔ پلک نہیں جھپکتی وہ۔ جسم سوکھ کے چارپائی پہ مٹھی بھر رہ گیا ہے۔ کوئی ہاتھ پاؤں نہیں ہلتا مگر آنکھیں دیکھ رہی ہیں اس کی۔ سیانے کہتے ہیں۔ بھگت کو دیکھے بنا اس نے آنکھیں بند نہیں کرنی۔ آپ کو کچھ پتہ ہے، اپنے یار کا۔ فضل دین نے کب بھگت سنگھ سے اس کا ٹھکانہ پوچھا تھا۔ نہ بھگت سنگھ کا کوئی ایک ٹھکانہ تھا۔

میرے داہنے ہاتھ اونچا کماد ہے۔

ادھر کوئی پولیس والا نہیں۔

تو کرالنگ کرتا کرتا کھالے کے اندر اندر سے ادھر پہنچ جا۔ ادھر سے سیدھا تو اپنے گاؤں جانا وقت نہ ضائع کرنا۔

گھنٹہ دو گھنٹے ادھر ہی چھپے رہنا۔ ہلنا نہ۔ میں سامنے سے نکل کے اعلان کر دیتا ہوں۔ کہ سارے مار دیے۔ وہ سامنے ہی سے آئیں گے۔

تو پیچھے سے نکل جانا۔

جلدی کر۔

گولی تو تو نے ایک چلائی ہے۔ سارے کیسے مار دیے۔

میں ابھی نہیں مرا۔

قریب ہی زمین پہ بندوق والا ڈاکو اچانک سرزمین پہ رگڑتا ہوا خون سے لت ہوا بولا، میں بھید کھول دوں گا۔ تم دو یاروں کا۔ گولی زیادہ قریب سے لگنے کی وجہ سے پھیپھڑوں سے نیچے سینے کے آر پار ہوگئی تھی۔ خون بہت بہا تھا۔ مگر وہ ابھی زندہ تھا۔

فضل دین نے رائفل بجلی کی طرح گھمائی اور تڑاخ سے تین فٹ کے فاصلے سے اس کی کھوپڑی پہ فائر کیا۔

لے دوسرا فائر بھی ہو گیا۔

اب باہر سارے الرٹ ہیں۔

دیکھ میں ابھی اندر کچھ فائر اور کروں گا۔ زمین پہ۔

تو اتنی دیر میں نکل جانا۔

سمجھ گیا بھگت تو؟

نہیں یار۔ بھگت سنگھ سکتے میں تھا۔ جیسے اسکے باپ کی موت کے بعد تین مہینے تک اس کی ماں سکتے میں رہی۔

تو چل۔ مار کھائے گا مجھ سے۔ فضل نے اسے دھکا دیا۔ یہ لے، میری پگڑی سر پہ رکھ کے جا۔ باقی کپڑے تو تیرے بھی میرے کپڑوں کی طرح مٹی مٹی ہوئے ہیں۔ کسی کی نظر پڑ بھی گئی تو کوئی پوچھے گا نہیں۔ اتار اپنی پگڑی، رکھ یہ اپنے سر پہ۔ فضل دین نے بھگت سنگھ کے سر پہ انگریز سرکار کی پگڑی رکھی اور اسے دھکا دینے لگا۔

اک ڈاکو کو نہ چھوڑ، تو پلس والا ہے

باتیں نہ کر۔

وقت نہیں ہے باتوں کا۔

جا،

جا کے اپنی ماں کو دیکھ لے، اگر وہ ابھی تک ہوتو۔

کیا ہوا ماں کو،

پرسوں تیرے گراں کا میراثی آیا تھا، کہتا تھا بے بے تیری ہوش میں نہیں ہے۔ بس آنکھیں دروازے پہ لگی ہیں۔ شاید تجھے دیکھ کے بند ہوں۔ جا جلدی کر۔ اس کی آنکھوں کا بوہا بند ہونے سے پہلے جا کے اپنا دروازہ کھول۔

جا بھاگ جا۔

فضل دین نے اسے باہر دھکا دیا۔

پھر اندر پڑی لاشوں اور بوریوں کو اچھل اچھل کے لاتیں ماریں، ایک دو اور فائر کیے جھگی کے بھانسوں کو ہلایا۔ ایک دو جگہ کناروں پہ اندر ہی اندر جھگی کے چھلانگیں ماریں۔ کچھ ہاہوکار مچایا۔ جب دیکھا، بھگت سنگھ کماد تک پہنچ گیا ہے۔ تو جھگی کا سامنے کا پلو اٹھا کے کھڑا ہو گیا۔ اور بولا۔

آہستہ آہستہ آگے آؤ۔ لگتا ہے سارے ڈاکو مارے گئے ہیں۔

پولیس ساری آگے آ گئی۔

ایس پی نے آ کر فضل کو تھپکی دی۔

بولا، لگتا ہے تمہیں دیکھا ہے کہیں۔

آپ ہی نے مجھے بھرتی کیا تھا جناب۔

اچھا تم، ابوالفضل کے بیٹے ہو۔

ہاں جی۔

ایس پی کو یاد آ گیا، کہ جب وہ ایک بار شکار پہ بنگلہ نہر گیا تھا۔ تو ابوالفضل نے بندوق دے کر فضل دین کو ہی اس کے ساتھ کیا تھا۔ اور واپسی پہ جب ایس پی صاحب

فضل دین کے نشانے کی تعریفیں کرنے لگا تو ابوالفضل نے اسکے پولیس میں بھرتی کی بات کردی۔ ایس پی نواب امتیاز علی خان نے اسی وقت فضل دین کو کھڑے کھڑے سیلیکٹ کرلیا تھا۔ تیسرے چوتھے دن یہ شہر آ کر بھرتی ہو گیا تھا۔

تم نے آج بہت بہادری دکھائی۔

مگر پولیس میں ایسی بہادری کو بے وقوفی کہتے ہیں۔

تم فوج میں نہیں ہو۔ جہاں مرنے والوں کی شہادت پہ وکٹوریہ کراس ملتا ہے۔ تم بغیر اجازت لیے کرالنگ کرکے ریڈ پر گئے۔ جس کی میں تمہیں وارننگ دیتا ہوں کہ آئندہ ایسی حرکت نہ ہو۔ مگر حیرت انگیز بہادری کا تم نے ثبوت دیا۔ اس پہ مین تمہیں پچاس روپے نقد اور ایک تعریفی سند دینے کا اعلان کرتا ہوں۔ نواب امتیاز علی خان نے فضل دین کو گلے لگا کے پیار کیا۔ اس کے کندھے تھپتھپائے اور اس کے سر پہ ہاتھ پھیرا۔ سر پہ ہاتھ پھیرتے ہوئے اچانک رکا اور بولا، تمہاری پگڑی کدھر گئی؟

گرا دی کہیں؟

دیکھ ادھر جھگی میں ہی کہیں ہو گی۔ وہ پڑی ہے۔

ایک سپاہی نے لپک کے وہ پگڑی اٹھا کے فضل دین کو تھما دی۔

نواب نے ہاتھ آگے بڑھا کے وہ پگڑی پکڑ لی۔

اور بولا ہے تو یہ نیلی ہی مگر یہ تمہاری لال پٹی کدھر گئی۔ یہ تو پولیس کی پگڑی نہیں لگتی۔ یہ کونسی پگڑی ہے؟

میری ہی پگڑی ہے جناب۔

فضل دین نے وہ پگڑی پکڑ کے اطمینان سے کھولنی شروع کر دی۔

پولیس کی نیلی پگڑی کے اوپر کے سر پہ بنا ہوا اسی کپڑے کا لال رنگ کا سرا پگڑی میں سب سے نیچے تھا۔ پگڑی پوری کھل گئی، تو اندر سے لال کنارا نکل آیا۔

یہ پگڑی تم نے الٹی کی تھی؟

کیوں؟

ڈاکوؤں پر ریڈ کرتے ہوئے ڈاکو بن کے جانا پڑتا ہے جناب۔ فضل دین نے پگڑی سیدھی کر کے پھر سے سر پر باندھنی شروع کر دی۔

اسے یاد آ گیا۔ چند مہینے پہلے۔ جب یہ پولیس لائن سے نائٹ پاس پہ اپنے گھر گیا ہوا تھا تو اسی رات بھگت سنگھ ہیڈ مان پور اس سے ملنے آیا تھا۔ جاتے ہوئے بھگت سنگھ نے اس کی پگڑی لے لی تھی۔ بولا تھا، تو اور لے لینا ایسی پگڑی۔ فضل دین نے پگڑی اسے دے دی اور ہنس کے کہنے لگا، تو پولیسیا بن کے ڈاکے ڈالنے چاہتا ہے اب، بھگت سنگھ نے اپنی پگڑی اتار کے فضل دین کے سر پہ رکھی اور بولا تیری سرکاری لال جھالر میں نہیں دکھاتا کسی کو۔ اسے اندر رکھ کے، الٹے سرے سے باندھ لوں گا۔ تیری پگڑی سر پہ رہے گی تو تیرا انگ خون میں تیرتا رہے گا۔ تیری خوشبو آتی رہے گی فضل دین ہنس کے اسے دیکھتا رہا اسے کیا پتہ تھا اسے اپنی وہی پگڑی کب دوبارہ اپنے سر پہ باندھنی پڑے گی۔

بھگت سنگھ نے کھڑے کھڑے فضل کی پگڑی کھول کے سرکاری لال جھالر والا کنارہ پگڑی کے اندر رکھ کے سر پہ باندھ لی تھی۔ اوپر سے وہ عام ایک نیلی پگڑی تھی۔ ڈاکوؤں کی پگڑی جیسی۔ بھگت سنگھ ہی نے کہا تھا جاتے جاتے، پولیس اور ڈاکو میں بس اتنا ہی فرق ہے۔ لال جھالر کا۔ پولیس جھالر دکھاتی ہے، ہم نہیں دکھاتے۔ دیکھ لو۔ اس شام وہ فرق بھی مٹ گیا۔

بھگت سنگھ کماد سے نکل کے نیلی پگڑی پہ لال جھالر سجائے بھاگا بھاگا، اسی رات اپنے گاؤں گیا تو پتہ چلا لوگ اس کی ماں کی چتا جلا کے واپس آ گئے ہیں۔ وہ تڑپتا ماں کی جلی ارتھی کی راکھ دیکھنے شمشان گیا۔ راکھ میں ابھی تک چنگاریاں تھیں۔ وہ جلی ارتھی کی پراندی گرم راکھ میں ادب سے دونوں ہاتھ رکھ کے دوزانو ہو کے بیٹھ گیا۔ جیسے ماں کے پاؤں داب رہا ہو۔ اس کا ایک رشتے دار اس کے پاس اسکے کندھے پہ

ہاتھ رکھ کے کھڑا رہا۔ اسی رشتے دار نے اسے پریشان بیٹھے دیکھ کے آہستگی سے کہا، بھگت سنگھ تیری ماں کی آنکھیں بند نہیں ہوئی تھیں، مگر سیانوں نے کہا کہ وہ مر گئی ہے۔

کھلی آنکھیں لیے ادھر لیٹی لیٹی تیری ماں تیری راہ تکتے زندہ جلی ہے۔

بھگت سنگھ کا ریچھ جیسا جسم فیتی فیتی ہو گیا۔ سر سے پیر تک وہ کپاس کی پھٹی کے روؤں کی طرح کپکپانے لگا۔ اس کی آنکھوں سے مینہ برسنے لگا۔ آنسو گر گر کر گرم راکھ پہ ٹھس ٹھس بجنے لگے۔ اندھیری رات میں وہ پتہ نہیں کتنی دیر وہاں بیٹھا روتا رہا۔

ایک رات میں درد کی وہ ساری منزلیں طے کر گیا جو زندہ جل مرنے والی کھلی آنکھوں سے انتظار کے علاوہ کوئی طے نہیں کر سکتا ہے۔ اگلی صبح ہونے سے پہلے پہلے وہ چلا گیا۔ مگر وہ اپنے جتھے میں واپس گیا نہ کہیں اور نظر آیا۔ پولیس والے کچھ عرصہ تک اسے ڈھونڈتے رہے۔ لیکن مدتوں تک اس کی طرف سے کسی جرم کے نہ ہونے کے باعث ہولے ہولے ان کی تلاش مدھم ہو گئی۔ پولیس چوکیوں میں لگی اس کی دھندلائے نقوش والی تصویر چوکھٹوں سے کھسک گئی۔ مگر ایک پولیس والے کے دل و دماغ پہ اس کا ہر نقش تازہ رہا۔ وہ جانتا تھا، اس کا دوست بھگت سنگھ، جو منوانے کی طاقت کے حصول کے لیے بندوق اٹھا کے ڈاکو بنا تھا، اب اس سے بھی بڑی شکتی پانے کی خاطر ہر خواہش، ہر خوشی کو تیاگ کے مکتی کے سفر پہ سادھو سنیاسی بن کے بے نامی کے جنگل میں اکیلا نکل گیا تھا۔ فضل دین اس دنیا میں واحد وہ چشم دید گواہ تھا جس نے ڈاکو بھگت سنگھ کو بھگت کبیر بنتے ہوئے دیکھا تھا۔

□

# چشم دید

سارے دن کی برستی بارش کے بعد آئی وہ اک عام سی ستمبر کی خنک رات تھی، جو قصبے سے پرے ایک ویران سی سڑک پہ بنے چائے کے کھوکھے پہ بانس کی گرہ سے لٹکتی ایک میلی لالٹین کی دھندلی تڑکی ہوئی چمنی سے نکلتی پیلی بیمار روشنی کے دائرے میں سہمی ہوئی بیٹھی تھی۔ ہوا میں رکی بارش کی بوندوں کے گیلے لمس میں سراسیمگی بھری ایک کہانی چھپی تھی۔ لالٹین کی پیلی روشنی رکی بوند بوند سے کہانی کھرچ رہی تھی۔ چیونٹیوں کو پر مل گئے تھے اور وہ روشنی چرانے اپنے اندھے بلوں سے نکل پڑی تھیں۔

رائے کوٹ قصبے سے دور، مضاف میں ایک چھوٹے سے دیہاتی اڈے پہ جہاں تین طرف کو سڑکیں نکلتی ہیں، سڑک کے اوپر ایک پکی عمارت میں پولیس کا تھانہ تھا۔

تھانے کی حوالات خالی تھی۔

لوہے کے موٹے کنڈوں والے لکڑی کے بنے اونچے دروازے پہ تھانے کی ڈیوڑھی کے اندر ایک بھدے سے نین نقشے کا موٹا تنومند سکھ سنتری وردی پہنے، بندوق کندھے پہ لٹکائے دیوار سے ٹیک لگائے کھڑا اونگھ رہا تھا۔ چار سپاہیوں اور ایک حوالدار کے ساتھ ایک پولیس پارٹی معمول کے گشت کے لیے تھوڑی دیر پہلے اسی دروازے سے نکل کے باہر اڈے کی طرف گئی تھی۔ اسی اڈے پہ اس صدی کی سب

سے پیچیدہ کہانی ان کی منتظر تھی۔
تفتیشی ماہر حوالدار فضل دین تھانے کے اندر ہی بنے، کھلی کھڑکی والے اپنے کمرے میں چارپائی پہ لیٹا ٹانگیں پسارے سرہانے میز پہ رکھی لالٹین کی روشنی میں کوئی کتاب سینے پہ کھلی رکھے نیند کے ہلکورے لے رہا تھا اور لالٹین کی چمکتی صاف ہوئی اجلی چمنی کے چاروں طرف اڑتے پتنگے پھرار کرتے لالٹین کی چمنی کو ٹکریں مار رہے تھے۔ اس کے وہم وگمان میں بھی نہیں تھا کہ آدھی رات کو تھانے دار۔ اسے بلوا کے، اپنا ماتھا مسلتا ہوا کہے گا یہ کہانی سمجھ!

کہانی یہ ہے کہ پولیس کی وہی گشتی پارٹی ڈنڈے ہاتھ میں لیے، تھوڑی دیر تک سڑک پہ پھرتی پھراتی چائے پینے کے ارادے سے دیہاتی اڈے پہ بنے چائے کے ایک کھوکھے پہ چلی گئی جس نے اپنے کچے تھڑے کے کنارے میں ایک بانس گاڑھ کے اس کے اوپر سرے پہ میلی سی پیلی لالٹین باندھی ہوئی تھی۔ پولیس والے پانچ تھے۔ پانچوں وردی میں۔ انگریز کے دور میں، پنجاب پولیس کی وردی سے تم آگاہ ہو۔

سر پہ نیلی پگڑیاں لال پٹی والیاں، اوپر لال کلا، دائیں کان کے اوپر پگڑی کی لال جھالر، جسم پہ خاکی قمیض، خاکی نیکریں، پنڈلیوں پہ کھینچ کے گول گھما کے باندھی ہوئیں خاکی پٹیاں، پیروں میں موٹے سول والی کالی چمڑے کی چپلیں اور ہاتھوں میں موٹے گنے کی گرہوں والے چمکتے، تیل سے چمکائے ہوئے پیلے بانس کے ڈنڈے۔ پولیس والوں نے چائے کے کھوکھے کے ٹین کے چھجے کے نیچے آتے ہی اینٹوں والے فرش پہ اپنے گارے مٹی سے لتھڑے ہوئے جوتے زور زور سے پٹخنے کے انداز میں زمین پہ مارے اور لالٹین کی پیلی روشنی کے دائرے میں آتے ہی اپنے کندھوں کو کھینچ کے سیدھا کیا اور ہاتھ میں پکڑے ہوئے ڈنڈے تھڑے کی اینٹوں سے بجا کے اپنی ہیبت طاری کرنے کے انداز میں مفت چائے پینے کا خفیہ سا کوئی اعلان کیا۔ کھوکھے والا پتلا سا درمیانی عمر کا آدمی پولیس والوں کی آمد سے لکڑی کی چوکی پہ بیٹھا بیٹھا احتراماً

کوئی چار انچ اوپر اٹھا، پھر اپنی تہمند کو اپنے گھٹنوں سے کھینچ کے اپنی رانوں کے بیچ گھسیڑتا سلام کرنے کے عاجزانہ انداز میں کھیں کھیں دانت نکوستا ہوا، چوکنا سا ہو کے بیٹھ گیا۔ اس کے اٹھ کے بیٹھنے کا انداز ایسا تھا جیسے اندر ہی اندر اپنے نصیب کو کوس رہا ہو کہ مفت چائے پینے والے آ گئے۔ اسی خیال کو دبانے کے لیے اس کے چہرے پہ بلاجواز سی مسکراہٹ کچھ زیادہ آ گئی۔ وہ تیزی سے اپنے پیروں میں پڑے تیل کے اسٹوو میں ہوا بھر کے اسے تیز کرنے لگا۔ اوپر پڑی ابلتے پانی کی دیگچی کا ڈھکن سرکا کے پانچ پیالیاں پانی اس میں ڈال دیا، مٹھی بھر کے چائے کی پتی ڈالی اور ہاتھ کے اشارے سے پولیس والوں کو کھوکے کے اندر پیچھے رکھے بینچوں پہ بیٹھنے کو کہا۔

پولیس پارٹی کا انچارج بڑے سے سر اور باہر نکلی ہوئی توند والا درمیانے قد کا رولیے خان تھا۔ وہ دو قدم سرک کے اسٹوو پہ بھاپ دیتی پڑی دیگچی کے قریب ہاتھ پھیلا کے کھڑا ہو گیا اور چائے والے سے بولا۔ ہم ادھر ہی ٹھیک ہیں، تو چائے پلا۔ چاروں سپاہی بھی رولیے خان کی دیکھا دیکھی اپنی چپلیں کھڑکاتے سوٹیاں ہلاتے چائے والے کے سوا تین فٹ اونچے تھڑے کے پاس جڑ کے کھڑے ہو گئے۔ دو سکھ تھے ان میں، دو مسلمان۔ سبھی کے سروں پہ ایک جیسی پگڑیاں تھیں۔ داڑھیوں والے سکھ تھے، صرف مونچھوں والے مسلمان۔ ڈنڈے سبھی کے ایک جیسے تھے، صرف حوالدار رولیے خان کے ہاتھ میں بینت کی نفیس پتلی سی چھڑی تھی۔ جسے وہ بلاوجہ تھوڑی تھوڑی دیر بعد کمر میں بندھی پیٹی میں ٹھونستا، نکالتا اور نکال کے اپنی نیکر کے داہنے کھلے پائنچے پہ مارتا رہتا تھا۔ پیتل کے پیلے اسٹوو کے شوں شوں کرتے نیلے اچھلتے شعلوں کے شور اور دھب دھب بجتی ہوئی بینت کی سوٹی کی آواز میں، پیلی لالٹین کی روشنی کے دائرے میں اچانک ہی، دبے پاؤں باہر ویرانے سے ایک بندر آ کے ان کے سامنے کھڑا ہو گیا۔ بندر چاروں پیروں سے سہما سہما چلتا رکتا سرکتا ہوا ایک دم سے پولیس والوں کے سامنے آ کے انہیں منہ اٹھا کے یوں تکنے لگا جیسے میلے میں گم ہوا کوئی بچہ اپنے

کسی شناسا چہرے کو پہچان رہا ہو۔ بندر کی گول گول آنکھیں تیزی سے تھرکتی جا رہی تھیں اور حوالدار کے چہرے پہ جمی تھی۔ بندر کے کھڑے ہونے کا انداز ایسا تھا جیسے وہ محفوظ نہ ہو، بھاگ کے آیا ہو، اور بھاگنے کے لیے تیار بھی ہو۔ اچھا پلا ہوا تنومند سا بندر تھا۔ اس کے جسم پہ مٹیالے سرمئی رنگ کے لمبے لمبے بال پانی سے بھیگے ہوئے تھے اور کئی جگہوں سے مٹی اور گارے سے لتھڑے ہونے کے باوجود سوئیوں کی طرح کھڑے تھے۔ ایسے لگ رہا تھا جیسے بندر نے جسم کے اندر کسی آندھی کو باندھے ہوئے رکھا ہے۔ ایسے حلیے کا جانور دیکھنے سے ایسا لگتا ہے جیسے حملہ کرنے والا ہو۔

اس سے پہلے کے سپاہی کسی سے اس کی بابت پوچھتے، بندر نے اپنے دونوں ہاتھ زمین سے اٹھا کے کہنیوں کو پیچھے کھینچا، کمر کے بل کو سیدھا کر کے تھوڑا سا اوپر اٹھا، بائیں بازو کو بے بسی کے انداز میں ڈھیلا کر کے اپنے پیٹ پہ رکھا اور دایاں بازو اوپر اٹھا کے، اپنا پتلا سا لمبوترا ہاتھ پورا کھول کے پولیس والوں کو سلام کیا۔ پولیس والے دیکھ کے ہنسنے لگے۔ رولیے خان نے تھڑے سے اپنی کمر کی ٹیک ہٹا کے، نیکر کی جیب سے ہاتھ نکال کے مسکراتے ہوئے بندر کے سلام کا جواب دیا۔ سپاہی بندر کی حرکتوں سے محظوظ ہونے لگے۔ چائے بنانے والا رولیے خان کے بندر کو جوابی سلام کو دیکھ کے ہنسنے لگا۔ بندر کے چہرے پہ محظوظ کرنے یا انہیں محظوظ ہوتا دیکھ کے خوش ہونے والا کوئی تاثر نہ تھا۔ اس کی چھوٹی چھوٹی گول تھرکتی آنکھوں میں عجیب طرح کا خوف سا تھا۔ اس نے پھر ایک بار اسی طرح اٹھ کے سلام کیا اور پھر اچھل کے چاروں پنجوں سے چلتا رولیے خان حوالدار کی طرف آیا اور عاجزی سے اس کی گارے میں لتھڑی چپلوں پہ اپنا چہرہ رکھ کے مسلنے لگا۔ رولیے خان سے اپنے پیروں کو اس کے چہرے کے نیچے سے ہٹایا نہ گیا۔ وہ کھوکھے والے سے مخاطب ہوا۔ یہ تمہارا بندر ہے؟

نہ جی۔ چائے والا اسٹوو سے ہاتھ ہٹا کے ایک دم سے بولا۔

پالتو لگتا ہے۔ دیکھ گلے میں چمڑے کا براؤن پٹہ ہے۔ رولیے خان بڑبڑایا۔

کسی اچھے گھر کا لگتا ہے سرکار، کان میں سونے کی بالی ہے، چمک رہی ہے دیکھیں۔ چائے والا بولا۔

پہلے بھی کبھی ادھر آیا ہے یہ؟ رولیے خان نے پوچھا۔

نہ جی۔ پہلی بار ہی دیکھ رہا ہوں۔

بندر اس علاقے میں انوکھی بات نہ تھی۔ ان دنوں قصبوں، دیہات سے باہر، سڑک کے ساتھ ساتھ کھڑے درختوں میں بندروں کی بہتات تھی۔ ہندو مسافر عورتیں ان بندروں کو دیکھ کے نہ صرف ہاتھ جوڑ کے پرنام کرتیں بلکہ جو بھی ان کے پاس زادِ راہ ہوتا اس کا بڑا حصہ انہیں کھلا دیتی تھیں لیکن وہ جنگلی بندر ہوتے تھے، ویرانوں میں دندناتے پھرتے مگر انسانی بستیوں کے قریب نہ آتے تھے۔ وہ پالتو بندر تھا۔ انسانوں کے لمس سے آشنا تھا۔ رولیے خان کے قدموں سے سر اٹھا کے اس نے پچھلے پیروں پہ بیٹھ کے پھر ہاتھ اٹھا کے، سر اوپر کر کے رولیے خان کو سلام کیا اور پھر عاجزی سے دانت نکوستا ہوا اچھل کے ذرا سا آگے ہوا اور دھیرے سے رولیے خان کی نیکر کا بائیاں پائنچہ اپنی داہنی مٹھی میں پکڑنا چاہا۔ رولیے خان نے خود اختیاری میں ایک قدم پیچھے سرک کے، ہاتھ میں پکڑی بینڈ کی سوٹی سے بندر کو آہستگی سے پیچھے کیا۔ بندر، ربر کی گٹھڑی کی طرح بلی بن کے وہیں عاجزی سے دبک گیا۔ پھر اپنے پتلے سے ہاتھ کی لمبی لمبی انگلیوں سے رولیے خان کی سوٹی پکڑی اور رولیے خان کو چائے کی دکان کے اندر کی طرف بنے ہوئے کمرے میں کھینچنے لگا۔ بندر کی یہ حرکتیں بڑی معنی خیز تھیں۔

رولیے خان بندر کے پیچھے پیچھے چلتا دکان کے اندر چلا گیا۔ اندر تین بنچوں پہ چار دیہاتی اپنے دھیان میں بیٹھے ہوئے چائے پی رہے تھے۔ دو ان میں درمیانی عمر کے تھے۔ دو نوعمر تھے۔ چاروں جٹ سکھ تھے۔ وہ بندر کو حوالدار کی سوٹی پکڑ کے آتے دیکھ کے بیٹھے بیٹھے بنچ پہ ایسے تھر کے، جیسے ایک ساتھ چاروں کو بنچ کی کوئی میخ چبھ گئی ہو۔ ایک نوعمر کی پیالی سے چائے اچھل کے نیچے بھی گری۔ دوسرا نوعمر جو اکیلا ایک بنچ

کے درمیان میں بیٹھا تھا، سرک کے یک لخت بنچ کے کونے پہ چلا گیا۔ بنچ اس کے وزن سے الٹ گئی۔ اس کی پیالی تھڑاک سے فرش پہ گر کے ٹوٹ گئی اور چائے بے ترتیبی سے زمین پہ پھیل گئی۔ بندر ان کے سامنے جاتے ہی، حوالدار کی سوٹی چھوڑ کے ان پہ حملہ آور ہو گیا۔

دو کو تو اس نے اپنے پنجوں کے ناخن مار کے پیچھے گرا دیا، بنچ سے گرے ہوئے نوعمر کے سینے پہ جا چڑھا اور دانتوں سے اس کا بائیاں کندھا بھنبھوڑتے ہوئے قمیض پھاڑ دی۔ ایک بنچ پہ چائے کا کپ رکھ کے لپک کے پیچھے دیوار سے لگ کے کھڑا ہو گیا۔ حوالدار نے بڑی مشکل سے بندر کی گردن میں بندھے چمڑے کے پٹے میں انگلیاں دے کے اسے پیچھے کھینچا تو بندر حوالدار کی ٹانگوں میں سر دے کے کسی بچے کی طرح سسکنے لگا۔ پھر اس کے پیروں پہ اپنا چہرہ رگڑتا ہوا زمین پہ لوٹ پوٹ ہوتا جائے۔ رولیے خان نے سوٹی سے بندر کو اٹھانے کی کوشش کی تو وہ پھر اٹھ کے ان چاروں کو کاٹنے کو لپکنے لگا۔

حوالدار اب ان دیہاتیوں سے مخاطب ہوا۔

یہ تمہارا بندر ہے؟

نہ جی۔ ایک بولا۔

یہ ہمارا ہوتا تو ہمیں کاٹتا؟

کس کا ہے؟ رولیے خان نے پوچھا۔

ہمیں کیا پتہ۔ سیانی عمر کا ایک جٹ بولا۔ نوعمر دونوں لڑکوں نے ایک دوسرے کی آنکھوں میں دیکھ کے تیسرے کا چہرہ دیکھا اور پھر تینوں نے چوتھے کو دیکھتے ہوئے حوالدار پہ کن اکھیوں سے نظر ماری۔

رولیے خان چاروں کے چہرے دیکھتا رہا۔

چاروں کے کپڑے گیلے تھے۔ گیلے اور نچڑے ہوئے۔ جیسا یک بار اتار کے

نچوڑ کے پھر پہنے ہوئے ہوں۔ سر کی پگڑیاں بھی ان کی بے ہنگم سے طریقے کی جلدی جلدی میں بندھی ہوئی تھیں۔

''یہ پالتو جانور ہے'' رولیے خان بولا۔

''ہاں جی، نظر آتا ہے، پالتو ہے۔'' ان چاروں میں سے سیانی عمر کا جٹ بنچ پہ سنبھل کے بیٹھ گیا اور اپنی گیلی نچڑی ہوئی نیلی قمیض کا گھیرا آگے سے دونوں ہاتھوں سے کھینچ کے اوپر نیچے کرتے ہوئے اپنے گھٹنوں پہ پھیلانے لگا۔ پھر اس کے گھیرے کا بائیاں کونا، بائیں ہاتھ میں پکڑ کے گھیرے کی سلائی کو داہنے انگوٹھے اور شہادت کی انگلی کے درمیان مسل کے دیکھتا ہوا اسے بائیں سے دائیں طرف لکیر مارنے کے انداز میں کھینچتا گیا۔ دونوں پیروں کو برابر کیا اور گھٹنے جوڑ کے بیٹھ گیا۔

بندر اسی طرح اچھل اچھل کے ان چاروں پہ جھپٹنے کی شکل بنائے خوں خوں کرتا ہوا حوالدار کی ٹانگوں میں اٹھتا بیٹھتا جا رہا تھا۔

ان چاروں کی نگاہیں کبھی بندر کو دیکھتی تھیں کبھی حوالدار کو۔

''بتاؤ نا، مالک کون ہے اس بندر کا۔''

رولیے خان اپنی ٹانگوں میں اچھلتے ہوئے بندر کی گردن کے پٹے میں انگلیاں پھنسائے، پٹے کے ملائم براؤن چمڑے پہ سفید دھاگے کی سلائیوں کے موٹے دھاگے کے ٹانکوں کو انگلی کے پوٹے اور انگوٹھے کے ناخن کے درمیان لیے، اس دھاگے کا سرا ڈھونڈتے ہوئے ان چاروں کے چہرے باری باری دیکھے جا رہا تھا۔ اس کے دیکھنے کا انداز ایسا تھا کہ جیسے انہیں دکھا رہا ہو، کہ دیکھ میں تمہیں دیکھ رہا ہوں۔ بولو، حوالدار بولا۔

''ہم نہیں جانتے جی، کس کا بندر ہے یہ۔'' ان میں سے کوئی ایک بولا۔

''پھر یہ تمہیں کاٹتا کیوں ہے'' رولیے خان نے پوچھا۔

''جانور ہے جی'' وہی سیانی عمر والا بولا۔ ''جانور تو کاٹتا ہے۔''

اور تو کسی کو نہیں کاٹتا، تم ہی لوگوں کو کیوں کاٹتا ہے۔ رولیے خان کی گردن ابھی تک ٹیڑھی تھی اور آنکھیں رک رک کے ان چاروں کو تکے جا رہی تھیں۔ نچلا ہونٹ اپنا وہ وقفے وقفے سے اپنے دانتوں کے کونوں میں لے کر چھوڑ رہا تھا۔ باقی سپاہی بھی اتنی دیر میں دکان کے اندر آ کے رولیے خان کے پیچھے کھڑے ہو گئے تھے۔ وہ بے وقوفوں کی طرح ہنس ہنس کے کبھی بندر اور کبھی سامنے بیٹھے ہوئے چاروں دیہاتیوں کو تکے جا رہے تھے۔ دکان دار تھڑے پہ بیٹھا بیٹھا چائے کی کھولتی دیگچی میں ہینڈل لگی جالی والے چمچے کو گھمائے جا رہا تھا اور ساتھ ساتھ پنڈلیاں سیدھی کر کے، پنجوں کے بل پہ اپنی چوکی کے کونے سے کولہے اٹھا کے، گردن گھما کے اسی طرف کان لگائے بیٹھا تھا۔ وہ تھوڑی تھوڑی دیر بعد ڈیلے پھیلا کے کبھی سپاہیوں کو تکتا، کبھی دیہاتیوں کی آواز کو سنتا اور کبھی بندر کی خوں خوں پہ آنکھیں میچ کے سوچنے لگتا۔ اس کمزور سے جثّے کے آدمی کے یوں گردن زیادہ موڑ کے بیٹھنے سے، گردن کی رگیں اور پٹھے بہت زیادہ نمایاں ہو گئے اور بے حد پتلی گردن کے بیچوں بیچ بے شمار گڑھے سے پڑ گئے۔ چائے تیار ہے سرکار، چائے والا بولا۔

پیتے ہیں چائے بھی' ٹھہر جا، رولیے خان چائے والے کی آواز پہ ناگواری سے بولا۔ جیسے کہنا یہ چاہتا ہو، احمق دیکھ تو سہی، میں کس قدر اہم مسئلے پہ سوچ رہا ہوں اور تجھے چائے کی پڑی ہے۔ پھر انہی چاروں پہ تیز نظریں گاڑ کے بولا۔ تم لوگوں کو کاٹتا ہے، ہمیں کیوں نہیں کاٹتا یہ۔

''آپ تو جی سرکار ہیں، ہم عوام ہیں، آپ کو کیسے کاٹے''۔

سیانی عمر والا اپنی کہی بات پہ اپنے ساتھیوں کی تحسین آفریں مسکراہٹ کی سرسراہٹ سن کے رانیں کھول کے بیٹھ گیا اور سامنے رکھی ہوئی اپنی چائے کی پیالی اٹھا کے یوں بیٹھ گیا، جیسے کوئی میچ جیت کے پنڈال میں کپ اٹھایا ہو۔ چائے پینے لگا تو پیالی اندر سے خالی تھی۔ آخری قطرے کو ہی حلق میں انڈیل کے وہ اپنی گردن عیاری

سے آگے کر کے بیٹھ گیا، جیسے کچھوا خطرہ ٹل جانے پہ گردن لمبی کرتا ہے۔ پھر ٹھوڑی لمبی کر کے بائیں پسلی کی ہڈی کی نکر پہ رکھی اپنی آنکھوں کے ڈیلوں کو نیچے نیچے گھما کے اپنے ساتھیوں کو دیکھا۔ ان کی آنکھوں سے اپنے کہے کی داد لی۔ باقیوں کے چہرے بھی اپنے خدوخال میں واپس آ گئے اور انہوں نے اپنی اپنی کمر سیدھی کر کے دیوار سے ٹیک لی۔

چائے والے نے چائے کی پیالیاں بھر کے تھڑے پہ سجا دیں۔ بھاپ کے مرغولے ان سے اٹھنے لگے۔ ان کی خوشبو سے سپاہیوں کے نتھنے ہلنے لگے۔ سپاہیوں کے قدموں کی ہلنے کی آوازیں ابھریں اور ان میں سے کچھ نے لپک کے اپنی اپنی پیالی اٹھالی۔ ایک سپاہی رولیے خان کے کندھے پہ ہاتھ رکھ کے اسے چائے کی طرف کھسکا لے گیا۔

بندر سپاہیوں کو مڑتے دیکھ کے، اچھلتا کودتا سپاہیوں کے آگے پیچھے آیا، وہ ہٹ گئے تو پھر جست لگا کے ان چاروں پر پل پڑا۔

دو سپاہی بندر کا شور اور دیہاتیوں کے بچاؤ کی آوازیں سن کے ہنستے ہوئے پلٹے اور بندر کو پکڑ کے دکان کے باہر لے آئے۔ اتنے میں جالندھر کی طرف سے آتی چھوٹی چھوٹی کھڑکیوں والی آدھی بھری، آدھی خالی ایک موٹر ہارن بجاتی ہوئی، گارے کیچڑ میں چھینٹے دیتی اور آگے جلتی بتیوں سے بھاپ اڑاتی' دکان کے باہر سڑک پہ جلدی میں شور کرتی ہوئی زوردار بریکیں لگانے کی آواز کے ساتھ رکی۔ سب سپاہی اور چائے والا گردن گھما کے موٹر کی طرف دیکھنے لگے۔ لاری میں سے صرف ایک آدمی اترا۔ لاری والے نے دو بار پوں پوں کر کے ہارن بجائے اور پھر موٹر چلا دی۔

لالٹین کی پیلی روشنی میں موٹر کے پچھلے سلنسر سے کالے سیاہ دھویں کی پچکاری نکلی اور لاری سے اکیلے اترنے والے شخص نے دھویں اور گارے کے چھینٹوں سے اپنا آپ بچانے کے انداز میں اپنی تہمند کو دونوں ہاتھوں کی مٹھیوں سے کھینچ کے اوپر کیا اور

سنبھل سنبھل کے گیلی زمین پہ پاؤں رکھتا ہوا، قدم قدم اسی دکان کی طرف بڑھنے لگا۔ وہ لمبے سے قد کاٹھ کا موٹے موٹے جوڑوں والا، مضبوط جثّے کا آدمی تھا۔ آدھی رات کو ویرانے میں، گارے سے لتھڑی سڑک پہ اتر کے چلتے ہوئے آتے اس شخص کی چال میں بڑا اعتماد تھا۔ ایسی چال ڈھال والا آدمی عام دیہاتی نہیں ہو سکتا تھا۔ ابھی وہ شخص چائے کے کھوکے کی پیلی لالٹین کی روشنی سے چند قدم پیچھے ہی تھا کہ ایک دم سے حوالدار رولیے خان بڑبڑایا، اپنے تھانیدار صاحب آ گئے۔ سب سپاہیوں نے تیزی سے اپنی اپنی چائے کی پیالیاں تھڑے پہ واپس رکھیں، جلدی جلدی میں اپنی نکیروں میں قمیصیں ٹھونسیں، ہاتھ مار کے پیٹ اور کمر سے قمیض کی سلوٹیں سیدھیں کی، پگڑیوں کو پکڑ کے سر پہ درست کیا، پگڑیوں کی جھالر میں انگلیوں سے کنگی کی، داڑھیوں اور مونچھوں پہ ہاتھ پھیرے اور تھانیدار کے قریب آتے ہی ایک ساتھ پاؤں جوڑ کے تھڑاک سے سلوٹ کیا۔

تھانیدار سوہنے نین نقشے کا مضبوط آدمی تھا۔ پر اعتماد چہرہ، موٹی آنکھیں، اونچا ناک، بھاری بھاری مونچھیں، جن کے کونے دونوں اوپر کو اٹھے ہوئے تھے۔ اس نے آتے ہی باری باری دونوں طرف سے مونچھوں کے کونے اپنے داہنے ہاتھ کے انگوٹھے میں دے کے سہلائے اور مونچھوں کی نوکیں سیدھی کیں اور پھر ہنستے ہوئے سپاہیوں سے باتیں کرنے لگا۔ تھانیدار کا گھر قریب ہی تھانے کے پچھواڑے میں تھا۔ اترنا اس نے تھانے کے دروازے پہ تھا، سپاہیوں کو وہاں کھڑے دیکھ کے وہیں موٹر رکوالی۔

چائے والا پتلا دبلا سا آدمی بھی تھانیدار کو دیکھ کے وہیں سے سلام کرتا ہوا ڈھیرے سے تھڑے سے اتر کے کسی کونے سے ایک کرسی کھینچ کے لے آیا اور اپنے کندھے پہ پڑے کپڑے سے اس کرسی کو صاف کر کے، تھانیدار کے پاس رکھ کے ایک قدم پیچھے ہٹ کے ادب سے ہاتھ اٹھا کے سلام کرنے لگا۔ تھانیدار بیٹھ گیا۔ اس

کے آگے ایک میز رکھ دی گئی۔ میز پہ چائے کی پیالی بھی آ گئی۔

بندر ایک طرف کونے میں دبکا یہ سارا تماشا دیکھ رہا تھا۔

جب سب سپاہیوں نے اپنی اپنی چائے کی پیالی اٹھالی تو بندر دھیرے دھیرے کھسکتا تھانیدار کے سامنے آیا اور دونوں ٹانگوں پہ کبڑا سا کھڑا ہو کے، دونوں پیروں پہ اچھل اچھل کے ساتھ ملانے کے بعد، بائیاں بازو ڈھیلا مردہ سیدھا کر کے، دائیں ہاتھ کو اوپر اٹھا اپنی چھوٹی سی ہتھیلی پوری کھول کے پانچوں انگلیوں کے ساتھ تھانیدار کو سلوٹ کیا۔ تھانیدار بندر کا سلوٹ دیکھ کے ایک دم سے کرسی سے اٹھ کھڑا ہوا، چائے کی پیالی میز پہ رکھ دی۔ اور بندر کو پیار کرنے کے لیے لپکا۔ بندر ایک دم سے جست لگا کے تھانیدار کے ہاتھوں میں آ گیا۔ اور اس کے ہاتھوں میں اپنا سر دے کے کسی عجیب سے اندرونی جذبے سے لرزنے لگا۔

''اس بندر کو کیا ہوا ہے،
کس کا بندر ہے یہ۔''

تھانیدار نے ایک دم سے کئی سوال کر دیے۔ حوالدار رولیے خان نے بندر کی ساری کہانی سنا دی۔ تھانیدار نے گردن دکان کے اندر کی طرف موڑی۔

بندر پھر سلام کر کے، ہچکچاتا، ڈرتا، سہما سہما آگے بڑھا اور تھانیدار کی دھوتی کی ایک نکر پکڑ کے اسے دکان کے اندر کی طرف کھینچنے لگا۔ تھانیدار بندر کے پیچھے چل پڑا۔ اندر جاتے ہی بندر پھر ان چاروں دیہاتیوں پہ پل پڑا۔ اس بار تو وہ ان پہ ایسے کودا جیسے بندر نہ ہو، شیر ہو۔ وہ سبھی اٹھ کے جانے کے لیے کھڑے تھے۔ بندر خوں خوں کرتا ہوا، دانت نکوسے، پنجے مارتا ہوا ان پہ ایسے جھپٹا کہ وہ کہنیاں کانوں پہ رکھ کے گردنیں سینے میں دبے کے پچھلے قدموں سے سرکتے پھر پنجوں پہ بیٹھ گئے۔

تھانے دار نے بولنے کے لیے بائیاں ہاتھ ہلایا تو بندر چپ ہو کے ایک دم دو قدم پیچھے ہو کے بیٹھ گیا۔ پورے کمرے میں خاموشی چھا گئی۔ چاروں سپاہی، پانچواں

حوالدار سب تھانیدار کے پیچھے ادب سے کھڑے تھے۔ ان کے پیچھے ایک کونے میں دہرا ہوا پتلا سا چائے والا کھڑا اجھانک رہا تھا۔ کمرے میں ایک دیوار کے اندر دو چار اینٹیں نکال کے بنائے ہوئے طاق میں پڑی لالٹین خاموشی سے جل رہی تھی۔ کچھ پتنگے لالٹین کو گھیر اڈالے، اڑتے ہوئے، لالٹین کے شیشے پہ ٹکریں مار رہے تھے۔ چند لمحوں کے لیے پورے کمرے میں صرف انہی پتنگوں کے رقص کی آواز رہ گئی۔ اس سناٹے میں تھانے دار کی موٹی موٹی آنکھیں دیہاتیوں کو سر سے پاؤں تک کھنگال چکی تھیں۔ اس کے دیکھنے کا انداز ہی کچھ ایسا تھا کہ وہ دانت کیچ کے نظر بھر کے کسی کو سر سے پاؤں تک دیکھنا شروع کرتا تو مخاطب کے جسم پہ چونٹے رینگنے لگتے۔ تھانیدار کچھ لمحے خاموشی سے ان چاروں کو باری باری دیکھتا رہا، پھر ایکا ایکی میں بہت بارعب انداز میں بولا۔

''کھڑے ہو جاؤ۔''

وہ چاروں کھڑے ہو گئے۔ ایک بھی ان میں سے نہ بولا، کیوں بھئی، کیوں کھڑے ہوں۔ سب نے تعمیل کی۔ پھر تھانیدار کی پاٹ دار آواز آئی۔

کون ہو تم لوگ؟ نام بولو، کدھر کے ہو، گاؤں بولو؟

چاروں باری باری بولنے لگے۔ پتہ چلا قریب ہی دو میل کے فاصلے پہ ہانسی نام کا ایک گاؤں ہے، چاروں اسی گاؤں کے ہیں۔

ایک ہی کنبے کے ہیں، دو چاچے، دو بھتیجے۔

''ادھر کیسے آئے؟'' تھانیدار نے پھر پوچھا۔

پانی لگانے آئے تھے، بارش ہوگئی۔ سردی لگی، ادھر چائے پینے آ گئے۔

پانی کدھر لگایا؟

زمینوں میں۔

زمینیں کدھر ہیں؟

گاؤں میں۔

زمینیں گاؤں میں ہیں، چائے پینے ادھر آ گئے۔

بارش ہو گئی!

بارش تو صبح سے ہے۔ کئی دن سے جھڑی لگی ہے۔ اور تم پانی لگانے نکلے ہو، آدھی رات کو۔ سچ سچ بولو، کیا جرم کیا ہے؟

کچھ نہیں جناب۔ ہم عزت دار لوگ ہیں۔

عزت داروں کو ہی عزت کا کیڑا کاٹتا ہے۔ وہی تو جرم کرتے ہیں۔ بولو۔

یہ بے زبان (تھانیدار نے بندر کی طرف اشارہ کیا) یہ کیوں تمہیں پہچانتا ہے۔

کیوں کاٹتا ہے۔ بولو۔

آپ بھی بادشاہوں والی بات کرتے ہیں، سرکار۔

بے زبان کی زبان پہ اعتبار کرتے ہیں۔

ہمیں کیا پتہ یہ کب سے ہمارے پیچھے لگا ہے۔

اچھا تمہیں پتہ ہے، تمہارے پیچھے لگا ہوا ہے، یہ بندر؟

نا جی، ہمیں کیا پتہ ہونا ہے، پہلے بھی حوالدار صاحب کے ساتھ یہ آ کے ہمیں کاٹتا رہا، اب پھر آپ لے آئے ہیں اسے۔

تم لوگ ساری کہانی سناؤ گے۔ کہانی ہے کوئی ضرور۔

حوالدار، گرفتار کر لو، ان چاروں کو۔

سپاہیوں نے چاروں کو پکڑ لیا۔

وہ بہتیرا شور مچاتے جائیں، یہ کیا بات ہوئی، ہمارا قصور بولو، اندھیر نگری ہے۔

جانور اعتبار والا ہو گیا۔ اس کی مانتے ہیں۔ ہماری سنتے نہیں۔ چائے پینا کوئی جرم

ہے۔ جب مرضی پییں۔ ہمیں پکڑ لیا نا جائز۔ وہ ٹر ٹر بولتے جاتے تھے۔

تھانیدار نے ان کی ایک نہ سنی، تھانے میں لا کے حوالات میں بند کر دیا۔ دفتر کھول کے بیٹھ گیا۔ سپاہی پاس کھڑے ہو گئے۔ بندر تھانیدار کے پیروں میں مچلتا جائے، تھانیدار اٹھے تو پھر اس کی تہمند کا کونا پکڑے۔ سلام کرے۔ باہر دروازے کی طرف لے جانے کی کوشش کرے۔

تھانیدار بولا، کوئی کہانی ہے۔ ہے ضرور۔

میری سمجھ میں بات نہیں آ رہی۔

اتنی بات سمجھ میں آتی ہے، کوئی کہانی ہے۔

مگر کہانی ہے کیا؟

کدھر ہے فضل دین، اسے بلاؤ۔ وہ سمجھے گا۔

فضل دین امرت دھارا تھا۔

ہر الجھی ہوئی ڈور کا سرا اسے ڈھونڈنا آتا تھا۔ ایک تھانے میں ہی نہیں، پورے ضلعے کی پولیس میں اس کی دھاک بیٹھی ہوئی تھی۔ تفتیشی باریک بینی ہو، قانون کی پیچیدگیاں ہوں یا پولیس رول کا معاملہ، اس کی عقل' سوجھ بوجھ اور ذہانت کے سبھی قائل تھے۔ کئی لوگ اندر ہی اندر سے چڑتے بھی تھے کہ خامخواہ اوروں نے اسے اہمیت دی ہوئی ہے۔ کوئی نئی چیز تو نہیں ہے ایسی' جو وہ جانتا ہو۔ سب کتابوں میں لکھا رکھا ہے۔ بس اسے اور کام نہیں ملتے، پڑھ پڑھ کے رٹ لیا ہے۔ یادداشت بادام کھا کھا کے سنوار لی ہے۔ قد کاٹھ کا فائدہ اٹھاتا ہے۔ سوا چھ فٹ کا ہے، گردن اٹھا کے چلتا ہے تو ساڑے چھ فٹ کا دکھتا ہے۔ اوپر پگڑی رکھ لے سر کے تو چھت کو اس کا سر لگتا ہے۔ وہ کیا محاورہ ہے، وہ ٹخنوں میں عقل کی بات کہنا چاہتے مگر اس کی عدم موجودگی میں بھی اس سے ڈر جائے۔ پھر بولنا شروع ہو جاتے۔ ہتھ چھوڑ ہے۔ ہر کوئی اس کی طرح ورزشی تو نہیں ہوتا نا۔ مگر ایسے لوگ کم تھے جو کھلم کھلا اس کے بارے میں تنقید کرتے

ہوں۔ اس کی وجہ ایک یہ بھی تھی کہ اسی ضلعے میں اس کے تین بھائی اور بھی اسی محکمے میں تھے۔ تینوں چھوٹے تھے۔ احترام میں اسے بائی جی کہتے تھے۔ ان تینوں کے ساتھی سنگی بھی انہی کی دیکھا دیکھی فضل دین کو بائی جی کہہ دیتے۔

ہولے ہولے چھوٹوں کے ساتھ ساتھ بڑے بھی اسے بائی جی ہی کہہ کے پکارنے لگے۔ زیادہ بڑے افسر اس سے جلے کڑھے رہتے۔ اس کی کئی وجوہات تھیں یہ وجہ بھی کم نہ تھی کہ جہاں کہیں کچھ اور کہنے سننے کو نہ ہوتا، وہیں پولسیے، بائی فضل دین کے قصے لے کے بیٹھ جاتے۔ سادھو رام پولیس سپرنٹنڈنٹ کا نام ہی "بائی کا بھگوڑا" پڑ گیا تھا۔

وہ ہوا یوں کہ سادھو رام نیا نیا تبدیل ہو کے اس ضلع میں آیا۔ دبلا پتلا، کالا سا بے رونق چہرے والا' وہ افسر تھا۔ پتہ نہیں کیا وجہ تھی کہ اس کے چہرے پہ ہر وقت چڑچڑاہٹ، اضطراب اور غصے کا آمیزہ سا ملا رہتا۔ اسے دیکھ کے دوسری بار دیکھنے کی کسی کو آرزو نہ ہوتی تھی۔ محکمے کے لوگوں نے بلاوجہ اس کے بارے میں اوٹ پٹانگ کہانیاں مشہور کر رکھی تھیں۔ کچھ کہتے اس کے پیٹ میں دائمی کوئی مرض ہے۔ کچھ کہتے قبض ہے، ہلکا ہلکا درد بھی پیٹ میں اس کے رہتا ہے۔ بیچارہ اسی سے دکھی رہتا ہے۔ کچھ کہتے نا جی نہ، مسئلہ اور ہے۔ گھر میں سکھ نہیں ہے اسے۔ پتنی پتی بھگت تو دور کی بات، پتی کو بھوگ نہیں گھاتتی۔ کسی اور ہی دھیان میں رہتی ہے۔ یہ ضلعے کی پولیس کا مالک ہے، اپنے گھر کا چور نہیں ملتا۔ سارے ضلعے میں سوٹی گھماتا۔ بدلے لیتا پھرتا ہے۔ کچھ سناتے کہ اولاد اسے نہیں پہنچانتی، ساتھ بیٹھا کوئی لقمہ دیتا، کیسے پہچانے، ان کی شکلیں اور، اس کی اور۔ یہ کالا کوا، ادھر لپک ادھر پکڑ' ہر وقت کاں کاں، وہ سارے بٹیرے۔ دانا دنکا، آپس میں گھتم گھتا، یہ سامنے آئے تو اسے ایسے تکتے ہیں جیسے پوچھ رہے ہوں، جی کس سے ملتا ہے۔ خیر جی، سادھو رام کی مشہوری کچھ ایسی ہوگئی کہ جس شہر میں اس کی تبدیلی ہوتی، سارا شہر رام رام کرنے لگتا۔ سادھو رام کی نگاہ میں پورے

ضلع میں کوئی سادھو نہیں ہوتا تھا۔ شک، تضحیک اور سزا اس کی شخصیت کے زہر تھے جن سے کوئی نہ بچ پاتا تھا۔ جہاں تبدیل ہو کے جاتا، تھانے چوکیوں میں بن بتائے، بغیر کسی پیشگی اطلاع کے چھاپے مارتا پھرتا۔ یہ لوگ مانتے تھے کہ رشوت نہیں لیتا۔ باپ بھی سفارش کرے تو نہیں مانتا۔ اسی بات پہ پھر پولیس کے چھوٹے اہلکار لقمہ دیتے، مانے کیسے، وہ کسی کو باپ ہی نہیں مانتا، تو، خیر، چھوٹے اہلکاروں کے لیے تو اپنے افسران کی اپنے اپنے حلقے میں بیٹھ کے ہنسی اڑانے میں، کئی دکھی ہوئی رگوں کا آرام ہوتا ہے۔ وہ اگر اپنی خلوت میں اپنے سے بڑوں کی تحقیر نہ کریں تو کس منہ سے اپنا منہ دیکھیں۔ ان کی عزت نفس کی بحالی کا یہی تو اک موقع ہوتا ہے۔ آپس میں بیٹھ کے گزرے ہوئے پورے مہینے کی ملی اپنی شرمندگیوں کے ازالے کا بے عزتیوں کا بدلہ ادھر اُدھر کی بے پر کی اڑا کے لے لیا۔ پیٹ ہلکا کیا اور پھر ڈانٹ کھانے کے لیے تازہ دم ہو کے افسران بالا کے سامنے مؤدب ہو کے پہنچ گئے۔ تو سادھو رام کے بارے میں لوگ جانتے تھے کہ پھرتا پھراتا زیادہ اپنی موٹر میں ہے۔ تھکتا نہیں تھا۔ جس کام میں لگ جاتا، لگا رہتا۔ بڑے مسکین سے گھر سے نکل کے افسر بنا تھا، افسر بن گیا تو اونچی ذات کے کسی بڑے امیر گھرانے میں، کارخانے داروں کے گھر بیاہ رچا لیا۔ اس دن سے ایک ایک کر کے اس شخص کے چہرے پہ دراڑیں پڑنے لگیں۔ ہر نیا دن اک نیا زخم لے کر اس کے چہرے پہ بل کی صورت میں نکلتا۔

ہولے ہولے غصہ، اضطراب اور چڑچڑاہٹ دائمی مرض کی طرح اس کی روح میں حلول کر گئی۔ بس اتنی سی بات تھی۔ لوگوں نے بات کا بتنگڑ بنا لیا۔ اس نے بھی اپنی ڈگر نہ بدلی، لدھیانے کا ایس پی بن کے آیا تو اس کی قسمت پھوٹی، فضل دین کے تھانے بن بتائے پہنچ گیا۔ اس زمانے میں کونسے ادھر تھانوں میں ٹیلی فون ہوتے تھے جو وہ کرتا، شاید فون ہوتے بھی تو وہ نہ کرتا۔ اس کا ایک مقصد تو لوگوں کو سرپرائز دینا ہوتا تھا۔ اچانک جا پکڑنا اور تذلیل کرنا۔ ایسا کر کے اسے بہت شانتی ملتی۔ اور لمحہ بھر کے

لیے لگتا جیسے اس کے چہرے پہ کھدی درد کی ریکھائیاں پچھ لم ہوئی ہیں۔ اکثر وہ اپنی کار پہ بغیر وردی کے سول کپڑوں میں نکل پڑتا۔ تھانے تھانے، چوکی چوکی پھرتے پھراتے اسے شام پڑ جاتی۔

فضل دین کے تھانے پہنچتے پہنچتے بھی اسے شام ہوگئی۔

شہر سے دور، مضاف میں تھانہ تھا۔ تھانے سے کوئی بیس گز دور، کار کھڑی کی اور چل کے تھانے کے بند بڑے گیٹ کی کھلی کھڑکی کو ہاتھ سے کھول کے، چھلانگ مار کے اندر آ گیا۔ نیلی بوشرٹ، براؤن پتلون اور کالے جوتے، ڈریس میچنگ کا اسے کوئی اتا پتہ نہیں تھا۔ جو جی میں آتا پہن کے نکل پڑتا۔ بہر حال یہ وہ زمانہ تھا جب اکیلی پتلون بھی بڑا آدمی ہونے کے لیے کافی معقول جواز ہوتا تھا۔ تھانے کا سنتری اسے نہیں پہچانتا تھا۔ پہچانتا کیسے، سادھو رام پہلی بار اس شہر میں تعینات ہوا تھا۔ اس سے پہلے کبھی اس تھانے میں آیا ہی نہیں تھا۔ اوپر سے شام کا اندھیرا، پرندے ساری بستیوں سے دانا دنکا کھا کے اپنے اپنے پیڑوں میں بنے گھونسلوں میں دبکے بیٹھے تھے۔ لالٹینیں جل گئی تھیں۔ تھانے کے وسط میں چبوترے کے بیچ اونچے بانس پہ لگا برٹش ایمپائر کا جھنڈا یونین جیک اتارا جا چکا تھا۔ ہر شام اترتا تھا۔ ہر صبح چڑھتا تھا۔ کہنے کو سلطنت برطانیہ کی حکومت کا سورج ان دنوں غروب نہیں ہوتا تھا، مگر جہاں کہیں بھی اس کا یونین جیک ہوتا تھا۔ وہاں وہاں شام ضروری آتی تھی۔ شام کو ہر جھنڈا اتر جاتا ہے۔ یہ تو جھنڈے کے احترام کی بات ہے۔ قانون کی بات ہے۔ خیر، جی! سادھو رام اندر آ گیا۔ اندر دروازے پہ سنتری کی ڈیوٹی **پھگن** سنگھ سپاہی دبے رہا تھا۔ موٹا تندول مسلی ہوئی پرانی وردی، ڈھیلی پچکی پگڑی، دو دو ہاتھ کھلے پائنچوں والی نیکر (جس کا سب سے بڑا فائدہ اسے یہ تھا کہ بنا اسے اتارے، یا کوئی بٹن کھولے، وہ اسے پہنے پہنے کھڑا کھڑا پیشاب بھی کر سکتا تھا) **پھگن** سنگھ سرکاری رائفل، ڈیوٹی پہ کھڑا ہو کے ایسے اٹھائے رکھتا تھا جیسے سپاہی نہ ہو، بدمعاش ہو۔ کوئی ڈاکو ہو۔ سادھو رام اندر آیا تو

**پھگن** سنگھ کو سر سے پیر تک گردن گھما کے دیکھنے لگا خاموشی سے۔ جب سادھورام کی نظر **پھگن** سنگھ کے پیروں تک گئی، جدھر سرکاری چپل یا جوتوں کی بجائے غسل خانے کی چپلی تھی۔ تو **پھگن** سنگھ نے ڈاکو بھگت سنگھ کی طرح کھنگھورا مارا اور مونچھیں اوپر کیں، جیسے پوچھ رہا ہو، کون ہے بھئی۔ اندر کیسے آئے۔ اندر سے **پھگن** سنگھ آنے والے کی پتلون دیکھ کے تھوڑا تھوڑا سہم بھی گیا تھا کہ نو وارد ہے ضرور کوئی انگریزی پڑھا ہوا۔ سادھورام نے **پھگن** سنگھ کی استفہامیہ نگاہوں کو دیکھتے ہی اپنا تعارف کرا دیا، کہ میں سادھورام ہوں، ایس پی لدھیانہ۔ **پھگن** سنگھ نے فوراً پاؤں جوڑے، پیٹ سانس کھینچ کے جتنا اندر کھینچ سکتا تھا کھینچا۔ بازو سہم کے پیچھے کیے، مونچھیں خود بخود ایک منزل اتر کے نیچے ڈھلک گئیں۔ اٹین شن ہوا اور بندوق کو کندھے پہ درست کر کے اس کے بٹ پہ ہاتھ مار کے سلوٹ کر دیا۔ سادھورام اسے ٹکٹکی باندھے دیکھ رہا تھا۔ اس کا سلوٹ دیکھ کے سیخ پا ہو گیا۔ چیخ کے بولا۔

میں ایس پی ہوں۔ بٹ سلوٹ نہیں، پریذنٹ آرم سلوٹ کرو۔ بڑا اسلام کرو۔

سنتری ڈر گیا۔ فوراً رائفل کندھے سے اتار کے نیچے چپلی کے پاس پیروں کے آگے رکھ کے، اسے ٹھک ٹھک اٹھاتا ہوا اپنی توند کے اوپر تک لایا۔ پھر دونوں بازوؤں سے رائفل آگے لا کے، رائفل پہ دونوں ہاتھ مار کے بڑا اسلام کیا۔

شام کے اندھیرے میں، تھانے کے صحن میں کھڑے پرانے پیپل کے اندر گھونسلوں میں گھسے پرندے بھی، رائفل پہ ٹھک ٹھک ہاتھ مارنے، چپلی گھسیٹنے اور سادھورام کے چلانے سے ہڑبڑا کے نکل پڑے اور تھانے کے صحن کے اوپر چوں چوں کرتے ہوئے پھڑ پھڑاتے اڑنے لگے۔

رائفل پہ **پھگن** سنگھ کی تھپا تھپ پڑے طماچوں سے شور مچ گیا۔

پورا تھانہ کھڑک گیا۔

فضل دین تھانے کا چھوٹا منشی تھا۔ ڈیوڑھی کے سامنے اپنے کمرے میں بیٹھا

تھانے کا کام کرتا یہ سب سنتا رہا۔ شام کے اندھیرے کی وجہ سے اسے آنے والا نظر نہ آیا۔ مگر ڈیوڑھی میں بولی جانے والی باتیں سب اسے سنائی دیتی رہیں۔

ایس پی سادھو رام کے آگے **پھگن** سنگھ اٹین شن ہوا، پیٹ کو اندر کھینچنے کی پوری کوشش میں لگا ہوا تھا۔

سادھو رام نے اس کے پیٹ میں، ہاتھ میں پکڑی اسٹک کی نوک چبھوئی۔

یہ پیٹ ہے؟

جی سر، **پھگن** سنگھ نے سانس لیے بغیر جواب دیا۔

سرکاری چپل کیوں نہیں پہنی۔

غلطی ہوگئی صاحب۔

غلطی کا باچہ، کون ہے تھانے میں اور؟

جناب! چھوٹا منشی ہے۔

سادھو رام تنا تنایا، گردن اکڑائے قدم قدم چلتا ہوا اسٹک کو دائیں ہاتھ میں لیے اپنی پتلون کے پائنچے میں مارتا سیدھا فضل دین کے کمرے کی طرف آ گیا۔ فضل دین کمرے سے نکل کے فوراً باہر کھڑا ہو گیا اور سول کپڑوں میں اٹین شن ہو کے جیسے سلوٹ کیا جاتا ہے، سلوٹ کیا۔

سادھو رام بولا، ایس ایچ او کدھر ہے۔

فضل دین نے کہا۔ جناب وہ شب باشی کے لیے گیا ہے۔

محرر؟

وہ بھی شب باشی کے لیے گیا ہے۔

تم کون ہو؟

سادھو رام کا پارا پھر چڑھ گیا۔

میں چھوٹا منشی ہوں۔ فضل دین کا دماغ بھی گرم ہونا شروع ہو گیا تھا۔

تم نے وردی کیوں نہیں پہنی؟

سادھورام نے فضل دین کی قمیض کی آستین پہ چھڑی مار کے پوچھا۔ فضل دین کا دماغ تپش سے پٹاخ کر کے پھٹا اور وہ ایس پی سادھورام سے بھی اونچی آواز میں بولا۔

تم کون ہو؟

سادھورام کے سر سے پاؤں تک بجلی کا کوندا اکڑ کا، پھر بھی وہ سنبھل کے کھڑا رہا، اور آواز دھیمی کر کے بولا، بتایا نہیں، میں ایس پی سادھورام ہوں۔

جھوٹ کہتے ہو، بدنام کرتے ہو ہمارے ایس پی کو۔ کوئی ایس پی اتنا جاہل نہیں ہوسکتا کہ پولیس رول سے ناواقف ہو۔ جیسے یہ نہ پتہ ہو کہ جب یونین جیک اتر جاتا ہے تو بڑا اسلام نہیں ہوتا۔ فضل دین کی آواز اور اونچی ہوگئی۔ سادھورام کے ہاتھ میں پکڑی چھڑی، مردہ چوہے کی دم کی طرح ڈھیلی ہوگئی، جسم کا سارا کلف اتر گیا۔ فضل دین کی آواز پھر گونجی۔

تم بہروپیے ہو، ایس پی بن کے ہمیں بے وقوف بنانے آئے ہو۔

سادھورام چھوٹے سے قد کا کمزور سا آدمی تھا۔ اس کی شخصیت کا سارا دبدبہ اس کے عہدے سے تھا، جب وہی چیلنج ہوگیا تو وہ کھڑا کھڑا کپکپانے لگا۔

فضل دین نے وہیں کھڑے کھڑے اونچی آواز سے **پھگن** سنگھ کو پکارا۔

سنتری

وہ تیز پیر مارتا چلتا قریب آیا، بولا، ہاں جی۔

یہ بہروپیا ہے۔

اچھا جی۔

اسے اندر کیوں آنے دیا۔

غلطی ہوگئی جی، **پھگن** سنگھ نے پیٹ پھر باہر نکال لیا۔

مارو گولی۔

پھگن سنگھ نے بندوق کندھے سے اتار کے سیدھی کی اور بلٹ پہ ہاتھ مارا، لوہا کھڑکا۔ سادھو رام ایک دم کھڑا کھڑا، ایڑھیوں پہ مڑا اور لپک کے دروازے سے باہر کھسک گیا۔

اب تھانے کے اندر شور مچ گیا۔

پھگن سنگھ سادھو رام کے پیچھے جا کے، اسے گاڑی میں بیٹھتا بھی دیکھ آیا تھا، آ کے بولا۔ گاڑی پہ آیا تھا۔ سادھو رام ہی ہونا ہے۔ اور کوئی نہیں ہو سکتا۔

اب کیا ہوگا؟

فضل دین نے اسے تھپکی دی، جا کھڑا ہو جا، اپنی جگہ فکر نہ کر، پھر جا کے اپنے دفتر میں بیٹھ گیا۔ روزنامچہ نکالا اور اس میں ہونے والے واقعے کا وقوعہ لکھنے بیٹھ گیا۔

وقت شام پونے سات بجے، غروب آفتاب کے پندرہ منٹ بعد، جب یونین جیک والا جھنڈا اتر چکا تھا، ایک شخص نا معلوم، جو کہ بعد میں بہروپیہ ثابت ہوا، تھانے کے بند دروازے کی کھلی کھڑکی خود سے پھلانگ کے اندر آ گیا۔ درمیانے قد کا، رنگ کالا، آنکھیں چھوٹی چھوٹی میل سے بھری ہوئیں، ناک طوطے کی طرح مڑا ہوا، ہونٹ کالے، اوپر چھوٹی چھوٹی مونچھیں جنہیں دیکھ کے یاد نہیں رہتا کہ مونچھیں ہیں یا نہیں، شہری کپڑوں پینٹ شرٹ میں ملبوس، ہاتھ میں چھڑی کہیں سے لے کر آ گیا۔ اس نے کہیں سے معلوم کر لیا ہوگا کہ ہمارے ضلع کے ایس پی صاحب نئے آئے ہیں اور مختلف تھانوں چوکیوں میں چھاپے مارتے ہیں، اس لیے اپنا تعارف اس نے ایس پی سادھو رام بتایا۔ چونکہ ہمارے ایس پی سادھو رام صاحب نے ضلع پولیس کا ابھی تک کوئی باضابطہ دربار نہیں کیا ہے اس لیے پولیس رول کی فلاں شق کے تحت ہمارے کسی اہلکار کا اپنے ایس پی صاحب کو شکل دیکھ کر پہچاننا واجب نہیں ہے۔ سنتری سادھو رام نے بہروپیے سے ایس پی کا تعارف سن کر بٹ سلوٹ کیا۔ مگر چونکہ وہ اصلی ایس پی

نہیں تھا، بہروپیہ تھا اس لیے پولیس رول سے واقف نہیں تھا، بولا میں ایس پی ہوں مجھے بڑا اسلام دو۔ حالانا کہ پولیئں رول کے فلاں سیکشن، فلاں شق کے تحت غروب آفتاب اور جھنڈا اتر جانے کے بعد ہر رینک کے افسر کو رائفل کندھے سے اتارے بغیر صرف بٹ سلوٹ کیا جاتا ہے۔اس وقت کسی افسر کو بڑا سلوٹ نہیں کیا جاسکتا تھا۔ اگر بہروپیہ اصل ایس پی ہوتا تو وہ ضرور اس قانون سے واقف ہوتا لیکن وہ تو بہروپیہ تھا۔ پھر اس کے بعد وہ آگے آیا اور مجھ سے پوچھنے لگا، ایس ایچ او کدھر گیا ہے۔ میں نے بتایا شب باشی کے لیے گھر چلا گیا ہے۔ جس پہ وہ سیخ پا ہو گیا حالانکہ پولیس رول فلاں شق، فلاں صفحے کے تحت ایس ایچ او روزنامچے میں اندراج کر کے شب باشی کے لیے جاسکتا ہے۔ پھر مجھ سے پوچھا کہ تم نے وردی کیوں نہیں پہنی، حالانکہ بحوالہ فلاں فلاں ایسا بالکل جائز اور قانون کے مطابق تھا، مگر چونکہ وہ بہروپیہ تھا، اس لیے پولیس کے ضابطوں اور قانون سے ناواقف تھا۔

جب آنے والے نووارد کی مشکوک حرکات وسکنات اور اس کے پولیس رول سے مکمل ناواقف اور لاعلم ہونے کی سند مل گئی تو مجھ پہ ثابت ہو گیا کہ آنے والا بہروپیہ ہے اور ہمارے ایس پی صاحب کا ڈھونگ رچا کے آیا ہے تو میں نے سنتری کو حکم دیا، پکڑو، گولی مارو۔ چونکہ **پھگن** سنگھ کی بندوق بولٹ والی ہے اس لیے اسے گولی چلانے میں کچھ تاخیر ہو گئی اور وہ بہروپیہ اندھیرے کا فائدہ اٹھاتا ہوا تھانے سے بھاگ گیا۔ ہم نے تعاقب کیا مگر وہ پکڑا نہ گیا۔ بہرحال پرچہ کاٹا جا رہا ہے۔ اور تفتیش شروع کی جا رہی ہے۔ وقت، تاریخ لکھ کے فضل دین نے دستخط کر دیے اور تھانے کی مہر لگا دی۔

صبح تار آ گئی۔

ایس ایچ او اور چھوٹا منشی، ایس پی صاحب کے دفتر پیش ہوں۔

تھانے دار کانپتا پھرے۔

فضل دین میرے چھوٹے چھوٹے بچے ہیں۔ تم نے مروا دیا۔

خود تو تم قید ہو گے ہی، میری نوکری بھی تم نے چلتی کر دی۔

فضل دین نے اعتماد سے روز نامچے کا رجسٹر بغل میں لیا اور تھانے دار کے ساتھ ٹانگے پہ بیٹھ کے شہر چلا گیا۔

پہنچ گئے ایس پی کے دفتر، دونوں۔

پہلے ایس ایچ او کا بلاوہ آیا۔

ایس ایچ او نے اندر جا کے سلوٹ کیا۔

تمھیں پتہ ہے، کل شام تمہارے تھانے میں کیا ہوا تھا؟ ایس پی سادھو رام غصے سے پاگل ہوا، ہوا تھا۔

جناب، کل شام کا وقوعہ چھوٹے منشی نے روز نامچے میں لکھا ہے، ایس ایچ او نے رجسٹر کھول کے سادھو رام کے آگے رکھ دیا۔

سادھو رام پڑھنے لگا، جوں جوں وہ پڑھتا جائے، اس کے چہرے کے رنگ بدلتے جائیں۔ کبھی ایک رنگ آئے، کبھی دوسرا۔ کبھی وہ غصے سے کالا سیاہ ہو جائے، کبھی شرم سے خون اس کے چہرے سے نکلا ہوا نظر آئے۔ آخر تک ساری تحریر اس نے پڑھ لی۔

پھر میز پہ لگی گھنٹی کا بٹن دبا کے اپنے سار جنٹ اردلی کو بلایا، وہ آ گیا۔

پولیس رول کی کتاب لے کے آؤ۔

کتاب آ گئی۔

ایس پی سادھو رام روز نامچے میں لکھے ہوئے حوالے بولتا جائے، سار جنٹ اردلی نکال نکال کے کتاب سے وہ دکھاتا جائے۔ اس نے کتاب سے سارے حوالے پڑھ لیے۔ رنگ اس کا نیلا ہو گیا۔

ایس ایچ او سے بولا، حوالے تو سارے صحیح ہیں۔

ایس ایچ او، اٹین شن ہو کے بولا، جناب یہ پولیس رول کا حافظ ہے۔

میں تو اسے کوئی سزا نہیں دے سکتا۔ شرمندگی سے اس سے بولا نہ جائے، آہستہ آہستہ بڑبڑائے، بہت خطرناک آدمی ہے یہ۔

ٹھیک ہے تم جاؤ، ایس پی سادھو رام تھانے دار کو اٹین شن کھڑا دیکھ کے بولا، اس چھوٹے منشی کا اعمال نامہ مجھے بھجوا دینا۔

اعمال نامے میں خفیہ رپورٹ کے خانے میں لکھ دیا۔ فضل دین خطرناک حد تک ذہین آدمی ہے۔ اعلیٰ درجہ کا تفتیشی ہے۔ پولیس رول کا حافظ ہے۔ ترقی کے قابل نہیں ہے۔ اگر ترقی دی گئی تو افسران بالا کے لیے مشکلات پیدا کرے گا۔ نیچے دستخط کر دیے۔ سادھو رام ایس پی لدھیانہ تاریخ ڈال دی ۱۲ مئی ۱۹۳۴ء۔

اعمال نامے کی خبر تو اس دفتر سے باہر نہ نکلی، مگر باقی سارے واقعے کی خبر پورے ضلعے میں پھیل گئی۔ ضلعے کی پولیس سادھو رام سے پریشان تھی، جو یہ واقعہ سنتا، خوش ہوتا اور خوب مصالحہ لگا کے آگے سنا دیتا۔

سادھو رام ایس پی نے اس دن کے بعد بغیر پیشگی اطلاع کے کسی تھانے میں چھاپہ نہیں مارا۔

فضل دین کی ترقی کے کاغذ کئی بار اس کی میز پہ گئے۔ اس نے کاغذ رکھ دیے، دستخط نہیں کیے۔ ترقی ٹلتی رہی۔ ایک بار سادھو رام دو مہینے چھٹی چلا گیا، چھٹی کے دوران بلدیو سنگھ ایس پی کی ڈیوٹی کرنے آ گیا۔ فضل دین وردی محرر تھا ان دنوں پولیس لائن میں، جا کے بلدیو سنگھ کے دفتر پیش ہو گیا۔ چار سال لوئر کا امتحان پاس کیے ہو گئے ہیں، ترقی نہیں ملی۔

وہ فضل دین کی کارکردگی ذاتی طور پہ پولیس لائن میں دیکھ چکا تھا، مگر اعمال نامہ پڑھ کے ہچکچاہٹ کا شکار ہو گیا بولا، میں ترقی دینا چاہتا ہوں مگر اون پروبیشن ترقی دوں گا یعنی شروع میں کچا حوالدار بناؤں گا، بعد میں پکا تمہیں پکے ایس پی آ کر کریں گے۔ فضل دین چپ رہا۔ اون پروبیشن ترقی مل گئی۔ حوالدار بن گیا۔ چپ کر کے کام کرتا

رہا۔ قانون جانتا تھا کہ دو سال بعد اون پروبیشن والا بھی خود بخود سے پکا ہو جاتا ہے۔ اگر پکا نہ کرنا ہو اسے تو دو مہینے پہلے کچے حوالدار کو نوٹس دینا پڑتا ہے۔ ادھر پولیس رول سے کوئی واقف تھا نہیں۔ کسی نے پیشگی نوٹس نہیں بھجوایا۔ جب چھ دن اوپر ہو گئے، اپنی حوالداری کی کنفرمیشن کا کیس بنا کے اسی ایس پی سادھو رام کے پاس بھیج دیا۔ اس نے نام پڑھا، فضل دین۔ دماغ میں اس کے بہروپیے والا سارا روزنامچہ گھوم گیا، اپنے اردلی پہ چیخ پڑا۔

رپورٹ کروں گا اس کو، بلاؤ پیش کرو۔

فضل دین پیش ہو گیا۔

سادھو رام نے آنکھ اوپر نہیں اٹھائی، سر جھکائے غصے سے بولا۔

ہم تمہیں ری ورٹ کرتے ہیں۔

سارجنٹ اردلی، فضل دین کی حوالداری کے بلے اتارنے کے لیے کھڑا ہوا، تو فضل دین نے اٹین شن کھڑے کھڑے، ہاتھ کے اشارے سے اسے پرے ہٹایا۔ اور مسکرا کے ایس پی سادھو رام سے بولا۔

جناب! پولیس رول کے علاوہ، جناب کا کوئی اپنا ذاتی بنایا ہوا رول بھی ہے؟

کیا مطلب، ایس پی سادھو رام نے چہرہ اوپر کیا اور پولیس رول کا ذکر پھر سن کے اس کے چہرے کا رنگ بدلنا شروع ہو گیا۔

جناب! پولیس رول، سیکشن فلاں، شق فلاں، صفحہ فلاں رپورٹ کرنے کے لیے، دو مہینے پہلے نوٹس دینا پڑتا ہے، جس پہ فلاں شق کے تحت وصول کرنے والے کے دستخط ہوتے ہیں، بصورت دیگر بحوالہ فلاں فلاں جو بھی ایس پی صاحب ہوں انہی کو ترقی پانے والے حوالدار کو پکا کرنے کے لیے دستخط کرنے پڑتے ہیں۔

ایس پی نے اپنے سارے قانون دان بلا لیے، پی ڈی ایس پی آ گیا، ایس پی کہے کوئی صورت کرو، اس کو حوالداری سے توڑنا ہے، وہ کہیں یہ ناممکن ہے۔

آخر اسی سادھو رام ایس پی کو بہروپیے والے سارے زخم دل میں رکھ کے فضل دین کی حوالداری کو پکا کرنے کے لیے دستخط کرنا پڑے۔ مگر اس نے ابھی پھر اعمال نامے میں رپورٹ لکھنا تھی۔ اب کی بار اس نے ایسی رپورٹ لکھی، کہ اس کی پکی کی ہوئی حوالداری آگے کوئی نہ توڑ سکے، کوئی فضل دین کو تھانے دار نہ بنا سکے۔

اللہ جانے یہ اعمال نامے کی رپورٹیں لکھنے والے، لکھتے ہوئے اپنے اعمال کی شرمندگی کیوں اپنے سے چھوٹوں کے خانے میں لکھ دیتے ہیں۔ جس کسی چھوٹے نے کسی بڑے کو آئینہ دکھانے کی کوشش کی ہو، وہی رگڑا جاتا ہے۔

فضل دین کی کہانیاں بے شمار تھیں۔

عجیب و غریب اس کے معرکے تھے، جو بات کسی کی سمجھ میں نہ آتی، وہ سمجھ لیتا۔ دریا میں جا کے نیچے کا پتھر لاتا، دھاگا کوئی بھی کتنا ہی الجھا ہوا ہو، وہ اس کا سرا نکال لیتا۔ ایک بار کیا ہوا، وہیں کہیں آس پاس کے کچھ دیہات میں سکھوں نے پیسے جمع کرنا شروع کر دیے کہ گُردوارہ بنانا ہے۔ گُردوارہ بنانے والی کمیٹی بن گئی۔ کئی دیہات کے معززین اس کمیٹی میں شامل کر لیے، سب مشترکہ چادر بچھا کے بیٹھ گئے۔ پیسے جمع ہو گئے۔ سکوں کے ڈھیر لگ گئے۔ عورتوں نے زیور لا لا کے اتار دیے۔ نوٹوں کا انبار لگ گیا۔ اب اتنا مال متاع دیکھ کے گردوارہ کمیٹی کے اندر ہی اندر ساز باز ہونے لگی، ہر کوئی اس کوشش میں جت گیا کہ کسی طرح گردوارہ اس کے گاؤں میں، اس کی زمین میں بن جائے۔ تا کہ گردوارے کے آس پاس جو دکانیں مکان بننے ہیں، جو اڑوس پڑوس میں کاروبار ہونا ہے وہ سارا اسی کا اپنا ہو، پھر گردوارے پہ کنٹرول الگ۔ ان میں ایک سکھ بہت تیز تھا۔ ویر سنگھ' تھا شکل کا بھوندو۔ چپ، خاموش قسم کا آدمی۔ کچھ دن عبادت گزاری کے لیے ایک طرف ہو گیا۔ عبادت وہ ایسی جگہ جا کے کرتا رہا جہاں لوگ آتے جاتے اسے دیکھتے رہیں۔

آخر ایک دن وہ چیختا چلاتا ہوا، لوگوں کے پاس آیا۔

میری آنکھیں چومو، میں نے گرو دیکھ لیے۔ درشن ہو گئے۔

واہ گرو جی کا خالصہ، واہ گرو جی کی جے، میں نے درشن کر لیے، وہ لوگوں کو کہتا جائے اور سر سجدے میں رکھ کے رگڑتا جائے۔

پھر وہ سر اٹھائے، پاس کھڑے کسی معزز آدمی کا ہاتھ، ہاتھ میں لے کر چومنا شروع کر دے، اور بولے تو بھی ادھر تھا، گرو جی نے تیرا ہاتھ چوما تھا۔ اوسنو! سارے چومو، وہ آدمی کھڑا کھڑا ایک پل میں متبرک ہو گیا۔ خوش تو اس نے ہونا تھا۔ پھر وہ کسی اور کا نام لیتا، اسی گردوارہ کمیٹی کے کسی سرکردہ بندے کا، کدھر گیا سردار لبھا سنگھ جی، وہ آ جاتا، دوسرے پکڑ کے اسے آگے کر دیتے، یہ اس کے پیروں میں مچلنے لگتا۔ واہ جی، واہ، گرو جی کی واہ تیرے ہاتھ سے گلاس بھر کے پانی پیا تھا انہوں نے۔

لوگ اس کے ہاتھ کی چوما چاٹی شروع کر دیتے۔

کسی نے پوچھا، پر تو نے گرو جی کو دیکھا کدھر ہے بھئی۔

ایک نہیں، چاروں گرو اکٹھے بیٹھے تھے۔

چاروں گرو۔

واہ گرو جی کی جے۔ گرو جی کا خالصہ، وہاں نعرے لگنے شروع ہو گئے۔ ماحول بے حد جذباتی ہو گیا، بھئی پوری بات سنا، کسی نے اسے بازو سے پکڑ کے بٹھالیا، وہ اٹھ کے پھر کھڑا ہو گیا، ادھر نہیں، بھاہ جی، سردار جی، میں نے انہیں دو ٹالھیوں کے نیچے بیٹھے دیکھا تھا، پاس ہی ان کے سفید گھوڑے کھڑے تھے، میں نے ان کے گھوڑوں کی سیوا بھی کی تھی جی، مالش کی تھی، انہی ہاتھوں سے گرو جی کے گھوڑوں کی۔

لا دکھا ہاتھ۔

وہ خود ہی اپنے ہاتھوں کو مور پنکھ جھلنے لگا۔

بھئی، گرو جی، کدھر بیٹھے تھے۔

دو ٹالیاں تھیں جی، برو برابر، ٹھنڈی چھاؤں والی، نیچے گھاس تھی، ساتھ کھالا چل

رہا تھا۔ ادھر بیٹھے تھے، مجھے پاس بلا کے بولے، پتہ چلا ہے تم لوگ گردوارہ بنانے لگے ہو، ادھر ہی بنانا جدھر بیٹھے ہیں ہم۔

گردوارہ بنانے کی بات سن کے لوگ اور جوش میں آ گئے، اب ہر کوئی یہ پوچھے بول، وہ بیٹھے کدھر تھے۔ ٹالیاں تو ادھر ہر طرف ہیں، پتہ کیسے لگے۔

پتہ لگ جاؤ و، سردار ویر سنگھ نے ہاتھ دونوں اٹھا کے نیچے تھپکے۔ جو سامنے بیٹھے ہوئے کسی سکھ کے کندھوں پہ پڑے۔

پتہ لگ جاؤ، گروجی پکیاں نشانیاں چھڈ کے گئے ہیں۔

پکیاں نشانیاں؟

ہاں!

واہ گروجی کا خالصہ، واہ گروجی کی جے۔

چاروں گرو گھاس پہ بیٹھے تھے، سچے تلے والی شنیل کی نیلی چادر بچھا کے۔ ٹھنڈی ٹالہی کی چھاؤں تھی۔ ادھر گرو۔ امرداس جی بیٹھے تھے، یہ ساتھ گرو۔ رامداس جی، دونوں مسکرا کے ہم تینوں کو دیکھتے رہے۔ تو ادھر آ جا، آ جا میرے پاس، تیجا سنگھ، تو نے پانی کا گلاس بھر کے پلایا تھا۔ گرو امرداس جی کو۔ ادھر دونوں کے سامنے کھالے کی طرف ادھی گرنتھ گروارجن جی بیٹھے تھے ساتھ داسام گرنتھ گرو گوبند سنگھ جی، وہ دونوں شطرنج کھیل رہے تھے۔ دوسرے دونوں گرو سرکار بیٹھے انہیں دیکھ دیکھ خوش ہو رہے تھے۔ شرطیں لگا رہے تھے، کون جیتو۔ ٹالہی کی دھوپ چھاؤں میں چمکتے پتوں کی طرح کا ساوا رنگ تھا شطرنج کے مہروں کا۔

آدھے مہرے دھوپ میں چمکتے توت کے پتوں جیسے تھے، ہلکے سبز رنگ کے آدھے جامن کے پتوں جیسے گہرے سبز تھے، سیاہی مائل۔ میں تو پاس کھڑا دیکھ رہا تھا جی۔ مجھے تو بٹھا لیا تھا ساتھ اپنے سرکار نے شنیل کی چادر پہ، وہ شنیل نہیں تھی، مخمل تھی۔ میں نے ہاتھ سے مل مل کے دیکھا تھا۔ واہ گروجی کی واہ۔

اچے بادشاہ ادھی گرنتھ، گرو ارجن جی، شطرنج کھیلتے کھیلتے، اپنا ساوا گھوڑا اپٹر کا اٹھا کے ڈھائی چال چلتے ہوئے شہہ دینے لگے تو میری طرف دیکھ کے بولے، ویر سنگھا، لو جی، دیکھو گرو جی کو میرا نام بھی پتہ تھا۔ صدقے جاواں گرو جی، وہ پھر سجدے میں گر گیا، کتنی دیر تک سجدے میں پڑا رہا، پھر بولا۔ گرو جی کہنے لگے، ویر سنگھا! ایہو جگہ دیکھ لے چنگی طرح، ادھر ہی گردوارہ بنانا ہمارا، شطرنج صاحب۔

لو جی، اب شطرنج صاحب کے لیے، گرو جی کی شطرنج کھیلنے والی جگہ ڈھونڈی جانے لگی۔ کئی دیہات کے لوگ اکٹھے ہو گئے، کبھی ویر سنگھ انہیں کسی طرف لے جائے، کبھی کسی طرف، ہاتھ میں پانچ دس لوگوں کے کدالیں اور بیلچے۔ کئی دن وہ پھرتے رہے۔ کئی ٹاہلیوں کے نیچے، کھالوں کے پاس انہوں نے گھاس والی زمین کی کھدائی کی، مگر نہیں۔ آخر ساتویں دن ویر سنگھ انہیں اپنی زمین میں لے آیا، دو جڑی ہوئی ٹالیاں تھیں، اور ساتھ کھالا بھی بہہ رہا تھا، نیچے بہترین گھاس لگی ہوئی، کدالیں ماریں، بیلچے چلائے، گھاس والی زمین کے دو فٹ نیچے سے شطرنج کے پورے بتیس مہرے نکل آئے، آدھے سبز، آدھے کالے، پرانے وقتوں کے، کناروں سے بھرے ہوئے، خستہ قدیمی۔ شک کی کوئی گنجائش ہی نہیں تھی۔

نعرے لگ گئے۔

شور مچ گیا۔

وہیں پہ مخمل اور شنیل کی گوٹے کناری والی چادریں بچھ گئیں۔ لوگوں کے انبوہ جمع ہو گئے۔ پیسوں کے ڈھیر لگ گئے۔ پہلے جتنا مال جمع ہوا تھا، وہ سب بھی وہیں ڈھیری ہو گیا۔ دور دور تک دھوم مچ گئی۔ لوگوں نے زمینوں میں دبائے اپنے روپے نکال لیے۔ عورتیں بازوؤں سے زیور اتار کے آ گئیں۔ دِنوں میں ویر سنگھ کے پاس راجاؤں جتنا مال آ گیا۔ شطرنج صاحب کی بنیادیں رکھنے کے لیے مزدور آ گئے۔ نقشہ بن گیا۔ لکیریں لگ گئیں۔ کھدائی شروع ہو گئی۔

تمبو چڑھ گئے، قناطیں لگ گئیں، دیگیں پکنے لگیں، میلا لگ گیا۔

جب میلا لگا تو پولیس کی بھی ایک گارڈ امن وامان کی حفاظت کے لیے آ پہنچی۔ گارڈ کا انچارج تھا حوالدار فضل دین۔ دو چار دن میں اس نے ساری کہانی سن لی، اب وہ ویر سنگھ کی تاڑ میں رہنے لگا۔ ویر سنگھ ایک دم سے بڑا آدمی بن گیا۔ پینسٹھ ہزار روپیہ اکٹھا ہو کے اس کی چادر میں آ گیا تھا، پینسٹھ ہزار میں پینسٹھ مربعے زمین خریدی جا سکتی تھی۔ پانچ سو روپئے میں گاؤں کا ایک کچا مکان بک جاتا تھا۔ ویر سنگھ تو راجہ بن گیا تھا۔ اوپر سے اس کی ساری زمین سونے کی کان بن گئی تھی۔ جہاں گز گز زمین ناپ کے دکانوں، کھوکھوں اور ہوٹلوں کے لیے بکنے لگی۔

فضل دین کا دماغ مشین کی طرح چلنے لگا۔

اس نے خفیہ خفیہ تفتیش شروع کر دی۔

ایک دو بندے ویر سنگھ کے پیچھے لگا دیے، دیکھ یہ کدھر کدھر گاؤں سے باہر جاتا ہے، کس کس سے ملتا ہے۔ پانچویں دن فضل دین کو ویر سنگھ کے پسوؤں کے ڈیرے سے ایک گندی میلی سی مٹی میں اٹی ہوئی براؤن رنگ کی تنگ منہ کی بوتل مل گئی، جس کے اندر ابھی تک ڈیڑھ اونس خالص گندھک کا تیزاب موجود تھا۔ وہیں کہیں پاتھیوں کے ڈھیر کے پاس ایک کونے میں کٹے ہوئے گھی کے خالی کنستر سے بنائی ہوئی ٹین کی پرات سی مل گی، جس میں کئی دن تک تیزاب میں بگھو کے رکھے ہوئے شطرنج کے پتھر کے مہروں سے کونے کھدرے اترے موجود تھے۔ دونوں چیزیں قبضے میں کر لیں، ہلائیں نہیں جگہ سے۔ ویر سنگھ کے پسوؤں والے احاطے پہ آدھی گارڈ بٹھا دی۔ قریبی قصبے سے تیزاب بیچنے والا بھی پکڑ کے لے آئے، ایک ہی وہاں آدمی تھا تیزاب بیچنے والا۔ وہ مان گیا، ہاں جی، ویر سنگھ جی نے پونے تین آنے کا نکے منہ والی براؤن بوتل میں تیزاب لیا تھا۔

جس دکان سے شطرنج کے مہرے خریدے وہ بھی ڈھونڈ لیا۔

اب آخری باری ویر سنگھ جی کی تھی، پکڑ کے لے آئے ویر سنگھ کو ادھر ہی، پیچھے پیچھے ساری خلقت آ گئی۔ سارا ڈرامہ رچایا ہوا ویر سنگھ کا، لوگوں کو دکھا دیا۔ ویر سنگھ جی سے سر نہ اٹھایا جائے۔

ہر طرف سے اسے لعن طعن ہونے لگی۔

پکڑ لو، چھوڑنا نہیں۔ گردوارہ کمیٹی کے باقی رکن تو پہلے ہی پیٹ پکڑ کے بیٹھے تھے۔ انہیں بہانہ مل گیا۔ ہم کہیں اور گردوارہ بنائیں گے، بند کرو جی حوالدار جی، اس کو حوالات میں، چار سو بیسی میں۔

چار سو بیسی میں ہی کریں گے، آپ فکر نہ کریں، فضل دین نے کہا۔

ساتھ ہی سپاہیوں کو حکم دے دیا، ہتھ کڑی لگاؤ ویر سنگھ کو اس نے چار سو بیسی کی ہے اور سارا مال باندھ لو، ثبوت کے طور پہ۔

ویر سنگھ جی قید ہو گئے، مال سارا، پورے پینسٹھ ہزار نقد علاوہ سونا چاندی، سب بحق سرکار ضبط ہو گیا۔ انگریز کے خزانے میں چلا گیا۔

فضل دین کی تفتیش کے چرچے کیوں نہ ہوتے۔

اس کی بات ایک بار شروع ہو جاتی تو گھنٹوں تک جاری رہتی۔

کوئی کہتا، یار، وہ گرو کھوتر کے میدان میں فضل دین کی تفتیش دیکھی تھی۔

جس نے سنی بھی ہوتی، وہ بھی پوچھنے لگتا۔ سنا یار۔

وہ واقعہ تھا ہی اتنا حیرت انگیز۔

تم بھی سن لو۔

پانی پت کے میدان کو ہندو گرو کھوتر کا میدان کہتے ہیں۔

ساتھ گنگا کا کنارا ہے۔ سال میں ایک دفعہ ادھر بہت بڑا میلا لگتا ہے ہندوؤں کا۔ سارے ملک سے عقیدت مند وہاں پہنچ جاتے تھے۔ سال بھر میں جو جو کوئی کسی گھر میں ہندو مرا ہوتا، اس کی ہڈیوں کے پھول، جلانے کے بعد وہاں لے آتے، گنگا میں

بہاتے۔ دعائیں مانگتے۔ اشنان لیتے۔ پوجا پاٹ کرتے۔

بڑے بڑے مہان مہنت وہاں پہنچے ہوتے۔ ہر یاتری ان کی سیوا میں جتا ہوتا۔ جتنی کسی کو توفیق ہوتی، وہ دے دے کر اپنے گناہ دھلواتا۔ پاوتر ہو جاتا۔ جب اتنا بڑا جم غفیر جمع ہو جاتا تو لامحالہ پولیس کو بھی جانا پڑتا۔ کہنے کو کھانے پینے، کھیل کود سرکس ہر طرح کے ٹھیکے دیے ہوتے تھے مگر امن امان کا ٹھیکہ تو اس وقت انگریز سرکار کا ہی تھا۔ پولیس پہنچ جاتی، ایک دو ضلعوں سے نہیں، چھتیس ضلعوں سے پولیس ادھر جاتی تھی۔ لدھیانہ ضلع کی پولیس سے بھی کچھ نفری جاتی تھی۔ ایک دفعہ حوالدار فضل دین کا نام اسی لسٹ میں آ گیا۔ وہ بھی ادھر پہنچ گیا۔ ادھر گیا تو اس کی آنکھیں کھلی کی کھلی رہ گئیں۔ اتنے لوگ۔ اتنا بڑا میلا۔ ایک رات **مہنتوں** نے اعلان کر دیا، آج یہاں سے کوئی اٹھ کے نہ جائے، اسی پنڈال میں بیٹھا رہے، آج ادھر شری کرشن مہاراج جی درشن دیں گے۔

پنڈال تو **مہنتوں** کے ادھر بہت تھے، مگر اس رات وہاں سے کوئی ہلا نہیں۔ پولیس بھی ایک کونے میں بیٹھ گئی۔ ظاہر ہے جہاں اتنے لوگ ہوتے ہیں وہیں چوریاں بھی ہو جاتی ہیں، وہیں جیب کترے بھی پہنچے ہوتے ہیں۔ اس لیے پولیس کو تو وہیں رہنا پڑتا تھا، جہاں زیادہ بڑا مجمع لگا ہو۔ فضل دین وہیں رک گیا۔ بہت بڑا میدان تھا، آگے پچاس قدم کا گول چکر، ارد گرد تاریں، درمیان میں لکڑی کے تختے رکھ رکھ کے ایک اونچا تخت بنایا ہوا تھا۔ تخت پہ قالین بچھے تھے، چادریں بچھائی ہوئیں تھی۔ ڈھیر سارا عطر آگھیں، مہکیلا مشک ریز، ڈھیروں خوشبو بھری شیشیاں وہاں انڈیلی گئیں۔ سارا پنڈال غالیہ بن گیا۔ خوشگوار مہک چاروں طرف پھیلی ہوئی تھی۔ عقیدت مند یاتری ادب سے دوہرے ہوئے ہاتھ جوڑے جھکی گردنوں کے ساتھ اپنے اپنے دھیان میں مندر سجائے سلاست روی میں مگن بیٹھے تھے۔ رات پڑ گئی۔ اسٹیج پہ بڑے بڑے گیس کے ہنڈے آ گئے۔ سارے ہجوم میں مٹی کے تیل سی بھری دودھیا روشنی نے

عود، عنبر اور مشک ریز سوگندھ کے ساتھ مل کر اک انوکھا افسوں بھر دیا۔ دھپالی، ڈفالچی، ڈھنڈورچی آ کر اسٹیج پہ بیٹھ گئے۔ بھجن شروع ہو گئے۔ لوگ سر دھننے لگے۔ اک سماں بندھ گیا۔ پھر کئی مہا مہنت گیروے کپڑوں میں ملبوس ٹیکے، قشقے لگے ہوئے، ماتھے دھاری، جٹیں کھولے آ کر بیٹھ گئے درمیان میں۔ بھجن کی لے بڑھ گئی، سُر تیز ہو گئے۔ وہ کوئی ایسا بھجن گانے لگے جس میں شری کرشن مہاراج جی کے ورود کا ذکر تھا۔ ان کے آنے کی خوشخبری تھی، لوگوں کے دل جوش عقیدت سے ابلنے لگے، وہ بیٹھے بیٹھے پنجوں کے بل ہو گئے۔ گردنیں اوپر ہو گئیں۔ آنکھوں کی پتلیاں پھیل گئیں، پلکیں جھپکنا بھول گئیں۔ سامنے پڑے پھولوں کے ڈھیر پہ ایکا ایکی میں ایک ہلکی سی ہلچل ہوئی، کچھ پھول ہلے، ادھر اُدھر ہٹے اور پھولوں کے ڈھیر کے عین بیچ سے ایک ساعت کے لیے شری کرشن مہاراج کی شبہہ ابھری۔ معصوم سانولا کرشن، ہاتھ میں بانسری، سارے ماحول پہ وجد طاری ہو گیا۔ لوگ ایسے شدکام ہوئے کہ انھوں نے نہال ہو کے اپنی جیبوں کے سارے سکے، نوٹ نکال کے پھولوں کے ڈھیر پہ نذرانے میں چڑھا دیے۔ عورتوں نے اپنی کلائیوں کی چوڑیاں اتار کے اچھال دیں۔ ایک دو لمحے کے لیے شری کرشن جی کی شبہہ ابھری رہی پھر اسٹیج کے پھولوں میں غائب ہو گئی۔ لوگ مسرور ہوئے۔ دیکھ کے مہنت بھی پرسند ہو گئے۔ پھولوں کے ڈھیر میں سونے چاندی کی جڑی خوشبو کو دیکھ دیکھ **مہنتوں** نے اعلان کر دیا، کہ ہم آج دو گھنٹے کی تپسیا کے بعد پھر مہاراج شری کرشن سے بنتی کریں گے کہ وہ ایک بار اور ادھر پدھاریں، پرجا کو درشن دیں۔ لوگ پھر عقیدت میں سر دھندنے لگے، جے کرشن جے کرشن کی جاپ شروع ہو گئی۔

سادہ دور تھا، سادے لوگ تھے، مگر فضل دین کا دماغ پھر اس الجھے دھاگے کا سرا ڈھونڈنے میں جت گیا، چکر کیا ہے۔ دو گھنٹے کا وقفہ تھا، لوگ کچھ ادھر ادھر ہوئے۔ اسٹیج کے قریب جانے کے لیے **مہنتوں** کا لباس ضروری تھا، پولیس کی وردی اور انگریز کے

سرکاری جوتوں کو مہنت قریب نہ آنے دیں، ہاتھ جوڑ کے کھڑے ہو جائیں۔ مہاراج شری کرشن کا استھان ہے، پاوترتا کارن شمے کرو۔ فضل دین نے سوچا کوئی جوگی مہنت پکڑوں، پھر آگے الجھے دھاگے کا سرا خود جا کے ڈھونڈوں گا۔ اتنا بڑا میلہ تھا، ان گنت جوگی مہنت پنڈت ادھر پھر رہے تھے۔ فضل دین مجمعے میں جوگیوں کو تاڑتا پھرنے لگا کہ کوئی مشکوک نظر آئے تو پکڑلوں۔ اچانک وہ چلایا۔ یہ تو وہی ہے روکو۔ بلاؤ۔

سپاہیوں نے لپک کے روک لیا اس جوگی کو۔ اس جوگی نے بھی فضل دین کو دیکھا تو ہاتھ جوڑ کے کھڑا ہو گیا۔ پہچان گیا وہ بھی کہ فضل دین سے کہاں ملاقات ہوئی تھی۔ ملاقات فضل دین سے اس کی حوالات میں ہوئی تھی۔ ضلع لدھیانے کے تھانہ ساہنے وال کی حوالات میں۔ اس حوالات میں ایک بار ایک جوگی پولیس کے ہاتھوں مر گیا تھا۔ گشت پارٹی کہیں رات کو نکلی کہ کوئی مشکوک آدمی ملے جسے وہ دفعہ ۱۰۹ میں باندھ کے سرکاری کارروائی پوری کریں۔ ان کے ہاتھ ایک جوگی آ گیا۔ گیروے کپڑے، لٹیں پھیلی ہوئیں، ماتھے پہ قشقہ۔ انہوں نے پوچھا نشہ کرتے ہو۔ وہ تیز تیز چلنے لگا۔ سپاہیوں نے پیچھے سے لپک کے پکڑ لیا، تھانے لے آئے۔ پوچھا، نام بولو۔ وہ بولا، شری کرشن۔ باپ کا نام، وہ پھر بولا شری کرشن۔ ایک سپاہی نے ترنگ میں آ کے ایک دو چھتر لگا دیے۔ جوگی اکہرے بدن کا تھا، چوٹ کہیں الٹی سیدھی لگ گئی، وہ گر گیا۔ سانس اکھڑ گیا۔ ایک دو بار ذبح ہوئے مرغے کی طرح جسم اس کا تڑپا پھر ہاتھ پاؤں ڈھیلے ہو گئے، آنکھیں پلٹ گئیں۔ سانس رک گئی۔ نبضیں بند ہو گئیں۔ وہ مر گیا۔ تھانے میں کہرام مچ گیا۔

تھانے دار آ گیا، اس کے پسینے چھوٹ گئے۔

یہ کیا ہوا؟

اب کیا ہو گا؟

بلاؤ۔ فضل دین کو، وہی ہر مرض کے لیے امرت دھارا تھا۔ آ گیا فضل دین۔ بتایا اسے۔ سپاہیوں سے پوچھا کیسے مرا، انہیں سانپ سونگھا ہوا تھا کوئی نہ بولے کچھ۔ فضل دین انہیں برا بھلا کہنے لگا، تھانیدار بولا۔

تقریر کے لیے نہیں بلایا تمہیں، یہ بولو اب کریں کیا۔

فضل دین بولا، اب سر پڑا ڈھول بجاؤ۔

تم مرواؤ گے ہمیں، کوئی حل ڈھونڈو۔

پوچھا، اس جوگی کو پکڑنے کا روزنامچے میں اندراج کیا؟

جی کیا۔

رپٹ لکھی؟

جی لکھ دی۔

حلیہ لکھا؟

جی لکھا ہے۔

تو اب بھگتو۔ مرو مرنے والے کے ساتھ،

فضل دین۔ حل بول، بائی میرے چھوٹے چھوٹے بچے ہیں۔ تھانیدار کے ہاتھ ٹھنڈے ہو رہے تھے۔

حل اور کیا ہونا ہے باہر کے دروازے بند کرو۔ اس مردے کو یہاں سے کہیں غائب کرواور اسی حلیے کا کوئی دوسرا جوگی پکڑ کے لے آؤ۔

فضل دین یہ کہہ کے کمرے سے نکل گیا۔ تھانے دار سر پکڑ کے بیٹھ گیا۔ سوچ میں پڑ گیا۔ کئی چور اٹھائی گیرے تھانیدار کی شہہ پہ چوریاں کرتے پھرتے تھے۔ بہتیرے جرائم پیشہ لوگوں سے تھانیدار کی صاحب سلام تھی۔ اس نے ایک سپاہی کو کہا کے جا کے فلاں بدمعاش کو لے آؤ، بولنا میں نے بلایا ہے، فوراً آئے، ساتھ اپنی اونٹنی بھی لیتا آئے۔ تھانیدار نے بلایا ہی ایسے بندے کو تھا جس کے پاس اپنی سواری ہو۔

سواری بھی وہ جس پہ وہ اس جوگی کی لاش کولاد کے لے جائے۔ کچھ سپاہیوں کو بلا کے حکم دیا یہ مرا جوگی اچھی طرح دیکھ لو، اتنی ہی عمر کا، اسی حلیے کا ایک بندہ پکڑ لاؤ، جاؤ۔ پہلا بھی چلا گیا، دوسرے بھی چلے گئے۔ رات ڈھلے بدمعاش آ گیا۔ منہ سر لپیٹ کے کندھے، گنڈھاسا رکھے پہنچ گیا۔ تھانے میں آ کر اس نے منہ کھول لیا۔ گنڈھاسا تھانیدار کی کرسی کے ساتھ کھڑا کیا اور دوسری کرسی کھینچ کے بیٹھ گیا۔ اونٹنی اس نے تھانے کے باہر کھڑی کی۔ تھانیدار نے ایک طرف لے جا کے اسے ساری بات سمجھائی اور کہا اونٹنی اندر لے آؤ اور مردے کو لاد کے کسی ویران راستے سے نکل جاؤ۔ بس کسی شہری کی نگاہ تم پہ نہ پڑے، پولیس نے کیا تمہیں کہنا ہے۔ پولیس پہ تو تم احسان کر رہے ہو۔ جاؤ، نکلو جلدی۔

وہ نکل گیا۔

اجاڑ علاقے تھے۔ آبادی کونسی زیادہ ہوتی تھی ان دنوں۔ اوپر سے اندھیرا اپھر رات گہری۔ اندھیری راتوں میں تو انہی ڈاکوؤں کا راج تھا۔ آدھی رات کو اُلو بھی بولتے ہوئے سہم جاتے تھے۔ بندے ادھر کدھر ہونے تھے۔ وہ ڈاکو جگا سنگھ تھا۔ سانڈ کی طرح پلا ہوا۔ سردیوں میں بھی اس سے پسینے کی بو آتی تھی۔ وہ پولیس والوں سے یاری بھی رکھتا تھا، دشمنی بھی۔ ایک تھانے سے یارانہ ہے تو دوسرے سے بیر۔ کئی بار اس کی وجہ سے تھانے آپس میں الجھ گئے تھے۔ ساتھ اس کے ٹٹو پہ چڑھا ہوا ایک اس کا یار تھا غلام بخش۔ اندھیری رات کو وہ دونوں تھانے سے نکلے، تھوڑی دور گئے تو آدھی رات کا چاند چڑھنا شروع ہو گیا۔ جگا، غلام بخش سے بولا، بخشیا! چاند چڑھتا آ رہا ہے، اسے ٹھکانے لگا اور جا کے سوئیے۔

غلام بخش بولا، جگیا، کسے کھوہ میں گرا دے اور جان چھڑا۔

کس کھوہ میں گراؤں؟ وہ پوچھنے لگا۔

یہ کونسی پوچھنے والی بات ہے، جو پہلے راہ میں آئے کھوہ، اسی میں پھینکو اسے۔

یار لاش تو اس کی کبھی نہ کبھی مل جانی ہے، پھر پولیس پوچھ گچھ کرتی پھرے گی۔

کرتی پھرے۔ تیرا کیا ہے؟

بخشے، اک خیال آیا ہے، جگا، ایک دم اونٹنی پہ بیٹھا بیٹھا اونٹنی کے اچھالنے سے پہلے اچھلا۔

کیا خیال آیا۔ غلام بخش پوچھنے لگا۔

تو ٹٹو روک، بتاتا ہوں، جگا اونٹنی روک کے کھڑا ہو گیا، ادھر دائیں طرف نہر کے کنارے کچے کھوہ پہ چل۔

اونٹنی اور ٹٹو دونوں نہر کی طرف مڑ گئے۔ آگے جا کے ایک پرانا متروک کنواں آ گیا۔

جگا بولا غلام بخش سے، بخشیا یہ زمین پہچانی کس کی ہے؟

کس کی ہے؟ مینوں نہیں پتہ۔

اوئے میرے پھوپھا، خشونت سنگھ کی ہے۔

سالہ میرا پھوپھا ہو کے میری مخبریاں کرتا ہے۔

اسی کی زمین کا کھوہ ہے۔ نہر سے پانی کیا لگنے لگا، اس نے کھوہ ہی خشک کر دیا ہے۔ اسی میں گرائیں گے لاش۔ جا کے تھانیدار کو تو نے صبح سے پہلے پہلے ادھر کا نقشہ سمجھا دینا ہے۔ کان میں کہہ دینا اسے کہ باندھ دے پھوپھے کو تین سو دو میں اندر۔ چار دن ٹھکائی ہو جاؤ تو آئندہ اپنا خیال رکھے گا۔

کیا خیال ہے؟

چنگا خیال اے۔

آ گیا کھوہ۔

دونوں کنویں کے کنارے رک گئے۔ دونوں اپنی اپنی سواری سے اتر آئے۔ کنویں کی پکی منڈیر تھی۔ دونوں منڈیر کے کنارے کھڑے ہو گئے اور مل کر اونٹنی کی

کوہان کے آگے آٹے کی بوری کی طرح آدھی ادھر، آدھی ادھر لٹکتی رکھی ہوئی لاش کو کھینچ کے اتارنے لگے۔ لاش اتار کے منڈیر پہ رکھ دی۔ غلام بخش لاش کو کنویں میں دھکا دینے لگا تو جگا بولا،

یار بخشی، ذرا ٹھہریں،

میرے ہتھ میں خارش ہوتی ہے، مجھے لاش کو دو چار ٹک لگا لینے دے۔ پھوپھے دی تھانیدار چار دن ذرا اچھی سیوا کر لوؤ گا۔ یہ کہہ کے جگا گنڈاسے کے پھل کو کنویں کی پکی خشک منڈیر پہ تیز کرنے کی غرض سے رگڑنے لگا۔ چاند سامنے کی ٹالیوں سے اوپر آ گیا۔ چاند کی چاندنی میں اس کے ہاتھ میں پکڑا ہوا گنڈاسا مچھلی کی طرح کنویں کی خشک منڈیر پر تھرکنے لگا۔

شرررکرتی فولاد کی ریت سے رگڑ کھانے کی آواز ابھری سامنے کی ٹالیوں سے کوئی اُلو گھنے پتوں کے بیچ سے نکل کے اڑا اور ایک دم سے منڈیر پہ پڑی لاش اٹھ کے بیٹھ گئی۔

جگے کے ہاتھ سے گنڈاسا دستے سے نکل کر کنویں میں جا گرا۔ اور وہ خود دو قدم پیچھے لڑکھڑا کے گر گیا۔ غلام بخش بھی لاش کو بیٹھے ہوئے دیکھ کے چیخ مار کے ایڑھیوں کے بل پیچھے ٹبوں میں گرا۔ لاش ہاتھ جوڑ کے منڈیر پہ بیٹھی بیٹھی اتر کے کھڑی ہوگئی۔ پھر لاش نے کھڑے ہو کے ہاتھ جوڑ دیے اور نحیف سی آواز میں لاش کے ہونٹ ہلے۔

مہاراج میں زندہ ہوں۔

جگا کپڑے جھاڑتا ہوا اٹھ کے آ گیا۔

غلام بخش بھی اپنا کولہا ملتا ہوا آگے ہو گیا۔

تو زندہ ہے؟

لیکن تو تو مرا ہوا تھا، تیری نبض بند تھی، سانس ختم تھی۔

آنکھیں الٹی تھیں، جسم مردہ تھا۔

تو بھوت ہے جگے کی آواز کانپ رہی تھی۔

نہیں سرکار میں زندہ ہوں۔

زندہ؟

ہاں جی۔

زندہ کیسے ہو۔

سرکار، میں جوگی ہوں، جوگی ہاتھ باندھے بولا۔

میرے گرو تو چالیس چالیس دن تک مرے رہتے ہیں۔ مٹی میں دبے رہتے ہیں۔ دو چار دن تو سرکار میں بھی کاٹ لیتا ہوں۔

تو مرا کیوں۔ جگے نے تھڑاک سے ایک تھپڑ اس کے منہ پہ مارا۔

مہاراج، سپاہی مجھے مارتے تھے۔

غلام بخش نے بھی بڑھ کے اپنی سوٹی اس کی پسلی میں چبھوئی، اب پھر مر۔

نہ مہاراج، بخش دو۔

نہ جوگی بابا، اب تو تو آ گیا۔ پھوپھے کے کنویں کی منڈیر پہ۔ اب تو تیرے ٹکڑے کروں گا، لا بخشی، پکڑ میرا گنڈاسا کدھر ہے۔

وہ تو یار، کھوہ میں گر گیا۔

او، تو نے میرا گنڈاسا گنوا دیا۔ جگے نے ایک اور تھپڑ جوگی کے مارا۔

جوگی کھڑا کھڑا بیٹھ گیا۔ بیٹھ کے رونا شروع ہو گیا۔

اب روتا کیوں ہے، اٹھ۔ جگے نے اسے بالوں سے پکڑ کے اٹھا لیا۔ ہماری تو رات تو نے برباد کر دی، چل تجھے ادھر ہی چھوڑ کے آتے ہیں جدھر سے لائے تھے۔

نہ سرکار۔ ادھر ہی چھوڑ جائیں۔ میں چلا جاؤں گا جدھر جانا ہے۔

نہ چن۔ اب تو چل ہمارے ساتھ۔

سردار جی، کھوہ میں گرا جائیں، ٹک لائے بغیر، ادھر نہ لے جائیں۔ جوگی نے منت کی۔

ادھر ہی جائے گا تو، لا لے، چل۔

لے گئے۔

ادھر تھانے میں، پولیس ایک اور اسی شکل کا جوگی پکڑ کے لا چکی تھی۔ جگے نے اونٹنی تھانے کے باہر روکی اور جوگی کو گردن سے پکڑ کے اندر لے گیا۔ اور اونچی آواز میں بولا، تھانیدار جی، آگئی لاش، واپس۔ تھانیدار سامنے دفتر میں لالٹین جلائے بیٹھا دوسرے لائے ہوئے جوگی کا حلیہ پہلے سے لکھی ہوئی تحریر سے ملا رہا تھا۔ لاش واپس لانے کا اتنی اونچی آواز میں اعلان سن کے بازو کہنیاں پیٹ میں کھبو کے سہما سہما کبڑا ہو کے ایک دم سے بڑبڑاتا باہر آیا۔

اوئے، ادھر کیوں لے آیا، لاش۔ تھانیدار خوف سے کانپ کے سرگوشی میں بولا۔ آگے چاند کی چاندنی میں تھانے کے صحن میں لاش اپنے پیروں پہ کھڑی تھی، گردن لاش کی جگے کے داہنے ہاتھ میں تھی۔

اوئے اے، زندہ؟ تھانیدار کی آنکھیں پھٹی کی پھٹی رہ گئیں۔

پکڑ اوئے، ڈھونگی کو۔

سپاہی سارے بھاگ کے باہر آئے، جوگی ہاتھ جوڑے کھڑا تھا۔

جگا اور غلام بخش تھانے میں جوگی کو چھوڑ کے چلے گئے۔

تھانیدار کو پھر مصیبت پڑ گئی۔

رپورٹ ایک ہے۔ جوگی دو۔

اب کیا کریں۔

اٹھاؤ، فضل دین کو پھر۔ پوچھ اس سے۔

آدھی رات کو پھر فضل دین کو نیند سے جگا کے تھانیدار پکڑ کے بیٹھ گیا۔

منشی جی۔ اب بول، اب کیا کروں۔ وہ تو زندہ تھا۔

ہیں، فضل دین کی نیند ایک دم سے اڑ گئی۔

ہو گیا نا، پریشان تو بھی، رپٹ ایک ہے، بندے دو۔

نہ جی۔ رپٹ کی کیوں فکر کرتے ہو۔ ایک کو رکھ لینا، ایک چھوڑ دینا، مسئلہ ختم۔

اسے ہی رکھوں گا حوالات میں، اسی ڈھونگی کو۔ تھانیدار بولا۔

نہ۔ اسے حوالات میں نہیں میرے پاس بھیجو۔ مجھے اس سے کچھ پوچھنا ہے۔

چل بھئی، جا۔ تھانیدار بولا۔

فضل دین اسے ہاتھ سے پکڑ کے اپنے کمرے میں لے آیا۔ رات آدھی گزر چکی تھی۔ گرمیوں کے دن تھے۔ لالٹین جل رہی تھی۔ فضل دین نے میز پہ پڑی لالٹین کی بتی اونچی کی، اور دیوار کے پاس پڑی کرسی کھینچ کے آگے کی اور اسے بیٹھنے کو کہا۔ جوگی ہاتھ جوڑتا ہوا زمین پہ بیٹھ گیا۔ فضل دین نے اصرار کیا اوپر بیٹھ۔ وہ فضل دین کے پاٹ دار لہجے کے خوف سے سہم کے اچھا جی کہتا ہوا اس طرح دبک کے کرسی پہ بیٹھ گیا جیسے پر کٹے چڑے کو بلی کے سامنے باندھا ہوا ہو۔ فضل دین اس کے حلیے سے اس کا خوف پڑھ کے اسے تسلی دینے لگا۔ آرام سے بیٹھو۔ اطمینان رکھو۔ پہلے بولو، کھانا کیا ہے؟ بھوک تو لگی ہو گی۔

نہ سرکار۔

وہ پھر ہاتھ جوڑ کے گڑگڑانے لگا۔

کیوں بھوک نہیں لگتی؟

لگتی ہے سرکار، جب ہمارا جی چاہے کچھ کھانے کو۔

اچھا۔ اور نہ چاہے کچھ کھانے کو تو؟

تو سرکار، نہیں لگتی، مہینوں نہیں لگتی۔

حد ہو گئی، بھوک کی نبض بھی روک لیتے ہو۔

وہ اُدھر پیچھے تمہارے گلاس بھرا پڑا ہے دودھ کا، پی لو۔

اچھا جی، جوگی نے گلاس اٹھا کے پی لیا۔

دیکھ، اسے حوالات نہ سمجھ۔

اچھا جی۔

تو اب آزاد ہے۔

مہاراج کی جے ہو۔

جے جے کار۔

چھوڑ مجھے، یہ بتا، تو ہے کون؟

مہاراج جوگی ہوں۔

نام؟

نام، جو مرضی دے دیں۔

کیا مطلب؟

مہاراج مجھے یاد نہیں میرا نام کیا تھا۔

پھر مستی کر رہا ہے۔

نہ مہاراج۔ بچہ تھا، تین سال کا، جب مجھے کوئی دھرم شالہ میں چھوڑ گیا۔

پھر۔

پھر کیا، مہاراج، ساری زندگی گزر گئی۔ دھرم شالیں بدلتی رہیں۔

کوئی آگے پیچھے نہیں ہے؟

نہ مہاراج۔ بس گرو ہیں یا بالکے ہیں، اور کوئی نہیں۔

تو کون ہے، گرو ہے یا بالکا؟

بالکا کہہ لیں مہاراج۔

ابھی بالکے ہو؟ آدھا دن آدھی رات نبض بند کر کے پڑے رہے، سر آ دھا سفید

ہے۔ بالکا کہتے ہو خود کو۔

مہاراج۔ گرو تو میرا بیس بیس دن زمین میں دفن پڑا رہتا ہے۔

کون ہے وہ؟ کدھر ہے۔

رام جانے، کوئی ٹھکانہ تھوڑی ہوتا ہے گرو کا۔ کبھی کہیں کبھی کہیں۔ ننگے پاؤں جلتے کوئلوں پہ چلنا پھرنا اس کی عادت ہے۔ آگ دہکی ہوتی ہے، کوئلے سلگھ رہے ہوتے ہیں، اسے کچھ نہیں ہوتا۔ پہلی بار دکن میں کہیں میں نے اسے آگ پہ چلتے دیکھا تو پھر اس کے پیچھے پیچھے چلتا گیا۔ ڈیڑھ سال تک اس نے مجھ سے بات نہ کی۔ ننگ دھڑنگ رہتا تھا وہ۔ جبڑا اپنا اس نے لوہے کی تار سے باندھا ہوا تھا، کہ منہ میں کوئی مکھی مچھر نہ چلا جائے۔ کسی کھانے کی خوشبو سے منہ کا سواد نہ جاگ جائے۔ بس پانی پیتا تھا۔ دودھ بھی پی لیتا تھا۔ اور کچھ نہیں۔ ڈیڑھ سال میں اپنی آنکھوں سے اس کا تماشہ دیکھتا رہا۔ آخر مجھ سے نہ رہا گیا۔ سردیوں کے دن آ گئے۔ گرو چلتا چلتا دکن سے بنگال پہنچ گیا۔ ایک دریا تھا بہت کھلا۔ کنارے پہ اس کے چاول کی فصل تھی۔ اکا دکا کہیں کہیں اننناس کے درختوں کے جھنڈ کھڑے تھے۔ ان میں سے ایک جھنڈ میں جا کے گرو بیٹھ گیا۔ شام ہو گئی۔ دریا میں سورج اتر کے اشنان کرنے لگا۔ اتنے میں گرو کے پیروں کے پاس ایک پکا ہوا، اننناس گرا تو تھوڑا سا پچک گیا۔ اس کی تریڑ سے رس بوند بوند رسنے لگا۔ گرو کچھ دیر اننناس کا رس دیکھتا رہا۔ پھر اسے اٹھا کے منہ تک لایا اور تار میں بندھے بندھے اپنے جبڑے کے اندر سے لمبی سانس بھر کے اسے سونگھنے لگا۔ اننناس کا رس پھسل کے اس کے ہونٹوں کو لگا تو اس نے کپکپا کے اننناس کھینچ کے زمین پہ دے مارا اور باؤلوں کی طرح اپنے سر پہ ہاتھ مارتا ہوا اٹھ کے رونے پیٹنے لگا۔ اس کے بال بکھر گئے۔ لمبی لمبی رسیوں کی طرح کے بال تھے گرو کے۔ سارے بال الجھ گئے۔ داڑھی مونچھیں پکڑ پکڑ کے وہ کھینچتا جائے، پھر کبھی لیٹ کے سر زمین پہ مارے، مٹی میں داڑھی دے کر، مٹی اٹھا اٹھا کے سر پہ ڈالتا جائے۔ میں تو سرکار ڈر کے دور ہٹ

گیا۔ اس کی نظر مجھ پہ پڑ گئی۔ غصے سے اس کی آنکھوں میں لال لال بتیاں جلنے لگیں۔ پہلی بار میں نے اس کے بند جبڑے کے اندر زبان ہلنے کی آواز سنی۔ گرو بولا۔

تو نے میری تپسیا بھنگ کی ہے۔

کون ہے تو؟

کیوں میرا پیچھا کرتے آ رہا ہے؟

بول۔

میں تو مہاراج ہاتھ جوڑ کے وہیں بیٹھ گیا۔ ماتھا زمین پہ رکھ دیا۔

بولا، مہاراج شما کرو۔ بالک سیوا کی خاطر پیچھے چلتا آیا ہے۔

تیرے پیچھے چلن نے مجھے آگے چلتے رہن کا دھوکہ دیا ہے۔ تو نے ہی میرا ناس کر دیا۔ کون ہے تو؟

میں پھر مہاراج، ہاتھ جوڑ کے بولا۔

مہاراج میرا تو کوئی نام نہیں۔

آپ رکھ دیں میرا نام۔

بس سرکار۔ میری اتنی بات سے وہ شانت ہو گیا۔

دیکھتا رہا مجھے اسی طرح لال لال آنکھوں سے، بولا پھر کچھ نہیں۔

تیسرے دن پھر اس نے میری طرف منہ موڑا۔ سورج دریا کی دوسری طرف سے چڑھ رہا تھا۔ ہم دونوں وہیں اننا ناس کے جھنڈ میں دریا کنارے بیٹھے تھے۔ گرو بولا۔ تیرا نام رکھ دوں۔ میں نے ہاتھ جوڑ کے ماتھا ٹیکا، کہا، مہاراج کی جے ہو۔

گرو بولا۔

تو کرشن ہے۔

جا بنسری بجاتا رہ۔ میں شانت ہو گیا۔ دل خوشی سے دریا کی طرح بھر گیا۔ پر میں سمجھ گیا گرو کے بانسری کہنے میں کوئی رمز ہے۔ ہاتھ جوڑ کے بولا۔

مہاراج بانسری بھی دے دیں۔

گرو بولا۔ تیری سانس کی نالی تیری بانسری ہے۔ اسے بجا۔ اسے بچا۔

لو جی مجھے سانس روکنے کا منتر مل گیا۔ سات دن میں نے اور اس کی سیوا کی۔ گرو نے سارے منتر سمجھا دیے۔ پھر کہا، خبردار اب میرا پیچھا نہ کرنا۔ چلا جا۔ پورب کی طرف وہ گیا۔ میں پچھم میں چلا آیا۔

پھر کدھر گیا، تیرا گرو؟

مجھے گردن موڑ کے دیکھنے کا حکم نہیں تھا۔ میں نے نہیں دیکھا۔ پر مجھے پتہ ہے وہ وہیں کہیں زمین کھود کے اندر دھنس گیا تھا۔ گردن سمیت۔

کبھی ملاقات ہوئی پھر؟

نہ جی۔ وہ نہیں ملا اور کئی گرو ملے، بنے۔

وہ کون تھے؟

سرکار، کن کن کا بتاؤں، عجیب دنیا ہے ان کی۔ کسی نے ساری حیاتی گزار دی، کیلوں پہ لیٹے لیٹے، پھٹے پہ لکڑی کے، کیلیں میخیں گاڑھ کے اسے اپنا بستر بنا لیا۔ اسے پہ لیٹے رہے۔ انہیں میخ ہی نہ کوئی چبھی۔ ایک کشمیر میں تھا۔ برف بھرے پہاڑ پہ ایک لنگی باندھے لیٹا رہتا تھا۔ اسے ٹھنڈ ہی نہ لگتی تھی۔ اس سے گرمی کا بھاشن لیا تھا۔ تب سمجھ آئی سیک تو اندر ہوتا ہے۔ جب مرضی ہو اس کا الاؤ دہکا لو۔ ہاتھ تاپتے جاؤ۔ برف پڑتی رہے جتنی پڑتی ہے۔ کچھ نہ کہتی تھی۔ پنڈا گرم رہتا تھا جیسے کمبل اوڑھا ہوا ہو۔

تم نے گرمی اصلی نہیں دیکھی ہوگی نا۔

دیکھی سرکار۔ ملتان کے علاقے میں دوسرا جوگی ملا تھا۔ گرمیوں کے دنوں میں دھوپ کے نیچے لکڑیوں کا الاؤ اپنے چاروں طرف دھکا کے بیٹھ جاتا تھا۔ پورا سوا مہینہ میں دہکے الاؤ سے بیس قدم دور پسینے پسینے ہوا بیٹھا رہا، آخر اسے بھی ترس آ گیا۔ بولا

بالک، زیادہ سر نہ کھپا۔ ٹھنڈک باہر سے نہیں ملتی، نا باہر کی آگ جلاتی ہے۔ سب اندر کا کھیل ہے۔ لو سرکار اس نے بھی سبق پڑھا دیا۔

اور کیا کیا پڑھا ہے۔

کیا پڑھنا پڑھانا ہے سرکار۔ ساری حیاتی دیکھ کے اس سے دکھوں کے کانٹے اک اک کر کے چننے پڑے ہیں۔ پر دکھ کی سمجھ نہ آئی تھی۔ نہ سکھ کا راز سمجھ پایا تھا۔ جب تک گجرات کا بابا نظر نہ آیا تھا۔

کون تھا وہ؟

بھگوان جانے، کون تھا۔ کسی کو بھی نہ پتہ تھا۔ خود وہ اپنے آپ سے یہی سوال کرتے کرتے بوڑھا ہو گیا تھا۔ بول، کون ہے تو۔ کون ہے تو۔ وہ اپنے آپ کو کہتا رہتا تھا۔ داہنے ہاتھ کی مٹھی بند کر کے زور سے بیٹھا رہتا۔ مٹھی اٹھا کے آنکھوں کے سامنے لاتا، غصے سے کہتا، بول کون ہے تو، کھول مٹھی کھول۔ جتنا وہ کہتا کھول مٹی کھول، اتنی ہی اس کی مٹھی زور سے بند ہوتی جاتی۔ سات مہینے میں اس کے پاس رہا۔ جس سرائے میں اس کا ڈیرہ تھا وہیں ٹکا رہا۔ اس کی انگلیاں اس کی مٹھی میں اس قدر زور سے بند تھیں کہ ایک دن میں نے خود اپنی آنکھوں سے دیکھا کہ اس کی انگلیوں کے ناخن ہتھیلی کے اندر سے گزر کے دوسری طرف سے نکلنا شروع ہو گئے تھے۔ بس وہ منظر دیکھ کے جو مجھ پہ بیتا وہ نہ پوچھیں سرکار۔ اسی لمحے کہیں گیان کی آنکھ میرے اندر کھلی اور مجھے دکھ کی سمجھ آ گئی۔ اس کے چہرے پہ شانتی دیکھی تو سکھ کا راز سمجھ آ گیا۔ اب کیا بتاؤں سرکار۔ سمجھ میں آئی بات بتائی نہیں جاتی۔ بس کچھ باتیں ہوتی ہی سمجھنے کی ہیں۔ کہنے کی نہیں۔ کیسے کہوں۔

کوئی ایک گرو تو ہے نہیں ادھر۔ یہاں بند گلی کوئی نہیں ہے سرکار۔ جس مرضی گلی میں قدم رکھ لو راستہ مل جاتا ہے۔ بس چلنے والے پیر ہونے چاہئیں۔ انگلی سے لگا کے چلانے والا ملنا چاہیے۔ بہتیروں کی انگلیاں پکڑیں، بہتیروں کے ہاتھ چھوڑے، کیا

بتاؤں سرکار۔ زندگی میں عجیب عجیب لوگ ملتے ہیں۔ کن کن کا بتاؤں۔

تم لوگ کتنا کتنا مشکل راستہ چلتے ہو لیکن کیوں؟

سرکار۔ کبھی راہ مشکل لگی ہی نہیں، تو یہ سوچتا کیوں۔

حیرت ہے، لیکن اس راہ کا آخیر کیا ہے؟

انت تو مہاراج نصیب والوں کو ملتا ہے۔ نروان ایسے تھوڑی مل جاتا ہے۔

بڑا لمبا چکر لگا کے پہنچتے ہو گے، تم لوگ۔

پتہ نہیں سرکار۔ پہنچنے والے مانتے نہیں کہ پہنچ گئے ہیں، بتائے کون۔

تم لوگ، انہی سے پوچھتے ہو جو صرف راہ جانتے ہیں۔ منزل نہیں، ہے نا۔

مہاراج منزل کہیں ہوتی ہے؟

ہوتی ہے۔

کس سے پوچھوں؟

جس نے راہیں بنائی ہیں ساری۔ وہ خود منزل ہے۔ اسی سے پوچھو۔

مہاراج، ہمارے بھگوان کے تو ہزار روپ ہیں۔ سبھی کے بت بنا بنا کے ہم نے مندروں میں سجائے ہیں۔ اب بت کے ہونٹ تھوڑی ہلتے ہیں۔ وہ کیسے بولیں، کیسے بتائیں۔ کس طرح ہمارے سوال کا جواب دیں۔

بابا، یہی تو میں کہتا ہوں، کیوں ان سے پوچھتے ہو جنہوں نے بولنا نہیں۔ کیوں انہیں کرتب کر کر دکھاتے ہو، جنہوں نے دیکھنا نہیں۔ اپنے ہاتھوں سے پتھر کی بنائی مورتیوں کی آنکھیں بھی پتھریلی ہوتی ہیں۔ ان سے کیا وجدان مانگنا، کیا گیان کی باتیں دکھانی۔ مٹی پتھر لکڑ کی بنائی ان مورتیوں کے ہاتھوں سے کیا شکتی کی طلب رکھنی، کیوں ان کے جمے ہوئے مردہ پیروں میں پھول پتیوں کے ڈھیر لگا کے ان سے حاجتوں کے پورا ہونے کی دعائیں کرنی۔ تم لوگ تو زندگی اور موت کے دونوں سروں کو چھو چھو کے، دکھ اور سکھ کے نبضوں میں سانس لیتے پھرتے ہو۔ تمہیں یہ ڈھونگ نہیں

دکھتا۔ تمہیں اس بات کی سمجھ نہیں آتی کہ ان مردہ پتھروں کی پوجا کی آڑ میں صرف مہنت کا پیٹ ہے۔ اور وہ اپنی اول فول باتوں سے سادہ لوگوں کو صدیوں سے گمراہ کیے ہوئے ہے۔

مہاراج کی جے ہو۔

اسی مہنت اور اسی مندر سے بھاگ کے تو ہم لوگ جنگلوں کا رخ کرتے ہیں۔

اچھا تو تم لوگ جانتے ہو۔ سچ کیا ہے۔

مہاراج اتنا پتہ ہے کہ سچ یہ نہیں ہے جو مہنت کے من اور اس کے مندر میں ہے۔

پھر سچ کو تلاش کیوں نہیں کرتے؟

کرتے ہیں مہاراج۔

کیسے؟

یوگا کرتے ہیں۔ یہ سب یوگی ہیں جن کا میں نے ذکر کیا۔ یہ سب آتما کو پرماتما سے، روح کو روح کل سے ملانے کے جتن ہیں سرکار۔ ہمیں ہمارے گرو یہی بتاتے آئے ہیں کہ نقل کو اصل میں ملانا ہے تو خود کو ہر دکھ سے آزاد کرو۔ اپنے اندر کا سارا سکھ، سارا دکھ اسی مٹھی بھر مٹی سے بنے تن سے ہے۔ جسم سے ہے۔ اسی میں خواہشیں آ کر پلتی ہیں۔ جوان ہوتی ہیں۔ یہ بڑی ہوتی ہیں۔ تو دوسروں کو نیچا دکھانے کی کوشش میں ڈٹ جاتی ہیں۔ بڑی مارا ماری ہوتی ہے سرکار۔ اس بھومی کا سارا ناس اسی نے مارا ہے۔ جدھر نگاہ کرو اسی نے ہاہا کار مچائی ہے۔ خون خرابہ کیا ہے۔ چھریاں چلتی ہیں کہیں اندر، کہیں باہر۔ کہیں چھری چلتی نظر آتی ہے، کٹی گردن دکھتی ہے۔ خون گرتا دکھائی دے جاتا ہے، کہیں کچھ نہیں دکھتا۔ صرف اندر ہی اندر کی رگیں کٹتی ہیں۔ آتما کٹتی ہے۔ روح کٹتی ہے۔ بس سرکار۔ انہی خون خرابوں سے بچ کے نکلنے کا نام یوگا رکھا ہے۔ یوگی مہاراج نہ ہندو ہے نہ مسلمان۔ یہ تو آتما کو لیے پرماتما کے پیچھے پیچھے

بھاگنے والا پُرش ہے۔ جو پہنچ جائے وہ مہاپُرش ہے۔ پر پہنچا کوئی کوئی ہے۔

تم لوگ مانتے ہو کہ پرماتما ایک ہے۔

وہ تو ہے ہی ایک۔ کسی کے ماننے نہ ماننے سے ایک سے دوئی تھوڑی ہوتی ہے۔

یہ تم **مہنتوں** کو کیوں نہیں بتاتے۔

ہم نے اپنی کھال کھنچوانی ہے، مہاراج۔

پھر تمہیں درد سے مکتی کی سمجھ کیسے آئی ہے۔

ہتھیلی کے اندر سے بند مٹھی کے ناخن گزارنے کا دکھ سہہ جاتے ہو۔ مگر سینہ تان کے اتنی سی بات سرعام نہیں کر پاتے کہ لوگو! ساڑھے تین ہزار بھگوان نہیں ہوتے۔ صرف ایک ہے، پیدا کرنے والا، وہی پالتا ہے، وہی مارتا ہے۔ اسی نے یہ زندگی دی ہے۔ اور اس زندگی کو گزارنے کے سارے طریقے بھی بتائے ہیں۔ یہ بات اگر جانتے ہو تو کہتے کیوں نہیں۔

مہاراج ۔ بڑے گرو دیکھے، کسی نے اتنی بڑی بات کو، اتنی سادگی سے نہیں سمجھایا۔

تمہیں سمجھ آ گئی۔

آئی مہاراج۔ پرنتو ابھی اس کو سوچوں گا۔ سرا ہاتھ میں آ گیا ہے۔ جب تک پوری ڈور نہ کھول لوں، اپنا آپ کیسے چھڑاؤں۔ مجھے مہلت دیں۔

نہ نہ، میں کوئی شرط تھوڑی رکھ رہا ہوں۔ تم آزاد ہو۔ جو مرضی چاہو کرو۔ میں نے تو تمہاری طاقت دیکھ کے سوچا کے جتنا زور تم منزل کو سوچے بغیر لگا رہے ہو۔ منزل کا سوچ کے لگاؤ گے تو کہیں کے کہیں پہنچ جاؤ گے۔

قصہ مختصر، وہی یوگی، اس رات فضل دین کے پاس سے گیا تو مدتوں نظر نہ آیا۔ فضل دین ڈیوٹی دینے اس دن گرو چھوتر کے میدان میں پھر رہا تھا تو وہ نظر آ گیا۔ بدن پہ راکھ اس نے ملی ہوئی تھی۔ سر پہ مٹی ڈالی ہوئی تھی، ماتھے پہ سفید لکیریں بنائی

تھیں۔ درمیان میں لال بندیا بنا رکھی تھی۔ بدن سے ننگا تھا۔ کمر پہ چھوٹی سی ایک لنگوٹی نما تہمند تھی۔ فضل دین اسے بازو سے پکڑ کے ایک طرف لے گیا۔ بولا، پہچانا سوامی۔

یوگی بولا سرکار پہچان کی آنکھ تو نہیں ملی پرنتو آپ کو کیسے بھول سکتا ہوں۔ فضل دین نے ہنس کے اس کے کندھوں پہ ہاتھ مار کے راکھ اڑاتے ہوئے کہا۔ مہاراج اس راکھ سے تن کی بجائے من کو مانجا ہوتا تو کب کی راہ مل جاتی۔ اندر کا میل دھل جاتا، لیکن آپ تو اپنے میلے پن کا چرچا کر کے اس کا منافع لیتے پھر رہے ہو۔ اندر کی دھلائی کیسے ہو۔ یوگی چپ ہو گیا۔ تھوڑی دیر بعد بولا۔ سرکار، منافع لینے والے تو ادھر پنڈال کے تختوں پہ چڑھے بیٹھے ہیں۔ سونے چاندی میں کھیل رہے ہیں۔ اپنی تو بس اتنی ڈیوٹی ہے کہ سادہ لوح لوگوں کو ان بازی گروں سے دور کھینچنے کی کوشش کی جائے۔ جب کوئی ہم تک آ گیا تو ہم اس کا ہاتھ جا کے کسی سدھ مہاپرش کے ہاتھ میں دے آتے ہیں۔ آگے وہ جانیں اور ان کا کام۔ سب کا اپنا اپنا کرتبے ہے۔ اپنا اپنا کام ہے۔ ان **مہنتوں** کی بدنصیبی دیکھو کرشن کی مورتی کے ڈھونگ میں پیسے بٹور رہے جا رہے ہیں۔

فضل دین کو ایک دم یاد آ گیا، پنڈال پہ جو تھوڑی دیر پہلے کرشن جی کے درشن کی آڑ میں **مہنتوں** نے سونا چاندی اور روپیہ اکٹھا کیا تھا، یوگی کو ایک طرف لے جا کے بولا، تجھے پتہ ہے ادھر انہوں نے کیا ڈرامہ کیا ہے؟

جانتا ہوں سرکار۔

کیسے چکر چلاتے ہیں یہ۔

آپ سرکار ہیں، قریب جا کے دیکھ لیں۔

کراتے کیسے ہیں وہ یہ درشن؟

پھٹے کے نیچے جا کے دیکھ لیں سرکار۔ مل جائے گا راز۔

فضل دین گیا۔ ساتھ دو چار سپاہی بھی لے گیا۔ پہلے تو جا کے اس نے بھی لوگوں

کی طرح ادب سے دو چار روپے چڑھاوے کے چڑھائے پھر **مہنتوں** کو سلام کر کے پھٹے کے ایک طرف بیٹھ گیا۔ مہنت سمجھے یہ بھی انہی کا عقیدت مند ہے۔ خوشی سے اس کے بیٹھنے کے لیے جگہ دی۔ فضل دین کی عقابی نظریں تختوں کے اوپر پڑے پھولوں کے ڈھیر کے اندر چھپے راز کو ڈھونڈ نے لگیں۔ پھولوں کا ڈھیر تھوڑے تھوڑے وقفے بعد اتنا اوپر تک ہو جاتا کہ مہنت پھولوں کو ہاتھوں سے پھیلا پھیلا کے درست کرتے۔ ان کی دیکھا دیکھی بظاہر احترام سے فضل دین نے بھی ان پھولوں کو پھیلانے کے لیے اپنے ہاتھ پھیلائے۔ پھر پھولوں کے بیچوں بیچ ہاتھوں سے ٹٹول ٹٹول کے ایک لوہے کی کل ڈھونڈ لی۔ وہ سائیکل کے ایک ہینڈل کی قسم کا کوئی کونٹا سا تھا۔ جو ہاتھ میں پکڑ کے ہلایا جا سکتا تھا۔ فضل دین نے اس ذرا سا ہلایا تو تختے کے نیچے کچھ گڑ گڑ سی ہوئی۔ فضل دین نے ہاتھ کھینچ لیا۔ وہ آدھا راز سمجھ گیا تھا۔ اب اس نے یہ دیکھنا تھا تختوں کے نیچے کیا ہے۔ تھوڑی دیر بعد اسے یہ بھی بہانہ مل گیا۔ کسی عقیدت مند نے دور سے چڑھاوے کے سکے پھینکے تو ان میں سے کوئی سکہ تختے سے نیچے گر گیا۔ فضل دین نے اوپر بکھرے سکے اٹھا کے مہنت کے آگے کیے پھر نیچے گرا ہوا سکہ اٹھانے کے لیے تختوں کے آگے پڑے غالیچہ کا ایک کونا اٹھا کر جھک کے تختوں کے نیچے جھانکنے لگا۔ تختوں کے نیچے ایک تختی پہ کرشن جی کی مورتی جما کے اسے لوہے کی کمانیوں کے ساتھ اوپر پھولوں کے ڈھیر میں ہینڈل سے جوڑا ہوا تھا۔ اب فضل دین سارا بھید جان گیا۔ نیچے گرا ہوا سکہ اٹھا کے اس نے مہنت کی جھولی میں ڈالا۔ پھر وہیں اسٹیج پہ کھڑا ہو کے لوگو سے مخاطب ہوا۔

میرے سادہ لوگو۔ تم دو گھنٹے تک کیسے کرشن جی مہاراج کے درشن کا انتظار کرو گے۔ لو میں ابھی تمہیں ان کے درشن کرائے دیتا ہوں۔

ادھر دیکھو۔ یہ پھولوں کا ڈھیر ہے۔

اس کے اندر ایک ہینڈل لگا ہے۔ یہ دیکھو۔

فضل دین نے پھولوں کو ہاتھ مار کے ادھر اُدھر کیا۔ ہینڈل تخت پوش پہ پھولوں کے اندر نظر آنے لگا۔

نیچے تختے کے کرشن جی کی مورتی ان **مہنتوں** نے جوڑی ہوئی ہے۔

کیوں مہنت جی۔

**مہنتوں** کا چہرہ پیلا پڑ گیا۔ وہ ادھر اُدھر بھاگنے کے لیے پر تولنے لگے۔

ٹھہرو مہاراج۔ اپنے کرشن جی مہاراج کے درشن کر کے جانا۔

یہ کہہ کے فضل دین نے ہینڈل کو زور سے دبایا، کھڑاک سے تختے کے اندر سے ایک تختی گری اور نیچے سے کرشن جی کی مورتی اٹھ کے اوپر آ گئی۔ فضل دین نے مورتی پکڑ کے اوپر کھینچی۔ اس کے کھینچنے سے مورتی کے نیچے لگی تختی کے ساتھ جڑی ہوئی کمانیاں اور سپرنگ سب اوپر آ گئے۔ لوگوں نے دانتوں میں انگلیاں دے لیں۔ کئی لوگ غصے سے ہاتھ ملتے ہوئے **مہنتوں** کو پکڑنے کو دوڑے۔ باقی وہیں بیٹھے، بیٹھے انہیں گالیاں دینے لگے۔ سپاہیوں نے **مہنتوں** کو پکڑ لیا۔ کچھ لوگ اپنے پیسے اور زیور واپس اٹھانے آئے تو فضل دین نے انہیں ہاتھ کے اشارے سے روک دیا۔ نہ بھئی! ٹھگی کا مال اب سرکاری قبضے میں ہے۔ عدالت میں پیش کیا جائے گا۔ مہنت حوالات پہنچ گئے۔ خزانہ سرکاری خزانے میں جمع ہو گیا۔

فضل دین کے قصے کیوں نہ سنے اور سنائے جاتے۔

جب بھی کہیں اس کے محکمے میں کوئی گرہ کھولنے والی ہوتی، حکام اسے بلا لیتے۔

بلاؤ بھئی فضل دین کو وہ یہ کہانی سمجھے گا۔

اس رات بھی تھانیدار نے سپاہی فضل دین کو جگانے کے لیے بھیج دیا۔ فضل دین تھانے کے احاطے میں ہی اپنے کمرے میں لالٹین جلائے کوئی کتاب سینے پہ رکھے پڑھتا پڑھتا سویا ہوا تھا، اٹھ کے آ گیا۔ تھانیدار دفتر کھول کے کرسی پہ بیٹھا تھا۔ ساتھ زمین پہ اس کی ٹانگوں سے بندر چمٹا ہوا منتیں کر رہا تھا۔ فضل دین کو دیکھ کے تھانے دار

بولا، بائی اس بندر کی کہانی سمجھو۔ فضل دین نے سارا واقعہ سنا۔ بندر کو غور سے دیکھا۔ اس کے ہاتھ انگلیاں، ناخن سب لالٹین کی لو تیز کر کے غور سے دیکھے۔ پیروں کو دیکھا، بندر کے پیروں کے ناختوں میں چکنی مٹی کا گارا تھا اور ہاتھوں کی ہتھیلیوں پہ مٹی کے اندر اندر کہیں کہیں خون کے دھبے تھے۔ بندر کے داہنے کندھے پہ فضل دین کا ہاتھ پڑا تو بندر نے درد سے چیخ ماری۔ فضل دین نے وہ کندھا بھی لالٹین کی لو اونچی کر کے دیکھا تو ادھر ایک زخم کا نشان نظر آ گیا۔

فضل دین یہ سب دیکھ کے بیٹھا سوچتا رہا۔ بندر کو دیکھتا رہا۔ بندر بھی اس خاموشی میں عجیب انہماک سے فضل دین کو ٹکٹکی لگائے منتیں کرتا رہا۔ جیسے کہہ رہا ہو میری بات سمجھ لو۔ میری عرضی مان لو۔ آخر فضل دین نے بندر کے آگے ہاتھ بڑھا دیا اور اسے چلنے کا اشارہ کیا۔ جیسے اعلان کر دیا کہ میں نے تمہاری بات سمجھ لی، باقی اب تم بتاؤ۔ بندر نے فضل دین کا اشارہ سمجھ کے اُسے ایسے دیکھا جیسے اس کی عرضی منظور ہو گئی ہو۔ اور وہ باقی کی ساری کہانی کہنے کو تیار ہو۔ بندر اٹھ کے چاروں ٹانگوں سے دروازے کی طرف چلنے لگا اور چلتا چلتا فضل دین کی قمیض کا پلو پکڑ کے کھینچنے لگا۔ فضل دین اٹھ کے کھڑا ہو گیا اور تھانے دار سے بولا، چلنا پڑے گا۔

کدھر؟ تھانے دار نے پوچھا۔

جدھر یہ بندر لے جائے۔

کہیں لے جائے گا یہ؟

ہاں۔

کیا ہے ادھر؟

ساری کہانی ادھر ہی ہے۔

کہانی کیا لگتی ہے تمہیں؟

خون ہوا ہے کہیں۔ فضل دین نے سر ہلا کے کہا۔

خون، تمہارا مطلب قتل؟ تھانے دار کی آواز کپکپانے لگی۔

ہاں۔قتل۔

چار بندے اور ساتھ چلیں گے ہمارے فضل دین نے کہا۔ایک کے پاس رائفل ہوگی، ایک کے پاس لالٹین۔

چلو، لاؤ چیزیں ساری، تھانے دار نے حکم دے دیا۔

ٹولی چل پڑی۔

بندر آگے آگے، پانچ پولیس والوں کا دستہ پیچھے پیچھے۔

رات کے تین بج گئے۔

باہر بارش رکنے کے بعد جگہ جگہ پھسلن ہوئی تھی۔گارا راستوں پہ تھا۔بندر تھوڑی دیر بعد پکی سڑک چھوڑ کے، سامنے کے کھیتوں میں ہوگیا۔کچی پگڈنڈیاں تھیں، سپاہی قطار میں سنبھل سنبھل کے چلتے رہے۔پگڈنڈیاں کہیں سے مڑتیں، کہیں کہیں سے جا ملتیں۔آخر آگے جا کے بندر پگڈنڈی سے اتر گیا۔اب وہ ایک کھیت میں چلتا جا رہا تھا۔وہ ایسا کھیت تھا جس میں ہل دے کے بیج بویا ہوا تھا، مگر ابھی بوٹے نہ نکلے تھے۔بارش کی وجہ سے وہ کھیت دلدلی ہو چکا تھا۔زمین نرم تھی۔سپاہی پنڈلیوں تک اس میں دھنس گئے۔لالٹین کی پیلی پیلی کمزور روشنی میں سپاہیوں کے جسموں کے کالے ہیولے اس بیابان کھیت میں بدروحوں کی طرح بھٹکنے لگے۔سب لوگ غیر معمولی طور پہ خاموش تھے۔صرف تھپ تھپ ان کے چلنے سے آوازیں اٹھ رہی تھیں۔کہیں کہیں ان کے ہاتھوں میں پکڑی ہوئی سوٹیاں مٹی میں گھسنے سے عجیب سی مدھم آواز آتی جیسے گندھے ہوئے آٹے میں کسی نے انگلی چبھوئی ہو۔بندر چلتا چلتا آگے ایک پرانی سی موٹے تنے والی کیکر کے پاس پہنچ کے گیلی زمین ہاتھوں سے کھودنے لگا۔وہ جگہ عام کھیت سے مختلف تھی۔اس جگہ مٹی بے ترتیبی سے کٹی پھٹی تھی۔کدالوں اور بیلچوں کے نشان مٹی پہ نظر آتے تھے۔سب سپاہی اپنے اپنے قدموں پہ رک گئے۔لالٹین فضل

دین نے اپنے ہاتھ میں لے کر کنڈے سے پکڑ لی اور غور سے اس جگہ پہ بنے ہوئے نشانوں کو دیکھنے لگا۔ وہاں انسانی پیروں کے بہت سے نشان تھے۔ جو بارش اور گارے کی وجہ سے گہرے اور چوڑے ہو چکے تھے۔

بندر جس جگہ اپنے ہاتھوں سے زمین کھود رہا تھا، وہاں فضل دین لالٹین لے کر پہنچا اور سوٹی سے زمین بندر کے ساتھ کھرچنے لگا تو گارے مٹی میں خون کا رنگ ملا ہوا نظر آ گیا۔ تھوڑی سی مٹی اور ہٹائی تو انسانی ہاتھ کی کٹی ہوئی تین انگلیاں نظر آ گئیں۔ ادھر دیکھو۔ سب سپاہی تیزی سے مٹی ہٹانے لگے۔ نیچے ایک لاش پڑی تھی۔ بندر کو لاش کا کونا نظر آیا تو وہ سر گارے میں دے کر ایسے لوٹ پوٹ ہونے لگا جیسے اس کی اپنی شہ رگ کٹ گئی ہو۔ بندر کی آواز نہیں نکل رہی تھی مگر اس کا پورا جسم ایک لمبی سی سسکی بنا چیخے جا رہا تھا۔ فضل دین نے پیار سے بندر کو پکڑ کے سینے سے لگا لیا۔ بندر اپنے مٹی سے بھرے ہاتھوں اور گارے میں لتھڑے پیروں کے ساتھ فضل دین سے ایک بچے کی طرح لپٹ گیا۔ اسے رونا نہیں آتا تھا۔ مگر جیسے اپنی ماں کے مرنے کے بعد ایک بچہ کسی سے لپٹ کے روتا ہے، بندر اسی طرح فضل دین سے چپکا ہوا سسک رہا تھا۔ فضل دین اس کے سر پہ ہاتھ پھیرتا جائے اور کہتا جائے ہمیں پتہ چل گیا تو فکر نہ کر مارنے والے بھی اسی طرح مریں گے۔ چھوڑیں گے نہیں انہیں ہم۔ لاش کے پاس بیابان میں دو سپاہیوں کا پہرہ لگا دیا گیا۔ بندر کو لے کر وہ تھانے واپس آ گئے اور ان چاروں کو حوالات میں جا کر گردن سے پکڑ لیا۔ پوچھا کون ہے وہ جسے تم لوگ کھیت میں کیکر کے نیچے کاٹ کے دب آئے ہو۔ لاش برآمد ہو گئی ہے۔ اب اپنے اپنے گناہ بولو۔

وہ بول پڑے۔

بولے۔ وہ اندر سنگھ ہے۔ ہماری اس سے پرانی دشمنی تھی۔ ایک ہی گاؤں ہے ہمارا، ہانسی۔ اس نے ہمارا بندہ مارا تھا۔ کئی دنوں سے ہم اس کی تاڑ میں تھے۔ آج وہ

مل گیا۔ ہم نے مار دیا۔ یہ بندر اسی کا پالتو ہے۔ اس کا نام شیرو ہے۔ یہ بھی وہیں اندر سنگھ کے ساتھ تھا۔ اس نے اندھیرے میں ہمیں کاٹنے کی کوشش کی۔ ہم نے ڈانگ چلائی۔ ایک بار اسے چوٹ پڑی۔ یہ بھاگ گیا۔ ہم نے کوشش کی کہ اسے بھی ماردیں مگر یہ تیز نکلا، ہمارے ہاتھ نہ آیا۔

پولیس نے مقتول اور قاتلوں کے گاؤں ''ہانسی'' سے لوگ بلوا لیے۔ چارپائی منگوائی۔ لاش نکلوالی۔ اب مسئلہ یہ آیا کہ پرچہ کیا بنے۔ کاغذوں میں اندراج کیا ہو۔ مدعی کون ہو۔ موقعے کا گواہ کون بنے۔ فضل دین نے پرچہ کاٹا از مدعی پالتو بندر نام شیرو ملکیتی مسمی اندر سنگھ ولد سوبھا سنگھ، سکنہ ہانس، تھانہ ڈھلوں، ضلع لدھیانہ۔ روزنامچہ اس رات کا گارڈ لے کر جاتے ہوئے روک لیا تھا، واپس آ کر رپٹ لکھ دی۔ معززین بلائے گاؤں سے، ان کی گواہیاں ڈالیں، فرد بنائی، برآمدگی کی فردیں بنائیں۔ سب دفتری معاملات بہ احسن پورے کر دیے۔ اب مسئلہ عدالت کا رہ گیا۔ دس دن بعد چالان تیار ہو کے عدالت میں پہنچ گیا۔ لدھیانہ میں سیشن جج جسپال سنگھ تھا۔ گواہوں کی باری آئی تو صفائی کا وکیل بولا، جناب موقعے کا کوئی گواہ نہیں، نہ کوئی چشم دید ہے۔ سارا مقدمہ میرے موکلوں کو خوف زدہ کر کے ایک بندر سے اوٹ پٹانگ کہانی منسوب کر کے بنایا گیا ہے۔ بندر حیوانِ ناطق نہیں ہے۔ عقل سے بے بہرہ جانور ہے۔ اس کی گواہی سرے سے ہی نامعقول ہے۔ میرے معزز موکلوں کو رہا کیا جائے۔ جج کھڑک سنگھ تو نہیں تھا مگر پھر بھی معقول آدمی تھا۔ اس نے بندر والی ساری کہانی سن لی پھر بولا، بندر سے شناخت کروائی جائے۔

تم شاید یہ سوچ رہی ہو، کھڑک سنگھ کون تھا؟

اس کا نام میں نے کیوں لیا۔

تو سنو۔

کھڑک سنگھ ریاست پٹیالہ کے مہاراجہ کا ماموں تھا۔ اپنی اس کی لمبی چوڑی

جاگیر تھی۔ جاگیرداری کی یکسانیت سے اک دن اکتا کے بھانجے کے پاس آیا بولا، مہاراجہ پتر' سنا ہے، تیرے شہر میں سیشن جج کی کرسی خالی ہے۔ تیری اپنی رعایا ہے پٹیالہ میں، راج تیرا ہے لیکن سیشن کی کرسی کا آرڈر دلی سے لاٹ صاحب دیتے ہیں۔ تو لاٹ صاحب کے نام چٹھی لکھ دے میرے لیے۔ میں ادھر جائے سیشن ججی کا پروانہ لے آتا ہوں۔ مہاراجہ نے سوچا اتنی سی بات کے لیے ماموں سے کیوں بحث کروں۔ چٹھی لکھوا کے مہر لگا کے اس کے ہاتھ میں دے دی۔ ماموں لاٹ صاحب کے سامنے جا حاضر ہوا۔

وائس رائے نے پوچھا۔ نام۔

بولا کھڑک سنگھ۔

پوچھا تعلیم؟

کھڑک سنگھ بولا کیوں سرکار تعلیم کس لیے؟

میں کوئی سکول میں بچے پڑھانے کا آرڈر لینے آیا ہوں۔

وائس رائے ہنسا، بولا سردار جی، قانون کی تعلیم کا پوچھا ہے۔

آخر آپ نے اچھے بروں کے درمیان تمیز کرنی ہے۔ اچھوں کو چھوڑنا ہے، بروں کو سزا دینی ہے۔

کھڑک سنگھ مونچھوں کو تاؤ دے کر بولا۔ سرکار اتنی سی بات کے لیے کیوں گدھا بھر وزن کی کتابوں کی بات کرتے ہو۔ یہ کام میں برسوں سے پنچایت میں کرتا آیا ہوں۔ ایک نظر ڈال کے اچھے برے میں تمیز کر لیتا ہوں۔ پھر وہ ہمارے بھانجے کی اپنی پرجا ہے۔

آپ کو کیا اعتراض ہے۔

وائس رائے شاید جلدی میں تھا یا اس نے سوچا کون اب اس مہاراجہ کے ماموں سے الجھے، جس نے اسے سفارش کر کے بھیجا ہے وہی اب اسے بھگتے۔ اس کی

درخواست لی اور حکم نامہ جاری کر دیا۔ کھڑک سنگھ سیشن جج بن کے پٹیالہ میں آ گیا۔ قدرت خدا کی پہلا مقدمہ ہی اس کی عدالت میں قتل کا آ گیا۔ ایک طرف چار قاتل کٹہرے میں کھڑے تھے، دوسری طرف ایک روتی دھوتی عورت سر کا دوپٹہ گلے میں لٹکائے کھڑی آنسو پونچھ رہی تھی۔ سردار کھڑک سنگھ نے کرسی پہ بیٹھنے سے پہلے ہی دونوں طرف کھڑے لوگوں کو اچھی طرح دیکھ لیا۔ اتنے میں پولیس کی وردی میں ایک افسر نے آگے آ کے سلوٹ مارا۔ کچھ کاغذ کھڑک سنگھ کے سامنے رکھے اور کہنے لگا۔ مائی لارڈ یہ عورت کرانتی کور ہے اس کا کہنا ہے کہ ان چاروں نے مل کر اس کے خاوند کا خون کیا ہے۔ اس کے سامنے۔

کیوں مائی۔

کھڑک سنگھ نے استغاثے کے پولیس انسپکٹر کی بھی پوری بات نہیں سنی، فوراً مدعی عورت سے پوچھنے لگا۔

کیسے مارا تھا؟

سرکار وہ جو دائیں طرف کھڑا ہے اس کے ہاتھ میں برچھا تھا۔ درمیان والا کسّی لے کر آیا تھا۔ باقی دونوں کے ہاتھوں میں لاٹھیاں تھیں۔ چاروں نے مل کے میرے خاوند کو مار دیا۔ ہائے وہ تو اپنی زمین پہ پانی لگا رہا تھا۔ اس کی اپنی باری تھی پانی کی۔ میں روٹی لے کر گئی ہوئی تھی اس کے پاس۔ میں اسے کہتی رہی ہر دیال کے باپو، روٹی کھا لے۔ وہ کہنے لگا ذرا پانی سیدھا کر لوں کھاتا ہوں۔ ہائے بُرکی ایک بھی اسے نصیب نہ ہوئی۔ یہ چاروں پیچھے کماد کے اولے سے ایک دم سے آ گئے۔ آتے ہی انہوں نے مارا ماری شروع کر دی۔ ہائے مار دیا میرا سائیں سرکار۔

ہوں۔

کھڑک سنگھ نے مونچھوں کو تاؤ دے کر غصے سے دوسرے کونے میں کھڑے چاروں ملزموں کو دیکھا۔

کیوں بھئی۔

نہ جی میرے ہاتھ میں تو بیلچہ تھا کسّی نہیں تھی۔ ایک بولا۔

دوسرا کہنے لگا جناب برچھا تھوڑی تھا وہ سوٹی کے آگے درانتی بندھی تھی، ٹہنیاں کاٹنے والی۔

چلو۔ کچھ بھی ہوا۔ وہ تو مر گیا نا۔

پر جناب ہمارا مقصد تو اسے مارنا نہ تھا، زخمی کرنا تھا۔

تمہاری ایسی تیسی، مقصد بھی تھا کوئی تمہارا۔ کرتا ہوں تم سب کا بندوبست۔ کھڑک سنگھ یہ کہہ کے کاغذوں کے پلندے کو پکڑ کے اپنے آگے کرنے لگا تو ایک دم سے عدالت کی ایک کرسی سے ایک کالے کوٹ والا آدمی اٹھ کے تیزی سے سامنے آیا، اور بولا۔ مائی لارڈ آپ پوری تفصیل تو سنیں۔ میرے یہ موکل تو صرف اسے سمجھانے کے لیے اس کی زمین پہ گئے تھے۔ ویسے وہ زمین بھی ابھی مرنے والے کے نام منتقل نہیں ہوئی اس کے مرے باپ سے۔ ان کے ہاتھ میں تو صرف ڈنڈے تھے، بلکہ ڈنڈے بھی کہاں وہ تو کماد سے توڑے ہوئے گنے تھے۔ پھر .... ایک منٹ کھڑک سنگھ نے ہاتھ اوپر کر کے بولنے والے کو روکا اور پھر پولیس انسپکٹر کو بلا کے پوچھنے لگا۔

یہ کون ہے؟ کالے کوٹ والا۔

پولیس انسپکٹر بولا، سرکار یہ وکیل ہے۔

کھڑک سنگھ نے پھر حیران ہو کے پوچھا یہ ان کی طرف کی بات کیوں کرتا ہے؟ قاتلوں کے طرف کی۔

جناب یہ ان ہی کا وکیل ہے۔ وکیل صفائی۔

یعنی یہ بھی انہیں کا بندہ ہوا، نا۔ کھڑک سنگھ بولا۔ اور پھر ہاتھ کے اشارے سے وکیل کو کہنے لگے، ادھر کھڑے ہو جاؤ قاتلوں کے ساتھ۔ جس طرف کی بات کرتے ہو، انہی کے ساتھ کھڑے ہو۔ اتنی بات کی کاغذوں کے پلندے پہ ایک سطر میں فیصلہ لکھا

اور دستخط کر دیے۔ لکھا یہ کہ چار قاتل پانچواں ان کا وکیل، پانچوں کو پھانسی دی جائے۔

لو جی، پٹیالے میں تھرتھلی مچ گئی۔

اوئے بچو۔ کھڑک سنگھ آ گیا ہے۔ قاتل کے ساتھ وکیل کو بھی پھانسی دیتا ہے۔

کہتے ہیں جتنا عرصہ کھڑک سنگھ سیشن جج رہا پٹیالہ ریاست میں قتل نہیں ہوا۔

خیر، لدھیانہ تو انگریزی عمل داری میں تھا۔ قانون پڑھا ہوا جسپال سنگھ سیشن جج تھا۔ مگر تھا اندر سے وہ بھی کھڑک سنگھ۔ اس نے صفائی کے وکیلوں کو جرم کی سیاہی صاف کرنے کی اجازت نہ دی۔ قانون میں چشم دید گواہ کے لیے مجرموں کی شناخت ضروری ہے۔ لہٰذا اس نے کہا چشم دید گواہ، شیرو بندر سے شناخت کروائی جائے۔ تین بار شناخت پریڈ ہوئی۔ ملزموں کو لوگوں کی لمبی قطار میں بے ترتیبی سے حلیے بدل بدل کے بار بار کھڑا کیا گیا۔ ہر بار بندر شیرو نے ان چاروں کو پکڑ کے قطار سے باہر کھینچ لیا۔ جسپال سنگھ نے لکھ دیا کہ بندر کی شناخت اس قدر معقول ہے کہ کسی صورت جھٹلائی نہیں جاسکتی۔ چاروں کو پھانسی لکھ دی۔ انہوں نے لاہور ہائی کورٹ میں اپیل کر دی۔ دس مہینے پھر مقدمہ ادھر چلا۔ اس سارے عرصے میں پولیس کے لیے ایک ہی ساری کہانی کا گواہ تھا۔ بندر شیرو۔ اس کی دیکھ بھال انہیں کرنا پڑی۔ جانور ہے۔ کوئی زہر نہ کھلا دے۔ مار نہ دے۔ بدل نہ دے۔ دس مہینے شیرو تھانے میں رہا۔ آخر ہائی کورٹ نے بھی ان کی سزا برقرار رکھی اور چاروں قاتلوں کو پھانسی ہو گئی۔ جب چاروں مجرموں کی لاشیں ان کے گاؤں پہنچی تو فضل دین شیرو کو لے کر اس کے گاؤں گیا۔ بندر نے اپنی آنکھوں سے اپنے آقا کے قاتلوں کے مردہ جسم دیکھے تو پھر اس کے چہرے پہ سکون آ گیا۔ جیسے اب اس نے اپنے آقا کا نمک حلال کر دیا۔

تم اب کہو گی۔ یہ نمک کی بات کہاں سے آ گئی۔

نمک ہی کی تو بات ہے پیاری۔ جب تک سانس ہے، لہو کی گردش ہے، آنکھوں کی روشنی ہے، ہاتھوں کی حرکت ہے، حلق کا سواد ہے، تو نمک ہے۔ سب میں ہے۔

ان سب کا کیمیائی تجزیہ کرلو، نمکیات کی فہرست تمہارے سامنے آجائے گی۔ اسی جسم کے خلیے خلیے کی نمکیاتی ترتیب کا نام زندگی ہے۔ زندگی جب تک ہے وہ انہی کی وفاداری سے وابستہ ہے۔ یہ ترتیب بدل گئی تو زندگی گئی۔ موت آ گئی۔ کیمیائی عمل خلیوں کا رک گیا۔ نمک کا ذائقہ روح سے نکل گیا۔ اب بولو، ان سچائیوں کا ساتھ دینا حلال کی بات ہے یا نہیں۔ جس نے ہمیں یہ سارے سچ دیے۔ اس کے کہے سچ کو سچ ماننا حلال کی سند ہوئی یا نہ۔ سچا تو وہی ہے نا، جس نے یہ ساری کھیڈ سجائی ہے۔ بنائی ہے۔ اسی نے تو ہماری اندر باہر کی ساری دنیائیں بنا کے ہمیں سونپی ہیں۔ ایک ایک کر کے لاکھوں سچ کہنے والے اس نے بھیجے مگر جو سب سے آخر میں بھیجا اس کے نصیب میں کائنات کا سب سے بڑا سچا ہونے کی دلیل خود اس کے عہد سے دلوائی۔ اور تمام آنے والے زمانوں کو اس عہد کے سچ کی روشنی سے مالا مال کر دیا۔ سچ کائنات کی خوبصورتی بنا دیا۔ آج میں تمہیں ایک اور سچی بات بتاتا ہوں کہ تم کیوں مجھے اچھی لگی ہو اس قدر۔ اس لیے کہ تم سچی ہو۔ اور اس لیے بھی کہ تم سے میرا تعلق صرف سچ کا تعلق ہے۔ سچ تو ہماری کیمیائی ترتیب میں ہے۔

جھوٹ بولنے سے ہم جیتے جاگتے اپنے خلیوں کو ایک ایک کر کے مارتے جاتے ہیں۔ سچ کی ہر موت سے ہماری روح کے بے داغ جسم پہ داغ پڑتا ہے۔ دھبہ لگتا ہے۔ اچھا بھلا صاف ستھرا چمکتا دمکتا شیشہ ہم اپنی ذرا ذرا سی حاجت سے مسلسل داغ دار کرتے جاتے ہیں۔ دھندلاتے جاتے ہیں۔ اس پہ میل چڑھاتے جاتے ہیں۔ پھر ایک دن وہ آجاتا ہے جب اندر سے باہر کا سارا منظر ہی دھندلا جاتا ہے۔ کوئی چیز اپنے صحیح تناظر میں دکھتی ہی نہیں۔ مصلحتوں کی چربی صرف آنکھوں پہ ہی نہیں چڑھتی یہ دماغ کی سلیٹ پہ ابھرنے والی ہر تصویر کو گدلاتی جاتی ہے۔ بگاڑتی جاتی ہے۔ مگر ہم تو اپنے اپنے دماغ کی سلیٹوں کے حوالے سے ہی اپنی دنیا کی پرکھ رکھتے ہیں۔

یوں ہماری ساری پرکھ ہی بگڑ جاتی ہے۔ ناپنے کا آلہ ہی بگڑ جائے تو ناپ تول

کیسے ٹھیک ہو سکتا ہے۔ اب تم کہو گی۔ میں نے پھر ویلیو سسٹم کی بات شروع کر دی۔ کہانی درمیان میں روک دی۔ نہ پیاری۔ کہانی کب روکی ہے۔ کہانی کہتی ہے ہمارے شروع شروع میں بندر جیسے چھوٹے چھوٹے دماغ تھے۔ صدیوں ہمارے اجداد پتھر کی سلوں کو چاٹتے پتھروں کے اندر کیڑے مکوڑوں کی طرح رہتے رہے۔ پھر وقت گزرتا گیا۔ ہمارا دماغ بڑا ہو گیا۔ بندر کے پتلے سے ماتھے کے پیچھے جو سر کا چھوٹا سا ڈبہ تھا اس میں ہماری ذہانت کی چابی رکھ دی گئی۔ ہم دنیا بھر کی مخلوقات سے اعلیٰ قرار دے دیے گئے۔

کہتے ہیں اس اعلیٰ ترین مخلوق کے لیے ہمارے پاس جو اضافی انعام آیا ہے اس کی ایک ہی خوبی ہے جو باقی مخلوق میں نہیں۔ خوبی یہ ہے ہماری کہ ہم جب چاہیں جھوٹ بول سکتے ہیں۔ سچ کو جانتے ہوئے بھی اسے ماننے سے انکار کر سکتے ہیں۔ ہمارے پاس دلیل کا ہتھیار ہے۔ جسے جب چاہیں اپنی مرضی کے مطابق استعمال کر کے ہم سیاہ کو سفید اور سفید کو سیاہ ثابت کر سکتے ہیں، منوا سکتے ہیں۔ بس اسی منوانے میں ہی ہماری بنی نوع انسان کی اب تک کی بہترین نسلیں ضائع ہوتی آئی ہیں اور گمان ہے کہ ضائع ہوتی جائیں گی۔ تمہیں بھی میں مناتے مناتے گزر جاؤں گا۔ تم مجھے منواتے منواتے اپنی زندگی میں گزار دو گی۔ چلو سنتی جاؤ۔

فضل دین کی کہانی تو ابھی بہت پڑی ہے۔ اس نے کہانی اپنی سنائی ہی مجھے کچھ اس طرح تھی کہ اس کے دیکھے ہوئے سچ میری نگاہ کو مل گئے۔ اب تم جب میری آنکھوں کا درجہ لے چکی ہو تو تم پہ واجب ہو گیا ہے کہ تم بھی گزرے ہوئے وہ سارے منظر اسی طرح دیکھو جیسے ایک چشم دید نے دیکھے ہوں۔

شاید اسی طرح گزرا ہو زمانہ گزرنے کے بعد دوسرا جنم لیتا ہے۔ ہے نا!

◻

# چکی کی گم ہوئی آواز

وقت عجیب طرح کی ریل گاڑی ہے۔ جو صرف ایک ہی طرف منہ کر کے چلتی ہے۔ آگے کو۔ اس گاڑی میں بریکیں نہیں ہیں۔ یہ کہیں نہیں رکتی۔ اس کی کھڑکیوں سے، دروازوں سے جھانکتے سارے مقام، اک اک کر کے پیچھے سرکتے رہتے ہیں۔ یہ طے شدہ ہے، اٹل ہے۔ مگر کبھی کبھار انہونی ہو جاتی ہے۔ وقت کی گاڑی کے پہیے پیچھے سرکنے لگتے ہیں۔ گزرے مقام پھر سے نظر آنے لگتے ہیں۔ یہ وہ لمحہ ہوتا ہے جب گزرا ہوا زمانہ ہی نہیں گزاری ہوئی جگہیں بھی دوسرا جنم لے لیتی ہیں۔ ہردت سنگھ کا وقت اور جگہ کے دوسرے جنم پہ تو ایمان نہیں تھا، مگر اپنے دوسرے جنم کو وہ مانتا تھا۔ اس لیے بھی کہ اس جنم کی اس کی زندگی میں صرف گنتی کے کچھ دن رہ گئے تھے۔ اسے علم تھا کہ وہ اس کی زندگی کا آخری سفر ہے۔ اس سفر کے بعد اس نے جینا نہیں تھا۔ پھانسی چڑھنا تھا۔ راہ میں اس کا گاؤں آ گیا۔ اس نے اپنے گاؤں کی چکی کی آواز پہچان لی۔

کُو کُو کُو

اس آواز نے اسے بوٹی بوٹی کر دیا۔ استرے سے چھیل دیا۔ وہ ٹرین میں کھڑکی کے پاس ہتھ کڑی لگائے بیٹھا تھا۔ کھڑکی پہ سلاخیں لگیں تھیں۔ ہتھ کڑی کی زنجیر فضل دین کی پیٹی سے بندھی تھی۔ ساتھ دو سپاہی بیٹھے تھے۔ ایک کے ہاتھ میں ڈنڈا تھا دوسرے کے پاس بندوق۔ گاڑی چلے جا رہی تھی۔ کالے انجن والی چھک چھک کرتی

ہوئی۔ دھواں اڑاتی۔ گاؤں ہردت کا پیچھے سرک رہا تھا۔ چکی کی آواز ساتھ ساتھ چل رہی تھی۔

گُوگُوگُو

معصوم اور شفاف آواز

گُوگُوگُو

ہردت کو پتہ تھا اس آسمان کے نیچے اس نے پھر نہیں نکلنا ہے۔ نہ زمین دیکھنی تھی۔ نہ زمین کا کوئی بوٹا درخت اسے پھر نظر آنا تھا۔ اُڑتے پرندوں کے پر، ان کی آواز، پرواز، اسے پھر نہیں دکھائی دینی تھی۔ اس کا گاؤں سمیت سب کچھ گم ہو جانا تھا۔

گاؤں میں اس کا گھر تھا۔

گھر میں اس کی ماں تھی، بیوی تھی، بچے تھے۔ آخری ملاقات اُن سے ہو چکی تھی۔ سب مرحلے گزر چکے تھے۔ گھر والوں نے اب صرف اس کی لاش وصول کرنا تھی۔ پھانسی والے دن۔

پھانسی کا فیصلہ ہو چکا تھا۔

سب اپیلوں سے وہ فارغ ہو چکا تھا۔

ہر جگہ سزا برقرار رہی تھی۔ کوئی وکیل اس کی مدد نہ کر سکا تھا۔ پولیس نے چالان ہی ایسا مضبوط بنایا تھا۔ سب کڑیاں مقدمے کی ملی ہوئی تھیں۔ کدھر کدھر واردات ہوئی۔ کن راستوں سے یہ گیا، کن سے یہ آیا۔

کس کس کو مارا، کیسے مارا۔

ہتھیار کونسا تھا، کدھر پھینکا۔ سب پولیس لے آئی۔

عدالت میں سب کچا چٹھا پیش ہو گیا۔ چوریوں، ڈاکوں کا سامان تک آ گیا۔ اوپر سے موقع کے گواہ پہنچ گئے۔ کاغذ زوردار، ساتھ ساتھ گواہیاں پکی۔

بچتا کیسے یہ

سزا ہو گئی۔

سب سے نرالی بات یہ تھی کہ ہر جرم ہر دت کو قبول۔
وکیل شور مچاتا رہا۔
یہ مانتا رہا۔
سزا ہونا تھی، ہوگئی۔
اس کے ساتھی سنگی پریشان تھے۔ سزا ہو کیسے گئی؟
سارے راز پولیس تک کیسے پہنچے؟
پولیس تو اندھیرے میں بلی پکڑتی ہے، وہ بھی کالی۔
یہ کیا ہوگیا۔
کوئی عام بات تھوڑی تھی۔
ڈاکوؤں کے ایک جتھے کا سرغنہ تھا وہ۔
نامی گرامی ڈاکو تھا۔
ریچھ جیسا جُثہ، سور کی طرح پلا ہوا مضبوط۔ سر سے لیکر پاؤں تک بال ہی بال۔
گینڈے کی طرح سخت کھال تھی اس کی۔
کوئی اس کی زبان کھلوا نہیں سکتا تھا۔
پر اس نے زبان کھولی تو کھولی کیسے؟
کسی کی سمجھ میں بات نہیں آتی تھی۔
اگر یہ خود اپنے کرتوت نہ بتاتا، تو کیس لٹک جاتا۔
قید ہو جاتی۔ پھانسی سے اس نے بچ جانا تھا۔
مگر پھانسی ہوگئی۔
سب مرحلے گزر گئے۔
اک آخری دفتری کارروائی رہ گئی تھی۔
عدالت میں جوڈیشنل ملاحظہ تھا۔ وہ بھی ہوگیا۔
اب یہ ہتھ کڑی لگائے جیل میں لیجایا جا رہا تھا۔ وہاں جاتے ہی پھانسی والی

کوٹھری میں اس نے بند ہو جانا تھا۔ گیارھویں دن پھندا لگ جانا تھا۔ بات ختم۔ لاش رہ جانی تھی۔ وہ وارثوں نے آ کے لے جانی تھی۔

وارث تھے۔

اسی گاؤں میں تھے۔

ایک بیوی تھی۔ بلّو کہتے تھے سب اسے۔ نام تو بلونت کور تھا۔ آنکھیں اس کی بھوری نہیں تھیں بس نام بلّو پڑ گیا تھا۔ جب تک یہ گھر میں رہا آنکھ اٹھا کے اسے دیکھتا نہیں تھا۔ اس سے کوئی لڑائی جھگڑا نہیں تھا اس کا۔ بس طبیعت میں آوارگی تھی ہر دت کے۔ گھر میں ٹکتا نہیں تھا۔ پو پھٹنے سے پہلے نکل جاتا، رات پڑے گھر آتا۔ کبھی دن کو گھر آ جاتا تو نشہ کر کے لیٹا سویا رہتا۔ بری صحبت تھی اس کی۔ چور اٹھائی گیروں سے اس کا یارانہ ڈاکو بننے سے پہلے کا تھا۔ اسے یاد نہیں تھا کب سے اس نے چوری چکاری شروع کر رکھی تھی۔ بہت سی برائیوں کو تو یہ برائی سمجھتا ہی نہیں تھا۔ بس بچپن سے یار دوست ہی ایسے ملے، جو وہ کہتے رہے وہ یہ کرتا رہا۔ جو یہ کہتا وہ کرتے رہتے۔ گھر اور کھیت کا کام یہ کوئی نہیں کرتا تھا۔ ہاتھ ہلا کے کوئی کام کیوں کرے۔ جب بن کام کیے کمانا آ گیا تھا اسے۔ شراب پینی، چوریاں کرنی۔ ڈاکے مارنے۔ جو لوٹ مار کر کے لانا رنڈیوں کے کوٹھوں پہ لٹا دینا۔ جوا کھیل لینا۔ گھر کبھی کبھار سونے کے لیے آتا تھا۔ گھر کے جاگنے سے پہلے پھر نکل جاتا۔

باپ پہلے لڑتا تھا،

ماں پردے ڈالتی تھی۔

پھر دونوں اس کی منتیں کرنے لگے۔ اس نے کسی کی نہ سنی۔ تھک ہار کے وہ بھی اسے کہنا چھوڑ گئے تھے۔ آخری حربے کے طور پہ انہوں نے اس کی شادی کر دی۔ اس نے سوچا اتنی سی بات سے گھر والے خوش ہوتے ہیں تو ہو جائیں۔ کر لی شادی۔ پر اپنی عادتیں نہیں بدلیں۔ پہلے ماں باپ پریشان رہتے تھے، اب بیوی بھی سولی پہ لٹکی رہتی۔ ایک بچہ بھی اس نے اپنی بیوی کو جنا دیا۔ پر بیوی کا چہرہ ہر دت نے کبھی غور سے

نہیں دیکھا۔

اب قید میں اس کی یاد آتی تو اس کی شکل یاد نہ تھی۔

اتنا یاد تھا کہ وہ دھان پان سی تھی۔

سرسوں کے پیلے ٹوٹے ہوئے پھول جیسی۔

مرجھائی مرجھائی سی۔

چپ چپ۔

اندر ہی اندر اپنی کوئی بولی بولتی ہوئی۔ اپنے آپ سے باتیں کرنے والی، خاموش۔ نہ گلہ نہ شکوہ، نہ لڑائی۔

جیسے بیوی نہ ہو، ماں ہو۔

پالنے والی پردے رکھنے والی۔

اپنی غرض دکھنے نہیں دینی۔

اپنا غم نہیں بتانا۔

کوئی دکھڑا نہیں پھولنا۔

اوپر سے شوق یہ پالا ہوا کہ کیسے ہردت کو سکھ دے سکے۔

تھکا ہوا ہوگا، آرام کر لے۔

بھوک لگی ہوگی، کچھ کھا لے۔

وہ اس قسم کے غم پالے اس کے آگے پیچھے بھاگتی رہتی۔

بات چیت کوئی نہیں۔

وہ کیا کہتی، یہ سنتا نہیں تھا۔

وہ کیسے بولتی، یہ اسے بلاتا نہیں تھا۔

ایک بات کی سمجھ ہردت کو نہیں آئی تھی، کہ اسے کیسے پتہ چل جاتا ہے، اسے کیا چاہیے۔ جو یہ سوچتا، وہ کر دیتی۔

وہ اٹھاؤ

یہ رکھو

ادھر جاؤ

وہ لے آؤ

اب لیٹ جاؤ

جو جو یہ سوچتا، وہ وہ ہوتا رہتا۔

یہ بھانبھڑ تھا، پھڑ پھڑ شعلوں سے جلتا تھا، جلاتا تھا۔

وہ مٹی تھی، نمّی نمّی۔

یہ جل جلا کے تیل کے لیمپ کی طرح بجھ جاتا، سو جاتا۔

وہ چولہے میں پڑی راکھ کی طرح بجھی ہوتی، اندر کوئی چنگاری جگائے رہتی۔

اب یہ مٹی کی گیلی دیوار کی طرح گرا پڑا تھا۔ اندر اس کے چنگاری کی پھانس چبھی ہوئی تھی۔ مگر کیسے نکلے۔

کیسے پوچھے اس سے۔

ٹو ٹو ٹو

چکی کی آواز ٹھہری ہوئی تھی۔ اور اس کا گاؤں ٹرین کی کھڑکی کے فریم سے پیچھے سرک رہا تھا۔ گاؤں میں وہ جب تک رہا تھا، اسے گاؤں محسوس نہیں ہوا تھا۔ کھیت، کھلیان سارے یہی تھے۔ ٹالیاں، کنوئیں، تُوت سبھی وہی تھے۔ اس نے کبھی غور ہی نہیں کیا تھا، اس کے گاؤں میں کدھر سے سورج نکلتا ہے، کدھر ڈوبتا ہے۔ سائے کس طرف سے آتے ہیں۔ کدھر پھسل پھسل کے جاتے ہیں۔ گاؤں کی کچی سڑکیں، گلیاں، پگڈنڈیاں سب پہ یہ چلتا تھا، مگر نظر وہ اب آنے لگیں تھیں، جب اس کے قدم ان سے نکل گئے تھے۔ یہ وہاں صرف اس لیے جایا کرتا تھا کہ ادھر سے بنا ڈاکہ ڈالے روٹی مل جاتی تھی۔ بغیر پیسے طے کیے اک عورت آ کے اس کے ساتھ لیٹ جاتی تھی۔ پتہ نہیں یہ نشے میں ہوتا تھا یا اس کا دھیان ہی کہیں اور تھا۔

اس نے اپنے گاؤں کو اس وقت سوچنا شروع کیا، جب گاؤں سے نکل گیا، قید

میں چلا گیا۔ پیروں میں بیڑیاں لگ گئیں۔ ہاتھوں میں ہتھ کڑیاں۔ پکڑا گیا۔ کسی دُور کے گاؤں میں اپنے ساتھیوں کے ساتھ ڈاکا مارنے گیا۔ ادھر مخبری ہوگئی۔ پولیس پہنچی ہوئی تھی۔ مقابلہ ہوا۔ کچھ ساتھی اس کے مارے گئے۔ خود زخمی ہو گیا۔ پولیس نے پکڑ لیا۔

تھانے میں پہنچ گیا۔

پولیس نے کارروائی شروع کر دی۔

بولو کتنے بندے مارے؟

یہ چپ۔

کدھر کدھر ڈاکے مارتے رہے؟

یہ خاموش۔

ہتھیار کدھر ہیں۔ کہاں سے لیتے تھے۔ کہاں چھپاتے تھے؟

یہ کچھ نہ بتائے۔

چھپے کہاں رہے، اپنے اڈے بول۔

یہ نہ بولے۔

پولیس زبان سے تو بولتی نہیں۔

انہوں نے اسے مار مار کے اس کی چمڑی اتار دی۔ اسے کوئی اثر نہ ہوا۔ لکڑی کے شہتیر میں اس کے دونوں پاؤں ڈال کے شکنجے میں بند کر دیا۔ کاٹھ مار دیا۔ یہ ٹس سے مس نہ ہوا۔ دیوار پہ میخیں گاڑ کے اسے باندھ کے الٹا لٹکا دیا۔ یہ لٹکا رہا۔ بیل جتنے جثے کا سارا خون چہرے پہ ابل آیا۔ لال بوٹی کی طرح چہرہ ہو گیا۔ پگڑی کھل گئی۔ بال بکھر گئے۔ داڑھی مونچھیں مٹی، لہو سے بھرے زخموں سے بھر گئیں۔ زخموں پہ مکھیاں بھنبھنانے لگیں۔ مکھی اڑانے کے لیے بھی اس کا ہاتھ کوئی کھلا نہ چھوڑا۔ اس کا وجود زخموں سے بھر گیا۔ بس ناک اور منہ میں سانس آنے جانے کی جگہ سالم رہی۔ ہر سختی کے بعد کوئی پولیس والا اس کے کان میں آ کے کہتا، بول،

ہردت سنگھ اب بتائے گا جرم اپنے؟

ہردت سنگھ کی ریزہ ریزہ ہوئی ہیئت کو دیکھ کے احساس ہوتا، شاید اس میں انگلی ہلانے کی بھی سکت نہیں بچی۔ مگر پولیس والے کی یہ بات سن کے یہ اپنا پورا پانچ سیر کا سر لرزتے لرزتے نفی میں ہلا دیتا۔ اور اس کے مٹی اور لہو سے لتھڑے چہرے پہ اک عجیب شیطانی مسکراہٹ کی لہر لہرا جاتی جیسے کہہ رہا ہو۔ بس تھک گئے۔ مار مار کے۔ پولیس والے پھر وحشی ہو جاتے۔

انا، انا سے ٹکرائے جاتی۔

لوہے پہ لوہا پڑتا رہتا۔

چنگاریاں اڑتیں۔

آخر مار مار کے اسے دھوپ میں باندھ دیا، شکنجے میں بند کیے صبح سے شام ہو گئی۔ پانی کا ایک گھونٹ نہ دیا پینے کو اسے۔ آس پاس چھڑکاؤ کرتے رہے کچی مٹی پہ۔ ایک بوند پانی کی ہوا سے کشید کرنے کے لیے، اس کی زبان باہر نکل آئی۔ پیاس کی شدت اس کے وجود میں ایسی شدید ہو گئی کہ ایک گھونٹ پانی اس کے لیے سات جنم کا بدل ہو گیا۔

کوئی ایک گھونٹ پانی پلا دے۔ میرے اگلے سارے جنم لے لے۔

ہاتھ پاؤں میں جان سرسرانے لگی۔ گردن لٹک گئی۔ آنکھیں ڈُب ڈبانے لگیں۔ کبھی کچھ نظر آتا، کبھی نہ آتا۔ اتنے میں اچانک اسی تھانے میں فضل دین آ گیا۔ اسی تھانے کا محرر تھا، چھٹی گیا ہوا تھا۔ بڑے گیٹ سے اندر آیا، تو بائیں طرف حوالات کے باہر دھوپ میں دو شہتیروں کے شکنجوں میں بندھا یہ نظر آ گیا۔ حالت اس کی ایسی خستہ ہوئی ہوئی تھی جیسے ابھی مرا کہ ابھی مرا۔ ڈیل ڈول بڑا تھا مگر سب ٹوٹا ہوا۔ جگہ جگہ زخم، خون جما ہوا کہیں بدن کے اندر، کہیں ادھڑی کھال سے اوپر، رس رس کے باہر مٹی اور دھول میں ملا ہو۔

فضل دین ایک دم لپک کے اس کی طرف آیا۔

کون ہے یہ؟

ڈاکو ہے، کوئی سپاہی بولا۔

ادھر کیوں باندھا ہے؟ مارا کیوں ہے اتنا؟

یہ بولتا نہیں ہے کچھ بائی۔ ایک قریب آ کے بولا

تم بکواس بند کرو۔ کھولو اسے۔

خطرناک ہے بہت۔

چپ رہو۔

ہردت کھول دیا گیا۔ شہتیر ہٹا دیے گئے۔

پانی لاؤ

آ گیا پانی بھی۔

اپنے ہاتھ سے پانی پلایا۔ اس کے پاس زمین پہ گھٹنے لگا کے فضل دین بیٹھ گیا۔ اپنی گود میں اس کا سر اٹھا کے رکھ لیا۔ دو پانی کے گھونٹ اس کے حلق میں گئے تو نگاہ اس کی آنکھوں میں اتری، اس کی آنکھوں کے ڈیلے سیدھے ہوئے اور اس نے نظر گھما کے فضل دین کی طرف دیکھا۔ جیسے کسی اور جہان میں، کسی اور مخلوق کو دیکھ رہا ہو۔ ہردت کے ٹوٹے ہوئے چہرے پہ اک عجیب حیرت لکھی تھی، جیسے قیمے کی مشین سے نکل کے ماں کی گود میں آ گیا ہو۔ موت کی دہلیز سے پھر زندگی کی راہ پہ آ گیا ہو۔

فضل دین نے پیار سے اسے اپنے بازوؤں میں بھینچ لیا۔ پتہ نہیں کیوں اسے ایک دم سے ہردت کوئی اپنا لگا۔ اپنا قریبی۔ شاید اسے اپنا یار بھگت سنگھ یاد آ گیا۔ دل اس کا اک انجانے پیار سے بھر گیا۔ اس کے چہرے پہ ہاتھ پھیرا۔

ہردت کے بال کھلے بکھرے ہوئے تھے، سر کے بال ڈھیلی سی گرہ میں گارے مٹی میں الجھے تھے۔ داڑھی بے ہنگم ہوئی تھی۔ کمر تک اس کا پنڈا ننگا تھا۔ اس کے جسم پر بال ہی بال تھے۔ کندھوں اور سینے پہ زخموں سے خون نکل نکل مٹی کے ساتھ جما ہوا تھا۔ کئی زخم آہستہ آہستہ رس رہے تھے۔ خون چاروں طرف پھیلا تھا۔ تہمد جگہ جگہ سے پھٹی

ہوئی تھی۔ پیر دونوں صبح سے شکنجے میں رہ کے ابھی تک الٹے مڑے ہوئے تھے، بازو اور ہاتھ دونوں بے جان سے ہو کر بے ترتیب سے ہوئے اس کے جسم سے نکلے پڑے تھے۔ فضل دین کا دل اسے دیکھ کے پھٹ گیا۔ پتہ نہیں کیسے ایک دم سے اسے اس پہ اتنا پیار آ گیا وہ جذبات سے کپکپانے لگا۔ گلاس اپنے ہاتھ میں پکڑ کر اسے پانی پلاتا جائے اور دوسرے ہاتھ سے اس کا سر سہلاتا جائے۔

پورا گلاس پی کے اس کی آنکھیں کھلیں، اور زبان منہ میں لرزنے لگی جیسے وہ کچھ کہنا چاہتا ہو۔ فضل دین نے اس کے سر کے بالوں کی گرہ سیدھی کی، اس کی داڑھی میں انگلیاں پھریں اور جھک کے پیار سے قریب ہو کے پوچھا۔

کون ہو تم، نام کیا ہے تمہارا؟

ہردت

ہردت نے تھانے میں پہلی بار زبان کھولی۔

تمہیں اب کوئی نہیں مارے گا۔ کوئی ہاتھ نہیں لگائے گا۔ یہ میرا وعدہ ہے۔ فضل دین کا وعدہ۔ ادھر آؤ، تم سارے، فضل دین نے سپاہیوں کو بلا لیا۔

مارا کس نے ہے اس کو؟

بائی، سبھی نے مارا ہے!

کون کون ہے میں پوچھتا ہوں۔

یہ کوئی نئی بات تو نہیں، بائی۔

ہے، نئی بات ہے۔

کون نہیں مارتا ادھر؟

اس طرح مارتے ہیں؟

یہ بولتا جو نہیں تھا۔

بولنا نہ بولنا اس کی مرضی ہے۔

تم لوگوں نے اس کو مارا کیوں، اتنا۔

یہ ڈاکو ہے۔

تو لکھ لو، ڈاکو لکھ لو اسے، مارا کیوں؟

بائی تم خود محرر ہو، یہ کچھ بولے گا، بتائے گا، اُگلے گا کچھ، تو پھر ہی پرچہ بنے گا۔ اپنا کام آگے چلے گا۔

اپنا کام کرنا ہے تو کرو، اس کو کیوں مارا؟

مارنا تو پڑتا ہے۔

کیوں لاوارث ہے یہ، انسان نہیں ہے یہ۔

کچھ نہیں لگتا یہ خدا کا؟

بڑے بے رحم ہو تم سب۔

ظالم لوگ ہو۔ فضل دین کو غصہ چڑھ گیا۔

بائی تم تو بلاوجہ غصے ہوتے ہو۔ اب پتہ نہیں کرنا ساری باتوں کا۔ ساری کڑیاں نہیں ملانی مقدمے کی۔ برآمدگی نہیں کرنی اس سے۔ ہتھیاروں کی، لوٹے ہوئے مال کی۔

کرو، سب کچھ کرو، مگر اپنی عقل سے کام لو۔ قانون کے دائرے میں چلو، ورنہ تم میں اور اس میں کیا فرق رہ جائے گا۔ تمہیں ثبوت چاہیے تو ڈھونڈو، قانون میں طریقے ہیں۔ اس کی حد میں رہو۔ اپنی تفتیش کرو۔ یہ تمہارا ہمارا کام ہے۔ ضروری ہے۔ ہمیں ہے غرض تفتیش کی۔ مگر یہ کیا بات ہوئی بات کی سمجھ نہیں آئی تو مارنا شروع کر دیا۔ اس جھوٹی بہادری کی کیا ضرورت ہے۔ تم اپنی غرض کے لیے اس پہ قانون توڑتے ہو۔ یہ بھی اپنی غرض کے لیے دوسروں پہ قانون توڑا کرتا تھا۔ فرق کیا رہا، بولو۔

بائی، اب تم ہمیں ڈاکو سے ملا رہے ہو۔

تم اس سے بھی برے ہو، یہ تو لوٹ کے چھوڑ دیتا تھا، تم چھوڑتے بھی نہیں ہو۔ باندھ کے مارتے ہو۔ یہ کیا بہادری ہوئی۔

اور کیا کریں ہم؟

تفتیش کرو۔

بائی تفتیشی تو تم ہو۔ ہم نے تو یونہی سیکھا ہے۔

میں دیکھوں گا، جس نے اسے آئندہ ہاتھ لگایا۔ چاہے یہ ایک لفظ نہ بولے، کوئی اسے ہاتھ نہیں لگائے گا۔ سنا تم نے۔ کوئی ہاتھ نہیں لگائے گا۔ توڑ دوں گا ہاتھ وہ، پتہ ہے نہ میرا۔

سب سہم کے آگے پیچھے ہو گئے۔

لاؤ پانی لاؤ، منہ دھلانا ہے اس کا۔

منہ دھلایا، نہلوایا، کپڑے بدلوائے، کھانا کھلایا۔ اور اسے حوالات میں لے جا کے سلا دیا۔ کئی دن گزر گئے۔ کوئی اس کے پاس نہ پھٹکا۔ اس کے زخم آہستہ آہستہ ٹھیک ہونے لگے۔ تھوڑے دنوں میں وہ بھلا چنگا ہو گیا۔ ایک دن تھانے دار حوالات میں اس کے پاس گیا۔ بولا مجھے پتہ چلا ہے سپاہیوں نے تمہیں بہت مارا تھا۔ وہ نالائق ہیں۔ انہیں کوئی اور طریقہ آتا نہیں پوچھنے کا۔ مجھے بتاؤ، میں پوچھنے آیا ہوں۔

ہردت بولا، ایک لفظ نہیں بولوں گا۔ جو مرضی کرالو۔

تھانے دار بولا نہیں اب تمہیں مارتے نہیں، وہ ڈرتے ہیں فضل دین سے،

فضل دین ہے نام اس کا؟

ہاں، تم جانتے ہو، پہلے سے اسے؟

نہیں، پہلی بار دیکھا تھا۔

تم پہ اتنا مہربان کیوں ہو گیا تھا، ایک دم سے۔

اسے پوچھو۔

اسے کوئی نہیں پوچھتا۔

تم تھانے دار ہو؟

ہاں۔

وہ؟

فضل دین؟

ہوں

وہ حوالدار ہے، منشی ہے تھانے کا۔

تم بھی دبتے ہو، اس سے؟

تم بکواس نہ کرو، تھانے دار ایک دم تیزی سے بولا، خیال تو رکھنا پڑتا ہے نہ ایک دوسرے کا، تم بھی تو کچھ خیال کرو۔

اچھا اگر پوچھنا ہی ہے تو، اسی حوالدار کو بھیج دو۔

فضل دین کو؟

ہاں،

تھانے دار بھاگا بھاگا فضل دین کے پاس آیا، بولا کام بن گیا۔ پھر تھپکی دی جیسے کہہ رہا ہو شاباش۔ کہنے لگا تم جاؤ۔ تمہیں وہ سب بتادے گا، خود کہتا ہے وہ، چالان بن جائے گا۔ جان چھوٹ جائے گی ہماری۔

جاؤ

فضل دین تھانے دار کی بات سن کر بڑا متعجب ہوا۔ گیا، حوالات کا دروازہ کھول کے۔ ہردت سنگھ دیوار سے ٹیک لگا کے بیٹھا ہوا تھا۔ دیکھ کے اٹھ کے کھڑا ہو گیا۔ فضل دین نے اس کے کندھوں پہ ہاتھ رکھا، اور پیار سے اس کے کندھے دباتا ہوا اسے لے کر بیٹھ گیا۔ تھوڑی دیر دونوں ایک دوسرے کو عجیب سی محبت سے دیکھتے رہے۔ ہردت کی نگاہ تشکر سے جھکی جھکی تھی، فضل کی آنکھ میں شکایت تھی۔

تم اچھے ہو اب؟ فضل دین نے پوچھا

ٹھیک ہوں

کسی شے کی ضرورت تو نہیں ہے، تمہیں؟

نہیں

تھوڑی دیر تک دونوں چپ رہے۔

ہردت دیوار سے ٹیک لگا کے اپنی پیٹھ پر بیٹھا بیٹھا دونوں گھٹنے سمیٹ کے بازوؤں میں لیکر بیٹھ گیا اور سر داہنے گھٹنے پر رکھ دیا۔ نظریں اپنے دونوں پیروں کے انگوٹھوں پہ رکھ دیں اور انگوٹھوں کے بڑھے ہوئے بھدے موٹے پیلے پیلے ناخنوں کو تکنے لگا۔ اس کے پیروں کے دونوں انگوٹھے ایک ساتھ اوپر نیچے ہونے لگے۔

جیسے وہ اپنے اندر کی کوئی بند اندھیری سیڑھیاں اتر رہا ہو۔

دروازے کھول رہا ہو۔

فضل دین، وردی میں آیا تھا، محتاط طریقے سے سنبھل کے اپنی پتلون کو گھٹنوں سے اوپر کھینچ کے ایک شعوری وقار کیساتھ آہستگی سے اس کے سامنے اپنے پیروں پہ بیٹھ گیا تھا۔ اور چہرہ ذرا سا ٹیڑھا کر کے ہردت کی جھکی نگاہوں میں سیدھا شست لیکر دیکھ رہا تھا۔ جیسے ہردت کی آنکھوں میں کوئی سندیس لکھا ہو۔ ہردت نے آنکھ نہ اٹھائی تو فضل دین نے ہردت کے کندھے پہ ہاتھ رکھا۔ ہردت نے چہرہ اٹھایا، دونوں کی آنکھیں ملیں، فضل دین بولا،

تم نے تھانے دار کو کیا کہا تھا؟

آپ کاپی پنسل نہیں لائے؟ ہردت کا اٹھا چہرہ فاتحانہ انداز میں چمکا۔ جیسے آج اس کی پیاسے کو پانی پلانے کی باری ہے۔

میں پوچھ رہا ہوں، تم نے تھانے دار کو کیا کہا تھا؟

یہی کہ آپ کو بھیج دے، سب بول دوں گا، جرم اپنے۔

کیوں، کیوں ایسا کہا؟

میری مرضی

وجہ تو ہوگی،

آپ جانتے ہیں۔ ہردت نے یہ کہہ کے دونوں ہاتھوں کو کھول کے اس میں اپنا چہرہ رکھ دیا۔

وہ کوئی وجہ نہیں ہو سکتی۔ اس کی بات نہ کرو۔ فضل دین نے اس کے ہاتھوں کو

ہاتھ سے ہٹایا۔

مجھے اچھا لگتا ہے، آپ میرے پاس بیٹھیں تو۔ ہردت سنگھ اپنے ہاتھوں سے اپنا چہرہ نکال کے بولا،

میں بیٹھا ہوں، روز آ کے بیٹھ جایا کروں گا۔ مگر یہ کیوں کہا تم نے، کہ مجھے تم سب کچھ بتا دو گے۔

آپ کا مجھ پہ احسان ہے۔

اسے احسان کہتے ہو تم، میں تو شرمندہ ہوں، مجھے شرم آتی ہے کہ میرے تھانے میں تمہاری یہ حالت ہوئی۔ ان ظالموں نے تمہیں اتنا مارا، دکھ دیا۔

اب میں اچھا ہوں۔

اچھے لگتے ہو، فضل دین نے تھپکی دی۔

آپ بھی مجھے بہت اچھے لگتے ہیں۔ ہردت نے گردن جھکا کے بچوں کی سی معصومیت سے آہستگی سے کہا۔

تم تو اندر سے معصوم ہو۔ بچے ہو۔ فضل دین کو پھر اس پر پیار آ گیا۔ اور وہ اس کے کندھے پہ تھپکی دینے لگا۔

نہیں میں ڈاکو ہوں، بچپن سے ڈاکو ہوں۔ ہردت سنگھ نے فضل دین کے ہاتھ کے نیچے سے اپنا کندھا اس طرح ہٹایا، جیسے فضل دین کی یہ تھپکی اسے چبھی ہو۔ وہ اس کا اہل نہ ہو۔

غلط نہ کہو، بچہ کوئی ڈاکو نہیں ہو سکتا۔ بعد کی باتوں کا حوالہ دے کر اپنا بچپن نہ داغدار کرو۔

آپ کو میرے بچپن کا کیا پتہ؟

مجھے سب کے بچپن کا پتہ ہے، سارے بچے ایک سے معصوم ہوتے ہیں۔

میں بچپن سے چوریاں کرتا آیا ہوں۔

نہ، یہ نہ کہو، تم کہو تم جلدی بڑے ہو گئے تھے۔

آپ بچپن کسے کہتے ہیں؟

جس کی کسی یاد سے شرمندگی نہ ہو۔

ایسی کوئی یاد نہیں ہے میرے پاس۔

اگر تمہیں شرمندگی ہی شرمندگی ہے، تو یہ تو کایا پلٹ ہے۔

نہ جی، میری کوئی کایا نہیں پلٹ سکا۔

بکواس نہ کرو اب۔ فضل دین نے بڑے مان سے مسکرا کے اسے دھپا مارا۔

میں سچ کہتا ہوں۔ جتنا پیچھے تک دیکھ سکتا ہوں، مجھے اپنے گناہ ہی گناہ نظر آتے ہیں۔

جھوٹ، سوچو کوئی تو منظر ہوگا، ان سے پہلے کا۔

ہردت سنگھ، فضل دین کی بات سن کے سوچ میں پڑ گیا۔ سر جھکا کے گھٹنے پہ رکھی دونوں بانہوں میں دے لیا۔ ایک دو بار سوچتے سوچتے خاموشی سے سر اٹھا کے فضل دین کو دیکھا، جیسے سوچ رہا ہو، کہوں نہ کہوں۔ فضل دین نے اسے تھپکی دی، جیسے ہردت کا اضطراب پڑھ لیا ہو۔ اور اسے کہہ رہا ہو،

بولو۔

یہ کوئی سرکاری بات نہیں ہے۔

کہو۔

ہردت نے سر ایک طرف گھمایا اور ہنسنے لگا۔

بولا، پتہ نہیں آپ کیا پوچھ رہے ہیں۔

میں نے تو کہا تھا آپ کو اپنی وارداتوں کا بتاؤں گا۔

اپنے جرم لکھاؤں گا۔

آپ معصومیت، بے جرمی کی بات پوچھنے آ گئے ہیں۔

فضل دین نے دل جمعی سے مسکرا کے اسے تھپکی دی، جیسے کہہ رہا ہو، بولتے جاؤ۔ اچھے لگ رہے ہو۔

وارداتیں کرنا چھوٹی عمر میں ہی شروع ہو گیا تھا۔ جب سے حافظہ ہے، کیچڑ ہی کیچڑ ہے میرے کرتوتوں میں۔

کیچڑ سے پہلے بارش بھی تو ہوتی ہے، اجلی، بے داغ، شفاف، وہ بتاؤ۔ بے گناہ۔

ہاں، تھی بارش بڑے زوروں کا مینہ پڑا تھا۔ پورا گاؤں مینہ سے گھر گیا تھا۔ جگہ جگہ پانی کھڑا ہو گیا۔ کچھ دن تو مینہ کی وجہ سے آٹے کی چکی بھی نہ چلی۔ پھر جھڑی رک گئی۔ ماں بولی، جا دانے لے جا۔ چکی سے پسوا کے آ۔ میں نے بوری اُٹھائی اور چل پڑا۔

اچھا۔ فضل دین اشتیاق سے اسے دیکھنے لگا اور بولا پھر۔

ہردت دیوار سے سر ٹیک کے بیٹھ گیا، دونوں گھٹنے ڈھیلے چھوڑ دیے۔ پاؤں کھینچ کے دیوار کے ساتھ فرش پہ پھیلا دیے، اور سامنے والی دیوار پہ نظریں گاڑ دیں۔ اور کہنے لگا۔

چکی لگی ہے، ہمارے گاؤں میں گندم پیسنے کی۔

ٹُوٹُوٹُو کرتی چلتی ہے وہ۔

ہوں۔ فضل دین خوش ہو کے مسکرایا، جیسے اسے بھی چکی کی آواز آئی ہو۔ اتنے میں لوہے کے دروازے کے آہنی کنڈے ہلے، لوہے سے لوہا گھسا، چوں چوں کر کے لوہے کا سلاخ دار در کھلا، اور ایک سپاہی نے ٹھک ٹھک بھاری بھاری قدموں سے قریب آ کر ایک مونج کا بنا ہوا موڑھا فضل دین کے پاس رکھ دیا۔ فضل دین نے سپاہی کی طرف تشکر سے دیکھا اور اٹھ کے موڑھے پہ بیٹھ گیا، قدموں سے موڑھے کو گھسیٹ کے ہردت کے قریب کیا اور پھر ہردت کی بات جاری رکھنے کے لیے، اسی انداز میں کہا،

ہوں۔

ہردت گردن اٹھا کے جاتے ہوئے سپاہی کو دیکھنے لگا۔ سلاخ دار دروازے کو بند

ہوتے دیکھا، کنڈوں کے شرڑ، کھڑل کو سنا، تالا باہر کنڈے میں لگتا دیکھا۔اس کے اندر چابی گھومتی ہوئی دیکھی اور پھر جب وہ سپاہی دور جا کے کھڑا ہو گیا تو ہر دت نے فضل دین کی طرف گردن موڑی۔ کچھ دیر فضل دین کو تکتا رہا، پھر دیوار پہ اپنی پگڑی میں الجھایا ہوا سر ٹکا کے ٹانگیں پھیلا لیں اور بولا،

ادھر گیا تھا میں چکی پہ، آٹا پسوانے۔ گیارہ بارہ سال عمر تھی میری۔

اچھا

آٹا پستا رہا۔ میں چکی کی آواز سنتا رہا۔ گُو گُو گو، مجھے سن کے اچھا لگتا تھا۔

ہوں، فضل دین کے چہرے پہ اک شفاف سی مسکراہٹ ابھری، اس نے گود میں رکھے، انگلیوں بیچ انگلیاں پھنسائے ہاتھوں کو اطمینان بخش متانت سے ڈھیلا کیا۔ داہنے ہاتھ کی تین انگلیوں سے بائیں ہاتھ کی انگشت شہادت پہ تھپکی دی، گردن کو محظوظ ہونے کے انداز میں ادھر ادھر گھما کے اثبات میں سر ہلایا یا آنکھوں سے مسکرایا، داہنے جوتے کا پنجہ اٹھا کے فرش پہ تین بار تال دی اور دوستانہ توجہ سے دیکھتے ہوئے بولا پھر۔

آٹا پس گیا۔

ہر دت نے دونوں ہاتھ اپنے انگلیوں سے چھو کے انگوٹھوں کی طرف لہرائے۔

ہوں۔

چکی والے نے پیسے مانگے، دو آنے۔

اچھا۔

میں نے دے دیے، قمیض کی جیب سے نکال کے۔ اس نے لے کر لمبا ہاتھ کر کے رکھ لیے اپنی بوری کے نیچے۔ بس اس بوری نے مجھے چوری کی ترغیب دی۔ میں نے چوری کسی سے نہیں سیکھی۔ سکول میں اور مضمون میں پڑھتا تھا۔ چوری کا مضمون تو ادھر نہیں ہوتا۔ نہیں پڑھی۔ گھر سے بھی چوری کا سبق نہیں پڑھا۔

وہ پرانی سی بوری، میری گرو ہے چوری کی۔

جس کے اوپر چکی والا بیٹھتا تھا۔ اسی کے نیچے وہ پیسے رکھتا تھا۔ جب وہ میرے

دو آنے رکھ رہا تھا تو بوری کا پلا ذرا سا اٹھا۔ پتہ نہیں وہ کونسا بد نصیب لمحہ تھا کہ اس لمحے میری نگاہ بوری کے نیچے پہلے سے رکھے پیسوں پہ پڑ گئی۔ پیسوں، دو پیسوں، آنے دو آنیوں کے سکوں میں ایک روپے کا چاندی سکہ بھی پڑا تھا۔ وہ مجھے نظر آ گیا۔ نظر کیا آیا ، نگاہ میں کھب گیا۔

پھر

میں نے اس وقت تک، چاندی کے سکے کو ہاتھ میں لیکر نہیں دیکھا تھا۔ شاید ہاتھ لگا ہو، ہاتھ میں لیکر خرچا نہیں تھا۔ ایک روپیہ، ایک سالم چاندی کے روپے کا کبھی مالک نہیں بنا تھا۔ گیارہ سال سے اوپر عمر تھی میری۔

پھر، کیا ہوا؟

ہونا کیا تھا، میرے اندر چکی چلنے لگی

گوں، گوں، گوں۔

یہ اور طرح کی چکی تھی۔

گندم پیسنے والی نہیں،

پتھر رگڑنے والی۔

اسی کی دو پتھر سلوں میں میرا سارا وجود آ گیا۔

باہر چلنے والی چکی کی آواز میرے کانوں میں کم ہو گئی۔ چاندی کی شوں شوں شروع ہو گئی۔

ہوں۔ فضل دین نے دونوں ہاتھوں کی انگلیاں کھول کے آمنے سامنے کر کے انہیں آپس میں ملانے کے لیے چھوا مگر انگلیوں کی پوروں کو پوروں سے چھو چھو کے چھوڑ دیا۔ سر ایسے ہلانے لگا۔ جیسے وہ چکی چلتی ہوئی دیکھ لی ہو۔

چکی والا، چکی کا کوئی پیچ کسنے کے لیے، پیچ کس لیکر اٹھا۔ ذرا سا ہٹ کے دور گیا تو میں نے اس کی بوری کے نیچے ہاتھ مار کے مٹھی بھر لی۔ چاندی کا روپیہ نکال لیا۔

اچھا!

اس کے بعد پتہ نہیں کیا ہوا، کہنے کو کچھ نہیں ہوا۔ چکی والے نے مجھے نہیں پکڑا، گھر والوں کو بھی میں نے خبر نہیں ہونے دی۔ پورا روپیہ خرچ کے کھالیا۔ بس اتنا ہو گیا کہ پھر مجھے کبھی کنک چکی کی آواز نہیں آئی، گو، گو، گو سے جو شہد میرے کانوں میں گھلتا تھا وہ گم ہو گیا۔

وہ آواز کہیں کھوگئی۔

ہردت دیوار سے ٹیک لگا کے بیٹھا، ایکا ایکی میں تھپ سے نیچے پھسل گیا۔ دونوں ہاتھوں سے اس نے فرش پہ سہارا لیا۔ کندھے دونوں اچکا کے اوپر کیے، اور سر اپنا کندھوں میں دیکر گردن آگے جھکا کے ٹھوڑی سینے سے لگالی۔ اور اپنی قمیض کے دو کھلے بٹنوں میں اپنی داڑھی پھنسا کے بے بس سا ہو کے سسکنے لگا۔ رونے لگا۔ اس کی داڑھی آنسوؤں سے بھرگئی۔ اس کا سارا وجود تھر تھر ہلنے لگا۔

فضل دین نے لپک کے اس کے لاچارگی میں سمٹے اٹھے ہوئے کندھوں پہ ایک ایک کر کے اپنے دونوں ہاتھ رکھ دیے۔ اور اپنے دانت مضبوطی سے یوں بند کر لیے جیسے ان کے اندر رکھی زبان کو کچھ کہنے کی ہمت نہ ہو۔ تھوڑی دیر تک دونوں اسی طرح بیٹھے رہے۔ فضل دین کی داہنی آنکھ میں بھی ایک آنسو آ گیا۔ خاموشی سے وہ آنسو بہتا بہتا اس کے دائیں گال سے نیچے لڑھک گیا۔ پھر وہ بولا،

ہردت مجھے اپنا دوست بناؤ گے۔

ہردت بولا،

نہیں، دوست نہیں، اپنا بھائی۔ میرا سگا بھائی کوئی نہیں۔

میں تمھارا بھائی ہوں، فضل دین نے موڑھے سے اتر کے اسے اپنے گلے سے لگا لیا۔ لیکن میری ایک شرط ہے۔ فضل دین بولا۔

کیا؟

تم مجھے کچھ نہیں بتاؤ گے۔ اپنے جرم مجھے نہیں لکھاؤ گے۔

اور کسے بتاؤں؟

جسے تم چاہو اور نہ چاہو تو کوئی مائی کا لال تمہیں مجبور نہیں کرے گا۔ تمھارا بھائی ہے ادھر، سمجھے۔

ہردت پھر رونے لگا۔ بولا، بائی جی! میں پہلے کبھی رویا نہیں تھا۔ کبھی نہیں۔ میرا باپو مر گیا۔ میں نہیں رویا۔ میری خاطر مرا تھا وہ۔ مجھے منع کرتا رہا برے کاموں سے۔ میں منع نہ ہوا۔ چوریاں کرتا تھا، ڈاکے ڈالتا تھا۔ وہ کہتا برائی کا مال نہ لا۔ میں باہر ہی وہ مال اجاڑنے لگا۔

ہمارا گھر اجڑ گیا۔

پہلے گاؤں والے آ کے باپو کی بے عزتی کرتے تھے، پھر پولیس چھاپے مارنے لگی۔ کئی بار میرے باپو کو پکڑ کے لے گئے، وہ۔ مجھے کبھی پرواہ نہ ہوئی۔ گھر تو میں ہوتا نہیں تھا۔ گھر جانا بھی چھوڑ دیا میں نے۔ باہر کہیں جنگل میں اڈہ بنا لیا۔ باپو بیمار ہو گیا۔ بیماری بڑھتی گئی اس کی۔ رب جانے کیا روگ لگ گیا تھا اسے۔ بیٹھے بٹھائے سوکھ گیا۔ کانٹا ہو گیا۔ اندر ہی اندر اسے کوئی گھن لگ گیا۔ خون کی الٹیاں بھی اسے آئیں، وید کہتے تھے دق کی بیماری ہے اسے۔ مجھے خبر ملتی رہی۔ میں گھر نہ گیا۔ دل میرا پتھر ہو گیا تھا۔ کبھی جاتا بھی تو رات ڈھلے جاتا، بیوی کے ساتھ سو کے پلٹ آتا، صبح سے پہلے۔

پھر؟

باپو مر گیا۔ ہردت زور زور سے رونے لگا۔

نہ، نہ رو۔

نہ جی، مجھے رونے دیں۔ سوا تین سال ہو گئے ہیں اسے مرے ہوئے، آج رونا آیا ہے، مجھے رو لینے دیں۔ مجھے رونا کیوں آ رہا ہے بائی؟

تمہارے اندر کا بچہ جاگ گیا ہے، واپس مل گیا ہے تمہیں۔

کدھر رہ گیا تھا یہ، بائی؟

آٹے والی چکی پہ، چکی والے کی بوری کے نیچے۔

کیوں، ادھر کیوں رہ گیا تھا؟

ہردت ہر چیز کا اپنا ضابطہ ہے، قانون ہے۔ مال کے بدلے مال ملتا ہے۔ میں نیکی بدی کا فلسفہ نہیں جانتا۔ خیر اور شر کی سمجھ بڑے بڑوں کو نہیں آئی ہے۔ یہ سمجھ آجائے تو ساری گرہیں خود بخود کھل جاتی ہیں۔ بس میں نیکی اور خیر سے ملتی جلتی چیزیں جانتا ہوں۔ انہی کے حوالے سے انہیں پہچان لیتا ہوں۔ وہ بچہ جو چکی کی ٹو۔ ٹو۔ ٹو سنتا تھا۔ سن کے مسکراتا تھا۔ اس کی مسکراہٹ، معصومیت چکی والے کی بوری کے نیچے رہ گئی۔ بوری کے نیچے سے ایک چاندی کا سکہ اس وقت اس کا مول لگا تھا۔ وہ سکہ تمہارے ہاتھ آگیا۔ ایک طرف سے معصومیت گئی، دوسری طرف سے چاندی آئی۔ یہ مال کے بدلے مال کا سودا ہوا۔ اب یہ تو کبھی نہیں ہوا کہ تم دکان سے سودا بھی لے لو، اور اس کی قیمت بھی نہ دو۔ اس وقت سودا چاندی کا سکہ تھا اور قیمت تم نے جو دی، وہ تمہاری معصومیت تھی، اپنے اندر کی خیر کا ایک خطیر حصہ۔

ہردت، سودا پورے پیسے دے کر لیا جائے تو حلال ہے۔ پیسوں کو سودے کی طرح من کی معصومیت کے عوض لیا جائے تو بندے کے اندر فساد کا جاگ لگ جاتا ہے۔ من میلا ہونے لگتا ہے۔ پھر چل سو چل۔

تم کبھی وہ سکہ لوٹا دیتے، تمہاری چیز تمہیں واپس مل جاتی۔

مگر بائی، میں نے تو بڑی دیر کر دی۔ پتہ نہیں کیا کیا اٹھاتا آیا ہوں۔ بہت لوگوں کو لوٹا ہے، مارا ہے۔ تین قتل کیے ہیں، تین۔ انہوں نے میرا کچھ نہیں بگاڑا تھا۔ ایک ڈاکا مارتے ہوئے مر گیا میرے ہاتھ سے۔ ایک پہ مجھے شک ہوا پولیس کا مخبر ہے، مار دیا۔ مارنے کے بعد پتہ چلا بتانے والے کی اس سے دشمنی تھی، مرنے والا بے گناہ تھا۔ پھر بھی میں نے پرواہ نہیں کی، جو مر گیا مر گیا۔

وہ شکاری ہوتے ہیں نا،

گُگی کبوتر مارنے والے، ان کی طرح کا دل ہو گیا تھا میرا۔ لو وہ کوئی سوچتے ہیں شکار کر کے، یہ پرندہ کون تھا؟ کوئی بچہ ہے اس کا۔ کہیں انڈے دیے ہوں گے اس

نے۔ کسی گھونسلے میں یہ رہتا ہوگا۔ تنکا تنکا کر کے گھونسلا بنایا ہوگا اس نے۔ اس کے چھوٹے چھوٹے بچے جنہیں اڑنا نہیں آتا، وہ گھونسلے میں بیٹھے ہوں گے۔ اپنی کومل کومل سی بھوکی چونچیں لیے اس کا انتظار کر رہے ہوں گے۔ یہ ادھر ہمارا شکار ہوا مرا پڑا ہے، یہ کدھر سے جا کے بچوں کی چونچ میں نوالہ دے گا۔ یہ تو خود ہمارا نوالہ بننے والا ہے۔

بولو، سوچتا ہے کوئی شکاری!

کون شکار ہوئے پرندوں کی جگہ جا کے ڈیوٹی دے گا؟

اس کے بچے کون پالے گا؟ پالے، جاڑے گرمی سردی میں کون اس کے بچوں کو سنبھالے گا، سوچتا ہے کوئی۔ بس بندوق کندھے سے لگائی اور داغ دی۔ شکاری کو تو اپنی بندوق کی آواز سے پیار ہوتا ہے۔ اسے نشانے پہ لگنے والی گولی مزہ دیتی ہے۔ کوئی گولی خطا نہ چلی جائے۔ نشانہ کوئی چوک نہ جائے۔ ہر شکاری کو صرف یہی فکر ہوتی اور کچھ نہیں۔ اسے سب سے زیادہ مزہ کب آتا ہے، جب شکار پہ نشانہ لگتا ہے اور وہ گرتا ہے۔ اڑتا ہوا پرندہ ڈار سے بچھڑ کے قلابازیاں کھاتا نیچے گرتا دیکھ کے شکاری کا خون بڑھ جاتا ہے۔

بائی، اس کے خون میں کیا نقص پڑ جاتا ہے؟

کیوں، شکار گرتا شکاری کو بھلا لگتا ہے؟

اس کی پرندوں سے کیا دشمنی ہوتی ہے؟

نہیں ہوتی نا۔

میری بھی کسی بندے سے دشمنی نہیں تھی۔

بس بندے میرے لیے چڑیاں اور کوے بن گئے تھے۔

مجھے بندہ، بندہ نہیں دکھتا تھا، لگی کبوتر لگتا تھا۔ اور میں نشانے لیتا تھا۔ سمجھ لو میں بھی شکاری بن گیا تھا۔ میرے پرندے یہ مال دار لوگ تھے۔ غریبوں سے مجھے پیار نہیں تھا۔ میرے وہ کوئی لاڈلے نہیں تھے۔ نہ اب ہیں۔ بھاڑ میں جائیں۔ ان کے

لیے من میں ہمدردی نہیں تھی۔ من ہی میلا تھا تو اس میں رحم کہاں سے آتا۔

بس عقل تھی۔

عقل کہتی تھی، دمڑی کے بندے پہ دو پیسے کا کارتوس کیوں ضائع ہو۔ صحیح کہتی تھی عقل۔ انہیں مار کے مجھے کیا ملنا تھا۔ خواہ مخواہ ایک گولی کیوں ضائع ہو۔ اس قسم کا خیال آتا تھا۔ بائی، ایسا کیوں تھا؟

تو کسی بڑے سے پوچھنا، جو بڑا ہو مگر سمجھتا نہ ہو کہ بڑا ہے۔

ایسا بھی ہوتا ہے کوئی؟

ہوتا ہے۔

بڑے بننے کے لیے تو ہم سارے پاپڑ بیلتے ہیں۔ لوگ گردن اونچی کر کے ہمیں دیکھیں۔ ان کی نظریں کبوتر کی طرح پھڑ پھڑ کرتی ہوئی، ہمارے پیچھے پیچھے آئیں۔ ہم کہاں رک رہے ہیں۔ کیسے رک کے چلنے لگے ہیں۔ کیسے چلتے چلتے گردن گھما کے تکنے لگے ہیں، بے نیازی سے۔ یوں جیسے چوبارے پہ چڑھے ہوئے ہوں۔ ہوں نیچے کھڑے۔ مگر دیکھیں اس طرح جیسے چھت سے دیکھ رہے ہوں۔ اردگرد کے چھوٹے لوگوں کو، اسی طرح تو چھوٹے، خود کو چھوٹا، اور ہمیں بڑا سمجھنے لگتے ہیں۔ یہی فرق تو دکھانا پڑتا ہے۔ منوانا پڑتا ہے۔

تو؟

یہی جال تو ہم بچھاتے ہیں۔

بڑا بننے کے لیے۔

ہر کسی کا اپنا طریقہ ہے۔ یہ الگ بات ہے کوئی ایک حربہ آزماتا ہے، کوئی دوسرا، مقصد برتری جتانا ہے۔ اپنے آپ کو منوانا ہے تاکہ دوسرے سامنے آئیں تو گردن جھکا لیں تسلیم کر لیں۔ سرنڈر کر لیں۔ ہاتھ جوڑ لیں۔ زبان نہ چلائیں۔ جو کہیں وہ سنتے جائیں۔

ہزار راہیں ہیں اس طرف کی۔

چوہدری بن جاؤ،
سیٹھ بن جاؤ۔
پہلوان ہو جاؤ
ہر ماڑے کو زیر کرو
پردھان بن جاؤ،
حکم چلاؤ، جو راہ میں آئے اسے نپچ دو۔
گیان کی بودی ہلاؤ
علم کا علم لہراتے پھرو
بے علموں کو بے توقیری کی ٹکٹکی پہ باندھ کے اپنے فتووں کے کوڑے مارو۔
یا چاندی سونے کو اچھالتے پھرو،
جو رستہ نہ دے اسے خرید لو۔

مقصد ایک ہے ان سب کا، انہی میں اک راہ ادھر بھی نکلتی تھی، جدھر تو نکل آیا۔ ڈاکو تو اس راہ کا خالص روپ ہے۔ بغیر کھوٹ کے۔ جیسا اندر سے ہوتا ہے، ویسے ہی باہر سے نظر آتا ہے۔ فرق صرف اتنا ہے ڈاکو مول طے نہیں کرتا۔ جو چیز اسے بھا جائے وہ اٹھا لیتا ہے۔ جو راہ روکے اسے توڑ دیتا ہے۔ تو ڈاکو بن گیا۔ یہ بھی اک طریقہ ہے۔ اپنی ''میں'' کو کلف لگانے کا۔ اپنی شان بڑھانے کا۔

ہاں بائی،

بڑی شان تھی میری، جنگلوں میں میرا ڈیرہ ہوتا تھا، کبھی یہاں کبھی وہاں۔ جس گاؤں میں نکل جاتا اپنے ساتھیوں کے ساتھ، میرے لیے مرغ پکتے، دیگیں چڑھ جاتیں، تنور لگ جاتے۔ گاؤں کے لوگ یوں سہمے سہمے آنکھیں جھکا کے کانپتے ہوئے مجھ سے باتیں کرتے جیسے شکاری کے سامنے چڑے تھرتھراتے ہیں، زخمی ہو کر۔ لوگ ایسا کیوں کرتے تھے بائی؟ ہردت پوچھنے لگا

خوف بری چیز ہوتا ہے ہردت، وہ رائی کو پہاڑ بنا کے دکھاتا ہے۔

میں رائی تو نہیں تھا بائی، پہاڑ تھا۔ ہر دت سینہ پھلا کے بولا

یہ تم سمجھتے تھے، اسی لیے تم بے خوف تھے۔ بے خوفی بھی اسی طرح آنکھوں کا عارضہ ہے۔

تم عجیب سی باتیں کرتے ہو، ایسی باتیں میں نے کبھی نہیں سنیں۔ ہر دت فضل دین کی آنکھوں میں تکنے لگا۔

ایسی باتیں کہنا سننا، ہمارے لوگوں کے مفاد میں نہیں ہے ہر دت۔ ہمارا مفاد تو دوسروں میں خوف پیدا کرنے میں ہے۔ خود میں بے خوفی۔

فائدہ؟

اس کے بڑھاوے میں ہے فائدہ۔ یہ قاعدہ قانون ہمارے جنگل کے دنوں سے ہمارے ساتھ چلا آیا ہے۔ پتہ ہے نا، کبھی ہمارے آبا و اجداد جنگلوں میں رہتے تھے۔ شکاری تھے۔ پرندے جانور مار کے پیٹ بھرتے تھے۔ ان دنوں سے یہ قانون ہمارے ہاں رائج ہے کہ زیادہ پیٹ بھرنا ہے تو زیادہ مارو۔ زیادہ شکار کرو۔

ڈراؤ۔

خوف طاری کر دو۔ جنگل کے سب جانوروں میں۔

اپنے ساتھی سنگیوں میں بھی۔

ساتھی سنگی خوف زدہ ہوں گے تم سے، تو وہ تمہیں اپنا آقا مان لیں گے۔ تمہارے پیروں میں بیٹھیں گے پھر وہ۔

یہ پرانا اصول ہے۔

اس سے سب آگاہ ہیں۔

بادشاہ بھی ڈاکو بھی۔

سب قانون بنانے والے جانتے ہیں اسے۔

جو بھی صاحبِ اختیار ہوتا ہے اس کا اصل مسئلہ اپنے اختیار کا بڑھاوا ہے۔

اس کو قائم رکھنے کی ساری سعی ہوتی ہے۔

اس کی مت ماری گئی ہے جو وہ خود اپنے پاؤں پہ کلہاڑی مارے۔ شکاری اپنی بندوق کھول کے کارتوس توڑ کے کبھی پرندے کو دکھاتا ہے۔ کہ لو دیکھ، یہ چٹکی بھر پٹاخہ ہے اس میں۔ جس سے تم ڈرتے ہو۔ جس سے میں تمہیں ڈراتا ہوں۔ اڑاتا ہوں، مارتا ہوں۔ بول کوئی کرتا ہے شکاری یا ڈاکو ایسے۔

نہیں، ایسا کیوں کرے گا وہ۔ ہردت کہتا ہے۔

پھر کوئی صاحب جاہ حشم ایسا کیوں کرے، کوئی نواب، بادشاہ، راجہ، مہاراجہ کیوں کرے یوں۔ انہوں نے بھی تو جنگل پہ راج کرنا ہوتا ہے۔ جہاں اندھا اور مطلبی راج ہو وہی جنگل ہوتا ہے۔ جنگل کی سمجھ آئی اب۔

پر بائی، ہم تو جنگل بدلتے رہتے تھے، کبھی اس ذخیرے میں پڑے ہیں کبھی اُس میں۔

جتنی دیر تک تم لوگوں کو یقین رہتا تھا کہ یہ جنگل تمہارے لیے محفوظ ہے، تمہارا مطیع ہے، تم لوگ ٹکے رہتے تھے۔ جب شک ہوتا کہ کوئی ادھر نکل آئے گا، تم لوگوں سے بڑا، مضبوط۔ تو تم لوگ ادھر سے نکل جاتے ہو گے۔ بھاگ جاتے ہو گے۔

ہاں، ایسا ہی تھا۔

یہی تو کہہ رہا تھا۔ جب تک تمہارا وہاں راج ہوتا، وہ تمہارا جنگل رہتا۔ اس میں تمہارا قانون چلتا۔ اپنے بنائے ترازو میں تم خود کو پورے سولہ چھٹانک مانتے، دوسروں کو رتی یا ماشے سے بڑھ کے نہ جانتے۔ پھر تمہارا پلڑا کیسے جھکتا۔ وہ تو جب سیر کے سامنے سوا سیر آ جاتا ہے تو سیر کو سمجھ آتی ہے کہ کوئی اس سے بڑا بھی ہے۔

یاد رکھنے والی بات یہ ہے ہردت کہ دنیا بنانے والے رب نے ہر سیر کے لیے سوا سیر بھی بنایا ہے۔

یہ بات کبھی نہ بھولنا۔

ہر طاقت ور سے بڑھ کے کوئی ہے۔

ہر علم والے سے برتر کہیں کوئی اور ہے۔
ایسا کوئی نہیں جس سے اوپر کوئی نہ ہو۔
''سیر'' مانے نہ مانے ''سوا سیر'' آ کے منوا لیتا ہے۔
مگر اس وقت سمجھ میں آنا ''سیر'' کے حق میں بے معنی ہے کیونکہ اس وقت جنگل ''سوا سیر'' کا ہوتا ہے۔ پھر جنگل کی راہیں اس کے پیروں تلے بچھ جاتیں۔ جنگل اس کا ہو جاتا۔ اس میں اس کا قانون چلتا ہے۔
ہر قانون ہردت دوسرے کو بڑا ماننے والوں کے لیے ہوتا ہے۔
اپنی کمزوری جاننے والوں کے لیے ہوتا ہے۔
جنگل میں ڈاکوؤں کے ڈیرے تک کوئی سڑک نہیں بچھی ہوتی، کوئی راہ نہیں سیدھی ہوتی۔ جب تک ایسا ہے تمہارا ڈیرہ محفوظ ہے۔ حکم چلتا رہتا ہے۔ اب تم ڈاکو لوگ کبھی خود اپنے ڈیرے کی راہ کسی کو بتاتے ہو۔
نہ جی۔
جنگل میں کسی مسافر کی نگاہ اپنے ڈیرے پر پڑنے دیتے تھے۔
توبہ کریں، بائی۔
پھر قانون، قاعدے بنانے والے بے وقوف ہیں۔ انہیں کیا ایک سادہ سے ڈاکو جتنی بھی عقل نہیں۔ بول نا، معاشرے کے رویوں کو تولنے کے باٹ گڑھنے والے کسی کا وزن کیسے اپنی مونچھ کے بال سے بھاری رکھیں۔ یہی مونچھ کا بال سارے فساد کی جڑ ہے، ہردت۔ یہی انانیت بھری ''میں'' ہے جو کسی ''تو'' کو تسلیم نہیں کرتی۔ زندگی کی قدروں کا یہی وہ بھاری پتھر ہے، جو ہر تول میں، ہر ترازو میں باٹ کی طرح دوسرے پلڑے میں رکھا ہوتا ہے۔
میں غلط کہہ رہا ہوں؟
ہردِت خاموش رہا۔
یار، ترازو میں سودا تولتے ہوئے باٹ تو رکھنے پڑتے ہیں نا؟

جی

باٹ رکھیں گے تو سودا تلے گا!

اسی کے حساب سے سودا ملتا ہے نا۔ سیر کا باٹ ہے تو سیر بھر ہی سودا تلے گا۔ آدھا سیر کا وزن رکھ دیا تکڑی میں تو سودا بھی آدھا سیر ہو گیا۔ ہے کہ نہیں؟

ہاں جی

اب باٹ سے تم کیسے لڑ سکتے ہو کہ سودا اور دو۔ تم، میں اور ہمارے سارے رویے تو اس عہد، اس دور کا سودا ہیں۔ اور ترازو کے ایک پلڑے میں پڑے ہیں۔ جو کچھ بھی ہم ہیں، یا ہمارے پاس ہے سب وقت کے ترازو کے صرف ایک پلڑے میں ہے۔ دوسرا پلڑا ابھی تو ہے ترازو کا۔

ہے کے نہیں؟

ہے۔

اسی سے ہر سودے کا تول ہوتا ہے۔ اس میں باٹ ہے۔

باٹ کیا ہے،

پتھر۔

خالی خولی وزن۔

یاد رکھنا، ہر دت یہ پتھر، پتھر کے زمانے سے ہمارے ساتھ ہے اور اس نے ساتھ ہی رہنا ہے۔ اسی پتھر سے ہمارا تیرا تول ہوتا آیا ہے، ہوتا جائے گا۔ یہی وقت کا والی ہے۔ حکمران ہے ہمارے رویوں کا۔ بادشاہ ہے رائج قدروں کا۔ یہی ہماری ساری حرکتوں کا حاکم ہے۔ ہم نے اسی کے حساب سے تولنا ہے اور تو لے جانا ہے۔ اسی کے حوالے سے اپنا مول کرنا ہے۔

ہر زمانے کا اپنا باٹ ہوتا ہے۔

ہر باٹ قوت کی ایک شکل ہے۔ کتنی شکلیں ہیں اس کی۔ جس سے بھی دوسرا پلڑا ہلکا ہو کے اوپر ہو جائے وہی اس کے لیے مخصوص باٹ ہے۔ کوئی رنگ روپ سے پھولا

رہے گا۔ خاندانی میراث کو ہی سب کچھ مانے گا۔ وہاں برہمن راج کرے گا۔ بادشاہوں کی بادشاہیاں چلتی رہیں گی۔ کوئی جسمانی طاقت کا گھمنڈی ہوگا۔ اس کے لیے اکھاڑے کا ضابطہ ہوگا، جو چت ہوگیا وہ مر گیا۔ وہ اپنے بازو مضبوط کرنے میں لگا رہے گا۔ کوئی لوہا لکڑ، زمین جائیداد کو ترازو کے باٹ کا درجہ دے لے گا۔ اس لیے وہ اسی کو اکٹھا کرنے میں جتا رہے گا۔ آجکل دوسروں کو زیر کر کے اپنی مونچھ اونچی کرنے کا پتھر راج گدی پہ ہے۔

سب پتھروں کے زمانے ہیں۔

جتنے بھی آج تک آئیں ہیں یا آئیں گے۔

بس پتھروں کا حجم اور انکی ساخت الگ الگ ہوتی ہے۔

ابھی تو دیکھنا ڈھیرے ڈھیرے یہاں وہاں، ہر طرف صرف ایک ہی راجہ رہ جانا ہے۔ رائج الوقت سکہ۔

جس پہ وقت کی تصویر چھپی ہوگی۔ ہاتھ میں لو اور جو چاہے خرید لو۔ عزت، بہادری، شجاعت، اور عدل، سب بکاؤ ہو جانے ہیں۔ یہ سب وقت کی تکڑی پہ چڑھ کے ہوا میں اٹھ جانے ہیں۔

تم دیکھ لینا۔

یہی ہونا ہے۔

یہ اس لیے ہوتا ہے کہ جب وقت کے ترازو میں عقل کے گھر دلیل مر جاتی ہے تو پھر ترازو کے باٹ والے پلڑے میں صرف وہ پتھر کی آنکھ زندہ رہ جاتی ہے، جس کی قوت خرید، ہر جنس سے تگڑی ہو۔

ہم تم اپنے عہد کی جنس بازار ہیں اور بازار میں پڑے ہیں۔

پتہ نہیں اتنی ساری باتیں فضل دین نے کہی تھیں یا نہیں۔ ممکن ہے یہ باتیں فضل دین اور ہر دت کی آڑ میں ہم دونوں چپکے چپکے کرتے رہے ہوں۔

تم اور میں،

ہم دونوں میں بھی ایک ڈاکو ہے، دوسرا پولسیا۔ کبھی تم ڈھاٹا مارے، منہ سر لپیٹے ڈاکو بنی مجھے لوٹتی پھرتی ہو۔ کبھی میں چوری چوری چور بن کے تمہارے آگے بھاگا پھرتا ہوں خیال ہی خیال میں سہی۔ یہ تو سوچنے کی باتیں ہیں۔ جیسے جی چاہا سوچ لیا۔ چلو کسی نے یہ باتیں کی ہوں یا نہ کی ہوں، اس سے کیا فرق پڑتا ہے۔

یہ باتیں بہرحال کرنے والی ہیں۔

ایسی باتوں کا رواج تو نہیں رہا۔ اس لیے تم دیکھ لو اب اسی پتھر کا راج ہے۔ صرف جس میں قوت خرید ہے۔ جو ہر بازار میں چلتا ہے۔ ہر مال جس سے دستیاب ہے۔

جس کی جیب خالی ہے، اس کی دنیا مختصر ہے۔

ہر دت کی کہانی تو ستر سال پرانی ہے۔ میں تمہیں ایک اپنا قصہ سناتا ہوں۔ چند سال پہلے کا۔ جن دنوں میں نیا نیا سعودی عرب سے ڈیپوٹیشن کاٹ کے آیا تو میرے پاس برینڈ نیو جاپانی کار تھی۔ لش لش چمکارے مارتی ہوئی۔ سوٹ بوٹ بھی بہتیرے تھے۔ ایک دن جب میرا ملازم کہیں گیا ہوا تھا، میں اسی کی سائیکل اٹھا کے قریبی بازار میں سالن روٹی لینے چلا گیا۔ گھر میں جن کپڑوں میں لیٹا ہوا تھا۔ انہی میں نکل گیا۔ کچلے ہوئے کپڑے، پاؤں میں غسل خانے کی چپل۔ سائیکل ہوٹل پہ روکی۔ اتر کر گیا۔ کہا ایک پلیٹ دے دو بھنڈی کی۔ دکان دار نے پانچ منٹ تک مجھے دیکھا ہی نہیں۔ دیکھا بھی تو بے دلی سے۔ دس روپے لیے اور لفافے میں ٹھنڈی بھنڈی ڈال کے مجھے ایسے پکڑائی جیسے خیرات دے کے جان چھڑا رہا ہو۔ اس کے لیے میں کچھ بھی نہیں تھا۔ اگلے دن پھر میں گھر میں اکیلا تھا۔ اس دن میں نے نہا دھو کے نیا سوٹ پہنا، ٹائی لگائی، لش پش کرتی، ٹنٹڈ گلاسز والی اپنی برانڈ نئی گاڑی نکالی اور اسی دکان پہ چلا گیا۔ وہی دکاندار بیٹھا تھا۔ اس مرتبہ میں اترا نہیں۔ گاڑی کے اسٹیرنگ پہ بیٹھے بیٹھے ہارن بجایا۔

پوں۔

پاور ونڈو سے شیشہ آہستہ آہستہ نیچے کیا۔

دکاندار کی طرف منہ کر کے اس کی دکان کی چھت کو دیکھا۔ دکاندار اپنے چبوترے سے اتر کے بھاگا بھاگا آیا۔

جی سر

ایک پلیٹ بھنڈی

لایا جناب! یہ کہہ کر وہ پھر بھاگا، او چھوٹے سنو، ادھر آؤ۔ مرچیں لاؤ ہری۔ ادرک کدھر ہے۔ گھی کا ڈبہ اٹھاؤ۔ آگ تیز کرو۔ اس نے شور مچا دیا۔ ہر چیز گرم کر کے، بنا سنوار کے لفافہ دونوں ہاتھوں سے اٹھا کے میرے پاس لایا۔

میں نے پوچھا کتنے پیسے؟

بولا، سر دس روپے۔

دے دیے۔

دیے تو پچھلے دن بھی دس ہی روپے تھے۔ مگر اس وقت اسے میرے دس روپیوں کے ساتھ میری یہ کئی لاکھ کی گاڑی نظر نہ آئی تھی۔ مجھے پتہ تھا کہ یہ اس کا سارا رویہ میرے لیے نہیں تھا۔ یہ سارا کھیل، تماشہ پتھر کے ان باٹوں کے احترام میں ہے جو وقت نے رائج کر دیا ہے۔ مارکیٹ سوسائٹی کے اس دور میں انسان بھی شوکیس میں پڑا ہوا گڈا گڈی بن کے رہ گیا ہے۔ جو پرائس ٹیگ اس پہ لگ گیا ہے۔ وہی اس کی قیمت ہے۔ اس لیے ہم یہ ٹیگ اکٹھے کرنے میں لگے ہیں۔ اپنی قیمت بڑھانے میں جتے ہیں۔ تا کہ ہمارا مول اچھا پڑے۔ ہمارے سامنے والا پوں کی ایک آواز سے بھاگا آئے اور ادب سے کھڑا ہو کے بولے، جی سر۔

ہے یا نہیں؟

بولو۔

ایک تو تم سنتی سنتی بولتی نہیں ہو۔ ہر دت کی کہانی اس لیے تو نہیں سنا رہا۔ کہ صرف ہر دت اور فضل دین کی باتیں سنو۔ مجھے بھی تو کچھ کہنا ہے۔ کیا یہ ضروری ہے کہ تم

صرف ایک پلسیئے کی بات سنو یا پھر ایک ڈاکو کی۔ بولو نا۔ نہ بولو، میں تمہاری بدن بولی سمجھتا ہوں۔ تم کہنا چاہتی ہو آج کا مصروف زمانہ ہے۔ کس کے پاس وقت ہے۔ اگلے پچھلے وقتوں کو سوچنے کا۔ انہیں سوچ کے اپنی سمت معلوم کرنے کا، جو بیتا بیتایا انہیں سننے کا، سنانے کا۔

ٹھیک کہتی ہو۔

ایک تم بے وقوف ہو، جو سنے جا رہی ہو۔

دوسرا میں احمق ہوں، جو سنائے جا رہا ہوں۔

حالانکہ مجھے پتہ ہے یہ خالی خولی ٹیگ ہیں۔ نوٹ تھوڑی ہیں۔ کسی نوٹ کی طرح ان پہ کسی حکمران کی طرف سے کوئی ضمانت نہیں لکھی ہوئی، کہ حامل ھذا کو پیش کرنے پہ یہ ملے گا۔ نہ جی۔ یہ تو پرانے وقتوں کے وہ گم شدہ سفر ہیں جنہیں مڑ کے دیکھنے سے گمان ہے کہ شاید ہمارے اگلے قدم درست جگہ پہ پڑیں۔

مگر یہ باتیں کون سوچے گا؟

جسے آنے والے کل کو صرف اپنی ذات کے لیے نہ نچوڑنا ہو۔

جسے وقت سے لینا کم ہو۔ دینا زیادہ ہو۔

ایسے لوگ اپنے پرائس ٹیگ نہیں لکھتے۔

اپنے عہد کی قیمت کا اندراج کرتے ہیں۔

کیا پتہ کبھی وہ زمانہ آ جائے، جب خیر کا دروازہ کھل جائے۔

دلیل کی حاکمیت ہو،

جب دکان اور ریاست میں فرق ہو۔

دونوں کو چلانے کا طریقہ الگ ہو۔

شاید پھر اس خالی ٹیگ پہ بھی کچھ لکھا جائے۔

ہماری یہ کہی، ان کہی باتیں گھر گھر میں سنی جائیں۔

پڑھی جائیں۔

نصاب بن جائیں ہر نصیب والے کا۔

مگر کب؟

بہت جلدی بھی ہوا تو تیرے میرے جانے کے بعد

چلے جانے پہ سوچنا اور چیز ہوتا ہے۔ یہ جانے والوں کے ٹیگ پہ رقم بھرنا نہیں ہوتا۔ وہ تو چلے گئے ہوتے ہیں، اپنا جسم اپنا ٹیگ چھوڑ کے۔ یہ مہربانی لوگ اپنے ٹیگ کے لیے کرتے ہیں۔ اپنے غبارے میں ہوا بھرنے کے لیے۔

کہ دیکھو لوگو،

یہ ہم ہیں۔

جو پرکھ رکھتے ہیں۔

ہم نے پرکھ لیا ہے۔

مرحوم باکمال کہانی کار تھا۔

مقصد ان کا یہ کہنا ہوتا ہے کہ جو باکمال تھا، وہ گزر گیا، اب ہمیں مانو۔ اسی طرح منواتے منواتے اچھا بھلا شریف بھی ڈاکو بن جاتا ہے۔ اسی طرح ہر دت ڈاکو بنا تھا۔ منواتے منواتے جب اپنا آپ بھی اس کی گرفت سے نکلنے لگا تو اسے پہلی بار، ماننے کی شکتی کا احساس ہوا۔

خیر جی۔

قصہ مختصر، وہ منوانے کے دور سے نکل کے مکت ہونے کے لیے ماننا سیکھ گیا۔ فضل دین کے منع کرنے کے باوجود اس نے اپنے جرم پولیس کو لکھوا دیے۔ اسے اپنے میلے پن کا احساس ہو گیا تو دھلے جانے کی اس میں آرزو جاگی۔ اس نے اپنے جرم مان لیے۔

دھلائی والی بھٹی میں اترنے کی یہ پہلی شرط ہوتی ہے۔

اس نے یہ شرط پوری کر کے اپنے اندر خیر کا دیا جلا لیا۔

پولیس نے چھان پھٹک کر کے بڑی محنت سے چالان تیار کیا۔ عدالت میں پیش

کیا گیا۔ ہردت کو سزا ہو گئی۔ اپیلیں بھی بھگت گئیں۔ پھانسی چڑھنے کی تاریخ طے ہو گئی۔ آخری عدالتی کارروائی سے وہ واپس لایا جا رہا تھا۔ راہ میں اس کا گاؤں آ گیا۔ چکی کی آواز اس کے وجود میں ٹھہر گئی۔

رک گئی۔

گُو، گُو، گُو۔

وہ چکی کے حلق سے نکلنے والے دھویں کے مرغولوں کی طرح اڑنے لگا۔ گاڑی رکنے لگی۔ آگے ایک ریلوے سٹیشن آ گیا۔ سنگھا پور۔

یہاں سے پولیس والوں نے گاڑی بدلنی تھی۔ ہردت سنگھ کو جالندھر جیل میں لے جانے کے لیے دوسری گاڑی پکڑنی تھی۔ وہ سب اتر گئے۔ وہیں ویران کچے پکے سٹیشن پہ بیٹھ گئے۔ پورا پلیٹ فارم سٹیشن کے دو کمروں کے سائے میں لپٹا ہوا خاموش کھڑا تھا۔ اکا دکا آدمی وہاں اترے تھے۔ جو اترے وہ پلک جھپکنے میں چلے گئے۔ ہردت سنگھ کو ہتھ کڑی لگی ہوئی تھی۔ اور چکی کی آواز اسے آئے جا رہی تھی۔

گُو، گُو، گُو۔

شام ہو رہی تھی۔ سورج تھکا ہارا مغرب میں درختوں کے جھنڈ کے پیچھے اترنے کا سوچ رہا تھا۔ بہار کا موسم گزرے ہوئے تھوڑے ہی دن ہوئے تھے۔ درختوں کے پتوں پہ جوانی تھی۔ ڈوبتے سورج کی دھوپ میں درختوں سے نئے پھوٹے پتوں کا بانکپن بول رہا تھا۔ ان کے اندر اترتی دھوپ پچکاریاں مار رہی تھی۔ گندم کے کھیتوں میں دھوپ دیس کی سنہری پریاں اتر کے، ان کے گوشے توڑ رہی تھیں۔ شام کی ہوا سے گندم کے سٹے ہل ہل کے ایک دوسرے کے کان میں سرگوشیاں کر رہے تھے۔ مسکرا رہے تھے۔ انھی کھیتوں کے درمیان سے ایک پگڈنڈی ہردت کے گاؤں کی طرف جا رہی تھی۔ ریلوے لائن کے پار کہیں دور سے پرندے اُڑے آ رہے تھے۔ وہ پرندے شاید ہردت کے پڑوسی تھے۔ وہ انھی کھیتوں کے اوپر سے ہردت کے گاؤں کی طرف جا رہے تھے۔ سٹیشن کے پیچھے درختوں کے جھنڈ سے ہو کے کھیتوں کے

پار ہردت کے گاؤں کا راستہ تھا۔

بائی، کب چلنا ہے؟

ہردت نے عجیب سے انداز سے پوچھا جیسے پوچھنا کہیں اور جانے کا ہو۔

فضل دین نے اسے بولتے ہوئے نہیں دیکھا۔ سنی بات کے جواب میں کہہ دیا۔

جب گاڑی آ جائے اگلی، جلندھر کی۔

وہ تو دو گھنٹے بعد آنی ہے۔ ہردت پھر کسی اور خیال میں بولا۔

چلو، دو گھنٹے اور سہی، بیٹھے ہیں ادھر۔ فضل دین بولا

تھوڑی دیر تک دونوں چپ رہے۔ ہردت کے حلق میں اس کی چپ سوئیاں چھبونے لگی۔ وہ کچھ کہنا چاہتا تھا مگر کہہ نہ پا رہا تھا۔ کیسے اپنے آخری سفر پہ اپنے گاؤں کے ریلوے سٹیشن پہ تھوڑی دیر اور رک جائے۔ اس نے قریب ہی ایک درخت کی جڑ میں زور سے کھانس کے تھوک پھینکا اور گلا صاف کرتے کرتے، رک رک کے بولا،

ایک اور گاڑی بھی جاتی ہے جلندھر، صبح پانچ بجے۔

فضل دین نے پہلی بار گردن موڑ کے ہردت کو غور سے دیکھا اور ہنس کے بولا۔

تو نے ریل میں بھی ڈاکے مارے ہیں؟ بڑا جانتا ہے گاڑیوں کے اوقات۔

نہ بائی، ریل میں کوئی واردات نہیں کی، پر اس صبح کی ریل نے میرے بڑے ڈاکوں پر پردہ رکھا ہے۔ میں اسی ریل سے اکثر لوٹ کے آتا تھا۔ میں اس کی وسل پہچانتا ہوں۔ دور سے یہ وسل دیتی، میں بھاگ کے اس پہ چڑھ جاتا۔

چڑھ کے کدھر جاتے؟

جاتا نہیں تھا کہیں۔ کہیں سے بھی چڑھا ہوتا، اترتا یہاں تھا۔

یہاں کیوں اترتے تھے؟ فضل دین اب غور سے سن رہا تھا۔

یہ، یہ میرے گاؤں کا سٹیشن ہے۔ میرا گراں دو ڈھائی میل ہے ادھر سے۔ ہردت سنگھ یہ کہتے کہتے آبدیدہ سا ہو گیا۔

کُو، کُو، کُو۔

چکی کی آواز اس کے وجود سے آنے لگی۔

بائی تم بھی یہ آواز سن رہے ہو؟

کونسی آواز؟

ریلوے سٹیشن پہ شام کی دھوپ کے سایوں میں عجیب پراسرار سی خاموشی تھی۔ساتھ والے دونوں سپاہی ریلوے لائن پار کر کے، ایک کماد کے پاس بیٹھے پیشاب کر رہے تھے۔کماد سے پرے دو بھینسیں ایک چھوٹے سے برساتی جوہڑ میں گارے مٹی سے لت پت ہو کے نکل رہی تھیں۔دور دور تک خاموشی تھی۔ فضل دین نے کانوں پہ زور دے کر سننے کی کوشش کی۔پھر پوچھا۔

کونسی آواز؟

یہ گُو، گُو، گُو۔چکی کی آواز

فضل دین غور سے سننے لگا۔

ہاں،شاید ہے۔ٹھیک سے نہیں سنائی دے رہی۔

مجھے دیتی ہے،ٹھیک سنائی دیتی ہے۔

یہ تیرے گاؤں کی ہوگی۔

ہاں۔

وہی چکی ہے یہ؟

ہاں بائی،اسی چکی کی آواز بیس بائیس برس پہلے مجھ سے گر گئی تھی۔گم گئی تھی۔ لے دیکھ اب میں پینتیس برس کا ہوگیا ہوں۔اتنے برس میں نے مڑ کے ہی نہیں دیکھا اپنے گاؤں کو۔آج دیکھ رہا ہوں۔ہر طرف وہی دکھائی دے رہا ہے۔مگر میرے ہاتھ بندھے ہوئے ہیں۔پیروں میں بیڑیاں ہیں۔

دونوں چپ ہو گئے۔

بنچ پہ بیٹھے بیٹھے دونوں سر جھکا کے کچھ سوچنے لگے۔

ہر دت اپنی چپلوں کو جوڑ کے پیروں کے انگوٹھے ملا ملا کے کھول رہا تھا۔فضل دین

بنچ پہ بیٹھا بیٹھا اپنے سرکاری جوتوں کی ایڑیاں اٹھا کے آپس میں بجا رہا تھا۔

گاؤں میں تیرا کون کون ہے؟

فضل دین نے دونوں جوتوں کے پنجے جوڑ کے چھوڑے اور داہنے پاؤں کے انگوٹھے پہ دباؤ دیکر ایڑیاں ہوا میں رو کے رو کے پوچھا۔

بیوی ہے بلّو، ماں ہے، دو بیٹے ہیں۔

بیٹے کتنے بڑے ہیں؟

بڑا تو سوا پانچ برس کا ہے۔ مجھے پکا پتہ تو نہیں ہے، اتنا ہو گیا ہوگا۔ پر بولتا نہیں ہے مجھ سے۔ سہما سہما سا رہتا ہے سامنے میرے۔ جیسے اس نے کوئی بات کی تو اسے مار پڑے گی۔ میں نے کئی بار اس سے باتیں کرنے کی کوشش کی۔ مگر وہ بولا نہیں کبھی مجھ سے۔ پتہ نہیں کیا ڈر بیٹھ گیا ہے اس کے دل میں۔ ملاقات پہ جیل آئی میری ماں کہتی تھی وہ بڑی باتیں کرتا ہے، میری باتیں کرتا ہے۔

کیا باتیں؟

رب جانے، میں نے تو سنی نہیں۔ یہی تو دل میں گرہ لگ گئی۔ اتنا بڑا بیٹا ہو گیا۔ اسے میں نے سنا ہی نہیں۔

قید سے پہلے بھی، اسے سنا نہیں کبھی؟

نہ، اسی طرح چپ چپ تھا وہ۔ میں کبھی کبھار تو گھر جاتا تھا اپنے، چھپتے چھپاتے، چوروں کی طرح آدھی رات گیا۔ صبح مرغ کی بانگ سے پہلے نکل آیا۔ اکثر تو وہ سویا ہوا ہوتا تھا۔ مگر میرا خیال ہے، وہ جاگتا ہوتا تھا۔ میں نے اس کے سر پہ اوڑھی چادر کے نیچے دیے کی بتیوں جیسی، اس کی خاموش آنکھیں دیکھی ہیں۔ مجھ سے آنکھ اس کی مل جاتی تو اس کی آنکھیں کانپ جاتیں۔ جیسے دیے کی لو پہ پھونک ماری ہو میں نے۔ ہچکچاتے ہوئے، خوف زدہ سا ہو کے وہ فوراً نگاہ ہٹا لیتا تھا۔ مچلا ہو کے سو جاتا۔ ہاتھ پاؤں تک نہ ہلاتا۔ سانس بھی ایسے چپکے چپکے لیتا جیسے میں سن نہ لوں۔

وہ ڈرتا تھا تجھ سے؟

مجھ سے پورا علاقہ ڈرتا تھا۔ میرا نام سن کے ان کے گھروں کے دروازے بند ہو جاتے تھے۔ ہل کی لکیریں ہل جاتیں تھیں۔ چلتے رہٹ رک جاتے تھے۔ بچے کی آواز بھی نہیں آئی، اتنے برس۔ وہ بھی رکی رہی بائی کیا؟ وہ بچوں کی طرح فضل دین سے پوچھنے لگا۔

کوئی نہیں رکتا ہردت سنگھ، وقت کی اڑان اڑے جاتی ہے۔ وہ تو جس کے نصیب کے بدن سے پر ،گر جائیں وہ سمجھ بیٹھتا ہے پرواز رک گئی۔ وقت رک گیا۔ روک لیا۔ مٹھی میں کرلیا ہے۔ یہ وقت پہ تھوڑی کوئی اختیار ہے۔ یہ تو اپنی مٹھی کی بدبختی ہے۔ تیری مٹھی تیری انا نے بند کردی تھی۔ تو ہاتھ کا مکا بنائے بائیس برس بھٹکتا رہا۔ ہاتھ تجھ سے کون ملاتا؟ زمانہ ڈرتا رہا۔

زمانہ کیوں ڈرتا رہا؟

وقت ہر مکے سے ڈرتا ہے۔ فضل دین ہنسنے لگا۔ ہے نا۔

حالانکہ وقت سے بڑا مکا اور کوئی نہیں۔

یہی عجیب بات ہے، جو سمجھنے والی ہے۔ جب بھی وقت وار کرتا ہے۔ ہمیں سمجھ نہیں آتی کہ وار کیا کس نے ہے، آیا کس طرف سے ہے یہ۔ الٹا ہم آستین چڑھا کے وقت کا گریبان پکڑ کے بیٹھ جاتے ہیں۔ اور کہتے ہیں وقت سے، تیری ایسی تیسی۔ تیری یہ ہمت۔ تُو تو میری مٹھی میں ہے۔ جو چاہوں تیرے ساتھ سلوک کروں۔ میں مالک ہوں تیرا۔ میری مرضی چلتی ہے۔ ہر شے پہ۔ تجھ پہ بھی۔

ہے نا حماقت۔

وقت تو ریت ہے

روشنی ہے،

ہردت۔ ریت اور روشنی مٹھی میں ٹھہرتی ہے کہیں۔

نہ

وقت تیرے میرے اختیار کی چیز نہیں ہے۔ جس کا ہر شے پہ اختیار ہے۔ وقت

اسی کے ہاتھ کا گز ہے۔ جس سے وہ ہمیں ہمارے نصیب کے سائز کا دورانیہ پھاڑ پھاڑ کے دیتا ہے۔ پھر چاہے اس وقت کی ہم نیکر بنائیں، کرتا بنائیں یا اسے چادر کی طرح اوڑھے رکھیں۔

کیا خیال ہے؟

ہاں بائی۔

پھاڑ کے دیے گز دو گز وقت کی سلائی بھی اسی نے کرنی ہوتی ہے۔ ہمیں تو مغالطہ ہی ہے کہ ہم نے کڑتا بنا لیا۔ چاہے نیچے سے ننگے ہی پھر رہے ہوں۔ یا سمجھ لیا کہ اس دو گرہ کپڑے کا تمبو تان لیا، اپنے لیے اور اپنی آنے والی تین نسلوں کے لیے۔

ہمارے سب خیال خام ہیں وقت کے بارے میں۔

یہ کر لیا وہ کر لیا۔

ہم ہیں کس جوگے!

مزے کی بات ہے نا، کہ ہمارا وقت بھی ہمارے بس میں نہیں۔ بتھیرا وقت ہو گیا۔ ادھر بیٹھے بیٹھے۔ اپنی گاڑی میں آنے میں اب زیادہ وقت نہیں۔

فضل دین پہلو بدل کے کہتا ہے۔ جیسے جو سوچ رہا ہو وہ سوچنا مشکل ہو۔ ہر دت یہ سن کر یوں تڑپ جاتا ہے۔ جیسے اُسے یہ سننے کا حوصلہ نہ ہو۔ ہڑ بڑا کے گردن گھما کے چاروں طرف دیکھنے لگتا ہے۔ سورج کی آنکھ اسے درختوں کے جھنڈ میں اتر کے نیچے تنوں کے بیچ بیچ سے کہیں روشنی کی کرن بن کے دیکھتی ہے۔ وہ ڈوبتے سورج کی کرن پکڑ لیتا ہے۔ کہتا ہے۔

بائی سورج کا گھر بھی ادھر ہی ہے۔

کدھر؟

جدھر میرا گھر ہے۔

وہ تو اپنے گھر میں غروب ہونے جا رہا ہے۔

غروب تو میں بھی ہونے والا ہوں، مگر میرا نصیب سورج جیسا تھوڑی ہے۔ میں

تو اپنے گھر سے دور کہیں غروب ہوں گا۔

کدھر پھانسی ملے گی مجھے بائی؟

دونوں گردنیں اٹھا کے غروب ہوتے ہوئے سورج کو درختوں کے ذخیرے میں آگ کا گولہ بنے نیچے پھیلتے ہوئے دیکھنے لگتے ہیں۔ ذخیرے میں جیسے آگ لگی ہوتی ہے۔ چند ساعتوں میں سورج کا گولہ نیچے کہیں پھسل جاتا ہے۔ درختوں کے جھنڈ میں سورج کی آگ کی صرف تپش لال ہوئی نظر آتی رہتی ہے۔ دونوں کئی منٹوں تک کوئی بات نہیں کرتے۔

پھر ایکا ایکی، فضل دین اپنی وردی کی پیٹی سے اس کی ہتھکڑی کو ہاتھ سے مسلتا ہوا ایک عجیب سے لہجے میں بولنے کے لیے منہ کھولتا ہے۔ کہے جانے والے انہونے بول کہے جانے سے پہلے اس کے چہرے پہ انوکھے خدوخال لکھ دیتے ہیں۔ ہردت سمجھ جاتا ہے کہ فضل دین کوئی انوکھی بات کرنے والا ہے۔

فضل دین کہتا ہے۔ ہردت، تجھے تیرے گھر ملا لاؤں؟

ہردت گردن اُٹھا کے فضل دین کو یوں تکتا ہے، جیسے دوسرا جنم لے رہا ہو۔ سورج غروب ہوتا ہوتا واپس ابھر آیا ہو۔ رات ہونے سے پہلے صبح ہوگئی ہو۔ اس کا چہرہ ایک عجیب سی دھوپ سے لرزنے لگتا ہے۔ اس کے چہرے کے پٹھے پھڑ پھڑانے لگتے ہیں۔ جیسے پر کٹے ہوئے پرندے کو پرواز مل رہی ہو۔

ایسا ہوسکتا ہے؟ وہ آہستگی سے کہتا ہے۔

ہاں، ہم صبح چلے جائیں گے، جلندھر۔ صبح کی ٹرین سے۔

ہردت خاموش ہو جاتا ہے۔ اس کی خاموشی میں جلتے ہوئے جنگل کا سا شور ہوتا ہے۔ اس کے اندر دھڑ ادھڑ ٹہنیاں، پتے، تنے گر رہے ہوتے ہیں۔ سوچوں کا دریا بندھ توڑ کے بھاگتا ہوا چڑھا آتا ہے۔ اس کا ذہن ماؤف ہو جاتا ہے۔ وہ سراسیمگی میں ہولے سے کہتا ہے۔

بائی، تم اتنا رسک لے لو گے؟

ہاں
میں کال کوٹھڑی کا مجرم ہوں۔

جانتا ہوں۔
تجھے پتہ ہے کہ اگر کچھ نیکی بدی ہو گئی، تو تیری سزا کتنی ہوگی؟

پتہ ہے۔

ہاں، قانون تجھ سے زیادہ کون جانتا ہے۔
اسی لیے تو میں کہہ رہا ہوں۔ فضل دین مسکرانے لگتا ہے۔
ہردت سنبھل کے بیٹھ جاتا ہے۔ ایک ساعت میں وہ ایک اور شخص ہوتا ہے۔ اس کی آواز کا پرتو بدل جاتا ہے۔ اس کی آواز وہ آواز نہیں لگتی جو مرنے والی ہو۔ خاموش ہونے والی آواز بھی ڈھلتے سورج کی دھوپ کی طرح الگ سے پہچانی جاتی ہے۔ ہردت کی آواز سے غروب ہونے کا رنگ نکل گیا تھا۔
بائی، لیکن ان کا کیا کرو گے، ان سپاہیوں کا۔ وہ دونوں سپاہیوں کو سامنے کی لائن پار کر کے آتے ہوئے دیکھ کے کہتا ہے۔
یہ میرا کام ہے تم فکر نہ کرو۔
دونوں پھر چپ ہو کے بیٹھ جاتے ہیں۔
اتنے میں دونوں سپاہی قریب آ کے، لال اینٹوں کے پلیٹ فارم پہ زور زور سے پاؤں پٹخ پٹخ کے مٹی جھاڑنے لگتے ہیں۔ ایک لاٹھی بغل میں دے کر ہاتھ میں کماد سے توڑا ہوا گنا لیے آ رہا ہوتا ہے۔ وہ منہ کھول کھول کے اسے چھیلتا ہوا ایک ساعت کو رکتا ہے، پھر کہتا ہے۔
بائی، یہ کدھر آ کے گڈی بدلنی پڑ گئی۔
نہ ادھر کوئی چائے ہے نہ کوئی روٹی پانی۔
آگے سٹیشن سے سب ملے گا، فضل دین کہتا ہے۔
پر اُدھر گاڑی گھڑی دو گھڑی کھڑی ہوگی، سفر تو لمبا ہے۔

تو اُدھر زیادہ دیر ٹھہر جانا۔ فضل دین جیسے یہی کہنا چاہتا تھا۔

ہردت گردن گھما کے فضل دین کے چہرے پہ ان کہیاں پڑھنے لگتا ہے۔

زیادہ کیسے ٹھہرنا ہے اُدھر، تم ٹھہرو گے؟

ہاں ٹھہر جاتا ہوں، صبح کی گاڑی سے چلے جائیں گے آگے، جلندھر۔

یہ ٹھیک ہے۔

کچھ آرام بھی کر لیں گے اُدھر، اس کا ماما ہے اگلے سٹیشن پہ جھنڈی ہلانے والا ہے، کیوں بھئی کہتا تھا، نہ تو، وہ دوسرے سپاہی کا کندھا پکڑ کر اپنی طرف متوجہ کرتا ہے، جس کے کندھے سے بندوق جھول رہی ہوتی ہے۔

ہاں بائی، ایسا ہو جائے تو بڑا اچھا ہے۔ ابھی گاڑی آنے والی ہے، اس پہ چڑھ کے ادھر اتر جائیں گے۔ بڑی رونق والا شہر ہے وہ، تھیٹر بھی ہے ایک اُدھر۔ کھانا پینا اچھا ہے۔ میں تو کئی بار گیا ہوں، ماے کے پاس۔ ماما میرا بڑا رونقی ہے۔ تیرے لیے وہ بڑا سوہنا انتظام کرے گا اُدھر سونے کا۔

''میری فکر نہ کرو، میرا بندوبست ہے''۔ فضل دین ان دونوں کو دیکھ کے، ان کے چہروں کے اوپر کہیں دیکھ کے بولتا ہے۔

کیوں تو کدھر رہے گا اُدھر؟

اُدھر نہیں، میں یہ چند گھنٹے یہاں کسی سے مل لوں گا۔ صبح کی گاڑی سے اُدھر پہنچ جاؤں گا۔ تم اسی پر چڑھ جانا میرے ساتھ۔

وہ دونوں شرارت سے فضل دین کو تکتے ہیں۔ ایک ان میں سے پوچھتا ہے۔

اچھا یہاں کوئی ہے تیرا؟

ہاں، فضل دین فیصلہ کن انداز میں کہہ دیتا ہے۔

ہردت؟

ایک دم سے دونوں سپاہیوں کی نظر ہردت پہ پڑتی ہیں

یہ؟

اسے میرے ساتھ رہنے دو۔ تم لوگ کدھر اسے لیے پھرو گے، خوامخواہ
نہیں بائی، ہمیں تکلیف نہیں ہوتی۔

رہنے دو، پتہ ہے مجھے۔ تم لوگ جاؤ، موج کرو، صبح کی گاڑی پہ پلیٹ فارم پہ آجانا۔ بس

تو فکر ہی نہ کر، ہم نے رات ہی سٹیشن پہ گزارنی ہے۔

لو پھر، وہ آئی گاڑی۔

دُور سے ریل گاڑی کی بتی نظر آتی ہے۔

مغرب کا اندھیرا اسٹیشن پہ پھیلا ہوتا ہے۔ کوئی گاڑی پہ چڑھنے والا مسافر نہیں ہوتا۔ ایک ریل کے محکمے کا کارندہ ہری اور لال جھنڈیاں بغل میں دیے، ایک چبوترے پہ چڑھا بازو جتنے لمبے لوہے کے پائپوں پہ سائیکل بریکوں کی طرح لگی کمانیوں کو دبا کے آگے پیچھے کرتا ہے۔ ریلوے لائن کے پہلو میں کھڑے کھمبے پہ لگا سگنل اپنا بازو نیچے کر دیتا ہے۔ گاڑی کی بتی کی روشنی بڑھ جاتی ہے۔ اس کا دھواں مغرب کے نیلے کھلے آسمان پہ بکھرے سفید بادلوں کو کالا کر دیتا ہے۔ پھر وہی ریلوے کی نیلی یونیفارم میں ملبوس ملازم چبوترے سے اتر کے پلیٹ فارم کے بیچ آ کے کھڑا ہو جاتا ہے۔ اور ان کی طرف دیکھ کے اشارے سے مسکرا کے سر ہلا کے سلام کرتا ہے۔ بندوق والا سپاہی جواب میں بندوق والے کندھے پہ بندوق درست کرتا ہوا، اسی ہاتھ کو کھول بند کر کے جواب دیتا ہے۔ دوسرا سپاہی گنا چوستے چوستے، گنڈیری توڑ کر اسے منہ میں رکھتا رکھتا، ایک دم سے ہوا میں ہاتھ لہرا کے جواب دیتا ہے۔۔ فضل دین خاموشی سے اس آدمی کو دیکھتا ہے۔ اور ہردت ریلوے کے ملازم کو دیکھ کے فضل دین کا چہرہ دیکھنے لگتا ہے۔

گاڑی آجاتی ہے، رکنے لگتی ہے تو بندوق والا سپاہی، کندھے سے بندوق اتار کے فضل دین کو دیتے ہوئے کہتا ہے، بائی ہردت تیرے پاس ہے، تو رکھ اسے۔

رہنے دو، اپنے پاس ہی رکھو، صبح کی گاڑی ہے، یاد رکھنا۔

یاد ہے بائی، اچھا۔

دونوں سپاہی وہاں سے سرک کے لائن کے قریب ہو کے چلتے چلتے پلیٹ فارم کے درمیان میں چلے جاتے ہیں۔ گاڑی میں چڑھ جاتے ہیں۔ بندوق والا سرک کے دروازے سے اندر ہو جاتا ہے، گننے والا سپاہی، دروازے کی آہنی پائپ کو پکڑ کر دروازے میں ہی کھڑا رہتا ہے۔ گاڑی ایک منٹ کے لیے وہاں رکنا ہوتی ہے۔ کوئی مسافر ادھر نہیں اترتا۔ ایک ریلوے کا کارندہ دو کالے کالے صندوق اتار کے جھنڈی والے آدمی کے پاس رکھ دیتا ہے۔ اور پھر گاڑی پہ چڑھ جاتا ہے۔ کالا انجن دھوئیں کا مرغولا چھوڑتا ہے۔ انجن کا ڈرائیور ایک رسی کھینچ کے، گاڑی کی لمبی بھاپ سے بھری سیٹی بجاتا ہے۔ کالے انجن کے اوپر ایک اونچے سے چمنی والے پائپ سے دھوئیں کی کالی سیاہ پچکاری نکلتی ہے۔ اردگرد کھڑے کچھ درختوں میں بیٹھے ہوئے پرندے پھڑ پھڑا کے اپنے گھونسلوں سے پتوں کو پر مارتے ہوئے نکل کے کالے دھوئیں سے پرے پرے ہو کے اسے چھوتے ہوئے کھلے آسمان پہ اڑنے لگتے ہیں۔ جھنڈی والا آدمی لال جھنڈی بغل میں لیے، سبز جھنڈی کو ہاتھ میں لے کر، بازو اونچا کر کے کھڑا ہو جاتا ہے۔ انجن کا ڈرائیور دوسری بار وسل کی رسی کھینچتا ہے۔ ایک لمبی وسل کی آواز گونجتی ہے۔ اور دور ذخیرے کے درختوں سے بھی پروں کا ہجوم پتوں میں سرسراتا ہے اور انجن کے بڑے بڑے لوہے کے پہیے چھک چھک کر کے ریل کی پٹڑی پہ رینگنے لگتے ہیں۔ گاڑی چلتی جاتی ہے۔ گننے والا سپاہی دور تک اپنا گنا ہلا ہلا کے فضل دین کو سلام کرتا جاتا ہے۔ پلیٹ فارم پہ اندھیرا اتر آتا ہے۔ فضل دین ہردت کے گھٹنے پہ ہاتھ مار کے کہتا ہے،

چل،

تیرے گاؤں کی راہ مجھے نہیں آتی۔

ادھر سٹیشن کے پیچھے ہو کے، ڈنڈی ہے، ایک پگڈنڈی، ہردت کہتا ہے۔

دونوں ادھر چل پڑتے ہیں۔

اندھیرا ہو جاتا ہے۔

راہ میں پگڈنڈی کی دونوں طرف ٹالیاں کھڑی ہوتی ہیں۔ فصلوں میں گندم کے سٹے غنودگی میں سر ہلا رہے ہوتے ہیں۔ فضل دین ایک جگہ درختوں کے بیچ رک کے کہتا ہے۔

ہردت ٹھہر، ذرا یہ ہتھ کڑی کھول لینے دے۔

ہردت کی آنکھیں اندھیرے میں تاروں کی طرح چمکتی ہیں۔

تو مجھے خالی ہاتھ لے کے جائے گا؟ وہ سراسیمگی میں کہتا ہے۔

تو کیا ہتھ کڑی لگا کے اپنی جورو کے ساتھ سوئے گا۔ فضل دین ہنستے ہوئے اس کی ہتھ کڑی میں چابی گھما کے تالا کھول دیتا ہے۔

ہردت ہتھ کڑیوں سے اپنی کلائیاں نکال کے ان پہ باری باری اپنا ہاتھ پھیرتا ہے، جیسے سہلا رہا ہو یا ہتھ کڑی کے نشان مٹا رہا ہو۔

فضل دین کے ہاتھ میں ایک کپڑے کا تھیلا ہوتا ہے، وہ تھیلے میں ہتھ کڑی رکھ دیتا ہے۔ اور اسی تھیلے سے ایک شلوار قمیض نکال کے کہتا ہے تو ادھر بیٹھ میں آگے جا کے کپڑے بدل آؤں۔ وردی میں تیرے ساتھ جانا اچھا نہیں لگتا مجھے، تیرے گاؤں۔ یہ کہہ کے فضل دین پچاس گز پرے کھڑے کماد میں گھس جاتا ہے۔ کپڑے بدل کے جب کماد سے نکل کے باہر آتا ہے تو پگڈنڈی پہ اسے ہردت نظر نہیں آتا۔ اس کے پورے وجود میں بجلی کا اک جھٹکا لگتا ہے۔ ریڑھ کی ہڈی میں برف کی سل گھس کے پھٹتی ہے۔ وہ کپکپا کے سرگوشی میں ماری چیخ کی طرح آواز دیتا ہے۔

ہردت،

سر سے پاؤں تک آنکھ بن کے وہ دیوانہ وار چاروں طرف گردن گھماتا ہے۔

اندھیرا ہر طرف اترا ہوتا ہے۔

ہردت سنگھ کہیں نہیں دکھتا۔

صرف زمین پہ بیٹھ کے افق پہ کھڑے درخت اور کماد کے کھیت نظر آتے

ہیں۔ فضل دین زمین پہ بیٹھ کے چاروں طرف نظریں گھماتا ہے۔ سکائی لائن میں ہلتے ایک ایک پتے، پنچھی، پریا پیر کو دیکھنے میں جت جاتا ہے۔ پھر آواز دیتا ہے،

ہردت

اس کی آواز کماد کے کھیتوں میں شام کے اندھیرے میں مچھروں کے جھنڈ میں سرسراتی ہے، کماد سے پرے ایک پانی کے کھالے سے کوئی مینڈک بولتا ہے۔ اور دور سے جھینگروں کی آواز آتی ہے۔

فضل دین کے جسم کا رواں رواں کانپنے لگتا ہے،

وہ یہ خیال ذہن میں لانا نہیں چاہتا تھا۔ مگر اس کی آنکھیں کہہ رہی تھیں کہ ہردت بھاگ گیا ہے۔

ہردت!

فضل دین پہلی بار اپنے پولسیے لہجے میں آواز دیتا ہے اس کی آواز دور تک درختوں کے قطاروں میں گھس گھس کے پتے پتے کو جھنجھوڑتی ہوئی چیختی کاٹتی جاتی ہے۔

ایک دو ثانیے خاموشی رہتی ہے۔

پھر ایک دھیمی سی قریب سے اندھیرے میں آواز آتی ہے۔

آیا بائی، آیا۔ پیشاب کرلوں۔ آواز ہردت کی ہوتی ہے۔

فضل دین کی رگوں میں جما ہوا یخ خون واپس حرکت کرنے لگتا ہے۔ تھوڑی دیر بعد ہردت دونوں ہاتھوں سے اپنی تہمند کے لڑوے باندھتا ہوا، بائیں طرف ایک گندم کے کھیت کے اندر سے اٹھ کے سامنے آجاتا ہے۔

چل، ذرا پیشاب لئی گیا تھا۔

اچھا، فضل دین کا سانس ابھی تک اوپر کا اوپر ہوا ہوتا ہے۔

بائی، تیری آواز ایسی تھی نہ، جیسے میں بھاگ گیا ہوں، ہردت ہنستے ہوئے کہتا ہے۔

بھاگنا ہے تو بھاگ جا۔ میں نے تو ہتھ کڑی تیری کھول دی، فضل دین اپنے تھیلے میں ہاتھ ڈالے اپنی اتاری وردی کے ساتھ ہتھ کڑی کو لپیٹ کے ٹھونس رہا ہوتا ہے۔

اچھا، پھر بائی پھڑ لے مینوں، ہردت یہ کہہ کے بھاگ پڑتا ہے۔

فضل دین اسے بھاگتے ہوئے دیکھے جاتا ہے، مگر اس کے پیچھے نہیں بھاگتا، اسی رفتار سے قدم قدم ایک ہاتھ میں تھیلا لٹکائے چلتا رہتا ہے اسی پگڈنڈی پہ۔

اس کا دل پھر رک رک کے چلنے لگا۔ مگر اس بار اسے اپنے دل کی رفتار سے خوف نہیں آتا۔ اس کے جسم میں صرف یہ تبدیلی آتی ہے کہ اس کا سارا جسم لوہے کی طرح اکڑ کے لوہا بن جاتا ہے۔ ذہن سوچنا بند کر دیتا ہے۔ اور وہ اندھیرے میں آنکھیں کھولے ہردت کے بھاگتے سائے کو تکتا رہتا ہے۔ کافی دور جا کے ہردت کھڑا ہو جاتا ہے، پیچھے مڑ کے دیکھتا ہے اور کہتا ہے، بائی تو دوڑیا نہیں۔

فضل دین خاموش چلتا رہتا ہے۔

ہردت اسی پگڈنڈی پہ بیٹھ جاتا ہے۔ فضل دین چلتا چلتا اس کے قریب پہنچتا ہے تو وہ بیٹھا بیٹھا، فضل دین کی ٹانگوں سے لپٹ کے بچوں کی طرح سسکنے لگتا ہے۔ فضل دین اسے کندھوں سے پکڑ کے اٹھا لیتا ہے۔ دونوں گلے لگ جاتے ہیں۔ ہردت اونچی اونچی رونے لگتا ہے۔ اس کے رونے کی آواز سے درختوں کے پتوں میں گھسے بیٹھے پرندے اپنے پر پھڑ پھڑانے لگتے ہیں۔ جھینگر بولنا بند کر دیتے ہیں۔ آسمان پہ تارے مسکرانے لگتے ہیں۔ اور ٹھنڈی ہوا جھولیاں بھر بھر کے پکی ہوئی گندم کے خوشوں کی خوشبو سے ان کے ذہن بھر دیتی ہے۔

فضل دین، ہردت کے کندھے تھپتھپاتا ہے۔

وہ پھر گلے سے چمٹ جاتا ہے۔

چل ہن۔ جلدی پیر اٹھا۔ صبح سے پہلے پہلے آنا ہے واپس۔

ایک رات کون سی ایسی لمبی ہوتی ہے۔ چل۔

یہ کہہ کے فضل دین کی آواز پہلی بار بھرا جاتی ہے۔ جیسے اپنے کہے اس ایک جملے

سے وہ رات اور زندگی دونوں کی حقیقت سے آشنا ہو گیا ہو۔

پوری زندگی ہو یا پوری رات

دونوں کتنی جلدی ختم ہو جاتی ہیں۔

وہ سوچتا رہتا ہے۔ دونوں ایک دوسرے کا ہاتھ پکڑ کے چل پڑتے ہیں۔

ہردت تھوڑی دیر خاموشی کے بعد پوچھتا ہے۔

بائی پھانسی کی تاریخ میں گیارہ دن رہ گئے ہیں نا؟

آج کی رات بھی گننی ہے؟

نہیں۔

پھر، دن گیارہ ہیں، راتیں دس۔

دونوں چپ ہو جاتے ہیں، چلتے رہتے ہیں۔ سفر سمٹتا جاتا ہے۔

راہ میں چکی کی آواز ایک دم سے آنا شروع ہو جاتی ہے۔

گُو، گُو، گُو۔

چکی بائی، چکی۔

ہاں، تیرا پنڈ قریب آ گیا۔

بس دو چار کھیت رہ گئے راہ کے۔

بائی ہمارے کھیت تھے اپنے۔

باپو نے پولیس مقدموں میں وہ بھی بیچ دیے۔

میرا بھائی ہے چھوٹا۔

سگا؟

سگا نہیں ہے، ہے چاچے کا لڑکا، پر چاچا مر گیا تھا۔ میرے باپ نے پتروں کی طرح پالا ہے اسے،

وہ کیا کرتا ہے؟

اپنی زمین تو رہی نہیں۔ دوسروں کے کھیتوں میں بیجائی کرتا ہے۔ شادی ہو گئی

ہے اس کی بھی۔ کئی سالوں سے نہیں ملا وہ۔ ایک بار وہ جیل آیا تھا کہیں، پتہ نہیں جیل والوں نے ملنے نہیں دیا۔ یا مجھے کہیں لے کر گئے ہوئے تھے کسی ملاحظہ پہ۔ ملاقات ہی نہیں ہوئی اس سے۔ مجھ سے پانچ سال چھوٹا ہے، ہے مجھ سے دو انگل اونچا۔ بڑا نیک لڑکا ہے، تو دیکھنا۔ ابھی پچھلی سردیوں میں شادی ہوئی ہے اس کی۔ سنا ہے بھلے لوگ ہیں اس کے سسرال والے۔ کئی سال سے اس کی منگنی ہوئی ہوئی تھی۔ میری وجہ سے لڑکی والے سہمے ہوئے تھے۔ نہ ہاں کرتے تھے بیچارے نہ نا۔ دور ہے ان کا گراں ،ادھر کی نہیں ہے اس کی بیوی۔

تیرا اسسرال کدھر ہے؟

میری بیوی تو اسی گاؤں کی ہے۔

تین چار مسٹنڈے سے اس کے بھائی ہیں۔ زمین ہے گھر کی انکی بیس ایکڑ۔ اپنی برادری کے ہی ہیں وہ سارے۔ کام کاج کچھ کرتے نہیں۔ نوکر رکھے ہوئے ہیں۔ مفت کی شوقینی میں رہتے ہیں۔ نہا لیے، کیس باندھ لیے، پگڑی سر پہ رکھ لی کیسری۔ داڑھی موڑ کے چڑھا لی کانوں کی طرف، تیل لگا کے۔ مونچھوں کو مکھن سے مل کے تاؤ دے لیے۔ شراب پی لی۔ ادھر ہی گاؤں میں گل گپاڑا مچا لیا۔ سنا ہے لوگوں پہ بڑا رعب ہے ان کا۔ گاؤں والے ان سے ڈرتے ہیں، کہتے ہیں بچو بھئی ان سے۔ بہنوئی ان کا ڈاکو ہے۔ تین بندے مارے ہوئے ہیں اس نے۔ یہ سالے تو لوگوں پہ شیخیاں مارتے ہیں۔ تین نہیں چار مارے ہیں، ہردت نے۔

لو دیکھو،

چوتھا اپنی طرف سے بنا لیا۔

رعب ڈالنے کے لیے۔

تھا چوتھا ایک۔

مگر وہ زخمی ہوا تھا، بچ گیا، مجھے پتہ ہے۔

رب کو منظور ہوتا تو باقی بھی بچ جاتے، وہ بڑبڑاتا ہے۔

خداواسطے میں ظلم کرتا رہا، بلاوجہ۔

یار، رب معاف کردے گا؟

تم نے معافی مانگی ہے؟

وہ پھر رونے لگ گیا۔

بولا، بائی مجھے معافی مانگنی نہیں آتی۔ تو سکھادے۔

تیرے مذہب میں کیسے مانگتے ہیں؟ فضل دین نے پوچھا

مجھے اپنے مذہب کا کچھ نہیں پتہ۔ مجھے نہیں پتہ ہمارے مذہب میں کوئی معافی ہے یا نہیں۔ ہردت سنگھ بولا۔

ہمارے میں تو ہے۔

اچھا چل پھر مجھے بتا، نا۔

کلمہ پڑھنا پڑھتا ہے پہلے۔ فضل دین ہنستے ہوئے اس کے کندھوں پہ ہاتھ مارتے بولا۔

پہلے کیوں؟

بس، پھر ہی نئی سلیٹ شروع ہوتی ہے۔ پرانی لکھائی دھل جاتی ہے۔

اچھا۔ ہے ایسا؟

ہاں ہے۔

پر بائی۔ ایک بات ہے۔

کیا؟

میری سلیٹ بہت میلی ہے۔

خیر ہے۔ دھلائی دھونے والے کی طاقت سے ہوتی ہے۔ سلیٹ کی میل سے نہیں۔

وہ دھودے گا؟

اس کا وعدہ ہے۔

میری سلیٹ دھل بھی گئی اگر۔ پھر بھی میرے پاس کونسا وقت ہے، اس پہ کچھ لکھنے کا۔ وہ کچھ ایسے دکھ کی شدت سے بولا، کہ ساری ہوا اس کے درد سے بھر گئی۔ فضل دین نے چلتے چلتے پھر اسے اپنے دائیں بازو میں لپیٹ لیا، اور تھوڑی خاموشی کے بعد کہا۔

ہردت، خالی سلیٹ سب سے اچھی ہوتی ہے۔ کسی کسی کو نصیب ہوتی ہے۔

اچھا پھر پڑھا دے کلمہ یار۔

یہ پڑھائیاں، دوسرا نہیں پڑھاتا، اپنا آپ اندر سے پڑھتا ہے۔ پڑھنے کو پڑھے جانے والے بول تو تو جانتا ہے۔ جانتا ہے نہ تو؟

پتہ تو ہے، پر اس کا مطلب کیا ہے؟

اس کا مطلب ہے، بس کوئی نہیں ہے رب سوائے تیرے اللہ اور حضرت محمد ﷺ تیرے سچے نبی ہیں، آخری۔ اتنی سی بات ہے۔ مگر جب تک اندر کا برتن صاف نہ ہو جائے، اوپر سے دودھ نہیں اترتا۔ میلے برتن میں کبھی کسی نے دودھ چویا ہے۔ بول، نہ بائی۔

بس پھر پانڈہ صاف کرنا ہے پہلے۔

لا، کوئی نہیں ہے سوائے اس کے۔ پھر وہ آتا ہے اتر کے۔

ایسے نہیں۔

بائی بلا دے اسے، اندر خالی کر لیا ہے میں نے۔ اپنا آپ بھی نکال دیا ہے۔ اپنی غلطیوں پہ شرمندہ ہوں میں۔ بائی میں نے بڑے ظلم کیے ہیں۔ مجھے معافی دلا دے۔

خود مانگ، وہ تو کھڑا ہی دروازے سے لگا ہے کہ آئے کوئی دستک دے۔

کدھر ہے گھر تیرا۔ لے آ گیا پنڈ تیرا۔ آگے ہو جا۔ دستک دے۔ اپنے گھر۔

یہ آ گیا۔ ہردت اپنا گھر دیکھ کے خوشی چھپا نہیں پا رہا تھا۔ سامنے ایک کچی دیواروں والا میلا سا گھر ہوتا ہے۔ ایک کمرے پہ موٹے موٹے تختوں والا دروازہ ہوتا ہے۔

ٹھک ٹھک ٹھک۔

ہردت سنگھ نے دستک دے دی۔

گھر کے اندر خاموشی تھی۔

گاؤں سے باہر باہر گھر تھا۔ وہ باہر ہی باہر سے گاؤں کے گھروں کے پیچھے پیچھے سے فضل دین کو لے کر آیا تھا۔

ادھر میری ماں کی کوٹھری ہے۔

تونے ماں کا کبھی ذکر نہیں کیا۔ فضل دین آہستگی سے بولا۔

یار پتہ نہیں وہ ہے یا چلی گئی۔ بیس دن پہلے ملاقات کرنے آئی تھی وہ۔ سارا وقت روتی رہی۔ یہی کہتی تھی۔ رب مجھے بیٹے سے پہلے قبول کرلے۔ ہردت کی پھانسی تک زندہ نہ رکھ مجھے۔ اتنا حوصلہ نہیں ہے میرے اندر۔ جواں بیٹے کی سولی سے اتری ہوئی لمبی گردن نہیں دیکھ سکتی۔ رب جانے ماں ہے، یا چلی گئی۔ تو ادھر ایک طرف ہو جا، دروازے کے، میں دستک دیتا ہوں۔ ہردت نے پھر دستک دی۔

زنجیر والا کنڈا اٹھا کے لکڑی کے دروازے پہ کھٹ کھٹ کر کے مارا۔ اور فضل دین سے سرگوشی کے انداز میں بولا، یار میں نے کبھی دستک دی ہی نہیں دروازے پہ، اپنے گھر بھی دیوار پھلاند کے ہی آتا تھا۔ بھول ہی گیا، کیسے کنڈا کھڑکاتے ہیں۔ اس نے کنڈی چھوڑ کے دروازے پہ ہاتھ مارا، اور دروازے کی درز پہ منہ رکھ کے آہستگی سے چیخ کے انداز میں بولا،

ماں۔

ایک دم سے دروازہ پھڑ پھڑ کر کے کھلا اور دونوں پٹ پکڑ کے ایک بوڑھی عورت ہیجانی کیفیت میں کپکپاتے ہوئے دروازے سے جھانک کے بولی۔

میرے ہردت کی آواز ہے!؟

میرا ہردت۔

کدھر ہے تو؟

وہ دروازہ کھول کے بازو باہر نکال کے مرغی کے پروں کی طرح پھڑ پھڑانے لگی۔ ہردت ایک دم سے ان بازوؤں میں گھس گیا۔ بڑھیا کے پتلے پتلے کمزور بازو کپکپاتے ہوئے اس کے سینے کے گرد ایسے زور سے چپک گئے جیسے اس کے اندر کھب جائیں گئے۔

پُت تو آ گیا؟

ہاں ماں۔

تو آ گیا، بڑھیا کا پتلا سا تیلے جیسا جسم ایسے کپکپانے لگا جیسے اس کے اندر باہر آندھی آ گئی ہو۔ وہ تھرتھر کانپتی ہوئی بڑبڑائے جائے تو آ گیا پتر۔

تو آ گیا۔

تو آ گیا پتر۔

مجھے موتیا ہو گیا ہے۔ اندھیرے میں نظر نہیں آتا۔ پتر تو آ گیا، میری آنکھیں آ گئیں، آ، میں لالٹین جلا کے تجھے دیکھوں۔ میرا تو سینہ روشن ہو گیا پتر۔ تو آ گیا۔ وہ دونوں ہاتھوں سے ٹٹول ٹٹول کے ہردت کو دیکھتی جائے اور یہی کہے جائے۔ پتر تو آ گیا۔ پھر جلدی جلدی بڑھیا نے ہردت کو اندر کھینچا، اور دونوں ہاتھوں سے دروازے کے پٹ بند کر دیے۔ ہردت دروازے میں ہاتھ دے کر بولا،

ماں، میرا یار ہے باہر کھڑا۔

بائی آ جا، لنگ آ، ماں ہے۔

فضل دین نے سلام کیا۔

صدقے میرے ہردت کا یار ہے۔ آ جا لنگ آ۔

بڑھیا لپک کے ایک کونے میں پڑی جلتی لالٹین کی بتی اونچی کرنے لگی۔ پھر ہردت سے چپک گئی۔ اور اس کا ماتھا، چہرہ، کندھے، ہاتھ سارا جسم چومنے لگی۔ چارپائی پہ بٹھا لیا ہردت کو اور سامنے کبڑی ہو کے کھڑی ہو گئی۔ لالٹین کو ہاتھ میں پکڑ لیا۔ اس کی گول تار سے۔ ہردت کے چہرے کے برابر اوپر وہ لالٹین لائے، اور

ہاتھوں سے ٹٹول ٹٹول کے اس کا چہرہ دیکھتی جائے، روتی جائے۔ آنسو بڑھیا کے چہرے سے پھسل پھسل کے اس کی گردن تک آ گئے۔ وہیں سے اس نے آوازیں دینا شروع کر دیں۔

بلّو، نی آئیں۔ دیکھ چند چڑھ آیا تیرا۔

ہر دیالے۔ پتر تیرا ابا پو آ گیا۔

واہ گرو دے صدقے جاواں۔ رب تیرے جہان میں سدا چانن رہے۔ تیرے صدقے ربّا میرا پتر آ گیا۔ آ جا ہر دیالے، تیرا ابا پو آ گیا۔ بلو کملیئے نی تیرا سائیں آ گیا، تو اجڑدی بچ گئی۔ واہ گرو تیرے صدقے۔ وہ روتی روتی بین کرنے کے انداز میں خوشی میں جھوم جھوم کے گاتی جائے۔ پھر ایک دم سے وہ چپ ہوئی اور چہرے پہ خوف کی لہر سے سفید ہوتی ہوئی بولی،

پتر جیل توڑ کے آیاں؟

ہر دت مسکرانے لگا۔

تو چھپ جا میرے کول۔ بڑھیا پاگلوں کی طرح اپنی چادر بازوؤں پہ پھیلائے اسے اس میں چھپا کے بولی۔ تو چھپ جا۔ میں تجھے چھپالوں گی۔ نہیں پکڑنے دوں گی پولیس کو، تیرے پیچھے آ رہی ہوگی، وہ پریشانی سے دروازے اور روشن دان کو دیکھ کے بولی۔ ہر دت نے ماں کو زور سے جپھی ڈالی اور پیار سے اس کے دونوں ہاتھ چوم لیے اور ماں کو چار پائی پہ بٹھا کے خود زمین پہ بیٹھ کے سر اس کی گود میں رکھ دیا اور بولا۔

ماں پولیس نہیں آتی میرے پیچھے۔

یہ ساتھ آئی ہے پولیس۔

یہ ہے میرا یار۔

حوالدار پولیس کا۔ فضل دین۔

یہ لایا ہے مجھے ایک رات کے لیے۔

اپنی جان اپنی نوکری کی پروا کیے بغیر۔

ماں، سگا بھائی بھی اتنی ہمت نہیں کر سکتا۔ جو بائی نے کی ہے۔

ہردت کی ماں، ہردت کو اپنی گود میں بیٹھائے بیٹھائے اپنے دونوں ہاتھ اٹھا کے انہیں ماتھے کے آگے رکھ کے سجدے کے انداز میں فضل دین کے آگے جھک گئی۔ بولی،

بیٹا میرے درشن ہو گئے آج واہ گرو کے۔

واہ گرو کو سوچتے ساری عمر لنگا دی۔ آج میں پُن ہو گئی۔

میری بپتا پوری ہو گئی۔

وہ لالٹین فضل دین کے پیروں میں رکھ کے اس کے کنڈے کو ٹھک سے چھوڑتی ہوئی، فضل دین کے قدموں کو چھونے کو جھکی، فضل دین ایک دم اچھل کے پیچھے ہٹ کے ادب سے کھڑا ہو گیا اور ہاتھ سے نہ نہ کرتا ہوا بولا، آپ تو میری بھی ماں ہیں۔ یہ کیا کر رہی ہیں۔ استغفر اللہ۔ پھر ادب سے اپنا سر اس نے بڑھیا کے آگے جھکا دیا۔ اور بولا،

آپ چلیں لے جائیں اسے اندر۔

ہاں پتر، تو جیتا رہے تیرے صدقے جاواں۔ واری جاؤں۔ تو بھی میرا بیٹا ہے۔ بڑھیا فضل دین کے سر پر پیار سے ہاتھ پھیرنے لگی۔ پتلے پتلے ہڈیوں بھرے کانپتے ہاتھ سر پہ پھرتے تو ہڈیاں رگڑ کھاتیں۔

چل ہردت، چل اپنے پتروں سے مل لے۔

بڑھیا ہردت کو گھر کے اندر کا دروازہ کھول کے لے گئی۔ ایک ہاتھ سے ہردت کو پکڑا ہوا تھا دوسرے میں لالٹین تھی۔ لالٹین کی روشنی کا ہالہ بڑھیا کے بدن کی طرح تھر تھر کانپتا ہوا، دروازے سے نکل کے آگے جا کے غائب ہو گیا۔ پھر گھر کے اندر سے عجیب سی خوشیوں کے کپکپانے کی آوازیں آنے لگیں۔ رونے کی آوازیں آتیں، کبھی روتے روتے کہے ہوئے بولوں سے مسکراہٹ کی چھنا چھن ہوتی۔ اس اجڑے ہوئے

ویران گھر میں ایک دم سے جیسے دھرتی کی ساری خوشیاں آ گئی تھیں۔ چمکتا چاند آسمان سے اتر کے آ گیا تھا۔ آسمان کے سارے ستارے زمین پہ ناچتے ہوئے چلنے لگے تھے۔ چانن ہو گیا تھا۔ ہر طرف سے عجیب سی مہک آنے لگی۔ موسم ہی بدل گیا ادھر کا۔

فضل دین چار پائی پہ بیٹھ گیا۔

ہر دت اپنی بیوی کو ملانے کے لیے لایا۔

وہ ہاتھ جوڑ کے جھک گئی اور پاؤں چھونے لگی فضل دین کے۔

نہ بہن، تو بہن ہے میری۔ فضل دین بولا

ہر دت کی بیوی سے بولا نہ جائے۔ کتنی دیر وہ ہونٹ پھڑ پھڑاتی چادر سے اپنی ٹھوڑی پکڑے سر جھکائے کھڑی رہی۔ مگر شکریے کے دو بول اس کے ہونٹوں پہ ٹھہرے تڑپتے گئے۔ پھر جھک کے فضل دین کے پیروں سے لپٹ گئی۔ فضل دین اٹھ کے پیچھے ہٹ گیا۔ پاؤں اس نے سمیٹ لیے۔ اور اس کے سر پہ ہاتھ پھیرتے ہوئے دعائیں دینے لگا۔

اللہ تمہیں خوش رکھے۔

وہ پھر کھڑی ہو کے بلبلانے لگی۔

بچوں کی طرح روتی روتی ایک دم سانس روک کے کپکپاتے ہونٹوں سے بولی،

ویر جی میرے تو سر سے سندور نکل گئی تھی۔

ڈبی بھری بھرائی سندور کی آج شام ہی کہیں رکھ کے میں بھول گئی۔ اپنا آپ ہی اٹھایا پھرایا نہیں جاتا تھا۔ میں تھک گئی تھی ویر جی۔ یہ تو دوسرے جنم میں سوچا تھا۔ جو آپ نے کر دیا۔ آپکا احسان کیسے چکا پاؤں گی، ویر جی

وہ پھر روتی روتی چادر کا گھونگٹ لیے فضل دین کے پیروں میں بیٹھ گئی۔ وہ لالٹین کی پیلی دھندلی چمنی میں کپکپاتے ہوئے شعلے کی طرح تڑپ رہی تھی۔

فضل دین نے اس کے سر پہ ہاتھ پھیرا اور دعائیں دینے لگا۔ فضل دین کے ہاتھ کے نیچے اس کے سر کی چادر پھسلی اور روتے روتے چیخ کی صورت میں وہ بولی

ویر جی۔

مجھے سدا سہاگن رہنے کی دعا دو۔

یہ کہتے کہتے اس کی گردن کے پٹھے کچھ اس طرح اکڑ گئے کہ لمحہ بھر کے لیے اس کا سانس رک گیا۔ اس نے سر اوپر کر کے منہ پورا کھول کے ہوا زور سے اندر سینے میں بھری اور پھر ہذیانی انداز میں بلک کے رونے لگی۔ روتے روتے وہ ادھر ہی بیٹھ گئی۔ جیسے ٹانگوں میں کھڑے ہونے کی جان نہ رہی ہو۔ فضل دین کے بھی آنسو نکل آئے۔ روتے ہوئے بولا،

بہن تیرے سہاگ کو خدا میری عمر دے دے۔

نہ۔

نہ ویر، ایسے نہ کہہ۔ وہ اور زور سے رونے لگی۔

تجھے میرا رب ہمارے سب کے حصے کی خوشیاں دے دے، تو نے ویر جی جو یہ احسان کیا ہے وہ پتہ نہیں ہماری پوری نسل کیسے چکائے گی۔

تو دل تگڑا رکھ بہن۔

میں تیرا بھائی بن کے اسے لایا ہوں۔

یہ کوئی احسان تھوڑی ہے۔ اک یار سے یاری کا انداز ہے۔

چلو۔ چل ہردت، بھرجائی نوں لے چل۔

پورے گھر میں ایکا ایکی میں ہزار ہا اکٹھی آئی ہوئی وسا کھائیوں کا سا سماں ہو گیا۔ بھاگم بھاگ سارے کام ہونے لگے۔ فضل دین کے لیے ساتھ والے کمرے میں نواری پلنگ بچھ گیا۔ صاف دھلی ہوئی چادریں بچھا دی گئیں۔ مرغی پک کے آ گئی۔ ہردت کی بیوی خود پرات میں برتن رکھ کے لائی۔ بولی

ویر، اے مولوی جی سے مسجد میں لیجا کے ذبح کرائی تھی۔

فضل دین ہنسنے لگا۔

کھانا کھا کے فضل دین لیٹ گیا۔ تھکا ہوا تھا سو گیا۔

اسے پتہ ہی نہیں، اندر گھر میں کیا کھچڑی پک رہی تھی۔

گھر میں ہردت کے سالے آ گئے، چھوٹا چچیرا بھائی آ گیا۔ دو چار ان کے اور یار دوست آ گئے۔ سب ہردت کو گھیر کے بیٹھ گئے۔

بحث چھڑ گئی۔

رب نے تجھے نئی زندگی دی ہے، تو کملا ہے۔

پاگلوں جیسی باتیں کرتا ہے، چھوڑ یاری کو۔

کسی کاغذ میں ہی نہیں کہ ادھر آیا ہے تو۔

رات رہ، صبح مفرور ہو جا۔ پھر اپنا گھر ہے تیرا یہ۔ جب مرضی آ، جا۔

ادھر کون تجھے پکڑ سکتا ہے۔

اس کا کیا کروں؟

اسے ہم ٹھکانے لگا دیں گے، تو فکر نہ کر۔

شرم کرو، وہ میرا یار ہے، میرے بھروسے پہ آیا ہے۔

آ گیا ہے تو جائے کیوں۔

تمہیں شرم نہیں آتی، کیسی باتیں کر رہے ہو۔

یار چھڈ شرم کی باتیں، ہے بھی وہ مسلا۔

مسلے کیا کہتے ہیں تمہیں؟

قرار دادیں ہو گئیں ہیں انکی، پچھلے سال لاہور میں پتہ نہیں تمہیں۔

کہتے ہیں الگ کرو۔

تو نہیں کہتا تھا اپنے باپ سے ویاہ کے تیسرے مہینے۔

سب کا حق ہے اپنا اپنا۔ تو کیوں ٹانگ اڑاتا ہے ان کے بیچ۔

جو مرضی کہتا رہ، ہم نے فرار کرا دینا ہے۔

تم ظالم لوگ ہو، کیسی باتیں کرتے ہو۔

او چھوڑ، یہ ظلم اور ظالم کے چکر۔ فائدہ اٹھا۔

یہ نہیں ہو سکتا۔

ہے پاگل، لوگ جیلوں سے نہیں بھاگتے۔

یہ جیل نہیں۔

یہی تو ہم کہتے ہیں۔

تجھے تو جیل بھی نہیں تو ڑنی پڑی۔

جیل میں تو ڑ سکتا ہوں، اگر موقع ملے۔

موقع تو رب نے دے دیا۔

یہ غلط بات ہے۔

چھڈ اس نوں، چار دن کی تیری یاری ہے اس سے۔

اونا، پولیس والے کسی کے یار ہوئے ہیں۔

اور یاری کیا ہوتی ہے، بول۔

او یار تو ہر دت سے بحث نہ کر۔

ہم سنبھال لیں گے اسے، پھر اس نے کدھر جانا ہے۔

تمہاری ایسی تیسی۔ ہر دت غرانے لگا۔

او توں اپنیاں نال لڑتا ہے۔

تجھے تو نہیں کہتے ہم اسے مارنے کو، خود ماریں گے۔

پہلے مجھے مارو، مارو۔ کرو میرے ٹکڑے، پھر ادھر جانا، سمجھ گئے۔

سمجھ گئے بھئی۔ سمجھ گئے۔

اٹھو یار سارے۔ چھڈ و ہر دت کو، جو مرضی کرے۔ آرام کرنے دو، اسے۔

ادھر آؤ۔

وہ اٹھ کے الگ ساز باز کرنے لگے۔

یہ تو پاگل ہے۔

اس کے دماغ پہ یاری کا بوجھ ہے۔

اُسے آرام کرنے دو۔ ہم جو ہیں موجود۔ کس دن کے لیے ہیں۔ اسے مل کے مار دیتے ہیں۔ باہر جا کے دب آئیں گے۔ پھر ہردت نے کدھر جانا ہے۔ دو چار دن لڑے گا ہم سے، خود ہی پھر جان بچاتا ہوا واپس اپنے ٹھکانوں پہ چلا جائے گا۔ پکڑ کون سکتا ہے اسے پھر۔

ٹھیک ہے یہ۔

چلو بندے اکھٹے کرو، ہتھیار لے آؤ۔

وہ ہتھیار لینے چلے گئے۔

ہردت کی بیوی بلّو نے اپنے بھائیوں کا سارا پروگرام سن لیا۔

ہردت کمرے میں اپنے بچوں سے ملکر اپنی بیوی کے پاس آ گیا۔

دیے کی پیلی پیلی لو میں بلّو اس کے ساتھ آ کے لیٹ گئی۔ کپڑے اتار کے ہردت کی چادر میں گھس گئی۔ ہردت اس کے ریشمی اداس پیلے پیلے جسم کو ریشم کے تھان کی طرح کھولتا جائے۔ وہ ہردت سے چپکی ہوئی سسکتی جائے۔

تو رو کیوں رہی ہے اتنا، کوئی نئی بات تو نہیں ہوئی؟

نئی بات ہی تو ہے۔

وہ کیا؟

میرے سر کا سندور بچ گیا ہے۔

گیارہ دن کی بات ہے۔ بلّو۔ چلو

نہیں، تیرے یار کی دعا قبول ہونے والی ہے۔

کونسی دعا؟

اس نے کہا تھا نا، کہ رب میری حیاتی تیرے سہاگ کو دے دے۔

وہ میرا یار ہے۔ جان پہ کھیل کے ادھر لایا ہے مجھے۔

تو بچا لے اسے ہردت۔ میں نے اسے ویر کہا ہے۔

کسی کی مجال نہیں، کوئی اس کا بال بیکا کرے۔

ہردت نے لیٹے لیٹے یہ کہا اور پھر ایک دم سے چادر کو بازو سے پرے کر کے بجلی کی طرح اٹھ کے بیٹھ گیا۔ بلّو چادر میں لپٹ کے اٹھ کے بیٹھ گئی۔ دیے کی ہلکی ہلکی روشنی میں اس کی آنکھوں کے اندر لو تارے کی طرح چمکنے لگی۔

ہردت نے اسے کندھوں سے پکڑا اور بولا،

بول کیا کرنے والے ہیں وہ؟

وہ اسے ماردیں گے۔ ہتھیار لینے گئے ہیں۔ کہتے تھے مار کے باہر دب آئیں گے۔ ٹکڑے کر کے۔ تو ہردت کو کمرے سے نہ نکلنے دینا۔

ہردت بھونچال کی طرح ایک دم سے اٹھا۔ سرہانے پڑی ہوئی قمیض کے گلے میں سر ڈالا قمیض کے بازوؤں میں ہاتھ گزارے اور تہمد باندھتا ہوا بجلی کی لپک سے دروازے کی طرف لپکا۔ اور دانت پیچ کے بولا، ان کی ایسی کی تیسی۔

دروازے کی کنڈی کھول، باہر نکلنے کے لیے قدم اٹھایا تو بلّو چادر میں لپٹی لپٹائی تیزی سے اپنی شلوار کے پائنچوں میں پیر دیے ٹانگیں سیدھی کرتی کرتی دروازے کے پاس آ کر آزار بند بند کرتی ہوئی اس کا بازو پکڑ کے کھڑی ہوگئی۔ بولی میں روک نہیں رہی ہوں۔ ایک پل کو دیکھ لینے دو اور۔

ہردت رک گیا۔ ایک پاؤں دہلیز سے باہر تھا دوسرا اندر۔

بلّو نے دروازے کی اوٹ میں کھڑے کھڑے قمیض بھی پہن لی۔

اور پھر ہردت کے پیروں کو ہاتھ لگا کے جھکی جھکی ہاتھ اپنے منہ پہ ملتی ہوئی دروازے کے پاس پڑے ہردت کے جوتے اٹھا کے دروازے کی دہلیز پہ رکھتی ہوئی بولی، جوتے تو پہن لو۔

ہردت جوتوں میں پیر ڈال کے عجیب طرح ہنس کے بولا۔

گیارہ دن بعد ننگے پیر ہی آنا ہے تیرے پاس۔

رہن دے جوتے ادھر ہی۔

بلّو کی آنکھوں میں رو رو کے آنسو جمے ہوئے تھے۔ ہردت کی بات سن کے پھر

زور مار کے بہنے لگے۔ آنسوؤں کے قطروں میں دیے کی لوٹمٹمانے لگی۔ وہ ایکدم سے دروازے کے پاس دیوار کی تاک میں پڑے ہوئے سرسوں کے تیل کے دیے کو اٹھا کے ہردت کے سامنے لائی، اوراس کے چہرے کو دیے کی روشنی میں عجیب طرح غور سے دیکھنے لگی۔ بولی

مجھے اپنا ہر نقش یاد کر لینے دو۔

ہردت اسے یوں دیکھتے ہوئے دیکھتا دیکھ کے تڑپ گیا۔ بولا

پہلے کبھی یوں دیکھ لیتی تو میرے قدم اس دہلیز سے باہر کسی برے کام کے لیے نہ اٹھتے۔ اب اتنا نہ دیکھ کہ میں کمزور ہو جاؤں۔ زندگی میں پہلی بار کسی اچھے کام کے لیے گھر سے نکل رہا ہوں۔ مجھے نہ روک۔

میں روک نہیں رہی۔ نہ۔ وہ تڑپ کے ایک طرف ہٹ گئی۔

اچھا، چلتا ہوں۔

بلّو دیے کو پکڑ کے پھر جھک گئی۔ اس بار اس نے ہردت کے پیروں کو ہاتھ لگا کے دیے کا سارا تیل دہلیز پہ گرا دیا۔ بولی

تیرے بعد میں نے دیا نہیں جلانا۔

دیا، تیل گر جانے کے بعد تھوڑی دیر چڑ چڑ کر کے جلا، پھر اس کی لو پھڑ پھڑا کے بجھ گئی۔ ہردت نے کھڑے کھڑے جلدی سے بلّو کو داہنے بازو میں لے کر بھینچا اور زیر لبی سے بولا۔

سورگ میں ملیں گے۔ پھر دہلیز سے نکلتے بڑ بڑایا،

سورگ میں کدھر جانے دینا ہے کسی نے،

چلو،

کہیں نہ کہیں تو ہوں گا۔

کسی نے آنے دیا تو آیا کروں گا تجھے دیکھنے۔

تو رونا نہیں۔ اندھیرے میں اس کی اپنی آواز سسکیاں بن رہی تھیں۔ اندر

دوسرے کمرے سے کسی بچے نے سوتے سوتے کروٹ بدل کے آواز دی۔

ماں۔

ہردت نے اندھیرے میں اس آواز کی طرف دیکھا، بولا۔

میرے بیٹوں کو ہردت نہ بننے دینا۔

انہیں میرے یار جیسا بنانا۔ جسے تو نے ویر کہا ہے۔

اچھا رب راکھا۔

ہردت لپک کے فضل دین کے کمرے میں پہنچا۔ فضل دین چادر لیے، بے فکری میں سو رہا تھا۔ ایک طرف لالٹین پڑی دھیمی روشنی میں جل رہی تھی۔ ہردت نے ایک دم سے فضل دین کی چادر اٹھائی اور اسے جھنجھوڑتا ہوا بولا، بائی اٹھ۔ اٹھ جا۔

فضل دین نے آنکھیں کھول دیں۔

ہردت اسے کندھے سے پکڑ کے کھینچے جا رہا تھا۔

اٹھ جا، بائی جلدی کر، وقت نہیں ہے اپنے پاس۔

صبح ہو گئی؟

فضل دین سرہانے کے نیچے ہاتھ مار کے اپنی گھڑی نکال کے بازو پہ باندھتے ہوئے اندھیرے میں ریڈیم سے چمکتی سوئیوں سے وقت دیکھنے کی کوشش میں لگا تھا۔ ہردت نے اتنی دیر میں چارپائی کے پاس ایک میز پہ پڑے فضل دین کے تھیلے کو اٹھا لیا، اور زمین پہ پڑے اس کے جوتے سیدھے کرتے ہوئے، اس کا بازو کھینچ کے بولا، اب چل، نکل چل میرے ساتھ۔

خیر تے ہے؟

خیر نہیں ہے بائی، تو جلدی کر، چل۔

وہ فضل دین کو کھینچتا ہوا کمرے سے باہر لایا۔ آگے برآمدے سے ہوتا ہوا، ماں کے کمرے سے باہر جانے کے لیے نکلنے لگا تو ماں دیے کی لو میں سامنے گرو کی تصویر رکھے ہاتھ جوڑے ماتھا ٹیکے بیٹھی تھی۔ گڑ گڑ قدموں کی تیز آواز سے ماں چونکی،

ہڑ بڑا کے اٹھی اور اس طرح تڑپ کے بولی جیسے سارا خون اس کا نچڑ گیا ہو۔ بیٹھے بیٹھے اندر سینے کے دل کٹ کے الگ ہو گیا ہو۔ بولی

پتر رات لنگھ گئی؟

بس ماں، رات کدی نئیں رکدی۔ رب دے حوالے۔

ہردت نے اپنی ماں کے پیروں کو چھو کے اس کے بوڑھے کپکپاتے ہاتھ چومے، سر جھکایا اور پھر فضل دین کا ہاتھ پکڑ کے کھینچتے ہوئے بولا۔ چل بائی۔

اچھا ماں جی، فضل دین بھی سلام کرنے کو جھکا۔

چلا آ، یار۔

ہردت دروازے کی کنڈی کھول کے فضل دین کا ہاتھ پکڑے پکڑے گولی کی طرح باہر نکل گیا۔ باہر نکلتے ہی دیوار کے ساتھ کبڑا کبڑا چلتا ہوا، پلک جھپکنے میں دور نکل گیا۔

فضل دین بھی ہردت کی طرح تیز قدم اٹھا رہا تھا۔ سمجھ اسے کسی بات کی نہ آ رہی تھی۔ ایک ہی سانس میں وہ سو گز دور چلے گئے۔ تو پیچھے ہردت کے گھر کے پاس انہیں تاروں کی لو میں دس پندرہ آدمیوں کا جتھہ نظر آیا۔ لاٹھیاں، برچھے، کلہاڑیاں، ستاروں کی روشنی میں ان کے ہاتھوں میں پکڑے چمک رہے تھے۔

ہردت، فضل دین کو لے کر جھاڑیوں کے ایک جھنڈ میں گھس گیا۔

بولا، ہلیں نہ بائی۔ فضل دین نے بھی دیکھ لیے تھے وہ لوگ۔

ہیں کون یہ؟

میرے ساک ہیں، رشتے دار۔

دشمنی کیا ہے ان کی تیرے ساتھ؟

میرے ساتھ نہیں بائی، میری غیرت کے دشمن ہیں۔ تجھے مارنے آئے ہیں حرام زادے۔ آئے بڑے میرے خیر خواہ۔ ایک بھائی بھی ہے میرا ان میں۔ سالے ہیں، تین۔ باقی ان کے یار ہوں گے۔ کتے۔

دیکھ انہوں نے ہمارا پیچھا کرنا ہے سٹیشن تک۔ تو میرے ساتھ ساتھ چل۔ میں اِدھر کا بھیدی ہوں۔ رات اندھیری ہے۔ پر ساری راہیں میں جانتا ہوں۔ ہم سٹیشن کی راہ چھوڑ کر دوسری طرف چلتے ہیں۔ ادھر پرے کماد کی فصل کے پیچھے پیچھے سے نکل جاتے ہیں۔ ویرانہ ہے اُدھر، ایک مرگھٹ ہے۔ جدھر مجھے یہ جلائیں گے گیارہ دن بعد۔ ساتھ قبرستان ہے مسلمانوں کا۔ ادھر جھاڑیاں ہیں۔ جھاڑیوں کے اندر ہی اندر سے گزرتے نکل جائیں گے۔ قبرستان سے یہ نہیں گزرتے اس ویلے۔ آگے جا کے درختوں کے ذخیرے میں گھس جائیں گے۔ پھر اوپر اوپر سے سٹیشن کی طرف چلتے ہوئے لائن پار کر کے دوسری طرف سے سٹیشن کے قریب جا کے چھپ جائیں گے۔

تو چل۔

دونوں چلتے چلتے سٹیشن کے سامنے لائن کے پار کھڑے کماد کے پاس آ کے چھپ کے بیٹھ گئے۔ ان کا اندازہ صحیح نکلا۔ دس پندرہ آدمی، نیزے برچھیاں اور کلہاڑیاں لیے ریلوے سٹیشن کے آس پاس کتوں کی طرح سونگھتے پھر رہے تھے۔

گاڑی آنے میں ابھی دیر تھی۔

ہردت بولا، بائی ادھر ہی چھپے رہنا، ہلنا نہیں۔

جب گاڑی آ جائے بیٹھے رہنا۔

دومنٹ گاڑی نے رکنا ہے۔ پھر جب دوسرا وسل دے کر گاڑی چل پڑے اور اگلے سگنل سے نکل جائے انجن، تو بھاگ کے چڑھیں گے۔ وہ، وہاں جب اس کا انجن پہنچے، اگلے سگنل کے پاس، نظر آیا؟

آ گیا۔

اب باتیں نہ کریں۔

بڑے ماں کے یار ہیں، پر اتنی عقل نہیں ان میں کہ آگے آ کے دیکھیں، گاؤں کی الٹی طرف سے۔

چار گھنٹے رہتے تھے گاڑی آنے میں۔

آخر گزر گئے، چار گھنٹے بھی۔

گاڑی آ گئی۔ کالا انجن چھک چھک کرتا آ گیا۔ اندھیرے میں اس کی بتی چاند کی طرح دور سے چمکی۔ قریب آتا گیا۔ بتی بڑی ہوتی گئی۔ قریب آیا تو اس کی بریکیں لگیں۔ بریکوں کی آواز میں لوہے پہ لوہا رگڑ کھانے کی چیخیں ابھریں۔ پہیوں کے پاس سے چنگاریاں نکلیں۔ آسماں اس کی بھاپ کے سلیٹی بادلوں سے بھر گیا۔ بھک بھک کر کے اس کا دھواں نکل کے اوپر اٹھتا گیا۔ بتی اس کے ماتھے پہ لگی لگی آگے سرک گئی۔ اندھیرا اور بڑھ گیا۔

آ گیا بائی وقت۔ تیار ہو؟

تیار ہوں۔

جب میں کہوں۔

ٹھیک ہے۔

انجن نے کھڑے کھڑے چنگاریاں بھری چیخیں ماریں۔ سنگھا پور سٹیشن کے آس پاس کی ساری ہوا اس کی بھاپ کی دہکتے کوئلوں بھری خوشبو سے بھر گئی۔ برچھیوں، نیزوں اور کلہاڑیوں والے مسلح لوگ گاڑی کے آس پاس ٹٹولتے بھاگتے پھرتے رہے۔ پھر برچھیاں لیکر ریل کی طرف آتی ہر راہ کو نظر میں رکھ کے کھڑے ہو گئے۔ انجن نے پہلی وسل دی۔ سنگھا پور کے آس پاس کے سارے دیہات کے گھروں کی چھتوں کو آواز چھو کے پلٹ آئی۔

دونوں تیار ہو کے پنجوں کے بل اٹھ کے بیٹھ گئے۔

انجن ڈرائیور نے اندھیرے میں، انجن کی رسی پھر کھینچی۔ بھاپ کی پچکاری اس کے لوہے کی چمنی میں زناٹے سے گھسی، اس کے پہیوں کے اوپر لگی کمانیوں کے پاس سے چنگاریاں نکلیں اور سنگھا پور کا سارا علاقہ ایک بار پھر، اس کی آواز سے گونج گیا۔ آسمان پہ فاختہ کے پروں جیسی سلیٹی بھاپ اور کالا دھواں آپس میں گڈ مڈ ہونے لگے۔ انجن کے پہیے ہلے۔ کمانیوں کے پیڈل پہیوں پہ چلنے لگے،

گاڑی چل پڑی۔

سامنے کھڑے سگنل کے کھمبے کا بازو اندھیرے کی وجہ سے نظر نہ آرہا تھا۔ لیکن اس کے ساتھ لگے ہوئے لیمپ میں سبز روشنی نظر آرہی تھی۔ انجن بھاپ اور دھویں کے مرغولے چھوڑتا دھیرے دھیرے پٹڑی پہ چیخیں مارتا ہوا سگنل کے قریب آ گیا۔

ہردت نے فضل دین کو ٹھوکا دیا،

چل بائی۔

دونوں گولی کی طرح دوڑے۔ سو ڈیڑھ سو گز کا فاصلہ تھا۔ اس سے پہلے کہ انجن کے پہیوں پہ لگی کمانیاں انکی ٹانگوں سے تیز چلنے لگتیں، دونوں لپک کے ایک ڈبے میں چڑھ گئے۔

گاڑی تیز ہوگئی۔

چھک چھک چھک

دھواں، کوئلے کی مہک، بھاپ کی خوشبو۔ ٹھنڈی ہوا۔

دونوں کئی منٹوں تک گاڑی کے دروازے کے پاس ریل کے ڈبے کی زمین پہ بیٹھے رہے۔ کھلے دروازے سے لائن کے کنارے کھڑے کالے درخت اندھیرے میں شاں شاں کرتے پیچھے لپک رہے تھے۔ ان کے آگے کھڑی گندم کی پکی ہوئی فصلوں کے خوشے ابھی تک سوئے ہوئے تھے۔ دور کہیں کسی گاؤں میں مرغ نے بانگ دی۔ پھر کہیں سے گُو، گُو، گُو کر کے چکی چلنے کی آواز آنے لگی۔

ہردت سنگھ نے فضل دین کا تھیلا کھول لیا۔ ہتھ کڑی نکال کے فضل دین کو دی اور اپنے دونوں ہاتھ جوڑ کے بیٹھ گیا۔

چھک چھک چھک گاڑی چلے جا رہی تھی۔

گُو، گُو، گُو

چکی کی آواز میں ہردت سنگھ اپنی بلّو کی سسکیاں سن رہا تھا۔ اسے باقی کے گیارہ دنوں کی زندگی میں سوچنے کو ایک محبوبہ مل گئی تھی۔ فضل دین کے چہرے پہ ہردت سنگھ

کی ماں کی آنکھیں تھیں، جو اسے دیکھ دیکھ کے خاموشی سے آنسو بہائے جا رہی تھیں۔
اور کائنات کا کہانی کار مسکراتا ہوا، ان پاکیزہ دلوں کی نسلوں کے نصیبوں میں خیر و برکت کی سند لکھ رہا تھا۔ اس لمحے اس بڑے وثیقہ نویس کو ان دونوں کے آنے والے وقتوں میں خوش بختیاں لکھتے ہوئے ایک اپنی گواہی کافی تھی۔

گواہی کو جانتی ہو یہ کیا چیز ہے؟

یہاں کوئی گواہی صرف اس وقت قابل قبول ہوتی ہے جب یہ ہماری کچہریوں میں فیصلہ کرنے والے منصفوں کے علاوہ کسی کی ہو۔ مگر جب دنیا چلانے والا خود گواہی دینے لگے تو ساتھ ہی وہ فیصلہ بھی لکھ دیتا ہے۔

تم ابھی فیصلہ نہ کرو۔

تم نے خود گواہی دینی ہے۔

ان دو میں سے ایک کام چن سکتی ہو فیصلے دینے کی اونچی کرسی پہ بیٹھنے کا شوق ہے تو یہ سوچ لینا ایک دن ہمیں خود کسی کٹہرے میں کھڑے ہو کے اپنے لیے فیصلہ سننا ہے۔ اور تم کیا جانو، کون کون گواہی کے لیے اُدھر آ پہنچے۔ اب سنو گواہی کیا چیز ہے۔

□

# گواہی

گواہی بڑی عجیب چیز ہے۔

یہ ایک ایسی ذمہ داری ہے جو کائنات میں ہر شے کو نبھانی پڑتی ہے۔ جسے اس کا پابند کردو، وہ پابند رہے گا۔ ذمہ داری نبھائے گا۔ اسے نبھانے کا ہر ایک کو حکم ہے۔ ہر ایک شے کائنات کی اسے نبھاتی ہے۔ مگر چونکہ پوری کائنات میں ایک انسان ہی ایسا انوکھا لاڈلا ہے جس میں حکم عدولی کی صلاحیت ہے، اجازت ہے۔ اس لیے کائنات بھر میں انسان اکیلا گواہی کے معاملے میں بے اعتبارا ہے۔ باقی ہر شے پہ بھروسہ کیا جا سکتا ہے۔

تم اس لمحے کو گواہ بنالو۔

آزمالو۔

اگر میری بات درست نکلی، تو جب کبھی، کہیں تمہیں گواہی لینے یا مانگنے کی ضرورت پڑی تو تم مجھ پہ نہیں میری بات پہ بھروسہ کروگی۔ انسان کی نہیں بے جان لکھی زبان پہ اعتبار کروگی۔

رہی شرط!

مگر شرط یہ ہے کہ گواہ پہ کوئی شرط نہ رکھنا۔ اپنا کوئی اختیار نہ جتانا۔

جس کے اختیار میں وہ ہے، بس اسی کا حوالہ دینا۔

اور کچھ نہیں۔

ہر اختیار ایک رکاوٹ ہے۔

یہ اندر کی ''میں'' کو سرنڈر نہیں کرنے دیتا۔

کہتا ہے میں ہوں ابھی، لڑو۔

ہتھیار نہ ڈالو۔

جب سارے اختیار کسی خزاں رسیدہ درخت کے پتوں کی طرح اک اک کر کے جھڑ جائیں۔ بچھڑ جائیں اور اپنا پورا وجود خزاں رت کا کوئی سہما ہوا ٹنڈ منڈ ا الجھی اجڑی شاخوں بھرا شجر رہ جائے۔ ہاتھ خالی ہو جائیں، جن کی پہنچ میں انکا آپس کا ساتھ بھی نہ ہو۔ خدا نہ کرے۔ کسی پہ یہ لمحہ آئے۔ کہ اجڑی ہوئی شاخ کو یہ گمان بھی نہ رہے۔ کہ کبھی بہار آئے گی۔

ایسی بے بسی ہو۔

کوئی چوائس نہ ہو۔ کوئی آلٹرنیٹیو نہ ہو۔

مگر جیتنا ہو۔

ہار کے بھی نہ ہارنا ہو۔ ایسی کشمکش ہو۔

تو اندر باہر کی خالی بستی میں اچانک اک طوفان آتا ہے۔ اک بھونچال جاگتا ہے۔ روئی کے گالوں کی طرح اڑنے کی رُت آتی ہے۔ ایسا زلزلہ سر اٹھاتا ہے کہ اندر باہر کی ساری بستی پہ چپکا ہوا ''میں'' کا فتور نکل جاتا ہے۔ ''میں'' کا سارا جن کھسک جاتا ہے۔ انا کی ہوا سرک جاتی ہے۔

''میں'' کا جن کبھی خالی بستیوں میں ٹھہرنے نہیں آتا۔

پتہ ہے نا۔

انا کے خالی خول سے پھر اک پکار اٹھتی ہے۔ اک ایسی چیخ، جو کائنات کی تمام تر

وسعتوں میں بیک وقت سنی جا سکتی ہے۔ڈوبتے جہاز کے مستول سے ایس او ایس کا سگنل نکلتا ہے۔سیو آور سول۔

روح کا روح کل سے ابلاغ ہوتا ہے۔ابلاغ بھی یہ کہ۔

بس اب صرف ''تو'' ہے۔

نہ میں نہ میرے جیسا کوئی ذی روح۔

تو سن اور اپنے سننے کی دلیل دے۔

میرے اختیار میں صرف یہ آخری چیخ ہے۔

پھر دیکھو۔کیا ہوتا ہے۔

خالی ہوئی اندر باہر کی بستی کا خلا پھر خود ''وہ'' آ کے بھرتا ہے۔شہ رگ میں رہنے والا، موجود لمحے کو دائمی ابدیت میں لپیٹ کر اپنی مہر لگا دیتا ہے۔اور حکم دیتا ہے۔

''تعمیل ہو''۔

تعمیل ہوتی ہے پھر۔

سٹیرنگ خالی نہیں ہوتا۔

سوار بدل جاتا ہے۔

شرط یہاں ہے۔

شرط یہ ہے کہ معاملہ حق پر ہو۔

حق پر ہونا ضروری ہے۔اگر سوار بدلنا ہے، انسان کے علاوہ کسی کی گواہی مانگنی ہے۔تو حق بہت ضروری ہے۔جانتی ہو نا کہ انسان کے علاوہ کائنات کی کوئی شے جھوٹی گواہی نہیں دیتی۔

میں جھوٹ لکھ سکتا ہوں،

مگر میرے لکھے لفظ سچے ہیں۔

وہ وہی معنی دیں گے جو میں نے ان میں رکھے ہیں۔

تمہیں تو میں سچی کہانیاں سناتا آرہا ہوں۔ یہ مجبوری ہے۔ اس لیے کہ جب سچی کہانیاں سنانے کو ہیں تو جھوٹی کیوں سناؤں۔

سنو۔

یہ بھی عجیب کہانی ہے۔ ایک قتل کی، جس کا کوئی بھی چشم دید گواہ نہ تھا۔

مرنے والے نے پھر بھی اک گواہ مان لیا۔

گواہ۔ بارش کے بلبلے تھے۔

اب بارش کی کوئی زبان تھوڑی ہے؟

پھر بلبلے کیسے بولیں۔

چپ رہے۔

بتیس سال گزر گئے۔

ایک زمانہ لدھ گیا۔

ہر بچن سنگھ نمبردار، تنتالیس سے پچھتر سال کا ہو گیا۔ اولاد خود بال بچوں والی ہو گئی۔ نمبردار کی حویلی اس کے لئے سمٹ گئی۔ بیٹوں نے بوڑھے باپ کی منجی اٹھا کے ڈیوڑھی میں رکھ دی۔

ذرا منظر دیکھو۔

سوچو

بتیس سال گزر گئے ہیں۔ تنتالیس سال کا ہر بچن سنگھ سفید ریش کمزور پچھتر سالہ بوڑھا ہو گیا ہے۔

بوڑھا چارپائی پہ دہرا کر کے تکیہ لیے لیٹا ہوا حقے کی نیے منہ میں دیے گڑ گڑ کر رہا ہے۔ ساتھ دو قدم پہ اس کی گھر والی ایک لکڑی کے فریم میں آزار بند بنانے کا اڈہ لگائے پیڑھی پہ بیٹھی دھاگے تاننے میں لگی ہے۔ برسات کا موسم ہے۔ کئی دنوں سے جھڑی لگی ہے۔ ڈیوڑی کی چھت بھی کہیں کہیں سے ٹپک رہی ہے۔ ایک جگہ پہ ٹپکتی

بوندوں کے نیچے مٹی کی ہانڈی رکھی ہوئی ہے، چھت کے پانی کی ٹپکتی بوند بوند ہانڈی کے پانی میں ٹھپ ٹھپ کنکر کی طرح گرتی ہے۔ دونوں بوڑھا، بوڑھی تھوڑے تھوڑے وقفے بعد کوئی بات کر لیتے ہیں۔

''تو بھی بڈھی ہوگئی''

بوڑھا حقہ گڑ گڑ کرتے ہوئے کروٹ بدلتے ہوئے شرارت سے کہتا ہے۔

''تو بڑا جوان ہے۔ کھڑا ہوا جاتا نہیں۔

جب دیکھو لیٹا ہوا ہے۔

گڑ گڑ ہر وقت حقہ۔''

بڑھیا تیزی سے دھاگوں کے تانے میں بانے کی لکڑی کی پھٹی سے ایسے ضرب دیتی ہے، جیسے بوڑھے کو دھپا مار رہی ہو۔

''پر تجھے کیا ضرورت ہے، ان ناڑوں کی اب''

ہر بچن سنگھ تکیے سے اپنی پگڑی میں لپٹا ہو سر کہنی کے سہارے اس کی طرف گھما کے، حقے کی نیے سے ہاتھ ہٹا کے اپنی سفید داڑھی کو کھرچتے ہوئے کہتا ہے، اور آنکھوں میں کوئی پرانی جوانی کی بدمستی بھر کے اپنی بیوی کو تکنے لگتا ہے۔ اس کی بوڑھی بیوی تھوڑی دیر تک اس کی بات سن کے چپ بیٹھی رہتی ہے جیسے بڈھے کی کہی سنی نہ ہو۔ پھر تیزی سے آزار بند کے اڈے کی کیلوں میں ایک دو دھاگے گھما کے ایکا ایکی میں اپنی پیڑھی چوں سے پکی لال اینٹوں کے فرش پہ گھما کے ہر بچن سنگھ کی طرف دیکھ کے کہتی ہے۔

''جب ضرورت تھی۔ تب تو نے کیا تیر مار لیا تھا۔ کیوں میرا منہ کھلواتا ہے۔''

''تیرا منہ تو کھلا ہی رہتا ہے۔ بڈھی ہوگئی لڑنے سے نہ گئی۔''

تو کیا تیری طرح میسنی ہو جاؤں، بڑھیا پھر پیڑھی گھما کے اپنے کام میں جُت جاتی ہے۔ تھوڑی دیر تک ڈیوڑی میں خاموشی رہتی ہے۔ باہر بارش کے برسنے کی

آواز بڑھ جاتی ہے۔ چھت سے ٹپکنے والی بوندیں بھی ٹپاٹپ نیچے پڑی ہانڈی میں گرنے لگتی ہیں۔ ڈیوڑی کے باہر گھر کے کچے صحن میں یک دم سے ڈیڑھ ڈیڑھ انچ پانی کھڑا ہو جاتا ہے۔ اور بارش کی تیز بوندوں سے ان میں بلبلے سے بننے ٹوٹنے لگتے ہیں۔ ہر بچن سنگھ بارش کے بلبلوں کو تکتا تکتا ایک دم سے اٹھ کے بیٹھ جاتا ہے۔ زور زور سے حقے کی نیے میں گڑ گڑ کر کے اپنے حلق سے دھواں چھوڑتا ہوا، اپنے ہی خیال میں بڑبڑاتا ہوا کہتا ہے۔

انہوں نے کیا گواہی دینی ہے، ہوں،

یہ گواہ ہیں۔ دیکھو۔

کسے دیکھ رہے ہو؟ بڑھیا اس کی بڑبڑاہٹ سن کے پوچھتی ہے۔

یہ بلبلے دیکھ رہا ہوں، بارش کے۔

دیکھ رہی ہو تم۔

بڑھیا حیرانی سے گردن گھما کے صحن میں برستی بارش دیکھتی ہے۔ بارش موسلا دھار ہو رہی تھی۔

ایسی ہی تیز بارش بتیس سال پہلے ہوئی تھی۔ کچی زمین پہ کھڑے پانی میں برستی بارش کی بوندوں سے بلبلے اچھل رہے تھے، بن رہے تھے، ٹوٹ رہے تھے، بارش میں بھیگتے، کیچڑ میں لتھڑے ہوئے دو آدمی اجاڑ ویران گارے سے بھرے کھیتوں میں سے ہوتے ہوئے اسی گاؤں کی طرف آ رہے تھے۔ ایک تھامرنے والا مخنی، پتلا، کمزور سا گنجا سہما سہما، ڈرا ڈرا گاؤں کا ساہوکار لالہ دیوا رام اور دوسرا یہی ہر بچن سنگھ نمبردار۔ بتیس سال پہلے کا ہر بچن سنگھ۔ جوان ہٹا کٹا، لمبا چوڑا۔ جوانی کے نشیلے نشے میں شراب کی بوتل کی طرح گردن سے اوپر تک بھرا ہوا۔

شام کا وقت تھا۔

آسمان پہ بادل گیلے مٹیالے کمبل کی طرح ایک سرے سے دوسرے سرے تک

تنے ہوئے تھے۔ ٹپک رہے تھے۔ روشنی اندھیرے میں گھستی جارہی تھی۔ اندھیرا کھیتوں کو دبوچے بڑھے آرہا تھا۔ کھیتوں کی کونپلوں نے ابھی کھیتوں سے سر نہ نکالا تھا۔ تیز بارش میں سارا ماحول گارا گارا ہوا نظر آرہا تھا۔ چلنے کی راہ صرف کھیتوں کے درمیان کی گھاس کے کناروں والی سخت مٹی کی ٹیڑھی سیدھی پگڈنڈیاں تھیں۔ انہیں پہ دونوں گاؤں کی طرف چلے آرہے تھے۔

گاؤں ابھی ڈھائی میل دور تھا۔

جس قصبے سے دونوں اکٹھے نکل کے آئے تھے، اس کا نام ڈہلوں تھا، لدھیانے کے مضاف میں تھا وہ۔ وہ بھی پونے تین میل پیچھے رہ گیا تھا۔

آس پاس کوئی آبادی نہ تھی۔

نہ کوئی گھر تھا، نہ کوئی انسان۔

بس بارش کے اندھیرے اجالے میں، چمکتی ہوئی پگڈنڈی کی راہ تھی۔

دونوں اسی پہ چل رہے تھے۔

کبھی برابر چلنے لگتے، کبھی آگے پیچھے ہوجاتے۔

چلتے چلتے دونوں وقت گزاری کے لئے گپیں بھی لگاتے جارہے تھے۔ ایک ہی گاؤں کے تھے دونوں، کہنے سننے کو بہت تھا۔ ہربچن سنگھ نمبر دار تھا گاؤں کا۔ درمیانے قد اور گتھے ہوئے بھاری جسم کا۔ بیالیس تنتالیس سال کی عمر تھی اس کی۔ داڑھی مونچھ میں ابھی تک ایک بھی سفید بال نہ تھا۔ موٹے موٹے ہتھ پیر تھے۔ ہاتھ میں اس کے دو انگل موٹی لاٹھی تھی، جس کے ایک کونے پہ پیتل کا کلس چڑھا ہوا تھا۔ دوسرے کونے پہ ٹین کی کلغی چڑھائی ہوئی تھی۔ نمبر دار ٹین کی نوک سے پگڈنڈی کی گیلی پھسلن کو سوٹی سے روک روک کے چل رہا تھا۔ اور لالہ دیوا رام اس سے ایک قدم پیچھے اس کے بائیں بازو کو زور سے پکڑے پکڑے چلتا آرہا تھا۔ قد کاٹھ میں لالہ، ہربچن سنگھ سے ایک بالشت بھر چھوٹا تھا۔ اکہرے جسم کا، سر سے گنجا، کانوں سے اوپر، دونوں طرف

کھچڑی بالوں کا گچھا، لمبے بڑے بڑے کان، بائیں کان کی لو میں چاندی کا گول اٹھنی کے سائز کا چھلا، چہرہ پتلا لمبوترا سا، ناک کے نیچے اوپرے ہونٹ تک چوڑا وقفہ، اسی میں چھوٹی چھوٹی ہٹلر جیسی مونچھیں۔ بارش کی وجہ سے اس نے دھوتی لنگوٹ کی طرح اوپر اڑسی ہوئی تھی۔ اور اپنی سوکھی ننگی ٹانگوں سے مزید ہلکا نظر آتا تھا۔

بے خبری بھی عجیب چیز ہوتی ہے۔

لالہ دیورام کو پتہ ہی نہیں تھا کہ موت اس سے چند قدم آگے کھڑی ہے۔

وہ سیدھا موت کی طرف ہی چلتا رہا۔

بارش تیز ہوگئی۔

اس نے قدم بھی تیز کر دیئے۔

موت اور اس کے درمیان فاصلہ تیزی سے کم ہونے لگا۔

وہ چاہ رہا تھا جلدی اپنے گاؤں پہنچے۔

اس کی موت اس کے گاؤں کی راہ میں کھڑی تھی۔

گاؤں وہ پہنچ ہی نہ سکا۔

اگلے دن پولیس والے اس کی لاش چارپائی پہ ڈال کے گاؤں میں لائے تھے اور اس کی دکان کے آگے لپے لپائے تھڑے پہ سرکنڈے کی چھت کے برآمدے کے فرش پہ لا کر چارپائی رکھوا دی تھی۔ بارش اگلے دن رک گئی تھی۔ مگر سرکنڈے کی چھت کی تیلیوں سے گدلے بارش کا پانی برآمدے کی چھت پہ کھڑا، بوند بوند رس رس کے شفاف آنسوؤں کی طرح اس کی میت پہ ٹپک رہا تھا۔

لالہ دیورام کی دکان اس کی میت کے سامنے بھی کھلی ہوئی تھی۔

وہ کبھی دکان بند نہ کرتا تھا۔ کام سے چھٹی نہ کرتا تھا۔

سال میں بارہ مہینے، تیس دن دکان اس کی کھلی رہتی۔ کہنے کو دیوالی آتی، دسہرا آتا، بسنت آتی، عید آتی۔ اس کی دکان کا موسم ایک سا رہتا۔ اس کی کریانے پرچون

کی دکان تھی۔ضرورت کی ہر شے اس کی دکان سے مل جاتی تھی۔نون تیل ہلدی سے لیکر آلو ٹینڈے، چپل، کپڑے، چوڑیاں، سک دنداسہ، لوٹا بیلچہ، ٹرنک ٹرنکی، سگریٹ بیڑی ہر شے موجود ہوتی تھی۔ جو شے کسی کو کبھی کبھار چاہیے ہوتی وہ چیز لالہ کہنے پہ شہر سے لا دیتا۔ گاؤں میں کسی گھر میں شادی بیاہ ہوتا تو جہیز بری تک کا سامان بھی لوگ اسی سے منگوا لیتے۔شہر کی ساری منڈیوں کے اسے بھید آتے تھے، کہاں ریشمی کپڑے بکتے ہیں۔ کدھر کڑھائی سلائی ہوتی ہے۔ سنارے بازار میں کونسا سنار کھوٹ کم ملاتا ہے۔کون پورا تولتا ہے۔وہ سب جانتا تھا۔ پرانا آدمی تھا۔ پچاس سال سے تین کم اس کی عمر تھی۔ مگر دکانداری وہ تین نسلوں سے اسی گاؤں میں کرتا آرہا تھا۔ تکڑی باٹ اور مول تول اس کے خون میں تھا۔تول کا وہ پکا تھا۔ بول کا سچا۔ منافع بھی وہ آنے پہ دمڑی سے زیادہ نہ لیتا تھا۔ گاؤں والے نسل ہا نسل سے اسے پرکھتے آئے تھے۔ دو چار دن کا تو اس کا بیوپار نہ تھا۔

کھوٹا سودا اور کھوٹا سکہ زیادہ دیر تھوڑی چلتا ہے۔

وہ سولہ آنے کھرا بیوپاری تھا۔

ٹن ٹن، مڑی انگلی پہ چونی اٹھنی رکھ کے انگوٹھے سے ٹھولا مار کے وہ تسلی کرتا۔ پھر سکہ اپنے گلے میں ڈالتا۔ تکڑی کی ڈنڈی سے ہتھیلی بچا کے، ہاتھ مٹھے پہ پکڑا دکھا کے سودا تولتا۔ سودے وہ سارے کر لیتا تھا۔ فصل پک گئی تو خرید لی۔ شہر میں بیوپاری جمع ہو گئے تو جا کے بیچ آیا۔ کسی نے ادھار سودا مانگا۔ دے دیا، کاپی میں لکھ لیا۔ کوئی نقد ادھار لینے آ گیا۔ انگوٹھا لگوایا، بیاج بتایا اور پیسہ دے دیا۔

پیسہ اس کی لکشمی تھی۔

اس کی دکان، مندر۔

گاہک کو بھگوان جانتا تھا۔

جو اس کی دکان پہ آتا، وہ دونوں ہاتھ اٹھا کے ماتھے پہ رکھ کے اسے پرنام کرتا۔

جیسے آرتی اتار رہا ہو۔ کوئی سودا لے نہ لے۔ لالہ کا پرنام بہرحال ہر کسی کو لینا پڑتا تھا۔ سودا کوئی لے بھی لے، تو اس کی نگاہ لالہ کی پرنام کی لے میں رام رام جاپتی مسکراتی آنکھوں سے نہ ہٹتی تھی۔

لوگ کہتے تھے اسے منتر آتا ہے کوئی۔

جادو ہے کوئی اس کی آنکھوں میں۔

جسے آنکھ بھر کے دیکھے، اس سے اپنی کہی منوا لیتا ہے۔

اس کی آنکھوں میں سانپ کی آنکھ ہے، لوگ کہتے تھے

یا آنکھوں کی نظر میں کسی سپیرے کی بین ہے۔ کوئی اسے کیسی ہی ٹیڑھی آنکھ سے دیکھے، اس کی آنکھیں اسے دو نظروں سے رام کر لیتیں۔ جب دیکھو، ایسے دیکھ رہا ہے، جیسے تھپکی دے رہا ہے، یاری بنا رہا ہے۔

روٹھے کو منا رہا ہے۔

روٹھتا کون اس سے۔ ناراض کس نے ہونا تھا۔

تول کا پورا تھا، بول کا پکا

تکڑی ماں تھی اس کی

تولنے والے باٹ کو یہ گرو کہتا تھا۔

صبح پٹ سن کی دوہری کی ہوئی بوری کی گدی پہ آ کے بیٹھنے سے پہلے جہاں پاؤں رکھنے ہوتے، وہاں جھک کے ماتھا ٹیکتا۔ چہرہ اٹھاتا تو باٹ اٹھا کے ماتھے پہ پھیرتا۔

پھرنا پھیرانا اس کا کہیں نہیں تھا۔ کہیں گیا ہے تو بھی ہے۔ بیوپار میں گیا ہے۔ کہیں سے کچھ لینا ہے، کہیں کچھ بیچنا ہے۔ اس کی زندگی کا کوئی سانس کاروبار سے باہر نہ تھا۔

وہ خود چلتی پھرتی دکان تھا۔

گاؤں میں ہے تو اپنی دکان میں ہے۔

گھر میں ہے تو دکان میں ہے۔

دکان کے اندر ہی اس کے گھر کا دروازہ کھلتا تھا۔

شام ڈھلے دکان کا دروازہ وہ اندر سے بند کر کے گھر چلا جاتا تو بھی دکان کھلی رہتی۔فرق صرف اتنا پڑتا کہ اب آنے والا گاہک دکان پہ نہیں، دوقدم ساتھ ہی برابر گلی میں بنے اس کے گھر کی چوکھٹ پہ دستک دیتا، تو اونچی آواز لگاتا۔

اولالہ،

چاچا کھتری،

وہ کہیں بھی ہوتا، اس کی آواز آجاتی۔

آیامہاراج۔

بس آجاتا۔

جو بھی پہنا ہوتا، بنیان، دھوتی اسی میں آجاتا۔ہاں لالہ کو جب کبھی شہر کی طرف جانا ہوتا تو خوب بن سنور کے نکلتا۔ایک اس کی خاص شہر جانے والی سوا آنے گز کی چابی کے لٹھے کی سفید دھوتی تھی۔دھل دھل کے وہ لٹھے سے پاپلین بن گئی تھی۔مگر اس نے دھوتی نہیں بدلی۔جب بھی جانا ہوتا گاؤں سے باہر وہی دھوتی، کلف لگا کے اس کا تیسرا لڑ پیچھے گھما کے باندھ لیتا۔مچھر دانی کے جال کی طرح تنی سفید دھوتی میں بانس کی سوٹیوں جیسی اس کی پتلی کالی ٹانگیں کھڑ کھڑ کرتی جاتیں۔چلتے پھرتے وہ اکثر منہ میں رام رام جپتا جاتا۔گلی کا موڑ مڑنے سے پہلے گاؤں کے بچوں کو پتہ چل جاتا، اس طرف سے لالہ دیوارام آرہا ہے۔

بچوں کے لیے اس کی شخصیت میں بڑا فن تھا۔

بچے ہنستے اس کے پیچھے بلا وجہ بھاگنے لگتے۔

اس کے چلنے کی رفتار ہی ایسی تھی کہ بچوں کو اس سے قدم ملانے کے لیے بھاگنا پڑتا۔تیز چلتا تھا وہ۔بچے بھاگتے بھاگتے اس کے پیچھے پیچھے بولتے جاتے۔

صبح جائے

آئے شام

رام رام

دیوا رام

لالہ چڑتا نہیں تھا۔ الٹا بچوں کے راگ میں سر ہلاتا مسکراتا چلتا رہتا۔ گلی محلے میں کسی سے دیوا رام کی نظر دو چار ہوتی تو وہ ہاتھ جوڑ کے پرنام کرتا۔ اور بچے اونچی آواز میں راگ الاپنے لگتے۔

رام رام

دیوا رام

گاؤں کے بچوں کا اس کا پیچھا کرنے کی ایک وجہ اور بھی تھی۔ لالہ نے اکثر سفید تہمد کے اوپر دو جیبوں والی بنیان پہنی ہوئی ہوتی تھی۔ کئی جیبوں والی صدری تو وہ بنیان کے نیچے پہنتا تھا، مگر بنیان کی دو جیبوں میں سے ایک، داہنی جیب میں اس نے بچوں کی چوسنے والی کچھ گولیاں رکھی ہوتی تھیں۔ جب گاؤں کی ایک گلی سے وہ دوسری گلی میں مڑتا تو اکثر وہ اپنا داہنا ہاتھ جیب میں ڈال کے دو چار چوسنے والی گولیاں بچوں میں بانٹ دیتا۔ ہر گلی کے موڑ پر بچے اس کے گرد جمگھٹا لگا دیتے۔ وہ جیب سے گولیوں بھرا ہاتھ نکالتا، تو بچے اس کے ہاتھ پہ جھپٹ پڑتے۔ کئی گر جاتے، کچھ آپس میں الجھ پڑتے۔ ہاہا ہو کا طوفان اٹھ جاتا۔ شور بچوں کا بڑھ جاتا، بچے گلہ پھاڑ پھاڑ کے چیخنے لگتے۔

رام رام

دیوا رام

صبح جائے

آئے شام

مگراس شام وہ گھر نہیں آیا۔

اس کی لاش موسلا دھار بارش میں، خون اور مٹی سے لت پت گاؤں سے دو میل پرے شہر کی جانب ایک ویرانے میں چکنی مٹی کے دلدلی کھیت میں ایک جڑ سے نکلی ہوئی کٹی پھٹی گاجر مولی کی طرح راہ کی پگڈنڈی سے ہٹ کے اندھیرے میں پڑی رہی۔

اوپر مینہ برستا رہا۔

بلبلے اٹھ اٹھ کے ٹوٹتے رہے۔

بین کرتے رہے۔

لالہ گھر کیسے آتا۔

اس کی بیوی دانتوں میں انگلیاں رکھ کے، ناخنوں سے دانت کھرچنے لگی۔ مینہ اتنا تیز تھا اس شام کہ بارش کے چھینٹوں سے اسے بار بار دستک کا گمان ہوتا، وہ بارش میں بھیگتی اپنے کمرے سے کچے ویڑے میں اچھلتے بارش کے بلبلوں کو ننگے پیروں سے روندتی بھاگی آتی۔ باہر کوئی بھی نہ ہوتا، بارش کی باچھڑ ہوتی۔ آخر اس نے دروازہ کھلا چھوڑ دیا۔ اور صحن کے پیچھے اپنے کچے برآمدے میں دروازے کی دہلیز پہ نگاہ چپکا کے بیٹھ گئی۔

دو بیٹے تھے اس کے، ایک بیٹی تھی۔ وہ بھی آکر اپنی ماں کے پاس بیٹھ گئے۔ باہر جب سے شام کا اندھیرا اتر کے انکی جلتی لالٹین کی حد تک آگیا تو باہر کا کھلا دروازہ بھی بند نظر آنے لگا۔ تب جانکی نے اپنے بیٹے گھر کے باہر لالہ کو ڈھونڈنے بھیجے۔

لالہ کی جورو کا نام جانکی تھا۔

لالہ کے برعکس وہ موٹی اور بھدی سی تھی۔ جتنا لالہ تیز چلنے کا عادی تھا، اتنا ہی یہ آہستگی سے چلا کرتی تھی۔ گھر کے دو چار کام کرتے کرتے ہی اسے سانس چڑھ جاتا، لالہ کہیں باہر گیا ہوتا تو اس کا کام بڑھ جاتا۔ وہ گھر نہ ہوتا تو یہ دکان میں جا کے تکڑی سے تول تول کے سودا دیتی۔ لالہ گھر میں ہوتا، دکان کی گدی پہ بیٹھا ہوتا تو یہ دکان کے

پچھلے دروازے کی درز کھول کے یوں منہ کھول کے گلہ پھاڑ کے لالہ کو آواز دیتی، جیسے لڑ رہی ہو۔ لڑتی نہیں تھی، مگر دیکھنے سے لگتا تھا لڑ رہی ہے۔ اس کے اونچی اونچی پکارنے پہ بھی لالہ مچلا بنا بیٹھا رہتا۔ لالہ کو پتہ تھا کہ جب بھی جانکی آواز دیتی ہے تو دکان سے کچھ نہ کچھ دینا پڑتا ہے۔ لالہ اپنے گھر کے لیے بھی سودا اسی تکڑی سے تول کے دھرم پتنی کو دیتا تھا۔ وہ شور مچاتی۔ تیری تکڑی ٹوٹے لالہ۔

یہ تکڑی کا مارا سودا ہی لینا تھا تو کھتری کی جورو بننے کا فائدہ کیا ہوا۔

یہ اپنی جورو کو بھی اسی طرح سانپ کی بین پہ لگی جادو آنکھ سے دیکھتا، جیسے اپنے گاہکوں کو دیکھا کرتا تھا۔

اس کے اس طرح دیکھنے میں کوئی بھید تھا۔

جسے دیکھتا رام کر دیتا، گاہک کو بھی، پتنی کو بھی۔

مگر اس شام لالہ کی آنکھوں کا منتر نہ چلا۔

آنکھیں بجھ گئیں۔

بدن ٹوٹ کے گارے مٹی میں مل گیا۔

لالہ گھر نہیں آیا

لالہ آیا کیوں نہیں؟

جانکی سوچ میں پڑ گئی

وہ تو شام ڈھلے تک کبھی باہر نہیں رہا۔

پتہ نہیں بارش نے روک لیا؟

وہ رکنے والا تو نہیں۔

بارش پہلے بھی کئی بار ہوئی، لالہ نہیں رکا کہیں گھر سے باہر۔ وہ لالہ کا پتہ کرنے اڑوس پڑوس کے ایک دو گھروں تک ہو آئی۔

کسی کو کیا پتہ ہونا تھا۔

جسے پوچھتی، لالہ کو تو نہیں دیکھا، کہیں آتے ہوئے۔

وہ پوچھتا، لالہ گیا کدھر ہے؟

لالہ تو صبح صبح شہر گیا تھا۔

سوا پانچ میل پرے شہر تھا۔ شہر کیا ایک چھوٹا سا قصبہ ڈہلوں تھا۔ ایک بازار تھا ادھر۔ ایک منڈی تھی۔ غلہ منڈی بھی، سبزی منڈی بھی، گوال منڈی بھی۔ کٹی کٹا، گائے بیل سے لے کر چاندی کی پازیبوں اور سونے کی چوڑیوں تک ہر شے ادھر دستیاب تھی۔ اردگرد کے دیہات کا وہیں لین دین تھا۔ کئی جگہ ادھر لالہ کا کھاتا کھلا تھا۔

صبح جاتا، شام سے پہلے پہلے ریڑے تانگے پر سودا لیکر آ جاتا۔

مگر اس دن لالہ ریڑے تانگے والا کوئی سامان لینے نہیں گیا تھا۔ نہ بارش کی وجہ سے اس دن گاؤں کی طرف کوئی تانگہ آیا۔ لوگ موسم دیکھ کے گھر سے نکلتے تھے۔ مگر لالہ کو قصبے میں کام ہی ایسا پڑ گیا کہ اسے جانا پڑا۔ سنار کی ہٹی سے گاؤں کے دو گھروں کے دیے زیور تیار کروا کے لانے تھے۔ کئی ہفتوں سے بننے دیے ہوئے تھے۔ دو دن بعد گاؤں میں انہی میں سے ایک گھر میں شادی ہونا تھی۔ لالہ پہ ذمہ داری آ گئی۔

صبح کا گیا، دوپہر تک وہ سنار کی دکان پہ بیٹھا رہا۔

بیچ بیچ میں تین بار اس نے غلہ منڈی میں بھی چکر مارے۔ گندم کے کئی گڈے بوریاں اس نے ان دکانوں پہ اناج دیا ہوا تھا۔ گاؤں والوں سے وہ گندم نقد لیتا تھا۔ تبھی چار آنے من پہ اناج سستا ملتا تھا۔ جب ایک گڈے کے وزن کی بوریاں اکٹھی ہو جاتی تو وہ انہیں لاد کے شہر کی غلہ منڈی دے آتا۔

اس دن غلہ منڈی سے کئی آڑھتیوں سے اسے اپنے پیسے مل گئے۔

سنار نے بھی زیور تیار کر کے لالہ کو تھما دیا۔

لالہ کے پاس ایک دم سے خزانہ آ گیا۔ ساڑھے پانچ سو روپے نقد، چاندی کے۔ ایک سکہ ایک تولے کا ہوتا تھا۔ سارے ملا کے سوا چھ سیر وزن ہو گیا اوپر سے کوئی

پونے گیارہ تولے سونے اور ساڑے پچپن تولے چاندی کے گہنے تیار۔

اس زمانے میں تمہیں پہلے کہیں بتایا تھا کہ، لوگ نقد مال اور قیمتی چیزیں ایک لمبی سی سانپ نما کپڑے کی سلی ہوئی تھیلی میں ڈال کے کمر سے باندھ لیتے تھے۔ اسے بانسری کہتے تھے۔ لالہ نے بھی چھپ چھپا کے کہیں اولے ہو کے سارا سونا چاندی بانسری میں ڈال لیا اور بانسری کمر سے باندھ کے اوپر تہمد کے بل چڑھا دیے۔ اس کے اوپر بنیان کھینچ لی۔ لالہ کو تسلی تھی تو صرف اتنی کہ بنیان کئی جگہوں سے پھٹی ہے۔ دیکھنے میں لالہ ایسے ہی دکھتا تھا، جیسے دو دن سے بھوکا ہو۔ جیب میں پھوٹی کوڑی نہ ہو۔ لالہ نے پورا دن ویسے ہی شہر میں کہیں بیٹھ کے دو نوالے روٹی نہ کھائی۔ بہتیرے کھوکھے ہوٹل تھے ادھر۔ پر کیوں ایک تو ادھر پیسے خرچ ہونے تھے، دوسرا ایرے غیرے لوگ تاڑ لیتے۔ ڈاکوؤں کی اس زمانے میں بڑی دہشت تھی۔

ذرا دن ڈھلتا، تو راستوں پہ ڈاکو راج شروع ہو جاتا۔

جو ڈانگ لے لے، راہ روک لیتا۔

ڈاکو بن جاتا۔

ڈاکو کو سوچ کے ہی لالہ دیوارام کے اندر کی بتی گل ہونے لگتی۔ باہر بھی اندھیرا اتر آیا۔ بادلوں نے چھاؤنی ڈال دی۔

بارش رکنے کا نام نہ لے۔

آسمان پہ بادلوں کا رنگ ہی بدل گیا۔ کھڑا دن ایسے دھندلا گیا جیسے شام اتر آئی ہو۔

دیوارام کی بتی کیسے گل نہ ہوتی، ادھر قصبے کی دکانوں میں دن کھڑے دیوے جل گئے۔ لالٹینیں نکل آئیں۔

شام کے اندھیرے سے لالہ کی بے چینی بڑھ گئی۔

ساڑھے پانچ سو روپیہ نقد انگریز سرکار کے چاندی کے سکے۔ ساتھ اس سے

زیادہ مالیت کے سونے چاندی کے گہنے۔ دیوارام کی کمر پہ سنگل چڑھا تھا۔ دماغ میں سوچیں ابل رہی تھیں، خوف پل رہا تھا۔

کیا کروں؟

وہ سوچے جا رہا تھا۔

اندھیرا بڑھتا جا رہا ہے۔

ادھر چور ہیں، جیب کترے ہیں۔

راہ میں ٹھگ ہیں، ڈاکو ہیں۔

پریشانی اور بھوک میں لالہ ایک کھوکھے سے چائے پینے کے لئے رک گیا۔ سڑک کے کنارے چائے کا کھوکھا تھا۔ کچی اینٹوں کی دیواروں پہ ٹین کی چھت کا۔ ٹین کے اوپر بارش بجنے لگی۔ چھنا چھن شروع ہو گیا۔

چولہے میں لکڑیوں کے شعلوں کے اوپر سلور کی دیگچی میں چائے چڑھی تھی۔ بھاپ اٹھ رہی تھی۔ لالہ بینچ پر بیٹھ گیا۔ اتنے میں اسی کھوکھے میں دیورام کے گاؤں کا نمبردار آ گیا۔ ایک نظر چونک کے نمبردار نے لالہ کو دیکھا اور خوشی سے بے ساختہ بولا،

او مہاشے بیٹھے ہیں اپنے۔

واہ بھئی۔ دکاندار کو آواز لگائی، بنا بھئی ایک پیالی اور۔

دکاندار نے دیگچی کا ڈھکن اٹھا کے ایک پیالی پانی اور ڈال دیا۔

ہرچن سنگھ چوڑے بدن کا بھینسے کی طرح موٹا آدمی تھا۔ جسم پہ بال ہی بال۔ سر پر بھیگی ہوئی گہرے پیلے رنگ کی پگڑی۔ جس کا کچا رنگ پگڑی سے پھسل پھسل کے ہرچن سنگھ کے پورے ماتھے اور کانوں کی لوؤں سے نیچے تک کھسکا ہوا تھا۔ ہاتھ میں اس کے قد جتنی اونچی ڈانگ۔ اس نے ڈانگ کھڑاک سے بنچ کے ایک کونے پہ لگا کے دیوار سے کھڑی کی اور دیورام سے مخاطب ہو کے بولا۔

لالہ جی اِدھر کدھر؟

شہر آیا تھا۔ لالہ جیسے لمبا جواب دینے سے کترا رہا تھا۔

چلو گے واپس؟

نمبردار یہ کہہ کر لالہ کے پاس بینچ پر بیٹھ گیا۔ آدھے سے زیادہ بینچ اس نے گھیر لیا۔ لالہ سہم کے ایک طرف کو سمٹ گیا اور بولا۔

چلنا تو ہے۔ لالہ کی آواز میں شک تھا۔

کیوں کام رہتا ہے تیرا لالہ؟ نمبردار بینچ پہ بیٹھ کے جوہڑ سے نکلی ہوئی بھینس کی طرح پنڈا ہلا ہلا کے خشک کر رہا تھا۔ کپڑے جھاڑ رہا تھا۔

نہیں۔ کام کونسا تھا، بس، بھاؤ تاؤ پتہ کرنے آیا تھا، لالہ نے پیروں کو جوڑ کے آہستگی سے زمیں پنجوں سے تھپتھپائی۔ اپنے موٹے چمڑے کے جوتوں کے اندر ہی اندر پیروں کے انگوٹھے کچھوے کے سر کی طرح اوپر نیچے کیے۔

کر لیا پتہ؟

ہوں؟ ہاں!

چل پھر۔ بارش تیز ہو جانی ہے۔

یہ تو تیز ہے پہلے ہی۔

خیر صلاّ ہے۔

بھیگ جائیں گے۔ لالہ کسی اور خوف سے کپکپا کے بولا۔

او چھڈ لالہ، تو کیہڑا کچی مٹی کا بنا ہے۔ جو کھر جائے گا۔

ہمت کر دیو رام۔

اچھا، دیو رام ہمت یکجا کرنے لگا۔

لالہ چائے آ گئی۔

دونوں چائے پینے لگے۔

نمبر دار نے پیالی پلیٹ میں انڈیلی اور غٹا غٹ پی گیا۔

دیو رام نے ایک ہاتھ میں پیالی پکڑی، دوسرے میں پلیٹ۔ اس کے دونوں ہاتھ کپکپا رہے تھے۔ پیالی میں چائے تھرک رہی تھی۔ پلیٹ دوسرے ہاتھ میں خالی پکڑی پکڑی لرز رہی تھی۔

او چل بھئی۔ جلدی کر۔ نمبر دار نے دیو رام کے داہنے کندے پہ ہاتھ مارا تو اس کی پیالی سے تھوڑی سی چائے گر گئی۔

ابھی پی نہیں چائے تو نے، لالہ۔

بس دو گھونٹ رہ گئے ہیں۔

او یار اک گھونٹ تو چائے ہے۔ تیرے ابھی دو گھونٹ رہتے ہیں۔ چل جلدی، نئیں تا میں چلا۔ اپنا ادھر کوئی کام نہیں، ابھی لدھیانے سے آیا ہوں۔ سوچا ادھر چائے پی لوں۔ اچھا ہوا تم مل گئے۔ چلو ساتھ رہے گا۔ تانگا وانگہ تو ہوتا نہیں ایسے ویلے۔ پیدل ہی چلنا ہے۔ تو چل، جہاں اکیلے جانا تھا، ادھر دو ہو گئے۔ ہو گئی صاف پیالی؟

ہو گئی۔

لالہ چائے پی کر بنیان کی جیبوں میں ہاتھ ڈال کے جیب کے اندر ہی اندر ہاتھوں سے سکے ٹٹول ٹٹول کے دیکھنے لگا۔

او رہن دے۔ لالہ، پیسے میں دوں گا۔

لے بھئی نمبر دار نے دو سکے چائے کی کیتلی والے چبوترے پہ رکھے اور ڈانگ پکڑ کے کھڑا ہو گیا۔ بولا، میں تے چلا۔

او ٹھہر نمبر دار میں بھی آیا۔

آجا۔ نمبر دار ٹھہر گیا۔

لالہ اٹھ کے کھڑا ہو گیا۔ ایک دو لمحے کھڑا رہا۔ پھر جیسے ٹانگوں میں قدم اٹھانے کی جان نہ ہو۔ کھڑا کھڑا پھر بینچ پہ بیٹھنے لگا۔

اوتو پھر بیٹھتا جا رہا ہے۔ نہیں جانا؟

جانا تو ہے۔

پھر؟

بچن سیا۔ راہ میں اندھیرا ہو جانا ہے۔

ہون دے، تو نے کونسے موتی پرونے ہیں راہ میں۔

نہیں، یہ بات نہیں، سردارا۔

پھر کیا بات ہے۔ کھل کے بول۔ ہر بچن سنگھ ڈانگ سے اپنی پگڑی کھرچتے ہوئے بولا۔

راہ لمبا ہے۔ ہے بھی سارا اجاڑ، بیابان۔

تو؟

نمبردار ڈانگ والا بازو۔ ڈانگ پکڑے پکڑے پھیلا کے حیرانی سے منہ کھول کے بولا۔

دیو رام کو کچھ سوچ کے جھر جھری سی آ گئی۔ بولا۔

نمبردارا، اجاڑ رستوں میں چوری چکاری کا بھی سوچنا پڑتا ہے۔

او چوراں دی ماں نوں،

ایسی تیسی اونہاں کی۔ کیسی باتیں کر رہیا۔

ہر بچن سنگھ نے داہنے ہاتھ سے پکڑی لاٹھی زمین پہ ٹھاہ کر کے ماری، اور بائیاں ہاتھ بڑھا کے دیو رام کو کندھے سے پکڑ کے یوں اٹھا لیا۔ جیسے بارش میں سہمی ہوئی پر جھاڑتی کانپتی گری بھیگی مرغی کو ٹوٹی چھت والے ڈربے سے اسی گھر کا بلاّ نکالتا ہے۔

ایسی باتیں سوچتا ہے، آپاں کے ساتھ چلتے ہوئے۔

او نئیں، سردارا، اے گل نئیں۔

او چھڈ ھن، ساریاں گلاں، ٹُر جلدی، پیر چُک۔

دونوں اس اندھے سے کھوکھے سے نکل کے سڑک پار کر کے اپنے گاؤں جاتی کچی راہ پہ ہو گئے۔

راہ میں دونوں گپیں لگاتے چلتے گئے۔ لالہ کو حوصلہ ہو گیا۔

دو میل راہ کٹ گئی۔

اندھیرا بڑھ گیا۔

بارش تیز ہو گئی۔

لے بھئی پیر اٹھا کے رکھتا آ۔ جلدی، نمبردار اور تیز تیز چلنے لگا۔

دیورام نے اپنی سفید تہمد کو اوپر اڑس کے لنگوٹ بنایا ہوا تھا۔ کندھے پہ رکھے ڈیڑھ گز لٹھے کے ایک کونے میں اپنے جوتے باندھ کے گلے میں لٹکائے ہوئے تھے۔ بارش تیز ہو گئی تو کچی راہ پہ چلتے ہوئے دیورام نے اسی کپڑے کا داہنا پلو کھینچ کے اپنے ننگے گنجے سر پر کر لیا۔ اور جوتوں کو سامنے سینے سے ہٹا کے اپنی بائیں بغل کے نیچے جھولنے دیا۔

نمبردار کو اس کا یہ حلیہ دیکھ کے ہنسی آ گئی۔

وہ دیورام کو شرارت میں کندھا مار کے بولا، لالہ تو اِدھر اس گرگابی کے خوف سے بیٹھا، اٹھ نہیں رہا تھا۔ یہ کہیں گیلی نہ ہو جائے۔ یا کوئی اسے چھین نہ لے تجھ سے۔ یہ کہہ کر نمبردار خود ہی منہ کھول کھول کے ہنسنے لگا۔ بارش کے چھینٹے اس کے کھلے حلق میں پڑتے گئے۔ ہنستے ہنستے اس نے لالہ کی طرف دیکھا۔

لالہ ہنسا نہیں بالکل، الٹا اسے کچھ ایسی نظروں سے دیکھا، جیسے اس نے بہت ہی کم عقلی کی کوئی بات کی ہو۔ بہت چھوٹی بات۔

نمبردار کو اپنی دل لگی کے جواب میں لالہ کی آنکھ کا وہ تیر چبھ گیا۔

وہ دل میں سوچنے لگا، لالہ کے ہاتھ ایسا کیا خزانہ آ گیا، کہ وہ میری آنکھ میں آنکھ ڈال کے سنپو لیے کی زبان سے ڈنگ مارتا ہے۔

بات آئی گئی ہوگئی۔

دونوں چپ چاپ اپنی راہ پہ چلتے گئے۔

راہ میں پگڈنڈی چمک رہی تھی۔ باقی دونوں طرف ہل دی ہوئی زمینوں میں اندھیرا اترا ہوا تھا۔ پگڈنڈی پہ کہیں کہیں پھسلن بھی تھی۔ لالہ کے ننگے پاؤں کہیں پھسلنے لگتے تو وہ لپک کے نمبردار کی بانہہ پکڑ لیتا۔ نمبردار کے دائیں ہاتھ میں پکڑی ڈانگ کے سرے پہ پیتل کا مٹھا تھا۔ نیچے ٹین کی کلغی چڑھی ہوئی تھی۔ ٹین والی ڈانگ کی نوک سے وہ پگڈنڈی کو دبا دبا کر تیز تیز ڈگ بھر رہا تھا۔ کہیں کہیں راہ میں پگڈنڈی کے کنارے پہ درخت کھڑے آجاتے۔ درختوں کے اندر گھونسلوں میں بھیگے چپکے بیٹھے پرندے ان دونوں کی آہٹ سے سٹ پٹا کے بیٹھے بیٹھے پَر پھڑ پھڑاتے اور پتوں کے اندر ہی اندر اچھل کر پھر وہیں کہیں بیٹھ جاتے۔

دُور دُور تک نہ کوئی گھر تھا نہ کوئی گراں۔

اوپر بارش برسے جا رہی تھی۔

باتیں یکسوئی سے تو ہو نہیں سکتی تھیں۔ دونوں الگ الگ سوچوں میں لگے تھے۔ دیوارام کو تو ایک ہی خیال تھا، کب اپنا گاؤں نظر آئے گا۔ اور نمبردار یہ سوچ رہا تھا، یہ لالہ، دو آنے کا کھتری ہے۔ دیکھتا ایسا ہے جیسے ساہوکار ہو۔

پگڈنڈی کہیں سے چوڑی ہو جاتی اور کہیں سے پتلی۔

ایسے میں دونوں آگے پیچھے چلنے لگتے۔

کبھی نمبردار آگے ہو جاتا، لالہ پیچھے۔ کبھی لالہ دو قدم آگے بڑھ جاتا اور نمبردار پیچھے پیچھے ڈانگ زمین پہ دباتا چلتا آتا۔ ایسے ہی ایک بار پیچھے پیچھے آتے نمبردار کی نظر دیوارام کی کمر پر بندھی بانسری پہ پڑی۔ بارش سے بنیان اور تہمند جسم سے چپک گئے تھے۔ اور ان کے نیچے بھاری بانسری ہل ہل کے اپنا وجود بتا رہی تھی۔

کھتری کی کمر پہ بندھی بانسری کوئی نئی بات نہ تھی۔

مگراتنی بھاری بانسری نمبردار نے پہلے کبھی اس کی کمر سے بندھی نہ دیکھی تھی۔

ہربچن سنگھ نمبردار کے ذہن میں دیوارام کا سہما سہما سا تذبذب بھرا چہرہ ابھرا، جب قصبے کے بیچ پہ کبھی وہ بیٹھ رہا تھا کبھی اٹھ رہا تھا۔

اچھا یہ بانسری تمہیں ادھر ٹکنے نہیں دیتی تھی؟

نمبردار نے قدم بڑھا کے کھتری کے کندھے پر ہاتھ مار کے بول دیا۔

دیوارام نے اس کی بات سن کے گھبرا کے اِدھر اُدھر اجاڑ میں دیکھا جیسے کوئی سن نہ رہا ہو۔

اوئے لالہ۔ ادھر کون ہے، ایسے ہی نہ سہا کر۔

پھر ہے کون، ان پانچ دس گاؤں میں، ماں کا لعل، جو میری ڈانگ کے نیچے سے سالم گزر جاتے ہیں، ہے کوئی بول؟

اس زمانے میں کونسا ڈاکوؤں کے پاس بندوقیں ہوتی تھیں۔ بس جس کے بازوؤں میں جان ہوتی اور ہاتھ میں ڈانگ، وہی شیر ہوتا تھا۔

لالہ تجھے شیروں سے یاری کی سمجھ نہیں آئی۔

او نہیں، سردار جی، یہ بات نہیں۔

پھر کیا بات ہے۔ کھل کر بات کر۔

نمبردارا۔ تجھ سے کیا پردہ۔ گاؤں والوں کی امانتیں ہیں۔ تُو تو نمبردار ہے گاؤں کا۔ سب کی عزت تیری عزت ہے۔

اس میں شک کیا ہے۔

شک کی بات کوئی نہیں۔

پھر؟

گاؤں میں بیاہ ہے پرسوں

کس کا؟

وہ ہے نا، تیجے سنگھ کی دھی، سرندرکور۔

سندری؟

ہربچن سنگھ ایک دم سے گردن موڑ کر کھڑا ہو گیا اور ہڑبڑا کے پوچھنے لگا۔

سندری کا بیاہ ہے؟

ہاں

کس سے؟

یہ نہیں پتہ، کسی اور گراں سے برات آنی ہے۔

تو نمبردار ہے، تجھے نہیں بتایا انہوں نے؟

بتانا تو چاہیے تھا، ہربچن سنگھ دانت بھینچ کے بولا۔ خیر، وہ چلتا چلتا یوں سر ہلانے لگا جیسے کہہ رہا ہو، دیکھا جائے گا۔

او بھئی، وہ پیسے والے ہیں، لالہ بولا۔

پیسے کدھر سے آ گئے تیجے ٹِڈل کے پاس؟ نمبردار ہنس کے حقارت سے بولا۔

آ گئے ہیں سردارا۔

کیسے؟ بول نا۔

او بھئی، گُڑی کا ماما آیا ہے، فوج سے ریٹائر ہو کے۔

ریٹائر ہو گیا وہ، کیا نام ہے گروبخشا فوجو۔

گروبخش سنگھ حوالدار، بول حوالدار۔

چل حوالدار کہہ لے۔ کونسا مور کا پر لگ گیا اس کی پگ میں۔

سردارا، او انگریز کی فوج سے آیا ہے۔ آگے پیچھے تو اس کے کوئی نہیں، جوانی میں رنڈوا ہو گیا تھا۔ نہ کوئی بچہ نہ کوئی بچی۔ اس کا سارا مال انہی کا تو ہے۔

سندری کو دیکھ مامے کے آنے سے گٹھ اونچی ہو گئی ہے۔

دیکھی ہے گُڑی وہ نمبردار۔ لالہ شرارت سے نمبردار کو دیکھنے لگا۔

اسے پتہ تھا، نمبردار لڑکیوں کا شوقین ہے۔ اسے یہ نہیں پتہ تھا کہ سرندر کور سے تو نمبردار کا اندر ہی اندر کوئی پیچا بھی چلتا رہا تھا۔ نمبردار تھا تو شادی شدہ۔ مگر تھا بے ایمان۔ سندری پر بڑی دیر سے اس کی رال ٹپکتی آئی تھی۔ پہلے پہل وہ کبھی کبھار اس سے اکیلے میں کہیں پکڑ دکڑ کر کے اندھیرے میں چھیڑ چھاڑ کر لیتا تھا۔ دو چار بار اسے پسوؤں کے طویلے میں کھینچ کے لیجا کے چوما چاٹا بھی تھا۔ مگر ہر بار وہ ہنستی ہنستی اپنا آپ چھڑا کے بھاگ گئی تھی۔

دیکھی ہے کڑی وہ نمبردار،

لالہ دیوارام کی بات سن کے ہر بچن سنگھ کے جسم پہ چونٹیاں رینگنے لگیں۔

وہ تھی ہی کچھ ایسی۔ سر سے پاؤں تک مرچ ہی مرچ۔ جو دیکھتا، سوں سوں کرنے لگتا۔ ڈانگ جتنی اونچی۔

دروازے سے گزرتی تو سر اوپر چوکاٹھ کو لگتا۔

دہلیز سے قدم باہر نکالنے لگتی تو لگتا، اس کے جاتے ہی چھت کی کڑی ٹوٹ جائے گی۔ شہتیر کی طرح تنا ہوا پنڈا تھا اس کا۔ ٹھوس۔ نمبردار نے کئی بار اس کی چھاتیوں میں انگلیاں چبھو چبھو کے دیکھا تھا۔ جیسے تصدیق کر رہا ہو۔ یہ واقعی اتنی ٹھوس ہیں یا لگتی ایسی ہیں۔

ایک شام وہ نمبردار کی حویلی میں آ گئی۔

گاؤں کی بہت سی لڑکیوں کے ساتھ۔

سب اپنی اپنی چادروں میں نمبردار کے کھیتوں سے کپاس کی پھٹی چن کے لائیں تھیں۔ حویلی کے بڑے دالان کے ساتھ والے کمرے میں ہر بچن سنگھ کی ماں اور اس کی گھر والی دونوں پھٹی لانے والی لڑکیوں کی گٹھڑیاں کھول کھول کے ڈھیریاں بنا کے چنائی کا حصہ نکال نکال کے دے رہی تھیں۔

ہر گٹھڑی کی ڈھیری فرش پر ڈھیر ہو جاتی۔

ہر بچن سنگھ کی ماں اس کے دو حصے کرتی  ہاتھوں سے ۔ پھر ڈھیری والی سے کہتی کونسا حصہ لینا ہے، لے۔ کپاس چُن کے لانے والی لڑکی چنی کپاس کے دونوں حصوں کو غور سے دیکھتی ہوئی اپنی سمجھ کے مطابق بڑے دکھائی دیتے ایک حصے پہ ہاتھ رکھ دیتی۔

ہر بچن سنگھ کی بے بے اس کے بھی دو حصے کر دیتی، ان میں سے ایک پہ پھر گٹھڑی لانے والی لڑکی ہاتھ رکھتی پھر اسی طرح اس حصے کے بھی دو حصے ہوتے اور جس پہ کپاس چننے والی لڑکی ہاتھ رکھتی، وہ ڈھیری اس کی ہو جاتی۔ باقی سارے حصے بے بے کے، مالک کے۔

آٹھواں حصہ کپاس کی چنائی کرنے والی کا۔

سبھی لڑکیاں آپس میں مل جل کر ایک دوسرے کے کھیتوں سے کپاس چنتی تھیں۔ جو کپاس وہ لاتیں، اسے لالہ دیوارام کی دکان پہ بیچ کے اپنے لیے کھانے پینے اور شوقینی کی چیزیں لے لیتیں۔ املی لے لی کسی نے، ساتھ مخانے، چھوارے، اوپر سے دنداسہ، جو جی چاہتا لے لیتیں۔ ان کی لائی ہوئی کپاس کرنسی کی طرح چلتی تھی۔ بہتیری ان کی عمر میں خریدنے والی چیزیں ہوتی تھیں، جو وہ گھر میں اپنے باپ اور بھائی سے تو منگوا نہیں سکتی تھیں۔ جس دن نمبردار نے سرندر کور کو لالے کی ہٹی پہ کپاس دے کے انگیہ خریدتے دیکھا تھا، اس کے تیسرے دن وہ ان کے کھیت سے پھٹی چن کے ڈھیریاں بنوانے ان کے گھر آئی تھی۔

وہ اپنا حصہ اپنے پلو میں باندھ کے اٹھ کھڑی ہوئی۔

نمبردار دالان کے باہر برآمدے کے ستون کی آڑ میں کھڑا اپنی نسوں میں غبارے کی طرح ہوا پھولائے جا رہا تھا۔ اسے پتہ تھا سندری کو باہر جانے کے لئے حویلی کے کن کن کونوں کھدروں سے ہو کے دروازے تک جانا ہے۔ وہ بھاگم بھاگ بڑے گیٹ سے پہلے راہ میں طویلے کے دروازے کے ساتھ کھڑے ٹیڑھے ہوئے

گڈے کی اوٹ میں ہو کے کھڑا ہو گیا۔ سندری اپنی بندھی کپاہ کا پلو گھماتی ادھر آئی تو اس نے لپک کے اس کی گٹھڑی پکڑ لی۔

سردارا، یہ تیرا نہیں، میرا حصہ ہے۔

سردار ہربچن سنگھ نے فوراً اس کی پوٹلی چھوڑ کر اس کی بانہہ پکڑ لی اور اسے دائیں طرف پسوؤں کے باڑے کی طرف دھکیلتا ہوئے لیجاتے ہوئے بولا سارے کھیت ہی تیرے نام کر دوں، تو آ تو سہی۔

وہ دروازے تک اس کے زور سے چلی گئی، دروازے کی دہلیز پہ دونوں پاؤں پھیلا کے وہ جم کے کھڑی ہو گئی۔ سردار باڑے کے اندر کھڑا سانس پھولائے اسے بانہہ سے پکڑ کے کھینچنے میں لگا تھا۔ اندر باڑے میں بھینسوں، گائیوں اور بیلوں کے جگالی کرنے کی آواز کے ساتھ ساتھ، بندھے سر ہلا ہلا کے سنگل ہلانے اور سینگ تھوتھنیوں سے چارے کی کھرلیوں کو کھرچنے کی آوازیں آ رہی تھیں۔

جاڑوں کے دن تھے۔

ہربچن سنگھ نمبردار کا پسینہ اس کے کپڑوں کو اندر سے گیلا کر رہا تھا۔ زبان اس کی خشک تالو سے لگی تھی۔ اس نے زور لگاتے لگاتے آہستگی سے سرندر کور سے کہا۔

شور نہ مچانا۔

سرندر کور دونوں پیر اسی طرح دہلیز پہ جمائے جمائے شیرنی کی طرح اس کی آنکھوں میں آنکھیں ڈال کے اونچی آواز میں بولی۔

شور تو گیدڑ مچاتے ہیں، تیرے جیسے۔

ہربچن سنگھ کے ہاتھ کی گرفت ایک دم ڈھیلی ہو گئی۔ نرم سی آواز میں بولا،

بڑی اکڑ رہی ہے آج تو۔

سندر کور چپ رہی، مگر آنکھ اٹھا کے اس کی طرف دیکھتی رہی۔

کہیں اور یارانہ لگا لیا ہے۔ ہربچن سنگھ نے اپنے ڈھیلے ہاتھ سے سندر کور کی کلائی

کو ہلا کے سر گوشی کی۔ سرندر کور نے اپنی کلائی پھر بھی نہ کھینچی۔ بس آنکھیں کھولے اسے دیکھتی رہی۔ ہر بچن سنگھ اپنا ہاتھ کھینچنے لگا تو سرندر کور نے اس کی کلائی پہ ہاتھ مارا اور بولی، اپنے گھر میں تمہیں چوہے کھانے کی عادت ہوگئی ہے۔

ہمت ہے تو باہر آ کے میرا ہاتھ پکڑ۔

کیا کر لے گی۔

ہر بچن سنگھ سراسیمگی میں آہستگی سے بولا، جیسے کہہ رہا ہو۔ چپ ہو جا۔

دیکھ لینا۔

پہلے کیوں ہاتھ پکڑاتی آئی تھی۔ اتنی بار

ہاتھ پکڑایا ہوتا تو آج چھڑاتی نہ۔

تو وہ کیا تھا۔ نمبردار بڑبڑایا۔

دیکھ رہی تھی تیری مردانگی۔

باتیں نہ کر زیادہ، جا، چلی جا۔ بڑی آئی مردوالی۔

ہاں ہے مرد میرا ابھی اب کوئی، بتاؤں۔

نہ رہنے دے، مجھے نہیں جاننا، جاتو

جاتو، سرندر کور نے اس کا منہ چڑایا۔

اگر مرد ہے تو میرے مرد کے ہاتھ میں ہاتھ دینا۔ پھر دیکھنا۔

دیکھوں گا۔ دیکھوں گا۔ جا۔

جا، سرندر کور نے پھر اس کا منہ چڑایا۔

بس جا، بولنا آتا ہے، آجاتا ہے تہمد میں چوہا اچھالتا ہوا۔ بڑا آیا شکاری، بانہہ میں زور ہے نہیں، بانہہ پکڑنے آجاتا ہے۔

پکڑنا بانہہ، اس دن، جب میری بارات آئے گی۔

چھڑا لی تو نے میرے مرد سے بانہہ تو میں تیری۔

بیاہ کے پھیروں سے نکل کے آ جاؤں گی۔

نہیں تو، تو اس طویلے میں اپنی گائے کی کھرلی میں منہ دے کے کوڑا ہو جانا۔

بڑا آیا مرد، نمبرداری کے زور پہ میری بانہہ پکڑتا ہے۔

وہ کھڑی بولتی رہی اور نمبر دار کھسیانا ہوا چپکے سے وہاں سے کھسک آیا۔ اس کے بعد اس نے سرندر کور کی آنکھ سے آنکھ نہیں ملائی۔ نہ کسی سے پوچھنے کی ہمت ہوئی کہ سندری کے شگن کس سے ہوئے ہیں۔

لالہ دیوا رام سے سرندر کور کی شادی کی بات سنی تو اس کے تن بدن میں چنگاریاں بھر گئیں۔ خود ہی سوچ سوچ کے وہ تنور پہ پڑے توے کی طرح دہکنے لگا۔ بارش کے چھینٹے اس پہ ٹھس ٹھس کر کے بجنے لگے۔ پگڈنڈی پہ چلتے چلتے اس کے قدم پھسل پھسل کے گارے میں جانے لگے۔ کیچڑ میں لاٹھی کی نوکیلی نوک سے چلتے چلتے لکیریں مارتا پاؤں گھسیٹ کے چلنے لگا۔

ہے کون لالہ، وہ، جس سے شادی ہو رہی ہے سندری کی۔

ایشور جانے، کون ہے۔ ہے کوئی اچھے گھر کا۔

کیوں؟

سندری کے باپو کی تیاریاں دیکھ کے کہتا ہوں۔

تیاریاں کیا کرنی ہیں، چاچا ٹِڈل نے۔ نمبر دار حقارت سے بولا۔

اے گل نئیں، نمبر دارا۔

کیوں، کیا تیر مارا ہے انہوں نے؟

سُچے کپڑوں کے ڈھیر لایا ہے ماما اس کا، سونا چاندی الگ ہے۔

سونے چاندی کے قابل ہے وہ؟ سونا چاندی۔

نمبر دار کے دماغ میں گولا گھوم رہا تھا۔

چھ چھ چوڑیاں بنوائیں ہیں، سوا سوا تولے کی، ہار، انعام، ٹکہ اور مندریاں الگ

ہیں۔لالہ بولا۔

اولالہ، سنی سنائی بات نہ کیا کر، میں جانتا ہوں ان کے اگلوں پچھلوں کو۔

سنی سنائی بات نہیں ہے نمبر دار۔

واہ، تو تو ایسے بول رہا ہے جیسے تجھ سے ہی بنوائے ہوں انہوں نے سارے گہنے۔نمبر دار نے عجیب طرح کی چھری جیسی بے رحم آنکھوں سے لالہ کو تحقیر آمیز نظر سے دیکھتے ہوئے کہا۔

یہیں لالہ دیوارام سے غلطی ہوگئی۔

وہ نمبر دار کی آنکھوں کی کاٹ کے سامنے ہار گیا۔

اپنی کمر پہ بندھی بانسری پہ ہاتھ مار کے بولا۔

بنوائی کیا، بنوا کے لارہا ہوں۔ساتھ چاندی کی پازیبیں بھی ہیں، سرندر کور کی۔

نمبر دار لالہ کی بات سن کے ایک دم سے چپ ہوگیا اس کے قدموں کی رفتار دھیمی پڑگئی۔لالہ نے بھی کچھ دیر بات نہ کی۔

بارش پھر تیز ہوگئی۔

بارش کے شور میں چپ کا سناٹا ڈراؤنا سا ہوگیا۔

لالہ دیوارام دو قدم آگے ہو کے نمبر دار سے چلنے لگا۔اچانک دیوارام کو نمبر دار کے چلتے قدموں کی آواز کے تھمنے کا احساس ہوا۔مڑ کے دیکھا تو نمبر دار ڈانگ کے سہارے کھڑا تھا۔

خیر ہے، نمبر دار۔دیوارام کی آواز میں کپکپی تھی۔

لالہ مجھے بانسری کھول کے دکھا۔

لالہ کی ٹانگیں کھڑے کھڑے کانپنے لگیں۔

سر پہ رکھا اس کی چادر کا پلو کھسک گیا چمکتی ٹنڈ پہ بارش کے چھینٹے اس کی ہنسی اڑاتے اڑنے لگے۔بے بسی اس کے وجود پہ یک لخت لکھی گئی۔اس کے پلو سے بندھا

جوتا بائیں بغل سے سرک کے نیچے کمر تک آ گیا کمر میں ایک دم سے خم آ گیا۔ پورا قدبت اس کا یوں ڈھیلا ہو گیا جیسے ٹائر سے ہوا نکل گئی ہو۔ پچک گیا ہو کھڑے کھڑے۔ چہرے کے پٹھے سرسرانے لگے۔ تیز بارش اور سرمئی اندھیرے کے باوجود اس کے چہرے پہ خوف کی سرسراہٹ سنائی دینے لگی۔

نمبر دارا، میں تو تیرے آسرے پر آ گیا، یہ نہ کر۔

لالہ، اپنے ہاتھ سے بانسری کھول۔

میں نے دیکھنی ہیں ساری چوڑیاں۔

دیوارام کی ٹانگوں کا لرزا ایک لمحے کو رکا۔ وہ کیچڑ اور بارش میں عجیب بے ڈھنگے سے ڈگ بھرتا ہوا، بڑی لجاہت اور انکساری سے اس کی طرف لپکا، جیسے اس کے پاؤں چھونے آ رہا ہو۔ اور پھر کبڑا سا کھڑا ہو کے خوف زدہ لجاہت سے بولا۔

نمبر دارا، تم سے کیا چھپانا، تم نمبر دار ہو، دیکھ لو۔

کچھ پیسے ہیں، فصلوں کے اکٹھے ہوئے تھے، باقی یہ زیور ہیں، امانت ہیں۔ تمہارے گاؤں کا مال ہے۔ نمبر دار بس تمہیں بتا دیا، یہی ہے، لالہ نے نچڑی گیلی بنیان کے نیچے تہمند کے لڑوں کے نیچے ہاتھ ڈال کے بانسری کو ہاتھ لگا کے پھر چھوڑ دیا۔

بانسری کھول لالہ۔

نئیں نمبر دار، دیوارام نے دونوں ہاتھوں سے اپنی دھوتی کے لڑوے پکڑ لیے۔

نمبر دار نے ایک قدم بڑھ کے دیوارام کی کمر میں تہمد کے لڑ نیچے ہاتھ مار کے بانسری کو جھٹکا دیا۔ بانسری کھل کے اس کے ہاتھ میں آ گئی۔ ساتھ دیوارام کی دھوتی بھی کھل گئی دیوارام تہمد کے پلوؤں کو پکڑے اپنے جسم پہ لپیٹتا ہوا نمبر دار کے پیروں میں گر گیا۔

ہٹ جا پرے

دیکھ لینے دے

نمبردار نے دیوا رام کو پیروں سے دھکا دے کر پگڈنڈی سے نیچے پانی میں ڈوبے ایک کھیت میں لڑھکا دیا۔ دیوا رام گارے مٹی میں لت پت ہوا۔ بندھی کھلی دھوتی کو پکڑے پکڑے کبڑا کبڑا ہوا عجیب لاچارگی سے چلتا ہوا اپنے مٹی سے بھرے کھلی تہمد کے لڑ پکڑے ہاتھ جوڑ کے جھولنے لگا۔

او ٹھہرو۔

نمبردار نے اس کے سینے پہ زور سے لات ماری اور بانسری کھولنے لگا۔

لالہ دیوا رام ایک بے بسی کی چیخ مار کے گارے میں گر گیا، دھوتی کھل گئی۔ لڑوے ہاتھ سے چھوٹ گئے۔ کیچڑ میں لت پت ہو گیا۔ نیچے پہنا دھاری دھار جانگیہ اور اس کی سوکھی کالی رانیں گارے سے لتھڑ کے کپکپانے لگیں اور وہ الٹا گرا منہ نیچے کیئے ذبح ہوئے بکرے کی طرح ہاتھ پاؤں مارنے لگا۔ اس کے حلق سے عجیب طرح کی بے ربط آوازیں نکلنے لگیں۔

ہائے کیوں آ گیا تیرے بھروسے پہ میں
تجھ پر بھروسہ کر گیا۔
دے دے میرا مال، او نمبردار، ہر بچن سیا
نہ کریں، ظلم نہ کریں
دے دے میری بانسری

بولتا بولتا کیچڑ گارے سے بھرا ایک بار پھر وہ اٹھ کے ہر بچن سنگھ کی کمر تک آیا۔ ہر بچن سنگھ نے اس کی ٹھوڑی کے نیچے دائیاں گوڈا اٹھا کے مارا، دھک سے لالہ کے دانت آپس میں ٹکرائے اور اس کی زبان کٹ گئی، خون اس کے ہونٹوں کے کونوں سے بہنے لگا۔

لالہ زور زور سے رونے لگا۔

بارش اسی طرح تیز تیز برستی رہی۔ لالہ نے گردن گھما کے چاروں طرف دیکھا

گاؤں ابھی دو، سوا دو میل دُور تھا، شہر کوئی پونے تین میل پیچھے۔

چاروں طرف بارش کا شور تھا۔

پانی کھڑا تھا۔

اور پانی میں بارش کے بلبلے اٹھ رہے تھے۔

لالہ گارے مٹی سے نکلے ہوئے بھوت کی طرح گھٹنوں پہ کھڑا ہو کے نمبردار کے پاؤں پکڑ کے چپک گیا۔ نمبردار نے پیر ہٹا کے اس کے منہ پہ زور کی ٹھوکر دی۔ لالہ پھر الٹ کے دھپ سے گارے میں گر گیا۔ ہونٹوں کے ساتھ ناک بھی اس کا ٹوٹ گیا۔ ناک سے خون ابل ابل کے گارے کو رنگنے لگا۔ اسی حالت میں لالہ نے اٹھ کے نمبردار کے ہاتھ میں پکڑی بانسری کو عجیب لاچارگی میں پکڑنے کی کوشش کی۔ نمبردار نے دو قدم پیچھے ہٹ کے بانسری اپنے گلے میں ڈالی اور ڈانگ اٹھا کے پورے زور سے اس کے گھٹنوں پہ ماردی۔ وہ اچھل کے گارے میں گرا۔

نمبردار نے اتنی دیر میں بانسری گلے سے اتار کے اپنی کمر پہ باندھ لی اور اپنی قمیض اوپر کر لی۔ لالہ پھر گارے مٹی میں کینچوے کی طرح رینگتا ہوا اس کی طرف آیا۔

نمبردار نے پھر اندھا دھند لاٹھی چلانی شروع کر دی۔

لالہ کی چیخیں اور طرح کی ہوگئیں۔

اوئے نہ مار، جان سے نہ مار۔

سارا مال رکھ لے۔

مینوں چھوڑ دے۔

رکھ لے سارا مال، سب کچھ رکھ لے۔ سب کچھ تیرا ہو گیا۔

مجھے نہ مار جان سے۔ میرے بچے ہیں۔

میری بیوی ہے۔

کون پالے گا انہیں۔

مینوں چھوڑ دے۔

لے لے، بس کر۔

ایشور دے واسطے رک جا۔

میرا سب کچھ ٹوٹ گیا۔ ہڈیاں ٹوٹ گئیں۔

ایسے ہی چھڈ جا۔

لالہ لاٹھیاں کھاتا، مٹی، گارے اور اپنے خون میں لت پت ہوا اپنا سر دونوں بازوؤں میں دیے لڑھکتا پھر رہا تھا۔ نمبردار نے اس کی گردن پہ پاؤں رکھ دیا۔ دوسرے پاؤں کا بھی زور دیا تو ایکا ایکی میں دیوارام گارے میں اچھلا۔ ایک بار زور کا اُتھو کیا۔ اس کے سینے میں کوئی بم پھٹا، پھر چاروں شانے چت گارے میں گر گیا اور گرے گرے گردن کٹے مرغے کی طرح تڑپنے لگا۔ بارش اور تیز ہو گئی تھوڑی دیر میں اس کے چہرے پہ لگا گارا تھوڑا سا دھلا، اور اس نے اپنی آنکھوں میں ٹمٹماتی موم بتی کی آخری لو کو یکجا کیا۔ اور پتہ نہیں کہاں سے طاقت اکٹھی کر کے بولا۔

نمبردارا، مینوں مار کے تو بھی سولی چڑھے گا۔

بچے گا نہیں، سولی چڑھے گا، دیکھ لینا۔

بے گناہ کو مارا ہے تو نے۔

پھانسی چڑھے گا۔

نمبردار نے اس کے سینے پہ اپنا پاؤں رکھ کے اسے گارے میں رولتے ہوئے کہا

کون ہے ادھر، تیری ماں کا یار

کون تیری گواہی دے گا

بول، کون چڑھائے گا سولی مجھے۔

لالہ دیوارام کے ٹوٹتے جسم پہ بجھتی ہوئی آنکھوں کی پتلیاں آہستگی سے ادھر اُدھر ہلیں۔ بارش کی تیز بوندوں سے بلبلے اٹھ اٹھ کے دیکھ رہے تھے۔ تڑپ رہے

تھے۔ دیوارام کے ہونٹوں سے آخری آواز نکلی،

یہ بلبلے گواہی دیں گے بارش کے،

یہ ہیں میرے گواہ

انہوں نے دیکھا ہے مجھے مرتے

ماردے

دیکھ لینا، تو سولی چڑھے گا۔

نمبردار نے پیتل کے کلس کو ہاتھ سے چھوڑ کے سامنے کیا اور پورے زور سے لاٹھی گھما کے ماردی۔ لالہ دیوارام کا بھیجا سر سے نکل کے بارش کے بلبلوں میں مل گیا۔

بلبلے بنتے ٹوٹتے رہے

ان کی کوئی زبان تھوڑی تھی، چپ رہے۔

نمبردار اس رات سیدھا اپنی حویلی آ گیا۔

دیوارام کے دونوں بیٹے صبح اس کے گھر لالہ کا پوچھنے آ گئے۔

دکھاوے میں وہ ان کے ساتھ گاؤں میں پوچھ گچھ کرنے نکل گیا۔

دن چڑھے گاؤں میں خبر آئی۔

دوپہر سے پہلے پہلے لالہ کی لاش پولیس اٹھوا کے لے آئی اور اس کی دکان کے تھڑے کے باہر رکھ دی۔ پولیس کی تفتیش شروع ہو گئی۔ پولیس نے نمبردار کے گھر اپنا ڈیرہ رکھا تھا۔ وہیں ان کا کھانا پینا ہوتا تھا۔ مرغ پکتے تھے۔ لسی مکھن کی بلٹویاں چلتی تھیں۔ نمبردار کے گھر میں یہ کوئی نئی بات نہ تھی۔ ہر گاؤں میں پولیس کی یہی جگہ ہوتی تھی۔ جس گاؤں گئے نمبردار کی بیٹھک کا تھانہ بنا لیا۔ نمبردار تھانے دار کو ایک مرغ کھلاتا تو گاؤں سے دس مرغ اکٹھے کر لیتا۔ جتنے دن زیادہ پولیس ٹکی رہتی۔ اتنا نمبردار کو فائدہ تھا۔ اس کی اپنی چلتی تھی۔ جدھر کہتا ادھر پولیس چل پڑتی۔ نمبردار کے مشورے سے پولیس لوگوں سے پوچھ گچھ کرتی تھی۔ لالہ کی گھر والی کی آواز تو لالہ کی

لاش دیکھ کر ہی گم ہو گئی تھی۔ اس کے بیٹے کم عمر تھے۔ بیٹی سیانی تھی لالہ کے کٹے پھٹے مردہ جسم کو دیکھ کے ویسے پاگل سی ہو گئی تھی۔ کوئی کیا بتاتا۔ لالہ کی گاؤں میں نہ کسی سے دشمنی تھی نہ لڑائی۔ وہ شک کس پر کرتے۔ نمبردار کی گاؤں میں جس جس سے نہ بنتی تھی اس نے اس بہانے پولیس سے پکڑوا پکڑوا کے پٹوا دیا۔

کہیں کوئی سرا ملتا تو بات آگے چلتی۔

سارے سرے گول ہو گئے تھے۔

تین مہینوں بعد قتل کا مقدمہ معقول شہادتیں نہ ہونے کے سبب داخل دفتر ہو گیا۔ جج نے لکھ دیا۔ نہ کوئی معقول واقعاتی شہادت ہے، نہ کوئی چشم دید گواہ، واردات لوٹ مار کی غرض سے نامعلوم مجرم کے ہاتھوں ہوئی۔ لہٰذا مقدمہ بصیغہ عدم پتہ داخل دفتر کیا جاتا ہے۔ فائل بند، معاملہ ختم۔

پانچ سال بعد وہ مثل بھی تلف ہو گئی۔

وقت گزرتا گیا۔

بتیس سال گزر گئے۔

نمبردار ہرچن سنگھ پچھتر سال کا بوڑھا ہو گیا۔

اس کے بچوں نے اس کی منجی ڈیوڑھی میں رکھ دی۔ اور ایک دن پھر وہی موسم آ گیا، اسی طرح کی تیز بارش ہونے لگی۔

بلبلے بننے ٹوٹنے لگے۔ چیخنے لگے۔

بوڑھے کو خود سے باتیں کرنے کی عادت ہو گئی تھی بڑھاپے میں۔

بڑ بڑایا، یہ گواہی دیں گے، بلبلے

اس کی بڈھی نے قریب بیٹھے آزار بند بنتے سن لیا۔

بولی، تو نے ساری عمر اپنا سرا نہ پکڑایا۔

اپنا بھید نہ دیا۔

زندگی گزار دی تیرے ساتھ، تیری سمجھ نہ آئی۔

تو نے اپنا بھید نہیں دیا۔

بھید اب کونسا ہے؟ بوڑھا نمبردار بولا۔

ہے نا، بڑبڑاتا ہے بتاتا نہیں۔

یہ بلبلے ہیں نا، ان کی بات کرتا ہوں۔

کیا ہے انہیں؟ بڑھیا بولی

وہ کہتا تھا، یہ گواہ ہیں، گواہی دیں گے اس کی

کدھر گئی ان کی گواہی، بولے کیوں نہیں

کس کی بات کہہ رہے ہو۔

وہ جب ہمارا پہلا بیٹا ہوا تھا۔

اس سے مہینہ پہلے جو برکھا کی رُت آئی تھی۔ ان دنوں کی بات کرر ہا ہوں۔

کیا بات ہے ان دنوں کی؟ بڑھیا نے کان کھڑے کر لئے

ان دنوں گاؤں میں ایک قتل ہوا تھا۔

یاد ہے؟

پتہ نہیں۔ بڑھیا سوچتے ہوئے بولی۔

لالہ دیوا رام نہیں مرا تھا؟ ہٹی والا، کھتری؟!

ہاں، وہ تو کسی ڈاکو نے لوٹ کے مار دیا تھا۔

ڈاکو کدھر تھا، ادھر کوئی

پھر؟

تو آگے کسی سے بات نہ کرنا، میں تھا اس کے ساتھ۔

تیرے سامنے مرا تھا، کھتری لالہ؟

میرے سامنے کیا، میرے ہاتھوں سے مرا تھا وہ۔

ہیں!! بڑھیا کی آنکھیں کھلی کی کھلی رہ گئیں۔

ہرچن سیا، تیئیں بندہ مارا تھا۔

او، وقت وقت کی بات ہوتی ہے۔ تُو تو جھلی ہے میں جیسے اب ہو گیا ہوں ہمیش ایسا تھوڑی تھا۔ بھول گئی تو! اب طعنے دیتی ہے۔ آزاد بندوں کے۔

نہ بھولی نہیں، مجھے یاد آ گیا۔ ساری بات یاد آ گئی۔

ہرچن سیا، میں واقعی تیرے بھید نہیں پائی۔

تو ساری عمر مجھے کوئی اور دکھتا رہا۔

پر تو ایسا تھا۔ توبہ توبہ۔ وہ کانوں کو ہاتھ لگاتی۔ پھٹی آنکھوں سے اسے تکتی ہوئی سب کچھ چھوڑ چھاڑ کے بیٹھ گئی۔

ہرچن سیا، تُو

تو چھوڑ اس قصے کو اب، چل چلم بھر کے لا، ٹھنڈی ہو گئی ہے۔

دیکھ تو بارش کیسے ہو رہی ہے۔

ویسے ہی بلبلے ہیں۔ کملا کہتا تھا یہ گواہی دیں گے۔ پوچھ ان سے کدھر دی گواہی۔ بتیس سال گزر گئے۔ بتیس سال سے لالہ اُسی طرح مرتے وقت کی آنکھیں نکال کے ان بلبلوں میں اچھلتا آیا ہے۔ کودتا آیا ہے۔

یہ چھت دیکھ ادھر سے بھی ٹپکنے لگی ہے۔

رکھ ادھر بھی کوئی پرات لا کے۔

اب اٹھ جا

کر ہمت

چلم لے آ، بھر کے میری

دیکھ تمباکو پہ گڑ رکھ دینا، بھول نہ جانا،

سارا سواد ہی حقے کا آدھا رہ جاتا ہے، بنا گڑ کے

آ گ ہوتی ہے چولہے میں

چولہا بے شک بجھ جائے، اندر کی آ گ نہیں بجھتی

جا چلم بھر لا۔

بڑھیا چلم بھرنے گئی۔ تو رسوئی میں اسے پڑوس کے جوان میاں بیوی کے لڑنے کی آوازیں آئیں۔ وہ چلم نمبردار کے حقے پہ رکھ کے برآمدے کے درمیان کی کچی دیوار کے ساتھ بنے تنور پہ پاؤں رکھ کے کھڑی ہوگئی۔ گردن اونچی کر کے پڑوسن لڑکی کو آواز دے کر بولی۔

اے کیوں رو رہی ہے پتر، پرتیمے۔

پرتیمے روتی روتی دیوار کے پاس آ کے کھڑی ہوگئی۔

آنکھیں رُو رُو کے اس کی سوجھی ہوئیں تھیں، بال بکھرے ہوئے، کپڑے بھیگے۔ گیلے مٹی میں لتھڑے ہوئے۔ بائیں گال پر مرد کے چانٹے کا پورا نقشہ بنا ہوا۔ پانچوں انگلیاں کھبی ہوئیں۔ وہ بائیں گال کو چادر کے پلو اور ہاتھ کی ہتھیلی میں ٹکور دیتی، روتی دیوار سے سر ٹکا کے کھڑی رونے لگی۔

آج پھر مارا ہے، تیرے مرد نے؟ بڑھیا نے پوچھا۔

وہ بولی، ہاں چاچی۔

بہت مارا ہے، خدا واسطے کوئی قصور نہیں میرا۔

کیوں وے بے شرما، کدھر ہے یہ ہتھ چھوڑ۔

تیری بیاہتا بیوی ہے کوئی مفت لائی ہوئی رکھیل نہیں۔

جب چاہے ہاتھ اٹھا کے مارتا رہتا ہے۔

کچھ شرم کر۔

وہ شرمندہ ہو کے سامنے سے کھسک گیا۔

بڑھیا پرتیمے کو چمکارتی ہوئی بولی

اے کیوں منہ لگتی رہتی ہے اس کے۔ میں کدھر منہ لگتی ہوں اس کے، یہی ہاتھ چھوڑ ہے۔

میں نے کٹا کھولا دودھ دھونے کے لئے، تو خود آ گیا دھاریں پینے کے لئے۔ منج کے تھنوں کے پاس منہ لگا کے بیٹھ گیا۔ لئے بھی، چل پی لے۔ پر کٹے کو بھی تو پینے دے۔

نہ جی۔

یہ لاٹ صاحب پئے گا، کٹا نہیں پی سکتا۔

ماں تو وہ کٹے کی ہی ہے۔ بیچارا کٹا تھنوں کی طرف منہ لایا تو اس ظالم نے اس کے مکا مار دیا۔ ایسا مکہ مارا ادھر ہی وہ پڑھک کے گر گیا۔ مر گیا بیچارا کٹا۔ ڈھائی ہفتے کا تھا۔

میں نے تو شور مچانا ہی تھا۔

لو جی، آ کے مجھے بھی پیٹنا شروع کر دیا۔

مار دے گا کسی دن مجھے بھی یہ کٹے کی طرح۔

ظالم آدمی ہے۔

تو کیا پوچھتی ہے چاچی اس کی بات۔ پریتمے زور زور سے رونے لگی۔

چھوڑ، ان نگوڑے مردوں کو، بڑھیا اس کے سر ہاتھ پھیر کے بولی۔

یہ سارے ایک سے ہیں۔

تیرا خصم تو پھر اچھا ہے، اس نے کٹا ہی مارا، میرا بڈھا دیکھا ہے وہ سارا دن ڈیوڑھی میں پڑا منجی سے جڑا رہتا ہے۔ ٹانگوں میں جان نہیں ہے اب اٹھنے کی۔ صرف حقے جوگا رہ گیا ہے۔

اس کے کرتوت پتہ ہیں؟

کیا چاچی!

چھڈ تو آگے بات کرے گی!

میں نے کس سے بات کرنی ہے۔

یہ سارے ظالم ہیں۔ تیرے خصم نے تو کتا ہی مارا ہے۔

میرے والے نے تو بندہ مار دیا تھا۔

بندہ؟

ہاں

کَہیڑا چاچی

تجھے نہیں پتہ ہونا پرانی بات ہے۔ تُو تو شاید سال دو سال کی ہوگی اُس ویلے۔

نہیں پر تُو تو ہوش میں ہوگی، اچھی طرح۔ خیر سے میرے بڑے بیٹے سے ڈھائی سال بڑی ہے۔ تو

لے چاچی، وہ تو بڑا ہے مجھ سے،

پرتیمے روتی روتی مسکرا کے چادر سر پہ کھینچتے ہوئے بولی۔

کدھر بڑا ہے تجھ سے،

تو کھیلتی پھرتی تھی، وہ میرے پیٹ میں تھا۔

پورے دنوں سے تھی میں، ان دنوں جب کا قصہ ہے۔

قصہ کیا ہے چاچی، پرتیمے دانتوں میں انگلی دے کر سرگوشی سے بولی۔

کیا ہونا قصہ، مار دیا بندہ۔

پر چاچی کیوں؟

لالچ اور کیا، بندے اور کوّے کا کبھی پیٹ بھرا ہے۔

جان سے مار دیا؟

اور کیا

تھا کون؟ چاچی!

لالہ دیوارام، کھتری تھا بیچارا، بڑا ہی بھلا مانس آدمی تھا۔ سودا پورا تول کے دیتا تھا۔ اسی کے نگوڑے بیٹے اب دکان چلاتے ہیں۔ پر کہاں، لالہ والی بات نہیں۔ ڈنڈی مارتے ہیں، کھوٹ ملاتے ہیں۔ چھوڑ تو ان سارے مردوں کو۔ سب ایک جیسے ہی ہوتے ہیں۔ تو ان کے چہروں پہ نہ جا۔ بڑھیا یہ کہہ کے آ گئی۔

پڑوسن اپنی لڑائی بھول گئی، بھاگتی ہوئی اپنے میاں کے پاس گئی، بولی

لالہ دیوارام کو جانتے ہو۔

بولا، ہاں

اس نے سارا واقعہ سنا دیا۔

اس بندے کو اس زمانے کی اچھی طرح ہوش تھی۔

اسے یاد تھا کہ جب لالہ دیوارام قتل ہوا تھا تو شبہے میں دو ہفتے اس کا باپ بھی نمبردار نے پولیس سے پٹوایا تھا۔ اس نے اسی وقت گھوڑی نکالی اور برستی بارش میں گھوڑی کو ایڑ دیتا ہوا جا تھانے جا پہنچا۔ تھانے میں آگے فضل دین لالٹین کی لو میں بیٹھا اپنی ضمنیاں لکھ رہا تھا۔

گھوڑی پہ آنے والے نے سارا قصہ سنا دیا۔

بتیس سال پرانے ریکارڈ تو سارے ختم ہو گئے تھے۔

ایک رجسٹر باقی تھا۔ ایف۔ آئی۔ آر والا دائمی ریکارڈ رجسٹر۔

فضل دین نے رجسٹروں کی مٹی جھاڑی

نکال لیا پرانا رجسٹر، واقعہ مل گیا۔

قصہ مختصر، اگلی صبح پولیس پہنچ گئی۔

بڑھیا کو الگ لے گئی، بوڑھے کو الگ باندھ لیا۔

بیان لکھوائے، نشان دہی پر دیوارام کا بچا ہوا کچھ سونا چاندی بھی ان کے گھر سے مل گیا۔ لاٹھی بھی ابھی تک وہی بوڑھے کے پاس تھی، بتیس سال میں کوئی تین بار اس کا

کلس بدلا گیا تھا۔ دوبار لکڑی۔ لاٹھی وہی تھی۔

لے گئے، پرچہ کٹ گیا۔

انصاف کا زمانہ تھا۔

برسات کا موسم ختم ہونے سے پہلے پہلے بوڑھا نمبردار پھانسی چڑھ گیا۔

کہتے ہیں، جس روز پھانسی پہ چڑھا تو اس دن بھی تیز بارش ہونے لگی۔

کھڑے پانی میں بلبلے بننے ٹوٹنے لگے۔

مسکرانے لگے۔

اب سمجھ آئی!

گواہی بھی ایک طرح کا قرض ہوتا ہے۔

جس پر واجب کر دو، اسے چکانا ہی پڑتا ہے۔

بس، خالق کی بنائی ہوئی ساری مخلوق میں سے گواہی کے معاملے میں اک انسان ہی بے اعتبارا ہے۔ کائنات بھر میں سب پہ آنکھیں بند کر کے اعتبار کرنا، گواہی کے معاملے میں۔

سوائے آدمی کے۔

جانتی ہو کیوں؟

وجہیں تو بہت ہیں، مگر ایک وجہ یہ ہے کہ انسان ایسا تخلیق کار ذی روح ہے، جو اپنے اوپر آسمان پہ تنی ہوئی وہ لال آندھی بھی دیکھ لیتا ہے جب وہ ہوتی ہی نہیں۔ صرف اس کی اپنی نسوں میں ابلتا لال خون پچکاریاں مارتا اس کے دماغ میں تمبو تانے تھرک رہا ہوتا ہے۔

سینے کے اندر ڈھولکی بج رہی ہوتی ہے

اور پورے کا پورا بندہ بندر بنا اپنے اعصاب کی تنی تاروں پہ لٹکا ناچ رہا ہوتا ہے۔ وہ خود تھوڑی سرکس کے پھٹوں پہ چڑھ کے موت کے کنویں میں دوڑ لگاتا ہے۔

اسے دوڑایا جاتا ہے۔ مجبوری اسے نچاتی ہے۔ کہیں کسی کے لیے تم بہانہ بنتی ہو۔ کبھی کسی کے لیے کوئی اور پہنچ جاتی ہے۔ اب سنبھل کے بیٹھو، ہربنس کور پہنچنے والی ہے۔ اسے دیکھ کے گواہی دینا کہ قصور کس کا تھا۔

□

# ہربنس کور

لال انھیری پورے گاؤں کے آسماں پہ تنی کھڑی تھی۔ آسمان وزمین کے کونے کھدروں سے نکل نکل کے آئی ساری کریہہ منظر، ہیبت ناک چڑیلیں دانت نکوسے، خون بھرے جبڑے ہلاتیں اڑتی چلی آرہی تھیں۔ افق کا سارا لال خون آندھی نے پی کے پورے آسمان پہ مل دیا تھا۔ غبار مٹی ملی ہواؤں بیچ عجیب طرح کے خوف بھرے سناٹے کی سانسیں رکی ہوئی تھیں۔ سارا ماحول لال نظر آرہا تھا۔ گاؤں کے کچے گھر کچی راہیں، مٹی دھول گارا ہر شبیہ لالی چڑھی تھی۔ فضا میں ایک عجیب طرح کی سراسیمگی تھی۔ خوف تھا۔ جیسے کچھ ہونے والا ہے، کوئی حادثہ، کوئی خوفناک واقعہ یا یہ ہو چکا ہے۔ کسی کے وہم وگمان میں بھی نہ تھا کہ اس آندھی میں چھپی چڑیلوں نے اپنا شکار تاڑ لیا ہے۔ یہ بات ان دنوں طے تھی کہ لال آندھی میں چڑیلیں بھاگتی دوڑتی پھرتی ہیں۔ شکار کرتی ہیں۔ خون پیتی ہیں۔ بوڑھیاں کہتیں یہ اسی وقت چڑھتی ہے، جب کہیں آس پاس میں قتل ہوتا ہے۔ خون بہتا ہے۔ کچھ کہنے والے کہتے تھے کہ بہا خون ہوا میں اڑ کے آسماں پہ جا کے تن جاتا ہے۔ غبار میں لہو کی سرخی آجاتی ہے۔ سرخ غبار کے بادل میں سورج کہیں چھپ چھپا کے بیٹھ جاتا ہے۔ دھوپ اس کی رنگی جاتی ہے، لال ہو جاتی ہے۔ ایسا ہی ہوا تھا۔

ہر شے لالو لال ہو گئی تھی۔

پتہ نہیں قتل پہلے ہوا تھا ، یا لال آندھی پہلے چڑھی تھی۔

قتل ہوا تھا۔

خبر گاؤں میں لال آندھی کے ساتھ ہی پہنچی تھی۔

گاؤں کی گلیوں میں، گھروں سے نکل کے لوگ آ جمع ہوئے۔ ہوا کے تیز تھپیڑوں میں ان کی قمیضوں کے دامن، تہمندوں کے سرے اور پگڑیوں کے شملے اڑے جا رہے تھے۔ مگر ہر کوئی کسی سے کچھ سننے یا کہنے کے لیے بے تاب ہوا ہوا تھا۔ کھسر پھسر ہو رہی تھی۔ سرگوشیوں میں باتیں ہو رہی تھیں۔ لوگوں کے کان خبر کی تفصیل سونگھتے مڑتے نظر آ رہے تھے۔

کدھر ہوا ہے قتل؟

دریا کنارے۔

اپنی طرف یا پار؟

پار نہیں۔

ایدھر؟

اچھا۔ واہ گرو کی خیر، استغفار، ہیے بھگوان

اوہو۔

کون سی؟

کی پتہ۔

پھر بھی!

کہتے ہیں کوئی ڈاکو تھا۔

ڈاکو؟

کیڑھا!

میں ہوں چاچا،
جا ذرا اپنی چاچی کو بول آ،
دریا پہ جا رہے ہوں، کوئی ساتھ والا کہنی مارتا،
او، رہنے دے۔ وہ پیچھے آ جاؤ، لال ہنیری ہے، ڈرے گی۔ بیچاری،
اچھا پتر نہ بولیں۔
او کا کا رستہ دینا، گڈا آ رہیا۔
یہ جوڑی بیلوں کی نئی ہے؟
کب خریدی،
وہی ہنے یار، ہنیری کا رنگ ان پہ چڑھا ہے۔
لگتا ہے طوفان آنا ہے۔
او جا بھئی کا کا تیری بے بے آوازیں دے رہی ہے۔ دروازے میں کھڑی۔
آیا ماں ذرا دریا تک ہوں آؤں۔
دریا پہ کیوں بھئی،
قتل ہو گیا جی۔ کون؟
بلدیو؟
نئیں او بھگت!
بھگت سنگھ؟
وہ بھگت سنگھ نئیں۔
کس پنڈ کا تھا؟
دریا پار آگے کھیڑے سے اوپر کا کوئی گراں بتاتے ہیں۔
وڈیا کس نے؟
رب جانے؟

دیکھنا چاہیئے چل کے۔

چلو۔

چل بھئی۔

چلو جی

آیا جی

او ٹھہر ذرا۔

آ گیا

ایک ایک دو دو کی ٹولیوں میں لوگ اکٹھے ہوتے ہوتے مجمع کی صورت بن گئے۔ مجمع میں پھر لوگوں کی نئے سرے سے دو دو چار چار کی ٹولیاں بن کے دریا کی طرف چلنے لگیں۔

گاؤں کی دو بڑی گلیوں کا چوک تھا وہ۔

چوک میں پھیرو نام کے ہندو کی ہٹی تھی۔ قتل کی خبر اور لال اندھیری کی سراسیمگی میں پھیرو کی بکری بڑھ گئی۔ کوئی کھڑا کھڑا سگریٹ بیڑی لینے لگا۔ کسی نے گھبراہٹ میں تیز تیز بولتے سنتے پھیرو کی طرف ہاتھ بڑھا کے دھیلے دمڑی کی ختایاں اٹھا کے کھا لیں۔ کوئی دکان کے تھڑے سے شیشے کی کھلے منہ والی بوتل پکڑ کے سوچتے سوچتے اس کے ڈھکن کے پیچ کھول کے پانچ سات میٹھی چوسنے والی لال پیلی گولیاں نکال کے ہتھیلی پہ پھیلا کے گننے لگا۔ کسی نے مونگ پھلی کے چھابے میں ہاتھ مار کے دو چار مونگ پھلیاں اٹھا لیں۔ پھیرو ترازو ہاتھ میں لیے ہر بڑھتے ہاتھ سے پوچھے جا رہا تھا،

کتنی تولوں؟

ساتھ ساتھ خبروں کی تفصیل بھی بولے جا رہا تھا۔

سب سے پہلے گاؤں آنے والی خبر پھیرو کی ہٹی میں ہی پہنچتی تھی۔ اس کی ہٹی سے چار گلیاں نکل کے گاؤں کے اندر پھیل جاتی تھیں۔ خبر انہی گلیوں سے ہوتی ہوتی ہر

گھر کی دہلیز پار کر جاتی تھی۔ دہلیز اندر کی ہر خبر بھی انہی راہوں سے پھیرو کی ہٹی تک پہنچتی تھی۔ ان چار گلیوں کی سماجی زندگی میں پھیرو کی ہٹی والا چوک مرکزی نقطہ تھا۔ صدر دین کا گھر بھی اسی چوک سے نکلتی اک گلی میں آگے جا کے بائیں طرف پانچویں نمبر پہ تھا۔ پتہ نہیں صدر گھر سے خبر سن کے نکلا، یا نکل کے اس نے خبر سنی۔ سن لی خبر تو شہد کی مکھی کی طرح خبر بڑبڑاتے چھتے پہ بھنبھنانے لگا۔ اسے بالکل نہیں پتہ تھا کہ یہ آندھی اس کے نصیب میں لالی بھرنے آئی ہے۔ اسی نے لال آندھی کا شکار ہونا ہے۔

تُو ابوالفضل کا بیٹا ہے؟

کسی نے اس کے کندھے پہ ہاتھ رکھ کے پوچھا۔

ہاں جی! وہ معصومیت سے سر ہلانے لگا۔

فضل دین کا بھائی ہے بھئی؟

ہاں جی۔

چھوٹا ہے تو؟

ہاں جی۔

ساریاں نالوں چھوٹا؟

ہاں جی۔

اچھا، پولیس والوں کا منڈا ہے پھر تو تُو۔

ہاں جی۔

اِسے پتہ ہونا ہے!

ہاں جی۔ صدر کو کھڑے کھڑے چوہدراہٹ مل گئی۔ اس کی کلغی پہ جیسے مور کا پر نکل آیا۔ سر پہ ویسے بھی وہ گھر سے اپنے مرحوم باپ کی سیستان سے لائی ہوئی سنہری سچے تاروں سے بنی ہو پگڑی باندھ کے آیا تھا۔ خاص موقعوں پہ وہ یہ پگڑی باندھتا تھا

جب اسے پتہ ہوا سے دیکھنے والے بہت ہوں گے۔ پگڑی بھی کوئی عام پگڑی تھوڑی تھی۔ دونوں لڑوے اس کے سونے کے جھمکوں کی طرح جھل مل کرتے تھے۔ پھیرو ہٹی والا کئی بار اس پگڑی کے لیئے پچاس روپے کی بولی دے چکا تھا۔ ایک دو بار اس نے شہر سے آئے ہوئے کسی سنار کو پگڑی دکھا کے تسلی بھی کر لی تھی کہ سونا اس میں تین چار تولوں سے زیادہ ہے۔ پچیس روپئے تولہ بھاؤ تھا سونے کا۔ صدر کو گھر میں کام کاج تو کوئی ہوتا نہ تھا۔ بس بن سنور کے کسی نہ کسی بہانے گھر سے نکل آتا۔ کچھ دیر ادھر گاؤں کے چوک میں پھیرو کی دکان کے پاس منڈلاتا رہتا۔ پاس ہی کھوہ تھا ایک۔ ہندو سکھ گھرانوں کی لڑکیاں اُدھر سے پانی لینے آتی تھیں۔ مسلمانوں کا کھوہ دوسری طرف ہٹ کے تھا۔ گاؤں کے شروع میں سائیں بگو شاہ کے ڈیرے کے پاس۔ سائیں کے ڈیرے جانا ہوتا تو بھی ادھر سے ہی ہو کے جاتا۔ زیادہ آنا جانا یہیں ہی ہوتا تھا۔ پہلے سائیں کے ڈیرے پہ تعویذ لکھنے کی ذمہ داری اس کا بڑا بھائی سراج کرتا تھا۔ وہ شہر چلا گیا تو اسے یہ کام کرنا پڑتا۔ سراج شوق سے وہ کام کرتا تھا۔ یہ سر پڑا ڈھول بجانے کی کوشش کرتا تھا۔ باپ مر گیا تھا۔ چھ بھائیوں میں تیسرا ڈھائی سال کی عمر میں رانی چانن کور نے اٹھوا لیا تھا۔ اس کا نام بھی صدر تھا۔ مگر رانی نے بدل کے بلدیو سنگھ رکھ دیا تھا۔ رہ گئے پانچ۔ بڑے دو بھائی پولیس کے محکمے میں شہر نوکری کرتے تھے۔ انہی نے چھوٹے دونوں کو شہر میں بلا لیا تھا۔ ہوزری کی بنیانیں بنانے والی ایک مشین لا کے دے دی تھی۔ وہ دونوں نذر اور سراج مردانے والے سویٹر اور بنیانیں بناتے رہتے۔ شہر میں ایک کوٹھری کرایے پہ انہوں نے لے رکھی تھی۔ ادھر گاؤں میں سب سے چھوٹا پانچواں، صدر ہی اپنے باپ کے گاؤں والے گھر رہ گیا تھا۔ ایک ماں تھی، ایک چھوٹی بہن۔ وہ دونوں گھر سنبھالتی تھیں۔ بہن سودا سلف لے آتی۔ ماں ہانڈی روٹی پکا دیتی۔ یہ نہا دھو کے، لشک پشک کے گھر سے نکل کے گاؤں میں اسی انداز سے ٹہلا کرتا، جیسے اس کے دونوں بڑے پُولسیئے بھائی، کوتوالی بازار وردی سوٹی

میں ٹہلا کرتے تھے۔ گھر میں روز پہننے کو اسے کسی نہ کسی بڑے بھائی کی قمیض شلوار مل جاتی۔ یہ بہن سے خوب سوڈا صابن ڈلوا کے اپنے کپڑے دھلواتا، کلف لگواتا اور بن سنور کے گھر سے نکل پڑتا۔ عمر اس کی زیادہ نہیں تھی۔ نویں جماعت میں سکول چھوڑا تھا۔ پانچ سات مہینے سکول چھوڑے ہو گئے تھے۔ سکول تک تو اس کے چہرے پہ مونچھ داڑھی کا کوئی بال نہ تھا۔ گھر میں فارغ بیٹھے بیٹھے اس نے کسی نہ کسی بڑے بھائی کی گھر پہ چھوڑی ہوئی کوئی سیفٹی ڈھونڈ لی۔ دمڑی کا بلیڈ لگا کے ایک دو بار اس نے چوری چوری اوپر والے ہونٹ کے اوپر اور ٹھوڑی پہ بلیڈ پھیر لیا۔ ٹھوڑی پہ تو کوئی بال نہ نکلا، مونچھوں کی جگہ پہ کگے کگے لوں، کالے کالے ہونے لگے۔ قد کاٹھ کا یہ بھائیوں جتنا تھا۔ ڈانگ سے بھی آدھا گٹھ نکلتا قد تھا۔ پیروں کا سائز تو سب سے بڑے بھائی جتنا تھا۔ پچھلی بار یہ شہر اس سے ملنے گیا، تو اپنے سلیپر وہاں چھوڑ کے اسی کی مکیشن پہن کے آ گیا۔ آتے ہوئے بغل میں بڑے بھائی کی ٹریفک سارجنٹ والی چھڑی بھی دبا کے لے آیا۔ یہ دونوں چیزیں بڑے بھائی فضل دین نے لاتے ہوئے دیکھ لیں تھیں۔ کہا کچھ نہیں تھا، الٹا اس کے کندھوں پہ مسکرا کے تھپکی دی تھی۔ اور لاڈ سے چمٹا کے اسے وداع کرتے ہوئے ماتھے پہ چوما بھی تھا۔ ایک دو چیزیں یہ اس کی بنا بتائے بھی لے آیا تھا، اسی کے ایک پرانے سے تھیلے میں ڈال کے: ایک پولیس کی خاکی پگڑی تھی، دوسری وردی کی خاکی نیکر۔ بڑے بھائی کو پولیس میں کئی سال ہو گئے تھے۔ اس کے گھر میں وردیوں کے ڈھیر لگے تھے۔

پرانی وردی تو ویسے بھی وہ نہیں پہنتا تھا۔

وردی فضل دین کو سجتی ہی اتنی تھی کہ اسے وردی میں دیکھ کے لوگ پولیس میں بھرتی ہونے کے خواب دیکھنے لگتے۔ وہ لدھیانے کے چوڑے بازار کے چوک بیچ کھڑا ہو کے ٹریفک کنٹرول کرتا، تو ٹریفک بگڑ جاتی۔ سوا چھ فٹ اونچا قد، سڈول مورتی جیسا مضبوط جسم، ہاتھ پاؤں گردن چہرہ سب میں ایسا نفیس توازن کہ دیکھنے والا منہ

کھول کے دیکھتا رہ جاتا۔ اوپر سے ٹریفک کے بلے لگا کے، نیلی پگڑی کا سرخ پلا چہرے کے دائیں طرف لٹکا کے وہ ہاتھ کے اشاروں سے قانون کی بولی بولتا تو دیکھنے والوں کے دلوں میں بول اتر جاتے۔ اس کے پولیس کے یار بیلیوں میں ایک بات مشہور ہو گئی تھی کہ انگریز سیشن جج کی میم صاحب اس پر فریفتہ ہے۔ جب کبھی وہ خود گاڑی چلاتی ادھر آتی تو اس کے کھلے اشارے پہ بھی گاڑی روک کے کھڑی ہو جاتی، یہ رکنے کا اشارہ کرتا تو اس سے گاڑی رو کے نہ جاتی۔ شہر میں ان دنوں گنتی کی تو چند موٹریں تھیں۔ پورا شہر جانتا تھا کہ ایک ہی گوری میم صاحب سٹیرنگ کا ویل گھماتی پوں پوں ہارن بجاتی شہر بیچ دندناتی پھرتی ہے۔ فضل دین تو ٹریفک سارجنٹ تھا۔ وہ تو نمبر پلیٹ دیکھ کر گاڑی والے کا شجرہ نسب پہچان لیتا تھا۔ لیکن اسے بڑی دیر بعد سمجھ آئی کہ میم صاحب اس کے چوک پہ آ کے کیوں اناڑیوں کی طرح گاڑی چلانے لگتی ہیں۔ تھا وہ اصولی پولیس والا۔ سیشن جج کی میم صاحب ہوئی تو کیا ہوا۔ قانون کی کتاب تو سب کے لیے ہے۔ پہلی بار جب میم صاحب نے اس کے کھڑے ہاتھ کے اشارے پہ گاڑی رینگتے رینگتے ایک ریڑھے سے جا چھوئی تو یہ جھٹ اتر کے کاپی پنسل لے کر اس کے پاس جا پہنچا۔

گاڑی کا نمبر لکھا، پھر کھڑکی کے کھلے شیشے کے اوپر گاڑی کی چمکتی چھت پہ بائیں ہاتھ کی شہادت کی انگلی سے ڈھائی بار دستک دے کے بولا،

نام آپ کا۔ یور نیم پلیز؟

وہ موٹر میں بیٹھی بیٹھی، دونوں بانہیں سٹیرنگ ویل کے گرد گھما کے گردن موڑ کے اسے ایسے اشتیاق سے تکنے لگی جیسے یہ موم کے عجائب گھر میں کھڑا کوئی موم کا پتلا ہو۔ اور اس نے اسے جی بھر کے دیکھنے کا ٹکٹ خریدا ہوا ہو۔ ٹکٹکی لگا کے دیکھتی رہی۔ اس کی بچوں جیسی روشن بڑی نیلی آنکھوں کے اندر سیپ کے آبدار چمکتے موتیوں میں ہیرے جھلملانے لگے۔ وہ ایسے مست ہو کے فضل دین کو دیکھنے لگی۔ جیسے اس کے اندر وِیسٹرن

آرکسٹرا کی کوئی میٹھے سُروں کی دُھن چھڑ گئی ہو۔ فضل دین کھڑا پکی پنسل کے سکے کو اپنے خشک ہونٹوں کے اندر لگا لگا کے گیلا کرنے میں لگا تھا۔ وہ گردن ٹیڑھی کیے، سٹیرنگ ویل کو گلے سے لگائے بیٹھی اپنی نیلی آنکھوں سے اس کی آنکھوں کے چالان لکھے جا رہی تھی۔ بیٹھے بیٹھے وہ اپنے کندھوں پہ پھیلے کھلے سنہری بالوں کو کچھ ایسے خفیف سے جھٹکے دیتی وہ مرغی کے پروں کی طرح ہولے سے پھول کے اِدھر اُدھر مسکرا کے تکنے لگتے۔ جیسے اس کے ہر سنہری بال میں اس کی نیلی آنکھوں جیسی آنکھ ہو۔ دیکھنے اور دکھانے کے کسی درمیانی وقفے میں وہ اپنا بائیاں گال اپنے بائیں کندھے پہ پھیلے ہوئے اپنے گلابی سکرٹ کے کالر سے رگڑ لیتی۔ جیسے اپنے اجلے شہد اور دودھ رنگت چہرے پہ اپنے سکرٹ کا گلابی رنگ مل رہی ہو۔ کہتے ہیں پہلی بار فضل دین کا یہ حال دیکھنے میں آیا، کہ کسی کا چالان کرتے ہوئے اس کا اپنا پسینہ نکل آیا۔

میں نام پوچھ رہا ہوں میڈم!

فضل دین پکی پنسل کو تھوک لگاتے لگاتے اسے دانتوں پہ مل گیا۔ دانتوں کا ایک کونا پورا نیلا ہو گیا۔ پتہ نہیں وہ فضل دین کے نیلے ہوئے دانت دیکھ کے ہنسی، یا اپنا نام پتہ بتاتے ہوئے اس سے ہنسی نہ روکی گئی۔ ہنستے ہوئے بولی۔

لیڈی باردت۔ سیشن ہاؤس لدھیانہ۔

لیڈی باردت کا ذکر فضل دین کے دوستوں میں چل نکلا۔ شروع شروع میں تو لوگ اس لیے حیرانی سے باتیں کرتے کہ فضل دین حوالدار نے سیشن جج کی میم صاحب، کا چالان لکھ لیا۔ تھوڑے دنوں بعد یہ قصہ اس لیے مشہور ہو گیا کہ لیڈی باردت چالان لکھوانے آتی ہے۔ اس چوک پہ ضرور موٹر لے کر جاتی ہے جدھر فضل دین کھڑا ہو۔ نہ کھڑا ہو تو فراٹے سے نکل جاتی۔ کھڑا ہو تو گاڑی کھڑی کر دیتی ہے۔ پھر کبھی اسے آگے کرتی ہے کبھی پیچھے۔ جب تک فضل دین سیٹی بجا کے، باقی ساری ٹریفک روک کے اس کی گاڑی کو انگلی کے اشارے سے چلنے کا نہیں کہتا وہ ہلتی نہیں۔ ایک دوبار

تو چوک سے گزرتے ہوئے، چوک بیچ چبوترے پہ چابی دیئے مجسمے کی طرح ٹریفک کے اشارے کرتے فضل دین کو داہنے ہاتھ کی دو انگلیوں کے اشارے سے عجیب طرح سے مسکرا کے سلوٹ بھی کیا۔ جیسے اس نے انگلیوں میں کوئی غیر مرئی سگار پکڑ رکھا ہو۔ کوئی انہونا سگار کا کش ہو، جو لیا نہ ہو، لینا ہو۔ لیڈی باردت کی نیلی مسکراتی آنکھوں اور سنہری بالوں کی باتیں لدھیانہ شہر میں مشہور ہو گئیں۔ سبزی منڈی، فروٹ مارکیٹ، ریلوے اسٹیشن جہاں انگریز یا پولیس کی بات ہوتی۔ یہ قصہ چل پڑتا۔ باتیں چلتی چلتی فضل دین کے گھر تک آ گئیں۔ صدر نے بڑے بھائی کی بیٹھک میں کھڑے، بیٹھے کہیں یہ قصہ سن لیا تھا۔ اس کے بھی جی میں آیا کہ کوئی اسے بھی دو انگلیوں کے اٹھے ہاتھ سے سلوٹ کرنے والی سنہری بالوں والی گڑیا ہو۔ ہر روز یہ یہی سوچ کے گھر سے نہا دھو کے سج بن کے نکل پڑتا۔ مگر گاؤں کے کچے گھروں، دھول اڑاتی گلیوں اور اداس اداس سے پھیلے کھیتوں میں اسے کہیں بھی ایسا چہرہ نہ نظر آتا، جسے دیکھ کے اس کی نبض تیز ہو۔

جس دن لال انھیری آئی، اس دن صدر کی یہ آرزو بھی پوری ہو گئی۔ اس کی نبض ایسی چڑھی کی اس کی کلائی سے باہر اچھلنے لگی۔ ہوا یوں کہ جس وقت لال انھیری کے غلاف میں لپٹے ہوئے خوف زدہ ماحول میں صدر پھیرو کی دکان کے باہر چوک میں کھڑا قتل کی باتیں سن رہا تھا۔ اور کھڑے لوگوں میں سے کوئی اس سے مخاطب ہو کے اسے بولا تھا، اچھا، یہ تو پولیس والوں کا منڈا ہے، تو اردگرد کھڑے سارے ہجوم کی گردنیں اس کی طرف گھومی تھیں۔ گھومنے والی گردنوں میں چند قدم ہٹ کے کنویں کی منڈیر پہ بیٹھی ایک پتلی نازک گوری سی گردن بھی تھی۔ سب مردوں کا دھیان قتل کی خبر میں لگا تھا۔

کون مرا۔

کس نے مارا۔

کسی کو کیا پتہ کہ ابھی کس کی باری آنے والی ہے۔

چڑیلیں صدر دین کا انتخاب کرنے آئی ہیں۔

وہ سب بے خبری میں ایک دوسرے کو پوچھے جا رہے تھے، بولے جا رہے تھے۔ انہی میں سے کسی نے صدر دین کے کندھے پہ ہاتھ مار کے کہا،

اسے پتہ ہونا ہے؟

صدر نے سینہ پھلا کے کہا تھا، ہاں جی۔

پھر کسی نے اس کے کان کے قریب منہ لا کے راز داری سے پوچھا،

ڈاکو مار یا کس نے ہے؟

صدر نے ایک دم حیرانی سے اپنی آنکھیں احمقوں کی طرح کھول کے دیکھا اور پوچھنے لگا،

ڈاکو مرا ہے کوئی؟

آس پاس کھڑے سارے لوگ ایک دم سے دانت کھول کے ہنسنے لگے تھے۔ دور قریب کھڑے سب چہرے اس کی طرف متوجہ ہو گئے۔ کسی نے پہلے دھیان نہیں دیا تھا، تو وہ بھی پلٹ کے اس کی طرف دیکھنے لگا تھا۔

صدر سمجھ گیا، ضرور اس سے کوئی حماقت سرزد ہو گئی ہے۔

یہ شرمندگی کو چھپانے اور اپنی سنہری پگڑی کے تلے کی چمک کو لال آندھی کی ہوا میں اڑتے دکھانے کی لاشعوری کوشش میں سر جھکا کے، اپنی پگڑی کے پٹکے کے نیچے چھپے اپنے دائیں کان کی لو کو داہنے ہاتھ کی دو انگلیوں سے پکڑ کے مسلنے لگا۔ کان میں ناخن سے خارش کرتے کرتے یہ اسی ہاتھ کی انگلیوں سے سنہری تلے والے پگڑی کے پٹکے کو بے خیالی میں اپنی انگشت شہادت سے اڑانے کی کوشش میں لگا تھا۔ لوگ پھر اپنی باتوں میں مگن ہو گئے۔ اس کے اندر ہی اندر اپنی کہی اسی بات کا سرا دماغ کی کسی کھونٹی سے بندھا ہوا تھا۔ جیسے کھل نہ رہا ہو۔ اسے اپنی حماقت کا سراغ نہ مل رہا تھا۔

یونہی خفت پہ انا کا ملمع چڑھانے کی تگ ودو میں اس نے گردن گھمائی۔ سنہری تلّے کے نیچے سے حیرانی سے آنکھیں گھما کے ایک طرف دیکھا تو سامنے کھوہ پہ بیٹھی ایک لڑکی کی اسے دیکھتی آنکھوں سے آنکھیں مل گئیں۔ لڑکی کی آنکھیں کہہ رہی تھیں،

تو کون ہے؟

اللہ جانے لڑکی کی آنکھیں یہی پوچھ رہی تھیں، یا صدر نے یہ سنا۔ وہ لڑکی کھوہ کی منڈیر پہ ایک گھٹنا ٹکائے آدھی کھڑی آدھی بیٹھی اپنے ہاتھوں میں پھسلتے رسّے سے کنویں کے اندر ڈول گرا رہی تھی۔

وہ اسے تکتی رہی۔

یہ اسے تکتا رہا۔

رسی لڑکی کے ہاتھوں سے پھسل پھسل کے دھیرے دھیرے کھوہ کے اندر جاتی رہی۔ اچانک تھپ سے ڈول کے پانی کی سطح پہ بجنے کی آواز سے دونوں چونکے۔ لڑکی پلٹ کے ڈول بھر کے اوپر کھینچنے لگی۔ یہ ادھر ادھر دیکھ کے پھر کھوہ کی طرف گردن موڑ کے کھڑا ہو گیا۔ اب جب دونوں کی نظریں ملیں تو لڑکی ڈول پکڑ کے اپنی گاگر میں انڈیل رہی تھی۔ دونوں پھر کچھ اس انداز میں ایک دوسرے کو دیکھنے لگے کہ بھرے ڈول کا پانی گاگر کے اندر گرنے کی بجائے لڑکی کے پیروں میں گرتا گیا۔ پانی کے گاگر سے باہر گرنے کا لڑکی کو ہوش نہیں تھا، اِدھر یہ بارہ قدم پہ کھڑا اندر باہر سے بھیگتا جا رہا تھا۔

یہ دو لمحے ایکا ایکی میں آئے اور گزر گئے۔

لوگ ادھر اُدھر سے سرکتے ٹولیاں بنا کر دریا طرف چل پڑے۔ لڑکی کی گاگر بھی آدھی پونی بھر گئی۔ اس نے اپنے بھورے چمکتے پھولے بال اپنی چادر میں سمیٹے اور گاگر اپنی کمر میں لگا کر ایک گلی میں مڑ گئی۔ دکان کے آگے ہجوم میں لوگ آ جا رہے تھے۔ صدر چپکے سے نکل کے لڑکی کے پیچھے چل پڑا۔ دو چار قدم آگے گیا تو لڑکی

ایک گھر کے اندر چلی گئی۔ گھر کی دہلیز پار کرتے ہوئے، لڑکی نے مڑ کے صدر کی طرف ایسی نگہ سے دیکھا کہ صدر کنڈی میں مچھلی کی طرح پرو یا گیا۔

لڑکی کے دیکھنے کا انداز کہہ رہا تھا، مجھے پتہ تھا تم میرے پیچھے آؤ گے۔

میرا گھر دیکھو گے۔

دیکھ لیا میرا دروازہ!

بھولو گے تو نہیں۔

اتنی ساری باتیں صدر نے اس لڑکی کے ایک بار مڑ کے دیکھنے سے سن لیں۔ صدر کی مت ماری گئی۔ ایک دم سے وہ ساری گلی، گھر کے در و دیوار، دروازہ، چوکھٹ، دہلیز صدر کے لیے ایک نئی دریافت کا درجہ لے چکے تھے۔ ہزار بار پہلے ادھر سے آیا گیا تھا۔ مگر اسے پتہ ہی نہیں تھا کہ اس گھر کی باہر والی دیوار پکی اینٹوں سے بنی ہوئی ہے۔ دروازہ دیودار کی لکڑی کا ہے۔ اور دروازے میں پچ کاری کا نفیس کام کھدا ہوا ہے۔ بیل بوٹے بنے ہیں۔ پھول پتیوں کے بیچوں بیچ چھوٹی چھوٹی مورتیوں کی شکلیں ابھری ہوئی ہیں۔ دروازے کی دہلیز ملائم ہے اور دروازے کے دائیں طرف پیتل کے بڑے بڑے قبضے لگے ہیں جن کے کھلنے بند ہونے سے ایک نئے انداز کی اونچی سی چوں ہوتی ہے۔

ایک لمحہ اس کے لیے اتنی بڑی دریافت کا لمحہ تھا۔

وجدان کا لمحہ تھا۔

صدر کے اندر پہلی بار تان بورے کی ٹوں ٹوں ہونے لگی۔ وہ کھڑا کھڑا پگڑی کے اندر اپنا بایاں ہاتھ دے کر اپنا سر سجانے لگا۔ اتنے میں پاس سے گزرتے کسی پڑوسی لڑکے نے اس کے کندھے پہ ہاتھ مارا اور رکے بغیر چلتے چلتے اسے اپنے ہاتھ کی پوروں سے کھینچتے ہوئے بولا،

دریا طرف جا رہا ہے تو، صدر؟

ہاں۔ ہاں جی۔ یہ ایک دم سے بولا۔

چل۔ چل آ چلیئے۔

یہ چل پڑا۔ سبھی اسی طرف جا رہے تھے، کوئی آگے کوئی پیچھے۔ لوگ ڈاکو اور ڈاکوؤں کی باتیں کرر ہے تھے۔ اس کے اندر ڈاکہ پڑا ہوا تھا۔ دل کا خون اچھل اچھل کے آنکھوں کے اندر تھرک رہا تھا۔ لال آندھی اک باہر تھی۔ دوسری اندر۔

اس کا اپنا وجود نئے انداز سے اس سے مخاطب تھا۔ کہنے کو یہ بھی سب کی باتوں میں شامل تھا، مگر تھا کہیں اور۔ بے خیالی میں لوگوں کی باتوں میں سر ہلاتا۔ ہاں ناں کرتا چلتا گیا۔ دھیان ادھر ہی کھوہ پہ رسی پھسلنے، ڈول گرنے، پانی گاگر سے باہر پھسلنے اور دہلیز پار کرتے سمے دیکھتی آنکھوں کی نگہ سے چپکا تھا۔ بار بار یہ یہی سوچ جا رہا تھا،

میں پہلے کیوں اسے نظر نہ آیا۔

وہ کدھر رہی۔

میں نے کیوں اسے پہلے نہیں دیکھا؟

کہیں سے مہمان آئی ہوئی لڑکی تو نہیں ہے۔

شاید کسی اور جگہ کی رہنے والی ہو؟

یہاں اس کے قرابت دار رہتے ہوں۔

نہیں۔

جس انداز سے اس نے دروازے کے پٹ کھولے تھے، دہلیز سے اندر قدم رکھے تھے۔ اس طرح قدم صرف اپنے گھر میں ہی رکھے جا سکتے ہیں۔ جو اپنا ہو، اور مدت سے ہو۔ ایسے مہمان تھوڑی پاؤں رکھتے ہیں۔ یہ اسی کا گھر ہے۔ دیکھا نہیں کھوہ پہ بھی وہ جاتے ہوئے دوسری لڑکیوں کو کیسے شناسا انداز میں دیکھ رہی تھی۔

نئی نہیں ہے۔

ہے یہیں کی۔

پھر اسے خیال آیا۔ نیا تو میں ہوں۔ نویں جماعت تک ہیڈ مان پور رہا۔ کبھی کبھار تو گاؤں آنا ہوتا تھا۔ یہ چند مہینے تو ہوئے ہیں گاؤں رہتے رہتے۔ ان سارے دنوں میں بھی زیادہ دن تو سائیں بگوشاہ کے ڈیرے پہ گزرے۔ پھر کئی بار شہر بڑے بھائی کے پاس گیا ہوں۔ بڑے بھائی کا خیال آتے ہی اسے لیڈی باردت کا خیال آ گیا۔ اس کی نیلی آنکھیں اور سنہرے بالوں کا سنا ذکر اس کے دماغ میں گھومنے لگا۔
اس کا دھیان پھر کھوہ والی اپنی لڑکی پہ پلٹ گیا۔ اسے دل ہی دل میں یہ سوچ کے ایک دم سے خوشی ہوئی کہ وہ اسے "اپنی" سمجھ کے سوچنے لگا ہے۔ پہلی بار اس کے دل میں اس طرح کا خیال ابھرا تھا۔ پھر وہ بڑی باریک بینی سے اپنی لڑکی کے خدوخال سوچنے لگا۔

بال تو اس کے بھی سنہری ہیں۔

سنہری نہ سہی بھورے تو ہیں ہی۔

یہ لال آندھی کے رنگ کی وجہ سے نہ ہو۔

اس نے چلتے چلتے اسی فضا میں آس پاس کے لوگوں کے بال دیکھے۔ نہ جی۔ کالے بال تو کالے ہی دکھ رہے تھے۔

وہ واقعی بھورے ہیں۔ خاص طور پہ جب وہ چادر اپنے دونوں کھلے اونچے کیے بازوؤں میں تان کے پھیلاتی ہوئی ایک لمحے کو اوپر اٹھا کے سر پہ اسے درست کر کے چلنے لگی تھی تو اس کے پورے بال نظر آ گئے تھے۔ بھورے ہی ہیں۔ کس قدر شاندار بال ہیں۔

ہر شے ہی اس کی شاندار ہے۔

آنکھیں۔ توبہ۔ ایسی آنکھیں تو اس نے کہیں نہیں دیکھیں۔ وہ سوچنے لگا۔ کبوتر جیسی معصوم آنکھیں ہیں، لیکن دیکھتی ایسے ہیں جیسے عقاب کی ہوں۔ نگہ ڈالتی ہیں تو لگتا ہے، آسمان سے بجلی کا لشکارا پڑا ہو۔ وہ اس کی آنکھوں کو اپنی آنکھوں میں سوچ

جار ہا تھا۔ اسے محسوس ہو رہا تھا، جیسے وہ آنکھیں اس کے بدن کے اندر لہو میں اتر کے اس کی بوٹی بوٹی میں بولنے لگی ہوں۔ دیکھنے لگی ہوں۔ دکھنے لگی ہوں۔ چاروں طرف بس وہی دو آنکھیں تھیں۔ لال آندھی آسماں سے اتر کے اس کے پورے وجود میں چلنے پھرنے لگی تھی۔ دوڑنے بجنے لگی تھی۔ رنگنے لگی تھی۔

اس کے وجود کا بند بند تھرک رہا تھا۔

ٹوٹ رہا تھا۔

دریا کنارے پہنچے تو لال انھیری دریا پہ اتری بیٹھی تھی۔ آسمان پہ چڑھی بھاگ رہی تھی۔ مٹی اڑ رہی تھی۔ ریت اڑ رہی تھی۔ لوگوں کا ٹھٹھ لگا تھا۔ پولیس کے سپاہی بھی پہنچے ہوئے تھے۔ دریا کنارے ریت میں ایک لمبے چوڑے جواں سکھ کی لاش پڑی تھی۔ اس کی پگڑی دور گری پڑی تھی۔ گرد اور جمے ہوئے خون میں لتھڑی۔ سر کے بال کھلے پڑے تھے۔ خون اور ریت سے جگہ جگہ سے جڑے ہوئے۔ لوگ چاروں طرف دائرہ بنائے کھڑے تھے۔ جیسے دائرے بیچ تماشہ ہو رہا ہو۔ ہر آنے والا آگے کھڑی قطار کے کندھوں بیچ اپنا سر دے کر، ایڑھیاں اٹھا اٹھا کے گرے پڑے مرے ہوئے ڈاکو کو دیکھ رہا تھا۔ ڈاکو کے جسم پہ خون کے بے شمار دھبے تھے۔ پتہ نہیں چلتا تھا اسے ضربیں کہاں کہاں لگیں۔ پولیس کے دو چار سپاہی دائرے بیچ سوٹی لیکر کھڑے ہجوم کے دائرے کو تھوڑے تھوڑے وقفے بعد اچھل اچھل کے ہٹانے کی ڈرل کرتے تھے۔ ان کے ہٹانے کا انداز کہہ رہا تھا، جیسے ہٹانا ان کا مقصد نہیں ہے۔ بس اپنی سوٹی کو لہرا کے دکھانا مقصود ہے۔ لوگ بھی کھڑے کھڑے ایک قدم سے پیچھے ہٹنے کی مشق کرتے تھے۔ جیسے انہیں پتہ ہو سامنے پڑا ہوا مرا ڈاکو انہی کو دکھانے کے لیے لٹایا گیا ہے۔ لوگ بھانت بھانت کی باتیں کیے جا رہے تھے۔ کوئی بتاتا کدھر کدھر اس نے ڈاکے مارے تھے۔ کوئی کہتا فلاں جگہ ڈاکہ مارنے والا کوئی اور تھا۔

مارا کس نے ہوگا اسے؟

اس کے ساتھی مار گئے؟

نہیں پولیس نے مارا ہے۔

عورت کسی نے مروا دیا ہو گا۔

ہاں بھئی، عورت بڑے بڑوں کو مروا دیتی ہے۔

ورنہ ڈاکو کو کون ہاتھ لگاتا ہے!

نہ جی۔

ہاں جی۔

بے تکان، اوٹ پٹانگ باتیں تھیں۔ صدر کا مقصد وہاں نہ کسی کو دیکھنا تھا نہ سننا۔ وہ صرف اسی گزرے ہوئے چند لمحوں کو سوچے جا رہا تھا۔ واپس آیا تو پھر گھومتا پھرتا اسی گلی میں گیا۔ اس گھر کے پاس سے گزرا۔ دروازہ دیکھا۔ دروازے کی چوب کاری دیکھی۔ دیکھتا دیکھتا پلٹ کے گلی کی نکر مڑا تو سامنے سے بشیر بھاگتا بھاگتا آ گیا۔ اس کے ہاتھ میں باجرے سے بھری ہوئی مٹھی بند تھی۔ باجرے کے دانے مٹھی سے باہر کی انگلیوں پہ چپکے ہوئے تھے۔ بشیر صدر کے بڑے بھائی سراج کا دوست تھا۔ پڑوسی تھا۔ گھر میں اس نے کبوتر پالے ہوئے تھے۔

سارا سارا دن وہ چھت پہ چڑھا کبوتروں کے ڈربے میں دانا دنکا ڈالتا رہتا۔ چھت پہ اس نے اونچا بانس گاڑھ کے لکڑی کی چھتری لگائی تھی۔ کبوتروں کو پنجروں سے نکال کے چھت کے فرش پہ دانا کھلاتا، ٹہلاتا، انہیں چلتے پھرتے دیکھ خوش ہوتا رہتا۔ پھر انہیں اڑاتا۔ ان کی اڑاریاں دیکھ دیکھ بغلیں بجاتا۔ انہیں اوپر چھتری پہ بیٹھے دیکھتا۔ کسی کو چھتری سے اتارنا ہوتا تو ایک بڑی سی سوٹی کی نکر پہ بندھے گھوڑے کی دم کے بال سے بنائے چھلے میں کبوتر کا پاؤں پھنسا کر کھینچ لیتا۔ ایسا اکثر وہ دور سے آئے کسی اور کے کبوتر سے کرتا تھا۔ اپنے کبوتر دوسروں کے کبوتر پھانسنے کے چکر میں وہ اوپر چھتری پہ بٹھایا کرتا تھا۔ مگر کبھی کبھی اس کا اپنا کوئی کبوتر بھی بھاگ جاتا۔ ایسا ہوتا تو

وہ مٹھی میں باجرہ بھر کے گلی میں اُس کے پیچھے بھاگتا پھرتا۔ جس گھر کبوتر جا کے بیٹھتا، وہاں پہنچ جاتا۔

اسے کبوتروں سے عشق تھا۔

اس وقت بھی اس کا ایک نایاب کبوتر اس کی چھتری سے اڑ کے ادھر آ گیا تھا۔ وہ بھاگتے دوڑتے کبوتر کی چال، اڑان اور چھلانگوں کو دیکھتے دیکھتے گردن اوپر کیے بھاگا آ رہا تھا۔ کبوتر گلی کا موڑ مڑا، تو بشیر بھی بھاگتا ہوا صدر کے سامنے آ گیا۔ صدر کو سامنے دیکھ کے ایک دم بشیر صدر کا کندھا پکڑ کے کھڑا ہو گیا۔

صدر، میرا کبوتر تو ذرا پکڑ دے۔

دیکھ یہ ادھر اس گھر میں گیا ہے۔ بھجن سنگھ کے گھر۔ اس نے اسی گھر کی دیوار پہ انگلی رکھ دی جسے صدر نے اسی دن دریافت کیا تھا۔ صدر کے اندر بھی ایک دم سے کبوتر پھڑ پھڑانے لگا۔ ایکا ایکی میں اسے کبوتر پالنے، اڑانے اور انہیں ڈھونڈنے پکڑنے میں بے پناہ شوق محسوس ہوا۔

یہ بھجن سنگھ کا گھر ہے؟

ہاں ہاں، تو چل کبوتر پکڑ۔ بشیر کو جلدی تھی۔

بھجن سنگھ کون؟ صدر ممیایا۔

یار۔ اسے تو مرے تین برس ہو گئے، بچے ہیں اس کے، گھر میں۔

بچے؟ صدر کو تو تفصیل جاننا تھی۔

یار تو چل جلدی، کوئی نہیں تجھے روکنے والا ادھر، ایک مائی ہے ہردیال کی اور دوسری ہربنس کور ہے۔

ہربنس کور۔ صدر کے لیے دریافت کا یہ دوسرا لمحہ تھا۔

اس کا بھائی، کیا نام لیا ہردیال سنگھ۔ وہ؟ صدر بڑبڑایا، جیسے کہنا چاہتا ہو وہ منع نہ کر دے۔ بشیر اسے دھکیلتا ہوا اس وقت تک ہربنس کور کے دروازے تک لیجا چکا تھا،

تیزی سے بولا، ہر دیال ادھر تھوڑی ہے، وہ تو ڈیڑھ سال سے ساؤتھ افریقہ گیا ہوا ہے۔ کام کرتا ہے ادھر، تو چل اندر، کام کر دے میرا۔ اتنا سا تجھے کام کہا ہے۔ دیکھ اڑا نہ دینا کبوتر۔ بڑا سوہنا کبوتر ہے میرا۔ میں نے خود جا کے پکڑنا تھا۔ مگر تو ٹھیک ہے۔ تو چھوٹا ہے نا تیری خیر ہے، میں اندر گیا تو اچھا نہیں لگے گا۔

تو فکر نہ کر،

ہر بنس کور کی ماں تجھے منع نہیں کرے گی،

جا۔

میرا ویر۔

میرا اسلیٹی کبوتر ہے،

پیروں میں اس کی مندریاں ہیں۔ چاندی کی۔

پندراں پنڈوں میں ایسا کبوتر نہیں ہے۔

اڑ نہ جائے۔

ابھی انہی کی چھت پہ اترا ہے۔

بشیر ایک دم سرگوشی میں باتیں کرنے لگا۔

تو چل۔

بشیر نے صدر کو دروازے پہ لا کے اندر دھکیل دیا۔

دروازہ کھلا تو سامنے پکے صحن پہ اوپر جاتی سیڑھیوں کے نیچے چرخا رکھے ایک عورت ڈنڈی گھما گھما کے روئی کی پونیاں تکلے میں چھوا چھوا کے دھاگا بنا رہی تھی۔ صدر کو ایک دم سے گھر کے اندر داخل ہوتے دیکھ کے اس نے چرخے کی لٹھ سے ہاتھ روک کے اسے سر اٹھا کے دیکھا۔

صدر، ایک دم رک کے سہم کے بولا، ماسی سلام۔

اس عورت نے آنکھیں ذرا میچ کے حیرانی کے بل ماتھے سے ہٹاتے ہوئے

پہچان کے کہا، تو ابوالفضل کا پتر ہے۔!

ہاں ماسی۔

کی نام ہے تیرا!

صدر۔

ماں نے بھیجا تیری نے؟

نہیں ماسی، کبوتر ہے۔

کبوتر؟

کبوتر آ گیا اوپر چھت پہ آ پکی۔

تو نے کبوتر پال لیے ہیں؟

نہیں ماسی میرا کبوتر نہیں ہے۔

تیرا نہیں ہے، تو پھر،

پکڑنا ہے میں نے۔ بشیر نے بھیجا ہے۔ اس کا ہے۔

جا پھڑ لے۔ اوپر ہربنس چڑھ رہی ہے۔ پھر ماسی نے اونچی آواز میں اوپر چڑھتی ہربنس کور کو آواز دی،

ہربنس کورے۔ کبوتر نہ اڑا دے ویں۔

صدر بھاگ کے سیڑھیوں کی طرف لپکا تیسری سیڑھی پہ ہی رفتار بیٹھ گئی۔ قدم نہ اٹھائے جائیں۔ سینے میں ڈگڈگی بجنے لگی۔ بدن میں بندر ناچنے لگا۔ مت ماری گئی اس کی۔ دل اس کا پہلے ہی دھک دھک کر رہا تھا، اوپر سے ہربنس کور کے چھت پہ ہونے کا سن کے تو اس سے پیر نہ اٹھائے جائیں۔ ماسی نیچے یہ سمجھتی رہی کی کبوتر کی وجہ سے پاؤں روک روک کے چڑھ رہا ہے۔ عجیب بدحواسی سے صدر سیڑھیاں چڑھ رہا تھا۔ کبھی ایک ایک سیڑھی پہ دو دو پاؤں رکھتا، کبھی دو دو سیڑھیوں کو پھلاند کے چڑھ جاتا۔ پکی سیمنٹ کی سیڑھیاں تھیں۔ سیڑھیوں کے ساتھ دیوار بنی تھی۔ دیوار نہ

ہوتی تو شاید صدر سیڑھیوں سے گر جاتا۔ دیوار پکڑ پکڑ کے چڑھ گیا۔ چڑھتے ہی دبک کے بیٹھ گیا۔ اوپر چھت کچی تھی۔ چاروں طرف دیوار تھی۔ دیوار میں ایک ایک اینٹ برابر سوراخ ہی سوراخ تھے۔ اسی دیوار کے آخری کونے میں کبوتر غٹ غوں غٹ غوں کرتا ہوا اپنی چاندی کی مندریوں والے پیروں کو بڑے نخرے سے اٹھا اٹھا کے رکھتا، گردن اٹھا اٹھا کے، سینہ پھلا پھلا کر ٹہلتا پھر رہا تھا۔ اور سیڑھیوں کے پاس ہی دیوار کے ساتھ جڑی ہوئی ہربنس کور بیٹھی تھی۔

وہ نہا کے آئی بال سکھانے اوپر شام کی دھوپ میں بیٹھی تھی۔

پانی کی بوندیں ابھی تک اس کے چہرے پہ چمک رہی تھیں۔ گیلے بالوں کی باس اور اس کے جسم کی خوشبو سے چھت بھری ہوئی تھی۔

اس نے سر اٹھایا،

گردن گھما کے صدر کو دیکھا۔

اس کی آنکھوں میں ایکا ایکی میں کنویں کی منڈیر پہ ملنے والی آنکھوں کا واقعہ ابھرا۔ اس نے نگاہ نیچی کی۔ اور کچی چھت کی مٹی پہ اپنے داہنے پیر کے انگوٹھے کو موڑ کے لکیریں بنانے لگیں۔ پھر بیٹھے بیٹھے اس نے اپنے بائیں ہاتھ کو آہستگی سے اوپر کر کے اپنے کھلے بالوں کے بیچ کنگی کی طرح پھیرا۔ اس کے بھورے بھورے لمبے سیدھے گیلے کھلے بال ریشمی بھیگے ہوئے تھان کی طرح سرسرائے۔ پانی کی چند بوندیں ہلیں، گریں اور ان میں شام کی دھوپ سے نگینوں جیسی روشنیاں چمکیں۔ روشنیوں پہ بال کسمسائے۔ انہی بالوں کی سرسراہٹ بیچ اس کی آنکھیں پھر چمکیں۔ بھاگتے بادلوں بیچ جیسے پورن ماشی کا چاند جھلکتا ہے۔ صدر کے ہاتھ پیر پہلے ہی پھولے ہوئے تھے۔ سینے میں ڈھول بج رہا تھا۔ سانس کو دھونکی چھڑی تھی۔ بات کچھ کہنی نہ آئی، خشک ہونٹوں پہ زبان پھیر کے، ہلاتے ہوئے بولا، کبوتر پکڑنا ہے۔

ہربنس کور نے کبوتری کی طرح گردن گھما کے کبوتر دیکھا، اور اپنے بالوں کو

سمیٹ کے کمر پیچھے کرتے ہوئے بولی۔ پکڑلو۔

صدر بیٹھا بیٹھا سرکتا آگے آ گیا، اور ہاتھ میں پکڑا ہوا مٹھی میں بند باجرہ، بازو بڑھا کے آگے کیا، اور باجرے کے دانے اچھال کے ہربنس کے پیروں میں ڈال دیے۔ ہربنس نے باجرے کے دانے اپنے پیروں میں دیکھے تو ایک دم سٹپٹا کے صدر کی طرف دیکھا، اس کی آنکھوں میں مسکراتا ہوا ایک سوال تھا، کبوتر پکڑنے آئے ہو یا مجھے!

صدر کو کبوتر کا کب دھیان تھا

کبوتر ان دونوں سے بے نیاز گٹر گوں گٹر گوں کرتا ہوا باجرے کے دانے کھاتا کھاتا ہربنس کے پیروں کے آس پاس چلنے پھرنے لگا۔

صدر نے پہلی بار سرگوشی کی۔

ہربنس۔

ہربنس کے پورے وجود میں ایک تھرتھراہٹ ہوئی۔

کبوتر نے چلتے چلتے قدم روک کے، ایک جھرجری لی۔ اس کے پر پھڑپھڑائے، مگر وہ اڑا نہیں۔ ہربنس پوری آنکیں کھول کے حیرانی سے صدر کا منہ تکنے لگی جیسے پوچھ رہی ہو، تم نے میرا نام لیا تھا! ایک دو لمحے وہ یونہی آنکھیں کھولے دیکھتی رہی۔ بڑی بڑی معصوم کبوتر جیسی نیلی نیلی آنکھیں۔ بولی، کیا؟

صدر بولا، تم کبوتر پکڑ دو۔

ہربنس نے صدر کی بات سن کے اپنی گردن اونچی کر کے آگے کی، اور ٹھوڑی اوپر کے سینے کے کر کے ایک جھٹکے سے روک کے حیرانی سے بولی، میں پکڑوں۔ میں نے کبھی نہیں پکڑا کبوتر۔

میں نے بھی نہیں پکڑا پہلے کبھی۔ صدر نے سرگوشی کی۔

اچھا کوشش کرتی ہوں۔ ہربنس نے پہلی بار سرگوشی کی۔

صدر کو بیٹھے بیٹھے پسینہ آ گیا۔

دونوں کبوتر کی طرف رخ کر کے بیٹھے تھے، پیروں پہ بیٹھے بیٹھے دونوں کبوتر کی طرف سرکنے لگے۔

کبوتر باجرہ چگتا مٹک مٹک کے چل رہا تھا۔ گھر کا پلا ہوا کبوتر تھا۔ پاس بیٹھے ہوئے انسانوں کا اسے خوف نہیں تھا۔ الٹا وہ آدمی کی بولی اور بدن بولی دونوں کی سوجھ بوجھ رکھتا تھا۔

ہربنس بیٹھی بیٹھی کبوتر کے دھیان میں ایک ایک انچ آگے سرک رہی تھی۔ صدر ہربنس کور کو دیکھ دیکھ کے آگے بڑھ رہا تھا۔ کبوتر ان دونوں سے بے نیاز دانے چگتے جا رہا تھا۔ اس کے دانے چگنے کے انداز میں عجیب لاپرواہی تھی، جیسے کہہ رہا ہو، تم دونوں اناڑی ہو۔ تنگ نہ کرو مجھے، مجھے دانے چگنے دو۔

ہربنس نے اپنا داہنا ہاتھ پھیلا کے کبوتر کی طرف کیا۔

کبوتر کے اوپر اوپر ہربنس کا کانپتا ہوا گورا گورا ہاتھ بھی کبوتر جیسا لگ رہا تھا۔ اس کے ہاتھ میں عجیب طرح کی جھجک اور خوف تھا، جیسے کہیں کبوتر کو چھو نہ جائے۔ چند لمحے یونہی تذبذب میں گزرے۔ اتنے میں کہیں ہربنس کے ہاتھ کی انگلیاں کبوتر کو چھو گئیں، کبوتر نے جھرجھری لی، پر یوں جھٹکے جیسے گیلے ہونے کے بعد سکھا رہا ہو، گردن موڑ کے ہربنس اور صدر کی طرف دیکھا، لال حیران آنکھیں، معصوم بچوں جیسی، مسکراتی ہوئیں اور پھر گردن لمبی کر کے پر کھولے اور اڈاری مار کے اڑ گیا۔

ہربنس کور کا کھلا ہاتھ وہیں پھڑ پھڑاتا رہ گیا۔

اس نے صدر کی طرف نگاہ موڑی کبوتر جیسی معصوم اور شفاف آنکھیں حیرت سے بھری ہوئیں۔ بولی وہ تو اڑ گیا۔ صدر کے اندر کی ڈگڈگی پہ اس کے سر میں ناچتا بندر بولا، ساتھ ہم بھی اڑ گئے ہیں۔

اسی لمحے کہیں نیچے صحن سے ہربنس کی ماں کی آواز ابھری۔

کبوتر پکڑ لیا؟

ہربنس نے ایک دم سے سنبھل کے بیٹھتے ہوئے، اونچی آواز میں جواب دیا،

نہیں بے بے، اُڑ گیا۔

صدر کو اٹھنا پڑا۔

بولا کچھ نہیں منہ سے، بس اٹھ کے ایک دم سے سیڑھیاں اترنے لگا۔ دل اسی طرح اس کا ڈگ ڈگ کر رہا تھا۔ سینے کے بیچ کبوتر پھڑ پھڑا رہا تھا۔ باہر گلی میں نکلا تو دیکھا، بشیر اوپر آسمان پہ کبوتر کی اڑان پہ نظر رکھے دور گلی میں بھاگا جا رہا تھا۔ اس نے نکل کے اسے آواز دی۔ بشیر نے اس کی طرف دیکھے بغیر ہی دوڑتے دوڑتے اپنا دائیاں ہاتھ اوپر جھنجھلا کے اٹھایا، جیسے کہہ رہا ہو۔ جا دفع ہو میرا کبوتر اڑا دیا۔

صدر کو سمجھ نہ آئے جو بیت رہا تھا کس سے کہے۔

کئی دن گزر گئے۔

یہ گلی میں چکر لگاتا پھرتا رہتا۔ وہاں اس گلی میں اس کا کوئی یار بیلی بھی نہیں تھا۔ جس کے دروازے پہ یہ کسی بہانے جا رکتا۔ کنواں تو تھا ہی عورتوں کے پانی بھرنے کا۔ ساتھ والی دکان پہ ہر وقت کھڑا ہونے کا اسے جواز کوئی نہ ملتا۔ کوئی سودا سلف لیا، اسے ایک سے دو بار الٹ پلٹ کے دیکھا، ادھر ادھر نگہ گھما لی۔ پھر جس کسی سے نظر ملتی، اسے لگتا دیکھنے والی نگاہ کہہ رہی ہو چل بھئی۔

کھڑا کیوں ہے۔

یہ چل پڑتا۔

کئی دن تو ہربنس کور اسے نظر نہ آئی۔ ایک دو بار نظر بھی آئی۔ تو نظر نہ ملی۔ شاید ہربنس کی آنکھیں بھی اس کی نگاہوں کی طرح سہمی ہوئی تھیں کہ نظروں کا آمنا سامنا ہو گیا تو کہیں کچھ انہونی ہو جائے۔ کوئی لال آندھی نہ چڑھ آئے۔ صدر کو سمجھ نہ آئے

کس سے کہے، کیا کرے۔ کسی کام میں من ہی نہیں لگتا تھا۔ کرنے کو کام بھی کوئی نہ تھا۔
ہر وقت اس کے دل میں صرف ایک ہی سوچ تھی،

ہربنس،

ہربنس۔

گھر میں ایک ماں تھی، ایک بہن۔ دونوں اپنے گھر گرہستی دھیان میں۔ گاؤں سے باہر نکر پہ سائیں بگو شاہ کا ڈیرہ تھا۔ پہلے وہاں اس کا آنا جانا تھا۔ وہاں بیٹھ کے یہ سائیں کے تعویذ لکھتا تھا۔ ادھر بھی اس کی غیر حاضریاں ہونے لگیں۔ سائیں کے پاس ہر طرح کا بندہ آتا۔ کسی کو بچے نہ ہونے کا دکھ ہوتا، کوئی بچوں سے دکھی ہو کے آیا ہوتا۔ کسی کی بھینس کی کٹی کا پھوڑا نہ ٹھیک ہونے پہ آئے۔ کوئی دکھوں کو جھیلتا جھیلتا خود پھوڑے کی طرح ٹس ٹس کرتا درد سے بجتا، اپنے دکھ بتائے۔ ہر کوئی اپنے دکھ کہہ دیتا تھا۔

مگر اسے کہنا نہیں آتا تھا،

پھر کیا کہے،

کس سے کہے۔

چپ بیٹھا ادھر تعویز لکھتا رہتا۔ سائیں نے اسے نمونے بتائے ہوئے تھے۔ ساتھ بیٹھے بیٹھے بھی سائیں بتا دیتا۔ یہ لکھ دیتا۔ ایک دن وہاں اس جیسے روگ والا اک روگی آ گیا۔ اس نے سائیں کو بھتیر کی ساری تکلیف بتا دی۔ صدر کے کان کھڑے ہو گئے۔ سائیں نے اس کے لیے جو تعویذ لکھنے کو کہا، صدر نے ویسے دو لکھ لیے۔ ایک اسے دیا، دوسرا آنکھ بچا کے جیب میں ڈال لیا۔ اس سے بھی کچھ نہ بنا۔ دن بدن اندر کا روگ اور بھی بڑھتا گیا۔ پتہ نہیں کیا ہو گیا ہے، صدر اپنے آپ سے پوچھتا رہتا۔

کسی لڑکی کو قریب سے اس نے پہلی بار نہ دیکھا تھا۔
یہ تو بچپن سے کھیلتا ہی لڑکیوں سے آیا تھا۔ جب اسے ہوش آئی، تو یہ اپنے

والدین کے ساتھ ہیڈ مان پور پہ تھا۔ بھائیوں کی جوڑیاں تھیں۔ بڑی جوڑی پولیس میں چلی گئی۔ دوسری جوڑی میں ایک بھائی گم گیا تو نذر اکیلا رہ گیا۔ اکیلا ہی زیادہ وہ پھرا کرتا تھا۔ تیسری جوڑی میں سراج اور صدر تھے۔ بڑے بھائیوں سے یہ عمر میں دس بارہ سال چھوٹے تھے۔ جب یہ سکول میں بھی داخل نہ ہوئے تھے، تو بڑے دونوں ہائی سکول پاس کرنے والے تھے۔ دور دور کے سکولوں میں پڑھتے تھے۔ فاصلے کی وجہ سے دور سکول کے قریب ہی کوئی کمرہ، بیٹھک کرائے پہ لیکر رہتے تھے۔ کبھی کبھار وہ ہیڈ مان پور آتے۔ جب آتے تو یہ دونوں ان کے آگے پیچھے بھاگنے دوڑنے لگتے۔ جیسے کہہ رہے ہوں ہمیں کوئی خدمت بتائیے۔ بڑوں کے لیے یہ محض بچے تھے۔ بچوں سے کیا وہ گپیں لگاتے۔ نذر اور سراج تو پھر بھی بڑے بھائیوں میں گھس جاتے۔ صدر اپنی موج میں بھاگتا دوڑتا رہتا۔ ہیڈ مان پور پہ بھاگنے دوڑنے کی بڑی جگہ تھی۔ چوڑی کھلی نہر کنارے بنگلہ تھا۔ گنتی کے دس پندرہ گھر تھے۔ کھلے کھلے صحن، بیچ میدان، اطراف میں سبزیوں کی چھوٹی چھوٹی کھیتیاں۔ دو چار گھروں کی بھینسیں، کچھ کی بکریاں، باقی سب کے مرغے مرغیاں۔

نہر سامنے تھی۔

ہر گھر میں مچھلی پکڑنے کی ڈور پڑی ہوتی تھی۔ سب بھائی مچھلی کے شکاری تھے۔ بڑوں کی دیکھا دیکھی صدر بھی ڈور لیکر نکل جاتا۔ مچھلی کا شکار مہارت بہادری اور نصیب کی دلیل سمجھی جاتی تھی وہاں۔ جتنی بڑی کوئی مچھلی پکڑ لیتا، اتنا اس کا رعب دوسروں پہ بیٹھ جاتا۔ جب صدر چھوٹا تھا تو سراج کے ساتھ مچھلی پکڑنے نکلتا تھا، ایک دن سراج جلدی میں اپنے کسی دوست کو ساتھ لیکر مچھلی پکڑنے بھاگ گیا۔ اسے ساتھ نہ لیکر گیا۔ یہ بڑے بھائیوں کی مچھلی کی ڈور لیکر ان کے پیچھے چل پڑا۔ نہر کے بنگلے سے کچھ دور جاکے ڈور نہر میں گرائی۔ بڑے بھائی کی ڈور گہرے پانیوں والی تھی۔ لوہے کا وزن لگا ہوا تھا۔ ڈور بھی خوب لمبی تھی۔ صدر نے مچھلی کا چارا بھی اپنے ہاتھ سے آٹے میں

ہلدی گوندھ کے خوب سارا بنایا تھا۔ بڑی سی کنڈی تھی۔ نہر کے بیچ ٹکا کے پھینک دی۔ تھوڑی دیر گزری تو اس کے ہاتھ میں پکڑی ڈور بھاگنے لگی۔ یہ چھوڑتا گیا۔ ڈور بہت تھی۔ ختم نہ ہوئی۔ آخر جب کھینچ کم ہوئی تو اس نے کھینچنا شروع کیا۔ بہت زور لگا اس کا۔ کھینچتا گیا۔ آخر جب کنڈی کنارے تک آئی، تو صدر دیکھ کے اچھل پڑا، کنڈی ایک مہاشیر کے حلق میں تھی۔

مچھلی کا قد کاٹھ صدر سے لمبا تھا،

بڑی مشکل سے صدر نے مچھلی کو باہر نکالا۔ نہر میں کنارے کے پاس پانی میں اتر کے اپنے دونوں ہاتھ مچھلی کے حلق میں دیکر باہر کھینچا۔ اور پھر دونوں ہاتھوں سے اسے چھاڈال کے کھڑے شہتیر کی طرح اٹھائے اٹھائے گھر کی طرف چل پڑا۔ راہ میں لوٹتے ہوئے بھائی اوران کے دوست مل گئے۔ صدر کی شان بڑھ گئی۔ گھر آ کے مچھلی کا وزن کیا۔ تو پورے پچیس سیر کی نکلی۔ خود ان دنوں وہ بائیس سیر کا تھا۔ خوب ڈینگیں مارنے لگا۔ کئی مہینوں کیا کئی سالوں تک ان کے گھر میں گفتگو کا ایک بہانہ بن گیا۔ بولنے کہنے کو بات مل گئی۔

صدر کو بہادری دکھانے کی عادت ہوگئی۔

کبھی کہتا ادھر سے آتے آتے، وہاں جنگل کی راہ میں شیر تھا دیکھ کے چلا گیا۔ کبھی کہتا ایک بھیڑیا ملا تھا، میں نے مار کے نہر میں گرادیا۔ بڑے بھائی سن کے ہنستے، تو گپیں چھوڑتا ہے۔ مہاشیر پکڑ کے یہ گھر کیا لایا، پرانی کہی ساری باتوں کی سند اٹھا لایا۔ ابھی سکول میں داخل نہ ہوا تھا۔ سارا سارا دن نہر کنارے، کھیتوں، درختوں اور راہ پہ پھرتا رہتا۔

نہر کی پٹڑی پہ سوقافلے آتے جاتے تھے۔

گڈے، سائیکل، تانگے، پیدل۔ بھانت بھانت کے لوگ، ہندو سکھ، بانیے، مسلمان۔ انگریز بھی کبھی کبھار گھوڑے یا موٹر پہ ادھر سے گزرتے تھے۔ کوئی انگریز کبھی

ادھر سے گزر جاتا تو سارے ہیڈ مان پور کے بچے بچیاں دور تک ان کے پیچھے پیچھے بھاگتے جاتے۔ دیکھ کے رک جاتے۔ سہم جاتے۔ خاموش بٹر بٹر دیکھتے رہتے۔ وہاں کے سب بچے بچیاں ایک جیسے تھے۔ میلے میلے، مٹی میں اٹے ہوئے۔ الجھے بال، پرانے کپڑے۔ قمیضوں کے ٹوٹے بٹن، ادھڑے ہوئے دامن۔ نیچے کھلی کھلی نیکریں، کچھے۔ پیروں سے ننگے۔ صدر نے آتے جاتے سکھوں کی دیکھا دیکھی کمر سے تلوار باندھنے کا شوق بھی پالا ہوا تھا۔ تلوار تو اس کے پاس نہیں تھی، یہ درخت کی کوئی ٹہنی توڑ کے اسے کچھے کے کسی پرانے آزار بند سے باندھ کے کمر میں اڑ سے رکھتا۔ غلیل اس کے پاس ہمیشہ ہوتی۔ پرندے بہت تھے ادھر درختوں پہ۔ پتھر بھی تھے۔ مارتے مارتے نشانہ بھی پک گیا۔ سامنے نہر تھی۔ بڑی نہر میں تو یہ نہ کودتا۔ مگر بڑی نہر کے آس پاس کئی جگہوں سے چھوٹے چھوٹے سوئے کھالے نکلتے تھے۔ یہ ان میں نہا نہا کے تیرا کی سیکھ گیا تھا۔ سکول جانے سے پہلے ہی سارا سارا دن مارا مارا پھرتا رہتا۔ ہیڈ مان پور کے بچے بچیاں یہ ساتھ ملا لیتا۔ ایک بار جب ریاست پٹیالہ کا مہاراجہ ادھر ہیڈ سے ہو کے گیا تو اسے احساس ہوا، ہیڈ پہ کھیلنے والے بچوں میں بچے کم ہیں بچیاں زیادہ ہیں۔

پھر کیا تھا،

پھر تو یہ ان سب کا مہاراجہ بنا پھرتا تھا۔

ہوا یوں کہ مہاراجہ مہندر سنگھ ایک بار شکار پہ نکلا تو اس نے انگریزوں کے اس بنگلہ نہر کے ڈاک بنگلے میں پڑاؤ کیا۔ مہاراجہ کی ریاست پٹیالہ کے اندہی ہیڈ مان پور تھا۔ وہ تو چونکہ نہر پہ انگریز کی عمل داری تھی۔ اس لیے نہر کا عملہ مہاراجہ کی رعایا نہ تھا۔ تھا راجہ رنگ کا کالا سیاہ، قد کا لمبا اور جسم کا بھاری۔ اس کے حرم میں تین سو سے اوپر رانیاں تھیں۔ شکار پہ نکلتے ہوئے بھی وہ ان میں سے سو سوا سو رانیاں بگھیوں پہ لاد کے ساتھ لایا۔ دو چار دن ادھر ہیڈ پہ اس نے پڑاؤ کیا۔ ساتھ اس کا سارا لاؤ لشکر تھا۔ پہرہ لگا تھا۔ جس ڈاک بنگلے میں اس کا قیام تھا، ادھر پرندے کو بھی پر مارنے کی اجازت نہ

تھی۔ صدر وہیں کا بچہ تھا۔ کونوں کھدروں واقف تھا۔ پھر نو عمر تھا۔ چھ سات سال عمر ہو گی۔ پہرے داروں نے اسے دیکھ کے بھی پروا نہ کی۔ یہ کہیں ڈاک بنگلے کے باغ میں گھس گیا، جھاڑیوں کے نیچے نیچے ہو کر گیا، اندر لان کا نظارا کر گیا۔

اندر عجیب منظر تھا۔

سو سے اوپر پریاں باغ کی ہری ہری گھاس اور پھولوں کی کیاریوں کے بیچ بھاگتی دوڑتی پھر رہی تھیں۔ کسی کے جسم پہ قمیض تھی، کسی کے نہیں تھی۔ کچھ شلواروں میں تھیں، کچھ ساڑھیوں میں۔ بال کچھ کے بندھے تھے، کچھ نے پراندے لٹکائے ہوئے تھے۔ کچھ کھلے بالوں سے اڑی پھر رہی تھیں۔ انہی کے بیچوں بیچ ایک ننگ دھڑنگ سا موٹا کالا بھینسا سا تندیل تنومند آدمی ننگی کمر پہ زر و جواہر سے گندھی ہوئی سنہری پیٹی میں تلوار لٹکائے بھاگا پھر رہا تھا۔ تلوار کے دستے پہ لال، زمرد، موتی اور ہیرے جڑے تھے۔ میان پہ سونے کے پترے پہ جڑاؤ کام ہوا تھا۔ گلے میں نولکھا سچے موتیوں کا ہار جھول رہا تھا۔ سینے پہ ایک سنہری پیٹی بازو کے نیچے سے ہو کے آتی تھی۔ اس کے بیچ مرغی کے انڈے جتنا آسمانی رنگ کا چمکتا ہوا ہیرا جڑا تھا۔ اس قسم کا ہیرا اس کے سر کی پگڑی میں بھی سجا ہوا تھا۔ باقی سارا جسم ننگا تھا۔ کالے سیاہ جسم پہ بال ہی بال اگے تھے۔ سامنے ٹانگوں کے بیچ بالوں کا بڑا سا جھولتا ہوا گچھا تھا۔ وہ بھاگتا پھرتا کبھی ایک رانی کو دبوچ لیتا، کبھی دوسری آ کے اس سے جسم رگڑنے لگتی۔ وہ پھر تیسری کو پکڑنے کو لپکتا۔ چوتھی راہ میں بازو پھیلا دیتی۔ وہ کھینچ کھینچ ان کے کپڑے اتار رہا تھا۔ لان میں جا بجا رنگین ریشمی کپڑے بکھرے پڑے تھے۔

عجیب طرفہ تماشا تھا۔

تتلیوں کے جھرمٹ میں ایک بھنورا بھنبھنا رہا تھا۔ رنگین چڑیوں کے غول میں اک کالا بلا اچھلتا کودتا پھر رہا تھا۔ وہ بھاگتا دوڑتا پھرتا تو کمر سے بندھی سنہری تلوار ٹھن ٹھن اوپر نیچے اٹھتی بیٹھتی۔ گلے میں پہنا ہوا موتیوں کا ہار جھولتا، اس کے پیٹ کی چربی

تھل تھل کرتی اور سینے پہ جڑاؤ ہار لشکارے مارتا۔ وہ اپنے ہاتھوں کو پھیلا پھیلا کے ایک ساتھ کئی کئی رانیوں کو دبوچ لیتا۔ اور پھر ان کے ملائم سندلی نکھرے جسموں پہ زور زور سے ہاتھ پھیرتا جاتا۔ گورے گورے جسموں پر پہ اس کا نگینوں سے چمکتی انگوٹھیوں بھرا کالا بھدا ہاتھ سنگ مرمر کے سنگریزوں پہ رینگتا ہوا کیکڑا لگتا۔ کبھی اس کے ہاتھ میں کسی کی چھاتیاں ہوتیں کبھی وہ ہاتھ کسی کے کولہوں سے پھسل رہا تھا۔ دور جھاڑیوں کے اندر چھپے ہوئے صدر نے یہ سارا تماشہ دیکھ لیا۔ اس دن سے یہ اپنے اردگرد کے چند گھروں کی چھوٹی چھوٹی بچیوں میں کھیلتے ہوئے ایسے کھیلتا جیسے یہ مہاراجہ ہو۔ تھوڑا بڑا ہوا تو اسے دوراہے سکول میں داخل کر دیا گیا۔ گھر میں اس کے کھیل کود کا وہی طریقہ رہا۔ شام سے رات ہو جاتی۔ رات اگر چاندنی ہوتی تو کھیل دیر تک جاری رہتا۔ بھاگ دوڑ۔ پکڑن پکڑائی۔ لک چھپ جانا، مکئی دادانا۔ راجے کی بیٹی آئی جے۔

آجا۔

کوئی نہ کوئی آ جاتی۔

یہ مہاراجہ بن جاتا۔

باپ فوت ہو گیا تو بڑے بھائی، ماں، بہن اور اسے گاؤں چھوڑ گئے۔ چند مہینے یہ یونہی مارا مارا پھرتا رہا، اور پھر اسے ہربنس کور لڑ گئی۔

اس کی مت ماری گئی۔

کس سے پوچھے۔

کیا پوچھے۔

کوئی تدبیر، کوئی حل۔

اس کے گھر جانے کا اس کے پاس جواز نہیں۔

اسے بلانے کا کوئی بہانہ نہیں۔

پھر وہ سکھنی۔

یہ مسلمان۔

بات کیسے آگے چلے۔

اس کی سمجھ میں کچھ نہ آیا۔

دماغ میں ہر وقت ہربنس کور۔

وہی لال آندھی، ہر وقت ذہن پہ چڑھی رہتی۔ روز یہ اندر ہی اندر کٹتا۔ مرتا۔ کیا کرتا۔

سائیں بگو شاہ سے ڈرتا بات نہ کرے۔ ادھر جانا ہی کم کر دیا۔ کہیں وہ اس کا من نہ پڑھ لیں۔ کسی سے بات چیت کو من ہی نہ کرے۔ ایک دن گاؤں سے نکل کے باہر خواجہ روشن ولی کی درگاہ پہ گیا۔ کہ شاید ادھر کوئی بابا مل جائے۔ کوئی پھونک مارے۔ کوئی اسم بتائے۔ کوئی نہ ملا۔ صبح کا گیا ادھر دوپہر تک بیٹھا رہا۔ پیشی کا وقت ہو گیا۔ یہ اپنے دھیان میں گردن جھکائے، راہ کے پتھروں کو ٹھوکریں مارتا چلا آرہا تھا کہ درگاہ سے ذرا سا چل کے گاؤں کی طرف سے گوردوارے کے قریب ایک پرانے بوڑھے لٹکتی داڑھیوں والے بن کے نیچے سے اسے کسی نے آواز دی۔ آواز ایسی بارعب، کالے بادلوں کی گھن گرج والی۔

کاکا، کہیڑے پنڈ دا ایں؟

اس نے نگاہ ادھر کی، تو بن کے نیچے، چھاؤں میں موٹے تنے کے ساتھ زمین پہ ایک سیانی عمر کا سادھو بیٹھا تھا۔ چوڑے کھلے جُثّے کا تناور، قوی جثّہ آدمی۔ کھلا سر، سر کی لٹیں لمبی لمبی۔ رسیوں کی طرح بٹی ہوئی۔ چہرے کے خدوخال بھاری بھاری۔ موٹے موٹے۔ ماتھا پورا شکنوں سے بھرا ہوا، شکنوں کے اوپر سندور سے بنی لکیریں۔ آنکھیں اتنی کالی اور چمک دار کہ دیکھی نہ جائیں۔ مونچھوں اور داڑھی کے بال آپس میں الجھے ہوئے۔ ملگجے گیروی کپڑے۔ لمبا سا ایک کرتا، نیچے تہمند۔ گلے میں موٹے موٹے منکوں کی کئی مالائیں۔

اس نے پھر اپنا سوال دہرایا۔

کا کا، کس گاؤں کے ہو؟

اسی گاؤں کا ہوں جی۔ صدر بولا۔

بھوک لگی ہے۔ کچھ کھلائے گا؟ جوگی نے بغیر کسی تمہید کے صدر کی آنکھوں میں دیکھ کے سپاٹ لہجے میں کہا۔ اس کے لہجے میں عجیب سا رعب تھا۔ جیسے اسے پتہ ہو کہ اس کی کہی بات رد نہیں ہو سکتی۔

صدر۔ ایک دم بولا۔ ہاں جی،

ابھی لایا۔

یہ کہہ کے صدر لمبے لمبے قدم اٹھاتا اپنے گھر گیا۔ جا کے ماں سے بولا، جلدی جلدی چار پانچ پراٹھے بنا دے۔ پروہنا آیا ایک۔ ساگ کی ہانڈی پکڑ کے بہن کو دی۔ کہ جلدی گرم کر۔ لسی کے بلٹوئے میں سے خود گڑوی لیکر ایک بلٹوئی بھر لی۔ ایک تھالی میں چار مٹھّیاں چاٹی سے بھر بھر کے شکر نکال لی۔ دو مٹھّیاں اس میں گھی رکھا۔ کھانا تیار ہو گیا۔ ایک بڑی سی چنگیر میں سب چیزیں رکھیں، ساتھ لسی کی بلٹوئی پکڑی اور بھاگم بھاگ مہنت کے پاس بن کے نیچے جا پہنچا۔

پتہ نہیں کیوں، جوگی کو دیکھتے ہی صدر کے دل میں خیال آیا تھا کہ یہ میری مدد کر سکتا ہے۔ ہربنس کور کو شاید ملا دے۔

جوگی سچ مچ بھوکا تھا۔ پانچوں پراٹھے کھا گیا۔ شکر اور گھی بھی چٹ کر گیا۔ ساگ بھی سارا پیالے سے کھرچ لیا۔ لسی کی بلٹوئی خالی کر دی۔ سب کھا کے اس کے چہرے پہ خوشی آئی۔ شانت ہو گیا۔

بولا بالک جی بہت خوش ہوا ہے۔

بول، کچھ میں تیرے لیے کر سکتا ہوں!

ہاں جی۔ صدر ایک دم سے بولا۔

جوگی نے پہلی بار ماتھے پہ بل ڈال کے غور سے صدر کو دیکھا۔

بولا، بول بالک۔

بابا جی، میں بہت پریشان ہوں۔

جوگی نے سر آہستگی سے آگے کو ہلایا، جیسے کہہ رہا ہو، آگے بول۔

مجھے آپ سے ڈر لگتا ہے، بابا۔

ڈر۔نہ۔بول دے

جوگی کی آنکھ میں کسی نائکہ جیسی رازدرانہ چمک ابھری۔

کوئی کڑی ہے؟ بول دے۔

ہاں جی، بولتے ڈر آتا ہے۔بابا۔

آپ ہندو ہیں۔

میں مسلمان ہوں۔

اور وہ سکھ کڑی ہے۔

میں اس کے بغیر نہیں جی سکدا۔

جوگی سوچ میں پڑ گیا۔

اس کے ماتھے پہ بے شمار لکریں ابھر آئیں۔

ماتھے پہ بنی سندور کی لکیریں آپس میں الجھ گئیں۔سوچتے ہوئے اس کے چہرے کے موٹے موٹے نقوش اور موٹے دکھنے لگے۔تھوڑی دیر وہ خاموشی سے بیٹھا سوچتا رہا۔ اس کی سوچ سائیں سائیں کرنے لگی۔ بن کے درخت میں چھپے پرندے کسمسانے لگے۔ہوا سے ہلتے ہوئے بن کے اک اک پتے کی آواز کھڑ کھڑ صدر کو سنائی دینے لگی۔وہ پیروں کی پوروں پہ ایڑھیاں اٹھائے، گردن اوپر آگے کیے بغلوں میں ہاتھ دیے بابا کے چہرے پہ نظریں گاڑے بیٹھا تھا۔سانس اس کا اوپر کا اوپر، نیچے کا نیچے۔

دیکھو۔بابا کیا بولتا ہے۔

بابا بولا۔بالک اوہدا خیال چھڈ دے۔

نئیں۔بابا جی۔کچھ کرو۔میں نہیں جی سکتا،اس کے بغیر۔

جینا تو ہے پتر۔

نہ بابا جی،اس کے بغیر نہیں۔

اور کچھ مانگ لے،بالک

اور کچھ نہیں مانگنا میں نے بابا۔

دیکھ لے۔

بگاڑ نہ ہو جائے تیرا،بابا بولا۔

چاہے کچھ ہو جائے،وہ مجھے لے دیں۔

اچھا۔

بابا نے بڑے زور سے سر ہلا کے کہا۔

صدر کے چہرے پہ خوشی کی روشنی ابھری۔

ہو سکتا؟

ہاں، پرنتو!

پرنتو کیا۔بابا جی؟

پرنتو تیری جان بھی جا سکتی ہے!جوگی نے سوچتے ہوئے کہا۔

جان کی کوئی پروا نہیں۔صدر تیزی سے بولا۔

تو پاگل بھی ہو سکتا ہے۔

میں تو پہلے ہی پاگل ہو چکا ہوں۔

یہ نہیں اصلی پاگل۔

خیر صلا۔

اچھا۔ جوگی نے پھر بڑا سا سانس لیکر فیصلہ کن انداز میں کہا۔

صدر کی باچھیں کھل گئیں۔

چلّہ کرنا پڑے گا۔

کروں گا۔

خطرناک ہے۔

کوئی بات نہیں۔

لمبا چلّہ ہے۔

کتنے دن کا ہے۔ صدر پھر تیزی سے بولا، جیسے اسے بہت جلدی ہو۔

جوگی بولا اکیس دن۔ پورے۔

تین ہفتے!

ہاں اکسویں دن کے بعد وہ تیرے ساتھ ہوگی۔ ہمیش۔

ہمیشہ!

ہاں پرنتو۔

پرنتو کیا باباجی۔

تو پاگل ہو سکتا ہے، میں کہہ دیتا ہوں۔

مجھے منظور ہے۔ آپ اسم بتائیں،

تم مر بھی سکتے ہو۔

کوئی پروا نہیں، بتائیں پڑھنا کیا ہے۔

اچھا۔ جوگی نے پھر سر ہلایا۔ اور صدر کو اسم بتا دیا۔ بولا۔ جتنے دن چلّہ کرنا ہے۔ رہنا پاک صاف ہے۔ بدن بھی پاک۔ کپڑے بھی صاف۔ سمجھ گئے؟

سمجھ گیا جی۔

مسلمان ہو؟

ہاں جی۔

نماز پڑھتے ہو اپنی؟

کبھی کبھی جی

چلو پڑھو نہ پڑھو اپنی نماز سے پہلے تم لوگ جو وضو کرتے ہو، وہ کرتے ہو؟

جی

بس

وضو کے ساتھ رہنا ہے۔

رہوں گا۔

ساتھ لوٹا رکھنا ہے۔ پانی سے بھرا ہوا۔

رکھوں گا۔

ہر وقت۔

ہر وقت رکھوں گا۔

یہ اسم روز رات کو پڑھنا ہے۔

اچھا جی، صدر سرک کے قریب ہو گیا۔

تمہاری رات کی نماز ہے نا،

عشاء؟

ہاں۔ عشاء کے بعد۔

گھر میں؟

نہ۔ جوگی نے گھنٹی کی سی ٹن آواز سے کہا۔

گھر میں نہیں۔ کسی ویران مسجد میں۔ مسجد ہو پر ہو خالی۔ کوئی بندہ نہ ہو ادھر۔

ہے جی، ہے ایک ایسی مسجد۔ اسی گاؤں میں۔

بس ٹھیک ہے، ادھر جانا ہے، روز رات کو۔

جاؤں گا۔

عشاء ادھر ہی پڑھنی ہے۔

ٹھیک۔

آٹا گوندھ لینا ہے۔

اچھا جی۔

اس کا بنانا ہے چراغ۔

بنالوں گا۔

چار بتیوں والا دیا۔

عام دیا نہیں؟

نہ۔ چار نکروں والا۔

اچھا جی۔

اس میں روئی کی اپنے ہاتھ سے بنا کے چار بتیاں ڈالنی ہیں۔

ڈال لوں گا۔ اندر تیل؟

نہ۔ تیل نہیں۔ گائے کا گھی جلانا ہے۔

ملتا ہے ادھر بہت۔

خالص گائے کا ہو، بھینس کا نہ ہو۔

نہ جی گائے کا ملتا ہے گھی۔

اچھا، دیا جلا لینا۔

چاروں بتیاں؟

ہاں چاروں بتیاں روشن۔

پھر؟

لاٹ دیکھنی ہے دیے کی۔

چاروں لاٹیں؟

ہاں چاروں تکنی ہیں۔ آنکھ جھپکے بغیر۔

اچھا آنکھ نہیں جھپکنی۔

نہ۔ خود سے جھپک جائے آنکھ تو خیر صلّہ ہے۔ کوشش کرنی ہے آنکھ جھپکے بغیر لاٹوں کے اندر کڑی اپنی کو دیکھنے کی۔

ہربنس کور کو!

ہربنس کور نام ہے کڑی کا؟

ہاں جی۔

اس کا تصور باندھنا ہے۔ جیسے اس کا چہرہ دیے کی لاٹوں میں ہے۔

جی بابا جی۔ صدر سر ہلانے لگا۔

پہلے ایک لاٹ میں اس کا چہرہ دکھے گا۔

اچھا جی!

پھر دوسری میں۔

واہ۔

جب چاروں لاٹوں میں اس کا چہرہ نظر آنے لگے تو۔ تُو کامیاب۔

آہا۔ صدر بیٹھا بیٹھا وجد میں ہلنے لگا۔

سن۔ اسم یاد کر لیا۔

ہاں جی، ایک بار اور بتا دیں۔

جوگی نے اچھی طرح صدر کو یاد کرا دیا۔

تسبیح ہے تیرے پاس؟

ہے جی۔

ایک سو ایک منکے والی؟

ہاں جی۔صدر ذرا سا سوچ میں پڑا۔بولا جی ہماری مسلمانوں والی تسبیح ہے۔

پتر۔تسبیح تسبیح ہوتی ہے۔مسلمان ہندو نہیں ہوتی۔منکوں کی گنتی ہوتی ہے۔

تمہارے ابا کی ہو گی؟

ہاں جی، میرے میاں جی کی ہے پڑی گھر میں۔

ایک سو ایک منکے ہوتے ہیں اس میں۔

ٹھیک۔وہی ہے جی۔

تینتیس تینتیس بعد نشانی والا منکا ہوتا ہے۔

ہاں جی، ہاں جی۔

تو نے سارے منکے پڑھنے ہیں۔نشانیاں بھی۔

ٹھیک ہے۔

پہلے گن کے تسلی کر لینا۔

پڑھے ہو نا؟

ہاں جی، نو پاس ہوں۔

اکیس دن کی کھیڈ ہے بالک۔

اکیس دن۔

کھڑے ہو کے پڑھنا ہے۔

پڑھتے ہوئے بیٹھنا نہیں؟

نہ۔کھڑے رہنا ہے۔سامنے چار بتیوں والا دیا جلا کے۔گیارہ تسبیحاں چلانی ہیں روز رات کو کم از کم۔زیادہ پڑھنے کی اجازت ہے۔چاہے سارا دن یہ اسم دہراتے پھرو۔پرنتو رات کو خالی مسجد میں دیا جلا کے کھڑے ہو کے پڑھنا ہے۔گیارہ تسبیحیں بغیر وقفے کے۔

ہاں جی۔

دو جیبوں والی قمیض ہے تیرے پاس؟

ہے جی۔ صدر کو بڑے بھائی کی وردی والی قمیض یاد آ گئی۔

ایک جیب میں گیارہ پتھر رکھ لینا۔ ہر تسبیح کے بعد ایک پتھر نکال کے دوسری میں رکھ دینا۔ سارے پتھر نکل گئے تو گیارہ تسبیحیں ہو گئیں۔

یہ ٹھیک ہے۔ بابا جی۔

لوٹا ساتھ رکھنا ہر وقت۔

رکھوں گا۔

لوٹے میں اسی اسم کا دم کر کے، سونے سے پہلے چار پائی کو کیل لینا ہے۔

کیل لوں گا جی۔

بس اخیر تیری جیت ہے۔ پرنتو خطرہ ہے۔ دماغ ہل بھی سکتا ہے۔

اس کی فکر نہ کریں جی۔

میں ادھر ہوتا قریب تو خطرہ ٹال دیتا تھا۔

آپ کو کہیں جانا ہے۔

ہاں، میں سفر میں ہوں، پورب جا رہا ہوں۔

سادھو چلا گیا۔

صدر نے چلّہ شروع کر دیا۔ انھیری تو اسی دن سے صدر کے اندر رُکی ہوئی تھی، اب چڑیلوں نے اپنے نوکیلے پنجے نکال لیے تھے۔ صدر کا کلیجہ ان کی مٹھی میں آ گیا۔ گاؤں کے اندر دو تین گلیاں چھوڑ کے، باہر کی طرف گاؤں کے کونے میں ایک پرانی مسجد تھی۔ ایک پرانا کچا کمرہ تھا۔ چھت تھی اوپر، شہتیر تھے۔ درمیان میں جھاڑ پھونس تھا۔ آگے برآمدہ بھی تھا۔ وضو کرنے کو ایک چوبچا سا بھی بنا تھا۔ نلکا نہیں تھا۔ نہ باہر اندر دروازوں میں پٹ لگے تھے۔ بس لکڑی کی خام تراشی ہوئیں بنا رندا ماری ہوئی چوگاٹھیں تھیں۔ اندر ایک دو صفیں بھی تھیں۔ پرانی بوسیدہ کھجور کی۔ کبھی اکا دکا آدمی

وہاں نماز پڑھنے آجاتے، کبھی نہ آتے۔ کوئی باقاعدہ امام نہیں تھا اس کا۔ تھا پہلے ایک ۔ وہ مر گیا۔ دوسرا کوئی ٹکا نہیں۔ صدر نے مسجد تلاش کر لی۔ چراغ بنا لیا۔ چار بتیاں ہاتھوں میں روئی مل کے اس میں رکھ لیں، گائے کا گھی بھی خرید لیا، پیالہ بھر کے۔ لوٹا گھر میں موجود تھا۔ دن کو گھر میں لیٹے رہتا۔ نہ کسی سے بات نہ کوئی دکھ سکھ۔ چپ چاپ ہو گیا۔ رات کو لوٹا پکڑ کے نکل جانا۔ گھر کہہ جانا مسجد میں جا رہا ہوں۔ ماں اس کی کہنے لگی بیٹا پرہیز گار ہو گیا ہے۔ وہ خوش ہو گئی۔ اس کے لیے تسلی کی بات تھی، بیٹا پہلے بن سنور کے گلیوں میں آوارہ پھرتا تھا۔ اب اس نے عبادت میں دھیان لگا لیا ہے۔ تسبیح ہر وقت ہاتھ میں رکھتا ہے۔ تسبیح ہاتھ میں لیے یہ عشاء کے بعد ویران مسجد میں پہنچ جاتا۔ چلّہ شروع ہو گیا۔

ایک ہفتہ گزر گیا۔

اثر یہ ہوا کہ دماغ کا پریشر ککر بن گیا۔

شوں شوں۔ پریشر چڑھتا رہتا۔

ہر وقت، دن رات ایک ہی دھیان۔

ایک ہی شکل نظر کے سامنے۔

جو بھی کوئی نظر آتا، اس پر ہربنس کا گمان۔

ہربنس، ہربنس، ہربنس

باقی سب اندھیرا۔

چار چراغ کی بتیوں میں سے ایک میں ہربنس کا چہرہ نظر آنا شروع ہو گیا۔

دوسرا ہفتہ چڑھ گیا۔

پریشر ککر کا پریشر بڑھ گیا۔ چڑیلوں کی گرفت میں صدر کا پورا سینہ آ گیا۔ دماغ میں شوں شوں کی جگہ شاں شاں ہونے لگا۔

نسیں ابلنے لگیں۔

ہفتہ دوسرا ختم ہونے سے پہلے دیے کی چار بتیوں میں دوسری بتی میں بھی عکس ظاہر ہوگیا۔

دوسرے ہفتے کی آخری رات تھی۔

چڑیلوں نے صدر کو دبوچ دبوچ اپنا حلق کھول لیا۔

اس رات کے بعد صرف ایک ہفتہ باقی تھا، چلہ مکمل ہونے میں۔ گیارہویں تسبیح پہ پہنچ گیا، ایک سو ایک منکوں میں سے انیس بیس رہ گئے۔ دماغ میں شاں شاں کی لمبی سیٹی بجنے لگی۔

پھر ایکا ایکی سارا شور رک گیا۔

ایک عجیب طرح کا سکوت ہوگیا۔

چڑیلوں نے دانت بھیج لیے۔

دانتوں سے خون رسنے لگا۔

سناٹا۔

رات کا آخری پہر تھا۔ سارا گاؤں سویا ہوا تھا۔

دور کہیں کہیں سے کتوں کے بھونکنے کی آواز وقفے وقفے سے آتی۔

اور کچھ نہیں، نہ کوئی آہٹ قدموں کی۔ نہ کسی کے بولنے کی آواز۔

چپ لمبی چپ۔

سردیوں کا آغاز۔

اندھیری کالی رات۔

ویراں اجاڑ مسجد۔

گاؤں کا ایک بیرونی کونا

پورے کمرے کے کونوں میں اندھیرا، چراغ کی روشنی اندھیرے میں یوں مدغم جیسے پتہ نہ چلے کہاں روشنی کی سرحد ہے، کہاں اندھیرے کا راج۔ سامنے ایک چراغ،

چار بتیوں والا، دو شعلوں میں اس کے ہربنس کور کا چہرہ۔ نظریں صدر کی چراغ کے شعلوں میں۔ چراغ میں گائے کے گھی کے جلنے کی چر چر آواز اور صدر کے اپنی گہری سانسوں سے آہستہ آہستہ ملتے ہوئے چراغ کے چار شعلے۔ شعلے صدر کے دماغ میں جلنے لگے۔

چر چر شاں شاں کے ساتھ مل گئی۔

سکوت خوف ناک ہو گیا۔ کسی کے جبڑے میں اپنا خون رستا ہوا صدر دین کو محسوس ہونے لگا۔

اچانک ایک زور کا دھماکہ ہوا۔

اتنے زور کا کہ صدر کو لگا کہ اوپر چھت کا شہتیر ٹوٹ گیا ہے۔ سر کے اوپر۔ جیسے کوئی بم پھٹا ہے۔ تڑاخ کی ایسی آواز آئی کہ جیسے دانتوں میں لیے کسی نوالے کی سخت ہڈی ٹوٹی ہو۔

سر سے پاؤں تک اس کی بوٹی بوٹی ہل گئی۔

گردن گھما کے اوپر دیکھا، تو واقعی ہی چھت ٹوٹی ہوئی تھی۔

آسمان پہ تارے تھے۔

اچانک ٹوٹی ہوئی چھت پہ، ایک سرے سے لیکر دوسرے سرے تک ایک لمبی چوڑی لاش آ کے معلق ہو گئی۔ انسانی جسم سے دوگنا جسم، بازو، ٹانگیں، پورا دھڑ مگر گردن کٹی ہوئی۔ سر غائب۔ تڑپتی ہوئی لاش۔ ایک لمحہ وہ اوپر نظر آئی اور دوسرے ہی لمحے دھڑام سے نیچے فرش پہ گر پڑی۔ پہلے سے بھی بڑا دھماکہ ہوا۔ بھونچال آ گیا۔ صدر کے پیروں کے آگے، فرش پہ لاش، بغیر سر کے تڑپ رہی تھی، کوئی بارہ فٹ لمبی لاش، کٹی گردن سے خون جھٹکوں سے ابل رہا تھا۔

صدر کی بوٹی بوٹی اچھل گئی۔

وہ کھڑا کھڑا آں آں کرتا ہوا اچھل پڑا۔

اس کا پیشاب نکل گیا۔ ہاتھ میں پکڑی ہوئی تسبیح ہاتھ میں الجھ گئی۔ سامنے پڑا چراغ جلے جا رہا تھا۔ اس کے تیسرے شعلے میں بھی ہر بنس کا چہرہ آ گیا۔

لاش سامنے پیروں میں پڑی تڑپ رہی تھی۔

صدر نے پتہ نہیں کیسے ہمت اکٹھی کر کے پھر دیے کے شعلوں میں ہر بنس کے چہروں پہ نظر قائم رکھی اور لرزتے کانپتے ہکلاتے ہوئے آخری تسبیح کے چند دانے بھی پڑھ لیے۔ گیارھویں تسبیح پڑھتے ہی اسے محسوس ہوا، لاش چلی گئی ہے۔ لرزتے دل کیساتھ نگاہ نیچے کی، واقعی لاش غائب تھی۔ اوپر گردن اٹھائی، چھت پہلے کی طرح موجود، سالم۔

زیادہ تسبیح پڑھنے پہ قید نہ تھی۔

تیز تیز، اندھا دھند۔ وہ پڑھتا گیا۔

اس کا دل ابھی تک اپنی رفتار پہ نہ آیا تھا۔ سینے کے اندر کھلبلی مچی تھی۔ سانس اسی طرح دھونکنی بنی تھی۔

پتہ نہیں کتنی دیر کھڑا وہ پڑھتا رہا،

اچانک ایک تیسرا دھماکہ ہوا۔

خاموشی کی انتہا کا دھماکہ۔ بے آواز کیفیت کی آخری لمٹ۔

سکوت کی آخری حد میں، اچانک اسے کسی کے چلتے ہوئے آنے کی آواز آئی۔ آتے ہوئے قدم اس کی طرف آ رہے تھے۔ باہر سے کمرے کے اندر کی طرف۔ اس سے اپنی آنکھوں کے اندر نگاہ ہلائی نہ گئی۔

اس کی کمر میں ریڑھ کی ہڈی کے بیچ برف کا گولہ پھٹا۔ اس کی نس نس جم گئی۔ دیے کی روشنی میں ایک ہیولہ اندر آ گیا۔

دیوار پہ سایہ لہرایا۔

وہ کھڑا کانپنے لگا۔

نگاہ ہلائی، تو دیے کے پار، اس کے سامنے ہربنس کور کھڑی تھی۔

پوری کی پوری اصلی ہربنس کور۔

دماغ کا پریشر ککر حلق تک ابل گیا۔

اس کی نسیں جواب دے گئیں۔

اندر ایک سیٹی رہ گئی۔ شاں ں۔

وہ کھڑا ہربنس کور کو دیکھنے لگا۔ ہربنس کور کی آنکھیں بھی اس پہ جڑی تھیں۔ کوئی پتہ نہیں، دونوں کھڑے کتنی دیر تک ایک دوسرے کو تکتے رہے۔ خاموش، بغیر کوئی جنبش کیے، پلک جھپکائے بغیر۔ یونہی کھڑے کھڑے صبح ہوگئی۔ صبح کی اذان تک کسی کے کان میں نہ آئی۔ وہ تو جب اکا دکا نمازی باہر مسجد کے صحن کے ایک کونے میں بنے غسل خانوں میں گئے۔ تو صدر اور ہربنس کور کا طلسم ٹوٹا۔ ہربنس کور ایک دم سے مڑی اور جس طرح خاموشی سے آئی تھی، اسی طرح چپ چاپ چلی گئی۔ صدر کو بھی ہوش آئی۔ دماغ میں پیشر ککر اسی طرح مگر ادھر ادھر کی سمجھ آئی۔

جلدی سے دیا بجھایا، چادر میں چھپایا۔ تسبیح جیب میں ڈالی اور مسجد سے باہر نکل آیا۔ باہر آ کے جوتے پہننے لگا، تو پیروں پہ ایسی سوجن آئی ہوئی تھی کہ جوتے نہ پہنے جائیں۔ دونوں جوتے اٹھا کے ہاتھ میں پکڑ لیے۔ کانپتا کانپتا گھر گیا۔ پتہ نہیں وہ دن اس کا کیسے گزرا، ابھی پورا دن کہاں گزرا تھا کہ وہ پھر گھر سے باہر نکلا۔ کوئی پتہ نہیں،

کدھر جا رہا ہے۔

کیوں جا رہا ہے۔

گاؤں کا ایک موڑ مڑا، تو سامنے ہربنس کور آ گئی۔

کھڑی ہو گئی وہ۔

یہ بھی کھڑا ہو گیا۔

اسی طرح جیسے رات کے آخری پہر، دیے کے آر پار یہ دونوں کھڑے ایک

دوسرے کو تکتے رہے تھے، دن دہاڑے بیچ گاؤں کے۔ دونوں اسی طرح کھڑے ایک دوسرے کو تکتے گئے۔ پتہ نہیں کتنی دیر گزر گئی۔ وقت اور جگہ کا احساس صدر اور ہر بنس دونوں کے چہروں سے اترا ہوا تھا۔

جیسے دو مجذوب ایک دوسرے کو دیکھتے ہیں۔

یہ دیکھتے گئے۔ اچانک صدر کا کوئی جاننے والا کسی طرف سے آیا اور صدر کو بازوؤں سے پکڑ کے ایک طرف کھینچ کے لے گیا۔

اس کی باتیں صدر کو ایسے لگیں، جیسے دور کہیں دوسرے شہر سے آ رہی ہوں۔ جیسے وہ کسی اور سے کہہ رہا ہو۔ وہ شخص صدر کو بعد میں بالکل یاد نہیں رہا، کون تھا، کس طرف سے آیا، بس اس کی باتیں، ایک خواب کی طرح صدر کو سنائی دے رہی تھی۔

اوئے صدر۔ ہوش کر۔

کیوں گاؤں میں فساد کرانا ہے۔ سکھوں مسلمانوں کا۔

ہوش میں آ۔ چل۔

وہ کھینچ کے لے گیا۔

گاؤں کی نکر پہ جا کے صدر کو اس نے چھوڑا۔ صدر پھر اکیلا ہو گیا۔

اسے کوئی پتہ نہیں وہ گاؤں کی کونسی نکر ہے۔

کدھر جا رہا ہے وہ۔

کیوں جا رہا ہے۔

دماغ شاں شاں ابل رہا تھا۔

چلتے چلتے وہ سائیں بگوشاہ کے ڈیرے کے پاس پہنچ گیا۔

سائیں ڈیرے سے نکل کے کھڑا تھا۔

صدر کو دیکھ کے سائیں نے زوردار آواز دی۔

صدر۔

صدر کو پھر آواز کسی دوسرے جہاں سے آتی ہوئی سنائی دی۔

ادھر آ، صدر۔ سائیں کی آواز میں جلال تھا۔

صدر قریب گیا تو سائیں نے اپنے ڈیرے پہ بیٹھے اپنے کسی مرید کو آواز دی۔

اوئے عیدو، میری پرانی چپل لانا۔ موٹے چمڑے والی۔

سائیں کی آنکھوں میں خون اترا ہوا تھا۔ ایسا طیش بھرا چہرہ صدر سے دیکھا نہ جائے۔ صدر خود پریشر کگر میں پڑے بم کی طرح اڑنے والا تھا۔ بے سرت نیم دیوانہ۔ سائیں کے ہاتھ میں کسی نے اس کی پرانی تھوڑ کی چپل پکڑا دی۔ سائیں نے اسے پنجے کی طرف سے پکڑا، اور ایڑھی چپل کی سامنے کر کے، زناٹے سے کھڑاک کر کے صدر کے سر پہ ماری۔

ایک،

دو،

تین،

ہر چپل کی چپت سے صدر کو یوں لگے جیسے دماغ کے پریشر کگر کا ایک سیفٹی ویلو کھلتا ہے۔ پوری گن کے سائیں نے سات چپلیں ماریں۔ ساتویں جوتی سر پہ لگتے ہی صدر کے دماغ کا سارا شوں، شاں شاں نکل گیا۔

سیٹی بند ہو گئی،

صدر کو ہوش آ گیا۔

اسے پہلی بار پتہ چلا، وہ کھڑا کدھر ہے۔ سامنے کون ہے۔

اس کے دماغ میں وقت اور جگہ کی پہچان ابھر آئی۔

سائیں کے چہرے کا جلال ذرا تھما۔

سائیں بولا، نالائق اب بتا، کیا پڑھتا تھا۔

صدر نے دماغ پہ زور دیا۔ اسے دو ہفتوں سے رات کو دیے کی لو میں دیکھ دیکھ

کے پڑھتے ہوئے اسم کا ایک لفظ بھی یاد نہ آیا۔ دماغ کی سلیٹ ہی صاف ہو گئی۔

اوئے تو نے خود تو پاگل ہونا تھا، ساتھ اسے بھی پاگل بنا رہا تھا۔

صدر سوچنے لگا، سائیں کس کی بات کر رہا ہے،

پوچھا، کسے؟

ہربنس کور کو، سائیں نے کہا۔

ہربنس کور صدر کے دماغ سے محو ہو گئی۔

بس اتنا پتہ تھا کہ ہے، گاؤں کی لڑکی ہے۔ کنویں کی منڈیر پہ پہلی بار دیکھا تھا، کبوتر پکڑنے اس کی چھت پہ بھی چڑھا تھا۔ اس کے دھیان میں کچھ پڑھتا بھی رہا تھا۔ بس اتنا، جنون اتر گیا۔

پھر سائیں نے حکم دیا، اٹھا لوٹا، پیتل کا لوٹا صدر کے ہاتھ سے چپلیں سر پہ کھاتے کھاتے گر گیا تھا۔ پانی سارا اس کے پیروں پہ بہہ گیا تھا۔ صدر نے جا کے سائیں کی کھوئی سے لوٹا بھرا۔ سائیں نے بازو سے پکڑ کے صدر کو اپنے ڈیرے کے احاطے میں بچھی صف پہ بٹھا دیا۔ عیدو شاہ کو کہا، صدر کے گھر جا کے بتا دو، آج رات یہ یہیں رہے گا، اس کا بستر بھی لے آنا۔

بستر آ گیا۔

صف کے اوپر ہی بچھ گیا۔

سائیں نے کچھ پڑھ کے وہ جگہ ساری کیل دی۔ راکھ پہ کچھ پڑھ کے صدر کو کہا، درود شریف بیٹھے پڑھتے رہو۔ اس جگہ سے باہر نہیں نکلنا، جب تک خود ہی ہاتھ پکڑ کے نہ نکالوں، ڈرنا نہیں۔ ڈر گئے تو مر جاؤ گے۔

بے وقوف تم جنات کا اسم پڑھتے رہے ہو۔

بہت خوفناک جن ہے۔

جو مرضی ہو جائے تم نے یہیں بیٹھے رہنا، جتنا ہو سکے پڑھتے جاؤ۔

بس پھر کیا تھا۔

صدر پہ وہی سب بیتا، جو کبھی اس کے باپ ابوالفضل پہ بیتا تھا۔ کبھی دن چڑھ جاتا، کبھی رات ہو جاتی، کبھی سامنے آ کے ایک کوا بولنے لگتا۔ بارش شروع ہو گئی۔ بھونچال بھی آیا۔ آخر وہ گردن کٹا جن خود آ گیا۔ گردن کے بغیر جو مسجد کی چھت سے گرا تھا۔ اس وقت اس کے اوپر اس کا سر بھی تھا۔ آنکھوں سے آگ نکل رہی تھی۔ سانسوں سے کالے ریل کے انجن کی سی بھاپ۔ درخت جتنا اونچا۔ ایک ایک قدم سے اس کے زمین ہلے۔ صدر کا پیشاب نکل گیا۔ صف پہ الٹا ہو کے لیٹ گیا، دونوں مٹھیوں سے صف کے کونے پکڑ لیے۔ پتہ نہیں کیسے وہ رات صدر کے لیے گزری۔ صبح ہوئی تو صدر ادھ مویا صف پہ پڑا تھا۔ اور صف کے باہر سائیں بگو شاہ اپنی منجی پہ بیٹھا صدر کو دیکھ دیکھ کے زور زور سے ہنس رہا تھا۔ صدر نے سائیں سے آنکھ ملائی۔

آجا، باہر آجا۔ چلا گیا وہ۔

صدر کے حلق سے آواز نہ نکلے۔

پتہ نہیں اس نے اشارہ کیا، یا سائیں خود ہی سمجھ گیا۔ اندر آ کے ہاتھ پکڑ کے اسے باہر نکالا۔

بس ختم۔ چلی گئی وہ چیز۔

بچ گیا تو۔

وہ بیچاری بھی بچ گئی۔

یہ کیا کیا،

سائیں نے صبح کی روشنی میں صدر کا بستر دیکھ لیا۔

گیلا، بدبودار۔

عیدی شاہ آ کے بستر دھونے لگا۔

رہنے دو، یہ خود دھوئے گا صدر،

صدر نے بدبودار بستر اٹھا کے کھوئی کے پاس رکھا۔ اور اسے دھونے لگا۔ بدبو نہ نکلی۔ بدبودار بستر سر پہ اٹھایا گھر آ گیا۔ گھر میں ہربنس کور چارپائی پہ صدر کی بہن کے ساتھ بیٹھی باتیں کر رہی تھی۔

صدر کو دیکھتے ہی بولی لو آ گیا، مجنوں۔ پھر بولی۔

تم نے کیا جادو کیا تھا؟

صدر کھسیانا ہو کے اپنے پیروں کو تکنے لگا۔

ہربنس پھر بولی، خود تو تو پاگل ہوا ہی تھا، مجھے بھی تو نے پاگل کر دیا تھا۔

تجھے کیا ہوا تھا؟ صدر نے پہلی بار اس کی طرف نگاہ اٹھائی۔

جو تیرا حال تھا، وہی میرا۔ وہ ہنسنے لگی۔

تو آئی تھی رات، ادھر خود۔

ہاں۔

کیسے؟

چل کے، اور کیسے

ہوش تھا؟

نہیں، تمہیں تھا؟

تم نے دیکھا ہی تھا!

رات، پتہ نہیں کیا وقت ہو گا۔ آدھی رات کے بعد کی بات ہے۔ تو میرے کمرے آ گیا۔ تو آیا تھا؟

نہیں۔

حد ہو گئی!

ہوا کیا؟

ہونا کیا تھا، تو آیا، آ کے مجھے بازو سے پکڑ کے اٹھا دیا۔ میں اٹھ گئی۔ تو باہر نکلا گھر

سے۔ میں تیرے ساتھ ساتھ بندھی بکری کی طرح چلتی گئی۔ تیری پرانی مسجد میں پہنچ گئی۔ سامنے پھر تو کھڑا تھا۔ باقی تو جانتا ہے۔

ہاں۔ پتہ ہے۔

مجھے پتہ چلا ہے، سائیں نے کل شام تیرے سر پہ سات جوتے مارے۔

اسی سے تو ہوش میں آیا ہوں۔

مجھے بھی مت آ گئی۔ تیری تو مت ماری گئی تھی۔ بے وقوف۔

وہ اتنی باتیں کر کے، چلی گئی۔ جیسے کچھ ہوا ہی نہ ہو۔

ایک دو دن بعد صدر نے سائیں بگوشاہ سے پوچھا۔

تایا جی، اگر تیسرا ہفتہ بھی میں وہ اسم پڑھ لیتا تو؟ تو کیا ہوتا؟

ہونا کیا تھا، تو نے پاگل ہو جانا تھا۔ اس نے بھی پاگل ہو جانا تھا۔

کس طرح کا پاگل، صدر کو کرید ہوئی۔

جس طرح کے پاگل ہوتے ہیں۔ کسی کا ہوش نہیں ہونا تھا تم دونوں کو، نہ جگہ نہ وقت، نہ کوئی اپنا نہ بیگانہ۔ سب کو چھوڑ چھاڑ کے تم دونوں نے ایک دوسرے کے ساتھ گلی گلی گاؤں گاؤں، قریہ قریہ گھومتے پھرنا تھا۔ لوگ تم دونوں کو پتھر بھی مارتے تو تم دونوں کو ہوش نہیں ہونا تھا۔ نہ کھانے پینے کا پتہ ہونا تھا۔ نہ کپڑے لتوں کا۔ ہر سوچ سے آزاد ہو جانا تھا تم دونوں نے۔ تم جدھر جاتے، اس نے ساتھ ساتھ چلنا تھا۔ بس اس نے تیرا سایہ بن جانا تھا۔ اس بیچاری کا اپنا وجود ختم ہو جانا تھا۔ کہنے کو تم دونوں دو دکھتے، مگر تم دو نے ایک ہونا تھا۔

تم نے تم نہیں رہنا تھا، اس نے اپنے آپ سے نکل جانا تھا۔

پتہ نہیں صدر نے یہ سب سن کے کیا سوچا ہو گا۔

مگر میں سوچتا ہوں،

تم نے کوئی منتر پڑھا ہے کوئی؟ کوئی چلہ کاٹا ہے؟ کسی سادھو کو پراٹھے کھلائے

ہیں۔ کسی نے تمہیں جادو سکھایا ہے۔ کوئی چار بتیوں والا چراغ جلاتی ہو تم؟ پھر کیوں تم دبے پاؤں روز میری خواب گاہ میں آ کے مجھے انگلی لگا کے لے جاتی ہو۔ اور صبح تک میرے سامنے کھڑی رہتی ہو۔

میں نے تو کوئی چلّہ نہیں کاٹا۔ کسی ویران مسجد میں چار بتیوں والے دیے کی لاٹوں میں تمھارا چہرہ نہیں دیکھا۔ تمہارے لیے یوں کھڑے ہو کے تسبیح نہیں پھیری۔ پھر میری کیوں مت ماری گئی ہے۔

تم مانو نہ مانو۔

چھت میرے سر کی بھی گری ہے۔

لاش یہاں میرے سامنے بھی پڑی ہے۔ بغیر پہچان کے۔

مگر یہ میرا اپنا دھڑ ہے۔ تڑپ رہا ہے۔

تم کیسے پہچانو گی!

اس کی گردن پہ چہرہ ہی نہیں ہے۔

''میں'' اس کے اندر سے نکلی ہوئی ہے۔

بس تو ہی تو رہ گئی ہے۔

صرف تو۔

اب میں کیا کروں۔ مجھے پہلے دن ہی سے وہ چراغ دیا گیا ہے، جسکی چاروں لاٹوں میں تیرا چہرہ دکھتا ہے۔ میری بدنصیبی تو دیکھ۔ میرے نصیب میں کوئی سائیں بگو شاہ بھی نہیں جو سات جوتے مار کے میرے دماغ کی ابلتی ہانڈی کا ڈھکن کھول دے۔ جوتے ہیں، بہت ہیں۔ مگران سے پریشر ککر اور بند ہوتا ہے۔

ہم نے جسے سائیں مانا اسی نے تیرے سامنے لا کے بٹھا دیا۔ اندر آگ جلا دی، لاٹوں میں تیری شبیہ رکھ دی۔ اب کوئی صورت نہیں ہے اس کے کھلنے کی۔ تم بھی نہ کوشش کرنا۔ رہنے دو۔ جیسا ہوں۔ اپنی اپنی قسمت ہے، نصیب ہیں۔

اندر کی ''میں'' نکالنے کی ہر ایک کی الگ کہانی ہے۔ گیس بھری سوڈے کی بوتل سے پوری گیس نکالنے کے لیے اسی طرح کرنا پڑتا ہے۔ خوب پکڑ پکڑ کے اسے ہلایا جاتا ہے۔ ساری گیس ابل کے اڑ جاتی ہے۔ ساری ''میں'' نکل جاتی ہے۔ اندر جو تھوڑا بہت سیال رہ جاتا ہے۔ اس میں ''میں'' کی شوں شاں نہیں ہوتی۔ تو ہی تو کی ٹھاس ہوتی ہے۔

اب تو ہے۔

تو مان نہ مان۔

مجھے اب منوانا تھوڑی ہے۔

منواتا تو وہ ہے: جو ''میں'' پال کے بیٹھا ہو، کہ لو، اسے فتح کا ایک تمغہ جیت کے دو۔

کسے جیتوں؟

یہاں تو ہارنا ہی جیت ہے۔

چھوڑا میں نے کچھ بھی نہیں۔ سب کچھ ویسے کا ویسا ہے۔ بس میں کی ٹیں نہیں رہی۔ اپنا اس میں کوئی بس تھوڑی چلتا ہے۔

بندھی بکری کو جدھر مرضی کوئی باندھے لیے جائے۔

لیے جاؤ۔

چلتے پھرتے سبھی ہیں۔ چلو چلنے کو اک رخ تو مل گیا۔

کدھر جانا ہے؟

کب جانا ہے؟

کیوں جانا ہے؟

ان سب سوچوں سے آزاد ہو گیا۔

تم اپنا سایہ مانو نہ مانو۔

سایہ اپنا غور سے دیکھ لو۔

مجھے تو اپنے سایے میں اپنا آپ نہیں دکھتا۔ تمہارا مغالطہ ہوتا ہے۔

مغالطہ اس لیے کہا، کہ تم برا نہ مانو۔

کہ یہ کیسے ہو سکتا ہے، کہ تم وہاں بھی ہو، یہاں بھی۔

اب تمہیں میں کیا بتاؤں۔ کیا پڑھاؤں

تم اچھی طرح جانتی ہو۔

یہ اور طرح کی دنیا ہے۔

اسی دنیا کے اندر ہی اندر۔ اسی کے بیچوں بیچ۔ تمہاری اور میری دِکھنے والی دنیا میں، ہماری محدود سی حسیات ہیں۔ سات رنگ ہیں دیکھنے کو۔ وائلٹ سے اوپر الٹر وائلٹ ہو تو نظر نہیں آتا۔ لال سے نیچے انفرا ریڈ کوئی شے سامنے آئی تو ہم نے کہنا ہے، کوئی نہیں سامنے۔ ہماری آنکھوں کی ایک حد ہے۔ ریٹنا بیچاری اپنی پہنچ سے باہر تو کچھ نہیں کر سکتی۔ کس کلکولیٹر میں آٹھویں ڈیجٹ ہے ہی نہیں تو وہ اس میں جواب کیسے دے۔ کوئی زبردستی تھوڑی ہے۔ کان ہونے کو ہوتے رہیں وہ بیس سے بیس ہزار ہرٹز کی فریکونسی کے اندر بات ہے تو سن لیں گے۔ اوپر نیچے کی فریکونسی میں کوئی لاکھ ہمارے کان کے سامنے بیٹھ کے شور مچاتا رہے۔ ہنسے، قہقہے لگائے، روئے، پیٹے، چلائے، چیخیں مارے۔ بے کار۔ کانوں نے کیوں سننا ہے ہمارے۔ جب فزکس پڑھ کے اسی کے قوانین پہ چلنا ہے تو اس کا احترام تو کرنا پڑے گا۔ یہ الگ بات ہے کہ جس نے یہ قانون بنائے ہیں، ساری ڈور اسی کے ہاتھ میں ہے۔ کوئی پوچھ سکتا ہے اسے۔ ہے مجال کسی کی۔

جب چاہے اپنا کوئی قانون لحہ بھر کے لیے معطل کر دے۔

امینڈ کر دے۔ ڈیلیٹ کر دے۔

جو چاہے مرضی کرے۔

وہ بادشاہ ہے کائنات کا۔
کائنات ہے کیا۔
اُس کی ایک ''کن'' کی مار ہے۔
اِس کے ایک سرے سے دوسرے سرے تک اسی کی حاکمیت ہے۔
یہ تو اس نے ہماری آسانی کے لیے یہاں اس کائنات کو برتنے کو ہمارے واسطے
کچھ قانون بنا دیے ہیں۔
ہم نے بڑا تیر مارا: انھیں دریافت کر لیا۔
فیزیکل لاء کہہ دیا۔
اچھا کہہ دیا۔ پھر
ہیں تو سب اس کی اپنی تخلیق۔
وہی اکیلا تو ہے ان کا مصنف، آتھر۔
بلا شرکت غیر۔
قانون بنا کے اس نے اپنا قلم رکھ تو نہیں دیا ''کن فیکن'' کا عمل تو جاری ہے۔
پہلے لمحے سے آخری لمحے تک۔
آخری لمحہ اس کا راز ہے۔
یہ وقت بھی اس کا قانون ہے۔
ہمارا وقت اور ہے اس کا اور۔
الگ الگ گھڑیاں ہیں دونوں جگہ۔
ہمارا وقت تو اسی کے وقت سمندر کی چند بوندیں ہیں۔
سورج کا ابھرنا، غروب ہونا،
زمین کا گھومے جانا۔
ہم نے اسے وقت سمجھا ہوا ہے۔ گھڑیوں میں پرو کے کلائی سے باندھا ہوا ہے۔

ہم مغالطے میں ہیں، سوچتے ہیں جان گئے وقت کو۔

نہ میری پیاری۔

وقت کی تعریف ہی اتنی ہے کہ یہ وہ شے ہے جس پہ ہمارا اختیار نہیں۔ لیکن جس کے اختیار میں ہم ہیں۔ وقت اسی کی ایجاد ہے۔ جو وقت کو کائنات کے بھاگتے گھوڑے پہ چابک کی طرح استعمال کرتا ہے۔

تو وقت کو، وقت بے وقت نہ سوچا کر۔ یہ سوچ کے ہم وقت کی سوچ میں آ جائیں۔

ایسا ہو گیا تو امر ہو گئے۔

پتہ نہیں ایسا کب ہو؟

ابھی جو ہے، وہی کافی ہے۔

یہ تیرا میرا وقت، تیرے میرے لیے ہے۔

یہ تو صرف اس لیے ہے کہ ہمیں گنتی کا احساس رہے۔

کیا بیتا، کیا بیت رہا ہے، اس کا حساب رہے۔

اس سے، ہم اس کا حساب تھوڑی کر سکتے ہیں۔

جو ہے ہی بے حساب۔

ہماری ہر سوچ سے بلند، ہر گمان سے ارفع تُو تو کملی ہے۔

ہر معاملے میں بحث نہیں ہوتی۔

میں منوانے کی کوشش تو کر ہی نہیں رہا۔

تو نہ مان۔

تیرے میرے ماننے نہ ماننے سے کیا ہونا ہے۔

جو ہے سو ہے۔

اس نے اپنا ایک ایک قانون بنا کے سامنے نہیں رکھا ہمارے۔

سیب پک کے ڈالی سے نیچے ہی گرے گا۔

اوپر نہیں چڑھے گا۔

بس قانون بنا دیا۔

پانی گیلا کرے گا۔زیادہ ہوا تو ڈبو دے گا۔

زیادہ سے کم طرف بہے گا:اپنی سطح برقرار رکھے گا۔

قانون ہے۔

ہوا اڑائے گی۔

آگ جلائے گی۔

ڈیوٹی دے دی۔ان سب کو۔

سامنے کی باتیں ہیں۔

تم فزیکل لاء کہہ لو۔

کہہ دیا۔

اچھا،اب دیکھو۔

اپنے ہی سارے قوانین،ایک ایک کر کے معطل بھی کر کے دکھا دیے۔ جب چاہا۔ ہے یا نہیں؟

سمندر کے اندر سے راہیں بنا کے دکھا دیں۔

لہروں کو دیواروں کی طرح روک کے کھڑا ہو گیا۔

گزار دیے اندر سے قافلے۔

نہیں گزارے؟

آگ بڑی جلائی گئی تھی۔

امینڈمینٹ آ گئی۔

ٹھنڈی ہو جا۔

وہ ٹھنڈی ہونے لگی۔

ساتھ حکم دے دیا۔

سلامتی کی حد تک ٹھنڈا ہونا۔

لو۔ اس وقت کسی کو یہ تھوڑی پتہ تھا۔ کہ کوئی شے ٹھنڈی ہونے لگی تو زیرو سے نیچے جاتی جاتی ایک مقام پہ پھر آگ کی طرح جلانے لگتی ہے۔

تم نہیں مانتی؟

یار۔ میری گردن پہ مسے تھے۔ پتہ نہیں تم نے دیکھے تھے یا نہیں۔

علاج کے لیے ایک ساتھی ڈاکٹر کے پاس گیا، اس نے انہیں نائٹروجن لیقیڈ سے جلایا تھا۔ وہ جل گئے ختم نہیں ہوئے تھے۔ ختم اور طرح سے ہوئے تھے۔ یہ کہانی پھر کبھی سناؤں گا۔ جانتی ہو، نائٹروجن سیال کیا ہے؟ نائٹروجن کو ساڑھے تین سو ڈگری زیرو سے نیچے ٹھنڈا کیا ہوا سیال۔ مائنس تھری ففٹی ڈگری سینٹی گریڈ۔ اسے سرنج میں بھر کے ہتھیلی پہ مارو تو گوشت اور ہڈیاں جلا کے لیزر شعاع کی طرح دوسری طرف نکل جائے گی۔

آگ ٹھنڈی ہوئی تھی یا نہیں، سلامتی کی حد تک؟

ہو گئی تھی!

اب سمجھ آئی ڈیڑھ ہزار سال بعد کہ سلامتی کی حد تک کیا مطلب ہے۔ یہ کہنا کتنا ضروری تھا۔ اب باقی قصے بھی سناؤں؟

ہواؤں کی بات کرتی ہو۔

یہ بھی غلام ہیں۔

بڑے فاصلے طے کرتی ہیں۔

مگر فاصلے ہیں کیا اُس کے لیے۔

وہ تو پلک جھپکنے میں ہزار ہا میل دور کا تخت، سواری سمیت اٹھالاتا ہے۔ خود کیا،

اپنی مخلوق سے اٹھوا کے دکھاتا ہے۔

اٹھوائے یا نہیں؟

بول!

دکھائے یا نہیں سارے تماشے۔

ہے نا

پھر۔

میں بھی تو اس کا بندہ ہوں۔

غلام ہوں۔

غلام کیا ہوتا ہے؟

بے بس محتاج مگر فرماں بردار۔

جو حکم دیا گیا اس کی تعمیل کرنے والا۔

بس اتنا ہی کام ہے نا۔

ساری کائنات کا یہی کام ہے۔

درخت لے لو۔

پہاڑ دیکھ لو۔

ہوا کو سن لو۔

روشنی سے پوچھ لو۔

اندھیرے کو پر کھ لو۔

پانی کا کہہ لو۔

سب غلام۔

فرق پھر بھی ہے غلام غلام میں۔

یہ فرق غلام کے بس میں نہیں ہوتا۔

آقا کی عنایت ہے۔

بھئی وہ بادشاہ ہے۔

رعایا کے ہجوم میں جس کے کندھے پہ چاہے اپنی مرضی کی لاٹھی رکھ دے۔ جس کے سر پہ چاہے کلغی لگا دے۔ کاندھے پہ پھول رکھ دے۔ ہیرے پہنا دے۔ یا کانٹوں کا تاج دے دے۔ جو مرضی کسی کو دے۔ جو چاہے کسی سے لے لے۔ کسی کے ہاتھ پہ صبح کا سارا اجالا دھر دیا۔ کسی کی انگلی کی ایک جنبش سے چاند کو ٹکڑے کر دیا۔ کسی کے ہاتھ لگانے سے گئی سانسیں واپس آ گئی۔ کسی کے ہاتھ میں پکڑی لاٹھی کو ایسا سانپ بنا دیا۔ جو سارے سانپوں کو کھا گیا۔ ہے ناسب اس کے اختیار میں۔

جو چاہے کسی کو دے:

پرانا وقت

آنے والا زمانہ۔

گزرتا ہوا پل۔

اپنے کسی قانون کی امینڈمینٹ

کچھ بھی۔

ہے کوئی اس سے پوچھ گچھ کرنے والا۔

دیکھ۔

اس نے بتانے سمجھانے کے لیے ہمیں پورا وقت دیا۔

ایک ایک کر کے ایک لاکھ چوبیس ہزار سمجھانے والے بھیجے۔

آخری سبق کہے بھی اسے چودہ سو سال سے اوپر ہو گیا۔

اب کوئی اس کا پیغام لے کر ہمیں سنانے والا نہیں آنے والا۔

سارا پیغام ہمارے سامنے ہے۔

ایک ایک حرف سلامت۔
اس کی اپنی گارنٹی کی مہر کے ساتھ
ہمیشہ کے لیے
ہدایت اور فلاح کی خاطر
ہے نا۔
پھر؟
سب کچھ سامنے دھرا ہے۔
راز ہے کیا۔ جو راز ہو۔
تم مانو نہ مانو۔
مجھے تو اتنی سمجھ آئی ہے کہ اس کی کہکشاؤں بھری، ہمارے گمان کی ہر حد سے بڑی کائنات میں ہر شے، اس کی رعایا ہے۔ اس کی مخلوق ہے۔ اس کی فرماں بردار۔ ایسی فرماں بردار کہ جس مقصد کے لیے وہ بنی ہے۔ وہی کرتی ہے۔ جو جو کسی کی ڈیوٹی ہے، وہی سرانجام ہوتی ہے۔ مگر اس پوری کائنات میں تمھارے اور میرے لیے، ہم جیسے سب انسانوں کے لیے ایک خصوصی رعایت ہے۔ ہم اس کی ساری رعایا میں واحد ایسی مخلوق ہیں جنھیں حکم عدولی کی اہلیت ہے۔ اور ہم ہی اس کے لاڈلے ہیں۔ اسی لاڈلے پن کے احساس سے ہمارا دماغ خراب ہو جاتا ہے۔ مانو نہ مانو، روٹی تو وہ دیتا ہے۔ نہ ماننے والوں کو ایک نہیں دو دو دیتا ہے۔ وہ بھی چوپڑیاں۔ دماغ تو خراب ہونا ہے ہمارا۔
ذات کی کوڑ کرلی، شہتیراں نوں جپھے۔
سمجھتے ہیں تیس مار خاں ہیں ہم۔
بڑی چیز ہیں۔
میں بڑا ہوں، ایک کہتا ہے۔ دوسرا کہتا ہے، میں ہوں تم سے بڑا۔

میں، میں۔
جدھر دیکھو۔ ادھر میں، میں۔
یہی زہر ہے ہمارے اندر کا۔
جو اندر سے ہمیں ہی ڈستا ہے۔
دوسروں کا بھی بڑا ناس کرتا ہے۔
سارے زمانے میں اس سے فساد ہے۔
سب عقل والے یہی کہتے آئے ہیں۔ اسے دیکھ۔
اپنے اندر کو جان۔
پہچان۔
کون جانے۔
کیسے پہچانے۔
''میں'' ایسے تھوڑی نکلتی ہے۔
اسی سے تو گیس بھری میٹھی بوتل کا سارا سواد ہے۔ مزہ ہے۔
یہ گیس نکل گئی تو، ہم سیون اپ تھوڑی ہیں، شکر ملا پانی ہیں۔
بس پانی بن گئے تو بچ گئے۔
میری کیا مجال تھی، کہ ''میں'' کا ڈھکن کھولتا۔
وہ تو تم آ گئی۔
خود بخود سے میرے اندر ابال آ گیا۔
اچھلا
بہت اچھلا۔
شوں شوں، شاں شاں۔
پریشر ککر بن گیا۔

پتہ نہیں کس نے ڈھکن کھولا۔
ساری ٹیں نکل گئی۔ ساری گیس کسک گئی۔
''میں'' اٹھ کے ''تُو'' میں آ گئی۔
اب تُو ہے۔
بس تُو ہے۔
کیوں مجھے مجھ میں ڈھونڈتی ہے۔
چھوٹا ہوں۔ اتنی سی دوڑ ہے۔
کیوں اور دوڑاتی ہے۔
صدر تو بچ گیا تھا۔
اس کے سر پہ سات جوتے پڑے۔
''میں'' واپس آ گئی۔
بوتل پھر بھر گئی۔
پھر تیار۔
کہ کوئی اور آئے۔
ہلائے۔
بلبلے چھوڑے۔

میں نہیں بچ سکا۔ مجھے تو میرے بابے نے جاتے ہوئے تیرا دروازہ دکھایا تھا۔ میں نے اسے پراٹھے بھی نہیں کھلائے۔ اس نے خود میری تسبیح میں تیرا نام رکھ دیا۔ اور اب جب تو مجھے انگلی سے لگائے رات دن پھرتی ہو تو میری باری کسی سائیں بگوشاہ نے بھی نہیں آنا۔ چراغ کی چاروں بتیوں میں تیرا چہرہ آ گیا ہے۔ اور سامنے اپنا ہی دھڑ نظر آتا ہے۔

گردن سے کٹا ہوا۔

بہتے خون کے ساتھ۔

پہچان کے بغیر۔

''میں'' کے بغیر

تو میری بات چھوڑ۔ صدر کی اصل کہانی تو ابھی شروع ہونی ہے۔

□

# شانتی

اور سنو صدر کی کہانی۔

سائیں بگو شاہ نے سات جوتے اس کے سر پہ مار کے ہربنس کور کا بھوت تو اتار دیا۔ اور بھوتنیاں اسے چمٹ گئیں۔ خود وہ بھوت تھا۔ رنگ سانولا، آنکھیں موٹی موٹی، حیراں حیراں۔ ہر ایک کو بٹر بٹر دیدنا کے دیکھتی ہوئیں۔ قد بت لمبا، ہاتھ پیر کھلے۔ جوڑ موٹے موٹے۔ عقل بھی موٹی۔ موٹی موٹی باتیں صرف اس کی سوچ میں آتی تھیں۔ باریکیاں وہ نہیں جانتا تھا۔ بس جو سامنے ہے وہ ہے۔ جو کھانے پینے کی چیز ہے وہ کھالو۔ جو پہننے کی ہے پہن لو، جو لڑکی نظر آئے اسے دیکھ لو۔

نظر آنے کو وہاں بہتیری تھیں۔

سب سے پہلے تو شانتی تھی۔

پتلی نازک سی لڑکی۔ قد میں صدر کی بغل جتنی، رنگ کی گوری۔ ملائم پتلی سی جلد والی۔ دیکھنے میں باریک سی۔ پتلے پتلے نین نقش، اونچی پتلی ناک۔ چھوٹا سا دہانا، اوپر کا ہونٹ اوپر کو چڑھا ہوا، کچھ اس خوبصورتی سے کہ وہ بات کرنا چاہتی تو اس کا چہرہ اس کے بولنے سے پہلے بولنے لگتا۔ وہ بولنے لگتی تو اس کا چہرہ اپنی ہی بات سن سن کے شرماتا جاتا۔ چھوئی موئی سی لڑکی تھی۔ پھول سی۔ لگتا ابھی اس کی پتیاں گریں گی۔

دھوپ میں کھڑی ہوگئی تو کملا جائے گی۔ کملاتی نہیں تھی، بس لگتی تھی، کہ کملا جائے گی۔ بھاگ دوڑ میں سب سے آگے، شرارتوں میں تیز۔ ہنستی ہنساتی، شرماتی، لج سے بھری ہوئی۔ آنکھوں میں اس کے ہر وقت کوئی نہ کوئی دل لگی چھپی رہتی۔ جب دیکھو، اس کی آنکھیں بولنے کو تیار۔ جیسے ہر وقت کوئی لطیفہ، کوئی شریر بات ان میں چھپی ہو۔ بچوں جیسی معصومیت تھی اس کی آنکھوں میں۔ ہونٹ اس کے بچوں جیسے نہیں تھے۔ نٹ کھٹ تھے۔ کھٹے میٹھے سے۔ جیسے چوسنے کی کوئی ٹافی ہو، چینگم ہو۔ صدر کو تو نہ اس کی آنکھوں نے کچھ کہا اور نہ ہونٹوں نے۔ کئی سال تک وہ اس سے بچوں کی طرح کھیلتا رہا۔ یہ ان دنوں کی بات کہہ رہا ہوں، جب وہ سال میں دو تین بار ہیڈ مان پور سے چھٹیوں پہ گاؤں آیا کرتا تھا۔ گنتی کے دن گاؤں میں ماں کے ساتھ رہتا۔ پھر چلا جاتا۔

ان کے گھر کے ساتھ والا گھر شانتی کا تھا۔

صدر کے گھر میں قدم رکھنے سے پہلے وہ دیوار پھلاند کر آجاتی۔ یہ بھی چھوٹا تھا، وہ بھی چھوٹی تھی۔ دیوار گھر کی ان دونوں سے چھوٹی تھی۔ کچی سی۔ ایک دو جگہ سے تو ویسے ہی گزرنے کی جگہ تھی۔ خود بنا رکھی تھی۔

دونوں گھروں میں پرانی دوستی تھی۔ شانتی کی ماں، صدر کی ماں بھاگو کی سہیلی تھی۔ دونوں دوپٹہ بدل بہنیں بنی ہوئی تھیں۔ بھاگو گاؤں آتی تو شانتی کی ماں کے ساتھ بیٹھ کے جو باتیں کرنا شروع ہوتی، تو آدھا آدھا دن گزر جاتا۔ صبح سے شام ہو جاتی۔ چاندنی راتوں میں بھی وہ بیٹھی باتیں کرتی جاتیں۔ اللہ جانے ان دونوں کے پاس کیا کچھ تھا کہنے سننے کو۔ ایک بولتی تو دوسری ایسے توجہ سے سنتی جیسے دوسری نہیں بول رہی، اُس کے اپنے اندر کی ان کہیاں ابل رہی ہوں۔ باتوں کے درمیان میں ہی دونوں عورتیں اٹھ اٹھ کے اپنی ہانڈی روٹی بھی کرتی جاتیں۔ اپنے اپنے کرنے والے کام بھی ایک جگہ اکٹھے کر لیتیں۔ جب دیکھو بیٹھی ہیں اکٹھی۔ سبزی کٹ رہی ہے۔ آٹا گوندھا جا رہا ہے، دال پکائی جا رہی ہے۔ بڑیاں بن رہی ہیں۔ گندم پیسی جا رہی ہے۔

اچار بن رہا ہے۔ سارے کام اکٹھے۔ دونوں میں ایسی ہم آہنگی تھی کہ ایک کو کچھ کاٹنے کو چھری کی ضرورت ہوتی تو دوسری اس کا ہاتھ بڑھانے سے پہلے چھری اٹھا کے پکڑا دیتی۔ پانی کسی کو چاہیے، تو ساتھ بیٹھی ہوئی دوسری خود بخود سے پانی جہاں استعمال کرنا ہوتا کر دیتی۔ ایک نے کپڑا اچھانے کے لیے ہاتھ لمبا کیا تو دوسری کپڑا اجھاڑ کے بچھانے لگتی۔ ایک کے من میں خیال آجاتا کہ منجی دھوپ سے کھینچ کے چھاؤں میں کرنی ہے، تو دوسری اٹھ کے چارپائی کے سرہانے کو پکڑ کے چھاؤں کی طرف کھینچنے لگتی، ایک کپڑوں کو رسی پہ لٹکتے دیکھ کے سوچتی کہ سوکھ گئے ہیں تو دوسری اٹھ کے انہیں اتارنے لگتی۔ ایک کپڑے اتار رہی ہے دوسری پکڑ پکڑ کے تہہ کیے جا رہی ہے۔

صدر کی ماں کا میکہ تو شانتی کی ماں تھی۔

گاؤں سے دُور گاؤں کا سوچتے ہوئے اسے شانتی کی ماں کا خیال آجاتا اور وہ نہال ہو جاتی۔ گاؤں سے جانے لگتی تو شانتی کی ماں کے کندھے سے لگ کے رونے لگتی، جیسے اس کا کندھا گاؤں کی دیوار ہو۔

ان دونوں کا پیار صدر اور شانتی کے پیدا ہونے سے پہلے کا تھا۔ صدر اور شانتی آگے پیچھے ہی پیدا ہوئے تھے، مہینوں کا فرق تھا۔ بچپن سے اکٹھے کھیل کھیل کے بڑے ہوئے۔ انہی دو کچے صحنوں میں بچے پاٹی پیشاب کرتے پھرتے رہتے۔ کبھی صدر کی ماں نے شانتی کو دھلا دیا، کبھی شانتی کی ماں صدر کو پکڑ کے غسل خانے کے دھڑے پہ بیٹھی مل رہی ہوتی۔ ایسے ماحول میں بڑے ہو کر صدر کو کیسے پتہ چلتا کہ شانتی بڑی ہو گئی ہے۔ وہ کہتے ہیں نا سامنے پڑی چیز نظر نہیں آتی۔ صدر کو بھی وہ نظر نہیں آئی۔

صدر کی چھوٹی بہن ہاجرہ بڑی ہوئی تو شانتی کے ساتھ اس کا جُٹ بن گیا۔ صدر کو خدا واسطے لڑکیوں پہ تھانیداری کا شوق تھا، محلے کی اور لڑکیاں بھی اکٹھی ہو جاتیں۔ گرمیوں کی لمبی شامیں، درختوں کے نیچے، اوپر، گھر میں، باہر، کھیل کود ہوتا رہتا۔

سردیاں ہوتیں تو شام سے پہلے پہلے، دھوپ میں بھاگتے دوڑتے رہتے۔ چاندنی راتوں میں بھی لکن میٹی، اُچا نیوا، شیر بکری، انھا چوٹا، ساری کھیلیں ہوتی رہتیں۔ کھیل کود میں، ماہیے، ٹپے بھی چلتے۔

دو پتر اناراں دے

ساڈا دکھ سن سن کے

روندے پتر پہاڑاں دے

یہ گاتے گاتے وہ مل کر ہنس ہنس کے روتے، کبھی ایک دوسرے کے پیچھے بھاگتے بھاگتے گاتے جاتے۔

سڑک تے روڑی اے

اک میرا اچھلا لایا

نالے انگل مروڑی اے

یہ گا کے، ہر بچہ کسی نہ کسی کی انگلی پکڑ کے مروڑنے لگتا۔ بچوں کے خیال میں یہ ماہیا انگلی مروڑنے کے لیے تھا، ایک بچہ یا بچی گانا شروع کرتی تو ساتھ والا بچہ اپنی انگلیاں بغلوں میں چھپا کے بھاگ جاتا۔ بھاگ دوڑ اچھل کود یونہی ہوتی رہتی، اسی طرح کھیل کھیل میں ہی کھاتے پیتے بھی رہتے۔ اپنے اپنے گھروں سے وہ کچھ نہ کچھ پکا کے یا پکوا کے لے آتے۔ صدر ہر کے پیالے میں منہ مارتا پھرتا۔ لڑائی جھگڑا بھی کھیل کود میں ہو جاتا تھا۔ صدر ہمیشہ شانتی کی طرف ہوتا۔ صدر نے یہ کبھی نہیں دیکھا تھا، کہ قصور کس کا ہے۔ بس جو شانتی کا مخالف ہوتا اس سے لڑنے جھگڑنے لگتا۔ یونہی کھیلتے کودتے یہ بڑے ہو گئے۔ دل کی ڈگڈگی بجنے کا وقت آیا تو سینے کے اندر کا بندر ہر بنس کور کو دیکھ کے اچھلنے لگا۔

وہ تو سائیں بگو شاہ نے اسے بچا لیا۔

سات جوتے سر پہ لگے، ہوش ٹھکانے آ گئی۔ جوتے لگنے کی کہانی، سائیں کے

مرید عبداللہ نے صدر کے گھر آ سنائی۔ عبداللہ درمیانی عمر کا آدمی تھا، داڑھی اس نے رکھی ہوئی نہیں تھی مگر شیوا کثر اس کی بڑھی رہتی۔ اس لیے گاؤں کے کچھ لوگ سمجھتے یہ داڑھی ہے۔ چھوٹے سے قد کا ناٹا سا آدمی تھا۔ موٹا سا ناک چہرے پہ یوں پڑا دکھتا جیسے ہلایا تو گر جائے گا۔ کبھی کبھار ہنستا تھا، ہنستا تو پورا حلق کھول کے ہنستا، سارے دانت نظر آتے۔ آنکھوں میں اس کے اکثر گد اور میل ہوتا۔ تھوڑے تھوڑے وقفے بعد وہ آنکھوں کو ضرور ملتا۔ وہ مرید تو سائیں کا تھا، مگر گاؤں میں سب کے چھوٹے موٹے کام کر دیتا تھا، کوئی بھی اسے گلی میں آتے جاتے دیکھ کے آواز دے دیتا۔ دُلےّ ادھر آنا، یہ کٹی چھتی کے اندر باندھ دے۔ کوئی اسے چلے جاتے کو بلا لیتی بھائی دُلہ۔ ہٹی سے آدھ سیر مونگ ثابت لادو۔ ہر ایک کا کام یہ ہنسی خوشی کر دیتا۔ جدھر کھانا پکتا نظر آتا، کھالیتا۔

اس شام جب یہ سائیں کے ڈیرے سے صدر کے لیے بستر لینے آیا تو اس نے صدر کی ماں کے چولہے پہ پکتے ساگ کی خوشبو میں منہ کھول کھول کے ہنستے ہوئے سائیں کے صدر کے سر پہ سات جوتے مارنے کا قصہ سنا دیا۔ بات شانتی تک پہنچ گئی۔

اب تو شانتی بچی نہیں تھی، اٹھتے بیٹھتے چلتے پھرتے وہ بار بار اپنی چادر کو سینے پہ تان کے سیدھی کرتی تھی۔ پھر بھی پتہ نہیں اسے وہم تھا کہ چادر کے اندر سے بھی نظر آتا ہے۔ شاید اسی لیے تھوڑا آگے کو جھک کے دونوں کندھے اندر سکیڑ کے چلتی پھرتی تھی۔ سینے سے وہ بھاری تو تھی ہی، لیکن اسے خود وہ وزن زیادہ محسوس ہوتا تھا۔ ہر بنس کور اور صدر کا قصہ سنا تو اس کے سینے کا وزن اور بڑھ گیا۔ چادر کے ایک دو بل اس نے اور دے لیے۔ جب سے اس نے چادر میں خود کو لپیٹ کے چلنا شروع کیا تھا، اس کی صدر سے بات چیت کم ہو گئی تھی۔ مگر کوئی روک ٹوک تھوڑی تھی۔

اس رات صدر سائیں کے ڈیرے پہ رہا۔

شانتی بیٹھی سوچتی رہی۔

ہربنس کور میں کونسی بتیاں لگی ہیں۔

اسے صدر کے بیراگی پن کی سمجھ نہ آئے، صدر تو دو ہفتوں سے سادھو سا بنا پھرتا رہتا تھا۔ لوٹا ہاتھ میں۔ گھر میں ہے تو لیٹا ہوا، چھت کو تکتا ہوا۔ کوئی بات چیت نہیں کرتا تھا کسی سے۔

خاموش۔ چپ۔

اچھا۔ یہ وجہ تھی، خاموشی کی۔

وہ بیٹھی سوچتی رہی۔

ہربنس کور بازی لے گئی۔

پوری رات سوچ سوچ کے اسے بھی چپ لگ گئی۔

کئی دن گزر گئے۔

صدر اسے نظر ہی نہ آیا۔ آیا بھی تو یہ سامنے سے ہٹ گئی۔ چادر کو اور سینے پہ زور سے لپیٹ لیا۔ پہلے وہ کبھی صدر کی آواز سن کے نہیں چھپنے کی کوشش کرتی تھی۔ ایکا ایکی اس میں تبدیلی آ گئی۔

صدر کو سائیں بگو شاہ نے پکڑ لیا۔

صبح سے شام تک وہ اپنے پاس بیٹھائے رکھتا۔ دن ڈھلے گھر آتا، ٹانگیں پسار کر سو جاتا۔ صدر کے دماغ میں ہربنس کور والا سارا قصہ اک پچھتاوا سا بن گیا تھا۔ ایک عجیب سا احساس ندامت اس میں بھرا ہوا تھا۔ جو نکلتا نہ تھا۔ اسی احساس کی وجہ سے وہ کسی سے آنکھ نہ ملاتا۔ ماں بلاتی آواز دے کر، تو پہلی آواز پہ جواب ہی نہ دیتا۔ دوسری بار بلاتی تو کانی آنکھ سے گردن موڑے بغیر، ٹھوڑی کے نیچے سے چوروں کی طرح ماں کو دیکھتا، وہ تیسری بار چلا کے پکارتی تو یہ جھلا کے جواب دیتا، کیا ہے۔ پتہ نہیں، یہ اس کے اندر کا اعصابی نظام تھا، جو خود بخود ہی اسے باقیوں سے کاٹ رہا تھا۔ چھوٹی بہن کو تو یہ ریکارڈ ہی نہ کرتا۔ وہ کدھر ہے، آ رہی ہے، جا رہی ہے۔ یہ دیکھتا ہی

نہ تھا۔ دیکھ لیتا تو ڈانٹ دیتا۔ بلاوجہ، کوئی بات ہوتی نہ ہوتی۔ بس یہ اس سے چیخ کے
بولتا، کیوں کھڑی ہے ادھر، کیا دیکھ رہی ہو۔ کیوں دانت نکالے ہیں۔ ننگے پیر کیوں
پھر رہی ہو۔ بڑا جو تا چمکا کے پہنا ہے، چادر کدھر ہے تیری۔ یہ چادر ہے۔

شانتی اس کے سامنے نہ آتی۔

کافی دن گزر گئے۔

ایک دن یہ شام ڈھلنے سے پہلے گھر آ گیا۔

سردیوں کے دن تھے۔ باہر دھوپ میں چارپائی بچھی تھی۔

آیا، آ کر جوتے اتارے، لیٹ گیا۔

اپنی بہن کو اونچی آواز دی، ہاجراں تکیہ لا۔

آواز شانتی تک چلی گئی۔

وہ دیوار پہ آ کر کھڑی ہو گئی۔

دیوار اتنی اونچی نہیں تھی، وہ خود نیچے ہو کر کھڑی تھی۔

ناک سے نیچے نیچے ساری دیوار کی اوٹ میں۔

دیوار کے اوپر تیز شرارتی آنکھیں چمک رہی تھیں۔ بالوں کو باندھ کے اس نے
لمبا پراندہ کمر پہ لٹکایا ہوا تھا۔ اپنے پراندے کو کھینچ کے پکڑے وہ کھڑی ہو گئی۔ کالے
پراندے کے سرے پہ گلابی ڈی ایم سی دھاگے کے بنے پھندنے کی گلابی تاروں کو
دانتوں میں ایک ایک کر کے کھینچتی جائے۔ کبھی دھاگہ دانتوں میں دبا کے زبان سے
ٹٹولے۔ کبھی دھاگے کو زبان میں لپیٹ کے چھپانے لگے۔ پھر زبان منہ میں گھمائے
اور دھاگہ نکال کے ہونٹوں پہ لے آئے اور ہاتھ سے پکڑ کے اسے کھینچنے لگے اور کھینچتے
کھینچتے پھر دھاگے کے کسی سرے کو پچھلے دانتوں میں دبا کے تان کے کھڑی ہو جائے۔
اور زبان کی نوک سے تنے دھاگے میں ارتعاش دے۔

ہاجراں تکیہ صدر کو دے کر چلی گئی۔

صدر کروٹ لے کر لیٹا ہوا تھا۔

شانتی کھڑی چوری چوری دیکھے جا رہی تھی۔ گھر میں اکیلی تھی۔ ماں اس کی، صدر کی ماں کے ساتھ محلے کے کسی گھر گئی تھی۔ کسی کی بھینس سوئی تھی۔ کٹی دیکھنے گئی تھیں دونوں۔ کسی گھر میں کٹی کٹا ہوتا تو وہ بڑی خوشی مناتے۔ کھیل مکھانے بانٹتے۔ پیسے بچوں میں تقسیم کرتے۔ کڑیو منڈیو، پیسے ونڈی دے لے جاؤ۔ بچے آ آ کے پیسے لیتے جاتے۔ پہلے پہل کا دودھ جو بھینس کے تھنوں میں اترتا وہ تبرک کے طور پر اڑوس پڑوس والوں کو بھیجا جاتا۔ سب مزے مزے لے لے کر اسے پیتے۔ بُولی کہتے تھے اس دودھ کو۔ ہوتا تو وہ قدرت کی طرف سے نوزائیدہ بھینس بچے کے لیے ہے، مگر مزہ اس کا بھینس والے بھی لیتے ہیں۔ کٹے کٹی کو تھوڑا پلایا پھر اسے ایک طرف کر دیا۔ بھینس تو بے زبان ہے۔ اس نے کیا بولنا ہے۔

شانتی کو بھی چپ لگی تھی۔

پتہ نہیں کتنی دیر وہ کھڑی دیوار کی اوٹ میں صدر کو دیکھتی رہی۔ پھر ایک ہاتھ بڑھا کر دیوار کھرچنے لگی۔ مٹی کا ایک ڈھیلا سا اس کے ہاتھ میں آ گیا۔ وہ اسے پکڑ کے کھڑی ہو گئی۔ پہلے سے بھی نیچے ہو کر، کچھ دیر تو مٹی کے ڈھیلے کو کھڑی چادر کے پٹو میں چھپاتی، پلو کے اندر ہی اندر لپیٹتی رہی، پھر دھیرے دھیرے چادر کے بل کھولتی ہوئی اسے منہ کی طرف لیجا کر ہونٹوں پہ رکھ کر زبان کے کونے سے کھرچنے لگی۔ مٹی کا ذائقہ لینے کے لیے کھرچی ہوئی مٹی کو منہ کے اندر گھمایا اور پھر مٹی کا ڈھیلا ہاتھ میں پکڑ کے تڑاخ سے صدر کی چارپائی پہ مار دیا۔ اور ایک دم سے نیچے ہو کر بیٹھ گئی۔

صدر اچانک اٹھ کے بیٹھ گیا۔

اپنی موٹی کالی آنکھوں سے حیراں ہو کے چاروں طرف دیکھنے لگا۔ بولا کچھ نہیں۔ تھوڑی دیر یونہی چاروں طرف نظر گھما کے پھر لیٹ گیا۔ اسے کوئی نظر نہ آیا، سمجھا اوپر سے کوئی پرندہ گزرا ہوگا، یا کہیں باہر بچے کھیل رہے ہوں گے۔ لیٹ گیا۔ پھر ایک

مٹی کا ڈھیلا آیا، پہلے چارپائی پہ وہ گراتھا،اس بار اس کے سر کے نیچے آڑھے رکھے ہوئے بازو کی کہنی پہ لگا۔

وہ اٹھ کے بیٹھ گیا۔

زور سے آواز دی اس نے

ہاجراں۔

وہ اندر رضائیاں تہہ کرتی چھوڑ کے بھاگتی آئی۔

ہاں بھائی۔

یہ پتھر تو نے مارا ہے؟

میں نے؟ ہاجراں ڈر گئی۔ میں کیوں ماروں گی بھائی۔

پھر؟

پھر کدھر سے آیا، صدر کھڑا ہو گیا۔ عین اسی وقت، دیوار کے پرے کھڑی شانتی کی ہنسی روکنے والی آواز آئی۔ اور وہ کھڑ کھڑ کرتی ہوئی، ہنستی دیوار کی حد سے اوپر ابھر آئی۔

شانتی ہے۔

ہاجراں کی جان چھوٹ گئی، وہ ڈری سمجھ بیٹھی تھی، اب اس کی پٹائی ہوگی، اگر پتہ نہ چلا کہ روڑا آیا کدھر سے ہے۔

کیوں مارا ہے تو نے روڑا؟ صدر شانتی پہ چیخا۔

ایسے ہی۔ وہ دیوار کے پیچھے تنی کھڑی تھی، چادر کا ایک پلو اور پراندے کا ایک پھندنا ابھی تک اس کے دانتوں میں تھا۔ اور وہ دونوں کو اکٹھے ہی انگلی پہ گھمائے جا رہی تھی۔

ایسے ہی کیوں؟

صدر کھڑا ہو کے کمر پہ دونوں بازو رکھ کے عورتوں کی طرح لڑنے کو تیار ہو گیا۔

بول،

بتا مجھے۔

نہیں بتاتی۔

شانتی نے یہ کہہ کے ایک جھٹکے سے دانتوں سے چادر کا پلو اور پراندے کا پھندنا کھینچ لیا۔ اور صدر سے بھی زیادہ سیدھی تن کے کھڑی ہوگئی۔ دیوار اس کے کندھوں تک آ گئی۔ پوری گردن اور اس کا چہرہ دیوار کے اوپر سے نظر آنے لگا۔

کیوں نہیں بتاتی؟

صدر ابھی تک بحث کیے جار ہاتھا۔

میری مرضی۔

یہ کہہ کے وہ پھر زور زور سے ہنسنے لگی۔

ہاجراں جاکے شانتی کے پاس دیوار سے جڑ کے کھڑی ہوگئی۔

صدر جھلا کے چارپائی کو گوڈے سے دھکا دے کر اندر کمرے میں چلا گیا۔ جاتے جاتے راہ میں اوندے پڑے اپنے گھر کے اکلوتے ایلومینیم کے لوٹے پہ زور سے ٹھوکر ماردی۔

دن گزرتے گئے۔ روڑے گرتے رہے۔ صدر نے جھنجھنانا چھوڑ دیا۔ اسے روڑوں کا انتظار ہونے لگا۔ پھر ہر روڑے کے ساتھ شانتی خود دیوار سے چھلانگ مار کے آ جاتی۔

صدر، یہ تیرے کپڑے میلے ہوگئے ہیں،

لا مجھے دے، میں دھودوں،

رہنے دو، ہاجراں دھودی گی۔

میں جو ہوں۔ شانتی کہتی۔

ہاجراں کس لیے ہے؟ صدر کہتا۔

بہنوں سے کپڑے نہیں دھلواتے؟ شانتی شرارتی آنکھیں نچاتی۔

اور کس سے دھلاتے ہیں؟ صدر پھر بحث کا موڈ بنالیتا۔

ہربنس کور سے دھلوا دوں؟

شانتی کی آنکھوں میں شرارت بھری شیریں شریر شعاعیں نکلتی۔

تو اس کے طعنے نہ دے، کتنی بار تجھے کہا ہے۔

طعنے تھوڑی دیتی ہوں، پوچھتی ہوں۔ وہ آ کر صدر کے پاس چارپائی پہ بیٹھ جاتی۔ ایک دن شانتی نے سیدھا سیدھا صدر سے پوچھ لیا صدر بول، تجھے ہربنس کور کا شوق کیوں ہوا تھا۔

بس اچھی لگی تھی۔

کیوں؟

یہ مجھے تھوڑی پتہ ہے۔

پھر کسے پتہ ہوگا؟

اللہ جانے۔

اچھی تجھے لگی، پتہ تیرے اللہ کو ہوگا، یہ کیا بات ہوئی۔

اسے پتہ ہوتا ہے۔

تو پوچھ لے اس سے، پوچھ کے بتا دے۔

میں کیوں پوچھوں۔

کیوں نہیں پوچھتا؟

میں کوئی تیری طرح بے شرم ہوں۔

میں بے شرم ہوں؟

اور کون ہے؟

کیوں، کیا بے شرمی کی ہے، کوئی چلّہ کاٹا ہے کسی کے لیے۔

چلّے کی بات نہ کر۔

کیوں نہ کروں؟

بس، نہ کر۔

کروں گی۔

وجہ؟

جب تک بتائے گا نہیں پوری بات۔

پوری بات کونسی؟

چلّہ کیوں کاٹا تھا تو نے؟

پتہ تو ہے تجھے۔

ہربنس کور کے لیے نا!

ہاں۔

اگر ہو جاتا پورا، تیرا چلّہ تو؟

تایا سائیں کہتا تھا، پاگل ہو جانا تھا ہم دونوں نے،

ہائے، ''ہم'' دونوں۔

اور کیا کہوں، یہی کہا تھا تایے نے۔

پھر ہوئے نہیں۔

ہوئے تھے۔

کتنے؟

بس نہیں بتاتا۔

بتا، نا۔

یہ کوئی بتانے والی باتیں ہیں!؟

بتانے والی کیوں نہیں ہیں؟

آہستہ بول۔

لو، آہستہ بول رہی ہوں۔ بول نا۔

ایسے نہیں بولتے۔

کیوں۔ شانتی کے سانسوں کی آواز آئی۔

صدر کو بھی سانس چڑھ گیا۔

یہاں کوئی سن لے تو!

تو؟ شانتی نے پھر سرگوشی کی۔

گھر ہے، ایسے سرگوشی میں نہ بول،

اچھا، باہر ملو گے؟

مل لوں گا۔

کیسے؟

پھر سرگوشی کر رہی ہو؟

تو کیا کروں۔

کچھ نہیں۔

کیوں؟

یہاں نہیں۔

باہر تو ٹھیک ہے؟

ٹھیک ہے۔

آج شام باہر گر دوارے کے پاس پرانے بن کے نیچے

ٹھیک ہے۔

صدر گھر کے باہر شانتی کے ساتھ پھرنے لگا۔

ایک دفعہ ان کی گلی کے ایک لڑکے نے دونوں کو رات کے وقت گاؤں سے باہر

ٹبوں کی طرف خواجہ روشن ولی کے مزار کے پاس پھرتے دیکھ لیا۔ وہ بھاگا بھاگا شانتی کے باپ کے پاس گیا۔

شانتی کا باپ دیوا سنگھ تھا۔

چھوٹے قد کا موٹا تندیل۔

بڑی بڑی کالی سفید مونچھیں تھیں اس کی، کالی داڑھی میں بھی سفید دھاریاں تھیں۔ گردن کے پاس سے اس نے داڑھی کے بال کالی پٹی سے باندھ کے کانوں کی طرف گھسائے ہوتے۔ سر کے اوپر ہر وقت چوڑی موٹی سی پگڑی باندھے رکھتا۔ رنگ برنگیاں پگڑیاں تھیں اس کے پاس۔ لال، پیلی، گلابی، نیلی۔ شانتی ہی اپنے ابا کی پگڑیاں رنگا کرتی تھی۔ سردیوں میں دیوا سنگھ نے اوپر نیچے دو دو تین تین قمیصیں پہنی ہوتی تھیں۔ زیادہ سردی ہوتی تو انہی کے اوپر وہ گہری براؤن پھانٹوں والی لوئی کی بکل مارے رکھتا۔ نیچے ہمیشہ اس کے تہمند ہوتی۔ گاؤں کے ساتھ ہی اٹھارہ ایکڑ اس کی زمین تھی۔ اکیلا کام کرنے والا تھا۔ بیٹا کوئی نہ تھا اس کا۔ دو بیٹیاں تھیں۔ بڑی بیاہی ہوئی تھی۔ دور کہیں رہتی تھی۔ سال ہا سال بعد کبھی آتی۔ گھر میں ایک شانتی تھی ایک اس کی ماں۔ دونوں نے گھر سنبھالا ہوا تھا، دیوا سنگھ زیادہ تر گاؤں سے باہر اپنے کھیتوں میں بنی ٹہاری رہتا تھا۔ اسی میں ڈھور ڈنگر رکھے تھے۔ بیلوں کی دو جوڑیاں تھیں۔ کئی بھینسیں تھیں۔ گاؤں میں دیوا سنگھ کی بڑی ٹور تھی۔ گھر میں اس کے دانے ہمیشہ بھڑ ولوں میں بھرے رہتے۔ اس کے گاؤں والے اکثر، گھروں میں خود پتھر کی چکی میں گندم پیس کے روٹی پکاتے تھے۔ دیوا سنگھ پسا پسایا آٹا گھر لاتا تھا۔

صدر کو شانتی سے ایک عجیب سا احساس کمتری بھی تھا۔

اکثر وہ سوچتا رہتا، کہ ان کے گھر میں پیتل کا لوٹا ہے، ہمارے گھر میں الومنیم کا ہے۔ کبھی وہ ان کے گھر جاتا تو ان کے کمروں میں پر چھتیوں کی تین تین قطاریں نظر آتیں۔ تانبے پیتل کے برتن چمکا کے، قلعی کرا کے رکھے ہوتے۔ پراتیں، سینیاں،

جگ، گلاس لمبے لمبے مراد آبادی۔ نقش و نگار والے اگالدان، پیچوان، بڑی بڑی پھولوں سے مرصع پلیٹیں۔ جسے چاولوں سے بھر کے کھایا جائے تو ڈیڑھ دن تک بھوک نہ لگے۔ دیوا سنگھ انہی پلیٹوں میں کھاتا تھا۔ دن میں تین تین بار۔ یہ موٹا پیٹ تھا اس کا، اسی پیٹ پہ کالی چمڑے کی پیٹی میں ہر وقت تلوار میان میں پڑی جھولتی رہتی۔ لیٹا سویا ہوتا تو تلوار ساتھ لیٹی جاگ رہی ہوتی۔ اس رات بھی وہ لیٹا ہوا تھا اپنے کھیتوں میں نئے ٹھارے میں، اللہ جانے سویا ہوا تھا، یا جاگ رہا تھا، دیا اس نے پھونک مار کے ابھی نہیں بجھایا تھا، لمبے چوڑے سے کمرے میں پسوؤں کے چارے، گوبر اور ان کے جسموں کی بساند بھری تھی۔ چھت میں بڑے درخت کے کٹے تنوں کے درمیان جھاڑ پھونس اور درختوں کی سوٹیاں اڑسی ہوئی تھیں۔ سرسوں کے تیل کے دیے کی پیلی، سرسوں کے پھولوں جیسی ملائم ہلکی ہلکی روشنی پورے کمرے میں پھیلی ہوئی تھی۔ اسی روشی میں دو بیل بیٹھے جگالی کر رہے تھے۔ دو کھڑے چارے کی کھرلی میں سینگ چبھو چبھو کے اپنی گردن کے ہلورے سے بندھی گھنٹیوں کی ٹن ٹن سن رہے تھے۔ ایک طرف تین بھینسیں بیٹھی ہوئی گردنیں جھکائے منہ ہلاتے ہلاتے آنکھیں بند کرنے کی کوشش میں لگی تھیں۔ کبھی کبھی ان میں کوئی آہستگی سے اپنی دم ہلا کے اپنے پنڈے پہ کھجلی کر دیتی، تو کمرے میں ایسی آواز ابھرتی جیسے کسی دوست نے دوسرے کو تھپتھپایا ہو۔

اچانک ایک دم سے موٹے موٹے لکڑی کے خام کٹے تختوں کا بند دروازہ جھٹکے سے کھلا، کوئی بھاگتا ہوا تیزی سے اندر آیا۔ دیوا سنگھ نے غنودگی میں ہڑ بڑا کے نو وارد کو دیکھا۔ اور اس کی بات سننے کے لیے داہنی کہنی کے بل چار پائی پہ تھوڑا سا اٹھا۔ نو وارد نو عمر لڑکا تھا۔ جو دیکھنے میں اس کا نوکر لگتا تھا۔ اس نے دھوبی کا لانگڑ بنایا ہوا تھا، جس کا مطلب تھا کہ وہ بھاگتا آیا ہے۔ اس کے پیر ننگے تھے۔ اور ان پہ گارا لگا ہوا تھا۔ بدن پہ اس کے پرانی سی میلی اک بنیان تھی۔ جو دیے کی روشنی میں زیادہ خستہ نظر آتی تھی۔ نو وارد نے اندر آ کے اپنی دھوتی کے لانگڑ کو نیچے کیا اور دیوا سنگھ کے کان کے پاس منہ

رکھ کر تیزی سے سرگوشی کے انداز میں کچھ بولنے لگا۔ تلوار اس کی کمر سے بندھی ہوئی تھی۔ پگڑی بھی اس نے ابھی نہیں اتاری تھی۔ بات سنتے ہی وہ بجلی کی سی تیزی سے چارپائی سے اٹھا، پیروں میں چپل پہنی اور دروازے سے نکلتے ہی میان کے اندر سے تلوار نکال کر سیدھی آگے کر کے سینے کے سامنے ہاتھ میں پکڑ لی۔ اور اندھادھند خواجہ روشن ولی کی درگاہ کی طرف بھاگنے لگا۔ اس کے ساتھ ساتھ خبر سنانے والا پتلا سا سولہ سترہ سال کا لڑکا بھی بھاگے جا رہا تھا۔

چاندنی رات تھی۔

سردیوں کا موسم تھا۔

ہوا میں خنکی اور لطافت تھی۔

زمین گیلی اور گداز تھی۔

دونوں کے بھاگنے سے ہلکی ہلکی دھم دھم کے سوا کوئی آواز نہ تھی، کوئی قریب آ کے سنتا، تو دیوا سنگھ کا پھولا ہوا سانس سنائی دیتا۔

گاؤں سارا سویا ہوا تھا۔

گاؤں کے باہر، کہیں کہیں گاؤں کے ہی آوارہ کتے کھڑے بھونک رہے تھے۔ ان دونوں کو بھاگتے دیکھ کر، کچھ کتے دور تک ان کے ساتھ خاموشی سے بھاگتے گئے۔ پھر جب وہ دونوں دور نکل گئے، تو کھڑے ہو کر وہ بھونکنے لگے۔

اب ادھر صدر اور شانتی کی سنو۔

دونوں گاؤں سے باہر، فصلوں سے پرے، بے آباد زمین کے اونچے نیچے ٹبوں پہ بیٹھے ہوئے تھے۔ ان کے ایک طرف درگاہ خواجہ روشن ولی تھی۔ دوسری طرف گردوارہ تھا۔ دونوں کا فاصلہ وہاں سے ایک سا تھا۔ کوئی پچاس ساٹھ قدم۔ دونوں جگہوں پہ دیے روشن تھے، باقی ہر طرف چاندنی ملا اندھیرا تھا۔ چندن اندھیرے ماحول میں دونوں جگہوں پہ جلتے چراغوں کی مدھم روشنی میں ان عمارتوں کے خدوخال

باتیں کرتے نظر آ رہے تھے۔ گردوارے کے اندر سے کچھ لوگوں کے ترنم سے مقدس گیت الاپنے کی آواز آ رہی تھی۔ راگیوں اور گرنتھیوں کی آوازوں کے ساتھ کے ساتھ ہارمونیم کی لے بھی تھی۔

درگاہ روشن ولی میں خاموشی تھی۔ جیسے ہونٹ بند کر کے درگاہ رات کو دیکھے جا رہی ہو۔ اس کی چھت کے گنبد کا سبز رنگ چاندنی میں سرمئی دکھائی دے رہا تھا۔ گنبد اور برآمدے کی چھتوں میں بنے سوراخوں میں چھپے بیٹھے کبوتروں کی پر ہلانے، اور پیروں سے چل کے ایک دوسرے میں گھس کے پروں میں چونچیں مارتے ہوئے گٹر گوں گٹر گوں کرنے کی موہوم سی آوازیں آ رہی تھیں۔ دونوں ایک اونچے سے ٹبے پہ بیٹھے ایک عجیب بحث میں لگے ہوئے تھے۔ صدر شانتی کو اسلام کی خوبیاں بتا رہا تھا۔

صدر کہتا، دیکھ، ہمارے مذہب میں ایک رب ہے۔

وہ کہتی، ہمارے میں بھی ایک ہی ہے۔

وہ کہتا، ہم کسی بت کو پرنام نہیں کرتے،

وہ کہتی، تو کملا ہے، ہندوؤں کے بت ہوتے ہیں۔ ہمارے گردوارے میں کدھر ہے کوئی بت، تو چل، چل کے دیکھ لے۔ تسلی کر لے۔

صدر کہتا، تو وہ گیانی جی، گرنتھی صاحب کس کو ہر وقت مور پنکھ جھلتے رہتے ہیں۔

وہ کہتی، وہ تو گرنتھ صاحب ہیں۔ ہماری کتاب ہے۔

وہ تو مجھے پتہ ہے، اس میں تو ہمارے بابا فریدؒ کے شعر ہیں۔

ہاں تو وہ ہمارے گرو کے دلی سجن ہیں۔

تمہارے گرو کو ہم بھی بزرگ مانتے ہیں۔ انہوں نے تو ہماراحج بھی کیا تھا۔ مکے جا کے۔

یہ بولو نا، حج کیا تھا، ہماراحج کیا ہوا؟

ہمارا ہی ہے نا بھئی۔

بھئی جس نے کر لیا، اس کا ہو گیا۔

ہے تو ہمارا ہی وہ نا؟

کیا؟

کعبے کی بات کر رہا ہوں۔

کیوں، وہ تو رب کا ہے۔

رب کس کا ہے؟

سب کا ہے۔

تو سمجھ نہیں رہی میری بات۔

تو پھر سمجھا دے نا۔

مجھے سمجھانا نہیں آتا، پر مجھے سمجھ ہے۔

یہ کیا بات ہوئی۔

ہے نا۔

اگر سمجھ ہے تو سمجھا بھی دے۔

میرے بڑے بھائیوں کو پتہ ہے، ساری باتوں کا۔

اب ہر بات ان سے پوچھا کرے گا۔

ہر بات کون سی؟

اب تمہیں ہر بات سمجھاؤں میں۔

جب کہتی ہے تو بول بھی دے۔

نہیں بولتی۔

نہ بول۔ مجھے پتہ ہے کیا آیا ہے تیرے من میں۔

اچھا بتا۔

میں کیوں بتاؤں۔

بتادے۔

کیوں، میں کوئی بے شرم ہوں۔

بے شرمی والی بات ہے؟

تجھے پتہ ہے۔

ہاں، مجھے پتہ ہے، شانتی نے سرگوشی کی۔

دونوں چپ ہو گئے۔

صدر آسمان کو تکنے لگا۔

بولا، دیکھ چاند ابھی پورا چودھویں کا نہیں ہوا پھر بھی کتنا چمکتا ہے۔

ہاں۔ بہت روشن ہے۔ وہ چہرہ اٹھا کر چاند کی طرف دیکھنے لگی۔

اس کی آنکھوں میں چاند اترنے لگا۔ چاندنی اس کے چہرے پہ پہلو بدلنے لگی۔

صدر اس کا چہرہ پکڑ کے بیٹھ گیا۔

میرا چاند تو یہ ہے۔

شانتی نے سر جھکا کے اپنے بائیں گھٹنے پہ رکھ دیا۔ اور اسی طرف جھک کے بائیاں بازو اسی گھٹنے کے نیچے سے گھما کے داہنے ہاتھ میں دے دیا۔ تھوڑی دیر تک اس کے داہنے ہاتھ نے اس کی بائیں کلائی پکڑے رکھی۔ پھر اس کے بائیں ہاتھ نے اس کے داہنے پیر کی اٹھی ہوئی ایڑھی میں انگوٹھے کے ناخن سے لکیریں ماریں۔ پھر داہنا ہاتھ اوپر لا کے اس کے پشت پہ پہلی انگلی کی بڑی گرہ اپنے دانتوں سے مسلنے لگی۔ کچھ دیر یونہی سر موڑے گردن اپنے سینے پہ آگے کیے دانتوں سے اپنی انگلی کی کھال چکھتی رہی، پھر اسی ہاتھ کے انگوٹھے کے ناخن کو نچلے دانتوں پہ رکھ کے اوپر والے دانتوں سے کھرچنے لگی۔ ناخن کے دونوں اطراف کے کونوں کو دھیرے دھیرے وہ دانتوں سے مسلتی رہی، جیسے انہیں گوشت سے الگ کر رہی ہو۔ بولی کچھ نہیں۔ صدر بھی چپ بیٹھا رہا۔ ماحول میں گردوارے کے گرنتھیوں کے راگوں کا مقدس گیت بجتا رہا۔ اسی

آواز کے بیچ بیچ درگاہ خواجہ روشن ولی کے جھروکوں میں بیٹھے کبوتر کبھی کبھی پنکھ پھڑ پھڑا لیتے۔ اور گٹر گوں، گٹر گوں بولتے۔ کبھی کبھی بہت دور سے ٹیٹری کے بولنے کی آواز آ جاتی۔ اچانک افق پہ چاندنی کی روشنی میں گاؤں کی طرف سے دو سائے بھاگتے ہوئے نظر آنے لگے۔ پہلی نظر ادھر صدر کی پڑی،

بولا، دیکھ کوئی آ رہا ہے، بھاگا۔ ۔

شانتی اٹھ کے بیٹھ گئی،

بولی ایک نہیں دو ہیں۔

سائے بھاگتے بھاگتے قریب آ گئے۔ ایک موٹا سا تندیل سایہ تھا، سر پہ پگڑی نیچے تہمند، بار بار وہ ایک ہاتھ سے تہمند کو سنبھالے، دوسرے ہاتھ میں تلوار پکڑے ہوئے، سینے کے آگے کرے۔ بار بار وہ تلوار کو جھٹکے سے اوپر کرتا جائے جیسے تلوار پکڑے ہاتھ تھک گیا ہو۔ میان اس کی کمر سے بندھی، ہاتھی کی سونڈ کی طرح آگے پیچھے جھولتی آئے۔ دونوں کچھ دیر مبہوت ہوئے ان دونوں آتے ہوئے سایوں کو دیکھتے رہے۔ آتے ہوئے سایے دوڑے ان کے قریب سے ہو کر ایک ٹبے کے اوپر چڑھ کے درگاہ کی طرف مڑ کے ٹبے سے نیچے اترنے لگے تو شانتی ایک دم بیٹھی بیٹھی بول پڑی، یہ تو باپو ہے۔

ہیں؟

ہاں، میرا باپو،

یہ کہتے ہوئے وہ ایک دم کھڑی ہو گئی، اور اونچی آواز میں بولی،

باپو خیر ہے، کدھر؟

بھاگتے ہوئے سرپٹ بیل کی جیسے کوئی رسی کھینچ لے۔ دیوا سنگھ۔ شانتی کی آواز سن کے ایک دم رک گیا۔ تلوار والا بازو، سر کے اوپر کر کے بولا،

کڑیے کدھر ہے تو۔

باپو ادھر ہوں۔ گردوارے والی ڈنڈی کے ساتھ، ٹبے پہ۔ یہ ادھر، شانتی کھڑی ہو کے اپنی چادر کا پلو ہلانے لگی۔

کیا کر رہی ہے۔ اکیلی تو، اُدھر،

دیوا سنگھ کا سانس پھولا ہوا تھا، بات ایک سانس میں ہو نہیں رہی تھی، مگر جس تیزی سے اونچی اونچی وہ بول رہا تھا، لگ یہی رہا تھا کہ وہ ساری بات ایک ہی سانس میں پوچھنا چاہتا ہے۔

باپو، اکیلی تھوڑی ہوں، صدر ہے ساتھ۔

تھوڑی دیر تک کسی طرف سے کوئی آواز نہ آئی۔ گردوارے کے گرنتھیوں کا سنت بھاشا، سدھ راگ ہارمونیم کی لے میں، درگاہ کے کبوتروں کی گٹر گوں، گٹر گوں تال پہ بجنے لگا۔ اتنے میں صدر بھی اٹھ کے کھڑا ہو گیا، بولا سلام کہنا چاہا۔

دیوا سنگھ کچھ نہ بولا، خاموشی سے تلوار والا ہاتھ لٹکا کے قدم قدم آہستہ آہستہ ان کی طرف چلتا آیا۔

"ادھر اجاڑ میں کیوں بیٹھے ہو"۔

قریب آ کے دیوا سنگھ نے آہستگی سے پوچھا۔ اس کی آواز میں آہستگی کے باوجود بہت جھنجھناہٹ تھی۔ جیسے یہ بات پوچھتے ہوئے اسے بڑی مشکل پیش آ رہی ہے۔

شانتی بولی، باپو ادھر شانتی ہے۔

تُو تو ہے،

دیوا سنگھ نے اتنا ہی کہا، یہ نہیں بولا کہ صدر کیوں ہے، ایسے لگا جیسے کہتے کہتے رک گیا ہے۔

میں اپنی بات تھوڑی کر رہی ہوں، میں تو کہہ رہی ہوں باپو کہ ادھر کیسا شانت ہے سب کچھ ہے۔ چاندنی ہے۔ خاموشی ہے۔ گرنتھ صاحب کا پاٹھ ہو رہا ہے۔ اکھنڈ

پاٹھ۔

آ رہی آواز باپو تمہیں۔

ہاں، آ رہی ہے۔ اکھنڈ پاٹھ نہیں ہے، یہ سپتا پاٹھ ہے۔

اچھا۔ واہ گرو جی کی واہ۔ اچھا کیا آپ بھی آ گئے۔ آپ تو ادھر آتے ہی نہیں۔

آتا تو ہوں۔

ابھی دیکھا ہے۔

تو کیا روز دیکھتی ہے، میری راہ۔

اکثر تو ہوتی ہی ہوں ادھر، یہیں کہیں۔ کیوں صدر؟ یہ بھی ہوتا ہے میرے ساتھ۔ بول نا تو، بولتا کیوں نہیں۔ شانتی صدر کو کہنی مار کے بولی۔

ہاں ہاں، چاچا ٹھیک کہہ رہی ہے شانتی۔

او تو چپ رہ۔ بیٹھا ہے ادھر ماں کی بغل میں۔ دیوا سنگھ کا سانس ابھی تک متوازن نہیں ہوا تھا۔ دیوا سنگھ نے دو تین لمبے لمبے سانس لیے، پھر اپنی تلوار کو اپنے داہنے پیر کی موٹے چمڑے کی جوتی کی ایڑھی پہ مار کے بولا۔ اب چلو، ادھر بگیاڑ بھی آتے ہیں دریا سے۔

گردوارے صاحب چل رہے ہو نا،

ہاں،

شانتی نے اپنی چادر کو کھول کے گھمایا اور دو تین بل دیے سینے پہ اور بولی، چلو۔

ایک قدم اٹھایا، پھر رکی اور بولی، باپو صدر بھی چلے گا ساتھ ہمارے۔

سپتا پاٹھ میں؟ دیوا سنگھ حیران ہوا۔

ہاں۔ شانتی نے سینے میں سانس بھرا

کیوں بھئی۔ دیوا سنگھ صدر کی طرف مڑا۔

ہاں چاچا۔ صدر بولا

اچھا، چلو۔

تینوں چل پڑے، گردوارے کی طرف،

دیوا سنگھ نیام پکڑ کر تلوار اس کے اندر ڈالنے لگا تو اتنے میں کے اس ساتھ بھاگتا ہوا آیا لڑکا ایک طرف سے نکل کے اس کے برابر آ گیا، اور دیوا سنگھ کی گردن کے قریب اپنا منہ لا کر کچھ کہنے لگا، تو دیوا سنگھ نے وہی تلوار والا ہاتھ دستے سے گھما کے اس کی پسلی میں مارا اور ایک موٹی سی گالی اسے دے کر بولا، چل بھاگ، سالا۔ وہ لڑکا اچھل کے دور ہٹا اور پھر اپنی پسلی کو زور زور سے ملتا ہوا، اوں اوں کرتا ہوا آہستہ آہستہ گاؤں کی طرف اکیلا چلتا ہوا چاندنی کے سراب میں غائب ہو گیا۔ اور سپتا پاٹھ کی اونچی ہوئی لے میں ہارمونیم اور گرنتھ صاحب کے اشلوکوں کی آواز میں تینوں گردوارے کے دروازے پہ جوتے اتار کے اندر داخل ہو گئے۔

اندر داخل ہوتے ہوئے صدر نے گردن موڑ کے سامنے خواجہ روشن ولی کی درگاہ کو دیکھ کے مسکرا کے سوچا۔

سرکار کل آپ کی طرف لیکر آؤں گا اسے۔

اگلی شام شانتی چلی گئی صدر کے ساتھ، درگاہ پہ۔ پہلے ہی پھیرے میں اسے درگاہ کے کبوتروں کی بولی ایسی بھلی لگی کہ وہ صدر سے پوچھنے لگی،

یہ کبوتر کیا بولتے ہیں؟

صدر بولا، ان کی بولی سیکھنی ہے؟

وہ بولی، ہاں: سکھا دے۔

صدر سوچتے ہوئے بولا، تایے سائیں بگو شاہ سے پوچھ کے بتاؤں گا۔ کل۔

اگلے دن وہ سائیں کے ڈیرے پہ چھڑ کاؤ کرتا نہ تھکے۔ سائیں سے کیا چھپتا تھا۔ پکڑ لیا۔ بولے پھر کوئی منتر ڈھونڈنے نکلا ہے۔

ہاں تایا جی۔

دیکھ وہ بڑی اجلی روح ہے۔ اسے چکر نہ دے۔ اپنا آپ میلا نہ کر۔ اسے چانن سے پیار ہے۔ وہ اندر کی روشنی مانگتی ہے۔

ہاں تایا جی۔ اس کے اندر کھوٹ نہیں ہے۔

سائیں بگو شاہ نے سن کے سر ہلایا۔ اور کہا، تجھے اندر تک دیکھنا آ گیا۔

بس۔ تایا جی۔

اسے ادھر ادھر کے چکر نہ دے۔ سیدھا رستہ دکھا۔

وہ کون سا، تایا جی؟

کلمہ شریف کا ورد کہہ پڑھنے کو۔

وہ پڑھ لے؟

ہاں، کیوں نہیں۔ تو نے اثر ہی دیکھنا ہے نا، دیکھ لینا تماشہ۔

پر تایا جی؟

پر کیا پتر؟

تایا جی، مولوی صاحب تو کہتے تھے، پاک اسم ناپاک کوئی نہیں پڑھ سکتا۔ غیر مسلم تو پاک نہیں ہوتے نا؟

پتر پاک اسم، پاک کرنے کے لیے ہوتا ہے۔ پاکی مانگنے کے لیے نہیں۔ تو کہہ اسے پڑھنے کو۔ یہ تو اترا ہی کائنات کی پاکی کے لیے ہے۔

اچھا جی۔

ہاں پتر۔ پر ایک بات یاد رکھنا۔

کیا تایا جی

اپنا خیال رکھنا۔ اپنے اندر میل نہ آنے دینا۔ ورنہ یاد رکھنا اس نے تو دھل کے روشنی کی طرح چمک جانا ہے، تیرا میل ساری عمر نہیں اترنا۔ آئی سمجھ؟

نہیں جی

چل چنگا۔ جاہن۔ بٹھادے اُسے چرخے پہ۔ کاتتی رہے لا الہٰ اِللہ کی پونیاں۔ دیکھنا جب محمد رسول اللہ ﷺ کی انّی اس کے دل میں اتر گئی تو اس کے قلب پہ روشنی کے تھان لپٹ جانے ہیں۔ اس نے اس جہان میں رہتے ہوئے اپسرا کی طرح جینے لگنا ہے۔ پر اس کا ادھر جی نہیں لگنا پھر۔ اس نے کہنا روشنی دینے والے کو، لے چل نکال کے اب اندھیرے دیس سے۔ اپنے روشن گھر میں۔ پھر کیا کرے گا تو؟

صدر کو اتنی دور تک کی بات سمجھ نہ آئی۔ وہ اتنا سمجھ گیا کہ سائیں کا بتایا ہوا نسخہ کام کرے گا۔ اثر ہوگا کچھ شانتی پہ۔ دونوں میں مدت سے رسّہ کشی ہو رہی تھی۔ کبھی وہ آ کے اسے اپنے گرنتھ صاحب سے کچھ اشلوک پڑھنے کو دے دیتی۔ یہ ہیر رانجھا سمجھ کے وہ شعر گنگنا تا رہتا۔ کبھی یہ اسے کچھ پڑھنے کو کہہ دیتا وہ انگلیوں پہ گن گن کے وقت گزار دیتی۔ دونوں اک دوسرے کو بعد میں پوچھتے۔

ہوا کچھ؟

ہونا کیا تھا۔

ان کی کہیوں میں تو ان کی ان کہیاں چھپی تھیں۔ مقصد دونوں کا ایک تھا۔ مرعوب کرنا۔ کسی طرح دوسرے کو اس کے کھونٹے سے کھول کے اپنے پہ باندھا جائے۔ دونوں بندھے رہے۔ اب سائیں کا دیا اسم جو درمیان میں آ گیا تو دونوں کے کھونٹے ہل گئے۔ بندھی رسی کی ساری ڈھیل ختم ہو کے گردن پہ آ گئی۔ ساتویں رات ہی شانتی کو پڑھتے پڑھتے پہلے آسمان کا جھولا مل گیا۔ روشنی اس کے اندر ایسے آئی جیسے بیٹھے بٹھائے قمقمے جل گئے ہوں۔ گیس کا ہنڈا روح میں اتر آیا ہو۔ اس کی تو مت ماری گئی۔ وہ تو اس اسم کو یہ سمجھ کے پڑھنے لگی تھی کہ صدر کے ہر بنس کو روا لے چلنے کی طرح یہ بھی شاید صدر کے ہوش اڑا کے آدھی رات کو اسے انگلی سے لگائے لیے پھرے گی۔ اسے کیا پتہ تھا اس اسم کو پڑھتے پڑھتے اس کی اپنے آپ سے انگلی چھوٹ جائے گی۔ بس جی۔ وہ تو صدر کے لیے پہلے سے بھی گئی۔ جب کبھی یہ سامنے آتا تو وہ

اُسے ایسے دیکھتی جیسے تیز روشنی میں بیٹھا شخص اندھیرے میں پھرتے کسی آدمی کو تکتا ہے۔ ایسے میں صاف نظر تھوڑی آتا ہے۔

تم تجربہ کر لینا۔

کبھی تیز روشنیوں کے روبرو کھڑے ہو کے سامنے اندھیرے میں دیکھنا۔ پھر بتانا۔ یا پوچھ لینا روشنیوں میں کام کرنے والے تھیٹر اور اسٹیج کے لوگوں سے۔ جب ان کے سامنے ہزار ہا واٹ کے ہنڈے روشن ہوتے ہیں۔ انہیں سامنے بیٹھے ہوئے تالیاں بجانے والے نظر آتے ہیں؟

نہ۔

بس تالیوں کی آواز آتی ہے۔

آواز شانتی کو بھی آتی تھی۔ مگر اندھیرے میں چلتے پھرتے صدر کی شکل وہ بھولتی جا رہی تھی۔ اسے جس روشنی کا سامنا تھا وہ اس کے سامنے تھوڑی تھی، وہ تو اس کے اندر سے لاٹیں مار رہی تھی۔ شروع شروع میں وہ اپنے خواب اور تجربے صدر کو سناتی رہی، کہ کیسے آسماں کے ایک سرے سے دوسرے سرے تک وہ پینگ میں بیٹھ کے جھولتی پھرتی ہے۔ ستارے آسماں سے اتر اتر کے اس کے قدموں میں اڑتے پھرتے ہیں۔ پھر اس کی پینگ کچھ اتنی اونچی ہو گئی کہ دیکھے ہوئے نظارے اس کے ہونٹوں پہ آ کے لرزنے لگتے۔ کہے نہ جاتے۔ صدر کی پہنچ اس تک کیسے ہوتی۔ وہ لاچار ہو کے سائیں بگو شاہ کی پراندی جا بیٹھا۔

تایا جی اسے کیا کر دیا آپ نے؟

وہ مسکراتے جاتے کہتے کچھ بھی نہ۔

ایک دن صدر نے ضد کر لی۔ بولا

تایا جی اِسے کیا ہو گیا ہے، وہ تو مجھے بھی اچھی طرح نہیں پہچانتی اب۔

سائیں بگو شاہ بولے، شکر ہے

کیوں، یہ کیا بات ہوئی،

پتر، میں نے تو اسے تجھ سے بچانے کی کوشش کی تھی۔ پر لگتا ہے وہ اب ہم سب کی پہنچ سے نکل گئی ہے۔

کدھر، تایا جی؟

پتر، اوپر کی باتیں، نیچے بیٹھ کے نہیں کرتے۔ اِدھر مٹی پہ چلتے پھرتے، مٹی کے کھلونوں کو اوپر سے آتی روشنی تھوڑی دکھتی ہے۔ تو اب اسے نہ سوچا کر۔ تیرے اندر میل آئے گا۔

صدر کو کسی بات کی سمجھ نہ آئی۔ اتنا ہو گیا کہ اس کے دل میں اک دھڑکا بیٹھ گیا۔ کچھ نہ کچھ ہونے والا ہے۔ کچھ نہ کچھ ہو گا۔ ہو گیا۔ اک صبح صدر کی بہن نے چیختے ہوئے سوئے ہوئے صدر کے سر سے چادر ہٹائی اور جھنجھوڑتے ہوئے لرزتی آواز میں بولی،

بھائی، شانتی چلی گئی۔

ہیں۔ صدر کی آنکھیں پھیل گئیں۔ ہاتھ ٹھنڈے ہو گئے۔ اس نے نہیں پوچھا کدھر چلی گئی۔ لرزتی ہوئی ہچکی میں کہی بات سن کے کچھ بھی پوچھنے کی ضرورت نہیں تھی۔ اس کے دل کو پہلے سے کھٹکا لگا تھا کچھ نہ کچھ ہونا ہے، ہو گیا۔ شانتی کے گھر سے عورتوں کے بین کرنے، رونے چیخنے کی آوازیں آ رہی تھیں۔ سارا ماحول لرز رہا تھا۔ جیسے ایک ساتھ کئی بھونچال آ گئے ہوں۔ ہر شے ہچکولے کھا رہی ہو۔ لرزے جا رہی ہو۔ ہاجراں بیٹھی تیز تیز بولتی رہی۔ اچھی بھلی رات کو سوئی تھی۔ پتہ نہیں سوئی بھی تھی یا جاگتی پڑی تھی صحن میں چادر لیے۔ صبح اٹھی ہی نہیں۔ ماسی نے دن چڑھے جگانے کو ہاتھ لگایا تو لسی کی چاٹی کی طرح ٹھنڈی تھی۔ اسی وقت سے ماسی کو غشی پڑی ہوئی ہے۔ سر کھولے، بال بکھیرے شانتی کی پراندی پہ اپنا ماتھا پھوڑے جا رہی ہے۔ ہائے کیوں شانتی کا زبردستی رشتہ طے کر دیا، اس کے باپ کے کہنے پہ۔ میری شانتی تو چاندنی

تھی۔ جگ مگ جگ مگ کرتی تھی، کیوں میں نے اندھے کھوہ میں اسے بند کرنے کا سوچا۔ ہائے نی چلی گئی میری شانتی۔ ماتھا سوجالیا ہے ماسی نے۔ خون نکل آیا ہے سر کے بالوں بیچ۔ کئی عورتیں پکڑ کے بیٹھی ہیں اسے، ماں بھی ادھر ہی ہے، کسی کے رو کے نہیں رکتی وہ۔ سنبھالی نہیں جا رہی۔ کہتی ٹھیک ہے ماسی۔ شانتی نے کل شام ہی مجھے یہ بات بتائی تھی۔ کہتی تھی صدر کو نہ کہنا۔ میں بولی تیری شادی ہوگئی تو کیا صدر کو پتہ نہیں چلے گا۔ تو ہنس کے بولی۔ میرا بیاہ ادھر کہیں نہیں ہونا۔ جب ہونگی نہیں کہیں تو بیاہ کس سے ہونا ہے۔ میں ڈر گئی۔ پوچھا شانتی، کہیں بھاگنے کا سوچ رہی ہے تو؟ میری بات سن کے وہ عجیب طرح ہنسی تھی۔ ہنستے ہنستے بولی۔ ہاں، بھاگ جاؤں گی۔ میں گھبرا گئی، پوچھا۔ کس کے ساتھ؟ میرا سوال سن کے وہ چپ ہوگئی۔ تھوڑی دیر چپ رہی۔ پھر میرا چہرہ اپنے ہاتھوں میں لیکر بولی۔ تو کملی ہے۔ میں اس میلی مٹی کو ساتھ لے کر بھاگنے کی تھوڑی بات کر رہی ہوں۔ لے مجھے بھائی، اب سمجھ آئی ہے اس کی بات۔ جب وہ چلی گئی۔

شام کو شانتی کا باپو دیوا سنگھ، لیمپ اپنے کندھے پہ رکھ کے شانتی کو کھاٹ پہ ڈال کے شمشان گھاٹ لے گیا۔ ساری رات دیسی گھی کے ٹین لکڑیوں پہ ڈالتا رہا۔ تیلیاں جلا جلا آگ لگاتا رہا، آگ ہی نہ جلی، ماچسیں جیبوں سے ختم ہوگئیں۔ شانتی کے جسم پہ پڑی چادر کا ایک دھاگہ بھی نہ جلا۔ کھسر پھسر ہوتی ہوتی سائیں کے ڈیرے تک پہنچ گئی۔ سائیں بھی اپنی سوٹی ٹیکتا ادھر پہنچ گیا۔ شمشان گھاٹ۔ دیوا سنگھ کو گلے لگا کے کان میں بولا، سردار جی، ہماری امانت ہے۔ ہمیں دے دو۔ دیوا سنگھ لیمپ سے پرے لیجا کے ہاتھ ملتا ہوا سائیں سے بولا، بابا ایک کڑی ہماری مرگئی، اب ہمیں کیوں مرواتے ہو برادری میں۔

نہ دیوا پتر، بحث کا سمے نہیں ہے۔ تو بتا تیرے سچے گرونانک کو یہ آگ لگی تھی؟

بابا یہ وقت ہے ایسی باتاں کا؟

میں بھی تو یہی کہتا ہوں۔ لمبی بات نہ کر

بابا، تیری عقل ماری گئی ہے، ادھر کرپاناں نکل آئیں گی۔ خون خرابا کرنا ہے تو، سائیں بابا۔

نہ میرا پتر ایسی گلاں نہ کر، تیری دھی ساڈی کچھ نہیں لگدی؟ بول! لگدی ہے

تاں دان دے دے مینوں، اس دا۔ سائیں اپنی سفید پگڑی سر سے اتار کے ہاتھوں میں پھیلا کے کھڑا ہو گیا۔

دیوا سنگھ روتا روتا ہچکیاں لیتا ہوا، سائیں سے لپٹ گیا۔ سائیں بھی رو پڑا۔ روتے روتے دیوا سنگھ کی گردن میں اپنا چہرہ دیے آہستگی سے بولا،

میں تیرا دوشی ہوں، دیوا سنگھ۔ میں نے اس نیک کڑی کو پڑھنے کے لیے وہ اسم دیا تھا جسے ایک بار نیک نیتی سے پڑھنے سے یہ آگ اس جسم پہ حرام ہو جاتی ہے۔ اس نیک بخت نے تو وہ کلمہ اپنی روح کو پڑھا دیا۔ یہ تو وہ روح ہے جدھر جدھر اس نے قدم رکھا تھا، ادھر ادھر تو گردوارے بنا۔ یہ تو تیرے اور ہمارے گروؤں کے بیچ میں سجنے والی ہستی ہے۔ اس کی جگہ میں نے سوچ لی ہے۔

کونسی جگہ، دیوا سنگھ آہستگی سے بولا۔

خواجہ روشن ولی کی درگاہ کے احاطے میں۔

ہاں، ادھر کا ہی یہ کہتی تھی، اپنی ماں سے۔

کب؟

کل رات۔

پھر بھی تو سوچی پڑا ہوا ہے؟

میں کیا کروں، میں اکیلا تھوڑی ہوں، برادری ہے میرے ساتھ۔

تیری برادری والے خواجہ کی درگاہ کو سلام نہیں کرتے؟

کرتے ہیں۔

انہیں کہہ، یہ بھی سلام کرنے جا رہی ہے۔ خواجہ نے بلایا ہے اسے۔

بات لمبی ہو گئی تھی۔ رات بھر ادھر شمشان اور قبرستان میں اکٹھ ہوتا رہا۔ آخر صبح ہو گئی۔ خواجہ روشن ولی کی درگاہ پہ روشنی آئی تو شانتی کی میت بھی ادھر پہنچ گئی۔ درگاہ کے احاطے میں اس کی قبر بنی۔ دیوا سنگھ آخر میں اس شرط پہ راضی ہوا تھا کہ اپنی بیٹی کی قبر اپنے ہاتھ سے کھودے گا۔ اور سائیں بگو شاہ شمشان گھاٹ میں شانتی کی سمادھی کی پہلی اینٹ خود رکھے گا۔ سمادھی شانتی کی شمشان میں رہی، اس کا جسد خاکی درگاہ پہنچ گیا۔

خود وہ کدھر ہے، صدر سائیں سے پوچھتا رہتا۔

سائیں کہتا، بیٹا۔ سدا رہنے کے لیے جو بھی بہترین جگہ ہو سکتی ہے، شانتی وہیں پہ ہے۔ صدر پاگلوں کی طرح سوچتا پھرتا رہتا۔ سائیں ٹھیک کہتا ہے، جہاں شانتی ہو، وہی سدا رہنے کے لیے بہترین جگہ ہونی چاہیے۔ ادھر شانتی نہیں رہی تو میں کیوں رہوں۔ سائیں جب بھی صدر کو پاگل بنا پھرتا دیکھتا تو ڈانٹ کے کہتا، تو شانتی کو نہ سوچا کر۔ وہ تیرے سوچنے کی چیز نہیں ہے۔ ہو ہی نہیں سکتا کہ کوئی اس مٹی کے میلے بت میں ہوا اور روشنی کو ذہن کی مٹھی میں بند کر لے۔ اسے دیکھنا ہے تو پورن ماشی کی رات کو چاندنی دیکھا کر۔

صدر کے نصیب میں محسوس کرنے کے لیے نہ پورن ماشی کا چاند تھا نہ اس کی نرم پاوتر چاندنی۔ تھوڑے ہی دنوں میں وہ پھر ماہیے گاتا ہوا گلیوں میں پھرنے لگا۔ پتہ نہیں یہ اس کی خوش نصیبی تھی یا بد نصیبی۔

تیرا کیا خیال ہے؟

ہرنام کور سے پچھ کے دیکھ۔

□

# چندکور اور سائیں بگوشاہ

سائیں بگوشاہ سے لاڈ تو زینب کرتی تھی، مگر لاڈلی اس کی چندکور تھی۔ چندکور کا لاڈلا بھی کوئی اور تھا۔ جو اسے چھوڑ گیا تھا۔ اسی کے ہجر میں ماری ماری پھرتی وہ سائیں بگوشاہ کی پرانتی آ بیٹھی تھی۔ اس لیے کہ اسے پتہ تھا سائیں شکتی والا ہے۔ جس کی دو انگلیوں میں ہر دھڑکتا دل، پھدکتی پکڑی چڑیا کی مانند ہے، جو دلوں کو رُخ دیتا ہے، اس سے سائیں کی یاری تھی۔ وہ عشق کی ماری جلی ہوئی کٹے پروں والی چڑیا تھی۔ اپنے گھونسلے سے پھسل کے وہ سائیں کے ڈیرے آ گری۔

تم عشق کو چڑیا کی صبح کے چوگے سے کیا کم سمجھتی ہو۔ سنو! ہم لوگ محبت اور عشق کی باتیں تو ایسے کرتے رہتے ہیں۔ جیسے موتی چور کے لڈو بنا رہے ہوں۔ بانٹ رہے ہوں۔ کھا رہے ہوں۔ کہنے کو محبت کا نام لینے سے منہ میٹھا ہو جاتا ہے۔ مگر سچ پوچھو تو ہے بڑی انوکھی چیز یہ۔

نہ میٹھی نہ کڑوی۔

ہے ذائقہ اس کا۔

حلق میں نہیں اترتا، شاہ رگ میں گھستا ہے۔

میں تو اسے چھری کی طرح کی کوئی چیز سمجھتا ہوں۔ فرق اتنا ہے کہ محبت اگر جھوٹی

ہو، سطحی ہو۔ صرف دعویٰ ہی دعویٰ ہو تو محبت کا دعوے دار چھری محبوب کی گردن پہ رکھ دیتا ہے۔ اگر سچی ہو، عشق ہو سچ مچ کا تو عاشق چھری اپنی گردن پہ رکھ لیتا ہے۔ چھری بہر حال استعمال ہوتی ہے۔ دکھے نہ دکھے۔ ہوتی ہے ضرور یہ کہیں نہ کہیں۔

کاٹ بھی بڑی تیکھی ہوتی ہے اس کی۔

بندہ اندر ہی اندر سے کٹتا رہتا ہے۔

خون شہ رگ کا، ساری رگوں کو چوس لیتا ہے۔ رگوں کے اندر نہیں بہتا۔ کھال سے باہر نہیں ٹپکتا۔ کسی بے نام درد کی رسولی سی بن کے ہر لمحے بندے کو اذیت کی ٹکٹکی پہ باندھے لیے پھرتا رہتا ہے۔ مجھے دیکھ لو۔ میری ڈاکٹری کا امتحان نہ لو۔ آج کے ہم ڈاکٹر لوگ ایسے درد کو تسلیم نہیں کرتے۔

کیسے کریں۔

ہم اپنی بنائی مشینوں کو خود سے معتبر سمجھتے ہیں۔

جب کوئی درد کسی لیبارٹری رپورٹ: ای سی جی، الٹرا ساؤنڈ، سی ٹی سکین، ایم آر آئی میں نہ آئے تو کیسے اس کی تصدیق کریں۔

ہاں، کوئی مسیحا نصیب سے درد آشنا ہو جائے۔ بیٹھے بٹھائے درد پال لے تو ہولے ہولے اسے سمجھ آنے لگتی ہے۔ مجھے واقعی اس شام تک اسکی سمجھ نہیں تھی۔ جب تم میرے کمبل کو لپیٹے میرے بستر پر میرے کمرے میں بیٹھی ہوئی مجھ سے باتیں کر رہی تھی۔ تمہارے پہلو میں بستر میں کوئی سو رہا تھا اور میں نیچے قالین پہ بیٹھا ہوا تھا۔ تمہارے برابر، بیڈ سائیڈ ٹیبل لیمپ کے اندر پیلا بلب جل رہا تھا۔ اور تم لیمپ کی تار کو اپنے ہاتھ پہ بل دیے اس کا بٹن ہتھیلی پہ رکھے بیٹھی تھی۔ بچ بچ کر کے تم کبھی لیمپ جلاتی کبھی بجھاتی تھی۔ روشنی کا ہالہ کبھی تمہارے چہرے پہ بنتا تھا کبھی اترتا تھا۔ اسی روشنی میں تمہاری آنکھیں کسی ایسے نایاب نگینے کی طرح بار بار چمکتی تھیں، جس کی قیمت سامنے بیٹھے اناڑی جوہری کو سمجھ نہ آ رہی تھی۔ یاد ہے، اسی رات تم نے پہلی بار درد کی

بات چھیڑی تھی۔ میں تمہاری بات سن کے ہنسنے لگا تھا۔

یہ ہے کیا چیز؟

میں نے درد کو لطیفہ سمجھ کے پوچھا تھا۔

تم جواب دینے کی بجائے لیمپ کا بٹن ہاتھ میں لیکر بجلی بھری تار کو اپنی نبضوں پہ لپیٹ کے بیٹھ گئی تھی۔ مجھے یاد ہے تم مسلسل مجھے دیکھتی جا رہی تھی۔ اور تار کو بل دیے جا رہے تھی۔ پھر تم نے بچ بچ بٹن اِدھر سے اُدھر دبانا شروع کر دیا تھا۔ روشنی کی پچکاریاں تمہاری نبضوں سے ہوتی ہوئیں تمہاری آنکھوں سے پھوٹنے لگی تھیں۔

مجھے اس وقت تمہاری بات سمجھ نہ آئی تھی۔

اس وقت تک میرا ڈاکٹری ذہن درد کو ایسا ہی ایک عارضہ سمجھتا تھا، جو پیراسٹی مول، بروفن یا سوسی گان سے دور ہو جاتا ہے۔ شاید میں نے ترنگ میں آ کے ہنستے ہوئے ایک بار یہ کہہ بھی دیا تھا کہ درد سے میں نپٹنا جانتا ہوں۔ درد مار دوائیں بہت ہیں میرے پاس۔ تم میری یہ مذاقاً کہی بات سن کے سنجیدہ ہو گئی۔ کچھ دیر ٹکٹکی باندھے مجھے دیکھتی رہی جیسے مجھ سے کوئی بہت بڑی گستاخی ہو گئی ہو۔ ٹک ٹک کر کے بجلی کے بلب کو تم خاموشی سے جلاتی بجھاتی رہی۔ بجلی کا بلب جس لمحے بند ہوتا، اسی وقفے میں تیری آنکھوں سے ستارے سے نکلتے۔ چمکتے۔ پتہ نہیں تو کوئی ویلڈنگ مشین کی دہکتی راڈ اپنی نگہ میں رکھ کے میرے آنے والے دنوں میں کوئی طوفان ٹانکنے کا تہیہ کر رہی تھی۔ یاد ہے، یونہی کرتے کرتے تم نے اقبال کا ایک مصرع بھی پڑھا تھا۔

"خدا تجھے کسی طوفاں سے آشنا کر دے"

میں اسے سن کے بھی ہنسا تھا۔ ملاحظہ کرو میری کم علمی، اور ہنستے ہوئے تمہیں کہا تھا، تجھ سے بڑا طوفان کونسا ہے، جس سے ملنے کا کہہ رہی ہو۔ مجھے اس لمحے تھوڑی یہ پتہ تھا کہ طوفان ملنے سے نہیں "نہ ملنے" سے آیا کرتے ہیں۔ تمہیں تو پتہ تھا۔ پھر بھی تم نے مجھے بد دعا دی۔ تم نے کہا تھا میں دعا کرتی ہوں۔ خدا تمہیں کسی درد سے آشنا کر

دے۔

یقین جانو۔

کسی دعا کو اس قدر تیزی سے قبول ہوتے میں نے نہیں دیکھا۔ تمہارے ہونٹوں سے یہ بول کہنے کی دیر تھی۔ کہ تمہاری جلتی بجھتی بتی کے ساتھ میرا دل بھی جلنے بجھنے لگا تھا۔ دل اندر ہی اندر سے کٹنے لگا۔ وہ رات گئی نہیں ابھی تک جاری ہے۔ کتنے سال ہو گئے کہنے کو، مگر ابھی تک اس شب کی سویر نہیں ہوئی۔ صبح نہیں آئی۔ سورج نہیں نکلا۔ روشنی ابھی تک اسی طرح ٹچ ٹچ جل بجھ رہی ہے۔

چھری اندر ہی اندر کاٹ کر رہی ہے۔

دونوں سچے پریمی ہوں تو دونوں ہی لہولہان ہوتے ہیں۔ مانتا ہوں۔ تمہارا سچ مقدم ہے۔ پہلے صرف تم لہولہان تھی۔ تمہاری دعا قبول ہوگئی۔

میں بھی سرخرو ہو گیا۔

کہنے کو یہ درد بڑا شدید ہے۔ مگر دوسرے قسم کے درد سے مختلف ہے۔ دوسرا کوئی درد ہو۔ کہیں ہو، تو آدمی اسے ہلکا کرنے کے جتن کرتا ہے۔ پین کلر کھاتا ہے۔ مگر یہ درد انوکھا ہے۔ یہ ہوتا ہے تو آدمی کہتا ہے۔ الحمدللہ۔ بندہ چاہتا ہے، یہ اور ہو، ہوتا رہے۔ بڑھتا رہے، پلتا رہے۔ ڈستا رہے۔ یہ جب جب ہوتا ہے۔ ذہن میں ٹک ٹک روشنیاں جلنے بجھنے لگتی ہیں۔ یادوں کا ہجوم اکٹھا ہو جاتا ہے۔ زخموں کے انبار لگ جاتے ہیں۔ اور اس درد میں لپٹا ہوا شخص اپنے رستے بہتے زخموں کو چھیلنے لگتا ہے۔ اس درد میں اک عجیب سا نشہ ہے۔ شاید اسی سے اسکی ایڈکشن ہو جاتی ہے۔ اللہ جانے کیا کیا ہے اس میں۔ کہنے کو یہ کوئی کم خوفناک درد نہیں ہے۔ انجائنا سے تھوڑا ملتا جلتا ہے۔

شدید بے چینی۔

تھوڑا سا پھولا ہوا سانس۔

سینے میں ایک دباؤ محسوس ہوتا ہے۔ درد تو کبھی کبھی دل سے ابلتا نظر آتا ہے۔

بائیں کندھے تک بھی چلا جاتا ہے۔ آدمی لوٹ پوٹ ہوتا ہے۔ اٹھتا بیٹھتا ہے۔ بازوؤں کو چھاتی پہ لپیٹتا ہے کبھی چھوڑتا ہے۔ کسی صورت درد میں کمی نہیں ہوتی۔ "اینجی سڈ" تک اس درد کو کم نہیں کرتی۔ کھالو تو سر کی رگیں اچھلنے لگتیں ہیں۔ پھٹنے لگتی ہیں۔ درد نہیں جاتا اور سر میں بیٹھ کے بے حال کر دیتا ہے۔ تمہیں کیا میں اس درد کی علامات بتاؤں، پڑھاؤں۔ تمہی نے تو یہ دیا ہے، اپنے حصے سے نکال کے۔

شاید، اس سے بہتر دنیا میں کوئی چیز ہے ہی نہیں دینے کی۔

اچھا کیا تم نے جو اپنے وجود کی پھول کلیوں کی پتیاں نہیں دیں، ان کی خوشبو نہیں دی۔ خوشبو کا کوئی رنگ نہیں دیا۔ اپنے پورے باغ کا موسم دے دیا۔ مجھے علم ہے تیری قربت کو سوچ کے جنت کی سمجھ آتی ہے۔ شہد صندل انگور کے گوشے اور دودھ کی نہریں۔ ایسی جنت میں اتر کے لذتوں کے گرداب میں لتھڑ جانے کا ڈر تھا۔

یہ واقعی ڈرنے والی چیز ہے۔

اگر کوئی سوچے۔

سوچنے والی بات یہ ہے کہ حاصل جنت۔ اگر صاحبِ جنت نہ ہو تو پھر کیسی وہ جنت۔ کیسی وہ بہشت۔ اب اگر کسی کو یہ چوائس ہو کہ جنت لینی ہے یا صاحبِ جنت تو کیا چنے کوئی؟

بولو۔

اسی لیے، میں نے تیرا قرب نہیں، تیرا ہجر چنا ہے۔

سیدھا سادھا قرب تو تھوڑے دنوں میں قربت کو بھلا دیتا ہے۔ بیگانہ کر دیتا ہے۔ یہ آنکھ، ناک، ہونٹ، گردن سے پاؤں تک ریشمی لمس، گداز مہک، جسم کی گرمی، گرم سانس، یہ سب تو تم نہیں ہو صرف۔ تم تو ان سے ایسی بلند ہو جیسے پھول، شہد، صندل اور ذائقوں سے موسم بہار۔ بلکہ سارے کے سارے موسموں سے وہ آسمان اونچا ہے۔ جو انہیں پالتا ہے۔ تمہاری سمجھ تمہیں چھو کر نہیں آتی۔ تمہیں سوچ کر آتی

ہے۔ ہجر کی دھیمی آنچ پہ مدتوں درد کی رسولی لیے پھرنے سے اک دن قرب کا دروازہ کھلتا ہے۔

یہ وہ دروازہ ہے جو پھر بند نہیں ہوتا۔

تمہیں لاؤں گا اپنے پاس، مگر اسی دروازے سے۔ لمبا چکر کاٹ کے سہی۔ مگر اس دھج سے کہ جب تم آؤ تو پھر میرے اندر صرف تم رہو۔ میں نہ رہوں۔ ''میں'' نہ رہے۔ صرف تو تو ہو۔ تو ہی رہے۔ اس لیے اب تمہارے حصول میں، میرے لیے کوئی شجر ممنوعہ ہے تو وہ بھی تم ہی ہو۔

چندکور بھی عاشق تھی، سرون سنگھ سے عشق کرتی تھی۔ سرون سنگھ اک ان پڑھ دیہاتی جٹ تھا۔ دونوں ایک ہی گاؤں کے تھے۔ ماؤ میووال سے تین پنڈ چھوڑ کے ان کا گراں تھا۔ پرتاب پورہ۔ چندکور پہ دو ظلم ہوئے۔ پہلا ظلم یہ ہوا کہ اسکی شادی اسکے محبوب سرون سنگھ سے ہی ہوگئی۔

شادی کی پہلی رات ہی محبوب مر گیا۔

خاوند رہ گیا۔

ظلم دوہرا یوں ہوا کہ چندکور سمجھتی رہی کہ سرون اسے بیوی نہیں محبوبہ سمجھتا ہے۔ وہ محبوبہ بن کے نخرے کرے۔ عاشق بن بن ناز اٹھائے۔ سرون بیچارے کی سمجھ میں کوئی بات بھی نہ آئی۔ وہ ڈر گیا۔ اسے یہ نہ پتا چلا کہ چندکور چاہتی کیا ہے۔ مگر اتنا علم ہوگیا کہ مسئلہ کچھ انہونا سا ہے۔ شادی کا اک سال ہوا تو اک بیٹا بھی پیدا ہوگیا۔ سرون سنگھ غریب اور بے وقوف آدمی تھا۔ اسے چندکور کی محبت بھری آنکھوں کی چمک سے خوف آ گیا۔ سمجھ جو نہ آئی، محبت بھری آنکھوں کی سمجھ ہر ایک کو تھوڑی آتی ہے۔ جسے سمجھ نہیں آتی وہ ڈر جاتا ہے۔ گھبرا جاتا ہے۔ سمجھ آ جائے تو اپنے آپ سے خوف آنے لگتا ہے۔ پہلے وہ محبوب سے بھاگتا ہے، پھر اپنے آپ سے۔ اسکی پہلی والی حالت تھی۔ نا سمجھی والی۔ وہ یہ سمجھ بیٹھا کہ یہ چمک اس سے دنیاوی آسودگیوں کی متقاضی

ہے۔ اس نے یہ ارادہ کرلیا کہ وہ اپنی چندکور کو سونے چاندی میں لاد دے گا۔ گھر میں دودھ کی نہریں چلادے گا۔ وہاں گاؤں میں رہ کے تو ممکن نہ تھا۔ بس ولائت جانے کی دھن پال لی۔ گھر کے دو چار ڈھور ڈنگر تھے بیچ دیے۔ دو چار کلے گروی رکھے۔ ٹکٹ کے پیسے بنائے اور چلا گیا ولائت۔ برٹش انڈیا کے دن تھے۔ برطانیہ جانے کے لیے کونسا ویزا یا پاسپورٹ ضروری تھا۔ چلا گیا۔ چندکور اپنے بیٹے کے ساتھ اکیلی رہ گئی۔ بیٹا بڑا ہوتا ہوتا چھ سال کا ہو گیا۔

سرون سنگھ لوٹ کے نہ آیا۔

پہلے سال اس کے خط آئے، کچھ پونڈ بھی آئے۔ بعد میں کچھ بھی نہیں۔ نہ کوئی خط پتر لکھا۔ نہ خرچا بھیجا۔ مگر چندکور سب سہتی رہی۔ اسے یہ ظلم نہ محسوس ہوا۔ اسے نعمت مل گئی بیٹھے بٹھائے۔ اسکا محبوب اسکے تصور میں پلتا بڑھتا رہا۔

بیج کی کونپل سے بوٹا نکل آیا۔

آم کی گٹھلی میں پورا پیڑ بن کے کھڑا ہو گیا۔

وہ تو تھی ہی ذات کی عاشق۔ اسے ہجر مل گیا۔ وہ بچ گئی۔ اس کا عشق سیخ پا تھا۔ اس کی خوش نصیبی دیکھو، کہ اس کے حصے میں بے خبری بھی آ گئی۔ اسے پتہ ہی نہ چلا کہ اس کا سرون سنگھ انگلینڈ کی چکا چوند میں اپنے گاؤں کی ساری موم بتیوں اور گھر کی ٹم ٹم لالٹین کی لو بھول بھلا چکا ہے۔ وہ بے چاری ہر روز اٹھ کے ڈاکیے کے قدم لیتی۔ جدھر سے ڈاکیا آتا، ادھر چار گلیوں کی نکریں پار کر کے گاؤں کے سرے جا کھڑی ہوتی۔ چھ سال اس نے ڈاکیے کا خالی الٹا ہاتھ ہلتے سہا۔ سسرال والوں کی کھٹی مٹھی باتیں، اڑوسیوں پڑوسیوں کے دیے ہوئے وسوسے۔ اس نے سب کچھ سہا۔ بوند بوند کر کے درد کا پورا کھوہ اپنے اندر اکٹھا کرلیا۔ اندر ہی اندر گرتے اپنے آنسوؤں میں خود کو پیروں سے سر تک ڈبو کرلیا۔ مگر کھوہ کی دیواریں مضبوط رکھیں۔ اپنے اندر تریڑ نہیں آنے دی۔

دیکھو۔ تریڑ کو برتن اور اندر کے سیال کے تناظر میں دیکھنا چاہیے۔

ہر پیالے میں دودھ اور لسی نہیں ہوتی۔ نہ ہر پیالہ ایک سی مٹی کا بنا ہوتا ہے۔ تریڑ ہزار بری سہی۔ مگر کبھی کبھی تریڑ آنے سے برتن بچ جاتا ہے۔ ریزہ ریزہ نہیں ہوتا۔ کہنے کو اندر تریڑ ہوتی ہے مگر رہتا سالم ہے۔ لیکن اس کے نصیب میں تو ریزہ ریزہ ہونا لکھا تھا۔ مٹاتا کون؟

لمبی سوہنی گوری چٹی جٹی تھی۔

چھ سال کے وچھوڑے نے اسے تنور میں لگا کے بھلا دی گئی روٹی کی طرح جلا کے رکھ دیا۔ جاگ جاگ کے آنکھوں کے نیچے کالے حلقے پڑ گئے۔ آرزؤں کو سلا سلا کے اسکی آنکھیں رندھ گئیں۔ چہرہ بے رونق ہو گیا۔ کھال جو کبھی ساٹن کے تھان کی طرح لش پش کرتی تھی۔ بنجر زمین کی طرح خشک ہوگئی۔ ساٹن سے کھدر بن گئی۔ بال گرتے گرتے تھوڑے رہ گئے۔ پراندہ پتلا ہو گیا۔ وہ جو ہرنی کی طرح اچھلتی چلا کرتی تھی۔ بکری کے گم شدہ بچے کی طرح قصائیوں کے محلے میں ممیاتی پھرنے لگی۔

دیکھو۔

بھوک صرف پیٹ کی نہیں ہوتی۔

جسم بڑی عجیب چیز ہے۔ سر سے پاؤں تک ہر عضو کا اپنا اپنا پیٹ ہے۔ ہر ایک کی غذا مقرر ہے۔ ان سب کو بھوک لگتی ہے۔ وہ کیا کرتی بیچاری۔ سارا جسم سپولئوں سے لپٹا اسے ڈستا رہتا۔ آنکھیں کہتی کہ کسی کو دیکھ کے، دیکھتی جا۔ ہاتھ کہتے کسی کو چھو کے دیکھ۔ جسم کہتا کسی کو کہہ مجھے چھوئے۔ کسے کہتی وہ۔ سر سے پاؤں تک اس کے جسم نے شور مچایا ہوا تھا۔ اوپر سے مصیبت یہ پال رکھی تھی اس نے کہ سرون سنگھ کی محبت میں گرفتار تھی۔ اس کے انتظار میں سولی پہ چڑھی ہوئی تھی۔ گاؤں میں جوان مرد اسے نظر آتے تھے۔ اس کا جسم انہیں بلاتا تھا۔ اسے اچھا لگتا جب کوئی اسے چھو لیتا۔ اسے پکڑتا۔ بچے بھی گلی محلے کے اگر آ کر اس سے لپٹتے تو اسے تسکین ملتی۔ جانوروں کا جسم

بھی اسکے جسم سے خوشگوار باتیں کرتا۔ مگر اس نے خود ہی اپنے جسم سے انتقام لینا شروع کر دیا۔ کسی اور پہ دھیان ہی نہ دیا۔ سرون سنگھ کے ہی دھیان میں رہی۔ ایسے میں اسے کسی نے کہا۔ دو گاؤں چھوڑ کے اک درویش آدمی ہے۔

سائیں بگوشاہ۔

اس کے پاس جا۔

وہ تیرا سرون سنگھ بلوا دے گا۔

وہ جوتی اتار کے ننگے پاؤں بھاگتی سائیں کے ڈیرے پہ آ گئی۔ سائیں ستر بہتر سال کا بوڑھا آدمی تھا۔ ڈیرے پہ اس کے کئی بن کے پیڑ تھے، ایک نیم کا درخت تھا۔ ایک کچی کوٹھری تھی۔ دو ایک بھینسیں تھیں۔ لوگ آتے جاتے رہتے تھے۔ کوئی دم کرا جاتا، کوئی تعویذ لے جاتا، کوئی پیالہ لسی کا پی جاتا۔ کوئی بیٹھ کے دو گھونٹ حقہ پی کے اٹھ جاتا۔ بس جو جسے چاہیے ہوتا وہاں سامنے پڑا مل جاتا۔ وہ لے جاتا۔ کبھی کبھار تو آنے والا آ کر سائیں کو کہتا۔ سائیں جی آپکو لینے آیا ہوں چلو۔ میرے ساتھ۔ سائیں سر پہ اپنی پگڑی رکھتا، کندھے پہ چادر ڈالتا اور اپنا سوٹا اٹھا کر چل پڑتا۔ چل بھئی۔ پوچھتا نہیں کدھر۔ بس چل پڑتا۔ سائیں کے ڈیرے پہ ہر آنے والے کے لیے سکھ دیوار پہ لکھا تھا۔ جو آتا پڑھ لیتا۔ دیوار سے اتار کے اپنے اندر بھر لیتا۔

چند کور آ گئی سائیں کے ڈیرے پہ۔

دو دنوں میں ہی اس نے سارا ڈیرہ سنبھال لیا۔

ڈیرے میں جھاڑو وہ خود دیتی۔ نیم کے نیچے چارپائی جھاڑ کے اپنے ہاتھ سے بچھاتی۔ جدھر جدھر چھاؤں سرکتی جاتی، ادھر ادھر منجیاں کھسکاتی جاتی۔ صبح صبح پہنچ جاتی۔ دودھ دوہتی۔ دہی کی چاٹی سے پاؤں ٹیک کے مدھانی گھماتی۔ مکھن بلوتی، لسی نکالتی۔ صرف سائیں کے لیے وہاں کھانا تھوڑی پکتا تھا۔ جو کھانے کے وقت آ گیا۔ وہ لنگر میں بیٹھ گیا۔ دال روٹی۔ دال کسی دن نہ ہوئی تو پودینے کی چٹنی ہوگئی۔ ورنہ پسی

ہوئی لال مرچ میں مکھن کی ڈلی ڈال کے گزارہ ہو جاتا۔ روٹی بہر حال باقاعدگی سے ڈیرے پہ پکتی۔ تنور لگا تھا۔ تنور پہ ایک چھیری بھی ہوا کرتی تھی۔ وہ روٹیاں لگاتی رہتی۔ چندکور اسے آٹا گوندھ گوندھ دینے لگی۔ دال تھال میں ڈال کے صاف کرتی۔ کنکر پتھر کو کرو چن چن کے نکالتی۔ دال دھوتی، بھگوتی۔ ہانڈی تیار کر کے چولہے پہ پکانے کو چڑھا دیتی۔ اس کے ہاتھ کی پکی دال کھوئے کی طرح نرم ہوتی۔ جو کھاتا انگلیاں چاٹتا مگر اس کے اندر کنی رہی دال نہ بن سکی۔ کوکرو ہی رہی۔ کرنے کو وہ وہاں ہر کام کرتی، ہر کام میں ہاتھ بٹاتی۔ لوگ جلانے کے لیے بالن کے گڈے بھر بھر کے ادھر چھوڑ جاتے تھے۔ کپاس کی سٹیاں، درختوں کی ٹہنیاں۔ جلانے کو بہتیرا بالن تھا ادھر۔ چندکور ٹہنیاں کھینچ کھینچ کے تنور میں ڈالتی۔ چولہے میں جلاتی۔ بھانبھڑ سے جڑی بیٹھی رہتی۔ اسے اس سے سیک نہ آتا۔ مگر اس کے اپنے اندر کا دھواں دیتا جو بھانبھڑ تھا اس سے جل جل وہ کوئلہ ہو گئی۔ پھر بھی وہ امید پالے بیٹھی تھی شاید سائیں کسی دن اس پہ توجہ کرے۔ پوچھے کڑیے خیر ہے۔ کیوں مرجھائی ہوئی بیل بن کے دور کے درخت سے لپٹی بیٹھی ہو۔ وہ اسی آس پہ روز سائیں کا حقہ تازہ کرتی۔ چلم بھر کے خود لاتی۔

کئی مہینے گزر گئے۔

وہ سائیں کی خدمت میں جتی رہی۔ روز صبح منہ اندھیرے آجاتی۔ بچہ ساتھ لے آتی۔ سارا دن کام میں لگی ہوتی۔ بچہ ڈیرے کے کچے ویڑے میں مٹی گارے اور نیم کی نمولیوں سے کھیلتا رہتا۔ شام ہونے سے پہلے وہ چلی جاتی۔ سائیں سب دیکھتا رہتا۔ پتہ تھا اسے کہ اسکا سرون سنگھ چھ سال سے گیا ہوا ہے ولایت۔ آیا نہیں پلٹ کے۔ سائیں خود مجرد آدمی تھا۔ نہ ساری عمر شادی کی۔ نہ کوئی بیٹا نہ بیٹی۔ مگر چندکور کی لگن دیکھ کے وہ اسے بیٹی کی طرح محسوس ہونے لگی۔ اک دن سائیں نے چندکور سے پوچھ لیا۔

اچھا پتر پھر ضرور سرون سنگھ کو بلوانا ہے؟

وہ سائیں کے پیروں پہ جھک کے تھر تھر کانپنے لگی۔ آنسو نکل کے اس کے میلے سے چہرے پہ لرزتے سائیں کے جوتوں پہ گرنے لگے۔ سائیں نے چند کور کو کندھوں سے پکڑ کے اٹھا لیا۔

بولا، پتر حوصلہ رکھ آ جائے گا وہ۔

کرتا ہوں بھیجنے والے کی منت۔

تو فکر نہ کر۔

سائیں ڈاڈھا آدمی تھا۔ اٹھ کے کھڑا ہو گیا۔ کئی راتیں کھڑا رہا۔ کوئی چلہ کیا یا وظیفہ۔ بہر حال کھڑے کھڑے پہنچ گیا اک دن لندن کی بندرگاہ پہ۔ ساری عمر وہ دو چار گاؤں سے باہر نہ گیا تھا۔ سمندر اس نے دیکھا ہی نہیں تھا۔ بحری جہاز کدھر دیکھنے تھے۔ وہاں دیکھا پانی ہی پانی، ان پہ لہریں، پانی بھی عجیب ہرا ہرا سا۔ جیسے پانی میں بھنگ ملائی ہو۔ کناروں پہ اونچے لمبے چوڑے بحری جہاز۔ جہاز کیا پورے کا پورا محلّہ۔ اندر لوگ آ جا رہے ہیں۔ مشینوں سے سامان بھرے کمرے اٹھا کے رکھے جا رہے ہیں۔ وہیں بندرگاہ پہ سامان لادنے والوں میں مزدور کے کپڑوں میں ملبوس سرون سنگھ کھڑا تھا۔ سائیں کونسا اسے پہچانتا تھا۔

پوچھا، تم ہو۔ سرون سنگھ؟

بولا۔ ہاں جی۔

یہ بولے۔ اوئے تیری گھر والی ہے، پیچھے گاؤں میں ہے۔ اس نے رو رو کے میرا ڈیرہ گیلا کر دیا ہے۔ تیرے لیے۔

تجھے وہ یاد نہیں آتی۔

چل، تیاری کر۔

سائیں نے اس کا بائیاں کان پکڑ کے مروڑ دیا۔

سرون بھیگی بلی کی طرح کان لپیٹ کے سامان باندھنے لگا۔

سائیں نے اگلے دن سارے احوال کھول کے بتا دیے۔

گاؤں کے لوگ سائیں کے پاس بیٹھ کے لندن کی بندرگاہ کے نظارے پوچھنے لگے۔ چند کور کو تو جیسے سندیسہ آ گیا۔ ایک ہی دن میں اسکے بجھے چہرے کی بتیاں لوٹ آئیں۔ وہ اندر اور باہر سے چمک گئی۔ جگ مگ ہوگئی۔ اس کے اندر دیوالی اتر آئی۔ موم بتیاں اسکی آنکھوں میں جلنے لگیں۔ گردن سیدھی ہوگئی۔ کمر کا خم نکل گیا۔ وہ دھنسی دھنسی سی چلتی تھی، اس کی چال زمین کے اوپر آ گئی۔

سائیں نے اسے بتا دیا۔ پتر وہ آ رہا ہے ادھر۔

بحری جہاز پہ بیٹھ کے۔

ڈھائی مہینے بعد کراچی اترے گا۔

پھر ڈیڑھ دو دن بعد پہنچ جائے گا تیرے پاس۔

تیرے لیے اس نے چھ سو روپیے بھی منی آرڈر کیے ہوئے ہیں۔ کہہ رہا تھا وہ کہ پندرہ بیس دن لگیں گے منی آرڈر پہنچنے میں۔

پندرہ دن بھی گزر گئے۔

سولہویں دن ساتھ کے چوتھے گاؤں بلگے کے ڈاکخانے سے ہرکارہ آ گیا۔

چند کور کو اطلاع مل گئی۔ کہ وہ ڈاکخانے آئے۔

وہ بھاگی گئی۔

سرکاری کاغذ پہ جا انگوٹھا لگایا۔ انگوٹھا لگاتے لگاتے وہ پھر رو پڑی۔ اس بار اسکے آنسو اس کے چہرے کا میل دھونے لگے۔ چھ سو چاندی کے روپیے مل گئے۔ چنی میں باندھ لیے سارے۔ بھاگتی سیدھی سائیں کے ڈیرے پہ آ گئی۔ اور سارے سکے لا کے سائیں کی منجی پہ ڈھیر کر دیے۔

نہ پتر۔ میں نے کیا کرنے ہیں۔

سائیں اٹھ کے کھڑا ہو گیا۔ اس کے سر پہ ہاتھ پھیرا۔ چل اٹھا سارے پیسے اور

چل اپنے گھر۔ سجا بنا گھر کو۔ وہ خود بھی آنے والا ہے۔

دو مہینے بعد سرون سنگھ آ گیا۔

اس نے اپنے حالات سنائے۔ چند کور سے بولا، اک بابا ادھر آیا تھا۔ لمبے قد کا تھا۔ پتلا چھریرا جسم تھا۔ گورا چٹا لال۔ سفید لمبے بال گردن کے پیچھے۔ آگے سفید داڑھی۔ سر پہ سفید ململ کی پگڑی۔ کرتا تہد بھی سفید لٹھے کا۔ اس نے مجھے کان سے پکڑ کے ادھر بھیجا ہے۔

چند کور بولی، چل پہلے میں تجھے اسی بابے سے ملوا دوں۔

اسے میں نے ہی بھیجا تھا۔

وہ بھی آ گیا ہے لندن سے؟ سرون سنگھ پریشان ہو گیا۔

وہ بابا تو کبھی شہر تک نہیں گیا۔ اس نے کیا جانا تھا لندن۔ چند کور سر ہلا کے ہنسنے لگی۔

پھر؟

تو چل کے خود ہی مل لے اس سے۔ وہ بڑی شکتی والا بابا ہے۔

سرون سنگھ کی پھوک نکل گئی۔ رب جانے بابا اور کیا ادھر دیکھ آیا ہے۔ کہاں کہاں جا کے اسے دیکھا ہے۔

وہ ڈر گیا۔

سائیں کی شکتی سے گھبرا گیا۔

سائیں کی شکتی کی وہاں کوئی ایک کہانی تھی۔ بڑے قصے تھے۔ اصل میں سائیں کا گرو اک مجذوب تھا۔ دریا پار گاؤں نور پور کا مست تھا۔ دریا کنارے گاؤں سے باہر سوکھی گھاس کی کلی ڈالی ہوئی تھی۔ کلی کے باہر ہری ہری اونچی ککو کی جھاڑیاں تھیں۔ بچپن میں سائیں دریا پہ بھینسیں چرانے جاتا تو ادھر ضرور جاتا۔ جا کے جھگی کے باہر ککو کی جھاڑیوں میں چھپ کے بیٹھ جاتا۔

جھگی کے اندر سے نور پوریا مست آواز دیتا۔

آ جا بگیا، لنگ آ۔ لگیا کیوں بیٹھا۔

سائیں بگو شاہ کا کوئی نام نہیں تھا۔ کہتے ہیں۔ بچپن میں ہی وہ یتیم ہو گیا تھا۔ ابھی سائیں کا نام کسی نے رکھا ہی نہیں تھا کہ ماں باپ دونوں مر گئے۔ نانکے گھر میں رہنے لگا۔ بے نام بچہ بڑا ہونے لگا۔ گوراچٹا تھا۔ دیکھنے والے بگا بگا کہنے لگے۔ اسی گھر میں ایک اور بگا بھی تھا۔ وہ تھا سفید رنگ کا اونٹ۔ وہ اس پہ مزدوری کرتے۔ سواریاں اس پہ بٹھا کر ایک گاؤں سے دوسرے گراں لے جاتے۔ وہ اونٹ کبھی کبھار مستی میں آ جاتا۔ خونخوار ہو جاتا۔ سارے سہم کے دبک جاتے۔ جو سامنے ہوتا بھاگ جاتا۔ کوئی اس کے روبرو نہ جاتا۔ اونٹ کے غصے کے آگے کون کھڑا ہوتا ہے۔ سائیں کھڑا ہو جاتا۔ کتنا بھی وہ بگا اونٹ غصے میں ادھم مچا رہا ہوتا، سائیں کو سامنے دیکھ کے پھرکی کی طرح جھولتی اپنی اونچی گردن دوست کی بانہوں کی طرح پھیلا دیتا اور فراٹے مارتی ہوئی اپنی سانسوں سے بھری تھوتھنی لا کر سائیں کے ہاتھ پہ رکھ دیتا، جیسے ہاتھ سہلا رہا ہو۔ سائیں اسے پیار کرتا اور نکیل ڈال دیتا۔

نکیل ڈال کے سائیں اس کی مہار اپنے نانا کے ہاتھ میں پکڑا دیتا۔ جب بھی بگے اونٹ کے مزاج میں ہل چل ہوتی، اس کے نانا سائیں کو آوازیں دیتے۔ بھاگتے ڈھونڈنے لگتے۔ پھر اللہ جانے کب سائیں کا نانا بھی مر گیا۔ بگا اونٹ بھی اس گاؤں میں ذبح ہو گیا۔ سائیں کو اس کا بڑا بھائی خیراتی شاہ اس گاؤں ماؤ میووال لے آیا۔ سائیں کے ساتھ اس کے لاڈلے اونٹ کا نام اس کی اپنی پہچان بن کے آ گیا۔ خیراتی شاہ کی ماؤ میووال میں شادی ہوئی تھی۔ سسرالی خواجہ روشن ولی درگاہ کے مجاور تھے۔

یہاں آ کے سائیں گاؤں والوں کی بھینسیں دریا پہ لیجا کر چرانے لگا۔

دریا پہ اس کو دو رشتے مل گئے۔

ایک دریا میں کشتی چلانے والا نو عمر ابوالفضل اس کا یار بن گیا۔ دوسرا دریا پار ککو

کی جھاڑیوں میں بنی جھگی میں نور پور کے بوڑھے مست کی توجہ مل گئی۔

مست بابا رہنے کو دریا کنارے رہتا تھا۔ مگر دریا اس کے اندر بہتا تھا۔ جذب کی لہریں ٹھاٹھیں مارتی تھیں۔ سائیں بگوشاہ کا سولہ سترہ کا سن تھا کہ وہ، بابا مست کے اندر بہتے دریا کے کسی بھنور میں آ گیا۔ تار دیا گیا۔ بابا مست کی کلی میں بابے کے علاوہ اور کچھ نہ تھا۔ نہ کوئی کپڑا تھا۔ نہ منجی پیڑی نہ مال اسباب۔ نہ کوئی اپنا، نہ کوئی غیر۔ کلم کلا بابا جو اپنے رب کے ساتھ ایسے گھل مل کے رہتا تھا جیسے آگ کے ساتھ تپش۔ آگ بابے کی کُلی کے اندر نہیں جلتی تھی، چولہا ہی نہیں تھا۔ ہوتا تو جھگی ہی جل جاتی۔ بس اک کونڈی تھی بابے کے پاس، پتھر کی بنی ہوئی۔ کونڈی کے اندر ایک لکڑی کا گھوٹنا تھا۔ دریا کنارے ڈوڈے، بھنگ، کماد کھڑے ہوتے تھے۔ بابا ڈوڈوں سے ایک مٹھی خشخاش نکال کے لے آتا، چار پتے بھنگ کے ڈالتا، شکر یا گڑ کی بھیلی کوئی مل جاتی تو وہ بھی کونڈی کے اندر۔ بیٹھا ڈنڈا ہلائے جاتا، خاموش زبان چلائے جاتا۔ اس کا ذکر کرتا رہتا، جس نے بابے کو کونڈی میں ڈال کے مہتیر کا مقام وقت کو دیا ہوا تھا۔ سائیں بگو جاتا تو یہ کونڈی پکڑ لیتا، اور ڈنڈا گھمانے لگتا۔ مقام سے ہٹتے سمے کی طنابیں تھام لیتا۔

ایک دن عجیب تماشہ ہو گیا۔

سمے وہیں رہا، مقام سرک گیا۔

بگا کونڈی میں ڈنڈا ہلاتا ہلاتا خود کونڈی کے اندر آ گیا۔

اس دن سائیں کی شامت آئی، سائیں نے پوچھ لیا، بولا،

بابا آپ کونڈی رگڑتے ہوئے زیر لب پڑھتے کیا ہیں۔

زبان ہلتی نظر آتی ہے، بول سمجھ میں نہیں آتے۔

بابا بولا، ہے یہاں اور کون، جو ہے صرف اسی سے باتیں کرنی ہیں۔

مجھے بھی سکھا دو، اس سے باتیں کرنا۔ سائیں پیچھے پڑ گیا۔

دیکھ بالک، خامخواہ اس کی کونڈی میں سر نہ دے۔ تجھے گھنگرو کھنکتے ڈنڈے کو ہلانے کا کام ملا ہے۔ ہلاتا جا۔ گھنگرو بجاتا جا۔ آ بیل مجھے مار والی بات نہ کر۔ اس نے اپنے سینگوں پہ اٹھالیا تو زمین پہ پیر نہیں لگنے۔ کونڈی میں گرے نِک سُک کی چٹنی بن جاتی ہے۔ چٹنی بھی ایسی مرچیلی کہ چکھتا کوئی کوئی ہے۔ ہٹ جا۔ دور بیٹھ کے کونڈی کی ڈنڈی ہلائے جا۔ بچیارہ۔

میرا گرو بھی یہی نصیحتیں مجھے کرتا تھا۔

میں نے کب اس کی نصیحت مانی۔

میرے دادے کے یار، سائیں بگو نے بھی اپنے گرو کا پیچھا نہیں چھوڑا۔ آخر تنگ آ کے اک دن بابے نور پوریے نے کہہ دیا۔

اچھا پتر پھر اپنا ڈبہ خالی کر،

پہلے بول کچھ نہیں ہے، نہ اندر نہ باہر۔

''لا'' سے سبق پڑھ۔

چھ مہینے بعد ''لا'' سے ''لا الہ'' تک سبق پہنچا۔ سال بعد اس کی زبان سے لا الہ اللہ نکلا۔ جب اللہ اس کے ہونٹوں سے نکل کے ٹھیک طرح سے خون میں ہضم ہو گیا۔ سر سے پیر تک پورا وجود پاوتر ہو گیا تو ''محمد رسول اللہ ﷺ'' تک دسترس ہو گئی۔

تم سمجھتی ہو کھڑے کھڑے بندے کو سالم کلمے کی سمجھ آ جاتی ہے۔

ہے نا کملی۔

سائیں کو اتنا حکم مل گیا کہ کونڈی میں سوٹا ہلاؤ، پڑھنا ہے کچھ تو یہی پڑھتے جاؤ لَا اِلٰہ اللہ سائیں کو کونڈی سوٹے کے ساتھ سریش بھی مل گئی۔

وہ سوٹا ہلاتا رہتا۔

ایک دن گڑبڑ ہو گئی۔ ڈنڈا اور زبان دونوں زیادہ ہل گئیں۔

کونڈی اٹھا کے پیالے میں ڈالنے لگا تو نگدا نہ بچا۔

سائیں بگو نے بابا سے کہا سرکار آج کچھ نہیں بچیا۔

بابا بولا، پتر، جدھر ''لا'' ہو ادھر بچنا کیا ہے۔

بیٹا،

کچھ نہیں ہے سوائے اس کے۔ نہ کچھ تھا، نہ ہوگا۔

بقا کو سمجھنا ہے تو فنا کو سمجھ۔

باقی رہنا ہے تو فنا ہونا سیکھ۔

اندر سے میں نکال کے بقا یا دیکھ۔

کچھ پانا ہے تو کھونے کا حوصلہ پال۔

یہاں نہ کچھ پہلے تھا، نہ کچھ ہوگا سوائے اس کے۔ یہاں لین دین کا سیدھا سادھا ضابطہ چلتا ہے۔ کچھ لینا ہے تو دینا بھی ہے۔ اگر باغ کے پھل پھول چاہتے ہو تو باغیچے کے سارے پودوں کو پانی دو۔ چھوڑنا کوئی بوٹا نہیں۔ سب کو پانی دینا ہے۔ اس کی ساری مخلوق کا بھلا چاہنا ہے۔ اگر اسی پہ دل آ گیا ہے، اسی کو مانگ بیٹھے ہو تو اپنی ذات سے نکل کر سر ہتھیلی پہ اٹھا کے اس کی دہلیز پہ رکھ دے۔ ایک زندگی بھی کم ہے اسے سمجھنے کے لیے۔ پیارے۔ تمہیں چار دنوں میں سمجھ نہیں آنی۔

اب جا۔

پیالے کے دو گھونٹوں سے ایک خود پیا ایک بگو شاہ کو دیا۔

سائیں نے اپنی کندھے کی چادر اٹھائی، ہاتھ میں رمبی پکڑی اور سلام کر کے بابا کی کلی سے نکلنے لگا، تو بابا بولا۔

ہوش میں رہنا۔

آج تیری آنکھیں کھلیں گی۔

آ گیا ہے تو اب کونڈی اور سوٹے کے بیچ میں۔

چکی کے دو پاٹوں بیچ پستے پستے سرمہ بنتا ہے۔

آنکھیں جاگتی رکھنا۔

اب جا۔

سائیں بگوشاہ اٹھ کے دریا پار گزرا۔ دریا کنارے بیلے میں اونچے گھاس میں بیٹھ کے اپنا رمبہ چلانے لگا۔ بھینسیں اس کے ریوڑ کی دریا میں نہاتی رہیں، میمنے گھاس میں چرتے پھرتے رہے۔ اگلی سویر کے لیے انہی پسوؤں کی خاطر سائیں کو گھاس اکٹھا کرنا پڑتی تھی۔ گھاس کھودتے کھودتے سائیں کو ایک چکر سا آیا۔ پیروں پہ بیٹھا بیٹھا وہ سرک کے پیٹھ لگا کے بیٹھ گیا۔ پتہ نہیں اسے اونگھ آئی یا نہیں، اتنا وہ جانتا ہے کہ ابھی اس نے پیر نہیں پسارے تھے کہ اس کے کانوں میں جل ترنگ سی بجی۔

سریلی دھیمی لے کی گھنٹیاں سی بجیں۔

جنگل بیابان علاقہ تھا۔ بہار کے دن تھے۔ نہ گرمی تھی نہ سردی۔ دوپہر کا وقت تھا۔ سورج سر پہ کھڑا تھا۔ جل ترنگ کی لے مشرق سے ابھری تھی۔ سائیں نے ادھر گردن موڑی تو سامنے بیس قدم کی دوری پہ ایک سفید روئی کا کپا چلا آ رہا تھا۔ سفید لباس میں ملبوس ایک سفید ریش بزرگ۔ ہاتھ میں اس کے گرز تھا۔ گرز سے گھنٹیاں بندھی تھی۔ وہ گرز زمین پہ مارتا اس طرح چلا آ رہا تھا، جیسے سوئی ہوئی زمین کو جگاتا آ رہا ہو۔ سائیں کے قریب آیا تو بولا، ادب سے کھڑے ہو جاؤ، امامؑ کی سواری آ رہی ہے۔

سائیں اٹھ کھڑا ہو گیا،

ایک ہاتھ میں رمبہ تھا۔ دوسرے میں گھاس کا رُگ، دونوں گرا دیے۔ ہاتھ خالی کر کے، اپنی قمیض کے دامن پہ ملتے ہوئے کھڑا رہا۔ دیکھا پیچھے ایک اور سفید لبادے میں ملبوس پاکیزہ جسم چلا آ رہا ہے۔ اس کے چہرے پہ دوپہر دن کی دھوپ میں بھی گیس کے ہنڈے کا اجالا بھرا ہے۔ پھر بھی اس کے ہاتھ میں جلتی ہوئی لالٹین ہے۔ اور اس کے پیچھے چار آدمی کندھوں پہ ایک پالکی اٹھائے آ رہے ہیں۔ پالکی کا نقشہ

تازیے جیسا ہے۔

امامؑ کو سلام کرو۔

لالٹین والے شخص کی آواز آئی۔

سائیں نے دونوں ہاتھ ماتھے سے اوپر اٹھا کے سلام کیا اور ادب سے دوہرا ہوگیا۔

پالکی قریب آ گئی۔

اس کے محرابی دروازوں میں ریشمی شفاف براق پردے سرسرا رہے تھے۔ اندر سورج اترا ہوا تھا۔ روشنی ہی روشنی،

روشنی مسکرا رہی تھی۔

سواری آگے بڑھ گئی۔ پالکی کے محرابی دروازوں کے اوپر گنبد کا کلس چمک رہا تھا۔ کلس پہ نظر پڑی تو سائیں کانپ کے رہ گیا۔ اس کے اندر زلزلہ آ گیا۔ وہاں ایک ڈوری سے اُس کے گرو بابا نور پوریے مست کا گردن سے اوپر اوپر کا کٹا ہوا سر بندھا ہوا تھا۔ کلس کے گرداگرد ہوا میں کٹا ہوا سر جھولتا ہلتا جا رہا تھا۔ آنکھیں سر کی زندہ تھیں، اور مسکراتے ہوئے سائیں کو تکے جا رہی تھیں۔

سائیں کے دل پہ کہر بھرا غم کا پہاڑ گرا، اک ہوک نکلی چھاتی سے، ہائے میرا مرشد شہید ہوگیا۔ یہ کیا ہوگیا۔ دونوں ہاتھ سائیں کے بے بسی سے سینے پہ پڑے۔ تھڑاک کی آواز آئی۔

یک لخت سارا منظر بدل گیا۔

ایک سوٹا سائیں کے کندھوں کے بیچ پڑا وہ اٹھ کے بیٹھ گیا۔ گردن گھمائی، دیکھا پیچھے مرشد بابا نور پوریا مست ڈانگ لیے کھڑا ہے۔ منہ سے بولتے بولتے غصے سے جھاگ کے چھینٹے اُڑ رہے ہیں۔ بابا نور پوریے نے پھر بگو شاہ کی کمر میں ڈانگ کی انی چبھوئی اور کہا، اوئے تو نے مجھے شہادت کے مقام پہ دیکھا، تو شکر کرتا۔ سجدے میں

گرتا۔ تو نے برف کی سلوں میں تج کے ٹھنڈی آہ کیوں بھری۔ میری شہادت کا غم دل کو لگا لیا۔ تو خود کیسے اپنی گردن اس کی دہلیز پہ رکھے گا۔ بول۔

سائیں نے کیا بولنا تھا، خاموش طبع آدمی تھا۔ لڑکپن، جوانی میں گاؤں والوں کی بھینسیں چرا تا رہتا۔ بڑا بھائی مر گیا تو اپنی جھونپڑی گاؤں کے باہر بنا لی۔ دن کو محنت مزدوری کر لیتا۔ رات کو سرکنڈوں کی جھگی میں لیٹ کے اللہ اللہ کرتا رہتا۔

ایک روز کی بات ہے۔

رات کا دوسرا پہر تھا۔ آنکھ ابھی لگی نہیں تھی کہ جھونپڑی کی چھت سے سائیں کے اوپر چر چر کرتی ہوئی کوئی چیز گری۔ وہ اٹھ کے بیٹھ گیا، دیے کی لو اوپر کی۔ دیکھا، لمبے لمبے بدنما کیڑے اوپر سے گر کے اس کی چادر پہ رینگنے لگے۔ وہ ہڑ بڑا کے اٹھ بیٹھا، اٹھ کے سرکنڈے کی چھت پہ ہاتھ مارا تو دھب سے کوئی ڈھیلا سا نیچے گرا، ساتھ بدبو کا ایک طوفان اٹھا۔ دیا قریب لے جا کے دیکھا تو وہ مرا ہوا چوہا تھا۔ اس پہ کیڑے لپٹے ہوئے تھے۔ رینگ رہے تھے۔

گاؤں پہلے ہی خالی ہو چکا تھا۔

پلیگ پھیلی ہوئی تھی۔

سائیں نے گھبرا کے اپنی جلّی اٹھائی اور اسے جھاڑتا ہوا گاؤں سے نکل کے دور، جنگل میں ایک خشک جگہ پہ جا بیٹھا۔ قریب ہی میدان کے دوسری طرف خواجہ روشن ولی کی درگاہ تھی۔ سائیں نے چادر اوپر تانی اور سر منہ لپیٹ کے لیٹ گیا۔ جو پڑھا کرتا تھا ، پڑھتا رہا۔ کوئی گھنٹہ گزرا ہو گا کہ چادر کے اندر سے سائیں کو باہر روشنی کا گولہ نظر آیا۔ جیسے کوئی گیس کا ہنڈا سرہانے آ کھڑا ہوا ہو۔ ابھی سائیں سوچ ہی رہا تھا کہ یہ کون گیس جلا کے ادھر آ گیا کہ ایک سوٹے کی انی اس کی دائیں پسلی میں چبھی۔ اندر گھب گئی۔ آواز آئی۔

اوئے، تو ادھر کیوں آیا۔

شیرِ خدا کا اسم پڑھنے والے! بول۔

کڑاکے دار آواز تھی، سائیں نے جھٹ چہرے سے چادر کھینچی، دیکھا سامنے طویل قامت مضبوط جسم کا سپاہی کھڑا ہے۔ چہرہ گیس کا منور ہنڈا بنا ہوا ہے۔ ہاتھ میں موٹا سا سوٹا ہے۔ سوٹے کی انی پہ لوہے کی میخ چڑی ہے۔

کیوں آیا ہے، ادھر ہمارے پاس۔

چوہے سے بھاگ کے،

اُٹھ

سائیں نے فٹافٹ چادر بغل میں دابی اور جوتے پہنے بغیر ہی بھاگتا ہوا پرانی جگہ پہ آ گیا۔ مڑ کے نہیں دیکھا، خواجہ روشن ولی کی درگاہ کو۔

پلیگ آئی،

گزر گئی۔

کئی سال گزر گئے،

پھر پلیگ پھیل گئی،

ان دنوں پلیگ پھیلتی تھی تو شہروں کے شہر ویران ہو جاتے تھے، گاؤں اجڑ جاتے تھے۔ بستیاں بکھر جاتی تھیں۔

بدبو، خوف اور لاشیں۔

نہ ڈاکٹر تھے ان بستیوں میں، نہ کوئی ڈاکٹری تھی۔ موت ہر آنکھ میں سہمی ناچتی نظر آتی تھی۔ لوگ گھروں سے بھاگ جاتے۔ اپنے غیروں کی تمیز نہ رہتی۔ مری لاشوں کو اٹھانے کوئی نہ آتا۔ مرگھٹ اور قبرستان جاگ گئے تھے، ہنستی بستیاں سو گئی تھیں۔ لوگ گھروں سے بھاگ گئے تھے۔ گاؤں خالی ہو گیا تھا۔ سائیں ابھی تک اسی جھونپڑی میں تھا۔

اس بار کوئی مرا چوہا نہ گرا۔

لیکن ایک اور آفت آ گئی۔

ہوا یوں کہ سائیں نے اللہ جانے کون سا وظیفہ پڑھ لیا، کہ اگلے ایک دو دن بستی میں جو اونچ نیچ ہونی ہوتی، وہ اسے نظر آ جاتی۔ پلیگ سے پہلے تو اکثر یہ فرحت بخش تھا، مگر پلیگ کے دنوں میں اسے یہی نظر آتا، فلاں گھر کے صحن میں دو جنازے پڑے ہیں۔ فلاں کے گھر میں تین۔ بڑا تکلیف دہ سلسلہ تھا۔ مگر اندر نفس کی تسکین کا یہ بہانہ ہو گیا کی خبریں سچی ملتی ہیں۔ کئی بار نظر آئے گھروں میں اگلے دن گیا۔ جا کے جنازے گنے۔ کفن ہٹا کے چہرے دیکھے۔ وہی جو دکھائے گئے ہوتے۔ سائیں کے اندر کا نفس پھولنے لگا۔ خواب میں ہر روز دو روشن سائے سے آ کے کچھ کہہ جاتے، اشارے سے مرنے والے کا چہرہ دکھا دیتے۔ جنازے زیادہ ہوتے تو انگلیاں لہرا کے گن کے گنا جاتے۔ ایک کے ہاتھ میں سیاہی بھری کونڈی سی ہوتی، دوسرے کے ہاتھ میں مُہر ہوتی۔ مُہر والا، کونڈی میں بھگو کے مُہر جس کے سینے پہ لگاتا، اگلے دن سائیں اس کی فاتحہ پڑھنے والوں میں جا بیٹھتا۔ سائیں کو پلیگ کے دنوں میں تفریح مل گئی۔ ڈر خوف کیا ہونا تھا اسے۔ اسے الٹا شوکتِ نفس کا اظہار مل گیا۔

گاؤں کا اخبار اس کے لیے ایک دن پہلے چھپ جاتا۔

سرخیاں وہ دیکھ لیتا۔

اگلے دن وقوعے پہ جا کے واقعہ ہوتا بھی جا دیکھتا۔ اسے اندازہ تھا کیا کہنا ہے، کیا نہیں کہنا۔ پھر بھی کبھی کبھار "انا" اندر سے زبان نکالتی۔ اور وہ اس پہ اپنی برتری کا شیرہ ٹپکانے لگتا۔ جس نے کل جانا ہوتا اسے ایک دن پہلے جا کے دیکھ لیتا۔ دیکھ کے سوچتا رہتا۔ بیچارا گیا، کبھی کبھی تو کہہ بھی دیتا۔ کونڈی میں بھگو کے مہر لگا چکے ہیں تیرے سینے پہ۔ توبہ کر۔ یا ساتھ والے سے کہہ دیتا، اسے صبح تک دیکھ لو۔ جی بھر کے موت ان دنوں بال پھیلائے، حلق کھولے دانت نکوسے ہر گلی میں دندناتی پھرتی تھی۔ کل وہ مرا تھا، آج وہ مر گیا۔ مرے ہوئے لوگوں کی خبریں اتنی عام تھی کہ ہر خبر پرانی

لگتی تھی۔ سائیں بگوشاہ کے لیے روز چھپنے سے پہلے کا ڈمی اخبار آ تا تھا۔ سرخیوں کے ساتھ۔

ایک رات عجیب تماشہ ہو گیا۔ وہی دونوں روشن سائے آئے۔ سائیں خواب میں متوجہ ہو گیا۔ دیکھیں، کس کے جنازے کی خبر لائے ہیں۔ کس کے سینے پہ مہر لگتی ہے۔ ایک نے مہر ہاتھ میں اٹھائی، دوسرے نے کونڈی آگے کی۔ سیاہی والی کونڈی میں مہر گیلی کی اور لیٹے ہوئے سائیں کے سینے پہ ٹھپہ لگا کے بولے،

پرسوں تیار رہنا۔ تیری باری ہے۔

آنکھ اسی وقت کھل گئی۔

آنکھ کیا کھلی، سائیں کے پیروں سے تو زمین نکل گئی

مارا گیا بھئی،

پھانسی کا حکم سن لیا۔

صبح ہو گئی،

سائیں سے اٹھا نہ جائے۔

لیٹے لیٹے جسم سے جان سرکتی جائے۔ ہمت کر کے اٹھ کے بیٹھا۔ کھانے پینے کو کیا دھیان جاتا، پانی تک پینا بھول گیا۔ اوھو۔ آج کا دن تو چڑھ گیا۔ باقی بس ایک دن اور ہے۔ صرف ایک اور صبح اور ختم۔ شک یا مغالطہ کیا ہونا تھا۔ ڈیڑھ دو ہفتوں سے دوسروں کا تماشا دیکھتا آیا تھا خود۔ ہر بات سولہ آنے درست ہوتی تھی۔ یقین کیسے نہ آتا۔ بس ٹانگوں سے جان نکل گئی۔ چلا نہ جائے۔ سائیں کو خیال آیا، چلو چل چلاؤ میں یار دوستوں کو مل آؤں۔ ہمت کر کے چلتا چلتا سجن دوستوں کو ملنے چلا گیا۔ جسے ملے تو لپٹ لپٹ کے، گلے لگ لگ کے چمٹا جائے۔ پلیگ کے دن تھے۔ ہر کوئی ہر کسی کو ہاتھوں سے پرے دھکیل کے ملے۔ کوئی سیدھا ہو کے گلے بھی نہ لگائے۔ نہ کسی کو اتنی فرصت کہ اس کی آنکھوں میں اتر کے اس کے سچے خوابوں کی تعبیر کا ڈنگ محسوس کر

سکے۔

اچھا بھئی، ہن اللہ بیلی،

کی پتہ۔

سائیں ابھی یہ جملہ بول کے بازو پھیلا کے کسی کو گلے لگانے کو آگے بڑھے۔ تو وہ بدک کے تین قدم پیچھے ہٹ کے ہاتھ ہلاتا ہوا بھاگتا نظر آئے جیسے اس نے سائیں کی بغل میں طاؤن کا پھوڑا دیکھ لیا ہو۔

پھوڑا کوئی نہیں تھا۔

مگر جسے سائیں اس انداز سے ملے، وہ سمجھے کہ سائیں کے پھوڑا نکلا ہوا ہے۔ تو اب بچو اس سے۔ خود سائیں کو پھوڑے کا انتظار تھا۔ منٹ منٹ بعد ہاتھ بڑھا بڑھا کے باری باری اپنی دونوں بغلیں دیکھے۔

شام پڑ گئی۔

پھوڑا نہیں نکلا۔

سائیں کی ہمت جواب دے گئی۔

بس بھئی آخری رات ہے۔

بھینس ایک رکھی ہوئی تھی، اس کا دودھ پی لیتا تھا، اس شام دودھ چھوا نہ جائے۔ کٹی کھول دی، پی لے بھئی تو، اب تو نے ہی اس کا دودھ پینا ہے۔ ماں ہے تیری یہ۔ آپاں تے مہمان ہیں، آخری رات ہے اپنی۔

رات پڑ گئی۔

پڑا لیٹا رہا۔

نیند کدھر آنی تھی۔

تسبیح پکڑ لی۔ ایک رسی کو گرہیں دی ہوئیں تھیں، ایک سو ایک۔ بس بھئی مک گیا وقت اپنا۔ ہاتھ کانپنے لگے۔ بازو کمزوری سے لٹک گئے۔ تسبیح کہیں گر گئی۔ اٹھ کے

چار پائی کے پاس اسے ڈھونڈنے کی ہمت نہ رہی۔

لالٹین کا تیل بھی ختم ہو گیا۔

ہاں بھئی، تیرا بھی وقت پورا ہے۔

خود بجھ رہا ہوں، تو تجھے کیا جلاؤں؟

لیٹے لیٹے سائیں کو گزری ساری زندگی کے دن ایک ایک کر کے یاد آنے لگے۔ وہ بچپن، لڑکپن، جوانی۔ ہائے سب کچھ گزر گیا۔ سب کچھ بیت گیا۔ اسے لیٹے لیٹے جٹوں کا بیٹا یاد آ گیا، کیا نام تھا اس کا؟

اسے نام ہی نہ یاد آئے۔

بیمار لائے تھے اس کو، اس کے والدین چار پائی پہ ڈال کے۔ سائیں سے دم کرانے۔ دم کیا تھا۔ پھونک ہی ماری تھی وہ ٹھیک ہو گیا تھا۔ سائیں لیٹے لیٹے اپنے سینے پہ پھونکے مارنے لگا۔ پھر خیال آیا، اب تو مُہر لگا گئے ہیں وہ۔ اب کیا پھونک چلے گی۔ بس آخری رات ہے، پھر ساری ٹیں نکل جائے گی۔ چلو چھٹی ہوئی،

پر جٹوں کے اس لڑکے کا نام کیا تھا؟

یاد ہی نہ آئے۔

اچھا خاصا صحت مند ہو گیا تھا۔

کتنا آتا جاتا تھا، وہ سائیں کے پاس۔ سائیں کو بھی اس سے پیار ہو گیا تھا۔ جوان سوہنا نکھرا نکھرا لڑکا تھا۔ سائیں کا گرویدہ ہوا تو سائیں نے چوری چوری اسے کلمہ شریف پڑھنے کا ورد دے دیا۔ تھا وہ سکھ، مگر کلمے کی روشنی سے اندر روشن ہو گیا۔ پھر پلیگ پھیل گئی۔ اس کے پھوڑا نکلا اور وہ مر گیا۔

سائیں کو اس کے بزرگ بلا کے لے گئے۔ دیکھا سکھوں کے ویہڑے میں میت پڑی ہے، ساتھ سائیں کے بڑے پیر نمازِ جنازہ کی نیت باندھ کے امامت میں کھڑے ہیں۔ سائیں پیچھے جا کے کھڑا ہو گیا۔

سائیں کے ساتھی بزرگ صرف سائیں کو نظر آتے تھے، اس لیے گاؤں بھر سے اکیلا سائیں ہی سکھوں کے گھر میں ان کے بیٹے کی میت پہ نمازِ جنازہ نیت کے کھڑا رہا۔ سلام پھیرا۔ دعا کی۔ پھر جا کے لڑکے کے بزرگوں سے بولا، یہ ہماری چیز ہے۔ میرے بڑے پیر نے ان کا جنازہ پڑھایا ہے۔ بہت مقام والا بچہ ہے۔ مجھے لے جانے دو اس کی میت۔ وہ سارے سیخ پا ہو گئے۔

کوئی عقل کی بات کرو سائیں۔

کیوں ہمارا منہ کالا کروانا ہے برادری میں۔

پتر تمھارا ہے، پر ہے ہمارا اصل میں۔ سائیں نے کہہ دیا۔

کلمے سے اس کا اندر باہر روشن ہو گیا ہے، اتنا پڑھا ہے اس نے۔ صرف زبان سے نہیں پڑھا عام مسلمان کی طرح۔ اس نے کلمہ جیا ہے۔ اس کی روح نے وہ ازبر کیا ہوا ہے۔

اسے نہ جلاؤ۔

مرگھٹ نہ لے جاؤ۔

منت ہے میری۔ سائیں منتیں کرتا رہا مگر اس کی نہ چلی۔

اکیلا تھا۔ بس نہ چلا اس کا۔

لے گئے اس لڑکے کو وہ اپنے مرگھٹ۔ دیسی گھی کے کنستر خشک لکڑیوں کا ڈھیر۔ آگ لگائی۔ لگی نہیں۔ پھر لگائی، پھر بجھ گئی۔ تین دن وہ سارے مل کے لڑکے کو جلانے کی کوشش میں لگے رہے۔ لڑکے کے جسم کو کیا، اس کے کفن کو بھی چنگاری نہیں چھوئی۔ سب سکھ ہکا بکا ہو گئے۔ یہ ہوا کیا۔ ان کے تو دماغ ہل گئے۔ صبح آگ کا بھانبڑ لگا دیتے۔ شام تک لکڑیاں جلتی رہتیں، راکھ اکٹھی ہو جاتی، کوئلہ سلگھتا رہتا۔ مگر اندر اس کی میت ہیرے کی طرح سالم چمکتی رہتی۔ وہ اسی طرح ٹھنڈے کا ٹھنڈا رہتا۔ جس پھوہڑی پہ اسے لٹایا ہوتا، وہ تک ٹھنڈی رہتی۔

تیسرے دن وہ رات کے اندھیرے میں سائیں کے پاس آ گئے۔ چوروں کی طرح۔ سائیں تو سچا ہے، وہ بچہ تیرا ہے۔ دفنا دے تو اسے اپنے طریقے سے مگر چوری چوری۔ دیکھ ہماری غیرت کا سوال ہے۔ انہوں نے ہاتھ جوڑ دیے۔ سائیں نے خود اپنے ہاتھ سے اسے غسل دیا اور پھر خواجہ روشن ولی کی خانگاہ میں اس کی قبر بنائی۔ دفنا دیا۔ لڑکے کی برادری کے سکھ ہر جمعرات خود روشن ولی کی درگاہ کے بہانے اس کی قبر پہ آتے اور دیا جلا جاتے۔ جس طرح زندگی میں اس کا اندر باہر کلمہ شریف سے روشن ہو گیا تھا، مرنے کے بعد اس کی قبر بھی اسی طرح روشن رہی۔ خواجہ ولی درگاہ کی روشنی الگ۔

اپنا جسم اور اپنی روح، سائیں کو دونوں الگ الگ محسوس ہو رہے تھے۔

وہ جسم کو ہاتھ لگا لگا کے دیکھتا اور یقین کرتا کہ ابھی روح نے جسم کو چھوڑا نہیں۔ ساری گزاری زندگی اسے یوں محسوس ہوئی، جیسے ابھی صبح صبح وہ آیا تھا، اور ابھی ایک دن ہی گزرا ہے۔ شام ہو گئی۔ ایک دن کا بھی ایک ہی پہر جیسے گزرا ہو۔ بچپن، لڑکپن، جوانی، بڑھاپا۔ ایک لمبے سے خواب کی طرح تھی۔ خواب بھی پورا یاد نہ آ رہا تھا، بیچ بیچ میں کوئی بات یاد آ جاتی، تو اسے احساس ہونے لگتا۔ ہاں میں نے ایک زندگی جی ہے۔ سادہ سی بے کیف بے رنگ زندگی۔ نہ کوئی ہنگامہ، نہ کوئی شور۔ نہ کوئی بڑی خواہش، نہ خواہشوں کا بھانبھڑ۔ ساری عمر وہ سونے کے وقت نہ سویا، سونا ہوتا تو بیٹھا رسی کی گرہوں کے منکے چھو چھو کے چھوڑتا رہتا۔ اس کے لیے تسبیح ہلاتے ہلاتے، بند منہ میں زبان ہلانا بھی نیند کی طرح پرسکون ہوتا تھا۔ رات اس کی ہمیشہ چین سے گزری۔ دن سبھی اس کے سکون سے بھرے آئے۔ پوری حیاتی میں ایک دو بار کبھی اس کے باہر جھکڑ چلے۔ طوفان آئے۔ ورنہ اندر کا اس کا موسم ہمیشہ شانت رہا۔ ایک جیسا۔ نہ گرم، نہ ٹھنڈا، نہ بارش، نہ بجلی۔ بس گیلا گیلا آسمانی آسمان۔ روشن روشن روشنی۔ صبح کی ہوا، شام کا سا سماں۔ اس کے اندر کبھی فساد برپا ہی نہ ہوا۔ باہر کے موسم کو

اس نے کبھی اندر کے آسمان پہ چھانے ہی نہ دیا۔

ہاں ایک دفعہ کچھ گڑبڑ ہوئی تھی۔

سائیں کی عمر اس وقت اکیس بائیس سال کی ہوگی۔ اس وقت بھی سائیں گاؤں والوں کی بھینسیں ہی چرواتا تھا، ابوالفضل سے دوستی تھی۔ شام ہوتی تو دریا کنارے، گاؤں سے باہر باہر ایک خالی دو کمروں کی حویلی میں آلیٹتا۔ ابوالفضل اپنے باپ کی کشتی دریا کنارے باندھ کے ادھر آجاتا، سائیں ڈھور ڈنگروں کو ان کے گھروں میں پہنچا کے آپہنچتا، دونوں دوست بیٹھ کے اپنی روٹی ہانڈی پکاتے، پھر اپنی اپنی بوریاں بچھا کے اپنے اپنے وظیفے شروع کر دیتے۔ نیند زور مارتی تو انہی بوریوں پہ پاؤں پسار کے سو جاتے۔ صبح ہوتی تو پھر اپنے اپنے کاموں پہ نکل جاتے۔ ایک رات کیا ہوا، حویلی کا باہر والا دروازہ کھڑکا۔ کنڈی زنجیر والی تھی۔ وہی پکڑ کے کسی نے دروازے کی لکڑی پہ ماری۔ کنڈی کھڑکنے سے کہتے ہیں کنڈی کھڑکانے والے کا بھید کھل جاتا ہے۔ پتہ چل جاتا ہے، دستک دینے والا کون ہے؟

اس کی نیت کیا ہے؟

چاہتا کیا ہے؟

ہے وہ مرد یا عورت؟

تمہیں پتہ چل جاتا ہے نا۔ جب بھی میں نے تمہارے دروازے پہ دستک دی ہے۔ تم نے پہچانی ہے۔ کہنے کو تمہارے گھر کی ایک ہی کال بیل ہے۔ وہی سب بجاتے ہیں۔ میں بھی اسی بٹن پہ انگلی رکھتا آیا ہوں۔ اب اللہ جانے میری انگلی لگنے سے اس کے اندر سے کونسا خاص کرنٹ نکلتا ہے جو تمہاری گھنٹی کی آواز بدلا دیتا ہے۔ کہ تم ننگے پاؤں خوشی کو چھپاتی، گھبرائی گھبرائی سی ایسے بھاگتی آتی ہو جیسے کسی اور نے وہ آواز نہ پڑھ لی ہو۔ کہ آیا کون ہے! میں کون سا چھپ چھپا کے تیرے پاس آتا ہوں۔ دن دیہاڑے آتا ہوں۔ مگر وہ رات کو آئی تھی۔ آدھی رات کو۔

رات کا سوا ایک بجا تھا۔ اندر کوٹھری میں دیا جل رہا تھا۔ ابوالفضل اپنے بستر پہ سویا ہوا تھا۔ سائیں بوری پہ بیٹھا تسبیح ہلا رہا تھا۔ سمجھ گیا کنڈی کی آواز سن کے ہی کہ یہ دستک بڑی ڈاھڈی ہے۔

دستک کی آواز سرگوشی والی تھی۔

سائیں کے اندر باہر اُبال آنے لگے۔ ہاتھ پاؤں لرز گئے۔ اس نے تسبیح ہاتھ پہ لپیٹی اور استغفار پڑھتے پڑھتے جا کے کنڈی کھول دی۔ دروازہ کھولا تو سامنے انیس سال کی زینب دیے کی لاٹ کی طرح تنی کھڑی تھی۔ جیسے سائیں کو جلا کے بھسم کرنے آئی ہو۔ سر سے پیر تک اس کے پسینے کی بوندیں مہک رہی تھیں۔ سر پہ چادر لپیٹی ہوئی تھی ڈاکوؤں کی طرح۔ ہاتھ دونوں اپنے ہاتھوں سے رگڑ رہی تھی۔ پیر ایک دوسرے پہ چڑھائے ہوئے تھے۔ اور ٹانگیں آپس میں کھڑی رگڑے جا رہی تھی۔ سائیں دستک کی آواز سے ہی اسے پہچان گیا تھا۔

پہچانتا کیسے نہ۔

وہ پہلے بھی کئی بار سائیں کے وجود پہ دستک دے چکی تھی۔ کبھی دریا کنارے وہ بھینسوں کے ریوڑ بیچ کسی درخت کی جھاڑی میں بیٹھا ہوتا۔ تو وہ چپکے چپکے قریب آ کے درخت کی ٹہنیاں ہلانے لگتی۔ کبھی دور کھڑی ہی مٹی کے ڈھیلے اٹھا کے سائیں کی طرف پھینکنے لگتی۔ کبھی آ کے سائیں کی بھینسوں کو بھگا دیتی۔ کبھی بھاگتی ہوئی بھینسوں کے ساتھ بھاگ کے ان کی کمر پہ مکیاں مارنے لگتی، انکے سینگوں کو پکڑ پکڑ کے ان سے بچوں کی طرح کھیلنے لگتی۔ سائیں ہر بار اس سے نظریں چرا لیتا۔ جتنی بار اس نے دستک دی سائیں نے دروازہ نہیں کھولا۔ دیوار بنا رہا۔

اس رات اس نے ایسی جل ترنگ بھری کنڈی ہلائی، سائیں نے دروازہ کھول دیا۔ دروازہ کھلتے ہی وہ دہلیز پہ دھیرے دھیرے پیر رکھتی، آہستہ آہستہ چلتی اندر آ گئی۔ سائیں الٹے پیروں اس سے چار قدم دور ڈرتا ڈرتا ہٹتا گیا۔ وہ کمرے کے اندر

آ گئی۔ سر پہ بندھی ڈاکوؤں والی اس کی چادر سر سے کھسک گئی۔ گردن کے پیچھے کھلے بالوں کا ٹوکرا چڑیوں کو گھیرنے والے جال کی طرح اس کے کندھوں کے دونوں طرف ڈولنے لگا۔ وہ کھڑی اپنی چادر کے ایک کونے کو منہ میں دبا کے دونوں ہاتھوں کو اُسے ایسے کھینچنے لگی جیسے کنویں کے اندر خالی ڈول گرا کے پانی سے بھر کے دھیرے دھیرے اٹھاتے ہیں۔

کمرے میں دیے کی ہلکی پیلی خاموش روشنی تھی۔ زینب کی سانسوں سے ایکا ایکی شور مچ گیا۔ دیا زینب کے دائیں طرف طاق میں پڑا تھا۔ بائیں طرف دیوار پہ زینب کے جسم کا سایہ عفریت کی طرح ہل رہا تھا۔ جیسے بگوشاہ کو ہڑپ کیے بغیر نہ ہلے گا۔ سر کے بکھرے ہوئے لمبے بال۔ کندھے سے ڈھلکی ہوئی زمین پہ لگی چادر۔ دروازے کی چوکھٹ سے دو انگلی اونچا قد۔ پتلی کمر اوپر نیچے طوفان۔ ایسے خدوخال کہ رات کے ڈیڑھ بجے انہیں سوچنے سے ہی پسینہ آ جائے۔ دیے کی پیلی پیلی کپکپاتی لو میں اس کا جسم ایسے دکھے جیسے ابٹن مَل کے آئی ہو۔ سر سے پیر تک سارا وجود اس کا منہ کھولے سانس لے رہا تھا۔ جیسے بھاگ کے آنے والے کا حلق ہوا نگلتا ہے۔ سینہ اسکا لوہار کی دھنکی کی طرح پھنک رہا تھا۔ اس کے جسم میں زلزلے بھرے تھے۔ زینب کے جسم کا سایہ دیوار پہ ایسے لرز رہا تھا۔ جیسے کوئی شیطان ناچ رہا ہو۔ کبھی ناک دیوار پہ لمبی ہو جاتی اور اس کے نیچے ادھ کھلے ہونٹ سوجھ کے ایسے تھرتھراتے جیسے دیوار کی اینٹوں کے درمیان سے کچی مٹی نکال لیں گے۔ کبھی سائے میں سینے کے ابھار دیوار پہ ایسی تصویریں بناتے جو کسی مصور سے نہ بنی ہوں۔ سر سے پاؤں تک کے بھونچال خدوخال نے دیوار کی اینٹ سے اینٹ بجا دی۔

سائیں چار قدم دور سہا ہوا کھڑا تھا،
اس سے پیچھے ہٹنے کی گنجائش نہیں تھی،
پیچھے دیوار تھی۔

درمیان میں، سائیں کے بائیں طرف دیوار کے طاق میں دیا جل رہا تھا۔
دائیں طرف دیوار پہ زینب کا عفریت تھا۔
سامنے وہ خود کھڑی تھی۔

دھیرے دھیرے وہ اپنی چادر کا پلو کندھے سے کھسکائے جا رہی تھی۔ اس کا گورا بھرا ہوا ابھرے ابھرے گالوں والا چہرہ سکندر اعظم کی شکل کا بنا ہوا تھا۔ آنکھوں میں اس کے عجیب طرح کا بگل بج رہا تھا۔ جیسے اس نے میدان مار لیا ہو۔ سائیں کو جیت لیا ہو۔ سائیں کو اسی کے قلعے میں قید کر کے مکھی بنا کے دیوار سے لگا دیا ہو۔ اتنے عرصے سے دستک دیتی آئی تھی وہ۔ اس کی آنکھیں سائیں کو کہہ رہی تھیں کہ میں نے تیرا دروازہ گرا دیا ہے۔ تجھے فتح کر لیا ہے۔ سر سے پاؤں تک وہ ایک فاتح تھی۔ مگر اس کی آنکھوں کے اندر دیے کی پیلی زرد سرسراتی، ہلتی روشنی میں اک عجیب طرح کی منت تھی۔ جیسے وہ ہاتھ جوڑے سائیں کی پراندی کھڑی ہو اور کہہ رہی ہو،

مجھے فاتح نہ سمجھو۔

مفتوح مان لے۔

مجھے داسی سمجھ لے۔

مجھ پہ دیا کر دے۔

سائیں دیوار سے لگا لگا تھر تھر کانپنے لگا۔ دیوار کے ساتھ ساتھ گھسٹتا گھسٹتا وہ تسبیح کپکپاتے ہاتھ پہ لپیٹے، ابوالفضل کی چارپائی کے پاس پہنچ گیا۔ اور اس کے داہنے پیر کے انگوٹھے کو پکڑ پکڑ کے زور زور سے ہلانے لگا۔ اس کے ہلانے کا انداز بھی کچھ اس طرح کا تھا جیسے زینب کا زنجیر والی کنڈی کو پکڑ کے لکڑی کے تختے سے مارنے کا تھا۔ ابوالفضل کو جاگنے سے پہلے ہی خبر ہو گئی کہ کوئی آفت کمرے میں آ گئی ہے۔ وہ سویا گہری نیند میں تھا، مگر اس کے سوئے وجود پہ جب ایسی خاموشی بھری سرگوشی کی آہٹ ہوئی تو وہ ایک دم سے اٹھ کے بیٹھ گیا۔ اس کے سامنے دیوار پہ زینب کا سایہ چھت

سے فرش تک پھیلا ہوا تھا۔ سائے کے آگے زینب خود کھڑی تھی۔ اس کی چادر کندھوں سے گری، اس کے پیروں میں پڑی تھی۔ اور وہ اپنے ہاتھوں میں ہاتھوں کی انگلیاں لے لے کے یوں چھوڑ رہی تھی، جیسے چرخے پہ بیٹھی روئی کی لویاں بنا رہی ہو۔ دھاگہ بن رہی ہو۔ ابوالفضل ہڑبڑا کے چارپائی سے اُٹھ کے زمین پہ کھڑا ہو گیا۔ بولا کچھ نہیں۔ لپک کے سائیں کے پاس آیا۔ پتہ نہیں اس کی آنکھوں نے سائیں سے کیا پوچھا، کہ سائیں کی آواز ابھری،

پوچھ۔ اس سے،

یہ کیوں آئی ہے اس وقت۔

زینب دھیرے سے ایک قدم آگے بڑھ کے سائیں کے قریب آ گئی۔ جیسے کہنا چاہتی ہو۔ احمق یہ بھی کوئی پوچھنے کی بات ہے۔

پوچھتا کیوں نہیں، تو مجنوں۔

پوچھ نا۔

سائیں ابوالفضل پہ غصے ہونے لگا۔

ابوالفضل پہلے تو سائیں کی طرف مڑا، پھر پلٹ کے زینب کی طرف ہوا، اور حلق میں خشک تھوک نگلتا ہوا، سچ مچ زینب سے پوچھنے لگا،

بہن، خیر اے، کیوں آئی ہو؟

ایک دم سے زینب کے سائے کا سارا کلف اترنے لگا۔ وہ آہستہ آہستہ ہوش میں آنے لگی۔ وہ اسی گاؤں کی رہنے والی تھی۔ اس کا گھر گاؤں کے باہر باہر تھا۔ کئی مہینوں سے وہ سائیں پہ ڈورے ڈال رہی تھی۔ سائیں لاپروا تھا۔ ابوالفضل کو وہ بچہ سمجھتی تھی۔ تھا بھی ابوالفضل قد میں اس سے دو انچ چھوٹا۔ اللہ جانے کیوں سارے گاؤں میں اسے سائیں ہی انوکھا لگا۔ کیوں اس نے بیٹھے بیٹھائے سائیں سے عشق پال لیا۔ کئی مہینے اپنی ہی آگ میں بیٹھی اپنی ہڈیاں سینکتی رہی۔ خدا جانے اس رات

اس پہ کیا بیتی۔ کہ وہ اٹھ کے جنگل بیاباں، اندھیرے راستوں کو عبور کرتی ادھر آ گئی۔ سائیں اور ابوالفضل دونوں اس سے واقف تھے۔ اس سے کیا وہ اس کے سارے خاندان سے آگاہ تھے۔ اچھے کھاتے پیتے گھر کی لڑکی تھی وہ۔ اس کے اپنے جوان بھائی تھے تین۔ دو چھوٹی بہنیں تھیں۔ ماں باپ بھی اس کے زندہ تھے۔ وہیں گاؤں میں ان کی کھیتی تھی۔ وہ اپنے کھیتوں میں اپنے بھائیوں کو لسی روٹی دینے آیا جایا کرتی تھی۔ وہیں آتے جاتے پتہ نہیں کب اس کا دل سائیں پہ آ گیا۔ ٹھیک ہے سائیں، گورا چٹا، مضبوط ہاتھ پاؤں کا سوہنا نکھرا جوان تھا۔ مگر اس کے وجود سے سارے جہاں کی عورتوں کے لیے کوئی پیغام نہ تھا۔ ہوتا ہوگا۔ ہوگا تو ضرور۔ تبھی تو زینب نے کچھ سنا۔ مگر سائیں کا دھیان تو کسی اور طرف تھا۔ اللہ جانے، اسے کتنی مشکل پیش آتی ہوگی اپنا دھیان بٹانے میں۔ سرو جتنی اونچی، سوہنی تیکھی اور بھانبھڑ بنی شرشر شعلے جیسی جٹی کی آدھی رات سمے دستک پہ کنڈی کھول کے اپنے من کا تالہ نہ کھولنا کوئی آسان کام تھوڑی ہے۔

پوچھ پھر اس سے، سائیں نے ابوالفضل سے کہا۔

سائیں کی ساری کپکپاہٹ، ابوالفضل پہ غصے میں ڈھل گئی۔

بائی یہ بولتی نہیں۔ میں نے تو پوچھا ہے۔

ابوالفضل سائیں بگوشاہ کو بڑے بھائی کی طرح سمجھ کے وہاں کے دستور کے مطابق بائی کہتا تھا۔ اپنی دھوتی کو اچھی طرح کس کے باندھتا ہوا وہ پھر زینب کی طرف مڑا، اور بولا،

بول نا۔ بائی پوچھتا ہے، کیوں آئی ہے۔

وہ تھوڑی دیر تو چپ کھڑی دونوں کو باری باری دیکھتی رہی۔ پھر ہاتھ اٹھا کے بازو لہرا کے ابوالفضل کو دھکا دینے کے انداز میں ایک قدم آگے بڑھ کے بولی۔

او جا۔

تجھے کیا سمجھ آنی ہے،

تیرے سائیں کو تو سمجھ آئی نہیں۔ وہ سائیں کی طرف لہراتے بازوؤں کی کہنی گھما کے بولی۔

آئی ہے سمجھ، سمجھی۔

ساری سمجھ ہے۔

سائیں ایک دم سے بولنے لگا، سیدھا زینب کی آنکھوں میں آنکھیں ڈال کے۔ تسبیح ہاتھ میں الٹ پلٹ کے، گچھی مچھی سی کر لی۔ اور بولتے بولتے دو قدم اور کونے میں دور کھسک گیا۔ پھر بولا۔

سب سمجھ ہے مجھے،

آج سے نہیں، کئی مہینوں سے ہے۔

بے سمجھ نہیں میں۔

سب سمجھتا ہوں۔

بے سمجھی تو ہے۔

تجھے سمجھ نہیں آئی۔

دیکھا نہیں میرا دھیان اور طرف ہے۔

کملی ہے۔

عقل نہیں آئی تجھے۔

تو کیسے میرے دھیان میں آئے۔ میرا دھیان تو اُدھر ہے۔ اِدھر، سائیں نے داہنے ہاتھ کی بند مٹھی کھولی۔ اندر چڑ مڑ ہوئی ایک سو ایک گرہوں والی رسی کی تسبیح اس کی ہتھیلی پہ پڑی تھی۔ یہ ہے میرے دھیان میں۔

ایک سو ایک گرہیں ڈالیں ہوئیں ہیں میں نے اپنے وجود پہ۔

کوئی ایک آدھ گرہ ہوتی تو کھول دیتا۔

یہ ہے،

وہ تسبیح کی ڈورا اپنے دونوں ہاتھوں پہ پھیلا کے دکھانے لگا۔

اسی نے مجھے باندھا ہوا ہے۔

تو کھلوادے، اس سے۔ اگر تجھ میں اتنی طاقت ہے۔

ہے جان اتنی، بول

تو لڑ اس سے۔ مجھ سے کیوں لڑتی ہے۔

مجھ سے نہیں لڑا جاتا اس سے۔

میں نے اس سے بحث کرنا نہیں سیکھی۔

منوانے کا سبق نہیں لیا۔

ماننا سیکھا ہے۔

تو بھی مان جا۔

چلی جا۔

جا۔

وہ کھڑی رونے لگی۔

دیکھ ادھر رونا نہیں۔

تو خود آگ میں کودی ہے۔ اب جل اکیلی۔

مجھے کیوں ساتھ گھسیٹتی ہے۔

کیوں۔ روؤں گی۔

وہ اور زور زور سے رونے لگی۔ روتے روتے اس نے نیچے گری ہوئی چادر اٹھالی۔ آئی وہ بلی کی طرح تھی۔ روتے ہوئے بلی سے ہرنی بن گئی۔ چادر اٹھا کے الٹ پلٹ کے اپنے کندھوں پہ ڈالی اور اس کا ایک پلو آنکھوں کے آگے رکھ کے اسی پلو میں آنسوؤں کی گٹھڑی باندھنے لگی۔

دیکھ، تجھے کہتا ہوں نہ رو۔

میں تیرے آنسوؤں کا ذمہ دار نہیں۔

پھر رونے دے مجھے۔ روکتا کیوں ہے۔

وہ ایک دم ہرنی سے شیرنی بن گئی۔

روؤں گی۔

کیوں، تجھے میں نے کہا تھا، میرے دروازے پہ کنڈی ہلا۔

سائیں بگوشاہ ابوالفضل کے پیچھے کھڑا ہو کے اونچی آواز میں بولا۔

پوچھ کے ہلاتے ہیں کنڈی؟

ہیں؟

تو نے یہ تسبیح والے کا عشق اس سے پوچھ کے پالا ہے؟

وہ تجھے سندیسہ دینے آیا تھا کہ پال لے میرا عشق۔

یا نائی بھیجا تھا اس نے؟

اس کا نام صبح سے شام تک جپتا ہے۔

وہ جو کبھی تیرے سامنے بھی نہیں آیا۔

میں چھ فٹ کی بوہے جتنی اونچی، تجھے سامنے کھڑی نظر نہیں آتی۔

رات پونے دو بجے تیرے بوہے سے گزر کے اندر آئی ہوں تو، تو مجھے دھتکار رہا ہے۔ تجھے شرم نہیں آتی۔ وہ شیرنی سے آدم خور شیرنی بنی کھڑی تھی۔

دیکھ۔ تو یہ مسئلے نہ چھیڑ۔

کیوں نہ چھیڑوں۔ وہ غرائی۔

اپنے آپ کو اس سے نہ ملا۔ میں کہتا ہوں۔

تو کہے جا۔ تیرے کہے بنا جیسے میں کچھ کہہ نہیں سکتی۔ اس نے اپنے آنسو پونچھ لیے اور زور سے چادر کے پلو پہ ہاتھ مار کے اسے پھر نیچے گرا دیا۔ سر ادھر ادھر غصے سے

گھما کے کھلے بال اور کھول لیے۔

دیکھ، میں کہتا ہوں اب تو جا۔

سائیں ابوالفضل کو آگے آگے دھکیلتا ہوا کہنے لگا۔

نہ جاؤں تو؟

ہیں بول؟

وہ دونوں ہاتھ کمر پہ رکھ کے کھڑی ہوگئی۔

زینب کمر پہ رکھی اپنے ہاتھوں کی مکیوں سے اپنی قمیض اوپر سرکاتی ہوئی بولی۔

بول؟

نہیں جاتی!

سائیں بگوشاہ کھڑا کھڑا پیچھے سرک گیا۔

پیچھے سرکتے ہوئے سائیں نے، ابوالفضل کو کندھوں سے پیچھے کھینچا۔ تھوڑی دیر دونوں ایک دوسرے کی آنکھوں میں دیکھتے رہے، ابوالفضل اور بگوشاہ دونوں چپ۔ خاموش۔ پھر سائیں بگوشاہ ابوالفضل سے بولا،

مجنوں لگتا ہے، یہ آج نہیں ٹلے گی۔

چل آپاں چلتے ہیں۔ باہر۔

ابوالفضل نے کھڑے کھڑے اپنی چارپائی سے اپنے کندھے کی چادر اٹھائی اور نیچے فرش پہ اپنی چپل پہنتے ہوئے بولا،

چل بائی

زینب ایک دم سے تن کے دیوار بن کے سامنے آگئی۔ اور ابوالفضل کو دھکا دیتے ہوئی بولی۔ تو ہٹ ایک طرف۔ مجھے بات کرنے دے اپنے بگو سے۔

ہاں بول،

مجھ سے بول،

کدھر جائے گا۔ مجھے چھوڑ کے۔

زینب بگوشاہ کے سامنے کود کے آ کھڑی ہوئی۔

کہیں بھی جاؤں، تجھے کیا؟

اچھا، مجھے کیا، میں جو آدھی رات اپنا گھر بار، بہن بھائی، ماں باپ چھوڑ کے تیرے پاس آئی ہوں، جنگل بیاباں سے گزر کے۔ مجھے کہتا ہے، تجھے کیا۔

ہاں کہتا ہوں، جانے دے مجھے۔

میں تجھے جانے دوں؟

ہاں جانے دے۔ بگوشاہ نے بڑے اطمینان سے جواب دیا۔

کیوں؟

بگوشاہ کا اطمینان بھرا چہرہ دیکھ کے، وہ بھی ذرا سٹپٹائی۔

وجہ بول، بگو۔

سائیں بگوشاہ، ابوالفضل کی چارپائی پہ بیٹھ گیا۔ زینب کو اشارے سے پاس بلایا، اور نظریں نیچے کر کے، بڑی آہستگی سے کہنے لگا۔

آ جا بہہ جا۔

زینت اچھل کے چارپائی پہ چڑھ گئی۔ بیٹھتے ہی بگوشاہ سے چمٹ گئی اور اندھا دھند اس کا چہرہ اور گردن چومنے لگی۔ (بگوشاہ کا چہرہ اوپر اٹھائی ہوئی گردن پہ اس وقت ایسا تھا، جیسے کھڑے اونٹ کی گردن پہ چھری پھر رہی ہو) بگوشاہ سے لپٹے لپٹے، زینب گردن موڑ کر کہنی مار کے بولی۔

اپنے یار کو کہہ، باہر جائے۔

کیوں؟

یہ دیکھتا رہے، سب!

یہ نہ دیکھے، تو اور کسی کو نہیں دکھنا؟

اور کس نے دیکھنا ہے؟

یہی تو تجھے سمجھانا چاہتا ہوں۔

پھر تو مجھے سکولے ڈال رہا ہے۔ بس میں نے کوئی نہیں دیکھنا، یہ بھی دیکھتا ہے تو دیکھے جائے۔

دیکھ، میں تیرے جنون کو سلام کرتا ہوں۔

میں تیری لگن سے ناواقف نہیں ہوں۔

تیری لگن سچی ہے۔

ہاں بگو، میں تجھ سے جھوٹ نہیں بولتی، میں تیرے بنا نہیں رہ سکتی۔ زینب بگوشاہ کے بائیں کندھے پہ سر رکھ کے رونے لگی۔

بگوشاہ نے اپنے داہنے ہاتھ سے اس کے سر پہ تھپکی دی۔ ایک نگاہ اوپر کی۔ پھر ایک نظر بھر کے اسے دیکھا۔ زینب اس کے نگاہ کے روبرو آتے ہی روتے روتے مسکرانے لگی۔ بگوشاہ نے پھر نظریں نیچی کیں، فرش پہ مٹی میں اپنے دونوں پیر ملائے۔ پھر دونوں پیروں کو آپس میں ہولے ہولے ٹکرایا، مٹی گرد اس کے تلوؤں سے اچھلی، اور وہ کہنے لگا۔

زینب، تو اپنی لگن کے مول سے آگاہ نہیں ہے۔ اتنی لگن تو نے کہیں اور پالی ہوتی تو آج تُو میری گرو ہوتی۔

پتہ نہیں کیا ہوتی۔

وہ بیٹھا بیٹھا سر ادھر ادھر ہلانے لگا۔

جیسے کچھ سوچ جا رہا ہو۔ دیکھے جا رہا ہو۔

زینب بیٹھی بیٹھی، اس کے وجود میں گھسنے لگی تھی، ہاتھ اٹھا کے کبھی بگوشاہ کے کندھوں پہ پھیرتی کبھی اس کی گردن سہلاتی۔ بگوشاہ کی یہ بات سن کر ایک دم سے رک گئی۔

دونوں نے گردنیں گھما کے ایک دوسرے کی طرف دیکھا۔ آنکھوں آنکھوں میں نہ جانے کیا کہا، کیا سنا۔ تھوڑی دیر دونوں چپ رہے۔

زینب آنکھیں کھولے دیکھتی رہی۔

بگوشاہ نے نظریں جھکا لیں۔

زینب نے ایک دم بگوشاہ کو دونوں کندھوں سے پکڑ لیا۔ اور بولی۔ میں تجھے گناہ کا نہیں کہتی۔ تو مجھ سے بیاہ کر لے۔ تیرا یار ہمارے بیاہ کی گواہی دے دے۔ ابھی کر لے شادی مجھ سے۔ تھوڑی دیر وہ چپ ہو کے اپنے بولے ہوئے بول کہہ کے کمرے میں گونجتی چپ سنتی رہی پھر اپنے آپ کو تسلی دینے کے انداز میں بولی۔

شادی تو گناہ نہیں ہے۔

یہ کہہ کے اس نے بگوشاہ کے کندھے اور زور سے پکڑ لیے۔

پکڑے رکھے۔

بگوشاہ گردن ڈھیلی کر کے، نظریں زمین پہ گاڑے بیٹھا رہا۔ ابوالفضل ان دونوں کو یوں بیٹھے دیکھ کے دیے کے سامنے آ کر زمین پہ بیٹھ گیا۔ بگوشاہ اور زینب دونوں کے جسموں پہ ایک سایہ پھیلا اور ان کے ہیولے آپس میں گڈمڈ ہونے کی آرزو میں جلنے لگے۔ پھر بگوشاہ کے ہیولے میں اضطراب کی کیفیت آئی، جیسے اسے بھاگ کے اس مقام سے گزرنا ہو۔ زینب بگوشاہ کو یوں زور سے پکڑے بیٹھی رہی، بگوشاہ کو اُٹھنے نہ دیا۔ جیسے وہ اٹھ کے ریل پہ چڑھنے والا ہو اور وہ اسے روک کے پلیٹ فارم پہ پکڑے بیٹھی ہو۔ پھر ابوالفضل کے سہمے سائے کے اندھیرے میں اپنا سر بگوشاہ کی گود میں رکھ دیا۔ اور ہولے ہولے آنسو بہانے لگی۔ جیسے وہ گاڑی چڑھ گیا ہو۔ اور گاڑی نے وِسل دے دی ہو۔

سائیں بگوشاہ نے ایکا ایکی میں زینب کا چہرہ اُپنی گود سے دونوں ہاتھوں میں پکڑ کے اُٹھایا اور اس کا منہ اپنے روبرو کر کے بولا۔

دیکھ، زینب،

سچی بات حوصلے سے سننا۔

تیرے جیسی سوہنی کُڑی سے میں ہزار بار بیاہ کرلوں۔

ایک لمحے کے ہزارویں حصے میں زینب کے چہرے پہ خوشی کی لہر لہراگئی، گاڑی سیٹی بجاکے پھر کھڑی ہوگئی۔ ابوالفضل ایک دم سے دیے کے سامنے بیٹھا بیٹھا اٹھا، روشنی کی دھار میں زینب کا چہرہ جگ مگ ہوگیا۔ سائیں بگوشاہ نے اپنی بات جاری رکھی، ایک لمحے کا وقفہ بھی اپنی بات میں آنے نہ دیا،

بولا، مگر ''مگر'' کا لفظ سنتے ہی زینب کے چہرے کی جگ مگ پہ پھر سائے لہرائے۔ ابوالفضل دونوں پیروں پہ اٹھ کے پھر بیٹھ گیا، سایہ پھر زینب کے چہرے پہ تن گیا۔ سائیں نے اپنی بات جاری رکھی،

بولا، میں تیری لگن کی شدت سے ڈرتا ہوں۔

تجھے اگر اتنی شدت سے پیار نہ ہوا ہوتا تو میں کب کا تجھ سے بیاہ کرلیتا۔ مانتا ہوں تیرے گھر والے، تجھے مجھ جیسے بے آسرا فقیر آدمی کے ساتھ نہیں بیاہنے والے، مگر مجھے پتہ ہے، میں انہیں منوالیتا۔ تو انہیں بے بس کردیتی۔ ہماری شادی ہوجاتی، ہوجاتی ہے۔ ہوسکتی تھی۔ مگر میں تیری لگن سے ڈرتا ہوں۔

میری لگن تو تُو ہے، بگوشاہ۔ وہ سرگوشی میں بولی۔

ہاں، جانتا ہوں، اسی لیے اپنے آپ سے ڈرتا ہوں۔

تجھ سے ڈرتا ہوں۔

تو نے اپنی لگن میں میرا جو روپ پال لیا ہے۔

وہ میں نہیں ہوں۔

وہ سراب ہے،

تو نے خود بخود اسے دیکھ لیا ہے۔

مان لیا ہے وہ۔

وہ میں نہیں ہوں۔

تو ہی ہے بگو، اور کون ہے!

وہ تیرا محبوب ہے۔

ہاں، وہی تو ہے۔

پتہ نہیں، تو مجھے کتنا جانتی ہے۔ جو یہ کہہ رہی ہے!

اور کیسے جانتی ہوں؟

یہی تو مسئلہ ہے مجھ سے بڑی ہستی کو جان لیتی تو میری جان چھوٹ جاتی۔

مجھے نہیں جاننا کسی کو۔ بس۔

یہی تو تیرا پاگل پن ہے، جس سے ڈر لگتا ہے۔

اس میں ڈرنے والی بات کیا ہوئی۔

دیکھ تو میٹھے پانی کی وہ کھوئی ہے۔ جسے کسی نے ایک گھونٹ نہیں پیا۔

میں صرف تیری ہوں۔ اور کوئی کیوں پئے۔

پر خورے کیوں تو نے مجھے وہ پیاسا سمجھ لیا جو تیرے اندر ڈول ڈالے۔

ہاں۔

پر دیکھ زینب بات اور ہے۔

کیا؟

تجھے تو بس عشق پالنا تھا۔ شدت سے بھری ہوئی آگ ہے۔ پتہ نہیں یہ میری خوش نصیبی ہے یا بدقسمتی، کہ تیری لگن کی مورت میں بن گیا ہوں۔ تو لگن سے واقف نہیں ہے۔ میں اس سے واقف ہوں۔ میں جانتا ہوں شدت کیا چیز ہے۔ شدت سے چاہنا کیا ہوتا ہے۔ آگ میں کود کے آگ سے کھیلنا کیا معنی رکھتا ہے۔

دیکھ،

یہ لگن بڑی سوہنی چیز ہے، یہ پیار، یہ عشق، تو جو جی چاہے اسے کہہ لے۔ یہ نصیبوں والوں کے حصے میں آتا ہے۔ تو اپنے نصیبوں میں اسے رکھ، اسے یوں نہ بے وقعت کرتی پھر۔ یہ تیرے نصیب کی چیز ہے۔ کیا ہوا یہ لگن مجھ سے ہے۔ اس سے یہ تھوڑی ہونے لگا ہے کہ تیرے نصیب کی چاہت میری قسمت میں آ جائے۔

نہ۔

نصیب اپنے اپنے ہوتے ہیں۔

تیری سمجھ میں میری بات نہیں آئے گی ابھی۔ بات یہی اک سمجھنے کی ہے۔

دیکھ، زینب۔

میری چاہت اور میں ایک چیز نہیں ہیں۔ تجھے میری چاہت کی چاہ ہے۔ ضروری نہیں میری بھی ہو۔

تو کیسی باتیں کر رہا ہے۔ بگو شاہ،

زینب اسے ایسے تکنے لگی، جیسے اجنبی کو دیکھ رہی ہو۔

ہاں، زینب میں سچ کہہ رہا ہوں، تو مجھے نہیں جانتی، تو میرے باہر کے بت قد سے واقف ہے، میرے اندر کے آدمی سے انجان ہے تو۔ تجھے باہر اندر کی ابھی سمجھ نہیں آئی۔

تو جا۔

تو تُو شادی کی بات کر رہا تھا، وہ بیٹھے بٹھائے پریشان ہو گئی۔

ہاں، شادی کر لیتا تجھ سے،

اگر تو مجھ سے واقف ہوتی، یا مجھ سے ناواقف۔

تو میں کیا ہوں،

واقف نہیں ہوں میں تجھ سے۔

میں جو ہر لمحے تیرے نام کی سانسیں لیتی ہوں۔

تُو میرے ظاہر سے واقف ہے۔

میرے اندر سے انجان ہے تو زینب،

دیکھ غصہ نہ کر۔

جا۔

اچھا جو بھی ہوں، تُو تو مجھ سے واقف ہے۔

مجھے نہ بھیج۔

میں نے نہیں جانا۔

زینب چارپائی پکڑ کے بیٹھ گئی۔

دیکھ، میں تجھے جانتا ہوں، تیرے اندر باہر ایک سا موسم ہے۔ تو کڑاہی میں پڑی ہوئی گنے کی رہو کی طرح میٹھی ہے، پر تو پڑی جلتی آگ پہ ہے۔ اس سمے نہ تُو رس ہے نہ گڑ۔ دو ہی راستے ہیں تیرے لیے، یا آگ سے اتر جا، جو تو کر نہیں سکتی، پھر ایک ہی راہ رہ جاتی ہے، کڑاہی میں پڑے رہنے کی، نیچے آگ جلا جلا کے تو نے پہلے ہی بھانبھڑ لگا رکھا ہے۔ زیادہ تردد نہیں کرنا اب۔ آگ جلنے دینی ہے۔ رس ابالے جانا ہے۔ بس اس کا رُخ بدلنا ہے۔

تیرا رنگ رس تو اُبل ہی رہا ہے۔

ابھی تم اسے کشید کرنے الٹی صراحی اس پہ رکھے بیٹھی ہو۔

اس کا میٹھا ابال تمہارے اندر بلبلے بنا رہا ہے۔

تم بھری ہوئی شراب کی بوتل بنی بیٹھی ہو۔

بس ذرا صراحی سیدھی کر۔

اسے ابلنے دے۔

تھوڑا سمے گزرنے دے۔

پھر دیکھنا۔

تیرے وجود سے کیسے مٹھاس کے ہیرے ہل ہل کے تجھ سے جدا ہو کے تیرا وجود بنیں گے۔ پھر تو گر نے ابلنے والا رس نہیں ہوگی، نہ دماغ میں چڑھ کے نسیں ابالنے والی شراب۔ نہ۔ پھر تو خالص مٹھاس ہوگی۔ جس میں ملے گی اسے میٹھا کردے گی۔ گڑ کی بھیلی ہوگی۔ شکر کی بوری ہوگی۔ مصری کی ڈلی ہوگی۔ تجھے سوچ کے ہی سوچنے والے کا منہ میٹھا ہو جائے گا پھر۔

تو میری مان لے،

جہاں اتنا بھانبڑ بیچے لگا یا ہے تھوڑا صبر کر لے۔

دیکھ پھر تیرے اندر کیا بیتتی ہے۔

پھر جو تو کہے گی میں مان لوں گا۔

مانے گا؟

وہ سائیں کی لمبی دلیل کے بعد ماننے والی بات سن کے کھل اٹھی۔ جیسے ساری بات کی اسے صرف اتنی ہی سمجھ آئی ہو، کہ تھوڑا صبر کر لے۔

پھر شادی کرے گا تو مجھ سے؟

تو شادی کی بات کرتی ہے، پھر شاید تجھے یہ کہنے کی ضرورت ہی نہ آئے۔

کیا مطلب، تُو پھر مکر رہا ہے۔

نہیں کملی، میں تو کہہ رہا ہوں۔ اگر تیری لگن سارے امتحانوں سے سرخرو ہوگئی، پک پک کے یہ رس سے گڑ بن گئی، پھر تو ہر سمے میں تیرے ساتھ ہونگا۔

پھر تجھے نکاح کے تین بول کی بھی ضرورت نہیں رہنی۔

تُو پھر چالاکی کی باتیں کر رہا ہے۔

نہیں، زینب، میں یہ کہہ رہا ہوں، اگر کسی کو اپنا اس طرح مان لیا جائے، کہ اپنے اندر اپنا آپ نہ رہے۔ صرف وہ رہ جائے، تو پھر اس کے دروازے پہ کنڈی ہلانے کی ضرورت نہیں پڑتی۔ وہ ہر لمحے ساتھ ہوتا ہے۔

تجھے برا لگا کہ میں نے آ کر تیرے دروازے پہ کنڈی ہلائی۔ وہ بولی۔

نہیں، میں، یہ کہہ رہا ہوں، پھر شاید تجھے کنڈی بھی نہ ہلانا پڑے۔

کیوں، تو دروازہ کھلا رکھے گا۔ پھر

ہے کملی،

دروازہ کنڈی سے تھوڑی بند ہوتا ہے۔ نہ یہ کنڈی کھلنے سے کھلتا ہے۔

تو کس دروازے کی بات کر رہا ہے؟

مجھے تیری باتوں کی سمجھ نہیں آ رہی۔ زینب زچ ہو گئی۔

میں تو میری پیاری اس دروازے کی بات کر رہا ہوں، جس کی کنڈی ہلانے کی کوشش میں لگا ہوں، ایک ہی دروازے کی دہلیز پہ ہوں، میں تو۔ سائیں بگو شاہ نے پھر اپنے ہاتھ کی بند مٹھی کھول کے اپنی تسبیح کو ہتھیلی میں پڑے پڑے ہلایا۔ جیسے اس کی ساری گرہوں کو ایک ہی لمحے میں چھو کے اس کا نام لیا ہو۔

مجھے پتہ ہے، تیرا یہ تسبیح والا، مجھے قبول نہیں کرنے دیتا۔ وہ سائیں کی ہتھیلی پہ پڑی رسی کی تسبیح کو سوکن کی طرح دیکھ کے زیرِ لبی میں بولی۔

یہ تو مجھ سے کیوں کہتی ہے، اس سے بول۔

کس طرح بولوں،

لے وہ کوئی لاٹ صاحب تھوڑی ہے، جو اپنے دروازے پہ پہرے دار بٹھا کے رکھتا ہے۔ تو جب چاہے جا کے اس کا دروازہ پیٹ۔ کنڈی کھڑکا۔ وہ تو رہتا ہی کھڑا دہلیز پہ ہے۔ کہ آئے کوئی ادھر۔ بس جا۔ جا کے بول۔ جو جی میں آئے بول۔ وہی تو ہے، جس نے تیرے دل میں ہل چل مچانے کے واسطے میرے عشق کی ڈور ہلا دی۔ کیا پتہ جب تجھے ڈور سنبھالنی آ جائے، تو ڈور کی کنی پہ میں رہوں ہی نہیں۔

پھر؟

تو جا کے، اس سے بول تو سہی جو بولنا چاہے ہے۔

کیا بولوں؟

جو جی میں آئے۔

میرے جی میں تو یہی آتا ہے کہ اگر وہ میرے سامنے آئے تو اس سے پوچھوں کہ کیسے کٹھور سے مجھے بے بس کرایا ہے۔

ہاں، یہی بول، وہ کٹھور نہیں ہے، وہی تو دل کی ہر بات سمجھتا ہے۔ تو اس سے ضرور بولنا یہ۔ پھر جب تجھے جواب مل جائے تو مجھے بتانا۔

نہیں بتاؤں گی، تجھے کچھ نہیں بتاؤں گی۔

اچھا نہ بتانا۔ سائیں ہنسنے لگا۔

اب جا، صبح ہونے والی ہے۔ روشنی ہونے سے پہلے پہلے اپنے گھر چلی جا۔ اندھیرے کا ایک چھینٹا بھی میں تیری چنی پہ نہیں دیکھنا چاہتا۔

چل اٹھ۔

وہ بیٹھی کچھ دیر سوچتی رہی۔

اس کی گردن بھی جھک گئی، نیچے پیروں کے انگوٹھوں میں لگے گارے مٹی کو وہ جھاڑ جھاڑ کے دیکھتی رہی۔

پھر ایکا ایکی اٹھ کے بیٹھ گئی،

بولی،

میں نے اکیلے نہیں جانا،

مجھے چھوڑ کے آؤ۔

راہ میں جنگل ہے، بھیڑیئے ہیں۔

سائیں ہنسنے لگا۔ بولا، آتے ہوئے بھیڑیئے کا ڈر نہیں لگا؟

نہیں۔ وہ بھی مسکرانے لگی۔ آتے ہوئے میں اکیلی تھوڑی تھی، تم جن کی طرح، بھوت بن کے میری گردن پہ بیٹھے تھے۔ مجھے بستر سے اٹھا کے جنگل بیابان میں بے

خوف ہانکتے ادھر لے آئے۔ ادھر پہنچی ہوں تو ایسے ملے ہو، جیسے تم وہ نہیں ہو۔ جسے میں ملنے آئی تھی۔

شکر ہے، تم نے مجھے پہچاننے کی کوشش کی۔

میں نے کیا کوشش کرنی تھی، تم نے نہ پہچانے جانے کا سوانگ رچایا ہے۔ مگر میں چھوڑوں گی پھر بھی نہیں تمہیں۔ پوچھوں گی تمھارے یار سے بھی،

لاؤ دو مجھے اس کا دروازہ

اس نے لپک کے سائیں کے ہاتھ سے ایک سو ایک گرہوں والی رسی اچک لی۔ اور دروازے کی طرف جاتے ہوئے بولی مجھے چھوڑ کے آؤ۔ گھر تک میرے۔

سائیں نے پھر ابوالفضل کو آواز دی، مجنوں، جا اسے چھوڑ آ۔

چلی جائے گی یہ خود ہی، میں کیوں جاؤں۔

نہیں جاتی اکیلی میں، وہ پھر دروازے پہ جم گئی۔

جا، جا، مجنوں،

تو چل یہ آ رہا ہے۔

وہ دروازے سے باہر نکلی تو ابوالفضل اس کے پیچھے نکل گیا۔

واپس ابوالفضل آیا تو سائیں بگوشاہ سو رہا تھا۔ صبح جب سائیں کی آنکھ کھلی تو ابوالفضل سے پوچھنے لگا۔

گھر چھوڑ کر آیا تھا اس کے؟

نہ بائی، راہ سے مڑ آیا تھا۔

کیوں؟

وہ آدھی راہ میں، صبح کے تاروں کی لو میں خواجہ روشن ولی کی درگاہ کے دیے کی روشنی دیکھ کر بولی، تو جا مڑ جا، آج میں تیرے یار کے یار کا بھید جان کے جاؤں گی گھر اپنے۔

پھر؟ سائیں نے جلدی سے پوچھا۔
پھر کیا، میں واپس پلٹ آیا، مجھے تو پہلے ہی نیند کا غلبہ تھا۔
وہ پیر جھاڑ کے درگاہ کے اندر چلی گئی۔
.کئی سال بیت گئے۔
وہ درگاہ سے باہر ہی نہ آئی۔
کئی بار سائیں درگاہ میں چوری چوری گیا، مگر زینب نے اسے پہچانا ہی نہیں۔
ایک بار پلیگ پھیلا، پتہ نہیں زینب کی بغل میں پھوڑا نکلا، یا نہیں، وہ چپکے سے مر گئی۔سائیں بگوشاہ نے خود اس کا جنازہ پڑھایا تھا۔کوئی مانے یا نہ مانے، سائیں کو پتہ تھا، زینب پلیگ سے نہیں مری تھی۔
اس کے چہرے پر پلیگ سے مرنے والوں کا اندھیرا نہیں تھا،
پلیگ کے موسم میں جی جانے والوں کی روشنی تھی۔
وہ مرگئی تو وہیں خواجہ روشن ولی کی درگاہ کے ایک طرف اس کی قبر بن گئی۔سائیں کو لیٹے لیٹے اس کی قبر کی روشنی نظر آنے لگی۔رات گزر گئی ہوگی، سائیں نے لیٹے لیٹے سوچا کہ صبح کی اذان میں خدا جانے کتنی دیر رہ گئی؟ ابھی کوئی مرغا بھی نہیں بولا،
شاید ابھی دیر ہو، صبح ہونے میں۔
یہ صبح تو آخری صبح ہوگی، سائیں لیٹے لیٹے سوچنے لگا، بس اب چل چلاؤ ہے۔
گزر گئی زندگی۔
اللہ جانے؟ اللہ کی دی ہوئی اگلی زندگی کیسی ہوگی؟
موت کے پُل سے کیسے گزرنا ہوگا؟
ایسی کوئی نیکیاں تو کی نہیں، جن کی وہاں دھائی دوں، کیا کروں گا وہاں، کمایا کیا ہے اس زندگی میں، یہ رسی کی ایک سو ایک گرہ پہ بس اس کا نام لیا ہے۔وہی نام خود سے بولے گا۔میں نے اب کیا بولنا ہے۔کدھر ہے میری تسبیح۔اس کی تسبیح ہی نہ ملے۔ایک

تسبیح زینب لے گئی تھی دوسری اس اندھیرے اور موت کے خوف نے چھپالی۔ وہ سوچے روشنی کہاں سے لاؤں۔

دیے میں تیل ختم ہو گیا تھا۔

سائیں کی جھونپڑی میں اندھیرا پھیل گیا۔ دل رک رک کے چلنے لگا۔ خوفزدہ دل میں خیال آیا کہ میں تو خدا کا نام جاننے والا اس کا بندہ ہوں، اس کے رسول پاک ﷺ پر درود بھیجنے والا گناہ گار آدمی ہوں، اس کے شیر خدا علی رضی اللہ عنہ سے عشق کرتا آیا ہوں۔ اب پلیگ سے مرنے والوں کی فہرست میں میرا نام آ گیا ہے۔ میری چھٹی ہو گئی۔ پلیگ سے مارا جا رہا ہوں۔ ہوں تو اب بھی اسی رب کا بندہ۔ چلو اک دن تو مرنا ہی تھا پر اتنی جلدی۔

زندگی اتنی تھوڑی ہوتی ہے؟

وہ پھر لیٹے لیٹے اپنی بغلوں میں کسی پھوڑے کو کانپتے ہاتھوں سے ٹٹولنے لگا۔ اتنے میں کیا دیکھتا ہے کہ جھونپڑی میں روشنی کا ریلا آنے لگا، دیکھا سامنے وہی دونوں آئے کھڑے ہیں۔ ایک کے ہاتھ میں لالٹین ہے، دوسرے کے ہاتھ میں مہر اور سیاہی والی کونڈی۔ لالٹین والے نے سائیں کو لیٹے ہوئے دیکھ کے، لالٹین ڈنڈی سے پکڑے پکڑے پہچاننے کے انداز میں اس کے چہرے کی طرف کی،

بولا یہی ہے، لگاؤ مہر اور لے چلو۔

مہر والے نے سیاہی میں مہر ڈبوئی اور سائیں کے سینے پہ مہر لگانے کو جھکا، ابھی اس کا ہاتھ سائیں کی بغل سے دو ہاتھ اوپر ہی تھا کہ جھونپڑی کے ایک کونے سے شیر کی دھاڑ اٹھی۔ ایک دم سے ایک ببر شیر اچھل کے سامنے آ گیا۔ اور دھاڑتے ہوئے بولا، بھاگ جاؤ، جا کے کہہ دینا تیرے شیر نے بھگا دیا ہے۔ وہ دونوں ببر شیر کی دھاڑ سن کر لرزنے لگے اور کانپتے کانپتے اُلٹے پیروں بھاگ گئے۔

□